KLASSIKER DES HISTORISCHEN ROMANS
HERAUSGEGEBEN VON EDGAR BRACHT

Alfred de Vigny

CINQ-MARS
ODER
DER REBELL DES KÖNIGS

HISTORISCHER ROMAN

AUS DEM FRANZÖSISCHEN ÜBERTRAGEN
VON KARIN MEDDEKIS
MIT EINEM NACHWORT VON
FERNAND M. BALDENSPERGER

BASTEI
LÜBBE

BASTEI-LÜBBE-TASCHENBUCH
Band 13 851

Erste Auflage: März 1997

Lektorat: Dr. Edgar Bracht
Titelbild: Archiv für Kunst und Geschichte, Berlin
Umschlaggestaltung: Karl Kochlowski, Köln
Satz: KCS GmbH, Buchholz/Hamburg
Druck und Verarbeitung: Elsner-Druck, Berlin
Printed in Germany
ISBN 3-404-13851-1

Der Preis dieses Bandes versteht sich einschließlich der
gesetzlichen Mehrwertsteuer.

Inhalt

Anhang

1. Kapitel
Der Abschied

> Lebt wohl! Und wenn es für immer ist,
> dann lebt wohl für immer …
>
> Lord Byron

Kennen Sie diese Gegend, die man den Garten Frankreichs genannt hat, dieses Land, in dem man in den grünen, von einem großen Fluß bewässerten Ebenen eine so reine Luft atmet? Wenn Sie einmal in den Sommermonaten durch die schöne Touraine gegangen sind, dann werden Sie lange Zeit entzückt der friedlichen Loire gefolgt sein und Sie werden bedauert haben, daß Sie sich nicht zwischen den beiden Ufern für jenes entscheiden konnten, an dem Sie Ihren Wohnsitz wählen würden, um hier an der Seite eines geliebten Wesens die Menschen zu vergessen. Wenn man neben den gelben, gemächlichen Fluten des schönen Flusses einherschreitet, dann verliert sich unaufhörlich der Blick in dem farbenprächtigen Bild des rechten Ufers. Die mit hübschen, weißen Häusern besiedelten Täler sind umringt von Wäldchen und Hängen, die gelblich schimmern, wenn sie Weinberge tragen, oder ganz weiß, wenn die Kirschbäume blühen. Alte Gemäuer sind mit sprießenden Geißblättern übersät, und aus Rosengärten ragt plötzlich ein schmaler Turm empor. Das alles erinnert an die Fruchtbarkeit der Erde oder an das hohe Alter ihrer Denkmäler. Überall stößt man auf Dinge, welche das Geschick der Bewohner der Touraine verraten. Für sie ist nichts unnütz gewesen. Es sieht so aus, als ob sie in ihrer Liebe für ein so schönes Vaterland – der einzigen Provinz Frankreichs, die niemals von Fremden besetzt wurde – auch nicht das kleinste Stück seines Gebietes, nicht das leichteste seiner Sandkörner verlieren wollten. Sie glauben, daß dieser alte, verfallene Turm nur von scheußlichen Nachtvögeln bewohnt wird? Nein! Wenn Sie dort vorbeireiten, dann schaut aus dem vom Staub der großen Straße ganz weiß gewordenen Efeu der Kopf eines lachenden jungen Mädchens hervor. Wenn Sie einen mit Weinreben bedeckten Hang hinaufschreiten, dann warnt Sie plötzlich eine dünne Rauchfahne, daß zu Ihren Füßen ein Schornstein liegt. Denn selbst der Berg ist bewohnt, und die Weinbauerfamilien leben hier tief unter der Erde, in der Nacht im Schutz der nährenden Erde, die sie am Tage mühselig bestellen. Die guten Menschen hier in der Touraine sind so einfach wie ihr Leben, zart wie die Luft, die sie atmen, und stark wie der kräftige Boden, den sie bestellen. Auf ihren braunen Gesichtern sieht man weder die kalte Unbeweglichkeit der Nordländer noch die affektierte Lebhaftigkeit der Südländer. Ihr Gesicht hat wie auch ihr Charakter etwas von der Treuherzigkeit des echten Volkes von Ludwig dem Heiligen[1]. Ihre braunen Haare sind noch lang und über den Ohren rund geschnitten, wie man es an den steinernen Statuen unserer alten Könige sieht. Sie sprechen das reinste Französisch, weder zu langsam noch zu schnell und ohne Akzent. Hier steht die Wiege dieser Sprache, nahe der Wiege des Königreiches.

Das linke Loireufer jedoch macht einen ernsteren Eindruck. Schon von weitem sieht man das Schloß Chambord, das mit seinen blauen Kathedralen und seinen kleinen Kuppeln einer großen orientalischen Stadt ähnelt. Und dort steht Chanteloup, dessen elegante Pagode mitten in der Luft hängt. Nicht weit von diesen Palästen zieht ein einfacheres Bauwerk durch seine herrliche Lage und seine beeindruckende Masse die Blicke der Reisenden auf sich: Es ist das Schloß Chaumont. Es wurde auf dem höchsten Hügel der Loireufer erbaut und schließt mit seinen hohen Mauern und seinen riesigen Türmen diesen weiten Gipfel ein. Durch die hohen, schiefergedeckten Glockentürme ähnelt dieses Bauwerk einem Kloster. Dieser den alten Schlössern eigene kirchliche Baustil verleiht den Landschaften der meisten unserer Provinzen einen ernsten Charakter.

Schwarze, dichtbelaubte Bäume umringen von allen Seiten diesen ehemaligen Landsitz. Sie ähneln von weitem den Federn, die den Hut König Heinrichs[2] rundherum schmückten. Ein hübsches Dorf liegt am Fuße des Berges, am Ufer des Flusses, und es sieht fast so aus, als ob seine weißen Häuser aus goldenem Sand herausragten. Es liegt im Schutze des Schlosses, mit dem es durch einen schmalen Weg, der um den Berg herumführt, verbunden ist. Auf halber Höhe des Hügels steht eine Kapelle. Die Herren stiegen zu ihrem Altar hinab, und die Dorfbewohner stiegen hinauf. Auf diesem Gebiet ist jeder gleich. Es wurde wie eine neutrale Stadt zwischen Elend und Luxus gebaut, was schon zu oft zu Kriegen geführt hat.

In diesen alten Gemäuern geschahen ungewöhnliche Dinge, als an einem Junimorgen des Jahres 1639 die Glocke des Schlosses wie üblich um zwölf Uhr zum Mittagsmahl der Familie, die es bewohnte, läutete. Die zahlreichen Bediensteten bemerkten, daß die Marschallin d'Effiat, als sie vor allen hier versammelten Bewohnern des Hauses das Morgengebet sprach, mit einer weniger sicheren Stimme gesprochen und Tränen in den Augen hatte. Auch war sie in noch strengeren Trauerkleidern als gewöhnlich erschienen. Die Bewohner des Hauses und die Italiener aus dem Gefolge der Herzogin von Mantua, die sich damals vorübergehend auf Schloß Chaumont zurückgezogen hatte, waren überrascht, als sie plötzlich sahen, daß Reisevorbereitungen getroffen wurden. Der alte Diener des vor sechs Monaten verstorbenen Marschalls d'Effiat hatte seine Stiefel wieder angezogen, obwohl er erst kürzlich geschworen hatte, sie für immer in die Ecke zu stellen. Dieser beherzte Mann namens Grandchamp war dem Familienoberhaupt nicht nur in jeden Krieg gefolgt, sondern hatte es auch in seinen finanziellen Angelegenheiten beraten. Er war sein Stallmeister in der einen und sein Sekretär in der anderen Sache gewesen. Vor kurzem war er aus Deutschland zurückgekehrt und hatte Mutter und Kinder über die näheren Umstände des Todes des Marschalls unterrichtet. Bis zu seinem letzten Atemzug in Lützelstein war er an seiner Seite gewesen. Er war einer dieser treuen Diener, die in Frankreich rar geworden sind. Sie erleiden das Unglück der Familie mit, erfreuen sich an ihrem Glück und wünschen sich, daß sich Hochzeitspaare finden, damit sie die jungen Herren erziehen, die Kinder und manchmal die Väter ausschimpfen können. Sie setzen für sie ihr Leben aufs Spiel, dienen ihnen während der Revolutionen ohne Lohn, arbeiten, um sie zu ernähren, und in guten Zeiten folgen sie ihnen und sagen, wenn sie auf das Schloß zurückkehren: »Das sind unsere Weinberge!« Grandchamp hatte bemerkenswerte ernste Gesichtszüge, sehr stark gebräunte Haut, silbergraues Haar und noch einige Strähnen, die so schwarz waren wie seine buschigen Augenbrauen, was ihm auf den ersten Blick eine gewisse Härte verlieh. Aber sein friedlicher Blick schwächte diesen Eindruck wieder ab. Seine Stimme jedoch hatte einen strengen Ton. An diesem Tag hatte er alle Mühe, die Zubereitung des

Mittagsmahls voranzutreiben, und er kommandierte die Bediensteten des Schlosses herum, die wie er in Schwarz gekleidet waren.

»Los«, sagte er, »serviert schnell, während Germain, Louis und Étienne ihre Pferde satteln. Monsieur Henri und wir, wir müssen um acht Uhr abends schon weit weg von hier sein. Und Ihr, meine Herren Italiener, habt Ihr Eurer jungen Prinzessin Bescheid gesagt? Ich wette, daß sie mit ihren Damen weit in den Park hinaus oder an das Ufer des Flusses gegangen ist, um zu lesen. Sie kommt immer nach dem ersten Gang, damit dann alle Leute aufstehen müssen.«

»Ach, mein lieber Grandchamp«, sagte eine junge Kammerfrau, die gerade vorbeikam und jetzt stehenblieb, mit leiser Stimme, »erinnert mich nicht an die Herzogin. Sie ist so traurig, und ich glaube, daß sie in ihren Gemächern bleibt. *Santa Maria!* Ich bemitleide Euch, daß Ihr heute abreisen müßt. An einem Freitag abzureisen, der dann noch der dreizehnte des Monats ist und der Tag des Heiligen Gervasius und des Heiligen Protasius, am Tag zweier Märtyrer! Ich habe den ganzen Vormittag für Monsieur de Cinq-Mars den Rosenkranz gebetet, aber ehrlich gesagt, mußte ich immer wieder an all das denken, was ich Euch eben gesagt habe. Meine Herrin denkt ebenso daran wie ich, wenn sie auch eine so große Dame ist. Ihr braucht also gar nicht darüber zu lachen.«

Mit diesen Worten hüpfte die junge Italienerin wie ein Vogel durch den großen Speisesaal davon und verschwand dann in einem Gang, denn sie erschrak, als sie sah, daß die beiden Flügel der großen Salontür geöffnet wurden.

Grandchamp hatte ihr kaum richtig zugehört. Scheinbar galt seine ganze Sorge nur noch den Vorbereitungen des Mittagsmahls. Er erfüllte die wichtigen Aufgaben eines Haushofmeisters und warf den Dienern die strengsten Blicke zu, um zu sehen, ob sie alle auf ihrem Posten waren. Er selbst stellte sich hinter den Stuhl des ältesten Sohnes des Hauses, und jetzt betraten alle Bewohner des Schlosses hintereinander den Saal. Es waren elf Personen, Männer und Frauen, die am Tisch Platz nahmen. Die Marschallin war als letzte hereingekommen. Sie ging am Arm eines gutaussehenden, prachtvoll gekleideten, alten Herrn, dem sie den Platz zu ihrer Linken anbot. Sie selbst setzte sich in der Mitte des langen, viereckigen Tisches in einen großen, vergoldeten Lehnstuhl. Ein weiterer, etwas prunkvollerer Platz zu ihrer Rechten blieb noch frei. Der junge Marquis d'Effiat, der seiner Mutter gegenüber saß, sollte ihr behilflich sein, die Gäste zu begrüßen. Er war nicht älter als zwanzig Jahre und hatte ein recht nichtssagendes Gesicht. Sein äußerst würdevolles, vornehmes Benehmen ließ trotzdem auf ein umgängliches Wesen schließen, mehr aber auch nicht. Seine jüngere, vierzehnjährige Schwester, zwei Edelleute aus der Provinz, drei junge italienische Adelige aus dem Gefolge der Maria von Gonzaga (Herzogin von Mantua), die Gouvernante der Tochter des Marschalls und ein alter, schwerhöriger Geistlicher aus der Umgebung gehörten dieser Gesellschaft an. Der Platz zur Linken des ältesten Sohnes war noch frei.

Die Marschallin bekreuzigte sich, ehe sie sich setzte, und sprach mit lauter Stimme das Tischgebet. Daraufhin bekreuzigten sich die anderen ebenfalls, oder sie tippten sich nur auf die linke und rechte Brust. Dieser Brauch hat sich in Frankreich in vielen Familien bis zur Revolution von 1789 erhalten. Einige pflegen den Brauch noch heute, weniger in Paris als in der Provinz, aber auch dort nicht ohne eine Spur von Verlegenheit und einigen erklärenden Worten über die gute alte Zeit. Wenn ein Fremder anwesend ist, kommt noch ein entschuldigendes Lächeln hinzu, denn es ist nur zu wahr, daß man sich auch des Guten zuweilen schämt.

Die Marschallin war eine Frau von imposanter Erscheinung. Ihre großen, blauen Augen waren von beeindruckender Schönheit. Sie war sicher noch keine fünfundvierzig Jahre alt, aber da ihr Kummer sie niedergedrückt hatte, ging sie nur langsam, und das Sprechen strengte sie an. Wenn sie gezwungen war, lauter zu sprechen, schloß sie sogleich die Augen und ließ ihren Kopf einen Moment auf ihre Brust fallen. Wenn sie dann ihre Hand auf ihre Brust preßte, sah man, daß sie einen starken Schmerz verspürte. Deshalb war sie auch froh, daß sich die Person zu ihrer Linken, ohne von jemandem gebeten worden zu sein, um die Unterhaltung kümmerte, und diese, ohne sich aus der Ruhe bringen zu lassen, während des ganzen Essens in Gang hielt. Es war der alte Marschall de Bassompierre. Trotz seiner weißen Haare machte er einen regen, jugendlichen Eindruck, was recht befremdlich wirkte. Sein vornehmes, höfliches Gebaren hatte wie auch seine Kleidung etwas von einer antiquierten Galanterie, denn er trug eine Halskrause nach Art Heinrich IV., und die Schlitzärmel, die während der letzten Regentschaft getragen wurden, wirkten unentschuldbar lächerlich in den Augen der Vornehmen des Hofes. Das erscheint uns nicht merkwürdiger als andere Sachen heute. Denn es ist unbestritten, daß man in jedem Zeitalter über die Gewohnheiten der Väter lacht, und nur von den Orientalen weiß ich, daß sie nicht von diesem Übel befallen sind.

Einer der italienischen Edelleute hatte dem Marschall kaum die Frage gestellt, wie er über das Verhalten des Kardinals gegenüber der Tochter des Herzogs von Mantua dachte, als dieser auch schon in seiner ungezwungenen Art rief:

»Ach, verdammt, Monsieur, mit wem sprecht Ihr? Kann ich dieses neue Regime, unter dem Frankreich jetzt lebt, denn überhaupt nur irgendwie verstehen? Wir alten Waffenbrüder des verstorbenen Königs verstehen die Sprache schlecht, die der neue Hof spricht, und er kennt die unsere nicht mehr. Ach, was sage ich da? Man spricht in diesem traurigen Land überhaupt keine Sprache mehr, weil alle Welt vor dem Kardinal[3] verstummt. Dieser hochmütige, kleine Vasall betrachtet uns als Familienporträts, und von Zeit zu Zeit schneidet er noch den Kopf ab. Aber unsere Devise gilt hier glücklicherweise noch immer, nicht wahr, mein lieber Puy-Laurens?«

Dieser Gast war ungefähr genauso alt wie der Marschall. Da er aber ernster und zurückhaltender war, äußerte er sich nur vage dazu. Dann gab er seinem Zeitgenossen ein Zeichen, um ihn auf das unschöne Gefühl hinzuweisen, das er bei der Hausherrin hervorgerufen haben mußte, da er sie an den kürzlichen Tod ihres Mannes erinnert hatte und so über den Minister, einen Freund des alten d'Effiat sprach. Doch es war vergebens, denn Bassompierre war zufrieden, daß er ihm quasi zugestimmt hatte, und er leerte mit einem Zug ein riesengroßes Glas Wein, den er für ein Allheilmittel gegen Pest und falsche Zurückhaltung hielt. Als er sich nach hinten lehnte, um von seinem Hofkavalier ein neues Glas entgegenzunehmen, machte er es sich auf seinem Stuhl noch bequemer und berauschte sich weiter an seinen Lieblingsideen.

»Ja, ja, wir sind hier alle zuviel. Ich habe es neulich zu meinem lieben Herzog von Guise gesagt, und den haben sie ruiniert. Die Minuten, die wir noch zu leben haben, werden gezählt, und unsere Sanduhr wird geschüttelt, um sie anzutreiben. Wenn unser Herzog-Kardinal in einer Ecke drei oder vier unserer großen Persönlichkeiten stehen sieht, die dem verstorbenen König nicht von der Seite gewichen sind, dann spürt er genau, daß er diese Eisenstatuen nicht bewegen kann und daß es dazu der Hand des großen Mannes bedurfte. Er geht schnell weiter und wagt es nicht, sich unter uns zu mischen, doch wir fürchten ihn nicht. Er glaubt immer, daß wir uns verschwören, und derzeit soll die Rede davon sein, mich in die Bastille zu werfen.«

»Ach, Monsieur le Maréchal, worauf wartet ihr noch, um fortzugehen?« fragte der Italiener. »Ich glaube, daß Ihr nur in Flandern in Sicherheit wäret.«

»Aber Monsieur, Ihr kennt mich ja kaum. Anstatt zu fliehen, habe ich den König vor seiner Abreise aufgesucht und zu ihm gesagt, daß man mich nicht suchen müsse, und wenn ich wüßte, wohin man mich schicken wolle, dann ginge ich selbst dorthin, ohne daß man mich hinbringen müßte. Er war genauso gut, wie ich erwartet hatte, und sagte zu mir: ›Wie kommst du, alter Freund, darauf, daß ich das vorhabe? Du weißt genau, daß ich dich liebe.‹«

»Ach, mein guter Marschall, mein Kompliment«, sagte Madame d'Effiat mit leiser Stimme. »An diesen Worten erkenne ich die Güte des Königs. Er erinnert sich an die zarten Gefühle, die der König, sein Vater, Euch entgegenbrachte. Ich habe sogar den Eindruck, daß er Euch all das zugestand, was Ihr für die Euren wolltet«, fügte sie einschmeichelnd hinzu, um ihn so wieder dazu zu bringen, den König zu loben, und ihn von seiner Unzufriedenheit, der er so lautstark Ausdruck verliehen hatte, abzulenken.

»Sicher, Madame«, fuhr er fort, »niemand erkennt seine Tugenden besser an als François de Bassompierre. Ich werde ihm bis zu meinem Tod treu sein, weil ich mich seinem Vater auf einem Ball mit Leib und Seele ergeben habe. Ich schwöre, daß zumindest mit meiner Zustimmung niemand von meiner Familie seine Pflichten gegenüber dem König von Frankreich vernachlässigen wird. Wenn auch die Bourbonen Fremde sind, verdammt, Heinrich IV. hat unser Herz mit einem Handschlag für immer erobert. Den größten Schmerz habe ich verspürt, als ich meinen Bruder im Dienste Spaniens sterben sah. Ich habe meinem Neffen gerade geschrieben, daß ich ihn, sollte er zum Kaiser übertreten, enterben werde, denn mir ist dergleichen zu Ohren gekommen.«

Einer der Adeligen, der bisher noch nichts gesagt hatte, verbeugte sich mit den Worten, daß so jeder getreue Untertan sprechen sollte. Er fiel auf, weil eine Fülle von Bänderschleifen und Achselschnüren seinen Rock schmückte und eine schwarze Kordel, an der der Orden des Heiligen Michael hing, seinen Hals zierte.

»Bei Gott, Monsieur de Launay, da irrt Ihr Euch aber gewaltig«, entgegnete der Marschall, der jetzt wieder an seine Vorfahren denken mußte. Wir haben blaues Blut in den Adern, und wir sind mit dem Herzen Untertanen, denn Gott hat uns genauso wie dem König das Leben als Herrscher über unser Land geschenkt. Ich bin nach Frankreich gekommen, um hier mit meinen Edelleuten und meinen Pagen lustzuwandeln. Ich sehe aber, daß dieser Gedanke, desto weiter wir fortschreiten, verlorengeht, und besonders bei Hofe. Aber dieser junge Mann hier kommt wie gerufen, um mir zuzuhören!«

Tatsächlich öffnete sich die Tür, und ein junger Mann von recht stattlicher Statur betrat den Saal. Er war blaß, hatte braune Haare, schwarze Augen, und er wirkte traurig, aber dennoch leichtsinnig. Es war Henri d'Effiat, der Marquis de Cinq-Mars (der Name wurde von einem Familienbesitz übernommen). Seine Kleider und sein kurzer Mantel waren schwarz. Ein Spitzenkragen fiel von seinem Hals bis auf die Mitte seiner Brust. Man konnte ihn schon von weitem hören, da seine kurzen, schweren Stulpenstiefel und seine Sporen genügend Krach auf den Holzdielen des Salons verursachten. Er schritt direkt auf die Marschallin d'Effiat zu, machte eine tiefe Verbeugung und küßte ihr die Hand.

»Henri«, fragte sie ihn, »sind die Pferde gesattelt? Wann brecht Ihr auf?«

»Sofort nach dem Essen, Madame, wenn Ihr erlaubt«, antwortete er seiner Mutter in der förmlich respektvollen Manier jener Zeit. Als er hinter dem Stuhl seiner Mutter vorbeiging, begrüßte er Monsieur de Bassompierre und nahm dann links neben seinem älteren Bruder Platz.

»Ja, mein Kind«, sagte der Marschall nun, der mit großem Appetit aß, »Ihr werdet uns also verlassen. Ihr geht an den Hof, doch das Leben dort steckt voller Tücke. Es tut mir leid für Euch, daß der Hof nicht mehr das ist, was er mal war. Früher war der Hof nichts anderes als der Salon des Königs, in dem er seine Freunde, die ihm ebenbürtigen Adeligen aus den großen Häusern, empfing, die ihn besuchten, um ihm ihre Ergebenheit und ihre Freundschaft zu beweisen. Sie spielten mit ihm um Geld und begleiteten ihn auf seinen Lustfahrten, erhielten aber von ihm nichts als die Erlaubnis, Ihre Vasallen zu führen und sich mit ihnen in seinen Diensten den Kopf einschlagen zu lassen. Die Ehren, die ein Mann mit guten Fähigkeiten empfing, bereicherten ihn kaum, da er sie aus eigener Tasche bezahlte. Ich mußte jedesmal ein Stück Land verkaufen, wenn ich in einen höheren Rang aufstieg. Der Titel des Generalobersten der Schweizer hat mich vierhunderttausend Ecus gekostet, und für die Taufe unseres Königs mußte ich mir ein Gewand für neuntausend Livres kaufen.«

»Oh«, sagte die Hausherrin lächelnd, »jetzt müßt Ihr aber zugeben, daß Euch nichts und niemand dazu gezwungen hat. Wir haben von Euren prachtvollen Perlenkleidern gehört, aber ich wäre doch sehr verstimmt, wenn man heute noch dergleichen Kleider tragen würde.«

»Ach, Madame la Marquise, Ihr könnt ganz beruhigt sein, denn diese prächtigen Zeiten kehren nicht zurück. Sicher, wir haben verrückte Sachen gemacht, aber dadurch haben wir uns unsere Unabhängigkeit bewiesen. Es steht fest, daß man dem König damals nicht seine Diener entrissen hätte, die allein durch Liebe an ihn gebunden waren und deren Krone eines Herzogs oder Marquis' genauso viele Diamanten wie seine geschlossene Krone besaß. Selbstverständlich konnten sich nicht alle Klassen ihrem Ehrgeiz hingeben, weil derartige Ausgaben nur aus reichen Häusern kommen können und weil Gold nur aus den Minen kommt. Die großen Häuser, die so beharrlich zerstört werden, waren keineswegs ehrgeizig und begehrten oft gar kein Amt in der Regierung. Sie sicherten sich ihren Platz bei Hofe einfach durch ihren Namen und ihre Anwesenheit. Einer von ihnen sagte mal: *Ich brauche kein Fürst zu sein. Ich heiße Rohan.* Genauso war es in jeder Adelsfamilie. Ihr Adelstitel genügte ihr, und selbst der König hat das festgestellt, als er einem seiner Freunde schrieb: *Edelleute wie wir sind nicht durch Geld miteinander verbunden.*

»Ach, Monsieur le Maréchal«, unterbrach ihn gelassen, aber mit ausgesuchter Höflichkeit Monsieur de Launay, der vielleicht die Absicht hatte, ihn anzufeuern, »diese Unabhängigkeit hat doch auch zu Bürgerkriegen und Aufständen geführt, wie jenem Aufstand von Monsieur de Montmorency[4].«

»Verdammt, Monsieur, derartiges Gerede kann ich nicht hören«, erwiderte der Marschall ungestüm und sprang von seinem Platz auf. »Diese Aufstände und Kriege, Monsieur, haben den Grundgesetzen des Staates keinen Abbruch getan und konnten den König ebensowenig stürzen wie ein Duell. Unter allen großen Parteioberhäuptern gibt es nicht einen Mann, der seinen Sieg dem König nicht zu Füßen gelegt hätte, wenn er gesiegt hätte, denn er wußte genau, daß alle anderen, genauso mächtigen Herren wie er, ihn als Feind des rechtmäßigen Herrschers im Stich gelassen hätten. Sie haben sich alle nur gegen eine Partei bewaffnet und nicht gegen die höchste Obrigkeit, und als dieser Aufstand niedergeschlagen worden war, kehrte wieder Ordnung ein. Aber was habt Ihr gemacht, indem Ihr uns vernichtet habt? Ihr habt dem Thron den Boden unter den Füßen weggezogen und keine Abhilfe geschaffen. Ja, ich zweifle jetzt nicht mehr daran, daß Kardinal Richelieu seine ganzen Pläne verwirklichen wird: Der Hochadel wird sein Land verlassen und verlieren. Wenn die Adeligen nicht mehr die Großgrundbesitzer sind, dann werden sie auch keine Macht mehr ausüben können. Der Hof ist schon heute nur noch ein Palast, in dem man um etwas bittet. Wenn er nur noch aus Gefolgsleuten des Königs besteht, wird er bald ein Vorzimmer sein. Die großen Namen werden dann niedere Ämter adeln. Aber durch eine schreckliche Reaktion werden diese Ämter schließlich die großen Namen entwürdigen. Wenn die Adeligen in ihrer Heimat Fremde sind, werden sie nur noch durch die Aufgaben, die man ihnen überträgt, etwas sein, und wenn die Völker, auf die sie keinen Einfluß mehr haben, sich auflehnen wollen …«

»Wie schwarz Ihr heute seht, Marschall!« unterbrach ihn Madame la Marquise. »Ich hoffe, daß weder ich noch meine Kinder solche Zeiten jemals erleben müssen. Ihr scheint Euer unbeschwertes Wesen in der Politik zu verlieren. Ich hatte erwartet, daß Ihr meinem Sohn Henri Ratschläge erteilt. Was ist denn los, Henri? Ihr wirkt sehr zerstreut!«

Cinq-Mars hatte seine Augen auf das große Fensterkreuz des Speisesaales gerichtet. Traurig schaute er auf die herrliche Landschaft, die sich seinem Blick bot. Die Sonne schien majestätisch vom Himmel und tauchte das Ufer der Loire, die Bäume und die Wiesen in ein golden-smaragdenes Licht. Der Himmel war tiefblau, durch die Fluten schimmerte der gelbe Sand, und die Inseln erstrahlten in sattem Grün. Hinter ihren Kuppen ragten die hohen Lateinersegel der Handelsschiffe wie eine im Hinterhalt liegende Flotte in die Höhe. ›O herrliche Natur‹, sagte er zu sich, ›schöne Natur, leb wohl! Bald werde ich mein schlichtes Gemüt verloren haben, und dann wirst du nur noch meinem Blick und nicht mehr meinem Herzen gefallen. Mein Herz ist schon von einer tiefen Leidenschaft entbrannt, und was ich über die menschlichen Interessen gehört habe, beunruhigt mich auf eine mir unbekannte Weise. Und doch muß ich diesen Irrgarten betreten. Vielleicht komme ich darin um, aber ich tue es für Maria ...‹

Als seine Mutter ihn ansprach, wachte er aus seinem Träumen auf. Und da er befürchtete, man könne seine Nostalgie für sein schönes Land und seine Familie für zu kindisch halten, sagte er:

»Madame, ich habe darüber nachgedacht, auf welchem Wege ich nach Perpignan gelange und auf welchem Wege ich wieder zu Euch zurückkehren werde.«

»Vergeßt nicht, den Weg nach Poitiers zu nehmen und nach Loudun zu gehen, um Euren alten Erzieher zu besuchen, unseren lieben Abbé Quillet. Er wird Euch nützliche Ratschläge über den Hof geben können, denn er steht sehr gut mit dem Herzog von Bouillon. Und selbst wenn er Euch nicht sehr nützlich sein sollte, dann ist es doch ein Gebot der Höflichkeit, die Ihr ihm schuldig seid.«

»Ihr werdet also zu den Truppen stoßen, die Perpignan belagern, mein Freund?« mischte sich der alte Marschall ein, der mittlerweile der Meinung war, lange genug geschwiegen zu haben. »Ihr könnt Euch glücklich schätzen. Verdammt! Eine Belagerung! Das ist für den Anfang nicht schlecht. Ich hätte einiges darum gegeben, wenn ich nach meiner Ankunft am Hofe an der Seite des verstorbenen Königs auch bei so einer Sache dabei gewesen wäre. Es hätte mir mehr Spaß gemacht, mir dabei die Eingeweide aus dem Bauch reißen zu lassen, als bei einem Turnier, wie ich es gemacht habe. Aber es herrschte Frieden, und ich war gezwungen, mit der ungarischen Rosworm gegen die Türken zu ziehen, um meine Familie durch meine Untätigkeit nicht zu beleidigen. Ich hoffe übrigens, daß Seine Majestät Euch genauso liebenswürdig empfängt, wie sein Vater mich empfangen hat. Sicher, der König ist beherzt und ein guter Mensch. Aber man hat ihn unglücklicherweise an diese kalte, spanische Etikette gewöhnt, die alle Regungen des Herzens zum Stillstand bringt.

Er zügelt sich selbst und die anderen durch seine starre Haltung und sein versteinertes Gesicht. Ich gebe zu, daß ich immer darauf gewartet habe, daß er auftaut, jedoch vergebens. Wir waren durch den geistreichen, einfachen Heinrich an anderes Benehmen gewöhnt, und wir hatten die Freiheit, ihm zu sagen, daß wir ihn liebten.«

Cinq-Mars, der Bassompierre anstarrte, als wolle er sich selbst zwingen, aufmerksam seinen Worten zu folgen, fragte ihn, was denn so über den vor fast zwanzig Jahren meuchlerisch ermordeten König gesagt wurde.

»Heinrich IV. war lebhaft und offenherzig«, antwortete der Marschall. »Einige Zeit nach meiner Ankunft in Frankreich spielte ich mit ihm und der Herzogin von Beaufort in Fontainebleau, denn er wollte, sagte er, meine Goldstücke und meine schönen portugiesischen Münzen gewinnen. Er fragte mich, warum ich in dieses Land gekommen sei. ›Sire‹, sagte ich ganz offen zu ihm, ›ich bin keineswegs in der Absicht gekommen, in Eure Dienste zu treten, sondern um einige Zeit an Eurem und dann am spanischen Hof zu verweilen. Aber Ihr habt mich dermaßen verzaubert, daß ich mich Euch, ohne weiterzugehen, bis zum Tod ergebe, wenn Ihr meine Dienste wünscht.‹ Daraufhin umarmte er mich und versicherte mir, daß ich keinen besseren Herrn hätte finden können, der mich mehr liebte. Ach … ich habe es genau gespürt … und ich habe ihm alles geopfert, bis zu meiner Liebe, und ich hätte noch mehr getan, wenn man mehr machen kann, als auf Mademoiselle de Montmorency zu verzichten.«

Der gute Marschall machte ein trauriges Gesicht, aber der junge Marquis d'Effiat und die Italiener schauten sich an und mußten lächeln, weil sie daran dachten, daß die Prinzessin Condé jetzt weder jung noch schön war. Cinq-Mars bemerkte dieses geheime Einverständnis zwischen ihnen, und er lachte nun auch, aber es war ein bitteres Lachen. ›Stimmt es denn‹, dachte er, ›daß die Leidenschaften das gleiche Schicksal wie die Mode erleiden und daß innerhalb weniger Jahre Kleider und Liebe der gleichen Lächerlichkeit preisgegeben werden können? Der ist glücklich zu schätzen, der seine Jugend und seine Illusionen nicht überlebt und seinen ganzen Schatz mit ins Grab nimmt!‹

Er zwang sich jedoch noch einmal, sich dem melancholischen

Gang seiner Gedanken zu entziehen, denn er wollte, daß der gute Marschall nichts Unerfreuliches auf den Gesichtern der Gastgeber las und fragte darum:

»Die Leute sprachen also ziemlich offen mit König Heinrich?« Er fuhr fort: »Vielleicht war er auch zu Beginn seiner Regentschaft zu diesem Ton gezwungen. Aber hat er sich verändert, als er der Herr war?«

»Niemals! Nein, unser großer König ist immer derselbe geblieben bis zu seinem letzten Tag. Er schämte sich nicht, ein Mensch zu sein, und er sprach mit kräftiger, gefühlvoller Stimme mit den Menschen. Mein Gott! Ich sehe ihn noch vor mir, wie er in der Kutsche den Herzog von Guise umarmt hat. An jenem Tag ist er gestorben. Er hatte mit mir einen seiner hochgeistigen Späße getrieben, und der Herzog sagte zu ihm: ›Ihr seid meiner Meinung nach einer der angenehmsten Menschen der Welt, und unser beider Schicksal hat uns zusammengeführt, denn, wenn Ihr nur ein normaler Mann gewesen wäret, dann hätte ich Euch in meine Dienste genommen, zu welchem Preis auch immer. Aber da Gott Euch als großen König geboren hat, mußte ich wohl Euch ergeben sein.‹ Ach, großer Mann, das hast du wohl gesagt«, rief Bassompierre mit tränennassen Augen und vielleicht auch etwas angeheizt durch die vielen Gläser Wein, die er sich schon vergönnt hatte: »*Wenn Ihr mich vernichtet haben werdet, dann werdet Ihr wissen, was ich wert war.*«

Die unterschiedlichen Tischgenossen hatten je nach ihrer Position im öffentlichen Leben ganz unterschiedlich auf diesen Gefühlsausbruch reagiert. Einer der Italiener plauderte und lachte leise mit der jungen Tochter der Marschallin. Ein anderer kümmerte sich um den schwerhörigen alten Priester, der eine Hand hinter sein Ohr gelegt hatte, um besser hören zu können. Er war wohl der einzige, der Interesse zeigte. Cinq-Mars war, nachdem er den Marschall zum Reden animiert hatte, wieder in seine Melancholie versunken. Es war ungefähr so wie beim *paume* genannten Ballspiel: Hat man den Ball geworfen, schaut man irgendwo anders hin, bis er zurückkehrt. Sein älterer Bruder kümmerte sich mit gleichbleibender Ruhe um seine Pflichten als Gastgeber. Puy-Laurens schaute die Hausherrin aufmerksam an. Er stand ganz auf der Seite des Herzogs von Orléans und fürchtete den Kardinal. Die Marschallin, Cinq-Mars' Mutter, aber sah betrübt und beunruhigt aus. Oft wurde sie durch unbedachte

Worte an den Tod ihres Gatten oder die bevorstehende Abreise ihres Sohnes erinnert. Häufiger aber noch hatte sie befürchtet, Bassompierre könne sich kompromittieren, und sie hatte ihn mehrmals mit einem warnenden Blick auf Monsieur de Launay angestoßen, den sie nur wenig kannte. Sie hatte Gründe anzunehmen, daß er dem Kardinal und leitenden Minister ergeben war. Aber bei einem Mann seines Charakters waren solche Warnungen vergebens. Bassompierre schien überhaupt nicht darauf zu achten, protzte vielmehr noch mit seinem verwegenen Blick und seiner lauten Stimme vor diesem Adeligen. Er drehte sich sogar noch zu ihm um, so als spreche er nur ihn persönlich an. Dieser schaute gleichgültig drein und stimmte ihm höflich zu. Dann wurden die beiden Türflügel geöffnet und Maria von Gonzaga-Nevers wurde gemeldet.

Die Unterhaltung, die wir hier lang und breit wiedergegeben haben, war jedoch recht kurz, und das Essen war noch in vollem Gange, als die Ankunft der jungen Herzogin alle Anwesenden zwang aufzustehen. Sie war klein, aber von schöner Gestalt, und wenn auch ihre Augen und ihre Haare tiefschwarz waren, so hatte sie doch eine frische Gesichtsfarbe und strahlend schöne Haut. Die Marschallin erhob sich aufgrund ihres hohen Ranges und küßte sie um ihrer Güte und ihrer blühenden Jugend willen auf die Stirn.

»Ihr habt uns heute lange warten lassen, liebe Maria«, sagte sie zu ihr und bot ihr den Platz neben sich an. »Glücklicherweise bleibt Ihr bei mir, und so habe ich Euch an meiner Seite, wenn mich nun eines meiner Kinder verläßt.«

Die junge Herzogin errötete, und damit man es nicht sah, senkte sie den Kopf. Endlich sagte sie mit verhaltener Stimme: »Madame, das ist mehr als recht, denn Ihr seid wie eine Mutter für mich.« Als sie Cinq-Mars, der am anderen Ende des Tisches saß, einen Blick zuwarf, wurde dieser ganz blaß.

Durch die Ankunft der Herzogin änderte sich die Art der Konversation. Sie sprachen nicht mehr alle miteinander, sondern jeder unterhielt sich mit seinem Nachbarn. Nur der Marschall äußerte sich noch kurz über die verflossene Pracht des alten Königshofes, über seine Kriege in der Türkei, seine Turniere und den Geiz des neuen Königshauses. Zu seinem Bedauern ging jedoch niemand mehr auf seine Klagen ein.

Als es zwei Uhr schlug und sich alle Gäste vom Tisch erhoben, trabten fünf Pferde auf den großen Hof, aber nur vier wurden von in Mäntel gehüllten, schwer bewaffneten Bediensteten geritten. Ein sehr unruhiger Rappe wurde von Grandchamp geführt. Es war das Pferd seines jungen Herrn.

»Ah!« rief Bassompierre. »Euer Schlachtroß ist gesattelt und gezäumt. Junger Mann, jetzt müßt Ihr die Worte unseres alten Marots sprechen:

Lebt wohl, ihr Mädchen und ihr Frauen
euch werd' ich kurze Zeit nicht schauen,
leb wohl, du höfisches Spiel, du Ball,
lebt wohl, ihr schönen Damen all,
leb wohl, du Zeit von Lust und Tanz,
leb wohl Musik und Mummenschanz,
Oboe, Fidel, Tamburin,
denn heute in den Krieg wir zieh'n.«

Die ganze Tischgesellschaft lachte mit wenigen Ausnahmen über diese alten Verse und das Gedicht, das der Marschall machte.

»Jesus Maria! Es kommt mir so vor«, sagte er dann, »als sei ich auch wie er erst siebzehn Jahre alt. Er wird mit vielen Orden geschmückt zu uns zurückkehren, Madame. Wir müssen ihm seinen Platz freihalten.«

Die Marschallin wurde plötzlich ganz blaß, stand auf und brach in Tränen aus. Alle Anwesenden erhoben sich mit ihr. Sie war kaum zwei Schritte gegangen, als sie auch schon in den nächsten Lehnstuhl sank. Ihre Söhne, ihre Tochter und die junge Herzogin standen stark beunruhigt an ihrer Seite. Sie rang nach Luft und stammelte mit tränenerstickter Stimme ein paar Worte: »Verzeihung! … meine Freunde … es ist eine Dummheit … ich benehme mich wie ein Kind … aber ich bin im Moment so schwach, daß ich dem nicht mehr Herr werden konnte. Wir waren dreizehn bei Tisch, und Ihr wart der Grund dafür, meine liebe Herzogin. Aber es ist nicht recht von mir, meinem davonziehenden Sohn so deutlich meine Ängste zu zeigen. Lebt wohl, mein Kind, bietet mir Eure Stirn zum Kuß. Gott sei mit Euch! Erweist Euch Eures Namens und Eures Vaters würdig.«

Dann erhob sie sich, *lächelte unter Tränen*, wie es Homer ausdrückte, schob Henri von sich und sagte: »Kommt, ich will Euch zu Pferde sehen, edler Reitersmann.«

Der im Aufbruch begriffene Sohn küßte wortlos die Hände seiner Mutter und verabschiedete sich dann innig von ihr. Er verneigte sich auch vor der Herzogin, ohne jedoch den Blick zu heben. Dann umarmte Cinq-Mars seinen älteren Bruder, drückte die Hand des Marschalls und küßte fast im gleichen Moment seine jüngere Schwester auf die Stirn. Er ging hinaus und saß auch schon auf dem Pferd. Alle stellten sich ans Fenster, durch das man auf den Hof schauen konnte. Nur Madame d'Effiat saß noch immer leidend in ihrem Lehnstuhl.

»Er galoppiert davon. Das ist ein gutes Zeichen«, sagte der Marschall lachend.

»Oh, mein Gott«, schrie die junge Prinzessin und wich im gleichen Augenblick vom Fenster zurück.

»Was ist denn?« fragte seine Mutter.

»Nicht, es ist nichts«, sagte Monsieur de Launay. »Das Pferd Eures Sohnes ist unter dem Tor gestürzt, aber er hat es sofort wieder hochgerissen. Seht, da winkt er schon von der Straße.«

»Noch ein schlechtes Omen!« sagte die Marquise und zog sich in ihre Gemächer zurück.

Schweigend oder flüsternd folgten die anderen ihrem Beispiel.

Es war ein trauriger Tag, und das Abendessen wurde in aller Stille auf Schloß Chaumont eingenommen.

Als es gerade zehn Uhr abends war, zog sich der alte Marschall Bassompierre, von seinem Kammerdiener begleitet, in den Nordturm zurück, der neben dem Tor gegenüber der Loire lag. Es war außergewöhnlich heiß. Er öffnete das Fenster und hüllte sich in einen bequemen, seidenen Hausmantel. Dann stellte er einen schweren Kerzenleuchter auf den Tisch. Er wollte jetzt allein sein. Das Fenster ging auf die im schwachen Licht des Halbmondes liegende Ebene hinaus. Am Himmel zogen dicke Wolken auf. All das war dazu angetan, melancholische Stimmung zu verbreiten. Obwohl Bassompierre gar keine träumerische Ader hatte, mußte er jetzt wieder daran denken, welchen Verlauf das Gespräch während des Essens genommen hatte. Im Geist ließ er noch einmal sein ganzes Leben vorbeiziehen und dachte auch an die traurigen Veränderungen, die die neue Regentschaft mit sich gebracht hatte, eine Regentschaft, die ihm scheinbar kein Glück gebracht hatte: den Tod einer geliebten Schwester, Unfrieden mit seinem zukünftigen Erben, die Verluste seiner Ländereien und seiner Gunst, das kürzliche Verscheiden seines Freundes, des

Marschalls d'Effiat, dessen Zimmer er jetzt bewohnte. Ein tiefer Seufzer entrang sich seiner Brust. Er trat ans Fenster, um einmal richtig durchzuatmen.

In diesem Moment war es ihm, als höre er vom Wald her einen Reitertrupp, aber der aufkommende Wind brachte ihn von diesem ersten Gedanken wieder ab. Da die Geräusche wieder verstummten, vergaß er den Verdacht. Er schaute noch eine Weile auf die Lichter im Schloß, die nach und nach erloschen, nachdem sie an den Spitzbögen der Fenster vorbei die Treppen hinuntergeschlängelt und dann noch in den Höfen und Pferdeställen umhergeirrt waren. Er ließ sich wieder in den schweren Gobelinsessel fallen, stützte sich mit seinem Ellenbogen auf dem Tisch auf und gab sich ganz seinen Gedanken hin. Kurz darauf zog er ein an einem schwarzen Band hängendes, auf seiner Brust verstecktes Medaillon hervor. »Komm, mein guter, alter Meister, komm«, sagte er, »komm und sprich mit mir, wie du es so oft gemacht hast. Komm, großer König, vergiß deinen Königshof um das Lachen eines wahren Freundes willen. Komm, großer Mann, und laß dich von mir in der Angelegenheit des dünkelhaften Österreichs beraten. Komm, untreuer Ritter, sprich mit mir über die Gutmütigkeit deiner Liebe und die Gutgläubigkeit deiner Untreue. Komm, heroischer Soldat. Ruf mir noch einmal zu, daß ich dich im Kampfe decke. Oh, warum habe ich es nicht in Paris getan! Warum habe nicht ich deine Wunden empfangen? Mit deinem Blut hat die Welt die Segnungen deiner glücklichen Regentschaft verloren ...«

Die Tränen des Marschalls trübten das Glas des großen Medaillons, aber er sog sie mit den Lippen auf. Als die Tür plötzlich aufgerissen wurde, warf er sich auf seinen Degen.

»Wer ist da?« rief er erstaunt. Seine Überraschung wurde noch größer, als er Monsieur de Launay erkannte, der mit seinem Hut in der Hand auf ihn zutrat und verlegen zu ihm sagte:

»Monsieur le Maréchal, Kummer lastet auf meiner Seele, aber ich bin gezwungen, Euch mitzuteilen, daß der König mir befohlen hat, Euch festzunehmen. Ein Wagen mit dreißig Musketieren des Herzog-Kardinals wartet am Tor auf Euch.«

Bassompierre hatte sich nicht erhoben und hielt noch das Medaillon in seiner linken und den Degen in seiner rechten Hand. Er reichte ihn mit verächtlicher Miene diesem Mann und sagte:

»Monsieur, ich weiß, ich habe schon zu lange gelebt, und daran dachte ich gerade eben. Im Namen des großen Heinrich werde ich den Degen in friedfertiger Absicht seinem Sohn, Ludwig XIII., übergeben. Folgt mir.«

Als er diese Worte sprach, sah er so entschlossen aus, daß Launay ganz bestürzt war und ihm mit gesenktem Kopf folgte, als ob er es sei, der von diesem edelmütigen, alten Mann festgenommen worden sei, welcher nun eine Fackel nahm und den Hof verließ. Die berittene Garde hatte alle Tore geöffnet, die Bewohner des Schlosses im Namen des Königs eingeschüchtert und Ruhe befohlen. Die Karosse war schon zur Abfahrt bereit und fuhr, von vielen Reitern gefolgt, sofort los. Das monotone Schaukeln des Wagens wiegte den neben Monsieur de Launay sitzenden Marschall schon bald in den Schlaf.

Plötzlich hörte man, wie eine laute Stimme dem Kutscher zurief: »Halt!« Und als dieser einfach weiterfuhr, ging ein Pistolenschuß los ... Nun blieben die Pferde stehen. »Hört, Monsieur! Mit dieser Sache habe ich nichts zu tun«, sagte Bassompierre. Er steckte den Kopf aus dem Wagenschlag und sah, daß sie in einem Wäldchen waren. Der Weg war so schmal, daß die Pferde weder links noch rechts am Wagen vorbeikonnten, was für die Angreifer ein entscheidender Vorteil war, denn die Musketiere konnten nicht weiterreiten. Er schaute mit angestrengtem Blick in die Dunkelheit, denn er wollte wissen, was hier vor sich ging, als sich ein Reiter mit einem langen Degen in der Hand, mit dem er die Schläge eines Gardisten abwehrte, dem Wagenschlag näherte und rief: »Kommt, kommt, Monsieur le Maréchal.«

»Was? Ihr seid es, Henri, Ihr Dummkopf! Welch einen Unfug treibt Ihr denn da? Meine Herren, meine Herren, laßt ihn, er ist noch ein Kind.«

Und als de Launay den Musketieren zurief, von ihm abzulassen, erkannten sie sich.

»Was, zum Teufel, treibt Ihr hier?« fragte Bassompierre. »Ihr solltet doch schon in Tours sein, und wenn Ihr Eure Pflicht erfüllt hättet, sogar noch weiter. Und nun seid Ihr zurückgekehrt, um diese Dummheit zu begehen.«

»Ich komme keineswegs nur Euretwegen zurück, sondern aufgrund einer geheimen Mission«, flüsterte Cinq-Mars. »Da ich aber annehme, daß man Euch zur Bastille bringt, bin ich sicher, daß Ihr nichts darüber sagen werdet, denn die Bastille ist ja der

Tempel der Verschwiegenheit. Dennoch hätte ich Euch, wenn Ihr gewollt hättet«, sagte er nun ganz laut, »in diesem Wald, in dem ein Pferd weder vor noch zurück kann, aus den Händen dieser Männer befreit. Jetzt ist keine Zeit mehr. Ein Bauer hat mir von der Beleidigung berichtet, die uns noch mehr als Euch durch diese Entführung aus dem Hause meines Vaters zugefügt wurde.«

»Es ist der Befehl des Königs, mein Kind, und wir müssen uns seinem Willen beugen. Bewahrt Euren Eifer für seine Dienste. Ich danke Euch trotzdem aus tiefstem Herzen. Reicht mir Eure Hand, und laßt mich dann diese nette Reise fortsetzen.«

De Launay fügte hinzu: »Es ist mir übrigens erlaubt, Monsieur de Cinq-Mars, Euch zu sagen, daß der König mich persönlich beauftragt hat, Monsieur le Maréchal zu versichern, daß ihn diese Sache tief betrübt. Aber er hat Angst, der Marschall könne sich zu Dummheiten hinreißen lassen, und darum bittet er ihn, einige Tage in der Bastille zu verbringen.«

Bassompierre sagte daraufhin laut lachend: »Ihr seht, mein Freund, wie man die jungen Leute unter die Fuchtel nimmt. Also, paßt auf Euch auf.«

»Na gut, dann fahrt weiter«, sagte Henri, »ich werde nicht mehr gegen ihren Willen für diese Leute den fahrenden Ritter spielen.« Während der Wagen in schnellem Trab weiterfuhr, drang er in den Wald ein und ritt auf abgelegenen Wegen zum Schloß zurück.

Er hatte Grandchamp und seine kleine Eskorte zurückgelassen und war allein vorausgeritten. Am Fuße des Westturmes machte er halt. Er stieg jedoch nicht vom Pferd ab, sondern näherte sich der Mauer soweit, daß er seinen Fuß daraufstellen konnte. Dann hob er einen Fensterladen im Erdgeschoß hoch, der wie ein Fallgatter gemacht war, wie man es noch heute an manchen alten Häusern sehen kann.

Es war nun schon nach Mitternacht, und der Mond hatte sich versteckt. Kein anderer als der Hausherr hätte jemals den Weg in einer so dunklen Nacht gefunden. Türme und Dächer bildeten eine einzige schwarze Masse, die sich kaum gegen den nur wenig helleren Himmel abhob. Das ganze Haus schlief, und es brannte hier kein einziges Licht mehr. Cinq-Mars, der unter einem breitkrempigen Hut und einem weiten Mantel versteckt war, wartete ängstlich.

Worauf wartete er? Was suchte er hier? Da erklang eine Stimme, die ganz leise hinter einem Fenster zu hören war.

»Seid Ihr es, Monsieur de Cinq-Mars?«

»Ach! Wer soll es denn sonst sein? Wer kehrt wie ein Verbrecher in sein Vaterhaus zurück, ohne einzutreten und ohne seiner Mutter Lebewohl zu sagen? Wer sonst kehrt zurück, um sich über die Gegenwart zu beklagen, ohne etwas von der Zukunft zu erwarten, wenn ich es nicht bin?«

Die sanfte Stimme war erregt, und es war unschwer zu erkennen, daß die Frau mit tränenerstickter Stimme antwortete. »Aber Henri, worüber beklagt Ihr Euch? Habe ich nicht mehr und viel mehr getan, als ich durfte? Ist es meine Schuld, daß es mein Schicksal ist, einen Fürsten zum Vater zu haben? Kann man sich seine Wiege aussuchen? Kann man sagen: ›Ich werde als Schäferin geboren?‹ Euch ist das Unglück einer Prinzessin wohlbekannt. Man nimmt ihr bei der Geburt das Herz weg, und die ganze Welt wird über ihr Alter unterrichtet. Sie wird wie eine Stadt durch einen Vertrag abgetreten, und sie darf niemals weinen. Was habe ich nicht alles getan, um mich meinem Glück zu nähern und mich vom Thron zu entfernen, seit ich Euch kenne. Seit zwei Jahren kämpfe ich vergebens gegen mein Unglück, das mich von Euch trennt, und gegen Euch, der Ihr mich von meinen Pflichten ablenkt. Ihr wißt genau, daß ich wünsche, man hielte mich für tot. Ach, was rede ich! Ich habe beinahe auf Revolutionen gehofft. Ich hätte vielleicht den Schlag gesegnet, der mir meinen Rang streitig gemacht hätte, so wie ich Gott dankte, als mein Vater gestürzt wurde. Aber der Hof wundert sich nun, und die Königin verlangt nach mir. Unsere Träume sind zerronnen. Henri, wir haben lange genug die Augen vor der Wirklichkeit verschlossen. Wir müssen nun wieder mutig erwachen. Denkt nicht mehr an diese zwei schönen Jahre. Vergeßt alles und erinnert Euch nur noch an unseren großen Entschluß. Habt nur einen einzigen Gedanken, seid ehrgeizig … ehrgeizig um meinetwillen …«

»Müssen wie denn alles vergessen, Maria?« fragte Cinq-Mars mit sanfter Stimme.

Sie zögerte …

»Ja, alles, was auch ich vergessen habe«, sagte sie und fuhr einen Moment später lebhaft fort: »Ja, vergeßt unsere glücklichen Tage, unsere langen Abende und auch unsere Spaziergänge am

Weiher und im Wald. Denkt nur noch an die Zukunft. Geht fort. Euer Vater war Marschall. Werdet mehr. Konnetabel, Fürst. Geht fort. Ihr seid jung, adelig, reich, mutig, und Ihr werdet geliebt …«

»Für immer?« fragte Henri.

»Für immer, bis in alle Ewigkeit.«

Cinq-Mars zitterte, streckte seine Hand aus und rief:

»Also gut! Ich schwöre bei der Heiligen Jungfrau Maria, deren Namen Ihr tragt, daß Ihr mir gehören werdet, Maria, oder mein Kopf fällt auf dem Schafott.«

»Um Himmels willen, was redet Ihr«, rief sie. Sie streckte ihre weiße Hand aus dem Fenster und ergriff die seine. »Nein, schwört mir, daß Ihr Euch in Euren Anstrengungen niemals schuldig machen werdet. Vergeßt niemals, daß der König von Frankreich Euer Gebieter ist. Liebt ihn mehr als alles, vor allem mehr als die, die Euch alles opfern wird und die leidend auf Euch wartet. Nehmt dieses kleine Goldkreuz und tragt es auf Eurem Herzen. Viele meiner Tränen haben es benetzt. Denkt daran, wenn Ihr dem König gegenüber je schuldig werdet, dann werde ich noch viel mehr bittere Tränen vergießen. Gebt mir diesen Ring, der an Eurem Finger glänzt. O Gott! Meine und Eure Hand sind ganz rot von Blut.«

»Was soll's! Es ist nicht für Euch geflossen. Habt Ihr vor einer Stunde nichts gehört?«

»Nein. Aber hört Ihr denn jetzt nichts?«

»Nein, Maria, nichts außer einem Nachtvogel auf dem Turm.«

»Man hat über uns gesprochen. Ich bin ganz sicher. Aber woher kommt das Blut? Sagt es mir schnell und geht.«

»Ja, ich gehe. Diese Wolke dort hüllt uns in Dunkelheit. Lebt wohl, himmlischer Engel. Ich werde für uns beten. Die Liebe hat Ehrgeiz in meinem Herzen gesät wie brennendes Gift. Ja, ich fühle es zum erstenmal, daß der Ehrgeiz durch sein Ziel ehrend sein kann. Lebt wohl, ich werde meiner Bestimmung folgen.«

»Lebt wohl, aber denkt an die meine.«

»Können sie getrennt werden?«

»Niemals«, rief Maria. »Nur durch den Tod.«

»Ich fürchte noch mehr die Trennung«, sagte Cinq-Mars.

»Lebt wohl. Ich zitterte. Lebt wohl!« sagte die geliebte Stimme. Und das Fenster senkte sich langsam auf die noch vereinten Hände.

Der Rappe hörte indessen nicht auf, mit den Hufen zu scharren und unruhig zu wiehern. Sein besorgter Herr erlaubte ihm, im Galopp davonzureiten, und bald waren sie wieder in Tours. Schon von weitem waren die Glocken von Saint-Gatien zu hören.

Der alte Grandchamp hatte, nicht ohne zu murren, auf seinen jungen Herrn gewartet, und er schimpfte, als er sah, daß Henri nicht schlafen wollte. Die ganze Eskorte ritt los, und fünf Tage später ritten sie schweigend und ohne Zwischenfälle in die alte Stadt Loudun in Poitou ein.

2. Kapitel
Die Straße

Ich nähere mich mit schwerem,
unsicherem Schritt dem
Ende dieses traurigen Zuges.

CH. NODIER, *Smarra*

Wir werden an dieser Stelle einige Jahre dieser Regentschaft, dieser Regentschaft der Schwäche, skizzieren. Das Königtum verblaßte wie bei einer Sonnenfinsternis zwischen den glanzvollen Zeiten Heinrich IV. und dem großen Ludwig XIV., und der Blick auf diese blutbefleckte Regentschaft ist betrübt. Diese Makel waren gewiß nicht nur das Werk eines Mannes. Ganze Körperschaften waren daran beteiligt. Es stimmt traurig, wenn man sieht, daß in diesem Jahrhundert, in dem noch alles drunter und drüber ging, der Klerus, der einer großen Nation glich, seinen Pöbel hatte, wie er auch seinen Adel hatte, seine Unwissenden und seine Verbrecher, seine Gelehrten und seine tugendhaften Prälaten. Später wurde dem Klerus das, was ihm von der Barbarei geblieben war, durch die lange Regentschaft Ludwig XIV. poliert, und was es noch an Korruptionen gab, wurde mit dem Blut der Märtyrer reingewaschen, die in der Revolution von 1793 geopfert wurden. Durch ganz besondere Geschicke, in der Zeit der Monarchie und der Republik weiterentwickelt, verweichlicht durch die eine, gezüchtigt durch die andere Regierungsform, wurde der Klerus zu dem, was er heute ist – streng und selten lasterhaft.

Wir haben es für nötig befunden, einen Moment bei diesen Gedanken zu verweilen, bevor wir anfangen, über die Ereignisse zu berichten, die uns die Geschichte jener Zeit bietet, und trotz dieser tröstlichen Beobachtungen konnten wir nicht umhin, die schändlichen Details auszusparen, denn wir klagen noch heute über das, was an schuldhaften Taten geblieben ist, ungefähr so, wie man bei der Lebensgeschichte eines tugendhaften Greises über die leidenschaftlichen Dummheiten seiner Jugend oder die unsittlichen Neigungen seines reifen Alters weint.

Als die Horde durch die engen Gassen in die Stadt ritt, waren merkwürdige Geräusche in Loudun zu hören. Menschenmassen bevölkerten die Stadt. Die Glocken der Kirche und des Klosters läuteten so laut, daß man fast auf den Gedanken hätte kommen können, es sei ein Brand ausgebrochen. Alle Menschen eilten zu einem großen, neben der Kirche stehenden Gebäude, ohne auf die Reisenden zu achten. Auf ihren Gesichtern waren unschwer ganz unterschiedliche, oft genau entgegengesetzte Gefühle zu lesen. Die Menschen standen in zahlreichen Gruppen und Ansammlungen beisammen. Mit einemmal verstummten alle Gespräche, und man hörte nur noch eine einzige Stimme, die scheinbar jemanden ermahnte oder jemandem etwas vorlas. Dann wurden von allen Seiten schreckliche Schreie laut, durchbrochen von wenigen gottesfürchtigen Ausrufen. Die Gruppe löste sich auf, und man konnte sehen, daß der Redner ein Kapuzinermönch oder ein Rekollekt war. Er hielt in der Hand ein hölzernes Kruzifix, womit er auf das große Gebäude wies, auf das die Menge jetzt zulief. »*Jesus Maria!*« rief eine alte Frau. »Wer hätte je gedacht, daß sich der böse Geist eines Tages in unserer schönen Stadt niederläßt?«

»Und wenn die guten Ursulinerinnen[5] besessen waren?« fragte eine andere.

»Der Teufel, von der die Oberin besessen ist, soll *Legion* heißen«, sagte eine dritte.

»Was redet Ihr denn da, meine Gute?« unterbrach sie eine Nonne. »Sieben Teufel sind in ihren Körper gefahren. Bestimmt hat sie ihren Körper aufgrund ihrer großen Schönheit viel zu sorgfältig gepflegt. Jetzt hat der Teufel ungehindert Zutritt zu ihr. Der Prior der Karmeliter hat gestern bei der Teufelsaustreibung aus ihrem Mund den Teufel *Eazas* verjagt, und der ehrwürdige Pater Lactance hat auch den Teufel *Beherit* vertrieben. Aber die anderen fünf wollten sie nicht verlassen, und als die heiligen Exorzisten – Gott möge ihnen beistehen – sie in lateinischer Sprache aufgefordert haben zu verschwinden, haben sie gesagt, daß sie es erst tun werden, wenn sie ihre Macht bewiesen hätten, an der die Hugenotten und die Ketzer scheinbar Zweifel hegten. Der Teufel *Elimi*, der, wie Ihr wißt, der bösartigste von ihnen ist, hat behauptet, daß er Monsieur de Laubardemont heute seine Kalotte wegnehmen wird und daß er sie, solange das *Miserere* gesungen wird, in der Luft schweben lassen wird.«

»Oh! Heilige Jungfrau Maria!« sagte nun die erste wieder. »Ich zittere schon am ganzen Leib. Und wenn ich daran denke, daß ich den Zauberer Urbain mehrmals gebeten habe, Messen zu lesen.«

»Und ich«, sagte ein junges Mädchen, das sich bekreuzigte, »ich habe vor zehn Monaten meine Beichte bei ihm abgelegt. Ich wäre jetzt bestimmt auch vom Teufel besessen, wenn ich die Reliquie der Heiligen Genoveva nicht glücklicherweise unter meinem Kleid getragen hätte und ...«

»Ohne Euch Vorhaltungen machen zu wollen, Martine«, unterbrach sie eine dicke Händlerin, »aber Ihr seid dafür ziemlich lange mit diesem schönen Zauberer allein gewesen.«

»Na, meine Schöne, dann wäret Ihr aber jetzt schon seit einem Monat befreit«, sagte ein junger Soldat, der eine Pfeife rauchte und sich unter die Gruppe gemischt hatte.

Das junge Mädchen errötete und rückte auf ihrem hübschen Köpfchen die Kapuze ihres schwarzen Pelzmantels zurecht. Die alten Frauen warfen dem Soldaten einen verächtlichen Blick zu, und da sie schon vor der verschlossenen Eingangstür standen, sprachen sie noch erregter miteinander als vorher, denn sie waren sicher, als erste eintreten zu können. Sie setzten sich auf die Prellsteine und Stufen und stimmten sich durch ihre Erzählungen schon auf ihr Glück ein, daß sie gleich ungewöhnliche Dinge zu sehen bekommen würden, eine Erscheinung oder wenigstens eine Folter.

»Stimmt es, Tante«, fragte die junge Martine die älteste der Frauen, »daß Ihr die Teufel habt sprechen hören?«

»So wahr ich hier stehe. Und alle Anwesenden können es bezeugen, liebe Nichte. Ich habe Euch heute mitgenommen, damit Eure Seele erstarkt«, fügte sie hinzu, »und Ihr werdet die Macht des bösen Geistes wirklich erkennen.«

»Was hat er für eine Stimme, liebe Tante?« fragte das junge Mädchen jetzt. Sie war froh, das Gespräch nun in eine Richtung zu lenken, die sie von den Gedanken derer, die in ihrer Nähe standen, ablenkte.

»Er hat genauso eine Stimme wie die Oberin. Unsere Heilige Jungfrau möge Gnade walten lassen. Die arme Frau! Ich habe sie gestern lange Zeit schreien hören. Es war eine Qual mit anzusehen, wie sie ihre Brust zerriß und ihre Füße und Arme nach außen drehte und sie dann plötzlich hinter ihrem Rücken ineinander verdrehte. Als der ehrwürdige Pater Lactance kam und

Urbain Grandiers Namen nannte, quoll Schaum aus ihrem Mund, und sie sprach lateinisch, als lese sie die Bibel. Darum habe ich es nicht richtig verstanden. Behalten habe ich nur: *Urbanus magicus rosas diabolica,* was bedeutet, daß der Zauberer Urbain sie mit den Rosen, die der Teufel ihm geschenkt hat, verhext hat. Und aus ihren Ohren und ihrem Hals traten knallrote Rosen hervor, die so stark nach Schwefel rochen, daß der Polizeikommissar gerufen hat, jeder täte gut daran, seine Nase und seine Augen zu schließen, weil die bösen Geister sie jetzt verlassen würden.«

»Seht Euch das an!« kreischten auf einmal all die hier versammelten Frauen mit triumphierendem Blick, als sie sich zu der Menge umdrehten und besonders zu einer Gruppe schwarzgekleideter Männer, in der sich auch der junge Soldat befand, der sie vorhin angesprochen hatte.

»Schon wieder diese verrückten Weiber, die glauben, sie seien beim Hexensabbat«, sagte er. »Sie erregen mehr Aufsehen, als wenn sie auf einem Besenstil angeritten kämen.«

»Junger Mann, junger Mann«, sagte ein traurig dreinschauender Bürger, »Ihr solltet derartige Scherze nicht in aller Öffentlichkeit machen. In den heutigen Zeiten kann man sich schnell den Mund verbrennen.«

»Ach was, diese ganzen Teufelsaustreiber interessieren mich einen Dreck!« meinte der Soldat nur. »Ich heiße Grand-Ferré, und es gibt nicht viele, die so einen Weihwedel haben wie ich.«

Er nahm den Knauf seines Säbels in eine Hand, zwirbelte mit der anderen seinen blonden Schnurrbart, runzelte die Stirn und schaute umher. Da er aber in der Menge niemanden sah, der seinem Blick standhielt, setzte er jetzt seinen linken Fuß vor und ging langsam fort. Der Soldat wandelte mit der typischen Unbekümmertheit eines Debütanten durch die engen, dunklen Gassen, und er fühlte eine tiefe Verachtung für alle, die nicht seine Soldatenuniform trugen.

Indessen schritten acht oder zehn besonnene Bürger dieser kleinen Stadt schweigend durch die aufgebrachte Menge. Sie schienen erschüttert zu sein über diese jäh eingetretene merkwürdige Unruhe, und sie schauten sich bei jedem neuen Beweis für diesen Irrsinn fragend an. Ihre wortlose Mißbilligung machte den Pöbel und die zahlreichen, aus dem Umland angereisten Bürger traurig. Sie alle versuchten, auf den Gesichtern der

Grundbesitzer, die zum größten Teil ihre Herren waren, abzulesen, wie sie dazu standen. Sie wußten, daß hier unangenehme Dinge vor sich gingen, und sie griffen zu dem einzigen Mittel, zu dem ein unwissender, betrogener Untertan greifen kann. Sie bewiesen Ergebenheit und warteten ab.

Der französische Bauer hat nämlich in seinem Charakter eine gewisse spöttische Naivität, derer er sich unter seinesgleichen oft und gegenüber den Obrigkeiten stets bedient. Er stellt den Mächtigen so unangenehme Fragen, wie sie Kinder an die Alten richten. Er macht sich winzig klein, um denjenigen, den er befragt, durch seine eigene Erhöhung in Verlegenheit zu bringen. Er benimmt sich noch ungeschickter und drückt sich noch derber aus als gewöhnlich, um seine geheimen Absichten besser zu verschleiern. Das alles hat jedoch, ohne daß er es will, etwas Hinterhältiges und Einschüchterndes an sich, das ihn dann doch verrät. Sein hämisches Grinsen und seine gezwungene Schwerfälligkeit, mit der er sich auf seinen langen Stock stützt, zeigen deutlich, welchen Hoffnungen er sich hingibt und auf welche Unterstützung er hofft.

Einer der ältesten, dem zehn oder zwölf junge Bauern, seine Söhne und Neffen, folgten, trat vor. Sie trugen alle einen großen Hut und ein blaues Hemd. Beides gehört zur ehemaligen Tracht der Gallier, und das französische Volk trägt Hut und Hemd noch immer zu seiner normalen Kleidung, weil es so gut zu diesem verregneten Land und einem arbeitsreichen Leben paßt. Als er bei den besagten Männern ankam, nahm er zuerst seinen Hut ab, und dann folgte die ganze Familie seinem Beispiel. Nun konnte man sein braungebranntes Gesicht und seine kahle, zerfurchte, von recht langen, weißen Haaren gezierte Stirn sehen. Alter und Arbeit hatten seinen Rücken gebeugt. Ein Mann mit ernster Miene, der zu der Gruppe schwarzgekleideter Männer gehörte, begrüßte ihn erfreut, ja, fast respektvoll, und reichte ihm, ohne den Hut abzunehmen, die Hand.

»Na, Gevatter Guillaume Leroux«, sagte er, »auch Ihr habt Euren Hof in Chênaie verlassen, um in die Stadt zu kommen, obwohl heute kein Markt ist. Es ist so, als ob sich Eure guten Rinder abspannen würden, um zur Starenjagd zu gehen und das Pflügen vernachlässigen würden, um zuzusehen, wie ein armer Hase gehetzt wird.«

»Bei Gott, Graf Du Lude«, erwiderte der Bauer, »manchmal

springt der Hase auch vor ihnen her. Ich glaube, man will uns hier zum besten halten, und ich bin gekommen, um ein wenig darüber zu erfahren, wie.«

»Lassen wir das, mein Freund«, fuhr der Graf fort, »hier ist Monsieur Fournier, der Advokat, der Euch nicht betrügen wird, denn er hat sich von seinen Pflichten als Staatsanwalt des Königs gestern abend losgesagt, und ab jetzt steht seine Beredsamkeit nur noch im Dienste seiner erhabenen Gedanken. Ihr werdet ihn vielleicht heute noch hören, aber ich befürchte es für ihn genauso, wie ich es für den Angeklagten hoffe.«

»Was soll's, Monsieur! Ich liebe die Wahrheit nun einmal«, sagte der Advokat.

Fournier war ein junger, ungewöhnlich blasser Mann, der aber ausdrucksvolle, edle Gesichtszüge hatte. Durch seine blonden Haare, seine blauen Augen, seinen sehr offenen, aufmerksamen Blick und seine schlanke, fast magere Gestalt wirkte er auf den ersten Blick jünger als er war. Sein Gesicht jedoch strahlte Nachdenklichkeit und Leidenschaft aus, was auf große Überlegenheit hinwies und auf eine, den Studien und einer natürlichen Lebenskraft zu verdankenden vorzeitigen Reife der Seele. Sein Rock und Mantel waren schwarz und recht kurz geschnitten, was der Mode jener Zeit entsprach, und unter seinem linken Arm hielt er eine Papierrolle, die er beim Sprechen mit der rechten Hand aufgeregt hin und her drehte, so wie ein wütender Krieger den Knauf seines Degens ergreift. Es sah so aus, als wolle er die Papierrolle aufrollen und den Blitz daraus befreien, damit er diejenigen, die er mit seinen entrüsteten Blicken verfolgte, treffen möge. Es handelte sich um drei Kapuzinermönche und einen Rekollekten, die durch die Menge schritten.

»Gevatter Guillaume«, fuhr Monsieur Du Lude fort, »warum habt Ihr denn nur Eure Söhne mitgebracht, und was sollen diese Stöcke bedeuten?«

»Mein Gott, Monsieur, ich möchte nicht, daß man unseren Mädchen beibringt, auch so wie die Nonnen zu tanzen, und außerdem verstehen es die Burschen in diesen Zeiten besser aufzubegehren als die Weiber.«

»Es geht nicht darum aufzubegehren, mein lieber Freund, glaubt mir«, sagte der Graf, »stellt Euch lieber alle richtig auf, um den Zug zu sehen, der dort kommt, und vergeßt nicht, daß Ihr schon siebzig seid.«

»Ach ja«, entgegnete der alte Gevatter und gab seinen zwölf Kindern ein Zeichen, sich in Reih und Glied aufzustellen. »Ich bin schon mit dem verstorbenen König Heinrich in den Krieg gezogen, und ich kann mit der Pistole genauso gut umgehen wie die *Ligisten*.« Und er wackelte mit dem Kopf, setzte sich auf einen Prellstein, stellte seinen Knotenstock zwischen seine Beine, faltete seine Hände über dem Knauf und stützte sein Kinn mit dem weißen Bart auf seine Hände. Nun schloß er die Augen halb, als würde er sich vollkommen seinen Kindheitserinnerungen hingeben.

Seine Joppe, die wie zu Zeiten Heinrichs IV. gestreift war, wirkte befremdlich, wie auch seine Ähnlichkeit mit diesem Fürsten in seinen letzten Lebensjahren, wenngleich jedoch die Haare des Fürsten durch den Dolch dieser Weiße beraubt worden waren, welche die des Bauern friedlich angenommen hatten. Aber das laute Glockengeläut zog nun die Aufmerksamkeit auf das Ende der großen Straße von Loudun.

Schon von weitem konnte man die lange Prozession sehen. Banner und Piken ragten aus der Menge heraus, die sich schweigend teilte, um diese teils lächerliche, teils düstere Inszenierung genau zu verfolgen.

Zwei Reihen spitzbärtiger Bogenschützen mit breiten Federhüten und langen Hellebarden in der Hand marschierten voraus. Dann teilte sich die Doppelreihe auf, und die Bogenschützen säumten die Straße, wobei sie zwei Reihen mit grauen Büßern in ihrer Mitte nahmen. Wir nennen sie jedenfalls so, denn in einigen Provinzen Südfrankreichs werden die Männer so genannt, die ein langes Gewand in dieser Farbe tragen, das ihren ganzen Kopf wie eine Kapuze bedeckt. Die Maske, die nur drei Schlitze für Augen und Nase hat, ist aus demselben Stoff und läuft spitz wie ein langer Bart unter dem Kinn zusammen. Auch heute noch kann man bei einigen Begräbnissen, besonders in den Pyrenäen, Männer in ähnlichen Trachten beobachten, die dem Trauerzug das ehrende Geleit geben. Die Büßer von Loudun hatten riesengroße Kerzen in der Hand, und ihr langsamer Gang und ihre Augen, die unter der Maske zu brennen schienen, verliehen ihnen das Aussehen von Geistern, wodurch unwillkürlich eine traurige Stimmung verbreitet wurde.

Die Menschen taten flüsternd ihre unterschiedlichen Meinungen kund.

»Unter diesen Masken haben sich wohl Spitzbuben versteckt«, sagte ein Bürgersmann.

»Und wahrscheinlich sind ihre Gesichter noch häßlicher«, meinte ein junger Mann.

»Sie machen mir angst«, rief eine junge Frau.

»Ich habe nur Angst um meine Börse«, antwortete ein Mann im Vorbeigehen.

»Oh! Jesus Maria! Da sind ja unsere heiligen Bußbrüder«, sagte eine Alte, die ihren schwarzen Mantel aufschlug. »Seht Ihr das Banner, das sie tragen? Welch ein Glück für uns, daß sie bei uns sind! Sicher werden sie uns retten. Seht nur, der Teufel steht mitten in den Flammen, und der Mönch legt ihm eine Kette um den Hals! Jetzt kommen die Richter! Ach, diese ehrenwerten Menschen! Seht nur ihre roten Roben! Wie schön sie sind! Oh, Heilige Jungfrau Maria, man hat sie sorgfältig ausgewählt.«

»Es sind die persönlichen Feinde des Priesters«, sagte Graf Du Lude zum Advokaten Fournier, der sich eine Notiz machte.

»Erkennt Ihr sie denn alle wieder?« fuhr die Alte fort. Sie schlug den Frauen auf die Schulter und kniff die Männer kräftig in den Arm, um ihre Aufmerksamkeit zu erheischen. »Dort, der gute Monsieur Mignon tuschelt mit den Räten des Obersten Gerichtes von Poitiers. Gott möge ihnen seinen heiligen Segen zuteil werden lassen.«

»Dort sind Roatin, Richard und Chevalier, die vor einem Jahr versucht haben, ihn abzusetzen«, flüsterte Monsieur Du Lude jetzt dem jungen Advokaten zu, der sich alles im Schutze der um ihn herumstehenden Gruppe schwarzgekleideter Männer fleißig unter seinem Mantel notierte.

»Seht, seht doch nur, geht doch zur Seite! Monsieur Barré kommt, der Priester von Saint-Jacques aus Chinon«, sagte die Alte.

»Er ist ein Heiliger«, sagte eine andere.

»Er ist ein Scheinheiliger«, hörte man eine Männerstimme sagen.

»Seht, wie mager er durchs Fasten geworden ist!«

»Durch seine Gewissensbisse ist er ganz blaß geworden.«

»Er hat die Teufel ausgetrieben!«

»Er hat sie herbeigerufen.«

Dieses Gespräch wurde durch einen Aufschrei der Menge unterbrochen: »Wie schön sie ist!«

Jetzt sah man die Oberin der Ursulinerinnen, und alle Nonnen folgten ihr. Ihr weißer Schleier war zurückgeschlagen. Damit das Volk die Gesichter der Besessenen sehen konnte, durfte sie wie auch sechs andere Ordensschwestern keinen Schleier tragen. Ansonsten war sie wie die anderen gekleidet. Nur ein riesiger Rosenkranz aus schwarzen Perlen, an dessen Ende ein Goldkreuz hing, fiel von ihrem Hals bis auf ihre Füße hinab. Aber sie zog aufgrund ihres schneeweißen Gesichtes, das durch die braune Farbe ihrer Kapuze noch weißer wirkte, sofort alle Blicke auf sich. In ihren schwarzen Augen schien eine tiefe, brennende Leidenschaft zu glühen. Über ihren Augen lagen zwei wunderschön geschwungene Augenbrauen, die die Natur mit ebensoviel Sorgfalt gezeichnet hatte, wie sie die Tscherkessinnen an den Tag legen, wenn sie sie mit dem Pinsel malen. Aber eine kleine Falte zwischen den Augenbrauen verriet, daß sie häufig tiefsinnigen Gedanken nachhing. An der Art, wie sie sich bewegte und gab, sah man, daß sie sich zur Ruhe zwang. Sie bewegte sich mit langsamen, bemessenen Schritten. Ihre schönen, gefalteten Hände waren ebenso weiß und unbeweglich wie die einer Marmorstatue, die für alle Ewigkeit auf den Gräbern betet.

»Oh! Seht nur, Tante!« rief die junge Martine. »Schwester Agnes und Schwester Claire gehen hinter ihr und weinen.«

»Meine liebe Nichte, sie sind untröstlich, weil sie die Beute des Teufels geworden sind.«

»Oder sie bereuen es«, sagte dieselbe Männerstimme, »daß sie den Himmel zum besten gehalten haben.«

Schon hatte sich tiefes Schweigen über die Menge gelegt, und die Menschen verharrten regungslos. Sie schienen plötzlich durch irgendeine Zaubermacht wie erstarrt zu sein, als hinter den Ordensschwestern, in der Mitte der vier Büßer, die den in Ketten Liegenden festhielten, der Priester der Kirche Sainte-Croix in der Robe des Pastors erschien. Er hatte bemerkenswert edle, außergewöhnlich sanfte Gesichtszüge. Ohne beleidigende Ruhe vorzutäuschen, schaute er gütig umher. Scheinbar suchte er auf beiden Straßenseiten den mitfühlenden Blick eines Freundes. Er traf ihn, er erkannte ihn, und dieses letzte Glück eines Mannes, dessen letzte Stunde geschlagen hatte, wurde ihm nicht verwehrt. Er hörte sogar einige Menschen schluchzen. Er sah Arme, die sich ihm entgegenstreckten, und einige waren nicht ohne Waffen. Er reagierte jedoch auf keine dieser Gesten. Er schlug die

Augen nieder, denn er wollte die, die ihn liebten, nicht vernichten und sie durch ein Augenzwinkern mit seinem Unglück anstecken. Es war Urbain Grandier.

Plötzlich hielt der Zug auf das Zeichen des letzten Mannes, der dem Zug folgte, an. Er schien alles zu befehligen. Er war groß, hager, blaß und mit einer langen schwarzen Robe bekleidet. Auf dem Kopf trug er eine Kalotte gleicher Farbe. Er hatte das Gesicht eine Basileus[6], gepaart mit dem Blick eines Nero. Er gab den Wachen ein Zeichen, sich um ihn zu versammeln, denn er sah mit Schrecken die Gruppe schwarzgekleideter Männer, von der wir schon gesprochen haben, und die Bauern, die sich aneinander drängten, um ihm zuzuhören. Die Kanoniker und Kapuzinermönche stellten sich neben ihn, und er las mit keifender Stimme diese denkwürdige Verfügung:

»Wir, Sieur de Laubardemont, entsandt und eingesetzt als Oberster Richter, mit unumschränkter Macht im Prozeß gegen den Zauberer Urbain Grandier befugt, um in allen Hauptanklagepunkten über ihn zu richten, unterstützt von ehrwürdigen Vätern, Kanonikus Mignon, Priester Barré von Saint-Jacques aus Chinon, Pater Lactance und allen Richtern, die einberufen wurden, über den hier anwesenden Zauberer zu richten, haben folgendes zuvor beschlossen: Erstens: Die sogenannte Versammlung der adligen Grundbesitzer, der Bürger dieser Stadt und der angrenzenden Güter wird aufgehoben, da sie auf öffentlichen Aufruhr abzielt. Ihre eingeleiteten Schritte werden für null und nichtig erklärt und der besagte, gegen uns, die Richter, gerichtete Brief an den König abgefangen und auf dem Marktplatz verbrannt, da er die guten Ursulinerinnen sowie die ehrwürdigen Väter und Richter verleumdet. Zweitens: Es wird untersagt, in der Öffentlichkeit oder unter vier Augen zu behaupten, daß die genannten Ordensschwestern nicht vom bösen Geist besessen seien und an der Macht der Exorzisten zu zweifeln. Zuwiderhandlungen werden mit zwanzigtausend Livres Bußgeld und Leibesstrafe geahndet.

Amtmänner und Magistratsbeamte haben sich danach zu richten. Am 18. Juni des Gnadenjahres 1639.«

Kaum hatte er den Beschluß verlesen, als mißtönende Trompetenklänge laut wurden, die, wenngleich auch nicht vollständig, das auf seine Worte gefolgte Gemurmel übertönten. Er drängte die Prozession zur Eile, die schnell in das große, neben der Kirche stehende Gebäude eintrat. Es war ein ehemaliges Kloster, dessen oberen Stockwerke nur noch eine einzige Ruine waren und das nur noch aus einem großen Saal bestand, der für die beabsichtigte Nutzung bestens geeignet war. Laubardemont fühlte sich erst in Sicherheit, als er das Gebäude betreten hatte und hörte, wie sie schwere Doppeltür sich ächzend vor der Menge schloß, die draußen noch immer tobte.

3. Kapitel
Der gute Priester

So sprach der Mann des Friedens zu mir.

Jean-Jacques Rousseau
Der savoyardische Vikar.

Jetzt, da die teuflische Prozession das Schauspielhaus erreicht hatte und ihre blutige Vorstellung vorbereitete, wollen wir berichten, was Cinq-Mars inmitten der erregten Schaulustigen gemacht hat. Er war von Natur aus mit einem ausgeprägten Taktgefühl begabt, und er ahnte, daß es nicht einfach sein würde, sein Ziel zu erreichen, nämlich den Abbé Quillet zu einem Zeitpunkt zu finden, da die Erregung der Geister ihren Höhepunkt erreicht hatte. Er blieb daher so wie auch seine vier Bediensteten im Sattel sitzen. Sie befanden sich in einer kleinen, sehr dunklen Gasse, die auf die große Straße führte, und von wo er mühelos alles überblicken konnte, was geschah. Zunächst achtete niemand auf ihn. Aber als die sensationslüsternen Menschen keine andere Nahrung mehr fanden, wurde er das Ziel aller Blicke. Die Stadtbewohner waren des ganzen Schauspiels müde und warfen ihm ziemlich unfreundliche Blicke zu. Sie fragten sich mit verhaltener Stimme, ob man ihnen da wohl noch einen Exorzisten geschickt hatte. Einige Bauern waren sogar schon der Meinung, daß er die Straße mit seinen fünf Pferden versperre. Cinq-Mars merkte, daß es höchste Zeit war, eine Entscheidung zu treffen, und er wählte, ohne zu zögern – wie es jeder an seiner Stelle getan hätte – die bestgekleideten Männer aus. Er nahm seinen Hut in die Hand und ritt mit seinem Gefolge auf die Gruppe schwarzgekleideter Männer zu, über die wir schon gesprochen haben, und wandte sich an den Mann, der der vornehmste zu sein schien:

»Monsieur«, sprach er ihn an, »wo könnte ich wohl Monsieur Abbé Quillet finden?«

Als die Leute diesen Namen hörten, schauten sie ihn alle erschrocken an, als ob er den Namen Luzifers ausgesprochen hätte. Dennoch sah niemand so aus, als fühle er sich gekränkt, sondern es war eher so, als sei er durch seine Frage in der Gunst der Menschen gestiegen. Außerdem war ihm der Zufall bei seiner Wahl zu Hilfe gekommen. Der Graf Du Lude ging auf sein Pferd zu und begrüßte ihn:

»Steigt ab, Monsieur«, sagte er, »dann kann ich Euch in seiner Sache wertvolle Hinweise geben.«

Nachdem sie ganz leise miteinander gesprochen hatten, verabschiedeten sich die beiden, wie zu jener Zeit üblich, sehr höflich, aber förmlich voneinander. Cinq-Mars stieg wieder auf seinen Rappen, und nachdem er durch mehrere Gassen geritten war, hatte er sich bald mit seinem Gefolge von der Menge entfernt.

Wie glücklich ich bin! sagte er sich unterwegs. Ich werde wenigstens einen Augenblick lang diesen guten, sanftmütigen Priester wiedersehen, der mich erzogen hat. Ich erinnere mich noch an seine Gesichtszüge, seine ruhige Art und seine gütige Stimme.

Als er voller Zärtlichkeit an all dies dachte, war er auf einmal in der dunklen Gasse angekommen, die man ihm genannt hatte. Sie war so schmal, daß die Stulpen seiner Stiefel die beiden Mauern berührten. Am Ende der Straße sah er ein einstöckiges Holzhaus, und hocherfreut pochte er mehrmals an die Tür.

»Wer ist da?« hörte man eine wütende Stimme schreien.

Als fast im gleichen Moment die Tür geöffnet wurde, sah man einen kleinen, dicken, untersetzten Mann mit roten Wangen auf der Schwelle stehen. Er trug ein schwarzes Käppchen, eine riesige weiße Halskrause und Reitstiefel, in denen seine kurzen Beine wie in großen Röhren versanken. In jeder Hand hielt er eine Sattelpistole.

»Ich verkaufe mein Leben teuer«, schrie er, »und ...«

»Immer mit der Ruhe, Priester«, beschwichtigte ihn sein Schüler und legte eine Hand auf seinen Arm. »Wir sind Eure Freunde.«

»Ach, mein armes Kind, Ihr seid es«, sagte der gute Mann und ließ seine Pistolen fallen, die ein Diener, der auch bis zu den Zähnen bewaffnet war, vorsichtig aufhob. »Was macht Ihr denn hier? Abscheuliche Dinge gehen hier vor sich, und ich warte nur auf den Einbruch der Dunkelheit, um zu verschwinden. Tretet schnell mit Euren Leuten ein, mein Freund. Ich hielt Euch für Laubardemonts Häscher, und ich hätte mich weiß Gott vergessen, wenn sie es gewesen wären. Dort stehen meine Pferde. Ich werde nach Italien reiten, um dort unseren Freund, den Herzog von Bouillon, zu treffen. Jean, Jean, schließt schnell das große Tor hinter diesen beherzten Dienern und sagt ihnen, daß sie nicht so viel Lärm machen sollen, wenn auch hier in der Nähe niemand wohnt.«

Grandchamp folgte dem Befehl des unerschrockenen, kleinen Priesters. Dieser hatte Cinq-Mars viermal geküßt, nachdem er sich auf die Zehenspitzen gestellt hatte, denn nur so reichte er ihm wenigstens bis zur Brust. Rasch führte er ihn in einen schmalen Raum, der einem verlassenen Speicher glich, und nachdem er sich mit ihm auf einen schwarzen Lederkoffer gesetzt hatte, sagte er in herzlichem Ton:

»Nun, mein Kind, wohin geht Ihr? Was denkt sich Eure Frau Mutter dabei, Euch hierherkommen zu lassen? Seht Ihr denn nicht, was man hier gegen einen unglücklichen Mann unternimmt, den man vernichten will? Ach, mein Gott! Muß denn dies hier das erste Schauspiel sein, das mein lieber Schüler zu sehen bekommt? O Gott, Ihr seid in einem so herrlichen Alter, in dem Ihr nur von Freundschaft, zärtlichen Gefühlen und zartem Vertrauen umgeben sein solltet, und Ihr solltet bei Eurem Eintritt in die große Welt nur Gutes über die Menschen gelernt haben. Welch ein Unglück! O mein Gott! Warum seid Ihr gekommen?«

Nachdem der gute Priester dermaßen gejammert hatte, während er zärtlich die beiden Hände des jungen Reisenden in seinen roten, runzeligen Händen hielt, hatte sein Schüler endlich Zeit, ihm zu antworten:

»Ja, erratet Ihr es denn nicht, mein lieber Priester, daß ich nur nach Loudun gekommen bin, um Euch zu sehen? Was das Schauspiel betrifft, von dem Ihr gesprochen habt, so erschien es mir nur lächerlich, und ich schwöre Euch, daß ich das Menschengeschlecht nicht weniger liebe, von dem ich durch Eure Tugenden und Eure guten Lehren eine wunderbare Meinung bekommen habe. Und nur weil fünf oder sechs Verrückte ...«

»Verlieren wir keine Zeit! Ich werde Euch von dieser Verrücktheit erzählen, ja, ich werde es Euch erklären. Aber sagt doch, wohin geht Ihr? Was habt Ihr vor?«

»Ich gehe nach Perpignan. Kardinal Richelieu soll mich dort dem König vorstellen.«

Jetzt erhob sich der gute Priester erregt von dem Koffer und ging oder lief vielmehr im Zimmer auf und ab und stampfte mit dem Fuß auf.

»Der Kardinal, der Kardinal«, wiederholte er und rang nach Luft. Er war ganz rot im Gesicht geworden und hatte Tränen in den Augen. »Armes Kind. Sie werden Euch vernichten. O mein Gott! Welche Rolle wollen sie Euch spielen lassen? Was wollen sie von Euch? Oh, mein Freund, wer wird Euch in diesem gefährlichen Land beschützen?« jammerte er. Dann setzte er sich wieder hin und nahm erneut mit väterlicher Fürsorge die beiden Hände seines Schülern in die seinen und versuchte, in seinen Augen zu lesen.

»Das weiß ich doch auch nicht«, antwortete Cinq-Mars und starrte an die Decke. »Ich glaube, der Kardinal Richelieu, der Freund meines Vaters.«

»Ach, mein lieber Henri, ich bange um Euch, mein Kind. Er wird Euch vernichten, wenn Ihr nicht sein gefügiges Werkzeug sein werdet. Ach, könnte ich doch mit Euch gehen. Warum mußte ich mich auch in dieser unglücklichen Sache wie ein Zwanzigjähriger benehmen? ... Nein, ich wäre doch nur eine Gefahr für Euch. Ich muß mich sogar verstecken, aber Ihr werdet Monsieur de Thou an Eurer Seite haben, mein Sohn, nicht wahr?« fragte er und versuchte, sich zu beruhigen. »Er ist Euer Freund aus Kindertagen. Er ist ein wenig älter als Ihr. Hört auf ihn, mein Kind. Er ist ein weiser junger Mann. Er hat viel nachgedacht, und er hat seine eigenen Ideen.«

»Ja, mein lieber Priester, Ihr könnt Euch meiner zärtlichen Zuneigung für ihn ganz sicher sein. Ich habe nie aufgehört, ihn zu lieben ...«

»Aber Ihr habt sicherlich aufgehört, ihm zu schreiben, stimmt's?« entgegnete der Priester mit einem milden Lächeln.

»Ich bitte Euch um Vergebung, mein lieber Priester. Ich habe ihm einmal geschrieben und dann noch einmal gestern, um ihm mitzuteilen, daß der Kardinal mich an den Hof ruft.«

»Was? Der Kardinal persönlich hat nach Euch verlangt?«

Als Cinq-Mars ihm nun den Brief des Herzog-Kardinals an seine Mutter zeigte, beruhigte und entspannte sich der ehemalige Gouverneur langsam wieder.

»Mein Gott«, sagte er leise, »mein Gott, das ist nicht schlecht. Das sind gute Aussichten. Mit zwanzig Jahren Gardehauptmann. Das ist für den Anfang nicht schlecht.«

Er lächelte.

Der junge Mann war erfreut, ihn lächeln zu sehen, weil das genau zu seinen eigenen Gefühlen paßte, und er fiel dem Priester um den Hals, als stürzte er sich auf seine ganze Zukunft voller Freude, Ruhm und Liebe.

Der gute Priester konnte sich nur mit Mühe aus dieser stürmischen Umarmung befreien, nahm nun seinen Spaziergang wieder auf und dachte nach. Er hustete häufig und schüttelte den Kopf. Cinq-Mars hatte nicht den Mut, das Gespräch von sich aus fortzusetzen.

Schließlich setzte sich der Alte wieder hin und sprach in ernstem Ton die folgenden Worte:

»Mein Freund, mein Kind! Ich habe mich Euren Hoffnungen wie ein Vater hingegeben. Ich muß Euch dennoch sagen, und das keineswegs, um Euch zu betrüben, daß sie mir übertrieben und wenig angemessen erscheinen. Wenn der Kardinal nur das Ziel hätte, Eurer Familie Zuneigung und Dankbarkeit zu bezeugen, dann ginge er in seiner Gunst nicht so weit. Es ist aber möglich, daß er genau Euch im Auge hat. Nachdem, was man ihm erzählt hat, scheint Ihr ihm geeignet zu sein, diese oder jene Rolle zu spielen, aber es ist unmöglich zu erraten, welche. Sicher ist das, was er mit Euch vorhat, in den tiefsten Winkeln seiner Seele verborgen. Dafür will er Euch erziehen und dressieren. Verzeiht mir diesen Ausdruck, aber er trifft es genau, und denkt ernsthaft darüber nach, wenn die Zeit gekommen ist. Aber wie auch immer, so wie die Dinge liegen, tut Ihr, glaube ich, gut daran, dieser Laune zu folgen. So hat das große Glück immer begonnen. Es ist nur wichtig, sich keineswegs gängeln und blenden zu lassen. Paßt auf, daß die Gunst Euch nicht blind macht, mein armes Kind, und daß der Aufstieg Euch nicht zu Kopf steigt. Laßt Euch durch meinen Argwohn nicht einschüchtern. Das ist schon ganz anderen passiert. Schreibt mir oft und auch Eurer Mutter. Haltet Euch an Monsieur de Thou, und wir werden uns bemühen, Euch gut zu beraten. Doch jetzt, mein Sohn, seid so gut und schließt das Fenster, denn es zieht mir am Kopf, und ich werde Euch erzählen, was hier passiert ist.«

Henri d'Effiat, der hoffte, daß die Moralpredigt nun ein Ende hatte und jetzt nur noch ein Bericht folgte, schloß schnell das alte, mit Spinnweben überzogene Fenster und setzte sich wortlos wieder hin.

»Ich glaube, wenn ich es recht bedenke, ist es vielleicht nicht vergebens gewesen, daß Ihr durch Loudun geritten seid, wenngleich Ihr hier eine traurige Erfahrung machen werdet. Aber so werdet Ihr lernen, wie niederträchtig die Menschen sein können, und das habe ich Euch damals verschwiegen. Ich hoffe übrigens, daß es kein blutiges Ende nimmt und daß der Brief, den wir an den König geschrieben haben, noch rechtzeitig ankommt.«

»Ich habe gehört, daß er abgefangen wurde«, berichtete Cinq-Mars.

»Dann sind die Würfel gefallen«, antwortete der Abbé Quillet. »Der Priester ist verloren. Aber hört mir nun gut zu.

Gott behüte, mein Kind, daß gerade ich, Euer ehemaliger Lehrer, sein eigenes Werk angreift und Eurem Glauben Schaden zufügt. Bewahrt ihn immer und überall, diesen einfachen Glauben, den Eure ehrenwerte Familie Euch vorgelebt hat, der bei unseren Vätern noch ausgeprägter war als bei uns und dessen sich die größten Heerführer unserer Zeit nicht schämen. Wenn Ihr Euren Degen tragt, erinnert Euch daran, daß er Gott gehört. Aber paßt auch auf, wenn Ihr mitten unter Menschen seid, Euch nicht von Heuchlern in die Irre führen zu lassen. Sie werden um Euch sein, mein Sohn, und Euch an der empfindlichsten Stelle Eures unbedarften Herzens treffen, indem sie an Euren Glauben appellieren, und als Zeuge ihres übertriebenen Eifers kommt Ihr Euch neben ihnen weichlich vor. Ihr werdet glauben, daß sich Euer Gewissen gegen Euch selbst erhebt, aber es wird nicht die Stimme des Gewissens sein, die Ihr hören werdet. Wie würde die Stimme des Gewissens erst dröhnen, wie aufgebracht wäre es erst dann gegen Euch, wenn Ihr dazu beigetragen hättet, die Unschuld zu verlieren, indem Ihr entgegen Eurem Gewissen den Himmel zu falschem Zeugnis aufgerufen hättet.«

»O mein Vater! Ist das möglich?« rief Henri d'Effiat und faltete die Hände.

»Es ist nur zu wahr«, fuhr der Priester fort. »Ihr habt die Exekution heute morgen schon zum Teil gesehen. Gebe Gott, daß Ihr nicht Zeuge von noch schrecklicheren Greueltaten werdet! Aber hört mir gut zu: Was auch immer geschieht, welche Verbrechen man auch zu begehen wagt, ich flehe Euch an, im Namen Eurer Mutter und allem, was Euch teuer ist, sagt nicht ein einziges Wort und zeigt in keinster Weise, was Ihr über diesen Vorfall denken möget. Ich kenne Euren hitzigen Charakter. Ihr habt ihn vom

Marschall, Eurem Vater, geerbt. Mäßigt Euch oder Ihr seid verloren. Diese kurzen Wutausbrüche verschaffen nur wenig Befriedigung und ziehen harte Rückschläge nach sich. Ich habe Eure Hand dazu schon zu oft beobachtet. Wenn Ihr wüßtet, wie sehr uns die Ruhe Überlegenheit über die Menschen schenkt. Unsere Vorfahren haben sie als ihre schönste Eigenschaft auf die Stirne der Gottheit geschrieben, weil der gelassene Mensch über seine Ängste, Hoffnungen, Freuden und Sorgen erhaben ist. Bleibt also gefaßt, wenn Ihr dieses Schauspiel sehen werdet, mein liebes Kind, und beherzigt meine Worte. Aber Ihr solltet es Euch dennoch ansehen und dieser verhängnisvollen Gerichtsverhandlung beiwohnen. Und ich werde die Suppe auslöffeln, die ich mir durch meine Schülerdummheit selbst eingebrockt habe. Ich werde es Euch erzählen und Ihr werdet sehen, daß man auch mit einem kahlen Kopf noch ein Kind sein kann wie Ihr mit Eurem schönen braunen Haar.«

Jetzt nahm Priester Quillet seinen Kopf in beide Hände und fuhr folgendermaßen fort:

»Ja, ich war genauso neugierig wie die anderen, die Teufel der Ursulinerinnen zu sehen, mein lieber Sohn. Und weil ich wußte, daß sie angeblich alle Sprachen sprechen sollten, habe ich unvorsichtigerweise aufgehört, lateinisch zu sprechen und habe ihnen einige Fragen auf griechisch gestellt. Die Oberin ist sehr hübsch, aber sie konnte in dieser Sprache nicht antworten. Der Arzt Duncan machte ganz laut die Bemerkung, er sei erstaunt, daß der Teufel, der alles wisse, nun in Barbarei verfallen, sprachliche Schwächen zeige und nicht auf griechisch antworten könne. Die junge Oberin, die auf dem Paradebett lag, drehte sich zur Wand und weinte. Flüsternd sprach sie zu Pater Barré: ›Monsieur, ich kann nicht mehr.‹ Ich wiederholte ihre Worte ganz laut und machte dadurch alle Exorzisten wütend. Sie schrien, ich müsse doch wissen, daß es Teufel gebe, die unwissender seien als Bauern, und daß wir an ihrer Macht und körperlichen Kraft nicht zweifeln könnten, weil die bösen Geister namens Graupel von den Thronen, Aman der Gewaltige und Asmodeus versprochen hätten, die Kalotte des Monsieur de Laubardemont zu stehlen. Sie bereiteten sich darauf vor, als der Wundarzt Duncan, der ein gelehrter, rechtschaffener, aber recht spottlustiger Mann ist, sich daran machte, an einem Faden zu ziehen, der an einer Säule befestigt und so unter einem Heiligenbild versteckt war, daß er, ohne daß man es sehen konnte, in der Nähe des Obersten Richters herunterfiel. Diesmal schimpfte man ihn einen Hugenotten, und ich bin sicher, daß er sich, wenn der Marschall de Brézé nicht sein Gönner gewesen wäre, kaum hätte aus der Affäre ziehen können. Der Graf Du Lude ist dann mit der ihm eigenen Gelassenheit vorgetreten und hat die Exorzisten aufgefordert, vor seinen Augen zu agieren. Pater Lactance, dieser Kapuziner mit dem schwarzen Gesicht und dem harten Blick, kümmerte sich um die Schwestern Agnes und Claire. Er hob seine beiden Hände, sah die Nonnen wie eine Schlange an, der zwei Tauben vor die Augen getreten sind, und schrie mit schrecklicher Stimme: ›*Quis te misit, Diabole?*‹ und die beiden Mädchen antworteten im Chor: ›*Urbanus.*‹ Er wollte fortfahren, als Monsieur Du Lude mit zerknirschter Miene eine kleine Golddose hervorzog. Er sagte, er habe hier eine Reliquie, die seine Vorfahren hinterlassen hätten, und da er nicht an der Besessenheit zweifelte, wolle er sie erproben. Pater Lactance griff begeistert nach der Dose, und kaum hatte er die Stirn der beiden Mädchen damit berührt, als diese auf ungewöhnliche Weise umhersprangen und Füße und Hände verdrehten. Lactance brüllte seine Teufelsbeschwörungen, Barré warf sich mit allen alten Frauen auf die Knie, und Mignon und die Richter klatschten. Der unerschütterliche Laubardemont bekreuzigte sich, ohne vom Blitz getroffen worden zu sein!

Als Monsieur Du Lude seine Dose wieder an sich nahm, beruhigten sich die Nonnen wieder. ›Ich glaube nicht‹ sagte Lactance stolz, ›daß Ihr an der Echtheit Eurer Reliquien zweifelt.‹

›Nicht mehr als an der Besessenheit‹, antwortete Monsieur Du Lude und öffnete die Dose.

Sie war leer.

›Meine Herren, Ihr spottet über uns‹, sagte Lactance.

Ich war empört über diese Affenkomödie und sagte:

›Ja, Monsieur, so wie Ihr über Gott und die Menschen spottet.‹ Das ist der Grund, warum Ihr mich hier in diesen Siebenmeilenstiefeln seht, die so groß und schwer sind, daß meine Füße schon schmerzen. Und diese langen Pistolen trage ich, weil unser Freund Laubardemont einen Haftbefehl gegen mich erlassen hat, und ich will nicht, daß er mich faßt, so alt ich auch sein mag.«

»Ja, ist er denn so mächtig?« fragte Cinq-Mars.

»Mächtiger als man meint, und als man meinen könnte. Ich weiß, daß die besessene Äbtissin seine Nichte ist und daß er einen Ratsbeschluß in den Händen hält, wonach er das Urteil sprechen soll, ohne sich um die beim Gerichtshof eingelegten Berufungen zu kümmern, der auf Anordnung des Kardinals vom Fall Urbain Grandier keine Kenntnis erhalten soll.«

»Worin liegt denn eigentlich seine Schuld?« erkundigte sich der junge Mann, der nun schon mächtiges Interesse bekommen hatte.

»Die einer starken Seele und eines höheren Geistes; ein unbeugsamer Wille, der die Mächtigen gegen ihn aufgebracht hat, und eine tiefe Leidenschaft, die ihm sein Herz entrissen hat und ihn die einzige Todsünde hat begehen lassen, die man ihm, glaube ich, vorwerfen kann. Aber das hat man nur erfahren, weil man das Geheimnis seiner Schriften, die Jeanne d'Estièvre, seiner achtzigjährigen Mutter, entrissen wurden, gebrochen und seine Liebe zur schönen Madeleine de Brou an die Öffentlichkeit gezerrt hat. Dieses junge Mädchen hatte sich geweigert zu heiraten und wollte Nonne werden. Hätte ihr doch der Nonnenschleier das heutige Schauspiel erspart! Grandiers Beredsamkeit und seine engelsgleiche Schönheit haben die Frauen oft erregt, die von weit herkamen, um ihn predigen zu hören. Ich habe sogar welche gesehen, die während seiner Predigten das Bewußtsein verloren haben. Andere haben geschrien, er sei ein Engel, und sie haben seine Kleider berührt und seine Hände geküßt, als er von der Kanzel stieg. Es ist sicher, daß außer seiner Schönheit nichts seinen wunderschönen Reden gleichkommt, die immer sehr geistreich waren: reiner Honig der Evangelien verschmolz auf seinen Lippen mit der strahlenden Flamme der Prophezeiungen, und der Ton seiner Stimme ließ ein Herz voll frommen Erbarmens für die Leiden der Menschen erahnen, das von Tränen erfüllt war, die nahe daran waren, sich über uns zu ergießen.«

Der gute Priester hielt inne, denn seine Stimme war tränenerstickt, und seine Augen waren feucht geworden. Diese Traurigkeit auf seinem runden, sonst fröhlichen Gesicht war ergreifender als bei einem anderen Menschen. Cinq-Mars ging dieser Bericht immer mehr zu Herzen, und er drückte wortlos die Hand des Priesters, weil er Angst hatte, ihn zu unterbrechen. Der Priester nahm ein rotes Taschentuch, trocknete sich die Augen, schneuzte sich und fuhr fort:

»Es ist schon das zweite Mal, daß Urbain auf so schreckliche Weise von seinen Feinden angegriffen wird. Er wurde schon einmal angeklagt, die Ordensschwestern verhext zu haben. Der Fall ist von heiligen Prälaten, erleuchteten Richtern und gelehrten Ärzten untersucht worden. Sie haben ihn losgesprochen und diesen von Menschen geschaffenen Teufeln ganz entrüstet Schweigen geboten. Der gute, gottesfürchtige Erzbischof aus Bordeaux hatte nichts anderes getan, als die sogenannten Exorzisten von persönlich ausgewählten Männern überprüfen zu lassen, und aufgrund seines Beschlusses sind diese Propheten geflohen und ihre Hölle wurde zum Schweigen gebracht. Sie fühlten sich jedoch durch diese öffentlichen Debatten gedemütigt und sahen es als Schande an, daß Grandier von unserem König freundlich empfangen wurde, als er sich ihm in Paris zu Füßen warf. Es wurde ihnen schnell klar, daß sie, wenn er siegt, verloren wären und man sie als Betrüger betrachten würde. Das Kloster der Ursulinerinnen war eigentlich nur noch eine Bühne für erbärmliche Schauspiele, und die Ordensschwestern waren unehrenhafte Schauspielerinnen. Mehr als hundert Personen, die den Priester verbissen verfolgten, hatten sich in der Hoffnung, ihn zu vernichten, selbst kompromittiert. Ihre Verschwörung hatte sich keineswegs aufgelöst, nein, sie hatte durch diese erste Niederlage noch an Kraft gewonnen. Und jetzt hört, welcher Mittel sich seine unerbittlichen Feinde bedient haben.

Kennt Ihr diesen Mann, der die Graue Eminenz genannt wird, diesen gefürchteten Kapuziner, den der Kardinal für alle möglichen Dienste einsetzt, den er oft um Rat fragt und den er immer mit Verachtung straft? An ihn haben sich die Kapuziner aus Loudun gewandt. Eine Frau namens Hamon aus dieser Gegend, die aus dem niederen Volk stammt, hatte das Glück, der Königin, als sie durch dieses Land reiste, zu gefallen, und die Fürstin nahm sie in ihre Dienste. Ihr wißt, daß zwischen ihrem Hof und dem des Kardinals Haß besteht, und Ihr wißt auch, daß Anna von Österreich und Monsieur Richelieu sich einige Zeit um die Gunst des Königs gestritten haben und daß Frankreich am Abend nie wußte, welche dieser beiden Sonnen am nächsten Tag wieder aufgehen würde. Als die Sonne des Kardinals für einen Moment untergegangen war, wurde eine Satire veröffentlicht, die dem Planetensystem der Königin entstammte. Sie hatte den Titel *Die Schuhmacherin der Königinmutter*[7]. Sie war schlecht gemacht und geschrieben, aber sie barg so beleidigende Dinge über Herkunft und Person des Kardinals, daß die Feinde dieses Ministers sie an sich nahmen und sie bekannt machten, was den Minister verärgerte. Es wurden dadurch, wird gesagt, viele Intrigen und Geheimnisse aufgedeckt, die er für undurchdringlich gehalten hatte. Er las dieses anonyme Werk und wollte wissen, wer es geschrieben hatte. Genau zu jener Zeit schrieben die Kapuziner dieser kleinen Stadt an Pater Joseph, daß ein regelmäßiger Briefwechsel zwischen Grandier und der Hamon für sie keinen Zweifel daran ließe, daß er der Autor dieser Schmähschrift sei. Es half ihm wenig, daß er zuvor gottesfürchtige Gebets- und Meditationsschriften veröffentlicht hatte, deren Stil allein ihn von dem Verdacht hätte befreien müssen, Hand an eine in der Gassensprache verfaßte Schmähschrift gelegt zu haben. Der Kardinal, der schon lange gegen Urbain eingenommen war, wollte nur ihn als Schuldigen sehen. Man erinnerte ihn daran, daß Grandier ihm, als er noch Prior von Coussay gewesen war, nicht nur den Rang streitig gemacht, sondern ihn sogar überflügelt hatte. Ich müßte mich sehr irren, wenn dieser Schritt ihn nicht schon mit einem Bein ins Grab befördert hat ...«

Der gute Abbé lächelte traurig, als er die letzten Worte sprach.

»Was? Ihr glaubt, daß diese Sache bis zu seinem Tod führen kann?«

»Ja, mein Kind, ja, bis zum Tod. Man hat schon alle Akten und für ihn günstigen Urteilssprüche vernichtet, die ihm als Verteidigung hätten dienen können, und das trotz des Widerstandes seiner armen Mutter, die sie als eine Art Lebensberechtigung ihres Sohnes aufbewahrt hatte. Schon wollte man eine Schrift gegen den Zölibat, die man zwischen seinen Papieren gefunden hatte, als Propagandamaterial für eine Spaltung der Kirche ansehen. Sicher ist er schuldig, und die Liebe, die ihn dazu getrieben hat – so rein sie auch immer sein mag – ist ein gewaltiger Fehltritt für einen Mann, der nur Gott allein geweiht ist. Aber dieser arme Priester ist weit davon entfernt, zur Ketzerei aufzurufen, und es wird gesagt, er habe die Schrift verfaßt, um die Seelennöte der Mademoiselle de Brou zu lindern. Man hat richtig erkannt, daß seine wahren Vergehen nicht ausreichen, um ihn umzubringen, und darum wurde die Anschuldigung der Hexerei, die seit langer Zeit in Vergessenheit geraten hat, wieder aufgerollt. Der Kardinal gab vor, an seine Schuld zu glauben. Er setzte in dieser Stadt ein neues Tribunal ein und übertrug Laubardemont auch noch den Vorsitz. Das ist so gut wie ein Todesurteil. Ach, möge der Himmel verhüten, daß Ihr jemals erfahrt, was die korumpierten Regierungen *Staatsstreich* nennen!«

In diesem Moment war hinter einer kleinen Mauer des Hofes ein schrecklicher Schrei zu hören. Der Priester stand erschrocken auf, und Cinq-Mars tat es ihm gleich.

»Das war der Schrei einer Frau«, sagte der Alte.

»Er ist mir durch Mark und Bein gegangen«, sagte der junge Mann. »Was war das?« rief er seinen Leuten zu, die alle auf den Hof gelaufen waren.

Sie antworteten ihm, daß man nichts mehr höre.

»Schon gut, schon gut!« schrie der Priester. »Und seid jetzt ruhig!«

Er schloß das Fenster und legte seine Hände auf die Augen.

»Mensch, welch ein Schrei, mein Kind«, sagte er (er war ganz blaß geworden). »Welch ein Schrei! Er zerreißt mir das Herz. Ein Unglück ist geschehen. Oh, mein Gott! Ich bin ganz verwirrt. Ich kann nicht mehr weitersprechen. Mußte ich diesen Schrei hören, während ich mit Euch über Euer Schicksal spreche! Mein liebes Kind, Gott segne Euch! Kniet Euch nieder.«

Cinq-Mars tat, wie ihm geheißen wurde, und durch einen Kuß auf seinen Scheitel erkannte er, daß der Alte ihn gesegnet hatte. Dieser half ihm hoch und sprach:

»Beeilt Euch, mein Freund. Die Zeit eilt. Man könnte Euch hier bei mir finden. Geht! Laßt Eure Leute und Eure Pferde hier. Hüllt Euch in einen Mantel und geht. Ich muß noch viel schreiben, bevor die Dunkelheit mir erlaubt, nach Italien aufzubrechen.«

Sie umarmten sich noch einmal und versprachen einander, sich zu schreiben, und dann ging Henri fort. Der Priester, der ihm durch das Fenster nachschaute, rief ihm zu: »Was auch immer geschieht, paßt gut auf Euch auf.« Und bedachte ihn noch einmal mit seinem väterlichen Segen und sprach: »Mein armes Kind!«

4. Kapitel
Der Prozeß

> O Rache Gottes! Wie sehr muß dich jeder fürchten, der das lesen wird, was sich meinen Blicken bot!
>
> Dante

Trotz des Brauches, die Sitzungen hinter verschlossenen Türen abzuhalten, der damals von Richelieu eingeführt worden war, wollten die Richter des Priesters von Loudun, daß der Saal für das Volk geöffnet wurde, und es dauerte nicht lange, bis sie es bitter bereuten. Aber zunächst glaubten sie, daß sie dem Volk durch ihren Hokuspokus, der schon fast sechs Monate dauerte, genug auferlegt hatten. Sie waren alle an Urbain Grandiers Vernichtung interessiert, aber sie wollten, daß die Empörung des Volkes in gewisser Weise das Todesurteil billigte, auf das sie hinarbeiteten und das sie fällen mußten, wie es der gute Priester seinem Schüler erklärt hatte.

Laubardemont war eine Art Raubvogel, den der Kardinal immer ausschickte, wenn er auf schnelle und zuverlässige Weise Rache üben wollte. Und bei dieser Gelegenheit rechtfertigte er die Wahl, die der Kardinal mit ihm getroffen hatte. Er machte nur einen einzigen Fehler, nämlich gegen den Brauch eine öffentliche Sitzung zu gestatten. Er hatte die Absicht, die Menschen einzuschüchtern und zu erschrecken. Er erschreckte sie nicht nur, sondern er lehrte sie das Fürchten.

Die Menge verharrte schon zwei Stunden vor seiner Tür. Das dumpfe Geräusch eines Hammers verkündete, daß im Innern des großen Saales in aller Schnelle geheimnisvolle Vorbereitungen getroffen wurden. Die Bogenschützen hoben unter großen Anstrengungen die schweren Straßentüren aus den Angeln, und das gierige Volk stürzte herbei. Der junge Cinq-Mars wurde mit der zweiten Menschenwoge ins Innere, hinter einen mächtigen Pfeiler dieses Gebäudes geschwemmt, und von hier aus konnte er alles sehen, ohne gesehen zu werden. Mißmutig nahm er zur Kenntnis, daß die Gruppe schwarzgekleideter Bürger in seiner

Nähe stand. Aber als die großen Türen geschlossen wurden, war der ganze Teil des Saales, in dem das Volk sich befand, in eine solche Dunkelheit gehüllt, daß man ihn nicht erkennen konnte. Obwohl es noch mitten am Tage war, erhellten Fackeln den Saal. Sie waren aber fast alle am äußeren Ende des Saales aufgestellt worden, wo sich die Estrade mit den Richtern erhob, die hier hinter einem langen Tisch saßen. Stühle, Tische und Treppen waren mit einem schwarzen Tuch bedeckt, das aschgraue Schatten auf die Gesichter warf. Eine für den Angeklagten reservierte Bank stand zu ihrer Linken, und auf dem auf der Bank liegenden Krepp war die Reliefstickerei einer goldenen Flamme zu erkennen, was den Fall der Anklage veranschaulichen sollte. Dort saß, von Bogenschützen umzingelt, der Angeklagte. Seine Hände lagen noch immer in Ketten, die zwei Mönche in gespielter Furcht festhielten, und sie taten so, als ob sie bei der geringsten Bewegung Urbains fliehen würden, als hätten sie einen Tiger oder einen tollwütigen Wolf an der Leine oder als ob die Flamme auf ihre Kleider übergreifen könnte. Sie hatten auch dafür Sorge getragen, daß das Volk sein Gesicht nicht sehen konnte.

Das unbewegliche Gesicht des Monsieur de Laubardemont schien die von ihm ausgewählten Richter zu beherrschen. Er war fast einen Kopf größer als sie, da er auf einem erhöhten Platz saß. Mit jedem seiner ausdruckslosen, unruhigen Blicke erteilte er ihnen einen Befehl. Er trug eine lange, weite rote Robe, und sein Kopf war mit einer schwarzen Kalotte bedeckt. Er schien damit beschäftigt zu sein, Papiere zu ordnen, die er an die Richter weitergab und dann durch ihre Reihen gehen ließ. Die Vertreter der Anklage, alles Geistliche, die mit Albe und Stola bekleidet waren, saßen rechts neben den Richtern. Pater Lactance fiel durch sein schlichtes Kapuzinergewand, seine Tonsur und seine groben Gesichtszüge auf. Auf einer Tribüne hatte sich der Bischof von Poitiers versteckt, und auf anderen Tribünen standen dichtgedrängt verschleierte Frauen. Zu Füßen der Richter, hinter sechs jungen Ursulinerinnen stand eine erregte Menge niederträchtiger Weiber und Männer aus dem niederen Volk. Die Nähe des Volkes widerte die Nonnen an, die als Zeuginnen hier waren.

In dem anderen Teil des Saales drängelte sich eine riesige, dunkle, schweigende, sogar an Simsen, Türen und Balken hängende Menschenmenge. Und die Richter spürten das Entsetzen der Menge, denn ihre Betroffenheit erwuchs aus ihrer Anteilnahme für den Angeklagten. Dieses schreckliche, düstere Bild der Menge wurde von zahlreichen, mit langen Piken bewaffneten Bogenschützen in angemessener Weise eingerahmt.

Ein Gerichtsdiener öffnete eine schmale Tür, und auf ein Zeichen des Präsidenten hin führte man die Zeugen ab. Die Oberin der Usulinerinnen machte, als sie an Monsieur de Laubardemont vorbeiging, einen Schritt auf ihn zu und sagte ziemlich laut: »Ihr habt mich reingelegt, Monsieur.« Doch er verzog keine Miene, und sie schritt hinaus.

Tiefe Stille herrschte im Saal.

Einer der Richter namens Houmain, Polizeikommissar aus Orléans, erhob sich würdevoll, aber sichtbar verwirrt, und las mit leiser und so heiserer Stimme eine Art Anklageschrift vor, daß es unmöglich war, auch nur ein einziges Wort zu verstehen. Dennoch verschaffte er sich Gehör, da das, was er zu sagen hatte, den Geist des Volkes in Aufruhr versetzen mußte. Er teilte die Prozeßbeweise in zwei Arten ein. Die Aussagenprotokolle der zweiundsiebzig Zeugen lieferten einen Teil der Beweise. In den anderen, welches die beweiskräftigeren waren, ginge es um die Teufelsaustreibungen der hier anwesenden, ehrwürdigen Väter, schrie er, und dann bekreuzigte er sich.

Pater Lactance, Barré und Mignon verneigten sich tief und bekreuzigten sich ebenfalls. »Ja, meine Herren«, sprach er an die Richter gewandt, »dieser Strauß weißer Rosen wurde von Euch wiedererkannt und vor Euch niedergelegt sowie auch diese, mit dem Blut des Zauberers unterzeichnete Schrift, bei der es sich um eine Abschrift des Paktes, den er mit Luzifer geschlossen hat, handelt, den er gezwungenermaßen bei sich tragen mußte, um seine Macht nicht zu verlieren. Mit Entsetzen kann man noch die letzten Worte auf diesem Pergament lesen: *Die Urschrift liegt in der Hölle, in Luzifers Kabinett.*«

Schallendes Gelächter eines wohl kräftigen Mannes wurde in der Menge laut. Der Präsident errötete und gab den Bogenschützen ein Zeichen, doch sie suchten vergebens nach dem Störenfried. Der Berichterstatter fuhr fort:

»Die Teufel wurden gezwungen, ihre Namen zu nennen, und aus dem Munde ihrer Opfer haben wir sie erfahren. Ihre Namen und ihre Missetaten habe ich hier vor mir auf dem Tisch liegen: Sie heißen Astaroth unter dem Befehl der Seraphins; Easas, Celsus, Acaos, Cedron, Asmodeus unter dem Befehl der Thronen;

Alex, Zabulon, Cham, Uriel und Achas aus den Fürstentümern usw., denn ihrer gibt es unendlich viele, und wer von uns war noch nicht Zeuge ihrer Missetaten?«

Nicht enden wollendes Gemurmel ertönte aus der Menge. Es wurde Ruhe geboten, doch erst als sich einige Hellebarden näherten, wurde es still im Saal.

»Betrübt mußten wir mit ansehen, wie sich die junge, ehrenwerte Oberin der Ursulinerinnen mit ihren eigenen Händen die Brust zerriß und sich im Staub wälzte. Agnes, Claire und auch andere Schwestern haben uns durch leidenschaftliche Gesten oder unmäßiges Lachen die Bescheidenheit ihres Geschlechts vergessen lassen. Als die Gottlosen an der Existenz der Teufel zweifeln wollten und wir selbst unsere Überzeugung haben wanken sehen, weil sie sich geweigert haben, sich vor Unbekannten, sei es auf griechisch oder auf arabisch, zu äußern, haben uns die ehrwürdigen Väter bestärkt und uns gütigerweise erklärt, daß die Spottlust der bösen Geister besonders groß und es nicht weiter verwunderlich sei, daß sie ihre Unkenntnis vorgetäuscht hätten, um nicht derartig mit den Fragen bedrängt zu werden. Ihnen seien in ihren Antworten sogar einige Barbareien und Sprachschnitzer unterlaufen, damit man sie falsch verstehe und die untadeligen Gelehrten sie aus Verachtung zufriedenließen. Ihr Haß sei so stark, daß sie, um einen ihrer Zaubertricks vorzuführen, eine Schnur an die Decke hängten, um dadurch ehrenhafte Leute des Aberglaubens zu bezichtigen, während unter Eid von ehrwürdigen Personen bestätigt wurde, daß an diesem Ort niemals eine Schnur gehangen habe.

Meine Herren, während der Himmel auf so wunderbare Weise durch seine heiligen Boten zu uns spricht, ist uns eben ein weiteres Licht aufgegangen. Genau in dem Moment, als die Richter in tiefste Meditation versunken waren, war in der Nähe des Ratssaales ein durchdringender Schrei zu hören. Wir haben uns an diesen Ort begeben und den Leichnam eines jungen Mädchens von hoher Geburt gefunden. Sie hatte eben auf öffentlicher Straße vor den Augen des Kanonikus, unseres ehrwürdigen Paters Mignon, ihren letzten Atemzug getan. Wir haben von dem hier anwesenden Priester und von mehreren anderen ehrwürdigen Personen erfahren, daß er den Verdacht hegte, das Fräulein könne besessen sein, weil seit langer Zeit das Gerücht von Urbain Grandiers Bewunderung für sie in Umlauf war, und da hatte er den glücklichen Einfall, es zu überprüfen. Er sprach sie direkt an und sagte zu ihr: ›*Grandier ist eben getötet worden.*‹ Sie stieß daraufhin nur einen einzigen grellen Schrei aus und brach sofort tot zusammen. Auf diese Weise hat der böse Geist sie um den Beistand unserer Heiligen Mutter, der katholischen Kirche gebracht.«

Ein Raunen der Empörung ging durch die Menge. Das Wort *Mörder* wurde laut. Die Gerichtsdiener geboten mit lauter Stimme Ruhe. Der Berichterstatter stellte die Ruhe wieder her, indem er einfach das Wort ergriff, doch vielleicht siegte auch die allgemeine Neugierde.

»Eine schändliche Angelegenheit, meine Herren«, fuhr er fort. Er versuchte, durch laute Unmutsbekundungen seine Position wieder zu stärken. »Man hat bei ihr diese von Urbain Grandiers Hand geschriebene Schrift gefunden.«

Er zog aus seinen Papieren ein in Pergament gebundenes Buch hervor.

»O Gott!« rief Urbain von seiner Bank.

»Paßt auf!« riefen die Richter den Bogenschützen zu, die ihn bewachten.

»Der Teufel wird sich bestimmt noch offenbaren«, sagte Pater Lactance mit unheilverkündender Stimme. »Zieht seine Fesseln stramm.«

Sie folgten seinem Befehl.

»Sie hieß Madeleine de Brou und war neunzehn Jahre alt«, fügte der Polizeikommissar hinzu.

»Gott! O Gott! Das ist zuviel!« rief der Angeklagte und fiel bewußtlos zu Boden.

Die Menge wurde von unterschiedlichen Gefühlen erfaßt. Einen Moment herrschte Aufruhrstimmung. »Der Unglückliche! Er hat sie geliebt!« sagten die einen. »Ein so gutes Mädchen«, sagten die Frauen. Mitleid gewann langsam die Oberhand. Man schüttete Grandier kaltes Wasser ins Gesicht, doch ohne daß er wieder zu Bewußtsein kam, und dann band man ihn auf der Bank fest. Der Richter ergriff wieder das Wort:

»Es ist unsere Pflicht, dem Gericht den Anfang dieses Buches vorzulesen.« Und er las das folgende:

Um Dein aufgewühltes Gewissen zu beruhigen, habe ich für Dich, sanfte, schöne Madeleine, in einem Buch einen einzigen Gedanken meiner Seele aufgezeichnet. Alle gehören sie Dir, himmlisches Kind, denn dorthin kehren sie als Ziel meines ganzen Lebens zurück. Dieser Gedanke jedoch, den ich Dir wie eine Blume sende, kommt von Dir, existiert nur durch Dich und kehrt nur zu Dir zurück.

Sei nicht traurig, weil Du mich liebst; sei nicht betrübt, weil ich Dich anbete. Was machen die Engel im Himmel? Und was wurde den Seelen der Glückseligen versprochen? Sind wir denn nicht so rein wie die Engel? Sind unsere Seelen noch nicht von der Erde losgelöst wie nach dem Tod? O Madeleine, was ist in uns, was den Blicken des Herrn mißfallen könnte? Vielleicht wenn wir zusammen beten, unsere Stirne vor seinen Altären in den Staub werfen und um einen baldigen Tod bitten, der uns jetzt in unserer Jugend und unserer Liebe ereilen möge? Wenn wir beide allein träumend unter den dunklen Bäumen des Friedhofs wandeln und ein Doppelgrab suchen, unserem Tod entgegenlachen und über unser Leben weinen? Oder wenn Du vor mir im Beichtstuhl niederkniest und mir dann im Angesicht Gottes nichts Schlechtes offenbaren kannst, so sehr habe ich Deine Seele unterstützt, der Reinheit des Himmels würdig zu sein? Wer könnte sich denn gegen unseren Schöpfer versündigen? Ja, vielleicht, so glaube ich, vielleicht, hätte irgendein Geist des Himmels mir meine Glückseligkeit neiden können, als Du am Ostertag vor mir niederknietest, befreit durch die lange Zeit der Kasteiung von den wenigen Makeln, die die Erbsünde bei Dir hinterlassen konnte. Wie schön Du warst! Dein Blick suchte deinen Gott im Himmel, und meine zitternde Hand brachte ihn Deinen reinen Lippen dar, die niemals menschliche Lippen zu berühren wagten. Himmlisches Wesen, ich allein teilte die Geheimnisse des Herrn oder eher das einzige Geheimnis der Reinheit Deiner Seele. Ich vereinigte Dich mit Deinem Schöpfer, der auch soeben in meine Brust hinabgestiegen war. Unbeschreibliche Vermählung, deren Priester der Ewige Gott selbst war, und nur diese war zwischen der Jungfrau und dem Pastor erlaubt. Die einzige Wollust, die jeder von uns verspürte, war das ewige Glück für den anderen beginnen zu sehen, gemeinsam die Düfte des Himmels zu atmen und schon den himmlischen Klängen zu lauschen und sicher zu sein, daß unsere nur vor Gott und uns entblößten Seelen würdig waren, ihn gemeinsam zu verehren.

Welche Skrupel lasten noch auf Deiner Seele, o meine Schwester? Glaubst Du denn, daß ich einen zu großen Kult um Deine Tugend getrieben habe? Fürchtest Du, eine so reine Bewunderung könne mich von der des Herrn abgelenkt haben? …

Bis hierhin hatte Houmain die Schrift vorgelesen, als sich die Tür, durch die die Zeugen hinausgegangen waren, plötzlich öffnete. Die Richter flüsterten beunruhigt miteinander. Laubardemont wurde unsicher und schaute die Priester fragend an, um zu erfahren, ob sie dieses angeordnet hatten. Aber da sie in einiger Entfernung von ihm saßen und selbst überrascht waren, konnten sie ihm nur zu verstehen geben, daß nicht sie es waren, die diese Unterbrechung veranlaßt hatten. Zur allgemeinen Verwunderung konnte man übrigens sehen, noch ehe sie ihre fragenden Blicke getauscht hatten, wie drei Frauen in Hemden, mit nackten Füßen, einem Seil um den Hals und einer Kerze in der Hand bis zur Mitte der Estrade vordrangen. Es war die Oberin, der die weinenden Schwestern Agnes und Claire folgten. Die Oberin war leichenblaß, aber ihre Haltung war sicher und ihr Blick starr und mutig. Sie kniete sich nieder, und ihre Gefährtinnen taten es ihr gleich. Es herrschte eine so große Verwirrung, daß niemand daran dachte, sie aufzuhalten. Schon sprach sie mit klarer, fester Stimme diese Worte, die in allen Ecken des Saales widerhallten:

»Im Namen der Heiligen Dreifaltigkeit bitte ich, Jeanne de Belfiel, Tochter des Baron von Cose, unwürdige Oberin des Ursulinerinnenklosters von Loudun, Gott und die Menschen um Vergebung für das Verbrechen, das ich begangen habe, indem ich den unschuldigen Urbain Grandier beschuldigt habe. Meine Besessenheit war falsch, meine Worte wurden mir eingeflüstert, meine Gewissensbisse drücken mich nieder ...«

»Bravo!« hörte man es von den Tribünen und aus der Menge schallen. Die Menschen klatschten in die Hände; die Richter erhoben sich. Die Bogenschützen waren verunsichert und schauten den Präsidenten fragend an. Dieser zitterte am ganzen Leib, bewahrte aber die Haltung.

»Ruhe!« rief er in scharfem Ton. »Bogenschützen, waltet Eures Amtes!«

Dieser Mann konnte sich auf die Unterstützung einer so starken Hand verlassen, daß ihn nichts erschreckte, denn der Gedanke an den Himmel war ihm niemals gekommen.

»Priester, was denkt Ihr?« sagte er und schaute nun die Klosterbrüder fragend an.

»Daß der Teufel seinen Freund retten will ... *Obmutesce, Satanas!*« rief Pater Lactance mit dröhnender Stimme, und er sah aus, als wolle er der Oberin in diesem Moment wieder den Teufel austreiben.

Dieses eine Wort schlug ein wie ein Funken im Pulverfaß. Jeanne de Belfiel stand sofort auf. In der ganzen Schönheit ihrer zwanzig Jahre stand sie da, und ihre schreckliche Blöße machte sie noch schöner. Es sah so aus, als erscheine eine der Hölle entkommene Seele vor ihrem Verführer. Mit ihren dunklen Augen starrte sie auf die Mönche. Lactance schlug die Augen nieder. Als sie mit nackten Füßen auf ihn zuging, bebte die Estrade unter ihren Schritten. Die Kerze in ihrer Hand sah aus wie das Schwert des Racheengels.

»Schweigt, Betrüger!« rief sie in energischem Ton. »Ihr wart der Teufel, der in mich gefahren ist. Ihr habt mich betrogen. Man hätte nicht über ihn zu Gericht sitzen dürfen. Erst heute weiß ich, daß er abgeurteilt wurde. Heute ahne ich schon seinen Tod. Ich werde sprechen.«

»Weib, der Teufel führt Euch in die Irre!«

»Man könnte eher sagen, daß meine Reue mich erleuchtet. Meine Schwestern, Ihr seid so unglücklich wie ich. Erhebt Euch! Ist er nicht unschuldig?«

»Wir schwören es!« sagten die beiden noch knienden jungen Laienschwestern. Dann brachen sie in Tränen aus, denn ihnen fehlte die starke Willenskraft der Oberin. Agnes hatte kaum diese Worte gesprochen, da wandte sie sich ans Volk und rief: »Rettet mich! Sie werden mich bestrafen. Sie werden mich töten.« Und sie riß ihre Gefährtin mit und warf sich mit ihr in die Menge, die sie liebend in ihre Mitte nahm. Tausend Stimmen schworen ihr Beistand. Flüche wurden laut. Die Männer hämmerten mit ihren Stöcken auf den Boden. Die Menschen reichten die beiden Schwestern immer weiter bis zur Straße, und die Richter wagten nicht, sie daran zu hindern.

Während dieses erneuten Zwischenfalls ließ sich erregtes Flüstern auf der Richterbank vernehmen. Laubardemont warf den Bogenschützen einen Blick zu und gab Anweisungen, wohin diese ihr Augenmerk besonders lenken sollten. Mehrmals zeigte er auf die Gruppe schwarzgekleideter Männer. Die Ankläger sahen zu der Tribüne hin, von der aus der Bischof von Poitiers die Verhandlung verfolgte, aber dieser wirkte vollkommen teilnahmslos und verzog keine Miene. Es handelte sich um einen jener Greise, derer sich der Tod schon zehn Jahre, bevor alles

Leben in ihnen erlischt, bemächtigt. Er sah aus, als sei er beinahe eingeschlummert. Aus seinem aufgerissenen Mund drangen einige vage, abgedroschene, fromme Worte, die aber keinen Sinn ergaben. Er hatte immerhin noch genügend Verstand, um zu erkennen, wer von den Richtern die meiste Macht hatte, und um diesem zu gehorchen. Nicht einen Moment dachte er daran, um welchen Preis. Also hatte er das Urteil, das die Gelehrten der Sorbonne gefällt hatten und das die Ordensschwestern für besessen erklärte, unterschrieben, ohne auch nur im geringsten zu bedenken, daß dieses Urbains Tod nach sich zog. Alles weitere war für ihn scheinbar nur noch eine reine Formsache, die mehr oder weniger schnell über die Bühne ging und der er keine Aufmerksamkeit mehr schenkte. Er war es gewohnt, diesen Verhandlungen beizuwohnen und inmitten ihres Prunks zu leben. Er gehörte einfach dazu wie ein unentbehrliches Möbelstück. Er gab daher bei dieser Gelegenheit kein einziges Lebenszeichen von sich, sondern er zeigte nur eine durch und durch würdevolle nichtssagende Miene.

Pater Lactance, der sich einen Moment von dem scharfen Angriff der Oberin erholt hatte, drehte sich nun zum Präsidenten um und sagte:

»Der Himmel schickt uns hier einen eindeutigen Beweis für ihre Besessenheit, denn noch nie hat die Oberin die Bescheidenheit und die Strenge ihres Ordens vergessen.«

»Könnte doch die ganze Welt mein Zeuge sein!« rief Jeanne de Belfiel mit gleichbleibend sicherer Stimme. »Ich kann auf Erden nicht genug gedemütigt werden, und der Himmel wird mich abweisen, weil ich Eure Komplizin war.«

Über Laubardemonts Stirn rann der Schweiß. Er versuchte sich jedoch zu fangen: »Welch eine absurde Geschichte! Wer hat Euch denn dazu gezwungen, meine Schwester?«

Die junge Frau sammelte all ihre Kräfte und preßte ihre Hand auf ihr Herz, als wolle sie es sich ausreißen. Dann sah sie zu Urbain Grandier und antwortete mit Grabesstimme: »Die Liebe!«

Die Menge erbebte. Seitdem Urbain das Bewußtsein verloren hatte, verharrte er mit gesenktem Kopf wie tot auf seiner Bank. Langsam lenkte er seinen Blick auf sie, und jetzt kehrten seine Sinne ganz zu ihm zurück, um einen erneuten Schmerz zu erleiden. Die junge Büßerin fuhr fort:

»Ja, die Liebe, die er zurückgewiesen hat und die er niemals richtig kennengelernt hat. Die Liebe, die ich während seiner Predigten aufgesogen habe, die ich in seinem himmlischen Blick gelesen habe und die durch seine Ratschläge sogar noch stärker wurde. Ja, Urbain ist rein wie ein Engel, aber so gütig wie ein Mann, der geliebt hat. Ich wußte nicht, daß er geliebt hat. Ihr wart es«, sagte sie jetzt lebhafter und zeigte auf Lactance, Barré und Mignon. Der leidenschaftliche Ton ihrer Stimme schlug in Empörung um. »Ihr habt mir gesagt, daß er liebt, und Ihr habt mich heute morgen auf so grausame Weise gerächt, indem Ihr meine Rivalin durch ein einziges Wort getötet habt. Oh! Ich wollte sie nur trennen. Es war ein Verbrechen. Aber meine Mutter ist Italienerin. Ich war in Liebe entbrannt, und ich war eifersüchtig. Ihr habt mir versprochen, daß ich Urbain sehen kann, daß er mein Freund sein wird und ich ihn jeden Tag sehen kann ...«

Sie schwieg einen Moment, und dann schrie sie: »Volk, er ist unschuldig. Märtyrer, vergib mir! Ich küsse deine Füße.« Sie fiel auf Urbains Füße nieder und brach schließlich in Tränen aus.

Urbain hob seine stramm gefesselten Hände in die Höhe, und dann segnete er sie mit sanfter, aber schwacher Stimme:

»Geht, meine Schwester. Ich vergebe Euch im Namen dessen, den ich bald sehen werde. Ich habe es Euch neulich gesagt, und jetzt versteht Ihr, daß die Leidenschaften großes Unglück bringen, wenn man nicht versucht, diese zum Himmel zu lenken.«

Zum zweitenmal stieg Laubardemont Zornesröte ins Gesicht: »Unglücklicher!« rief er. »Du sprichst die Worte der Kirche.«

»Ich habe den Schoß der Kirche nie verlassen«, erwiderte Urbain.

»Man bringe dieses Mädchen hinaus«, befahl der Präsident.

Als die Bogenschützen diesem Befehl folgen wollten, sahen sie, daß die Oberin das Seil, das um ihren Hals hing, so kräftig zugezogen hatte, daß sie ganz rot geworden und fast leblos war. Von nacktem Entsetzen gepackt, flohen die Frauen aus der Menge. Einige wurden bewußtlos hinausgetragen. Aber der Saal leerte sich nicht etwa. Die Menschen standen dichtgedrängt, und von der Straße strömten immer neue Menschen herbei.

Die Richter erhoben sich mit erschrockenen Gesichtern, und der Präsident versuchte, den Saal räumen zu lassen, aber das Volk ging in Deckung und verharrte in bedrohlicher Unbeweglichkeit. Es standen nicht mehr genügend Bogenschützen zur Verfügung, also mußte man nachgeben, und Laubardemont verkündete mit irritierter Stimme, daß sich der Rat für eine halbe Stunde zurückziehen werde. Er hob die Sitzung auf, aber die dunkle Masse des Volkes wich nicht von der Stelle.

5. Kapitel
Der Märtyrer

Die Folter fragt, und der Schmerz antwortet.

RAYNOUARD,
Die Tempelherren

Das anhaltende Interesse an diesem nicht zu Ende geführten Prozeß, die ganze Szenerie sowie die Zwischenfälle hatten bei den Menschen eine solche Spannung erzeugt, daß sich keine Unterhaltung entwickeln konnte. Einige Schreie waren gleichzeitig zu hören gewesen, ohne daß irgendein Zuschauer die Gefühle seines Nachbarn ahnte oder sich auch nur bemühte, sie zu erraten oder über seine eigenen zu sprechen. Als das Publikum jedoch sich selbst überlassen war, entlud sich die aufgeladene Stimmung und alle schrien wild durcheinander. Trotz des Aufruhrs konnte man aus dem allgemeinen Lärm einzelne Stimmen heraushören, etwas so wie der Klang der Trompete den *Basso continuo* eines Orchesters übertönt.

In jener Zeit herrschte bei den Menschen des Volkes noch eine so schlichte Denkweise vor, daß sie die mysteriösen Märchen der Richter, die auf sie einredeten, einfach glaubten und nicht wagten, sich selbst ein Urteil zu bilden. Die Mehrzahl der Schaulustigen wartete mit Schrecken auf die Rückkehr der Richter und tuschelte mit geheimnisumwitterter, wichtigtuerischer Miene miteinander: »Was soll man davon halten, Monsieur!« »Ganz recht, Madame, hier passieren wirklich erstaunliche Dinge!« »Wir leben schon in einer merkwürdigen Zeit!« »Ich habe das alles fast kommen sehen, aber, ehrlich gesagt, hätte ich kein Wort gesagt, und ich werde es auch jetzt nicht tun!« »Man wird ja sehen!« usw. Dummes Geschwätz der Menge, das nur einmal mehr zeigt, daß sie dem ersten beipflichtet, der sie an die Kandare nimmt. Das war der *Basso continuo*. Aber von der Gruppe der schwarzgekleideten Männer waren andere Dinge zu hören: »Müssen wir uns das bieten lassen? So ein Ding! In ihrer Unverschämtheit so weit zu gehen, unseren Brief an den König zu verbrennen! Wenn der

König das wüßte!« »Diese Barbaren! Diese Betrüger! Mit welcher Raffinesse ihr ganzer Komplott aufgebaut ist! Werden sie ihn vor unseren Augen töten? Haben wir denn Angst vor diesen Bogenschützen?« »Nein, nein und nochmals nein!« Das waren die Trompeten, der Diskant dieses lärmenden Orchesters.

Der junge Anwalt stieg auf eine Bank und riß ein Bündel Papiere in tausend Fetzen. Dann ergriff er das Wort: »Ja«, rief er, »ich zerreiße das Plädoyer, das ich zu Gunsten des Angeklagten ausgearbeitet habe, und streue es in alle Winde. Man hat die ordentliche Gerichtsverhandlung aufgehoben. Es ist mir nicht gestattet, für ihn zu sprechen. Ich kann nur zu Euch sprechen, Volk, und ich bin froh darüber. Habt Ihr diese niederträchtigen Richter gesehen? Wer von ihnen kann noch die Wahrheit hören? Wer ist würdig, dem redlichen Mann zuzuhören? Wer wagte es, seinem Blick standzuhalten? Was rede ich da? Sie kennen sie ganz genau, die Wahrheit. Sie tragen sie unter ihrem schuldigen Busen. Sie zerfrißt ihr Herz wie eine Schlange. Sie zittern in ihrem Versteck, in dem sie sicher ihr Opfer verschlingen. Sie zittern, weil sie die Schreie von drei mißbrauchten Frauen gehört haben. Ach, was werde ich machen? Ich werde für Urbain Grandier sprechen! Doch kommt meine Redekunst der dieser Unglückseligen gleich? Welche Worte hätten Euch seine Unschuld besser bewiesen? Der Himmel hat sich für ihn bewaffnet, indem er sie zur Reue und zur Hingabe aufrief. Der Himmel wird sein Werk vollenden.«

Durch ein über ihren Köpfen gelegenes Fenster konnte man Stimmen hören: »*Vade retro, Satanas!*«

Fournier unterbrach seine Rede kurz:

»Hört Ihr diese Stimmen«, fragte er, »die die göttliche Stimme nachäffen? Ich müßte mich sehr irren, wenn diese Handlanger der teuflischen Macht mit diesem Gesang nicht irgendwelche neuen Hexereien ausbrüteten.«

»Ja«, riefen alle um ihn versammelten Menschen, »führt uns. Was sollen wir machen? Was haben sie mit ihm gemacht?«

»Bleibt hier, bewegt Euch nicht vom Fleck und seid ruhig«, antwortete der junge Anwalt. »Die Geduld des Volkes ist unersetzlich. Darin liegt seine ganze Weisheit, und das ist seine Stärke. Schaut schweigend zu, und Ihr werdet sie das Fürchten lehren.«

»Sie wagen sicherlich nicht, wiederzukommen«, sagte der Graf Du Lude.

»Ich möchte gern diesen großen, roten Schurken wiedersehen«, meinte Grand-Ferré, dem nichts entgangen war.

»Und diesen guten Priester«, murmelte Gevatter Guillaume Leroux, der auf die aufgeregte Schar seiner Kinder blickte, die leise miteinander sprachen, abschätzende Blicke auf die Bogenschützen warfen und sie zählten. Sie spotteten sogar über ihre Kleider und zeigten schon mit dem Finger auf sie.

Cinq-Mars, der noch immer, in seinen schwarzen Mantel gehüllt, an dem Pfeiler lehnte, hinter den er sich anfangs gestellt hatte, verschlang mit den Augen alles, was passierte. Nicht eines der hier gesprochenen Worte entging ihm. Sein Herz füllte sich mit Gift und Galle. Ihn überkam gegen seinen Willen der brennende Wunsch nach Mord und Rache und eine unendliche Lust, um sich zu schlagen. Das ist die erste Reaktion, die das Böse in der Seele eines jungen Mannes hervorruft. Dann macht die Wut der Traurigkeit Platz. Später schlägt diese dann in Gleichgültigkeit und Verachtung um. Noch später weicht dieses Gefühl einer wohlbedachten Bewunderung für die bösen, siegreichen Schurken. Aber das passiert nur, wenn von den beiden Seelenkräften des Mannes die Gemeinheit über das Gewissen siegt.

Indessen schien eine Gruppe Frauen, die rechts im Saal, nahe der für die Richter errichteten Estrade stand, ihre ganze Aufmerksamkeit einem Kind von ungefähr acht Jahren zu widmen, das sich vorgenommen hatte, mit Hilfe seiner Schwester Martine, über die sich der junge Soldat Grand-Ferré vorhin lustig gemacht hatte, auf ein Sims zu steigen. Da es nichts mehr zu sehen gab, nachdem das Tribunal hinausgegangen war, war dieses Kind bis zu einem kleinen Fenster hinaufgeklettert, durch das ein schwacher Lichtschein fiel. Der Junge dachte, daß sich dort vielleicht ein Schwalbennest oder irgendein anderer für sein Alter interessanter Schatz verbarg. Als er jedoch mit beiden Füßen fest auf dem Sims stand und sich mit den Händen an dem Gitter eines alten Reliquienschreins des Heiligen Hieronymus festhielt, wünschte er sich weit weg und schrie:

»Oh, Schwester, gib mir deine Hand, damit ich wieder hinunter kann.«

»Was gibt es denn da zu sehen?« fragte Martine.

»Oh, das kann ich nicht sagen. Ich will hier runter!« Und er fing an zu weinen.

»Bleib oben, bleib«, riefen die Frauen im Chor. »Bleib dort, mein Kind, hab keine Angst, und sag uns genau, was du siehst.«

»Man hat den Priester zwischen zwei große Bretter gelegt, die seine Beine zusammenquetschen. Um die Planken sind Seile gespannt.«

»Das ist die Folter«, erklärte ein Mann aus der Stadt. »Sieh genau hin, mein Freund. Was siehst du noch?«

Das Kind hatte sich etwas beruhigt und stellte sich nun mit mehr Zuversicht vor die Luke. Es schaute zur Menge und sagte:

»Ich kann den Priester nicht mehr sehen, weil alle Richter um ihn herumstehen und ihn anschauen. Ihre Roben sind so weit, daß ich nichts sehen kann. Die Kapuziner sind auch da. Sie beugen sich zu ihm hinab und reden ganz leise auf ihn ein.«

Die Neugierde trieb noch mehr Menschen hier unter dem Fenster zusammen. Alle schwiegen und warteten ängstlich auf sein erstes Wort, so als ob das Leben aller davon abhinge.

»Ich sehe den Henker«, fuhr er fort. »Er schlägt jetzt vier Holzklötze zwischen die Seile, aber vorher haben die Kapuziner Hämmer und Nägel gesegnet … Oh, mein Gott! Schwester, sie schauen ihn ganz böse an, weil er nichts sagt … Mama, Mama, gib mir deine Hand. Ich will hinunter.«

Als das Kind sich umdrehte, sah es anstelle seiner Mutter nur noch Männergesichter, die es mit trauriger Gier anstarrten und es ermunterten weiterzureden. Es wagte nicht, hinunterzusteigen, und stellte sich wieder zitternd vor das Fenster.

»Oh! Ich sehe Pater Lactance und Pater Barré, die noch mehr Holzklötze hineinschlagen, die ihm die Beine zusammenpressen. Oh! Wie blaß er ist! Er sieht aus, als bete er zu Gott. Aber da, sein Kopf fällt nach hinten, als ob er stirbt. Oh! Holt mich hier runter …«

Und er fiel in die Arme des jungen Advokaten, von Monsieur Du Lude und von Cinq-Mars, die herbeigeeilt waren, um ihn aufzufangen.

»*Deus stetit in synagoga deorum: in medio autem Deus dijudicat* …«, hörte man kräftige, näselnde Stimmen singen, die aus diesem kleinen Fenster drangen. Sie sangen noch eine ganze Weile einen Choral von Psalmen, der von Hammerschlägen unterbrochen wurde. Ein höllisches Werk, das den Rhythmus für die himmlischen Gesänge angab. Man hätte meinen können, der Verschlag eines Schmieds sei in der Nähe. Aber die Schläge waren dumpf, und jeder wußte, daß der Amboß der Körper eines Mannes war. »Ruhe!« rief Fournier. »Er spricht. Der Gesang und die Schläge verstummen.«

Tatsächlich hörte man eine schwache Stimme ganz langsam sagen: »O meine Väter. Mildert Eure grausame Folter, denn Ihr stürzt meine Seele in Hoffnungslosigkeit, und ich werde versuchen, in den Tod zu fliehen.«

Jetzt schrie das Volk los, und die Schreie hallten im Gewölbe wider. Die wütenden Männer warfen sich auf die Estrade und griffen dann die erstaunten, zögernden Bogenschützen an. Die unbewaffnete Menge schubste sie, drängte sie und zwang sie gegen die Mauer, bis sie ihre Arme nicht mehr bewegen konnten. Die Menschenmenge stürzte sich auf die Türen, die zur Folterkammer führten. Schon ächzten sie unter ihrem Gewicht und drohten einzustürzen. Tausende gewaltiger Stimmen fluchten lautstark und sollten die Richter erschrecken.

»Sie sind gegangen. Sie haben ihn mitgenommen«, schrie ein Mann.

Sofort blieben alle stehen und drehten sich um. Dann floh die Menge von diesem abscheulichen Ort und strömte ins Freie. Hier herrschte ein eigenartiges Drunter und Drüber.

Während der langen Verhandlung war es dunkel geworden, und es regnete in Strömen. Die Dunkelheit war erschreckend. Die schreienden Frauen rutschten über die Pflastersteine oder wurden von den Pferden der Wachen zurückgedrängt. Die dumpfen Schreie der hier versammelten wütenden Männer hallten wie ein einziger Schrei durch die Nacht; das unaufhörliche Glockengeläut kündigte durch die wiederholten Schläge die Hinrichtung an, und in der Ferne grollte der Donner: Es herrschte ein einziges Chaos. So wie man erstaunt war, über das, was man hörte, so nicht minder über das, was sich den Blicken bot. Einige Trauerfackeln brannten an den Straßenecken und warfen ein eigentümliches Licht auf die Soldaten, die im Galopp vorbeiritten und die Menge überrollten. Sie wollten sich so schnell wie möglich auf dem Platz Saint-Pierre versammeln. Unterwegs wurden sie manchmal von Ziegelsteinen getroffen, aber da man den zu weit entfernten Schuldigen nicht traf, prasselten diese Ziegelsteine auf den unschuldigen Nachbarn nieder. Das Durcheinander war gewaltig und wurde noch größer, als das Volk, das durch alle Straßen auf den Platz namens Saint-Pierre-le-Marché strömte, diesen von allen Seiten versperrt vorfand. Der Platz war voller berittener Gardisten und Bogenschützen. Die an den Grenzsteinen der Straßen festgebundenen Karren versperrten alle Zugänge, die von mit Hakenbüchsen bewaffneten Posten bewacht wurden. Auf der Mitte des Platzes stand ein Scheiterhaufen. Riesige Balken waren so übereinander gestapelt worden, daß sie ein richtiges Viereck bildeten, das mit einem helleren, leichteren Stück Holz bedeckt war. Ein riesiger Pfahl ragte in der Mitte dieses Schafotts in die Höhe. Ein Mann in roten Kleidern stand in der Nähe dieser Art Mast, den man schon von weitem sehen konnte, und hielt eine Fackel, deren Flamme nach unten zeigte, in der Hand. Vor ihm stand ein riesiger Ofen, der durch eine Blechabdeckung vor dem Regen geschützt wurde.

Angesichts dieser Szenerie breitete sich Entsetzen aus, worauf tiefe Stille folgte. Einen Moment lang hörte man nur noch das Plätschern des strömenden Regens und den immer näher kommenden Donner.

Cinq-Mars, den die Herren Du Lude, Fournier und all die wichtigen Leute begleiteten, hatte sich indessen unter den Säulen der auf zwanzig Steinstufen errichteten Kirche Sainte-Croix vor dem Gewitter in Sicherheit gebracht. Von dieser Anhöhe konnte man den gegenüberliegenden Platz, auf dem sich der Scheiterhaufen befand, ganz überblicken. Er war vollkommen leer; nur breite Rinnsale flossen über ihn hinweg. Aber inzwischen war hinter allen Fenstern der umliegenden Häuser Licht zu sehen, und man konnte die schwarzen Köpfe der Männer und Frauen erkennen, die sich auf den Balkonen drängelten. Der junge d'Effiat betrachtete traurig dieses bedrohliche Schauspiel. Zu Ehrgefühl erzogen, war er von diesen ganzen abscheulichen Gedanken weit entfernt, die Haß und Ehrgeiz in den Herzen der Menschen erzeugen können, und er verstand nicht, daß ohne bestimmte starke, geheime Beweggründe so viel Schlechtes geschehen konnte. Eine solche Verurteilung war in seinen Augen so unglaublich dreist, daß sogar die Grausamkeit sie schon allmählich in seinen Augen rechtfertigte. Ein geheimer Schrecken schlich sich in sein Herz, und es war der gleiche, der auch das Volk zum Schweigen brachte. Er vergaß fast das Interesse, daß er dem unglückseligen Urbain entgegengebracht hatte, und er überlegte, ob es nicht möglich sei, daß gewisse Geheimverbindungen mit der Hölle eben diese außergewöhnliche Härte hervorgerufen hätten. Und die öffentlichen Enthüllungen der Ordensschwestern und die Berichte seines ehrwürdigen Gouverneurs verblaßten in seiner Erinnerung, so viel Macht hat der Erfolg selbst in den Augen der vornehmen Leute. So sehr beeindruckt die Stärke den Menschen, trotz der Stimme seines Gewissens. Der junge Reisende fragte sich schon, ob es nicht wahrscheinlich sei, daß die Folter dem Angeklagten einige monsterhafte Geständnisse entrissen habe, als auf den dunklen Kirchenvorplatz plötzlich Licht fiel. Die beiden großen Kirchentüren öffneten sich, und im Schein unendlich vieler Kerzen erschienen all die von Wachen umringten Richter und Kleriker. In ihrer Mitte ging Urbain, gestützt oder eher getragen von sechs Männern, die wie schwarze Büßer gekleidet waren, da seine gefesselten, mit blutverschmierten Verbänden verbundenen Beine gebrochen zu sein schienen und ihn nicht mehr trugen. Cinq-Mars hatte ihn kaum zwei Stunden nicht mehr gesehen, und dennoch hatte er Mühe, das Gesicht wiederzuerkennen, das er bei der Verhandlung gesehen hatte. Sein Gesicht war vollkommen zusammengefallen, und alle Farbe war daraus gewichen. Totenblässe bedeckte die gelbe, wie Elfenbein schimmernde Haut. Alles Blut schien aus seinen Adern gewichen zu sein. Nur in seinen dunklen Augen, die doppelt so groß geworden zu sein schienen, war noch Leben. Sein schmachtender Blick ging durch die Menge. Seine braunen Haare lagen unordentlich auf seinem Hals und auf einem weißen Hemd, das ihn vollkommen verhüllte. Diese Art Robe mit weiten Ärmeln hatte eine gelbliche Farbe und roch nach Schwefel. Ein langes, dickes Seil hing um seinen Hals und fiel auf seine Brust. Er ähnelte einem Geist, aber dem Geist eines Märtyrers.

Urbain blieb stehen oder wurde vielmehr unter den Säulen der Kirche festgehalten. Der Kapuziner Lactance legte ihm in seine rechte Hand eine glühende Fackel und sagte mit unerbittlicher Härte zu ihm: »Leiste Abbitte und bitte Gott um Vergebung für dein Verbrechen der Zauberei.«

Der Unglückselige hob kaum die Stimme, schaute gen Himmel und flüsterte:

»Im Namen des lebendigen Gottes lade ich dich in drei Jahren vor, Laubardemont, untreuer Richter! Man hat meinen Beichtvater entfernt, und ich war gezwungen, meine Vergehen Gott selbst zu beichten, da meine Feinde mich umzingelten. Ich bestätige diesem Gott der Barmherzigkeit, daß ich niemals Zauberer war, daß ich nur die Wunder der katholischen, apostolischen und römischen Kirche kennengelernt habe, in der ich sterbe. Ich habe mich oft gegen mich selbst versündigt, aber niemals gegen Gott, unseren Herrn …«

»Halt inne!« rief der Kapuziner, und er schickte sich an, ihm den Mund zuzuhalten, ehe er den Namen des Erlösers aussprechen konnte. »Das Elend hat dich abgestumpft. Gehe zurück zum Teufel, der dich geschickt hat.«

Er gab vier Priestern ein Zeichen, die sich mit dem Weihwasserwedel in der Hand näherten. Sie trieben den Teufel aus: aus der Luft, die der Zauberer atmete, aus der Erde, die er betreten hatte, und aus dem Holz, das ihn verbrennen sollte. Während dieser Zeremonie verlas der Polizeikommissar in aller Eile das Urteil: *Es wird bestätigt, daß Urbain Grandier des Verbrechens der Zauberei, der Hexerei und der Verzauberung der Ursulinerinnen aus Loudun und anderen weltlichen Personen ordnungsgemäß angeklagt und überführt wurde usw.*

Der Berichterstatter, der von einem Blitz geblendet wurde, hielt einen Moment inne, wandte sich an Monsieur de Laubardemont und fragte ihn, ob man nicht angesichts des Wetters die Vollstreckung auf den nächsten Tag verschieben könne. Dieser antwortete:

»Das Urteil verlangt die Vollstreckung innerhalb von vierundzwanzig Stunden. Fürchtet nicht dieses ungläubige Volk. Wir werden es schon noch überzeugen …«

All die angesehenen Leute und viele Fremde waren unter dem Säulenvorbau versammelt und traten nun vor. Cinq-Mars befand sich mitten unter ihnen.

»Der Zauberer hat niemals den Namen des Erlösers aussprechen können und weist sein Bild zurück.«

Lactance löste sich jetzt aus den Reihen der Büßer. Er hielt in seiner Hand ein riesiges, eisernes Kruzifix, das er offensichtlich sehr vorsichtig und ehrfürchtig festhielt. Er näherte es den Lippen des Sünders, der sich tatsächlich nach hinten warf, all seine Kräfte mobilisierte und dem Kapuziner das Kruzifix mit einem Arm aus der Hand schlug.

»Ihr seht es«, rief er, »er hat das Kruzifix zu Boden geworfen.«

Ein Raunen ging durch die Menge, aber es war nicht ganz klar, was es zu bedeuten hatte.

»Entweihung«, riefen die Priester.

Sie gingen zum Scheiterhaufen.

Cinq-Mars versteckte sich hinter einem Pfeiler. Er hatte alles mit gierigen Blicken beobachtet. Er sah erstaunt, daß das Kruzifix, als es auf die Stufen, die dem Regen mehr als der Platz ausgesetzt waren, gefallen war, gequalmt und ein Geräusch verursacht hatte wie geschmolzenes Blei, das in Wasser geworfen wird. Während das allgemeine Interesse auf andere Dinge gelenkt wurde, trat er vor und legte eine Hand darauf. Er spürte, daß er sich stark verbrannt hatte. Von Empörung und der ganzen Wut eines loyalen Herzens ergriffen, nahm er das Kruzifix mit einem Mantelzipfel, ging auf Laubardemont zu und schlug es ihm auf die Stirn:

»Betrüger!« rief er. »Trag das Zeichen dieses glühenden Eisens!«

Die Menge hörte dieses Wort und stürzte herbei.

»Nehmt diesen Verrückten fest!« rief der unwürdige Magistrat vergebens.

Er wurde selbst von den Händen der Männer ergriffen, die schrien: »Gerechtigkeit! Im Namen des Königs!«

»Wir sind verloren«, schrie Lactance. »Zum Scheiterhaufen! Zum Scheiterhaufen!«

Die Büßer schleppten Urbain zum Platz, während die Richter und die Bogenschützen in die Kirche zurückkehrten und sich mit den wütenden Bürgern herumschlugen. Da der Henker keine Zeit hatte, sein Opfer festzubinden, beeilte er sich, ihn auf das Holz zu legen und dort die Flamme zu entzünden. Aber es regnete in Strömen, und jeder Balken, der gerade Feuer gefangen hatte, erlosch gleich darauf wieder qualmend. Vergebens versuchten Lactance und die anderen Kanoniker das Feuer zu entfachen, doch nichts konnte das Wasser überzeugen, das vom Himmel fiel.

Der Tumult, der auf dem Säulenvorplatz der Kirche entstanden war, hatte sich indessen über den ganzen Platz ausgebreitet. Der Schrei nach *Gerechtigkeit* wurde immer wieder laut, und das, was man hier aufgedeckt hatte, ging von Mund zu Mund. Zwei Barrikaden waren schon durchbrochen worden, und trotz dreier Gewehrschüsse wurden die Bogenschützen nach und nach bis zur Mitte des Platzes zurückgedrängt. Vergebens bäumten sich ihre Pferde gegen die Menge auf. Die wachsende Menge drängte sie zurück. Eine halbe Stunde verging bei diesem Kampf, und die Wachen wichen immer weiter zum Scheiterhaufen zurück. Dieser war von den eng zusammengerückten Wachen ganz verdeckt.

»Weiter, weiter!« rief ein Mann. »Wir werden ihn befreien. Schlagt die Soldaten nicht, sondern drängt sie nur zurück. Seht Ihr, Gott will nicht, daß er stirbt. Der Scheiterhaufen erlischt. Freunde, strengt Euch noch etwas an. – Gut. – Werft dieses Pferd um! – Drängt sie zurück. Beeilt Euch!«

Wache und Barrikaden waren von allen Seiten durchbrochen. Das Volk warf sich brüllend auf den Scheiterhaufen, aber kein einziges Licht brannte mehr, und alle waren verschwunden – sogar der Henker. Die Balken wurden herausgerissen und zu Boden geworfen. Einer brannte noch, und in seinem Lichtschein konnte man unter einem Haufen Asche und blutverschmiertem Schmutz eine verbrannte schwarze Hand sehen, die durch eine riesige eiserne Handschelle und eine Kette vor dem Feuer geschützt war. Eine Frau hatte den Mut, sie zu öffnen. Seine Finger umklammerten ein kleines Kreuz aus Elfenbein und ein Bild der Heiligen Magdalena.

»Das ist von ihm übriggeblieben«, sagte sie weinend.

»Es sind die Reliquien eines Märtyrers«, sagte ein Mann.

6. Kapitel
Der Traum

Es ist Fortunens Gut vergänglich, wie bekannt,
Und wer darauf gebaut, der hat gebaut auf Sand.
Je mehr man sich erhob, je größer die Gefahr,
Der höchste Baum zumeist des Sturmes Opfer war.

RACAN

Cinq-Mars befand sich inmitten dieses Kampfgetümmels, das er selbst durch seinen Zornesausbruch verursacht hatte. Er spürte, wie sein linker Arm von einer stahlharten Hand gepackt wurde, die ihn aus der Menge heraus bis zur Kirchentreppe zog und dann hinter die Kirchenmauer warf. Er erkannte das dunkle Gesicht des alten Grandchamp, der in barschem Ton sagte: »Monsieur, es ist noch gar nichts, dreißig Musketiere im Wald von Chaumont anzugreifen, denn wir waren ganz in Eurer Nähe, ohne daß Ihr es gewußt habt, so daß wir Euch zu Hilfe geeilt wären, wenn es nötig gewesen wäre. Außerdem hattet Ihr es dort mit ehrenwerten Männern zu tun. Aber das hier ist etwas anderes. Am Ende der Straße sind Eure Pferde und Eure Leute. Ich bitte Euch aufzusitzen und die Stadt zu verlassen oder mich zu Madame la Maréchale zurückzuschicken, weil ich für Eure Arme und Beine verantwortlich bin, die Ihr ziemlich geschickt aufs Spiel setzt.«

Cinq-Mars war zwar etwas benommen ob dieser schroffen Art, aber es kam ihm dennoch nicht ungelegen, dem Befehl zu folgen und sich so aus der Affäre zu ziehen, denn er hatte Zeit gehabt, über die Unannehmlichkeiten nachzudenken, die es mit sich gebracht hätte, wenn man ihn als den erkannt hätte, der er war, nachdem er das Oberhaupt der richterlichen Gewalt, den Agenten des Kardinals, der ihn dem König vorstellen sollte, geschlagen hatte. Er bemerkte auch, daß sich um ihn herum eine große Menge Menschen des niederen Volkes versammelt hatte, und er schämte sich dieser Gesellschaft. Er folgte also, ohne groß zu überlegen, seinem alten Diener und fand tatsächlich die drei anderen Bediensteten, die ihn erwarteten. Trotz Regen und Wind stieg er auf sein Pferd und war schon bald mit seinem Gefolge auf der großen Straße. Sie galoppierten davon, damit man ihnen nicht folgen konnte.

Kaum hatten sie Loudun verlassen, als die unwegsamen Straßen sie zwangen, langsamer zu reiten, denn die sandigen Wege waren regennaß und von tiefen Furchen durchzogen. Es regnete noch immer in Strömen, und sein Mantel war fast ganz durchnäßt. Er spürte plötzlich, daß ein dicker Mantel auf seine Schultern gelegt wurde. Wieder war es sein alter Kammerdiener, der sich ihm genähert hatte und ihn mit mütterlicher Fürsorge umgab.

»Also, Grandchamp, jetzt, da wir uns von diesem Getümmel entfernt haben, sag mir doch mal, warum du dort warst?« fragte Cinq-Mars. »Ich hatte dir doch befohlen, bei dem Priester zu bleiben.«

»Bei Gott, Monsieur«, antwortete der alte Diener schmollend, »glaubt Ihr denn, daß ich Euch mehr gehorche als dem Marschall? Wenn mein Herr, Gott hab' ihn selig, mir befahl, in seinem Zelt zu bleiben und er mich im Kanonenfeuer hinter sich stehen sah, dann hat er sich nicht beklagt, daß er ein Ersatzpferd hatte, wenn seines getötet worden war, und er schimpfte erst nach reiflicher Überlegung mit mir. Ehrlich gesagt, hat er in den ganzen vierzig Jahren, die ich ihm gedient habe, nie etwas getan, was dem gleichkommt, was Ihr in den zwei Wochen, die wir jetzt zusammen sind, gemacht habt. Oh!« fügte er seufzend hinzu, »es wird noch heiter werden, wenn das so weiter geht. So wie es aussieht, bin ich dazu auserkoren, reizende Geschichten zu erleben.«

»Aber, weißt du, Grandchamp, daß diese Betrüger das Kruzifix erhitzt haben und daß es keinen ehrenwerten Mann gibt, der nicht auch so wütend geworden wäre wie ich?«

»Ausgenommen Monsieur le Maréchal, Euer Vater, der kaum gemacht hätte, was Ihr getan habt, Monsieur.«

»Was hätte er denn gemacht?«

»Er hätte in aller Seelenruhe zugesehen, wie dieser Priester von den anderen Priestern verbrannt wird, und er hätte zu mir gesagt: ›Grandchamp, achte darauf, daß meine Pferde Hafer haben und daß man ihn ihnen nicht wegnimmt‹, oder auch: ›Grandchamp, paß auf, daß mein Schwert in der Scheide nicht durch den Regen verrostet und die Lunte meiner Pistolen nicht naß wird‹, denn Monsieur le Maréchal dachte an alles und mischte sich niemals in Dinge ein, die ihn nichts angingen. Das war sein großes Prinzip. Und da er, Gott sei Dank, ein ebenso guter Soldat wie General war, hatte er immer, wenn es anfing zu regnen, Sorge um seine Waffen. Niemals wäre er allein mit einem Galanterie-Degen gegen dreißig Burschen angetreten.«

Cinq-Mars spürte sehr wohl den feinen Spott des guten Mannes, und er fürchtete, daß er ihm noch weiter als bis zum Wald von Chaumont gefolgt sein könnte. Aber er wollte es gar nicht wissen, weil er Angst hatte, daß er dann Erklärungen abgeben oder lügen oder Schweigen befehlen müßte, was einem Geständnis gleichgekommen wäre. Er entschied sich dafür, seinem Pferd die Sporen zu geben und an seinem alten Diener vorbeizureiten. Dieser war aber noch nicht fertig, und anstatt zur Rechten seines Herrn zu reiten, begab er sich wieder an seine linke Seite und setzte das Gespräch fort:

»Glaubt Ihr denn zum Beispiel, Monsieur, daß ich es mir erlauben könnte, Euch dorthin gehen zu lassen, wohin Ihr wollt, ohne Euch zu folgen? Nein, Monsieur, dafür sitzt der Respekt, den ich Madame le Maréchal schulde, viel zu tief in meiner Seele, als daß ich mich in die Lage bringen würde, mir anhören zu müssen: ›Grandchamp, mein Sohn wurde von einer Kugel oder einem Degenhieb getötet. Warum wart Ihr nicht an seiner Seite?‹ Oder noch besser: ›Ein Italiener hat ihn mit seinem Stilett erstochen, weil er nachts unter dem Fenster einer Prinzessin von hohem Rang stand. Warum habt Ihr den Mörder nicht gefaßt?‹ Das wäre sehr unangenehm für mich, Monsieur, und noch nie hat man mir derartige Dinge vorwerfen müssen. Einmal hat Monsieur le Maréchal mich seinem Neffen, dem Herrn Grafen, der in den Niederlanden an einem Feldzug teilnahm, ausgeliehen, weil ich Spanisch spreche. Ich habe mich also ehrenvoll geschlagen, wie ich es immer mache. Als der Herr Graf von einer Kugel im Bauch getroffen wurde, habe ich allein all seine Pferde, seine Maultiere, sein Zelt und seine ganzen Gerätschaften zusammengepackt, ohne daß auch nur ein Taschentuch gefehlt hätte, Monsieur. Und ich kann Euch versichern, daß die Pferde genauso gut gestriegelt und geschirrt waren, als ich nach Chaumont zurückkehrte, als ob der Herr Graf sich gerade anschickte, zur Jagd zu gehen. Daher habe ich von der ganzen Familie nur Belobigungen und angenehme Dinge zu hören bekommen, und so gefällt es mir.«

»Es ist ja schon gut, mein Freund«, beschwichtigte ihn Henri d'Effiat. »Eines Tages werde ich dir vielleicht auch meine Pferde geben, damit du sie zurückbringst, aber nimm doch in der Zwischenzeit die große Goldbörse an dich. Ich dachte schon zwei- oder dreimal, ich hätte sie verloren. Du bezahlst dann überall für mich. Das ist mir so lästig! ...«

»Monsieur le Maréchal hat das nicht so gehandhabt, Monsieur. Da er Oberintendant der Finanzen war, zählte er sein Geld mit seinen eigenen Händen. Ich glaube, daß Eure Güter nicht in einem so guten Zustand wären und daß Ihr nicht so viel Gold zu zählen hättet, wenn er es anders gemacht hätte. Habt also die Güte, Eure Börse zu behalten. Wahrscheinlich wißt Ihr noch nicht einmal genau, was sie enthält.

»Natürlich nicht.«

Grandchamp seufzte ein paarmal tief auf, als er diese verächtliche Bemerkung seines Herrn vernahm.

»Oh! Monsieur le Marquis! Monsieur le Marquis! Wenn ich daran denke, daß der große König Heinrich vor meinen Augen seine Gemslederhandschuhe in seine Tasche steckte, weil der Regen sie verdarb. Wenn ich daran denke, daß Monsieur de Rosny ihm Geld verweigerte, wenn er zuviel ausgegeben hatte. Wenn ich daran denke ...«

»Du gehst mir mit deinem, *wenn ich daran denke*, ziemlich auf die Nerven, mein Freund«, unterbrach ihn sein Herr. »Vielleicht könntest du mir lieber mal sagen, was diese dunkle Gestalt zu bedeuten hat, die da scheinbar hinter uns durch den Schlamm watet.«

»Ich glaube, es handelt sich um irgendeine arme Bäuerin, die um Almosen betteln will. Sie kann uns mühelos folgen, denn wir sind nicht schnell, weil die Pferde bis zu den Gelenken im Sand versinken. Vielleicht kommen wir eines Tages nach Landes, Monsieur, und dann werdet Ihr ein Land wie dieses hier sehen: nur Sand und pechschwarze Tannen. Links und rechts von der Straße sieht die ganze Gegend dort aus wie ein einziger Friedhof. Hier habt Ihr schon mal eine kleine Kostprobe. Da, der Regen hat aufgehört, und die Sicht ist jetzt etwas besser. Seht nur dieses ganze Heidekraut und diese weite Ebene! Weit und breit kein Dorf und kein einziges Haus. Ich weiß nicht genau, wo wir die Nacht verbringen werden, aber wenn Monsieur mir erlauben, dann schneiden wir Äste von den Bäumen und schlagen hier unser Lager auf.

Ihr werdet sehen, wie ich aus ganz wenig Erde eine Hütte bauen kann. Darin ist es warm wie in einem schönen Bett.«

»Ich würde lieber bis zu diesem Licht dort am Horizont weiterreiten«, erwiderte Cinq-Mars, »denn ich glaube, ich habe etwas Fieber, und ich habe Durst. Aber reite nun zurück zu den anderen und folge mir. Ich will allein sein.«

Grandchamp gehorchte und tröstete sich damit, Germain, Louis und Étienne zu erklären, wie man in der Dunkelheit den Weg wiederfinden kann.

Der junge Herr war jedoch vor Müdigkeit ganz erschöpft. Heftige Gefühle hatten ihn an diesem Tag tief erschüttert. Er saß schon lange im Sattel und hatte aufgrund der überstürzenden Ereignisse in den beiden letzten Tagen fast nichts gegessen. Hinzu kam noch die Hitze am Tage und die eisige Kälte in der Nacht. Alles trug noch dazu bei, sein Unbehagen zu vergrößern und seinen empfindlichen Körper zu schwächen. Drei Stunden lang ritt er schweigend vor seinen Leuten her, ohne daß das Licht, das er am Horizont gesehen hatte, näher zu kommen schien. Schließlich hielt er nicht mehr danach Ausschau, und sein immer schwerer werdender Kopf fiel auf seine Brust. Er ließ die Zügel seines müden Pferdes los, doch es folgte auch ohne Anweisungen der großen Straße. Er verschränkte seine Arme und ließ sich vom eintönigen Trott seines Reisegefährten wiegen. Häufig stieß sein Pferd gegen die auf den Straßen liegenden, großen Steine. Der Regen hatte ebenso aufgehört wie auch die Gespräche der Bediensteten, die ihrem Herrn hintereinander folgten. Der junge Herr überließ sich ganz seinen düsteren Gedanken. Er fragte sich, ob das leuchtende Ziel seiner Hoffnungen ihn nicht in der Zukunft und von Tag zu Tag floh, so wie dieses Phosphorlicht am Horizont sich mit jedem Schritt weiter entfernte. War es möglich, daß diese junge Prinzessin, die fast gewaltsam an den Hof der galanten Alma von Österreich gerufen wurde, stets die Hände, die vielleicht königlichen Hände, ablehnte, die sich ihr entgegenstreckten? Welch ein Trugschluß zu glauben, daß sie sich damit abfand, auf den Thron zu verzichten, um zu warten, bis eine Laune des Glücks ihre romantischen Hoffnungen erfüllte und sie ihre Hände nach einem jungen Mann ausstreckte, der fast in den untersten Rängen des Heeres stand, um ihm zu einer solchen Erhöhung zu verhelfen, ehe das Alter der Liebe vorüber war! Wer bewies ihm, daß die Wünsche der Maria von Gonzaga wirklich ernst gewesen waren? ›Ach‹, sagte er zu sich, ›vielleicht haben sie ihre eigenen Gefühle verwirrt. Die Einsamkeit des Landes hat ihre Seele für tiefe Gefühle empfindlich gemacht. Sie sah mich und glaubte, daß ich derjenige sei, von dem sie geträumt habe. Unser Alter und meine Liebe haben das ihrige dazu beigetragen. Aber wenn sie bei Hofe durch die Freundschaft der Königin besser gelernt hat, von ganz oben das wirklich Große zu betrachten, nach dem ich strebe und das ich jetzt noch von ganz unten sehe; wenn sie plötzlich ihre ganze Zukunft vor sich sieht und mit sicherem Blick den Weg einschätzt, den ich gehen muß; wenn sie in ihrer Nähe Liebesschwüre hören wird, die meinen ähneln und die von Stimmen gesprochen werden, die nur ein einziges Wort sagen müssen, um mich zu vernichten und denjenigen zugrunde zu richten, den sie als Ehemann erwartet, als ihren Herrn, oh, wie dumm ich war! Dann wird sie ihre ganze Dummheit erkennen und sich über meine ärgern!‹

So geschah es, daß das größte Unglück der Liebe, der Zweifel, anfing, sein krankes Herz zu zerreißen. Er spürte, wie sein heißes Blut ihm in den Kopf stieg und ihn träge machte. Er fiel oft auf den Hals seines Pferdes, das jetzt langsamer schritt, und ein Halbschlaf drückte auf seine Augen. Die dunklen Tannen am Wegesrand kamen ihm vor wie riesengroße Leichen, die an ihm vorüberschritten. Er sah oder glaubte vielmehr die gleiche schwarzgekleidete Frau zu sehen, die er Grandchamp gezeigt hatte. Sie kam auf ihn zu, berührte die Mähne seines Pferdes, zog an seinem Mantel und lief lachend davon. Der Sand der Straße erschien ihm wie ein Fluß, der sich auf dem Weg zu seiner Quelle über ihm ergoß. Dieser merkwürdige Anblick trübte seine schwachen Augen. Er schloß sie und schlief im Sattel ein.

Bald darauf spürte er, daß er angehalten wurde. Eisige Kälte hatte sich seiner bemächtigt. Er sah Bauern, Fackeln, eine Hütte und ein großes Zimmer, in das er hineingetragen wurde, und ein breites Bett. Grandchamp zog die schweren Bettvorhänge zu, und er schlief benebelt durch das in seinen Ohren pochende Fieber ein.

Träume, die schneller an ihm vorüberflogen als durch Wind getriebene Staubkörnchen, wirbelten hinter seiner Stirn. Er konnte sie nicht anhalten und wälzte sich auf seinem Lager hin und her. Der gefolterte Urbain Grandier, seine in Tränen aufgelöste Mutter, sein bewaffneter Gouverneur und der gefesselte Bassompierre gingen an ihm vorüber und sagten ihm Lebewohl.

Im Schlaf legte er eine Hand auf seinen Kopf und starrte auf den Traum, der sich unter seinem Blick weiterzuentwickeln schien wie ein Bild wehenden Sandes.

Ein fremdes Volk stand auf einem Marktplatz. Es war ein nordisches Volk, das zwar Freudenschreie ausstieß, aber auf eine barbarische Art; Wachen, wilde Soldaten, bildeten ein Spalier. Es waren Franzosen.

»Komm mit mir«, forderte ihn Maria von Gonzaga mit zarter Stimme auf und nahm seine Hand. »Siehst du, ich trage ein Diadem. Dort steht dein Thron. Komm mit mir.«

Und sie zog ihn mit sich, und das Volk schrie noch immer.

Er ging immer weiter.

»Warum seid Ihr traurig? Ihr seid doch Königin!« fragte er mit bebender Stimme. Aber sie war blaß und lächelte, ohne zu antworten. Sie stieg die Treppen zum Thron hinauf und setzte sich: »Komm herauf«, sagte sie und zog ihn kräftig an der Hand.

Aber unter seinem Gewicht stürzten immer wieder schwere Balken ein, und er konnte nicht hinaufsteigen.

»Danke der Liebe«, sagte sie nun.

Und die starke Hand zog ihn hinauf. Das Volk schrie.

Er beugte sich hinab, um diese helfende Hand, diese angebetete Hand zu küssen ... Es war die Hand des Henkers.

»O Gott!« rief Cinq-Mars und seufzte tief.

Er öffnete die Augen. Eine flackernde Flamme verbreitete Licht in dem verfallenen Zimmer der Herberge. Er schloß seine Augen wieder, denn er hatte eine Frau auf seinem Bett sitzen sehen, eine wunderschöne, junge Nonne. Er glaubte noch zu träumen, aber sie drückte fest seine Hand. Er öffnete seine brennenden Augen wieder und starrte auf die Frau.

»Oh, Jeanne de Belfiel! Seid Ihr es? Der Regen hat Euren Schleier und Eure schwarzen Haare durchnäßt. Was macht Ihr hier, unglückliche Frau?«

»Schweig. Weck meinen Urbain nicht auf. Er ist im Nebenzimmer und schläft dort bei mir. Ja, mein Kopf ist ganz naß, und sieh nur meine Füße. Sie waren früher ganz weiß! Sieh, wie schmutzig sie durch den Schlamm geworden sind. Aber ich habe ein Gelübde abgelegt. Ich werde sie erst beim König waschen, wenn er Urbain begnadigt hat. Ich werde zu den Truppen gehen, um ihn zu suchen. Ich werde mit ihm sprechen, so wie Grandier es mich gelehrt hat, mit ihm zu sprechen. Und er wird ihm vergeben. Doch hör zu, ich werde ihn auch um deine Begnadigung bitten, denn ich habe auf deinem Gesicht gelesen, daß du zum Tode verurteilt worden bist. Armes Kind! Du bist noch zu jung, um zu sterben. Deine lockigen Haare sind so schön, aber dennoch bist du verurteilt, denn du hast auf der Stirn eine Linie, und das ist ein untrügliches Zeichen. Der Mann, den du geschlagen hast, wird dich töten. Du hast dich zu sehr des Kreuzes bedient, und das wird dir Unglück bringen. Du hast damit geschlagen, und du trägst es mit deinen Haaren am Hals … Versteck deinen Kopf nicht unter der Decke! Sollte ich etwas gesagt haben, was dich betrübt? Oder aber liebt Ihr, junger Mann? Oh, seid ganz ruhig, ich sage das alles nicht Eurer Geliebten. Ich bin verrückt, aber ich bin gut, sehr gut, und noch vor drei Tagen war ich sehr schön. Ist sie auch schön? Oh, wie sehr wird sie eines Tages weinen! Oh, wenn sie nur weinen kann, dann wird sie schon glücklich sein.«

Und ganz unvermittelt sprach Jeanne mit monotoner und unglaublich redegewandter Stimme die Totenmesse. Sie saß noch immer auf dem Bett und drehte zwischen Fingern die Perlen eines langen Rosenkranzes.

Plötzlich ging die Tür auf. Sie schaute auf und floh durch einen in die Wand eingearbeiteten Verschlag.

»Was zum Teufel geht hier vor? Ist es ein Kobold oder ein Engel, der die Totenmesse für Euch liest, Monsieur? Und Ihr liegt unter Euren Laken wie unter einem Leichenhemd.«

Es war die kräftige Stimme Grandchamps, der so erstaunt war, daß er ein Glas Saft, das er mitgebracht hatte, fallen ließ. Als er sah, daß sein Herr ihm nicht antwortete, erschrak er noch mehr und hob die Decken hoch. Cinq-Mars war ganz rot und schien zu schlafen. Aber sein alter Diener hatte den Eindruck, daß ihn das Blut, das ihm zu Kopf gestiegen war, fast erstickt hatte, und er nahm eine mit kaltem Wasser gefüllte Schüssel und schüttete sie ihm vollständig ins Gesicht. Dieses alte Soldatenmittel verfehlt selten seine Wirkung. Cinq-Mars kam wieder zu sich und sprang auf.

»Ach, du bist es, Grandchamp! Was hatte ich für schreckliche Träume.«

»Verdammt, Monsieur. Eure Träume sind ganz im Gegenteil ziemlich hübsch. Ich habe noch einen Zipfel des letzten gesehen. Ihr trefft eine gute Wahl.«

»Was redest du da, du alter Narr?«

»Ich bin nicht verrückt, Monsieur. Ich habe gute Augen, und was ich gesehen habe, das habe ich gesehen. Aber ehrlich gesagt, da hätte er ebenso krank wie Ihr sein können, Monsieur le Maréchal hätte nicht ...«

»Du faselst wieder, mein Guter. Gib mir etwas zu trinken, denn der Durst bringt mich um. Himmel, welch eine Nacht. Ich sehe noch immer diese ganzen Frauen vor mir.«

»Die ganzen Frauen, Monsieur? Und wie viele davon sind hier?«

»Ich spreche von einem Traum, du Dummkopf. Du stehst da wie angewurzelt, anstatt mir etwas zu trinken zu geben.«

»Schon gut, Monsieur. Ich werde um einen neuen Saft bitten.«

Er ging zur Tür und rief die Treppe hinunter:

»Eh! Germain! Étienne! Louis!«

Der Wirt antwortete von unten: »Wir kommen schon, wir kommen. Sie sind mit mir zusammen hinter der Verrückten hergelaufen.«

»Welche Verrückte?« fragte Cinq-Mars, der aus seinem Bett gestiegen war.

Der Schankwirt kam herein, nahm seine Baumwollmütze ab und sagte höflich:

»Es ist nichts weiter, Monsieur le Marquis. Eine Verrückte ist heute nacht zu Fuß hierhergekommen. Wir haben sie in das Nebenzimmer gelegt. Aber sie ist abgehauen. Wir konnten sie nicht mehr erwischen.«

»Was!« wunderte sich Cinq-Mars, als käme er gerade wieder zu sich. Er legte seine Hand auf die Augen. »Dann habe ich also gar nicht geträumt? Und wo ist meine Mutter? Und der Marschall und ... Oh! Es war ein fürchterlicher Traum. Geht alle hinaus.«

Gleichzeitig drehte er sich zur Wand um und zog wieder die Decken über seinen Kopf.

Der sprachlose Wirt tippte sich dreimal hintereinander mit seinem Finger an die Stirn. Er schaute Grandchamp an, als wollte er ihn fragen, ob sein Herr auch nicht ganz richtig im Kopf sei.

Dieser gab ihm ein Zeichen, leise hinauszugehen. Und er setzte sich in einen schweren Gobelinsessel, um während der noch verbleibenden Nacht bei Cinq-Mars zu wachen, der fest eingeschlafen war. Er drückte Zitronen in einem Glas Wasser aus und tat dies mit einer so ernsten, gewichtigen Miene wie Archimedes, als er die Flammen seiner Spiegel berechnete.

7. Kapitel
Das Arbeitszimmer

> Die Menschen haben selten den Mut, vollkommen gut oder vollkommen schlecht zu sein.
>
> MACHIAVELLI

Lassen wir unseren jungen Reisenden schlafen. Bald wird er friedlich einer großen, prächtigen Straße folgen. Da wir die Freiheit haben, unseren Blick über alle Punkte der Karte schweifen zu lassen, verweilen wir einen Augenblick bei der Stadt Narbonne.

Dort sehen Sie das Mittelmeer, dessen blaue Wogen nicht weit von der Stadt an sandige Ufer plätschern. Betreten Sie diese Stadt und Sie werden sehen, daß sie Ähnlichkeit mit Athen hat. Aber um denjenigen zu finden, der hier regiert, folgen Sie dieser unebenen, dunklen Straße, steigen die Treppen des alten Erzbistums hinauf, und dann betreten wir den ersten Saal, der auch der größte ist.

Er war sehr lang, aber durch eine Reihe hoher Spitzbogenfenster fiel Licht ins Zimmer. Nur im oberen Teil der Fenster waren die blauen, gelben und roten Scheiben erhalten, wodurch der Raum in einem geheimnisvollen Licht erstrahlte. An der Seite, an der der große Kamin stand, nahm ein riesiger, runder Tisch die ganze Länge des Raums ein. Dieser Tisch war mit einem farbenprächtigen Teppich bedeckt und mit Papieren und Mappen überladen, und um ihn herum saßen acht, über ihre Federn gebeugte Sekretäre, die damit beschäftigt waren, Briefe abzuschreiben, die ihnen von einem kleineren Tisch herübergereicht wurden. Andere Männer sortierten im Stehen die Papiere in die Regale einer Bibliothek ein, in der schwarz eingebundene Bücher standen, die sie aber nicht ganz ausfüllten. Sie schritten bedächtig über den Teppich, mit dem der Raum ausgestattet war.

Trotz der vielen hier versammelten Personen hätte man eine Stecknadel zu Boden fallen hören können. Das einzige Geräusch, das zu hören war, war das der Federn, die geschwind über das Papier kratzten, und eine schwache Stimme, die diktierte. Ab und zu hielt sie inne, um zu husten. Sie kam aus einem riesigen Lehnstuhl, der neben dem Kamin stand und der trotz der sommerlichen Hitze und der geographischen Lage des Landes brannte. Es handelte sich um einen jener Lehnstühle, die man noch in einigen alten Schlössern sieht und die gemacht zu sein scheinen, um lesend darin einzuschlummern – egal mit welchem Buch, so sorgfältig ist jeder Teil gearbeitet. Ein Halbmond aus Federn stützt hier das Kreuz. Wenn der Kopf sich neigt, dann werden die Wangen von mit Seide bezogenen Kissen aufgefangen. Und das Sitzkissen geht so weit über die Ellenbogen hinaus, daß man wohl annehmen kann, daß die vorausschauenden Polsterer unserer Väter vermeiden wollten, daß das Buch ein Geräusch verursacht und sie weckt, wenn es zu Boden fällt.

Aber nun genug der Abschweifungen. Wir wollen über den Mann sprechen, der hier saß und der nicht schlief. Er hatte eine hohe Stirn, nur noch wenige schneeweiße Haare, große, gütige Augen und ein blasses, spitzes Gesicht, dem ein kleiner, spitzer, weißer Bart dieses feine Aussehen verlieh, das man auf allen Porträts aus der Zeit Ludwig XIII. sieht. Er hatte einen fast lippenlosen Mund, und wir müssen zugeben, daß Lavater[8] dies als Zeichen von Bösartigkeit ansieht, an der nicht zu zweifeln ist. Sein spitzer Mund also war umrahmt von zwei kleinen, grauen Schnurrbärten und einem schmalen Unterlippenbärtchen. Dieser Schmuck war damals in Mode und glich durch seine Form so in etwa einem Komma. Dieser Alte, der eine rote Kalotte auf dem Kopf trug, in einen weiten Schlafrock gehüllt war und purpurfarbene Seidenstrümpfe trug, war kein anderer als Armand Duplessis, der Kardinal Richelieu.

Vier junge Männer zwischen fünfzehn und zwanzig Jahren saßen in seiner Nähe, um den kleinen runden Tisch herum, von dem wir schon gesprochen haben. Es waren Pagen oder Bedienstete, ganz nach dem Sprachgebrauch der Zeit, was damals so viel wie ›zur Familie gehörig‹, ›Freund des Hauses‹ bedeutete. Dieser Brauch war ein Relikt aus der Feudalzeit, der noch in unseren Sitten erhalten geblieben ist. Die jungen Edelleute aus den besten Familien erhielten *Gagen* von den großen Herren und waren ihnen in jeder Lage ergeben. Sie forderten den Erstbesten bei dem geringsten Wunsche ihres Herrn zum Duell. Die Pagen, von denen wir sprechen, verfaßten die Briefe, deren Inhalt der Kardinal ihnen mitgeteilt hatte, und nachdem der Meister einen Blick darauf geworfen hatte, gaben sie sie an die Sekretäre weiter, die sie in die Reinschrift übertrugen. Der Herzog-Kardinal seinerseits schrieb auf seinen Knien geheime Notizen auf kleine Zettel, die er in fast alle Depeschen schob, bevor er sie persönlich verschloß.

Er schrieb schon eine Weile, als er in einem Spiegel, der sich vis-à-vis von ihm befand, bemerkte, wie der jüngste seiner Pagen einige unterbrochene Linien auf einem Blatt zog, das kleiner war als das amtliche Papier. Er schrieb in aller Eile einige Worte darauf und schob es dann schnell unter das große Blatt, das er zu seinem großen Bedauern ausfüllen mußte. Da er aber hinter dem Kardinal saß und der Kardinal Schwierigkeiten hatte, sich umzudrehen, hoffte er, daß dieser seines kleinen Betrugs nicht gewahr wurde, der ihm offensichtlich schon zur Gewohnheit geworden war. Plötzlich fuhr Richelieu ihn unwirsch an:

»Kommt hierher, Monsieur Olivier.«

Diese wenigen Worte waren wie ein Donnerschlag für dieses arme Kind, das höchstens sechzehn Jahre alt sein mochte. Es stand aber trotzdem sofort auf und stellte sich mit herunterhängenden Armen und gesenktem Kopf vor den Minister.

Die anderen Pagen und Sekretäre bewegten sich nicht mehr als Soldaten, die sehen, daß einer von ihnen von einer Kugel getroffen zu Boden fällt, so sehr waren sie derartige Aufforderungen gewohnt. Diese hier allerdings kündigte sich in einer schärferen Weise an als die anderen.

»Was schreibt Ihr da?«

»Monseigneur … was Eure Eminenz mir diktieren.«

»Was?«

»Monseigneur … den Brief an Don Juan von Braganza.«

»Keine Ausflüchte, Monsieur. Ihr macht etwas anderes.«

»Monseigneur«, stammelte der Page jetzt. Tränen standen ihm in den Augen. »Es waren ein paar Zeilen an eine Cousine von mir.«

»Zeigt her!«

Der Page zitterte nun am ganzen Leib, so daß er sich gegen den Kamin lehnen mußte. Er flüsterte:

»Das ist unmöglich.«

»Monsieur le Vicomte Olivier d'Entraigues«, sagte der Minister, ohne die geringsten Gefühle zu zeigen, »Ihr seid nicht mehr in meinen Diensten.« Und der Page ging hinaus. Er wußte, daß jeder Widerspruch sinnlos war. Er schob den Zettel in seine

Tasche und öffnete die Doppeltür gerade so weit, daß er so eben hindurch konnte, und er verschwand wie ein Vogel, der aus seinem Käfig flieht.

Der Minister fuhr jetzt fort, sich auf seinen Knien Notizen zu machen.

Die Sekretäre wurden noch leiser und eifriger, als sich die Tür schnell an jeder Seite öffnete. In der Tür, zwischen den beiden Flügeln, stand ein Kapuziner, der sich mit vor der Brust verschränkten Armen verbeugte, als ob er auf Almosen wartete oder auf den Befehl, sich zurückzuziehen. Er hatte ein finsteres Gesicht, auf dem die Blattern tiefe Furchen hinterlassen hatten. Sein Blick war ziemlich sanft, aber etwas undurchsichtig, und seine Augen waren vollständig von seinen Augenbrauen bedeckt, die in der Mitte seiner Stirn zusammengewachsen waren. Sein Mund zeigte ein schalkhaftes, bösartiges, finsteres Lächeln; er hatte einen kurzen Bart, der an den Spitzen rötlich war, und er trug die ach so scheußliche Tracht des Franziskanerordens. Seine nackten Füße steckten in Sandalen und schienen unwürdig zu sein, sich auf einem Teppich abzutreten.

Diese Person schien aufgrund ihrer Erscheinung im ganzen Saal großes Aufsehen zu erregen, denn ohne den Satz, die Zeile oder auch nur das angefangene Wort zu Ende zu schreiben, standen alle Schreiber auf und gingen durch die Tür hinaus, in der der Kapuziner stand. Die einen grüßten ihn im Vorbeigehen, die anderen wandten den Kopf ab, und die jungen Pagen hielten sich die Nase zu, aber erst als sie an ihm vorbeigegangen waren, denn sie schienen insgeheim Angst zu haben. Als alle an ihm vorbeigegangen waren, betrat er endlich den Saal und machte eine tiefe Verbeugung, denn die Tür stand noch auf. Aber sobald sie geschlossen war, ging er ganz zwanglos weiter und setzte sich neben den Kardinal, der ihn an der Unruhe, die er verbreitet hatte, schon erkannt hatte und ihm schroff und wortlos zunickte. Dann starrte er ihn an, als ob er auf Neuigkeiten wartete, und er konnte nicht umhin, die Stirn zu runzeln, als ob er eine Spinne oder ein anderes unangenehmes Tier erblickt hätte.

Der Kardinal hatte dieser Äußerung des Unbehagens nicht widerstehen können, weil er sich durch die Anwesenheit seines Agenten verpflichtet fühlte, wieder tiefsinnige, beschwerliche Gespräche zu führen, von denen er sich einige Tage in einem Land erholt hatte, dessen reine Luft ihm gut bekommen war. Die

Ruhe hatte die Schmerzen seiner Krankheit etwas gelindert. Sie hatte sich in ein schleichendes Fieber verwandelt, aber die Pausen waren lang genug, so daß er, wenn er keine Schmerzen hatte, vergessen konnte, daß sie wiederkommen würden. Da er also seiner bisher unermüdlichen Phantasie etwas Erholung gönnte, wartete er – wohl zum erstenmal in seinem Leben ohne Ungeduld – auf die Rückkehr der Kuriere, die er in alle Richtungen gesandt hatte, wie die Strahlen einer Sonne, die Frankreich allein pulsierendes Leben schenkt. Er hatte diesen Besuch, den er damals empfing, nicht erwartet, und der Anblick einer dieser Männer, die er nach seinen eigenen Worten *in Verbrechen verwickelte*, führte ihm all seine gewohnten Sorgen des Lebens noch deutlicher vor Augen, ohne die Wolken der Melancholie, die eben seine Gedanken verdunkelt hatten, ganz zu vertreiben.

Der Beginn des Gesprächs war geprägt von den düsteren Farben seiner letzten Träume, aber als sein klarer Geist gezwungenermaßen ganz in die Realität zurückkehrte, ging er sogleich wacher und stärker als je daraus hervor.

Sein Vertrauter begann das Gespräch ziemlich unvermittelt, nachdem er eingesehen hatte, daß er die Stille zuerst brechen mußte:

»Also, Monseigneur, woran denkt Ihr?«

»Ach, Joseph[9]! Woran müssen wir alle denken, so wie wir nun einmal sind, wenn nicht an unser zukünftiges Glück in einem besseren Leben als diesem hier? Ich denke seit einigen Tagen daran, daß die menschlichen Interessen mich zu sehr von diesem einzigartigen Gedanken abgelenkt haben, und es tut mir leid, daß ich einige Momente meiner freien Zeit profanen Aufgaben gewidmet habe, wie z.B. meinen Tragödien *Europa* und *Mirame*, trotz des Ruhms, der mir dadurch schon seitens unserer größten Schöngeister zuteil wurde, ein Ruhm, der in Zukunft noch seine Kreise ziehen wird.«

Pater Joseph, der so viele Dinge zu sagen hatte, war zunächst überrascht über diese Einleitung, aber er kannte seinen Herrn zu gut, um es sich auch nur im geringsten anmerken zu lassen, und da er wußte, wie er ihn auf andere Gedanken bringen konnte, lenkte er das Gespräch, ohne zu zögern, auf sein Thema.

»Euer Verdienst ist tatsächlich sehr groß«, sagte er mit einer Miene des Bedauerns, »und Frankreich jammert, weil diesen unsterblichen Werken keine ebenbürtigen Werke folgen.«

»Ja, mein lieber Joseph, vergebens haben Männer wie Boisrobert, Claveret, Colletet, Corneille und besonders der berühmte Mairet diese Tragödien von allen, die in der jetzigen und der vergangenen Zeit aufgeführt wurden, zu den schönsten erklärt. Ich werfe es mir als eine wahre Todsünde vor, das schwöre ich Euch, und ich beschäftige mich nur in meinen Mußestunden mit meiner *Methode des Glaubensstreites* und mit dem Buch über die *Vollkommenheit der Christen*. Ich denke daran, daß ich sechsundfünfzig Jahre alt bin und an einer gnadenlosen Krankheit leide.«

»Derartige Berechnungen stellen Eure Feinde genauso an wie Eure Eminenz«, entgegnete der Pater, dem diese Unterhaltung langsam die Laune verdarb und der so schnell wie möglich das Thema wechseln wollte.

Dem Kardinal stieg Röte ins Gesicht.

»Das weiß ich, das weiß ich genau«, sagte er. »Mir ist ihre ganze Gemeinheit bekannt, und ich rechne mit allem. Aber was ist schon Neues daran?«

»Wir waren schon übereingekommen, Monseigneur, Mademoiselle d'Hautefort zu ersetzen. Wir haben sie wie Mademoiselle de La Fayette fortgeschickt. Das ist sehr gut, aber ihr Platz ist jetzt nicht besetzt und der König ...«

»Und?«

»Der König hat neuerdings Ideen, die er früher nicht hatte.«

»Tatsächlich? Und die stammen nicht von mir? Das läuft ja gut«, sagte der Minister ironisch.

»Monseigneur, warum sollen wir auch den Platz des Günstlings sechs Tage unbesetzt lassen? Das ist unvorsichtig. Erlaubt mir, daß ich das sage.«

»Er hat Ideen. Ideen!« wiederholte Richelieu leicht entsetzt. »Und welche?«

»Er hat davon gesprochen, die Königinmutter wieder an den Hof zu rufen«, antwortete der Kapuziner leise, »und sie aus Köln kommen zu lassen.«

»Maria von Medici!« rief der Kardinal und schlug mit seinen Händen auf die Armlehne des Lehnstuhls. »Nein, im Namen Gottes! Sie wird nicht auf französischen Boden zurückkehren, von dem ich sie Stück für Stück verjagt haben. England hat nicht gewagt, ihr Exil zu gewähren, da ich sie des Landes verwiesen habe. Richard hat befürchtet, unter ihr zusammenzubrechen, und mein Königreich will sie wieder aufnehmen? Nein, nein, auf diese Idee kann er nicht selbst gekommen sein. Meine Feindin zurückzurufen, seine Mutter zurückzurufen! Welch eine Niederträchtigkeit! Nein, er hätte niemals gewagt, daran zu denken ...«

Nachdem er einen Moment vor sich hingeträumt hatte, starrte der Pater Joseph mit wütendem Blick an und fügte hinzu:

»Aber ... wie hat er seinen Wunsch denn genau geäußert? Sagt mir den genauen Wortlaut!«

»Er hat ziemlich öffentlich und in Gegenwart von MONSIEUR, seinem Bruder, gesagt: ›Ich spüre deutlich, daß eine der ersten Christenpflichten darin besteht, ein guter Sohn zu sein, und ich werde der Stimme meines Gewissens nicht länger widerstehen.‹«

»Christ! Gewissen! Das ist nicht sein Sprachgebrauch! Das hört sich ganz nach Pater Caussin an. Es ist sein Beichtvater, der mich verrät«, rief der Kardinal. »Hinterhältiger Jesuit! Ich habe dir deine Intrige mit der La Fayette verziehen, aber deine geheimen Ratschläge lasse ich nicht durchgehen. Ich werde diesen Beichtvater zum Teufel jagen, Joseph. Er ist ein Feind des Staates, das weiß ich genau. Aber ich habe auch seit einigen Tagen ziemlich nachlässig gehandelt. Ich habe das Kommen des kleinen d'Effiat nicht genug beschleunigt, und er wird sicherlich siegen. Er ist sehr hübsch und geistreich, wird gesagt. Ach, welch ein Fehler! Ich würde selbst verdienen, in Ungnade zu fallen. Diesen Fuchs von Jesuiten in der Nähe des Königs zu lassen, ohne ihm meine Geheiminstruktionen gegeben zu haben, ohne eine Geisel, ein Pfand für die Treue meiner Befehle zu haben. Welch ein Versäumnis! Joseph, nehmt eine Feder und schreibt schnell das folgende für den neuen Beichtvater auf, den wir besser aussuchen werden. Ich denke an Pater Sirmond ...«

Pater Joseph stellte sich mit der Feder in der Hand vor den großen Tisch, und der Kardinal diktierte ihm diese neuen Pflichten, die er kurze Zeit später dem König zu übermitteln wagte, der sie erhielt, anerkannte und wie die Gebote der Kirche auswendig lernte. Sie sind uns wie ein Mahnmal der Herrschaft, die ein Mann kraft Zeit, Intrige und Mut an sich reißen kann, erhalten geblieben:

I.

Ein Fürst muß einen Premierminister haben, und dieser Premierminister muß drei Eigenschaften besitzen: 1. Er hat nur eine Leidenschaft, und das ist sein Fürst. 2. Er muß geschickt und treu sein. 3. Er muß Geistlicher sein.

II.

Ein Fürst muß seinen Premierminister über alles lieben.

III.

Er darf seinen Premierminister niemals ersetzen.

IV.

Er muß ihm alles sagen.

V.

Er muß ihm immer freien Zugang gewähren.

VI.

Er muß ihm höchste Macht über das Volk gewähren.

VII.

Große Ehren und große Güter.

VIII.

Ein Fürst hat keinen größeren Schatz als seinen Premierminister.

IX.

Ein Fürst darf dem, was man gegen seinen Premierminister sagt, keinen Glauben schenken, und sich nicht freuen, wenn er hört, daß schlecht über ihn geredet wird.

X.

Ein Fürst muß seinem Premierminister alles enthüllen, was gegen ihn gesagt wird, selbst wenn vom Fürsten verlangt wurde, daß er Schweigen bewahrt.

XI.

Ein Fürst muß nicht nur das Wohl seines Staates, sondern auch seinen Premierminister allen seinen Verwandten vorziehen.

Dieses waren die Befehle des Gottes Frankreichs, sie waren weniger erstaunlich jedoch als die schreckliche Naivität, mit der er selbst diese Befehle der Nachwelt hinterließ, so als ob auch diese sich die elf Gebote zu eigen machen sollte. Während er seine Instruktionen diktierte, die er von einem kleinen handgeschriebenen Zettel ablas, schien ihn bei jedem Wort eine tiefe Traurigkeit zu überkommen, und als er am Ende angekommen war, fiel er mit verschränkten Armen tief in seinen Lehnstuhl, und sein Kopf fiel auf seine Brust.

Pater Joseph, der einen Moment im Schreiben innehielt, stand auf und ging zu ihm hin, um ihn zu fragen, ob er sich schlecht fühle, als er aus der Tiefe seiner Brust diese traurigen, denkwürdigen Worte wahrnahm:

»Welch ein schrecklicher Ärger! Diese endlosen Sorgen! Wenn ein ehrgeiziger Mensch mich sehen würde, dann würde er in die Wüste fliehen! Welche Macht habe ich? Ein jämmerlicher Abglanz der königlichen Macht. Nichts als Arbeit, um auf meinen Stern diesen unaufhörlich fliehenden Strahl zu lenken. Seit zwanzig Jahren versuche ich es vergebens. Ich verstehe diesen Mann überhaupt nicht. Er wagt es nicht, mir aus dem Weg zu gehen, aber man entzieht ihn mir. Er entgleitet mir ... Was hätte ich nicht alles machen können, wenn ich seine Erbrechte gehabt hätte. Ständig muß ich alles abwägen, nur um mich im Gleichgewicht zu halten. Was bleibt von meinen Talenten für die Unternehmungen? Europa liegt in meiner Hand, und meine Macht hängt an einem seidenen Faden. Was bringt es, meinen Blick über die Landkarten der Welt zu lenken, wenn all meine Interessen in meinem kleinen Arbeitszimmer eingeschlossen sind? Es ist mühsamer, diesen sechs Fuß langen Raum zu regieren als die ganze Welt. Das ist also ein leitender Minister! Beneidet mich nun um meine Privilegien!«

Sein Gesicht war dermaßen zusammengefallen, daß man hätte meinen können, ihm sei etwas zugestoßen. Ein starker, lang anhaltender Hustenanfall erschütterte ihn, und schließlich spuckte er Blut. Als er sah, daß Pater Joseph erschrocken nach einer goldenen, auf dem Tisch stehenden Glocke griff, stand er plötzlich mit der Kraft eines jungen Mannes auf, hielt ihn zurück und sagte:

»Ist schon gut, Joseph. Manchmal lasse ich mich von meiner Mutlosigkeit hinreißen. Aber dieser Zustand währt immer nur kurz, und ich gehe gestärkt daraus hervor. Ich weiß genau, wie es um meine Gesundheit steht. Aber darum geht es nicht. Was habt Ihr in Paris gemacht? Ich bin froh, daß der König, so wie ich es wollte, nach Béarn kommt. Dort haben wir ihn besser im Auge. Was habt Ihr ihm angeboten, damit er abreist?«

»Eine Schlacht in Perpignan.«

»Das ist nicht schlecht. Das können wir für ihn arrangieren. Diese Beschäftigung ist für ihn so gut wie jede andere. Aber die junge Königin, was sagt die junge Königin?«

»Sie ist noch immer wütend auf Euch. Ihre aufgedeckte Korrespondenz und die Befragung, die sie über sich ergehen lassen mußte.«

»Ach, ein Madrigal und eine kurze Zeit der Ergebenheit werden sie vergessen lassen, daß ich sie von ihrem Haus Österreich und von dem Land ihres Buckingham getrennt habe. Aber was macht sie?«

»Neue Intrigen mit MONSIEUR. Da uns ja alle ihre Vertrauten ergeben sind, kann ich Euch hier den Rapport, der Tag für Tag angefertigt wurde, vorlegen.«

»Ich werde mir nicht die Mühe machen, ihn zu lesen. So lange der Herzog von Bouillon in Italien sein wird, fürchte ich nichts mehr von ihrer Seite. Sie kann mit Gaston von Orléans[10] am Kamin von kleinen Verschwörungen träumen. Er hält sich noch immer an die liebenswerten Absichten, die er manchmal hat, doch nur seine Reisen ins Ausland führt er wirklich aus. Er macht gerade seine dritte. Ich werde ihm seine vierte ermöglichen, wenn er will. Er ist nicht den Schuß Pulver wert, den du dem Grafen Soissons hast verpassen lassen. Dieser arme Graf hatte jedoch kaum noch Energie.«

Jetzt setzte sich der Kardinal wieder in seinen Lehnstuhl und brach in ein für einen Staatsmann ziemlich heiteres Gelächter aus.

»Ich werde mein ganzes Leben über ihre Expedition von Amiens lachen. Sie hielten mich da alle beide fest. Jeder hatte wohl fünfhundert bis zu den Zähnen bewaffnete junge Edelleute um sich, die bereit waren, mich wie Concini in den Himmel zu schicken. Aber der große Vitry war nicht mehr da. Sie ließen mich eine Stunde ganz ruhig mit ihnen über die Jagd und das Fronleichnamsfest reden, und weder der eine noch der andere hat gewagt, diesen ganzen Strauchdieben ein Zeichen zu geben. Wir haben später von Chavigny erfahren, daß sie seit zwei Monaten auf diesen glücklichen Moment gewartet hatten. Ich hatte, ehrlich gesagt, nichts von alledem bemerkt, außer diesem kleinen Schuft von Gondi, der um mich herumschlich und so aussah, als ob er etwas in seinem Ärmel versteckt hätte. Aus diesem Grunde bin ich dann in meinen Wagen gestiegen.«

»Monseigneur, die Königin will ihn übrigens unbedingt zum Koadjutor machen.«

»Sie ist verrückt. Er wird sie vernichten, wenn sie sich an ihn klammert. Er ist ein verhinderter Musketier, ein Teufel in der Soutane. Lest seine *Geschichte des Fiesco,*[11] dann werdet Ihr es selbst sehen. Er wird nichts sein, solange ich lebe.«

»Ach! Ihr beurteilt das ganz richtig, und trotzdem laßt Ihr einen anderen Ehrgeizigen in seinem Alter kommen?«

»Welch in Unterschied. Er wird eine Marionette sein, mein Freund, eine richtige Marionette, dieser junge Cinq-Mars. Er denkt nur an seine Halskrause und seine Achselschnüre. Dafür bürgt schon sein hübsches Äußeres. Und ich weiß, daß er sanft und schwach ist. Aus diesem Grunde habe ich ihn seinem älteren Bruder vorgezogen. Er wird tun, was wir wollen.«

»Oh, Monseigneur«, warf der Pater zweifelnd ein, »ich habe mich niemals auf Leute verlassen, die nach außen so ruhig wirken, denn das innere Feuer ist gefährlicher. Erinnert Euch an den Marschall d'Effiat, seinen Vater.«

»Also, noch einmal! Er ist ein Kind, und ich werde ihn erziehen. Gondi hingegen ist schon ein richtiger Aufwiegler, ein Wagehals, den nichts aufhält. Er hat es gewagt, mir Madame de La Meilleraie abspenstig zu machen, versteht Ihr? Kann ich es glauben? Ein kleines Pfäfflein, das kein anderes Verdienst hat als ein schmales, ziemlich lebhaftes Mundwerk und Kavaliersgebaren. Glücklicherweise hat der Gatte selbst dafür gesorgt, ihn zu entfernen!«

Pater Joseph, der seinen Herren weder über sein großes Glück noch von seinen Versen gern sprechen hörte, verzog das Gesicht in der Hoffnung, geistreich auszusehen, aber er wirkte nur häßlich und ungeschickt. Er bildete sich ein, sein Gesicht mit diesem verdrehten Mund eines Affens drücke aus: *Ach, wer kann Monseigneur schon widerstehen.* Aber Monseigneur verstand es so: *Ich bin ein Lümmel, der nichts von der großen weiten Welt versteht.* Und übergangslos nahm er vom Tisch ein Schriftstück und sagte plötzlich:

»Der Herzog von Rohan ist tot. Das ist eine gute Nachricht. Jetzt sind die Hugenotten verloren. Er hat Glück gehabt. Ich habe ihn vom Gericht in Toulouse dazu verurteilen lassen, von vier Pferden zerrissen zu werden, und er stirbt seelenruhig auf dem Schlachtfeld bei Rheinfeld. Aber was soll's! Das Ergebnis ist das gleiche. Nun ist noch ein großer Mann gefallen. Wie viele sind schon seit Montmorency gefallen! Ich sehe kaum noch welche, die sich nicht vor mir verneigen. Wir haben schon fast all die Narren von Versailles bestraft. Man kann mir sicher nichts vorwerfen. Ich wende gegen sie das Gesetz der Vergeltung an, und ich behandle sie so, wie sie mich im Rate der Königinmutter behandeln lassen wollten. Der alte Schwätzer von Bassompierre kommt noch mit lebenslänglichem Kerker davon, so wie auch der Marschall von Vitry, dieser Mörder, denn sie haben auch nur für diese Strafe gegen mich plädiert. Was Marillac betrifft, der zur Todesstrafe geraten hat, so reserviere ich ihm diese für den ersten Fehltritt, und ich rate dir, Joseph, mich daran zu erinnern. Man muß sie alle gerecht behandeln! Bleibt also noch dieser Herzog von Bouillon, den sein Sedan hat hochmütig werden lassen, aber ich werde es ihm schon heimzahlen. Ihre Verblendung ist eine herrliche Sache! Sie glauben alle, frei zu sein, um sich zu verschwören, und sie sehen nicht, daß sie nur wie meine Marionetten an Fäden hängen, die ich manchmal etwas lockere, um ihnen Luft und Raum zu geben. Haben denn alle Hugenotten wegen des Todes ihres werten Herzogs vereint geschrien?«

»Weniger als in der Sache Loudun, die ja dennoch ein glückliches Ende genommen hat.«

»Was? *Glücklich?* Ich hoffe doch, Grandier ist tot?«

»Ja, das wollte ich damit sagen. Eure Eminenz sollten froh sein. Alles war innerhalb von vierundzwanzig Stunden erledigt. Niemand denkt mehr daran. Nur Laubardemont hat eine Dummheit begangen, und zwar hat er eine öffentliche Sitzung abgehalten. Es hat etwas Aufruhr gegeben. Aber man hat uns die Unruhestifter genau beschrieben, und sie werden verfolgt.«

»Das ist gut, sehr gut. Urbain konnte dort nicht bleiben, dazu war er ein zu wichtiger Mann. Er neigte zum Protestantismus. Ich wette, daß er schließlich abtrünnig geworden wäre. Seine Schrift gegen das Priesterzölibat hat mich darauf gebracht. Und im Zweifelsfall, merke dir das, Joseph, ist es besser, den Baum zu fällen, ehe er Früchte trägt. Weißt du, diese Hugenotten bilden in unserem Staat eine richtige Republik. Wenn sie erst je die Mehrheit in Frankreich hätten, dann wäre das Königreich verloren. Sie würden irgendwelche Volksparlamente einsetzen, die dauerhaft sein könnten.«

»Und welch großes Leid sie jeden Tag unserem Heiligen Vater, dem Papst, bescheren!« fügte Joseph hinzu.

»Oh!« unterbrach ihn der Kardinal. »Ich weiß schon, worauf du hinaus willst. Du willst mich daran erinnern, mit welcher

Dickköpfigkeit er sich weigert, dir den Kardinalshut zu geben. Sei unbesorgt, ich werde heute mit dem neuen Botschafter, den wir dorthin senden, darüber sprechen. Der Marschall d'Estrées wird, sobald er ankommt, erreichen, was sich seit den zwei Jahren, die wir dich schon für das Kardinalat vorgeschlagen haben, dahinschleppt. Ich glaube auch langsam, daß dir Purpur gut stehen würde, da man darauf die Blutflecken nicht sieht.«

Und sie lachten beide los, der eine wie ein Meister, der den Henkershelfer, den er bezahlt, mit seinem ganzen Unmut niederdrückt, und der andere wie ein Sklave, der sich mit allen Erniedrigungen, mittels derer er weiterkommen kann, abfindet.

Der schwarze Humor des blutrünstigen alten Ministers hatte diesen Lachanfall hervorgerufen, und er dauerte noch an, als die Tür zum Arbeitszimmer geöffnet wurde und ein Page mehrere Kuriere ankündigte, die gleichzeitig aus verschiedenen Richtungen ankamen. Pater Joseph stand auf und lehnte sich mit dem Rücken wie eine ägyptische Mumie gegen die Wand. Sein nachdenkliches Gesicht spiegelte nichts als Dummheit. Zwölf Boten betraten nacheinander den Raum. Sie trugen unterschiedliche Verkleidungen. Der eine sah aus wie ein Schweizer Soldat, ein anderer wie ein Marketender und ein dritter wie ein Maurermeister. Man ließ sie über eine Geheimtreppe und einen Geheimkorridor in den Palast kommen, und sie verließen das Arbeitszimmer durch eine der Eingangstür gegenüberliegende Tür. So konnten sie sich nicht treffen und sich nicht über ihre verschiedenen Nachrichten austauschen. Jeder von ihnen legte ein Paket gerollter und gefalteter Papiere auf den großen Tisch, sprach einen Moment in einer Fensternische mit dem Kardinal und ging wieder hinaus. Richelieu war sofort aufgestanden, als der erste Bote den Raum betreten hatte, und da er darauf bedacht war, alles persönlich zu erledigen, empfing er sie alle selbst, hörte ihnen zu und schloß eigenhändig hinter ihnen die Ausgangstür. Als der letzte gegangen war, gab er Pater Joseph ein Zeichen, und dann öffneten oder rissen beide vielmehr, ohne ein Wort zu sagen, die Pakete auf und teilten sich in knappen Worten den Inhalt der Briefe mit.

»Der Herzog von Weimar baut seine Überlegenheit aus. Herzog Karl ist geschlagen. Unser General ist in ziemlich guter Verfassung. Er hat bei Tisch gut gesprochen. Ich bin zufrieden.«

»Monseigneur, der Vicomte von Turenne hat die Stellungen in

Lothringen wieder eingenommen. Wir haben hier seine vertraulichen Gespräche ...«

»Ach, laß nur. Sie können nicht gefährlich für uns sein. Er wird immer ein guter, ehrlicher Mann sein und sich kaum in die Politik einmischen, vorausgesetzt, man gibt ihm eine kleine Armee, über die er wie bei einer Schachpartie verfügen kann, egal gegen wen, und schon ist er zufrieden. Wir werden immer gute Freunde sein.«

»Das Lange Parlament tagt noch immer in England. Die Gemeinden verfolgen ihr Pläne. Massaker in Irland ... Graf von Staffort[12] ist zum Tode verurteilt worden.«

»Zum Tode! Wie schrecklich!«

»Hier steht: ›Seine Majestät, König Karl I., hat nicht den Mut, das Urteil zu unterzeichnen, aber er hat vier Kommissare eingesetzt ...‹«

»Schwacher König, ich lasse dich im Stich. Du wirst unser Geld nicht mehr bekommen. Falle, denn du bis unredlich! ...O unglücklicher Wentworth!«

Richelieu hatte eine Träne im Auge. Derselbe Mann, der eben noch mit dem Leben vieler anderer Männer gespielt hatte, weinte um einen Minister, den sein Fürst hatte fallen lassen. Der Zusammenhang zwischen dieser Situation und seiner eigenen hatte ihn getroffen, und er selbst war es, den er in diesem Fremden beweinte. Er hörte auf, die Schriftstücke, die er öffnete, laut vorzulesen, und sein Vertrauter machte es nun ebenso. Er überflog peinlich genau alle detaillierten Berichte, der kleinsten und geheimsten Aktionen aller Personen von gewisser Bedeutung, Berichte, die er immer mit den Nachrichten seiner geschickten Spione verband. Diese Geheimberichte wurden den Mitteilungen für den König beigelegt, die aber alle durch die Hände des Kardinals gehen mußten. Sie wurden alle wieder sorgfältig zusammengefaltet, um dann zensiert beim König anzukommen, und zwar so, wie er sie lesen sollte. Die vertraulichen Mitteilungen wurden alle sorgfältig vom Pater verbrannt, wenn der Kardinal sie zur Kenntnis genommen hatte. Dieser schien jedoch nicht besonders zufrieden zu sein. Er ging ziemlich schnell im Zimmer auf und ab und gestikulierte beunruhigt mit den Händen, als die Tür aufging und ein dreizehnter Bote eintrat. Dieser neue Bote sah aus wie ein kaum vierzehnjähriges Kind. Er trug unter dem Arm ein schwarz versiegeltes Paket für den König und gab dem

Kardinal nur einen kleinen Zettel, auf dem Josephs verstohlener Blick gerade vier Wörter entziffern konnte. Der Herzog zitterte, riß ihn in tausend Stücke, beugte sich über das Ohr des Kindes und sprach ziemlich lange zu ihm, ohne eine Antwort zu erhalten. Als der Kardinal ihn hinaus begleitete, konnte Joseph nur diesen Satz verstehen: »*Paß gut auf, nicht eher als in zwölf Stunden.*«

Während dieses kurzen *Zwiegesprächs* des Kardinals hatte sich Joseph damit beschäftigt, eine unendliche Zahl von Schmähschriften aus Flandern und Deutschland aus seinem Blickfeld zu entfernen. Der Minister wollte sie immer sehen, so bitter es auch für ihn war. Er gab vor, eine Philosophie zu verfolgen, die er in Wahrheit keineswegs vertrat. Um bei seinen Mitmenschen falsche Hoffnungen zu wecken, tat er zuweilen so, als sei er der Meinung, seine Feinde hätten nicht unbedingt unrecht und er lache über ihre Scherze. Diejenigen jedoch, die seinen Charakter besser kannten, erkannten eine tiefe Wut unter dieser scheinbaren Zurückhaltung, und sie wußten, daß er erst zufrieden war, wenn das Gericht das Buch seines Feindes verurteilt hatte und es auf der Place de Grève verbrannt worden war, als *Beleidigung des königlichen Minister, des erlauchten Kardinals, und damit des Königs selbst,* wie man es noch in den Verfügungen jener Zeit lesen kann, und er bedauerte nur, daß der Verfasser nicht an der Stelle des Werkes war, eine Befriedigung, die er sich verschaffte, wann immer er konnte, wie im Falle Urbain Grandier.

Er rächte so seinen grenzenlosen Hochmut, ohne es sich selbst einzugestehen, und er arbeitete lange, manchmal ein Jahr, um sich zu überzeugen, daß die Interessen des Staates auf dem Spiel standen. Er verband geschickt seine Privatinteressen mit denen Frankreichs und redete sich einfach ein, daß das Land an den Kränkungen litt, die man ihm zugefügt hatte. Joseph, der sehr darauf bedacht war, seinen Unmut in diesem Moment nicht zu erregen, legte ein Buch mit dem Titel *Politische Geheimnisse des Kardinals von La Rochelle* zur Seite und entwendete es. Ein anderes, das einem Mönch aus München zugeschrieben wurde, hatte den Titel: *Spöttische Fragen, auf die heutige Zeit übertragen, und blutige Ungnade des Gottes Mars.* Der ehrenwerte Advokat Aubery, der uns eine der getreuesten Lebensgeschichten des mächtigen Kardinals übermittelt hat, rief voller Wut, als er nur von dem Titel des ersten dieser Bücher erfuhr, daß der *große Minister allen Grund habe, sich zu rühmen, daß seine Feinde, die gegen ihren Willen die glei-*

che Begeisterung packte, die die Eselin von Balaam und Kaiphas veranlaßt hatte, Orakel zu sprechen, wie auch andere, die des Talentes der Weissagung unwürdiger erschienen, ihn zu Recht Kardinal von La Rochelle nannten, weil er drei Jahre nach Erscheinen ihrer Schriften diese Stadt zerstört hatte, so wie Scipio Afrikanus genannt wurde, weil er diese PROVINZ *unterworfen hatte.* Es fehlte nicht viel, und Pater Joseph, der natürlich die gleichen Ideen hatte, hätte in ähnlichen Worten seine Verachtung ausgedrückt, denn er erinnerte sich schmerzlich an seine lächerliche Rolle, die er bei der Belagerung von LaRochelle gespielt hatte, das zwar keine Provinz wie Afrika war, das sich aber erdreistet hatte, sich dem herausragenden Kardinal zu widersetzen, obwohl Pater Joseph die Truppen durch die Kanalisation hatte einlassen wollen, denn er rühmte sich, in der Kunst der Belagerung recht geschickt zu sein. Er hielt sich jedoch zurück und hatte gerade noch genug Zeit, die spöttische Schmähschrift in der Tasche seiner braunen Kutte verschwinden zu lassen, bevor der Minister seinen jungen Boten verabschiedet hatte und an den Tisch zurückgekehrt war.

»Wir reisen ab, Joseph. Wir reisen ab!« sagte er. »Öffne alle Türen für diesen Hof, der mich belagert. Wir werden den König aufsuchen, der mich in Perpignan erwartet. Jetzt habe ich ihn ganz in der Hand.«

Der Kapuziner zog sich zurück, und kurz darauf öffneten die Pagen die vergoldeten Doppeltüren und kündigten nacheinander die bedeutendsten Männer jener Zeit an, die vom König die Erlaubnis erhalten hatten, ihn zu verlassen, um den Minister zu begrüßen. Einige hatten sich sogar unter dem Vorwand einer Krankheit oder einer dienstlichen Angelegenheit heimlich davongestohlen, um nicht die letzten in seinem Vorzimmer zu sein, und der traurige König war fast ganz allein gewesen, wie es die anderen Könige normalerweise nur auf dem Sterbebett sind, aber es sah so aus, als ob der Thron in den Augen des Hofes sein Sterbelager sei, seine Regentschaft ein ununterbrochener Todeskampf und sein Minister ein bedrohlicher Nachfolger.

Zwei Pagen aus den besten Häusern Frankreichs standen neben der Tür, und die Diener kündigten jede Person an, die im Nebenzimmer Pater Joseph begrüßt hatte. Der Kardinal, der noch immer in seinem wuchtigen Lehnstuhl saß, beachtete die gewöhnlichen Höflinge kaum, nickte den Vornehmsten kurz zu, und nur wenn ein Fürst vor ihm stand, stützte er sich mit seinen beiden Armen im Lehnstuhl etwas ab, um sich vor ihm zu verneigen. Jeder Höfling begrüßte ihn in aller Höflichkeit, stand dann vor ihm neben dem Kamin und wartete darauf, daß er das Wort an ihn richtete. Auf ein Zeichen des Kardinals hin ging er dann entweder durch den ganzen Raum, um durch die gleiche Tür wieder hinauszugehen, durch die er hereingekommen war, verweilte noch einen Moment bei Pater Joseph, der seinen Minister nachahmte und den man aus diesem Grunde die *Graue Eminenz* nannte, und verließ schließlich wieder den Palast, oder er stellte sich hinter seinen Lehnstuhl, falls der Minister ihn dazu aufforderte, was ein Beweis höchster Gunst war.

Er ließ zunächst einige unbedeutende Personen sowie viele mit unwichtigen Verdiensten defilieren und hielt diesen Zug erst beim Marschall d'Estrées an, der zur Botschaft nach Rom abreiste und ihm Lebewohl sagten wollte. Alle, die nach ihm kamen, mußten stehenbleiben. Diese Unruhe bewies den Adeligen im Nebenzimmer, daß ein längeres Gespräch geführt wurde. Pater Joseph ging hinüber und schaute den Kardinal kurz an, womit er ihm zu verstehen geben wollte: *Erinnert Euch an das Versprechen, das Ihr mir gegeben habt*, und der Kardinal bedeutete ihm durch seinen Blick: *Macht Euch keine Sorgen!* Gleichzeitig gab der gewiefte Kapuziner seinem Meister zu verstehen, daß er eines seiner Opfer in der Hand hatte, das er auf seine Rolle als folgsames Werkzeug vorbereitete. Es war ein Edelmann, der einen sehr kurzen grünen Mantel sowie ein Wams in der gleichen Farbe trug, und dazu eine sehr enge rote Hose mit glänzenden goldenen Strumpfbändern darunter. Das war die typische Kleidung der Pagen von MONSIEUR. Pater Joseph sprach sehr geheimnisvoll mit ihm, aber keineswegs im Sinne seines Herrn. Er dachte nur daran, Kardinal zu werden, und er schuf sich andere Verbindungen für den Fall, daß der Minister sein Wort brechen sollte.

»Sagt MONSIEUR[13], daß er nicht auf den Schein vertrauen soll und daß er keinen treueren Diener hat als mich. Der Kardinal wird langsam hinfällig. Ich halte es für meine Pflicht, denjenigen über seine Verfehlungen zu unterrichten, der, solange der Thronfolger noch minderjährig ist, die königliche Macht übernehmen wird. Um Eurem großen Fürsten einen Vertrauensbeweis zu liefern, sagt ihm, daß man Puy-Laurens verhaften will, der ihm ergeben ist, und daß er ihn verstecken lassen soll, da der Kardinal ihn sonst auch in die Bastille werfen wird.«

Richelieu und seine Graue Eminenz hatten sich beide nichts vorzuwerfen, denn während der Diener seinen Herrn auf diese Weise hinterging, hinterging der Herr seinen Diener. Er litt aufgrund seiner Eigenliebe, und weil er noch ein wenig Achtung für die Belange der Kirche hatte, wenn er daran dachte, daß sein mieser Agent den gleichen Hut, der für ihn einer Krone gleichkam, tragen und mit ihm auf einer Stufe stehen sollte, wenn man davon absah, daß ihm noch das vorübergehende Amt des Ministers blieb. Er sagte also leise zum Marschall d'Estrées:

»Es ist nicht notwendig, Urban VIII noch länger mit der Sache dieses Kapuziners, der dort hinten steht, zu belästigen. Es reicht vollkommen, daß Seine Majestät die Güte hatte, ihn für Kardinalat vorzuschlagen. Wir können den Widerwillen Seiner Heiligkeit gut verstehen, diesen Bettler in römisches Purpur zu kleiden.«

Dann ging er von diesem Punkt zu allgemeineren Themen über:

»Ich weiß wirklich nicht, warum der Heilige Vater uns gegenüber so kühl geworden ist. Was haben wir anderes getan, als die Herrlichkeit unserer Heiligen Mutter, der katholischen Kirche, zu ehren? Ich persönlich habe die erste Messe in La Rochelle gelesen, und Ihr seht es mit eigenen Augen, Monsieur le Maréchal, daß unsere Robe überall und selbst in Euren Armeen vertreten ist. Der Kardinal de La Valette hat eben glorreich in der Pfalz das Kommando geführt.«

»Und hat eben einen sehr schönen Rückzug angetreten«, entgegnete der Marschall, wobei er das Wort *Rückzug* leicht betonte.

Der Minister sprach weiter, ohne auf dieses kleine Wort der berufsbedingten Eifersucht zu achten, und er hob die Stimme:

»Gott hat gezeigt, daß er es nicht verschmähte, seinen Dienern den Geist des Sieges einzuhauchen, denn der Herzog von Weimar hat bei der Eroberung Lothringens nicht erfolgreicher mitgewirkt als dieser gläubige Kardinal, und noch nie wurden die Streitkräfte zur See besser befehligt als von unserem Erzbischof aus Bordeaux in La Rochelle.«

Es war bekannt, daß der Minister im Moment ziemlich sauer auf diesen Prälaten war, denn er war so hochmütig und häufig so unverschämt, daß er in zwei recht unangenehme Affären in Bordeaux verwickelt gewesen war. Der Herzog von Epernon, der damals Gouverneur von Guyenne war, hatte ihn vor vier Jahren mit seinen Edelleuten und seinen Truppen inmitten des Klerus' in einer Prozession getroffen. Er hatte ihn beschimpft und ihm zwei sehr kräftige Hiebe mit dem Stock verpaßt, woraufhin der Erzbischof ihn exkommunizierte. Und trotz dieser Lektion hatte er erst kürzlich noch einen Streit mit dem Marschall de Vitry gehabt, von dem er *zwanzig Schläge mit dem Knüppel oder dem Rohrstock – Ihr könnte es Euch aussuchen – erhalten hatte,* schrieb der Herzog-Kardinal an den Kardinal de La Valette, *und ich glaube, daß er Frankreich mit Exkommunizierten überschwemmen will.* In der Tat exkommunizierte er noch den Marschallstab, als er sich daran erinnerte, daß der Papst den Herzog von Epernon einmal gezwungen hatte, ihn um Verzeihung zu bitten. Aber Vitry, der den Marschall d'Ancre hatte umbringen lassen, war dafür bei Hofe zu gut angesehen, und der Erzbischof wurde geschlagen und außerdem vom Minister beschimpft.

Monsieur d'Estrées war taktvoll genug zu denken, daß das Lob des Kardinals in bezug auf die kriegerischen Fähigkeiten des Erzbischof zur See sicher etwas ironisch gemeint sei, und er antwortete ihm mit gleichbleibender Gelassenheit:

»In der Tat kann niemand behaupten«, Monseigneur, »daß er zur See geschlagen worden sei.«

Seine Eminenz mußte ganz einfach lächeln, aber als er die ansteckende Wirkung dieses Lächelns im Saal sah und merkte, daß gelächelt, geflüstert und spekuliert wurde, trug er sofort wieder eine vollkommen ernste Miene zur Schau und nahm freundschaftlich den Arm des Marschalls:

»Also, mein lieber Botschafter«, sagte er, »Ihr seid um keine Antwort verlegen. Mit Eurer Hilfe fürchte ich weder den Kardinal Albornos noch alle Borgias der Welt, noch alle Anstrengungen ihres Spaniens beim Heiligen Vater.«

Dann hob er die Stimme und schaute sich um, als ob er sich an den ganzen ruhigen, gebannten Salon wenden wolle:

»Ich hoffe«, fuhr er fort, »daß man uns nicht länger verfolgt, wie man es früher gemacht hat, weil wir ein gerechtes Bündnis mit einem der größten Männer unserer Zeit eingegangen sind. Aber Gustav Adolf ist tot, und der katholische König wird keinen Vorwand mehr haben, um die Exkommunizierung des christlichen Königs zu erbitten. Seid Ihr nicht auch meiner Meinung, werter Herr?« fragte er und wandte sich dem Kardinal de La Valette zu, der auf sie zukam und der glücklicherweise nichts über sich gehört hatte. »Monsieur d'Estrées, bleibt in der Nähe unseres Lehnstuhls stehen. Wir haben Euch noch eine Menge zu sagen, und Ihr könnt an all unseren Gesprächen teilnehmen, denn wir haben keine Geheimnisse vor Euch. Unsere Politik ist offen und scheut nicht das Licht. Es geht um das Interesse Seiner Majestät und des Staates, das ist alles.«

Der Marschall verneigte sich tief, stellte sich hinter den Lehnstuhl des Ministers und überließ seinen Platz dem Kardinal de La Valette, der sich unaufhörlich verneigte, dem Kardinal immer wieder schmeichelte und ihm Ergebenheit sowie unbedingten Gehorsam schwor, als ob er die Unbeugsamkeit seines Vaters, des Herzogs von Epernon, sühnen wolle. Der Kardinal blieb in seinen Antworten recht vage. Er war zerstreut und hatte an diesem Gespräch gar kein richtiges Interesse, sondern er schaute unentwegt zur Tür, um zu sehen, wer wohl jetzt kam. La Valette mußte nun noch einen weiteren Kummer ertragen, als der Kardinal ihn ganz plötzlich im schmeichelhaftesten Moment seiner honigsüßen Rede unterbrach und rief:

»Ach! Endlich kommt Ihr, mein lieber Fabert! Ich konnte es kaum erwarten, Euch zu sehen, um mit Euch über die Belagerung zu sprechen.«

Der General begrüßte den *Generalissimus* recht barsch und ungeschickt und stellte ihm die Offiziere vor, die mit ihm aus dem Feldlager gekommen waren. Er sprach einige Zeit über die Operationen der Belagerung, und der Kardinal schien ihm in gewisser Weise den Hof zu machen, um ihn darauf vorzubereiten, seine Befehle später auf dem Schlachtfeld entgegenzunehmen. Er sprach mit den Offizieren, die ihm folgten, nannte sie bei ihrem Namen und stellte ihnen Fragen über das Lager.

Dann machten sie alle dem Herzog d'Angoulême Platz. Dieser Prinz aus dem Hause Valois, der schon gegen Heinrich IV. gekämpft hatte, warf sich vor Richelieu auf die Knie. Er bat um ein Kommando, denn bei der Belagerung von La Rochelle war er nur Dritter im Rang gewesen. Nach ihm erschien der immer schnittige junge Mazarin[14] in seiner einschmeichelnden Art, der jedoch schon seinem Glück vertraute.

Als der Herzog d'Halluin folgte, hörte der Kardinal auf, die anderen zu belobigen, und sagte laut zu ihm:

»Monsieur, ich verkünde Euch mit Freude, daß der König zu Euren Gunsten ein weiteres Marschallsamt von Frankreich geschaffen hat. Ihr werdet mit Schomberg unterzeichnen, nicht wahr? In Leucate, das von Euch befreit wurde, denkt man auch so. Aber Verzeihung, dort kommt Monsieur de Montauron, der mir bestimmt etwas Wichtiges zu sagen hat.«

»Oh, nein, um Gottes willen, Monseigneur, ich wollte Euch nur mitteilen, daß dieser arme junge Mann, den Ihr gütigerweise als Euren Diener betrachtet, vor Hunger stirbt.«

»Oh! Wie könnt Ihr jetzt über solche Dinge mit mir sprechen! Eurem kleinen Corneille[15] will nichts Rechtes mehr gelingen. Wir haben jetzt nur den *Cid* und *Die Horatier* von ihm. Er soll arbeiten, nichts als arbeiten! Es ist bekannt, daß er mir ergeben ist. Das ist für mich unangenehm. Aber da Ihr Euch für ihn interessiert, werde ich ihm eine Pension von fünfhundert Ecus aus meiner Privatschatulle zahlen.«

Und der Schatzmeister zog sich entzückt über die Großzügigkeit des Ministers zurück und empfing zu Hause mit ziemlich viel Güte die Widmung des *Cinna*, worin der große Corneille seine Seele mit der des Augustus vergleicht und sich bei ihm für die Almosen bedankt, die er *einigen Musen* zukommen ließ.

Der Kardinal war verärgert ob dieser Unverschämtheit. Er erhob sich und sagte, daß der Vormittag sich dem Ende zuneige und daß es Zeit sei, den König aufzusuchen.

Genau in diesem Moment, als die wichtigsten Herren näher traten, um ihm beim Gehen behilflich zu sein, trat ein Mann in der Robe der Richter auf ihn zu, grüßte ihn mit einem selbstgefälligen, zuversichtlichen Lächeln auf den Lippen, das alle Leute, die die große Welt kannten, erstaunte. Er schien sagen zu wollen: *Uns verbinden geheime Geschäft miteinander. Ihr werdet sehen, wie gut er zu mir sein wird. Ich fühle mich in seinem Arbeitszimmer wie zu Hause.* Seine ungehobelte, ungeschickte Art verriet aber dennoch ein niederes Wesen. Es war Laubardemont.

Richelieu runzelte die Stirn, als er ihn vor sich stehen sah, und warf Joseph einen wütenden Blick zu. Dann wandte er sich an die Anwesenden und fragte mit einem bitteren Lächeln:

»Sollte wohl ein Verbrecher unter uns sein?«

Als der Kardinal ihm einfach den Rücken zukehrte, wurde Laubardemont so rot, daß seine Gesichtsfarbe seiner Robe Konkurrenz machte. Und der Kardinal schritt nun hinter den ganzen Leuten, die ihn im Wagen oder zu Pferde begleiten sollten, die große Treppe des erzbischöflichen Palastes hinunter.

Das ganze Volk von Narbonne und die Obrigkeiten der Stadt schauten dieser königlichen Abreise sprachlos zu.

Der Kardinal stieg allein in eine weite, geräumige, viereckige Sänfte, in der er bis Perpignan reisen sollte. Seine Gebrechlichkeit erlaubte ihm weder mit dem Wagen zu fahren, noch die ganze Strecke zu reiten. Diese Art Nomadenzimmer beinhaltete ein Bett, einen Tisch und einen kleinen Stuhl für einen Pagen, der schreiben oder ihm vorlesen sollte. Dieses mit purpurnem Damast bespannte Gerät wurde von achtzehn Männern getragen, die nach jeder Meile ausgewechselt wurden. Diese wurden in den Reihen seiner Gardisten ausgewählt und versahen diesen ehrenvollen Dienst immer barhäuptig, ob es nun heiß war oder regnete. Der Herzog d'Angoulême, die Marschälle von Schomberg und d'Estrées, Fabert und andere Würdenträger ritten neben dem Wagenschlag her. Unter den eifrigsten waren der Kardinal de La Valette, Mazarin sowie auch Chavigny und der Marschall de Vitry zu sehen, der versuchte, der Bastille zu entkommen, die ihn – Gerüchten zufolge – bedrohte.

Zwei Karossen folgten mit den Sekretären des Kardinals, seinen Ärzten und seinem Beichtvater; acht Wagen und vier Pferde für seine Edelleute und vierundzwanzig Maulesel für das Gepäck. Eine Eskorte von zweihundert unberittenen Musketieren, seine Kompanie Gardisten und seine leichten Reiter, die alle adelig waren, ritten auf prachtvollen Pferden vor oder hinter dem Zug.

Mit dieser Mannschaft reiste der Premierminister innerhalb weniger Tage nach Perpignan. Die Größe der Sänfte machte es notwendig, mehrmals Wege zu verbreitern und die Mauern einiger *Städte* und *Dörfer* einzuschlagen, die sie so nicht betreten konnten. *Es machte den Eindruck,* schreiben die Verfasser zeitgenössischer Handschriften voll aufrichtiger Bewunderung für diesen Luxus, *es machte den Eindruck, als betrete ein Eroberer die Stadt durch die Bresche.* Wir haben sehr sorgfältig, aber vergebens einige Handschriften der Eigentümer oder Einwohner der Häuser gesucht, die sich der Durchreise des Zuges öffneten, die die gleiche Bewunderung bezeugen, und wir müssen zugeben, daß wir nicht fündig wurden.

8. Kapitel
Die Begegnung

Mein erstaunter Geist zittert vor seinem.

BRITANNICUS

Der pompöse Zug des Kardinals hatte am Eingang des Lagers haltgemacht. Alle Streitmächte hatten sich in schönster Ordnung aufgestellt. Der Kardinal wurde von jedem Regiment mit Kanonendonner und Musik begrüßt. Kavallerie und Infanterie hatten vom ersten Zelt bis zu dem des Ministers ein langes Spalier gebildet, an dem die Sänfte vorüberzog. Das Zelt des Ministers stand in einiger Entfernung vom königlichen Viertel, das man schon von weitem erkennen konnte, da es ganz in Purpur gehalten war. Der Kardinal nickte den Oberbefehlshabern zu oder sprach kurz ein Wort mit ihnen. Als er endlich an seinem Zelt angekommen war, verabschiedete er sein Gefolge, schloß sich ein und wartete auf die Stunde, da er dem König seine Aufwartung machen würde. Alle Männer seiner Eskorte hatten sich jedoch schon vor ihm dorthin begeben, und ohne die königliche Unterkunft zu betreten, warteten alle in langen, mit gestreiftem Zwillich bedeckten Galerien, die wie Straßen angeordnet waren, die zum Fürsten führten. Die Höflinge trafen sich hier und wandelten in Gruppen umher, begrüßten sich, gaben sich die Hand oder warfen sich hochmütige Blicke zu. Andere flüsterten lange miteinander und zeigten sich erstaunt, erfreut oder auch ungehalten, was darauf hinwies, daß sich etwas Außergewöhnliches ereignet hatte. In einer Ecke der Hauptgalerie kam es dabei zu einem Wortwechsel ganz besonderer Art.

»Könnte ich erfahren, Monsieur l'Abbé, warum Ihr mich so selbstsicher anseht?«

»Bei Gott, Monsieur de Launay, ich bin nur neugierig, was Ihr machen werdet. Alle Welt läßt Euren Herzog-Kardinal seit Eurer Reise in die Touraine im Stich. Ihr denkt gar nicht daran. Also sprecht einen Moment mit den Leuten von MONSIEUR oder der Königin. Ihr habt zehn Minuten Verspätung nach der Uhr des

Kardinals de La Valette, der Rochepot und all diesen Edelleuten des verstorbenen Grafen von Soissons, den ich mein ganzes Leben beweinen werde, eben die Hand gegeben hat.«

»Das ist gut, Monsieur de Gondi. Ich verstehe den Appell, den Ihr gütigerweise an mich richtet, recht gut.«

»Ja, Monsieur le Comte«, fuhr der junge Priester fort und begrüßte ihn, so wie es damals üblich war, mit vollendeter Höflichkeit. »Ich habe eine Gelegenheit gesucht, Euch im Namen von Monsieur d'Attichi, meinem Freund, herauszufordern, mit dem Ihr in Paris wohl aneinandergeraten seid.«

»Monsieur l'Abbé, ich stehe zu Eurer Verfügung und werde meine Sekundanten suchen. Sucht Ihr die Euren.«

»Auf dem Pferd, mit Degen und Pistole, nicht wahr?« fügte Gondi mit der gleichen Miene hinzu, mit der man eine Landpartie verabredet, und dann entstaubte er den Ärmel seiner Soutane mit dem Finger.

»Wenn Euch das eine Freude macht«, antwortete der andere.

Sie trennten sich für einen Moment und verabschiedeten sich mit ausgesuchter Höflichkeit und tiefen Verbeugungen.

Eine glänzende Schar junger Edelleute ging immer wieder in der Galerie an ihnen vorbei. Sie mischten sich unter die Adeligen, um ihre Freunde zu suchen. Alles, was die Kleidung bei Hofe an Eleganz zu bieten hatte, wurde an diesem Vormittag hier zur Schau gestellt: kleine kurze Samt- und Seidenmäntel mit Gold- oder Silberbündchen in allen Farben, Kreuze des heiligen Michael oder des heiligen Geistes, Halskrausen, zahlreiche Hutfedern, goldene Schulterklappen, Ketten, an denen lange Degen hingen, alles glänzte, alles glitzerte, aber weniger noch als das Feuer in den Augen dieser kriegerischen Jugend, als ihre angeregten Gespräche und ihr geistreiches, schallendes Lachen. Inmitten dieser Versammlung spazierten langsamen Schrittes gewichtige Persönlichkeiten mit ernster Miene und große Herren, denen all ihre Edelleute folgten.

Der kleine Abbé de Gondi, der sehr kurzsichtig war, schritt durch die Menge, runzelte die Augenbrauen, kniff die Augen zusammen, um besser sehen zu können, und zog an seinem Schnurrbart, den die Geistlichen damals trugen. Er schaute jedem ins Gesicht, um seine Freunde zu erkennen, und blieb schließlich vor einem recht hochgewachsenen jungen Mann stehen, der von Kopf bis Fuß in Schwarz gekleidet und dessen

Degen sogar aus tiefschwarz bronziertem Eisen war. Er sprach mit einem Gardehauptmann, als Gondi ihn zur Seite nahm:

»Monsieur de Thou«, sagte er zu ihm, »ich brauche Euch in einer Stunde als Sekundanten, zu Pferde, mit Degen und Pistole. Wenn Ihr mir diese Ehre erweisen wollt …«

»Monsieur, Ihr wißt, daß ich Euch in jeder Situation ganz und gar ergeben bin. Wo treffen wir uns?«

»Vor der spanischen Bastion bitte.«

»Verzeiht, wenn ich mich wieder einem Gespräch zuwende, das mich sehr interessiert. Ich werde pünktlich dort sein.«

Und de Thou ließ ihn stehen, um sich wieder seinem Hauptmann zuzuwenden. Er hatte gelassen und mit recht sanfter Stimme gesprochen, und er war sogar etwas zerstreut gewesen.

Der kleine Priester drückte ihm sichtlich zufrieden die Hand und setzte seine Suche fort.

Es war nicht so einfach für ihn, den Handel mit den jungen Herren, an die er sich wandte, zu schließen, denn sie kannten ihn besser als Monsieur de Thou, und als sie ihn von weitem kommen sahen, versuchten, sich, ihm aus dem Wege zu gehen oder lachten mit ihm und bemühten sich keineswegs, ihm zu dienen.

»Ach, lieber Priester, Ihr sucht noch immer. Ich wette, daß Ihr noch einen Sekundanten braucht«, sagte der Herzog von Beaufort.

»Und ich wette«, fügte Monsieur de La Rochefoucauld hinzu, »daß es gegen einen Anhänger des Kardinals geht.«

»Ihr habt beide recht, meine Herren. Aber hier geht es um eine Ehrensache, und seit wann lacht man über so etwas?«

»Gott bewahre«, erwiderte Monsieur de Beaufort, »Männer des Degens wie wir verehren immer die Terz, die Quart und die Oktave[16], aber mit den Falten einer Soutane kenne ich mich nicht aus.«

»Bei Gott, Monsieur, Ihr wißt genau, daß meine Soutane mein Handgelenk nicht behindert, und ich beweise es jedem, der es wissen will. Ich suche übrigens nur eine Gelegenheit, um die Soutane an den Nagel zu hängen.«

»Ihr prügelt Euch also so oft, um sie zu zerreißen?« fragte La Rochefoucauld. »Aber denkt daran, daß Ihr in der Soutane steckt.«

Gondi drehte sich um und schaute auf die Uhr. Er wollte keine Zeit mehr mit schlechten Späßen verlieren, aber er hatte woanders nicht mehr Erfolg, denn als er zwei Adelige der jungen Königin ansprach, von denen er annahm, daß sie mit dem Kardinal unzufrieden und darum glücklich waren, sich mit seinen Kreaturen zu messen, sagte einer von ihnen in sehr ernstem Ton:

»Monsieur de Gondi, wißt Ihr, was passiert ist? Der König hat ganz laut gesagt: ›Ob unser herrischer Kardinal es will oder nicht, die Witwe Heinrich des Großen wird nicht länger im Exil bleiben.‹ *Herrisch,* Monsieur l'Abbé. Wißt Ihr, was das heißt? Der König hat noch nie etwas so Starkes gegen ihn vorgebracht. *Herrisch,* damit fällt Richelieu ganz und gar in Ungnade. Es wird wahrhaftig niemand mehr wagen, mit ihm zu sprechen. Er wird sicher noch heute den Hof verlassen.«

»Ich habe schon davon gehört, Monsieur, aber ich habe zu tun ...«

»Es ist ein Glück für Euch, daß er Eurer Karriere ganz plötzlich ein Ende gesetzt hat.«

»Eine Ehrensache ...«

»Aber Mazarin ist doch für Euch ...«

»Wollt Ihr mir zuhören oder nicht?«

»Ach, wenn er auf Eurer Seite steht, dann gehen ihm Eure Abenteuer nicht mehr aus dem Sinn. Euer schönes Duell mit Monsieur de Coutenan und die hübsche kleine Näherin. Er hat sogar mit dem König darüber gesprochen. Also, lebt wohl, lieber Priester, wir haben es sehr eilig. Lebt wohl, lebt wohl ...«

Ohne weiter zuzuhören, nahm er wieder den Arm seines Freundes, des jungen Spötters, ging schnell in die Galerie zurück und verlor sich in der Menge der Wartenden.

Den armen Abbé ließen sie einfach stehen. Er war gekränkt, da er nur einen Sekundanten hatte finden können, und schaute traurig zu, wie die Menge sich auflöste. Schließlich entdeckte er einen ihm unbekannten jungen Edelmann, der mit aufgestützten Ellenbogen und melancholischem Blick an einem Tisch saß. Er trug Trauerkleider, die keinerlei besondere Zugehörigkeit zu einem großen Haus oder einem Regiment bewiesen. Er schien geduldig darauf zu warten, beim König eintreten zu können, und schaute mit unbekümmerter Miene auf die Menschen um ihn herum, die er scheinbar gar nicht richtig wahrnahm und von denen er wohl auch niemanden kannte.

Gondi warf einen Blick auf ihn und sprach ihn, ohne zu zögern, an.

»Monsieur«, sagte er zu ihm, »ich hatte wahrlich noch nicht die Ehre, Euch kennenzulernen, aber eine kleine Fechtpartie kann doch keinem aufrechten Mann mißfallen, und wenn Ihr mein Sekundant sein wollt, dann werden wir uns in einer Viertelstunde auf dem Kampfplatz treffen. Ich heiße Paul de Gondi und habe Monsieur de Launay herausgefordert, der auf der Seite des Kardinals steht, der aber ein sehr galanter Herr ist.«

Der Unbekannte wunderte sich nicht, einfach angesprochen zu werden, und er antwortete, ohne seine Haltung zu verändern:

»Und welche Sekundanten hat er?«

»Ach, das weiß ich nicht, aber es ist doch unwichtig für Euch, wer ihn unterstützt. Man steht doch nicht schlechter mit seinen Freunden, nur weil man ihnen einen kleinen Stich versetzt hat.«

Der Fremde lächelte unbekümmert, strich sich mit der Hand durch seine langen, braunen Haare und sagte schließlich in lässigem Ton, während er auf eine große, runde Uhr schaute, die an seinem Gürtel hing:

»Also gut, Monsieur, da ich nichts Besseres vorhabe und auch keine Freunde hier habe, komme ich mit Euch. Ich kann ebenso gut das machen wie etwas anderes.«

Er nahm seinen großen schwarzen Federhut vom Tisch, stand langsam auf und folgte dem kampfeslustigen Abbé, der schnell vorausging und dann wieder zurückkam, um ihn zur Eile zu ermahnen. Er sah fast aus wie ein Kind, das vor seinem Vater herläuft, oder wie ein junger Mops, der zwanzigmal hin- und herläuft, bis er am Ende der Allee angekommen ist.

Zwei Diener, welche die königliche Livree trugen, öffneten indessen die großen Vorhänge, die die Galerie vom Königszelt trennte, und alles wurde still. Nacheinander betraten die Adeligen langsamen Schrittes die vorübergehende Bleibe des Königs. Er empfing gnädig seinen ganzen Hof, und jeder, der das Zelt betrat, konnte den König auf den ersten Blick sehen.

Vor einem winzigen Tisch mit vergoldeten Gobelinsesseln stand König Ludwig XIII., von den Großwürdenträgern der französischen Krone umgeben. Er trug sehr elegante Kleider: eine Art gemsfarbenes Wams mit offenen Ärmeln, das mit Schulterklappen verziert und bis zum Gürtel mit blauen Bändern besetzt war. Eine weite, wallende Oberschenkelhose fiel bis zum Knie, und ihr gelbrot gestreifter Stoff war unten mit blauen Bändern geschmückt. Seine Reitstiefel gingen kaum mehr als drei Fingerbreit über die Knöchel. Sie waren mit einer Fülle Spitzen gefüttert und so weit, daß es fast so aussah, als stünde er in ihnen wie Blumen in einer Vase. Ein kurzer Mantel aus blauem Samt, auf den das Kreuz des Heiligen Geistes gestickt worden war, bedeckte den linken Arm des Königs, der sich auf den Knauf seines Degens stützte.

Sein Kopf war nicht bedeckt, und man konnte sein blasses, edles Gesicht, auf das die oben durch das Zelt einfallende Sonne schien, gut erkennen. Durch den kleinen Spitzbart, den man damals trug, wirkte sein Gesicht noch magerer, aber auch melancholischer. An der hohen Stirn, seinem klassischen Profil und seiner Adlernase erkannte man einen Fürsten aus dem edlen Geschlecht der Bourbonen. Er hatte alles von seinen Vorfahren geerbt, nur nicht deren kraftvollen Blick, denn seine Augen schienen vom Weinen gerötet und von einer ständigen Müdigkeit verschleiert zu sein, so daß er einen etwas verwirrten Eindruck machte.

Ludwig XIII. rief in diesem Moment die größten Feinde des Kardinals, den er jede Minute erwartete, zu sich und hörte ihnen aufmerksam zu. In seiner Ungeduld trat er von einem Fuß auf den anderen. Auch diese Angewohnheit hatte er von seinem Vater geerbt. Er sprach ziemlich schnell, hielt aber inne, um gnädig mit dem Kopf zu nicken oder denen die Hand zu reichen, die an ihm vorübergingen und sich tief verneigten.

Sage und schreibe zwei Stunden defilierten die Adeligen am König vorüber, ohne daß der Kardinal erschien. Der ganze Hof war schon versammelt und drängelte sich hinter dem Fürsten und in den hinter seinem Zelt weiterführenden Gängen. Es dauerte nun schon länger, bis die einzelnen Höflinge namentlich angekündigt wurden.

»Werden wir unseren Cousin, den Kardinal, nicht sehen?« fragte der König, der sich zu Montrésor, dem Edelmann von MONSIEUR, umdrehte und ihn ansah, als ob er ihn ermuntern wolle zu antworten.

»Sire, er soll wohl im Moment sehr krank sein«, antwortete dieser.

»Ich glaube jedoch, daß nur Eure Majestät ihn heilen können«, sagte der Herzog von Beaufort.

»Wir heilen nur Skrofeln[17]«, sagte der König. »Und die Leiden des Kardinals sind immer so geheimnisvoll, daß wir zugeben müssen, uns nicht darauf zu verstehen.«

Der Fürst versuchte auf diese Art, seinem Minister aus der Ferne zu trotzen, sammelte Kräfte, um so sein unerträgliches Joch besser abschütteln zu können, was jedoch sehr schwierig war. Er glaubte schon, es sei ihm gelungen, und durch die Gesellschaft der froh gestimmten Adeligen noch bestärkt, freute er sich schon im stillen, daß er es verstanden hatte, die höchste Macht an sich zu reißen, und er genoß in diesem Augenblick die ganze Kraft, die seiner Meinung nach in ihm steckte. Gegen seinen Willen machte sich tief in seinem Herzen Unruhe breit, und dieses Gefühl zeigte ihm deutlich, daß nach dieser Stunde die ganze Bürde des Staates allein auf seinen Schultern ruhen würde. Er sprach weiter, um sich von diesen lästigen Gedanken abzulenken und um sich über seine inneren Gefühle hinwegzutäuschen, die er über seine Unfähigkeit des Regierens hatte. Er ließ seine Phantasie nicht mehr über die Ergebnisse der Unternehmungen schweifen, um sich zu zwingen, die beschwerlichen Wege, die dahin geführt haben mochten, zu vergessen. Schnell kam ein Satz nach dem anderen über seine Lippen.

»Wir werden in Kürze Perpignan einnehmen«, sagte er von weitem zu Fabert. »Ja, Kardinal, Lothringen gehört uns«, fügte er für La Valette hinzu.

Dann legte er seine Hand auf Mazarins Arm:

»Es ist nicht so schwierig, wie man denkt, ein Königreich zu regieren, nicht wahr?«

Der Italiener, der nicht so viel Vertrauen wie die Gesamtheit der Höflinge in die Ungnade des Kardinals setzte, antwortete, ohne sich zu kompromittieren:

»Ach, Sire! Die letzten Erfolge Eurer Majestät innerhalb und außerhalb des Landes beweisen, wie geschickt Ihr seid, Euch Eure Werkzeuge auszusuchen und sich ihrer zu bedienen und …«

Aber der Herzog von Beaufort unterbrach ihn mit diesem Vertrauen, dieser erhobenen Stimme und dieser Miene, die ihm in Folge den Namen *der Wichtige* einbrachten, und rief über seinen Kopf hinweg:

»Bei Gott, Sire, man muß es nur wollen! Eine Nation wird wie ein Pferd geführt: mit Sporn und Zügel. Und da wir alle gute Reiter sind, müßt Ihr nur unter uns auswählen.«

Diese nette Bemerkung des Gecken erzielte nicht die erhoffte Wirkung, da zwei Diener im Chor riefen: »Seine Eminenz.«

Der König errötete wider Willen, als sei er auf frischer Tat ertappt worden. Aber sogleich faßte er sich wieder, und auf seinem Gesicht spiegelten sich Hochmut und Entschlossenheit, was dem Minister keineswegs entging.

Dieser hatte die ganze Pracht der Kardinalstracht angelegt und stützte sich auf zwei junge Pagen. Sein Gardehauptmann und mehr als fünfhundert Edelleute, die seinem Hause angehörten, folgten ihm, als er gemessenen Schrittes auf den König zuging. Er blieb nach jedem Schritt stehen, als ob ihm seine Schmerzen zu schaffen machten, aber in Wirklichkeit wollte er die Gesichter, die er vor sich sah, studieren. Ein kurzer Blick genügte ihm.

Sein Gefolge blieb am Eingang des königlichen Zeltes stehen, und nicht einer der hier im Zelt versammelten Adeligen hatte den Mut, ihn zu grüßen oder ihm auch nur einen Blick zuzuwerfen. La Valette tat sogar so, als nehme ihn ein Gespräch mit Montrésor stark in Anspruch, und der König, der ihn unfreundlich empfangen wollte, grüßte ihn kurz und führte sein Zwiegespräch mit dem Herzog von Beaufort mit leiser Stimme fort.

Der Kardinal war also gezwungen, nach dem ersten Gruß stehenzubleiben und sich zu den Höflingen zu gesellen, als wolle er in ihrer Mitte untertauchen. Er hatte jedoch die Absicht, sie genauer auf die Probe zu stellen. Sie wichen alle zurück, als hätten sie einen Leprakranken vor sich. Nur Fabert ging in seiner gewohnt offenen, ungehobelten Art auf ihn zu und bediente sich der in seinem Metier üblichen Sprache:

»Monseigneur, Ihr schlagt in ihrer Mitte eine Bresche wie eine Kanonenkugel. Ich bitte Euch in ihrem Namen um Vergebung.«

»Und Ihr steht sicher vor mir wie vor einem Feind«, sagte der Herzog-Kardinal. »Ihr werdet es nicht bereuen, mein lieber Fabert.«

Mazarin ging nun auch, jedoch sehr bedächtig, auf den Kardinal zu. Er machte ein betont trauriges Gesicht, verbeugte sich fünf- oder sechsmal sehr tief vor ihm und wandte der Gruppe des Königs in der Weise den Rücken zu, daß man es hätte aus dieser Sicht für einen kalten, übereilten Gruß halten können, so wie man jemanden grüßt, den man loswerden will, und von seiten des Herzogs als Zeichen eines mit heimlichem, stillem Schmerz verbundenen Respekts.

Der Minister war noch immer ruhig, lächelte herablassend und nahm dann diesen starren Blick und diese würdevolle Miene an, die sich bei plötzlicher Gefahr auf seinem Gesicht spiegelten. Er stützte sich erneut auf seine Pagen, und ohne auf ein Wort oder einen Blick seines Herrschers zu warten, durchquerte er plötzlich entschlossen das Zelt in seiner ganzen Länge und marschierte direkt auf den König zu. Niemand hatte ihn aus den Augen verloren, obwohl sie ihm das genaue Gegenteil vorspielten, und alle verstummten, selbst die, die mit dem König sprachen. Alle Höflinge beugten sich vor, um besser sehen und hören zu können.

Ludwig XIII. drehte sich erstaunt um. Es fehlte ihm an Geistesgegenwart. Er regte sich nicht und verharrte mit eisigem Blick. Das war seine einzige Stärke – ohne etwas zu tun, widersetzte er sich, was bei einem Fürsten sehr wirkungsvoll ist.

Als der Kardinal vor dem König stand, verbeugte er sich nicht vor ihm. Richelieu veränderte seine Haltung nicht im geringsten, noch immer stützte er sich mit beiden Händen auf den etwas gebeugten Schultern der beiden Kinder ab, senkte den Blick und sagte:

»Sire, ich flehe Eure Majestät an, mir zuzugestehen, mich endlich aus dem Amte zurückzuziehen, wonach es mich schon lange Zeit drängt. Meine Gesundheit ist schwach. Ich spüre, daß mein Leben bald zu Ende geht. Die Ewigkeit nähert sich mir, und bevor ich dem ewigen König Rechenschaft ablege, werde ich es vor dem irdischen König tun. Vor achtzehn Jahren habt Ihr, Sire, mir ein geschwächtes und geteiltes Königreich in die Hände gelegt. Ich gebe es Euch vereint und mächtig zurück. Eure Feinde sind geschlagen und beschämt. Meine Aufgabe ist erfüllt. Ich erbitte von Eurer Majestät die Erlaubnis, mich nach Cîteaux zurückziehen zu dürfen, wo ich Prior bin, um dort meine Tage im Gebet und in der Meditation zu vollenden.«

Der König war über den etwas hochmütigen Ton seiner Rede schockiert, zeigte aber keinerlei Zeichen der Schwäche, die der Kardinal erwartet und die er bei ihm jedesmal beobachtet hatte, wenn er gedroht hatte, sich aus den Staatsgeschäften zurückzuziehen. Da er wußte, daß der ganze Hof seinen Blick auf ihn gerichtet hatte, warf er ihm einen Blick zu, der eines Königs würdig war, und sagte mit frostiger Stimme:

»Wir danken Euch also für Eure Dienste, Monsieur le Cardinal, und wir wünschen Euch die Ruhe, um die Ihr bittet.«

Richelieu war im Innersten tief aufgewühlt. Ein Gefühl der Wut hatte sich seiner bemächtigt, das aber auf seinem Gesicht keine Spuren hinterließ. ›Die gleiche Kälte‹, sagte er zu sich, ›mit der du Montmorency hast sterben lassen. Aber so kommst du mir nicht davon.‹ Er verneigte sich und fuhr fort:

»Die einzige Entlohnung, die ich für meine Dienste erbitte, ist, daß Eure Majestät die Güte haben mögen, den Kardinalspalast, den ich mit meinen eigenen Geldern in Paris habe erbauen lassen, als Geschenk anzunehmen.«

Der König war erstaunt und nickte zustimmend. Ein Murmeln der Überraschung sorgte einen Moment für Unruhe unter den aufmerksam lauschenden Adeligen.

»Auch werfe ich mich Eurer Majestät zu Füßen, damit Ihr mir die Widerrufung einer harten Entscheidung zugesteht, die von mir getroffen wurde (ich gebe es öffentlich zu) und die ich als dem Staate dienlich erachtet habe, was aber vielleicht zu übereilt geschah. Ja, als ich noch zu dieser Welt gehörte, vergaß ich zu sehr meine ältesten Gefühle der Achtung und der Sorge für das allgemeine Wohl. Jetzt, da ich schon die Erleuchtung der Einsamkeit genieße, sehe ich ein, daß ich unrecht hatte, und ich bereue es.«

Die Aufmerksamkeit steigerte sich, und der König wurde sichtbar unruhig.

»Ja, es handelt sich um eine Person, die ich, trotz ihres Unrechts gegen Euch und meines Abstandes ihr gegenüber, zu dem ich im Interesse der Staatsangelegenheiten gezwungen war, immer geliebt habe. Eine Person, der ich viel verdanke und die Euch sehr teuer sein muß, obwohl sie sich mit bewaffneter Hand gegen Euch selbst erhoben hat. Ich flehe Euch also an, diese Person aus dem Exil zurückzurufen. Ich spreche von der Königin Maria von Medici, Eurer Mutter[18].«

Der König schrie unwillkürlich auf, denn er hatte ganz und gar nicht damit gerechnet, diesen Namen zu hören. Allen Anwesenden stand die Spannung im Gesicht geschrieben, aber sie unterdrückten sofort wieder ihre Unruhe und warteten schweigend auf das königliche Wort. Ludwig XIII. schaute seinen alten Minister eine ganze Weile wortlos an, und dieser Blick entschied über das Schicksal Frankreichs. Er rief sich in Sekundenschnelle all die unermüdlichen Dienste Richelieus ins Gedächtnis, seine schrankenlose Aufopferung sowie seine erstaunlichen Fähigkeiten, und er wunderte sich, daß er sich von ihm hatte trennen wollen. Er war ob dieser Bitte tief gerührt, die jetzt seine Wut tief in seinem Herzen suchte, um sie herauszureißen, damit ihm die einzige Waffe, die er gegen seinen ehemaligen Diener in Händen hielt, entglitt. Die Liebe eines Sohnes machte es möglich, daß die Bitte um Vergebung über seine Lippen kam und Tränen in seine Augen stiegen. Er war glücklich, zugestehen zu können, was er am meisten auf der ganzen Welt wünschte, und er reichte dem Herzog seine Hand mit der ganzen Würde eines Bourbonen. Der Kardinal verneigte sich und küßte ehrerbietig seine Hand. Sein Herz, das aus Reue hätte brechen müssen, füllte sich nur mit der Freude eines stolzen Triumphes.

Der Fürst war gerührt, überließ ihm seine Hand, wandte sich würdevoll an seinen Hof und sprach mit bewegter Stimme:

»Wir irren uns oft, meine Herren, und besonders wenn es darum geht, einen so großartigen Politiker wie diesen zu erkennen. Ich hoffe, er wird uns niemals verlassen, denn sein Herz ist so gut wie sein Verstand.«

Sofort ergriff der Kardinal de La Valette den Mantelsaum des Königs, um ihn mit der Leidenschaft eines Liebenden zu küssen, und der junge Mazarin machte es fast ebenso mit dem Mantel Richelieus. Die bewundernswerte italienische Biegsamkeit machte es möglich, daß sein Gesicht vor Freude und Dankbarkeit strahlte. Zwei Wogen von Speichelleckern überschwemmten den König und den Minister. Die erste Gruppe, die nicht weniger geschickt war als die zweite, wenn auch weniger diskret, überschüttete den König nur mit Danksagungen, die der Minister hören konnte, und so verbrannten sie zu Füßen des einen den Weihrauch, der für den anderen bestimmt war. Richelieu, der sich nickend nach rechts und lächelnd nach links wandte, machte zwei Schritte und stellte sich jetzt ganz selbstverständlich an seinen normalen Platz, nämlich an die rechte Seite des Königs. Ein Fremder hätte beim Betreten des Zeltes wohl eher gedacht, daß der König zu seiner Linken stand. – Der Marshall d'Estrées und alle Botschafter, der Herzog d'Angoulême, der Herzog d'Halluin (Schomberg), der Marschall de Châtillon und alle hohen Würdenträger der Armee und der Krone umringten ihn, und jeder von ihnen wartete ungeduldig darauf, daß die anderen ihre Artigkeiten aufgesagt hatten, um die seinen vorbringen zu können, und er befürchtete, man könne sich des schmeichelnden

Madrigals bedienen, das er sich eben auf die schnelle überlegt hatte, oder des lobhudelnden Ausdrucks, den er erfunden hatte. Fabert schien diesem ganzen Schauspiel nicht viel Aufmerksamkeit entgegengebracht zu haben, denn er hatte sich in eine Ecke des Zeltes zurückgezogen. Er sprach mit Montrésor und den Anhängern von MONSIEUR, die alle eingeschworene Feinde des Kardinals waren, denn er hatte außerhalb der Menge, die er floh, niemanden sonst gefunden, mit dem er sprechen konnte. Dieses Verhalten wäre bei jedem anderen weniger bekannten Mann von besonderer Ungeschicklichkeit gewesen, aber man wußte, daß er, obwohl er inmitten des Hofes lebte, noch immer seine Intrigen nicht kannte, und es wurde gesagt, daß er von einer gewonnenen Schlacht wie das Pferd des Königs von der Jagd zurückkehrte, das es den Hunden überließ, sich von ihrem Herrn streicheln zu lassen und sich die Beute zu teilen, ohne daran zu erinnern, was es zum Sieg beigetragen hatte.

Das Gewitter hatte sich also scheinbar vollständig verzogen, und auf die starke Unruhe des Vormittags folgte eine angenehme Ruhe. Respektvolles Geflüster, das von wohltuendem Lachen und lauten Bekundungen der Zuneigung unterbrochen wurde, war alles, was man im Zelt hörte. Der Kardinal erhob von Zeit zu Zeit seine Stimme und rief: »Diese arme Königin! Wir werden sie also wiedersehen. Ich hätte niemals gewagt, auf dieses Glück zu hoffen, ehe ich sterbe.« Der König hörte ihm vertrauensvoll zu und versuchte nicht, seine Freude zu verbergen: »Diese Idee wurde ihm wahrhaftig von oben eingegeben«, sagte er. »Der gute Kardinal! Man hat mich so wütend auf ihn gemacht, und er denkt nur an die Einheit meiner Familie. Seit der Geburt des Dauphin[19] habe ich niemals größere Freude verspürt als in diesem Augenblick. Das Königreich wird sichtlich von der Heiligen Jungfrau beschützt.«

Genau in diesem Augenblick ging ein Gardehauptmann auf den König zu und flüsterte ihm etwas ins Ohr.

»Ein Kurier aus Köln?« fragte der König. »Er soll in meinem Arbeitszimmer auf mich warten.«

Dann hielt ihn nichts mehr. »Ich komme, ich komme«, rief er und ging allein in ein kleines viereckiges Vorzelt. Man sah einen jungen Kurier mit einer schwarzen Mappe in der Hand, und dann fielen die Vorhänge hinter dem König zu Boden.

Der Kardinal – alleiniger Herrscher des Hofes – zog jetzt alle

Verehrung auf sich. Aber es fiel auf, daß er diese nicht mehr so aufmerksam wie zuvor entgegennahm. Er fragte mehrmals, wie spät es sei, und zeigte eine keineswegs gespielte Unruhe. Sein harter, unruhiger Blick wandte sich zum Arbeitszimmer: Plötzlich wurde es geöffnet. Der König erschien allein und blieb am Eingang stehen. Er war blasser als gewöhnlich und zitterte am ganzen Leib. In der Hand hielt er einen langen Brief, auf dem fünf schwarze Siegel angebracht waren.

»Meine Herren«, verkündete er mit lauter Stimme, doch er mußte mehrmals innehalten, »die Königinmutter ist soeben in Köln verstorben, und ich war vielleicht nicht der erste, der es erfahren hat«, fügte er hinzu und warf einen strengen Blick auf den regungslosen Kardinal. »Aber Gott weiß alles. In einer Stunde wird aufgesessen und zum Angriff geblasen. Meine Herren Marschälle, folgt mir.«

Und er drehte sich abrupt um und ging mit ihnen zurück in sein Arbeitszimmer.

Der Hof zog sich hinter dem Minister zurück, der, ohne ein Zeichen von Traurigkeit oder Verstimmung zu zeigen, genauso würdevoll hinausging, wie er eingetreten war – aber als Sieger.

9.Kapitel
Die Belagerung

> Der Papst hob die Hände, schlug ein Kreuz über mein Gesicht und sagte zu mir, er segne mich und vergebe mir alle Morde, die ich bereits begangen hätte, und alle, die ich je im Dienste der apostolischen Kirche begehen würde.
>
> BENVENUTO CELLINI

Es gibt Momente im Leben, da wünscht man inbrünstig starke Erschütterungen, um die kleinen Schmerzen zu vertreiben, Zeiten, in denen die Seele, so wie der Löwe in der Fabel der immerwährenden Angriffe der Insekten müde ist, einen stärkeren Gegner herbeisehnt und die Gefahren mit der ganzen Kraft ihres Wunsches herbeiruft. Cinq-Mars befand sich in diesem Gemütszustand, der immer durch eine krankhafte Sensibilität der Organe und eine ständige Erregung des Herzens verursacht wird. Er war es müde, die Ereignisse, auf die er hoffte und die er fürchtete, immer wieder gegeneinander abzuwägen. Er war es müde, alles, was er kraft seines Verstandes berechnen konnte, auf die verschiedenen Möglichkeiten anzuwenden und sich alles ins Gedächtnis zu rufen, was seine Erziehung ihn über das Leben berühmter Männer gelehrt hatte, um es mit seiner jetzigen Situation zu vergleichen. Sein Bedauern, seine Träume, seine Mutmaßungen, seine Hirngespinste, seine Befürchtungen und diese ganze Phantasiewelt, in der er während seiner einsamen Reise gelebt hatte, drückten ihn nieder. Er atmete jetzt auf, da er wieder in eine fast ebenso stürmische Wirklichkeit zurückkehrte, und angesichts zweier tatsächlicher Gefahren floß sein Blut wieder in seinen Adern, und seine Jugend belebte erneut seine Seele.

Seit dem nächtlichen Erlebnis in der Herberge bei Loudun hatte er seinen Geist nicht genügend beherrschen können, um sich mit anderen Dingen als mit seinen teuren, schmerzlichen Gedanken zu befassen. Als er glücklicherweise im Lager von Perpignan angekommen war, hatte ihn schon eine Art Schwindsucht erfaßt. Es war ebenfalls ein Glück für ihn, daß er die Gelegenheit wahrgenommen hatte, den Vorschlag des Abbés de Gondi anzunehmen. Denn Sie, werte Leser, haben ja zweifellos in der Person des in Trauer gekleideten, so unbekümmerten und melancholischen, jungen Fremden Cinq-Mars erkannt, den der Duellant in der Soutane als Sekundanten gewählt hat.

Als Freiwilliger hatte er sein Zelt in der Straße des Lagers aufstellen lassen, die jenen jungen Herren zugewiesen worden war, welche dem König vorgestellt werden und den Generälen als Adjutanten dienen sollten. Cinq-Mars begab sich sogleich dorthin, und schon war er bewaffnet, saß zu Pferde und steckte nach dem damals üblichen Brauch in einer Rüstung. Dann brach er allein zur spanischen Bastion, dem Treffpunkt, auf. Er kam als erster dort an und sah sofort, daß der kleine Rasenplatz, der versteckt hinter den Befestigungsanlagen des belagerten Platzes lag, von dem kleinwüchsigen Abbé sehr gut für sein mörderisches Vorhaben ausgesucht worden war. Abgesehen davon, daß niemand die Offiziere verdächtigt hätte, sich genau unterhalb der Stadt zu bekämpfen, die sie angreifen sollten, trennte sie auch die Bastion, die sie wie eine riesige spanische Wand verdeckte, von dem französischen Lager. Diese Vorsichtsmaßnahmen waren auch nötig, denn es kostete damals nicht weniger als den eigenen Kopf, sich die Genugtuung zu gönnen, sein Leben aufs Spiel zu setzen.

Während er auf seine Freunde und Gegner wartete, hatte Cinq-Mars Zeit, die vor ihm liegende Südseite von Perpginan in Augenschein zu nehmen. Er hatte gehört, daß nicht diese Befestigungsanlagen angegriffen werden sollten, und er versuchte vergebens, sich über das Vorhaben Klarheit zu verschaffen. Zwischen dieser Südseite der Stadt, den Bergen von Albère und dem Paß von Perthus hätte man die Angriffslinien und die Redouten gegen den zugänglichen Punkt bestimmen können. Aber hier war kein einziger Soldat der Armee. Alle Streitkräfte schienen sich auf den Norden von Perpignan zu konzentrieren, auf die schwierigste Seite, gegen ein Steinfort namens Le Castillet, welches das Tor Notre-Dame überragt. Er sah nur ein Terrain, wobei es sich offensichtlich um ein Sumpfgebiet handelte, das jedoch begehbar war und das bis zum Fuß der spanischen Sektion führte. Diesem Posten war die typisch kastilische Nachlässigkeit anzusehen, und er konnte daher nur auf die Stärke seiner Verteidiger bauen, denn seine Zinnen und Schießscharten waren ruiniert und mit vier riesigen Kanonen bestückt, die im Rasen vergraben und dadurch unbeweglich waren und unmöglich gegen eine Truppe gerichtet werden konnten, die sich plötzlich auf den Fuß der Mauer stürzte.

Es war leicht zu erkennen, daß die Belagerer aufgrund der riesigen Kanonen den Gedanken verworfen hatten, diesen Punkt anzugreifen, und die Belagerten wiederum hatten darauf verzichtet, die Verteidigungsmittel zu verstärken. An einer Seite waren auch die vorgeschobenen Reiterposten und Feldwachen sehr weit entfernt, und auf der anderen Seite befanden sich nur wenige Wachposten, die zudem noch schlecht ausgerüstet waren. Ein junger Spanier, der eine Stutzbüchse und eine Eisengabel an der Seite hängen hatte und die rauchende Lunte in der rechten Hand hielt, spazierte sorglos über den Wall und blieb stehen, um Cinq-Mars zu beobachten, der die Gräben und Sümpfe abritt.

»*Señor caballero*«, sagte er zu ihm, »wollt Ihr als einsamer Ritter die Bastion erobern, so wie Don Quixote-Quixoda von der Mancha?«

Im gleichen Moment nahm er seine Eisengabel, rammte sie in den Boden und stützte den Lauf seiner Büchse darauf, um Cinq-Mars aufs Korn zu nehmen, als ein älterer Spanier mit ernstem Gesicht, der in einen schmutzigen, braunen Mantel gehüllt war, in seiner Sprache zu ihm sagte:

»*Ambrosio de demonio*, weißt du denn nicht, daß es verboten ist, das Pulver bis zum Ausfall oder zum Angriff unnötig zu verschießen, nur um sich den Spaß zu gönnen, ein Kind zu töten, das keinen Schuß Pulver wert ist? Genau an dieser Stelle hat Karl der Fünfte eine Wache, die eingeschlafen war, in den Graben geworfen und ertränkt. Tu also deine Pflicht, oder ich mache es genauso wie er.«

Ambrosio warf sein Gewehr wieder über die Schulter, hängte seinen Gabelstock an seine Seite und nahm seinen Spaziergang auf dem Befestigungswall wieder auf.

Cinq-Mars hatte diese drohende Gebärde nicht besonders beeindruckt, und er hatte sich damit begnügt, die Zügel seines Pferdes höher zu halten und die Sporen schon in die richtige Stellung zu bringen, denn er wußte, daß er mit einem einzigen Sprung dieses leichten Tieres hinter einer kleinen Mauer einer

Hütte gelandet wäre, die ganz in der Nähe auf dem Feld stand, und vor dem spanischen Gewehr in Sicherheit gewesen wäre, ehe die Operation mit der Eisengabel und der Lunte beendet gewesen wäre. Er wußte übrigens auch, daß ein stillschweigendes Übereinkommen der beiden Armeen verhinderte, daß die Schützen auf die Wachposten schossen, was von beiden Seiten als Mord angesehen worden wäre. Vermutlich wußte der spanische Soldat, der sich in der eben beschriebenen Weise auf die Attacke vorbereitet hatte, nichts über diese Anweisungen. Der junge d'Effiat machte also keine erkennbare Bewegung, und als die Schildwache ihren Spaziergang auf dem Wall wieder aufnahm, setzte er den seinen auf dem Rasen fort. Sogleich nahm er fünf Reiter wahr, die auf ihn zuritten. Die beiden ersten, die sich in schnellstem Galopp näherten, grüßten ihn zuerst nicht, aber als die übrigen dicht vor ihm anhielten und abstiegen, warfen sie sich zu Boden, und er fand sich in den Armen des Rates de Thou wieder, der ihn zärtlich an sich drückte, während der kleine Abbé de Gondi lauthals lachend rief:

»Noch ein Orest, der seinen Pylades wiedergefunden hat, und zwar genau in dem Moment, in dem ein Schurke erledigt werden soll, der bestimmt nicht zu der Familie des höchsten Königs gehört, das kann ich Euch versichern.«

»Was, Ihr seid es, mein lieber Cinq-Mars«, rief de Thou. »So etwas! Ohne daß ich etwas über Eure Ankunft im Lager gewußt hätte! Ja, Ihr seid es wirklich. Ich erkenne Euch, obwohl Ihr blasser geworden seid. Seid Ihr krank gewesen, lieber Freund? Ich habe Euch recht oft geschrieben, denn unsere Kinderfreundschaft ist mir immer unvergessen geblieben.«

»Und ich«, antwortete Henri d'Effiat, »ich habe mich schuldig gegen Euch gemacht. Ich werde Euch alles erzählen, was mir auf der Seele lag. Ich kann mit Euch darüber sprechen, aber ich schämte mich, es Euch zu schreiben. Ach, wie gut Ihr seid! Ihr seid mein Freund wie eh und je.«

»Ich kenne Euch zu gut«, fuhr de Thou fort. »Ich wußte, daß zwischen uns kein Stolz stehen kann und daß meine Seele in der Euren ein Echo findet.«

Jetzt umarmten sie sich mit feuchten Augen und diesen zarten Tränen, die man so selten im Leben vergießt und die das Herz scheinbar dennoch immer in sich trägt, so gut tut es, wenn sie fließen.

Dieser Moment war nur von kurzer Dauer, und Gondi hatte während dieser wenigen Worte unaufhörlich an ihren Mänteln gezogen und gerufen:

»Aufgesessen! Aufgesessen, meine Herren! Ach, verdammt, Ihr werdet schon noch Zeit genug finden, Euch zu umarmen, wenn Ihr schon so zärtliche Gefühle hegt. Doch haltet Euch nun nicht auf und denkt daran, schnell die Sache mit unseren lieben Freunden, die dort kommen, zu Ende zu bringen. Wir stecken in einer scheußlichen Lage: uns gegenüber diese drei Burschen, nicht weit von hier die Bogenschützen und dort oben die Spanier. Wir müssen drei Feuern standhalten.«

Er redete noch immer, als sich Monsieur de Launay sechzig Schritt entfernt mit seinen Sekundanten aufstellte, die er mehr unter seinen Freunden als unter den Anhängern des Kardinals ausgewählt hatte. Er ließ sein Pferd leicht angaloppieren, wie man in der Reitschule sagt, und so meisterhaft, wie man es dort erlernt, ritt er graziös auf seine jungen Gegner zu und grüßte sie würdevoll:

»Mein Herren«, sagte er, »ich glaube, wir täten gut daran, unsere Wahl zu treffen und unsere Plätze einzunehmen, denn es ist die Rede davon, die feindlichen Linien anzugreifen, und dann muß ich auf meinem Posten sein.«

»Wir sind bereit, Monsieur«, sagte Cinq-Mars, »und was die Wahl anbelangt, so kommt es mir sehr gelegen, daß ich Euch gegenüberstehe, denn ich habe den Marschall de Bassompiere und den Vorfall im Wald von Chamont keineswegs vergessen. Ihr kennt meine Meinung über Euren unverschämten Besuch bei meiner Mutter.«

»Ihr seid noch jung, Monsieur. Ich habe gegenüber Eurer gnädigen Frau Mutter die Aufgaben eines Mannes von Welt und gegenüber dem Marschall die Pflicht des Gardehauptmannes erfüllt, und hier erfülle ich meine Pflicht eines Edelmannes gegenüber Monsieur l'Abbé, der mich herausgefordert hat, und anschließend werde ich Euch diese Ehre erweisen.«

»Wenn ich es Euch erlaube«, sagte der Priester, der schon im Sattel saß.

Sie maßen sechzig Schritt auf dem Feld ab, und mehr ließ diese kleine Wiese hier auch nicht zu. Der Abbé de Gondi stellte sich zwischen de Thou und seinen Freund, der den Schutzwällen am nächsten stand, auf denen sich zwei spanische Offiziere und rund zwanzig Soldaten wie auf einem Balkon tummelten, um sich dieses Duell der sechs Personen – ein für sie ziemlich alltägliches Schauspiel – anzuschauen. Sie bekundeten dieselbe Freude wie bei ihren Stierkämpfen und lachten auf diese wilde, herbe Art, die sie ihrem arabischen Blut zu verdanken hatten.

Auf ein Zeichen von Gondi galoppierten die sechs Pferde los, und ohne aufeinanderzuprallen, trafen sie sich in der Mitte des Kampfplatzes. Im selben Moment hörte man fast gleichzeitig sechs Pistolenschüsse, und die Kämpfer waren sekundenlang in Rauch gehüllt.

Als er sich auflöste, sah man, daß von den sechs Reitern und den sechs Pferden nur drei Männer und drei Tiere unversehrt geblieben waren. Cinq-Mars saß noch im Sattel und gab seinem Gegner, der genauso gelassen war wie er, die Hand. Auf der anderen Seite näherte sich de Thou dem seinen, dessen Pferd er getötet hatte und dem er nun half, aufzustehen. Gondi und de Launay waren jedoch beide nicht zu sehen. Cinq-Mars, der beunruhigt nach ihnen Ausschau hielt, entdeckte zunächst das Pferd des Priesters, das sich aufbäumte und tänzelte und den zukünftigen Kardinal hinter sich herzog, dessen Fuß im Steigbügel hing und der so fluchte, als hätte er nie etwas anderes als die Soldatensprache gelernt. Seine Nase und seine Hände waren von dem Sturz und der Anstrengung, sich im Rasen festzukrallen, blutüberströmt. Er sah ziemlich ärgerlich auf sein Pferd, das er mit seinem Fuß unabsichtlich kitzelte und das auf den Wassergraben zusprengte, der die Bastion umgab, als Cinq-Mars glücklicherweise am Rande des Sumpfes noch dazwischengehen, das Pferd an den Zügeln packen und zum Stehen zwingen konnte.

»Ja, mein lieber Priester! Ich sehe, daß Ihr wohl nicht schwer verletzt seid, denn Ihr habt noch einen recht energischen Ton.«

»Verdammt nochmal«, schrie Gondi, der sich den Schmutz aus den Augen rieb, »um auf das Gesicht dieses Riesen einen Schuß abzufeuern, mußte ich mich nach vorne beugen und auf die Steigbügel stellen. Ich habe wohl etwas das Gleichgewicht verloren, aber ich glaube, daß er auch nicht mehr im Sattel sitzt.«

»Da habt Ihr ganz recht, Monsieur«, sagte de Thou, der jetzt zu ihnen stieß. »Sein Pferd schwimmt mit seinem Herrn, dem sie das Gehirn herausgepustet haben, im Graben. Es wird Zeit zu verschwinden.«

»Verschwinden? Das ist nicht so einfach, meine Herren«, sagte der Gegner von Cinq-Mars, der plötzlich vor ihnen stand. »Da, der Kanonenschuß! Das Signal zum Angriff. Ich dachte nicht, daß es schon so früh losgeht. Wenn wir umkehren, werden wir auf die Schweizer und die Landsknechte stoßen, die hier ihren Kampf führen.«

»Monsieur de Fontrailles hat ganz recht«, sagte de Thou. »Aber wenn wir nicht umkehren, dann treffen wir auf die Spanier, und die greifen dann zu den Waffen, und schon fliegen uns die Kugeln um die Ohren.«

»Also gut, was sollen wir tun?« fragte Gondi. »Ruft doch Monsieur de Montrésor, der sich unnötigerweise damit beschäftigt, die Leiche des armen de Launay zu suchen. Ihr habt ihn nicht verletzt, Monsieur de Thou?«

»Nein, Monsieur l'Abbé. Nicht jeder hat eine so glückliche Hand wie Ihr«, sagte Montrésor bitter, der aufgrund seines Sturzes leicht humpelte. »Wir werden keine Zeit haben, den Kampf mit dem Degen fortzusetzen.«

»Nein, meine Herren, da mache ich nicht mit«, erklärte Fontrailles. »Monsieur de Cinq-Mars hat sich mir gegenüber äußerst ehrenwert verhalten. Mein Schuß ging nicht los, und seine Pistole saß schon auf meiner Wange. Ich spüre die Kälte noch. Er hatte die Güte, sie zu entfernen und in die Luft zu schießen. Ich werde es niemals vergessen. Ich bin ihm für immer ergeben.«

»Darum geht es nicht, meine Herren«, unterbrach ihn Cinq-Mars. »Mir pfeift schon eine Kugel um die Ohren. Von allen Seiten wird angegriffen. Wir sind von Freunden und Feinden umzingelt.«

Tatsächlich war überall Kanonendonner zu hören. Die Zitadelle, die Stadt und die Armee waren in Rauch gehüllt. Nur die ihnen gegenüberliegende Bastion war noch nicht angegriffen worden, und ihre Wachen schienen sich weniger auf ihre Verteidigung vorzubereiten, als das Schicksal der anderen Festungen zu verfolgen.

»Ich glaube, der Feind hat einen Ausfall unternommen«, sagte Montrésor, »denn der Rauch auf der Ebene hat sich aufgelöst, und ich sehe Massen von Reitern, die im Schutz der Kanonen angreifen.«

»Meine Herren«, schlug Cinq-Mars vor, der die Mauern nicht aus dem Auge gelassen hatte. »Wir könnten die Entscheidung treffen, diese schlecht bewachte Bastion zu stürmen.«

»Das ist leicht gesagt«, sagte Fontrailles, »aber wir sind nur fünf gegen mindestens dreißig, und wir sind ganz ungeschützt und leicht zu zählen.«

»Also, ich finde, die Idee ist nicht schlecht«, meinte Gondi. »Besser dort oben erschossen zu werden als hier unten gehängt. Es ist möglich, daß sie uns hier finden, denn sie werden schon bemerkt haben, daß Monsieur de Launay nicht bei seiner Kompanie ist, und der ganze Hof weiß über unsere Sache hier Bescheid.«

»Bei Gott, meine Herren«, rief Montrésor, »dort kommt Hilfe.«

Eine starke berittene Truppe preschte in schnellem Galopp, aber wüstem Durcheinander auf sie zu. An ihren roten Uniformen waren sie schon von weitem zu erkennen. Sie hatten wohl die Absicht, genau auf dem Feld, auf dem sich unsere in die Klemme geratenen Duellanten befanden, anzuhalten, denn kaum waren die ersten Pferde dort angekommen, da schrien die mitten in ihrer Truppe reitenden Anführer mehrmals eindringlich: »Halt!«

»Kommt, wir reiten auf sie zu. Das sind die Soldaten der königlichen Garde«, sagte Fontrailles. »Ich erkenne sie an ihren schwarzen Kokarden. Es sind auch viele leichte Reiter unter ihnen. Wir können uns unter diesen bunten Haufen mischen, denn ich glaube, sie sind abgehauen und auf der Flucht.«

Cinq-Mars und die übrigen vier aus seiner Gruppe ritten auf diese lebhafte, lärmende Soldatenschar zu und sahen, daß ihre Mutmaßung ganz richtig war. Aber anstatt Bestürzung bei ihnen hervorzurufen, die man in einem solchen Fall hätte erwarten können, waren von diesen beiden Kompanien, nur unbekümmerte, lärmende Heiterkeit und schallendes Gelächter zu hören.

»Oh, verdammt, Cahuzac«, sagte einer, »dein Pferd ist schneller geritten als meines. Ich glaube, du hast es bei der Jagd des Königs dressiert.«

»Du bist wohl als erster hier angekommen, damit wir uns früher versammeln können«, antwortete der andere.

»Ich glaube, daß der Marquis de Coislin verrückt sein muß, uns vierhundert zu befehlen, acht spanische Regimenter anzugreifen.«

»Hahaha! Locmaria, Euer Federbusch ist ja gut gerichtet. Er sieht aus wie eine Trauerweide. Wenn wir ihm folgen, dann bei der Beerdigung.«

»Ach, meine Herren! Ich habe es Euch schon im voraus gesagt«, antwortete dieser junge Offizier übelgelaunt. »Ich war sicher, daß dieser Kapuziner Joseph, der sich in alles einmischt, sich irrte, als er sagte, wir sollten auf Befehl des Kardinals angreifen. Aber wäret Ihr zufrieden gewesen, wenn diejenigen, die die Ehre haben, Euch zu befehligen, den Angriff verweigert hätten?«

»Nein, nein, nein!« antworteten die jungen Leute im Chor, und sie nahmen schnell ihre Plätze ein.

»Ich habe gesagt«, fuhr der alte Marquis de Coislin fort, in dessen Augen trotz seiner weißen Haare noch das Feuer der Jugend brannte, »wenn man dieser Kavallerie den Befehl gäbe, die feindlichen Stellungen zu stürmen, dann würde sie es tun.«

»Bravo! Bravo!« schrien die Soldaten und klatschten in die Hände.

»Na gut, Monsieur le Marquis«, mischte sich Cinq-Mars ein und ging auf ihn zu, »hier bietet sich eine gute Gelegenheit, auszuführen, was Ihr versprochen habt. Ich bin nur ein einfacher Freiwilliger, aber diese Herren und ich beobachten schon eine ganze Weile diese Bastion, und ich glaube, daß man sie stürmen könnte.«

»Monsieur, zuvor muß man die Furt untersuchen, um …«

In diesem Moment kam eine Kugel aus der Richtung des besagten Schutzwalles geflogen und zerschmetterte dem Pferd des alten Hauptmanns den Kopf.

»Locmaria, de Mouy, übernehmt das Kommando und dann auf zum Angriff!« schrien die beiden Kompanien heldenhaft, die ihn für tot hielten.

»Immer langsam, meine Herren«, meldete sich der alte Coislin, der jetzt wieder aufstand. »Hört zu! Ich übernehme das Kommando. Freiwilliger, führt uns an, denn wenn die Spanier uns zum Tanz einladen, dann müssen wir höflich folgen.«

Kaum saß der Alte auf einem anderen Pferd, das ihm einer seiner Leute gebracht hatte, kaum hatte er seinen Degen gezogen, als die ganze ungestüme Jugend, ohne auf sein Kommando zu warten, von Cinq-Mars und seinen Freunden angeführt, deren Pferde von den Schwadronen angespornt wurden, auf die Sümpfe lospreschte. Zu ihrem eigenen Erstaunen und dem der Spanier, die zu sehr auf tiefes Sumpfgebiet gesetzt hatten, sanken die Pferde nur bis zu den Sprunggelenken in den Morast ein. Trotz des Beschußfeuers der beiden größten Kanonen erreichten alle einen kleinen Rasenplatz am Fuß des halb verfallenen Schutzwalles. Cinq-Mars, Fontrailles und der junge Locmaria allerdings waren im Eifer des Gefechtes mit ihren Pferden geradewegs auf den Schutzwall zugeprescht. Sie wurden unter starken Beschuß genommen, wobei ihre drei Pferde getötet wurden, die zu Boden stürzten und sich mit ihren drei Herren auf dem Boden wälzten.

»Abgesessen, meine Herren«, rief der alte Coislin. »Pistole und Degen und dann auf zum Angriff! Kümmert Euch nicht um Eure Pferde.«

Sie kamen dem Befehl alle sofort nach und warfen sich in die Bresche.

De Thou, der seinen Gleichmut sowie seine Freundschaft niemals vergaß, hatte seinen jungen Henri jedoch nicht aus den Augen verloren, und er hatte ihn in seinen Armen aufgefangen, als sein Pferd gestürzt war. Er half ihm hoch, gab ihm seinen Degen zurück, den er verloren hatte, und sagte trotz der Kugeln, die von allen Seiten auf sie niederprasselten, seelenruhig zu ihm:

»Mein Freund, sehe ich inmitten dieser Schlacht in meinem Anzug eines Gerichtsrates nicht komisch aus?«

»Verdammt«, sagte Montrésor, der auf sie zukam, »seht Euch doch den Abbé an. Was er kann, könnt Ihr doch auch.«

Und tatsächlich schrie der kleine Gondi, der mit den Ellenbogen die leichten Reiter zurückstieß, aus Leibeskräften: »Drei Duelle und ein Angriff. Hoffentlich werde ich jetzt endlich meine Soutane los!«

Und mit diesen Worten schlug er auf Hieb und Stoß auf einen großen Spanier ein.

Die Verteidigung war nur von kurzer Dauer. Die kastilischen Soldaten hielten nicht lange gegen die französischen Offiziere stand, und keiner von ihnen hatte Zeit oder Mut, seine Waffe neu zu laden.

»Mein Herren, das werden wir unseren Mätressen in Paris erzählen!« rief Locmaria und warf seinen Hut in die Luft.

Cinq-Mars, de Thou, Coislin, de Mouy, Londigny, Offiziere der roten Kompanien und all die jungen Edelleute, Degen in der rechten, die Pistole in der linken Hand, stießen sich aneinander, drängten und fügten sich selbst in ihrem Eifer genausoviel Leid zu wie dem Feind. Endlich kamen sie auf dem Plateau der

Bastion an, so wie aus einem Krug, dessen Öffnung zu schmal ist, das Wasser in Sturzbächen hinausströmt.

Sie verschmähten es, sich um die besiegten Soldaten zu kümmern, die sich ihnen zu Füßen warfen. Sie ließen sie in der Festung umherirren, ohne sie zu entwaffnen, und sie selbst liefen in der Freude ihrer Eroberung umher wie Schüler in den Ferien. Sie lachten lauthals wie nach einer Lustpartie.

Ein spanischer, in einen braunen Mantel gehüllter Offizier schaute sie mit finsterem Blick an.

»Was sind das für Teufel, Ambrosio!« sagte er zu einem Soldaten. »So etwas hat es früher nicht in Frankreich gegeben. Wenn das ganze Heer Ludwig XIII. aus solchen Soldaten besteht, täte er wohl gut daran, Europa nicht zu erobern.«

»Oh, ich glaube, es sind nicht sehr viele. Wahrscheinlich ist es eine Schar armer Abenteurer, die nichts zu verlieren haben und die beim Plündern nur gewinnen können.«

»Du hast ganz recht!« erwiderte der Offizier. »Mal sehen, ob ich nicht einen bestechen kann, damit er mich gehen läßt.«

Er ging langsam auf einen jungen, etwas abseits auf der Brustwehr sitzenden leichten Reiter zu, der ungefähr achtzehn Jahre alt sein mochte, und sprach ihn an. Er hatte rosarote Wangen wie ein junges Mädchen. In seiner zarten Hand hielt er ein besticktes Taschentuch, mit dem er seine Stirn und sein silberblondes Haar abtupfte. Er schaute auf eine große, runde, in Rubine gefaßte Uhr, die mit einem Band an seinem Gürtel befestigt war.

Der Spanier blieb erstaunt stehen. Wenn er es nicht mit eigenen Augen gesehen hätte, wie der junge Mann seine Soldaten niedergestreckt hatte, dann hätte er ihm höchstens zugetraut, auf einem Bett liegend ein Liebeslied zu singen. Aber ihm fielen wieder Ambrosios Worte ein, und er dachte, daß es ja sein könnte, er habe diese wertvollen Gegenstände beim Plündern der Wohnung einer Frau gestohlen, und er sagte in barschem Ton zu ihm:

»*Hombre!* Ich bin Offizier. Willst du mir meine Freiheit schenken, damit ich meine Heimat wiedersehen kann?«

Der junge Franzose schaute ihn mit dem für sein Alter typischen sanften Blick an. Er dachte an seine eigene Familie und antwortete:

»Monsieur, ich werde Euch dem Marquis de Coislin vorstellen, der Euch sicher zugesteht, um was Ihr bittet. Stammt Eure Familie aus Kastilien oder aus Aragonien?«

»Und dein Coislin wird dann wieder einen anderen um Genehmigung bitten, und ich kann hier warten, bis ich schwarz werde. Ich gebe dir viertausend Dukaten, wenn du mich laufen läßt.«

Dieses sanfte Gesicht mit den kindlichen Zügen wurde dunkelrot vor Zorn. Seine blauen Augen blitzten wütend, und er schrie: »Geld! Mir Geld geben? Hau ab, du Idiot«, und der junge Mann versetzte dem Spanier eine schallende Ohrfeige. Dieser zog, ohne zu zögern, einen langen Dolch unter seinem Mantel hervor. Er ergriff den Arm des Franzosen und glaubte, daß er ihm den Degen mühelos ins Herz rammen könnte. Aber geschickt und mutig packte der junge Mann nun den rechten Arm des Spaniers, hob diesen kraftvoll über seinen Kopf und riß dann den Arm samt Waffe auf den Kopf des vor Wut kochenden Spaniers hinunter.

»He, he, immer mit der Ruhe, Olivier! Olivier!« schrien seine Kameraden, die von allen Seiten herbeiströmten. »Es liegen schon genug Spanier auf dem Boden.«

Und sie entwaffneten den feindlichen Offizier.

»Was machen wir mit diesem tollwütigen Kerl?« fragte einer.

»Den möchte ich nicht als Kammerdiener haben«, antwortete ein anderer.

»Er hätte es verdient, gehängt zu werden«, sagte ein dritter. »Aber, meine Herren, damit kennen wir uns doch gar nicht aus. Bringen wir ihn zum Bataillon der Schweizer, das dort durch die Ebene zieht.«

Und dieser ruhige Mann hüllte sich wieder mit finsterem Blick in seinen Mantel und marschierte auf das Bataillon zu. Ambrosio sowie fünf oder sechs dieser jungen Narren, die ihn mit den Schultern schubsten und zur Eile drängten, folgten ihm.

Währenddessen hatte die erste Truppe der Belagerer, die selbst über ihren Sieg staunte, die ganze Bastion erobert. Cinq-Mars ließ sich von dem alten Coislin beraten. Gemeinsam schritten sie die ganze Bastion ab, und als sie beide betrübt feststellten, daß sie vollkommen von der Stadt abgeschnitten waren, wurde ihnen klar, daß sie ihre Überlegenheit wohl nicht vergrößern konnten. Sie kehrten also, ins Gespräch vertieft, langsam auf die Plattform zurück, wo sie de Thou und den Abbé de Gondi trafen, die mit den jungen leichten Reitern lachten.

»Der Glaube und die Gerechtigkeit waren auf unserer Seite, meine Herren. So konnte unser Sieg nicht ausbleiben.«

»Wie bitte? Aber sie haben doch genauso kräftig zugeschlagen wie wir.«

Als Cinq-Mars näher kam, verstummten sie. Sie flüsterten eine Weile und fragten sich, wer er wohl sei. Dann umringten sie ihn alle und nahmen freudig seine Hand.

»Meine Herren, Ihr habt recht«, sagte der alte Kapitän. »Er ist, wie unsere alten Väter sagten, *der Held des Tages*. Er ist ein Freiwilliger, der dem König vom Kardinal vorgestellt werden soll.«

»Vom Kardinal! Wir werden ihn selbst dem König vorstellen. Ach, er wird ja wohl kein Kardinalist sein. Dafür ist er ein zu anständiger Kerl«, sagten die jungen Männer eifrig.

»Monsieur, ich werde es Euch schon verleiden«, sagte Olivier d'Entraigues, der sich näherte, »denn ich war sein Page, und ich kenne ihn ausgezeichnet. Dient lieber in den roten Kompanien. Ihr werdet gute Kameraden haben.«

Der alte Marquis ersparte Cinq-Mars die Peinlichkeit einer Antwort, indem er die Trompeten blasen ließ, um die siegreichen Truppen zu sammeln. Die Kanone war nicht mehr zu hören, und ein Gardist hatte sie verständigt, daß der König und der Kardinal die Linien abritten, um sich die Ergebnisse des Tages anzusehen. Auf Befehl Coislins wurden alle Pferde durch die Bresche geführt, was ziemlich lange dauerte, und die beiden berittenen Kompanien stellten sich in Schlachtordnung an einem Ort auf, der, so wie er beschaffen war, unmöglich von einer anderen Truppe als der Infanterie je hätte betreten werden können.

10. Kapitel
Die Belohnungen

Der Tod
Mit verhängten Zügeln eilt die Schar entgegen
in der Gier nach Beute meinen Schlägen
Trommeln, Trompeten und Pfeifen nur Mut!
Die Sinne verwandelt ihnen in Wut!

N. LEMERCIER, *Panhypocrisiade*

Um den ersten Kummer zu lindern und um dem König eine Quelle des Glücks zu öffnen, die seine unbeständige Seele von ihrem Schmerz ablenkt, soll diese Stadt belagert werden. Soll Ludwig ruhig einigen armen Soldaten die Schläge versetzen, die er mir zugedacht hat, mir aber nicht zu geben wagt. Möge der Zorn seines dunklen Blutes erkalten. Das will ich! Aber diese Siegeslaune wird meine festen Absichten nicht ändern. Diese Stadt wird noch nicht fallen. Sie wird erst in zwei Jahren für immer zu Frankreich gehören. Sie wird mir erst an dem von mir vorherbestimmten Tag ins Netz gehen. Dröhnt nur, ihr Bomben und Kanonen! Denkt über Eure Operationen nach, ihr weisen Hauptleute. Werft Euch in den Kampf, junge Krieger. Ich werde Euren Lärm zum Schweigen bringen, Eure Pläne vereiteln und Eure Anstrengungen zunichte machen. Alles wird sich in Nichts auflösen. Ich werde Euch anführen, um Euch in die Irre zu führen.

Das war ungefähr das, was dem Herzog-Kardinal vor dem Angriff, den wir soeben teilweise verfolgt haben, durch seinen kahlen Kopf schoß. Er hatte im Norden der Stadt auf einem der Berge von Salces auf seinem Pferd Stellung bezogen. Von diesem Punkt konnte er die Ebene von Roussiollon überblicken, die sich bis ans Mittelmeer erstreckte. Perpignan mit seinen Steinwällen, seinen Bastionen, seiner Zitadelle und seinem Glockenturm zeichnete sich hier auf den weiten grünenden Wiesen wie eine ovale, dunkle Masse ab. Die weiten Gebirge umschlossen die Stadt und das Tal wie ein riesiger, von Norden nach Süden verlaufender, gewölbter Berg, während das Meer, dessen weißschimmernde Linie im Osten weiterführte, das silberne Verbindungsband zu sein schien. Zu seiner Rechten erhob sich dieser riesige Berg, den man den Canigou nennt und an dessen Flanken zwei Flüsse entspringen, die sich in die Ebene ergießen. Die französische Linie erstreckte sich bis an den Fuß dieser Barriere im Westen. Viele Generäle und hohe Herren saßen hinter dem Minister auf ihren Pferden, jedoch mit zwanzig Schritt Abstand und in tiefes Schweigen gehüllt.

Richelieu hatte angefangen, langsam die Front abzureiten. Anschließend war er zurückgekehrt und hatte regungslos auf dieser Anhöhe Position bezogen. Von hier aus ließ er seinen Blick und seine Gedanken über das Schicksal der Belagerten und der Belagerer schweifen. Man konnte ihn von jedem Punkt aus sehen, und die ganze Armee hatte ihre Augen auf ihn gerichtet. Jeder mit einer Waffe ausgerüstete Mann betrachtete ihn als seinen unmittelbaren Führer und wartete auf sein Kommando, um zu agieren. Seit langer Zeit schon war Frankreich unter sein Joch geraten, und die Bewunderung für ihn hatte allen seinen Handlungen das Lächerliche genommen, dem ein anderer manchmal ausgesetzt gewesen wäre. Hier zum Beispiel kam es keinem einzigen Mann in den Sinn, zu lächeln oder auch nur zu staunen, daß ein Priester in einer Rüstung steckte, und die Härte seines Charakters und seines Erscheinungsbildes unterdrückte jeden Gedanken an spöttische Vergleiche oder beleidigende Mutmaßungen. An diesem Tage war der Kardinal von Kopf bis Fuß in die Uniform eines Kriegers gehüllt: der goldgeränderte Rock hatte die Farbe verwelkter Blätter, und sein Harnisch war wasserfarben; an der Seite hing sein Degen; die Pistolen steckten in den Satteltaschen; er trug einen Federhut, den er selten aufsetzte, da er sonst immer die rote Kalotte trug. Zwei Pagen standen hinter ihm: einer trug seine Panzerhandschuhe und der andere seinen Helm. An seiner Seite stand sein Gardehauptmann.

Da der König ihn erneut zum Oberbefehlshaber seiner Truppen ernannt hatte, nahmen die Generäle die Befehle von ihm entgegen. Da er aber nur zu gut die geheimen Gründe für den momentanen Zorn seines Herrn kannte, schickte er all diejenigen, die aus seinem Munde eine Entscheidung hören wollten, zum König. Es kam so, wie er es vorausgesehen hatte, denn da er die Regungen dieses Herzens wie das Ticken einer Uhr berechnen und vorherbestimmen konnte, hätte er ganz genau sagen können, welchen Stimmungen er gerade unterworfen war. Ludwig XIII. stellte sich an seine Seite, jedoch wie ein junger Schüler, der einsehen muß, daß sein Meister recht hat. Er machte ein stolzes, unzufriedenes Gesicht und sprach in schroffem, trockenem Ton. Der Kardinal blieb unerschütterlich. Es war aufschlußreich, daß der König, als er ihn um Rat fragte, einen Kommandoton anschlug, um so seine Schwäche und seine Macht, seine Unschlüssigkeit und seinen Stolz, seine Unfähigkeit und seinen Ehrgeiz in Einklang zu bringen, während der Minister ihm in einem Ton absoluten Gehorsams seine eigenen Gesetze aufzwang.

»Ich will, daß wir gleich angreifen, Kardinal«, sagte der König, als er zu ihm kam. »Das heißt«, fügte er mit unbekümmerter Miene hinzu, »wenn Ihr all Eure Vorbereitungen getroffen habt und zur mit Euren Marschällen vereinbarten Zeit.«

»Sire, wenn ich es wagen darf, meine Gedanken auszusprechen, dann würde ich sagen, daß es für Eure Majestät günstig wäre, in einer Viertelstunde anzugreifen, denn das ist genau die Zeit, die wir brauchen, um die dritte Linie weiter nach vorne zu verlegen.«

»Ja, ja, das ist in Ordnung, Monsieur le Cardinal. Ich denke genauso. Ich werde den Befehl selbst geben. Ich will alles selbst machen. Schomberg, Schomberg! In einer Viertelstunde will ich das Kanonensignal hören. Ich will es so.«

Und Schomberg ging weg, um den Befehl über den rechten Flügel der Armee zu übernehmen, und auf sein Zeichen hin wurde das Signal gegeben.

Die Batterien hatten auf Befehl des Marschalls de La Meilleraie schon lange ihre Stellungen bezogen und versuchten nun, eine Bresche zu schießen, aber träge, weil die Artilleristen merkten, daß man sie auf zwei uneinnehmbare Punkte gelenkt hatte, und mit der Erfahrung, dem richtigen Gefühl und dem schnellen Blick eines französischen Soldaten hätte jeder von ihnen den Punkt bestimmen können, den man hätte wählen müssen.

Der König war über das langsame Feuer bestürzt.

»La Meilleraie«, rief er ungeduldig, »diese Batterien taugen nichts! Eure Kanoniere schlafen!«

Der Marschall und die Obersten des Artillerielagers waren zugegen, aber keiner sagte auch nur ein Sterbenswörtchen. Sie hatten ihre Augen auf den Kardinal gerichtet, der aber regungslos wie ein Reiterstandbild verharrte, und sie taten es ihm gleich. Die Antwort hätte lauten müssen, daß der Fehler nicht bei den Soldaten lag, sondern bei demjenigen, der diese falsche Aufstellung der Batterien angeordnet hatte, und das war Richelieu selbst gewesen, und indem er vorgab, sie seien hier an dieser Stelle nützlicher, brachte er die Obersten, die ihre eigenen Beobachtungen machten, zum Schweigen.

Der König war erstaunt über dieses Schweigen, und da er befürchtete, ihm sei durch diese Frage ein böser militärischer Kunstfehler unterlaufen, errötete er leicht und ging auf die Gruppe der Fürsten zu, die ihn begleiteten. Um sich seine Verlegenheit nicht anmerken zu lassen, sagte er:

»D'Angoulême, Beaufort, das ist sehr unangenehm, nicht wahr? Wir stehen hier herum wie die Ölgötzen.«

Charles de Valois ging auf ihn zu und erklärte:

»Es kommt mir so vor, Sire, als hätten wir hier nicht die Maschinen des Ingenieurs Pompée-Targon eingesetzt.«

»Verdammt«, sagte der Herzog von Beaufort und starrte Richelieu an, »zu der Zeit, als dieser Italiener kam, war es uns viel lieber gewesen, La Rochelle einzunehmen als Perpignan. Hier ist nicht eine Maschine vorbereitet, nicht eine Mine, keine Petarde unter den Mauern, und der Marschall de La Meilleraie sagte mir heute morgen, er habe vorgeschlagen, das alles einzusetzen, um die Bresche zu öffnen. Wir sollten weder Le Castillet noch das Außenwerk der Bastion angreifen. Wenn wir so weitermachen, dann wird uns der starke Steinarm der Zitadelle noch lange seine Faust zeigen.«

Der Kardinal regte sich nicht und sagte kein einziges Wort. Er gab Fabert nur ein Zeichen, zu ihm zu kommen. Dieser löste sich aus der Gruppe, die ihm folgte, und brachte sein Pferd hinter dem Richelieus, neben seinem Gardehauptmann, zum Stehen.

Der Herzog de La Rochefoucauld ging auf den König zu und ergriff das Wort:

»Ich glaube, Sire, weil wir gezögert haben, die Bresche zu öffnen, werden die Soldaten jetzt unverschämt. Seht, sie wagen mit zahlreichen Truppen einen Ausfall und kommen direkt auf Eure Majestät zu. Die Regimenter von Biron und Ponts ziehen sich zurück, aber sie nehmen den Feind trotzdem unter Beschuß.«

»Also gut«, sagte der König und zog seinen Degen. »Zum Angriff! Wir werden diese Schurken wieder nach Hause schicken.

Die Kavallerie soll mit mir vorwärtsstürmen, d'Angoulême. Wo ist sie, Kardinal?«

»Hinter diesem Hügel, Sire, stehen in Reih und Glied sechs Dragonerregimenter und die Karabiniers von La Roque. Ihr seht dort unten meine Soldaten und meine leichten Reiter, und ich flehe Eure Majestät an, sich ihrer zu bedienen, denn ihre Garde ist unter der Führung des übereifrigen Marquis de Coislin versprengt. Joseph, sage ihm, daß er zurückkommen soll.«

Er sprach leise mit dem Kapuziner, der ihn begleitet hatte und der mit einem Soldatenkleid ausstaffiert war, in dem er sehr unbeholfen wirkte. Er ritt sofort auf die Ebene hinaus.

Die geschlossenen Kolonnen der alten spanischen Infanterie brachen indessen durch das Tor Notre-Dame hervor. Sie bewegten sich wie ein finsterer Wald auf sie zu, während durch ein anderes Tor noch eine weitere schwere Kavallerie ausrückte, die in der Ebene Stellung bezog. Die französische Armee, die am Fuße des Hügels, auf dem der König stand, auf den Rasenbefestigungen sowie hinter den Redouten und den Faschinen in Kampfstellung war, sah mit Schrecken die Soldaten und die leichten Reiter zwischen diesen beiden Korps, die ihnen zehnfach überlegen waren.

»Nun blast doch zum Angriff«, schrie Ludwig XIII., »oder mein alter Coislin ist verloren.«

Kampfeslustig ritten er und sein ganzes Gefolge den Hügel hinunter, aber ehe er noch unten angekommen war und an der Spitze seiner Musketiere stand, hatten die beiden Kompanien schon eine Entscheidung getroffen. Sie schrien, *es lebe der König!*, und schon warfen sie sich blitzschnell auf die lange Kolonne der feindlichen Kavallerie wie zwei Geier auf die Flanken einer Schlange, ritten mitten hindurch, hinterließen ein großes, blutiges Loch, um sich, so wie wir es gesehen haben, hinter der spanischen Bastion zu versammeln. Die Reiter waren so erstaunt, daß sie gar nicht daran dachten, erneut Kampfstellung zu beziehen, und auch nicht daran, sie zu verfolgen.

Die Armee klatschte Beifall, und der König hielt erstaunt an. Er schaute sich um und sah in allen Augen den brennenden Wunsch anzugreifen, und in den seinen blitzte der ganze Wert seines Geschlechts. Er blieb noch eine Sekunde abwartend stehen, lauschte gierig dem Kanonendonner und atmete genußvoll den Geruch des Pulvers ein. Er verwandelte sich in ein anderes

Wesen und wurde wieder der alte Bourbone. Alle, die ihn damals sahen, glaubten, daß ein anderer Mensch als der König das Kommando übernommen hätte, als er seinen Degen in die Höhe riß, seine Augen der strahlenden Sonne zuwandte und rief:

»Folgt mir, wackere Freunde! Hier bin ich der König von Frankreich.«

Seine Kavallerie marschierte auf, ritt mit Feuereifer los, verschlang den Raum, wirbelte Staubwolken auf dem bebenden Boden auf, und im nächsten Moment waren die königlichen Truppen eins mit der spanischen Kavallerie und wie sie von einer riesigen, schwebenden Wolke verhüllt.

»Jetzt ist der richtige Moment!« rief der Kardinal von seiner Anhöhe mit dröhnender Stimme. »Die Batterien sollen ihre unsinnige Stellung verlassen. Fabert, gebt Eure Befehle! Sie sollen geschlossen diese Infanterie stürmen, die den König langsam umzingelt. Rennt, fliegt, rettet den König.«

Sofort kam Leben in sein bisher unerschütterliches Gefolge. Die Generäle gaben ihre Befehle. Die Adjutanten verschwanden und ritten auf die Ebene hinaus, wo sie, nachdem sie die Gräben, die Barrieren und die Palisaden überquert hatten, fast genauso schnell an ihrem Ziel ankamen wie der Gedanke, der sie leitete, und der Blick, der ihnen folgte. Plötzlich wurde aus den langsamen, unterbrochenen Blitzen, die über den mutlosen Batterien aufleuchteten, eine riesige, beständige Flamme, die den Rauch, der in unendlich vielen leichten Ringen gen Himmel schwebte, verdrängte. Der scheinbar von weit her dröhnende, nur schwach widerhallende Kanonenhagel verwandelte sich in ein herrliches Getöse, und die Schläge folgten so schnell aufeinander, als ob zum Angriff getrommelt würde, während von drei gegenüberliegenden Punkten breite, rote Strahlen aus Mündungsfeuern auf die dunklen Kolonnen, die aus der belagerten Stadt strömten, hinabfielen.

Richelieu hatte sich unterdessen nicht von der Stelle gerührt. Mit feurigem Blick und herrischer Geste erteilte er immer neue Befehle, und er warf denjenigen, die sie entgegennahmen, einen Blick zu, der sie ahnen ließ, sie seien des Todes, wenn sie den Befehlen nicht auf der Stelle nachkommen würden.

»Der König hat diese Kavallerie überrannt, aber die Infanteristen leisten noch Widerstand. Unsere Batterien haben zwar getötet, aber sie haben noch nicht gesiegt. Drei Infanterieregimenter nach vorn, und zwar sofort, Gassion, La Meilleraie und Lesdiguières! Man soll die Kolonnen von der Seite attackieren! Gebt den anderen Truppen den Befehl, nicht mehr anzugreifen und auf der ganzen Linie regungslos zu verharren. Ein Stück Papier! Ich muß Schomberg persönlich schreiben.«

Ein Page saß ab und brachte ihm einen Stift und ein Stück Papier. Der Minister, der von vier Männern seines Gefolges gestützt wurde, hatte Mühe, von seinem Pferd abzusteigen. Seine Schmerzen entrissen ihm mehrmals Schreie, aber er bezwang sich und setzte sich auf die Lafette einer Kanone. Der Page beugte sich nach vorn und bot ihm so seine Schulter als Schreibpult. Und der Kardinal schrieb in aller Eile diesen Befehl, der uns durch die zeitgenössischen Handschriften überliefert wurde und den unsere heutigen Diplomaten nachahmen könnten, die scheinbar eifriger darauf bedacht sind, einen perfekten Mittelweg zwischen zwei Ideen zu finden, als nach den Zusammenhängen zu suchen, die die Schicksale der Welt trennen.

Monsieur le Maréchal, riskiert nichts und überlegt genau, bevor Ihr angreift. Sollte man Euch melden, der König wünsche, Ihr möget nichts riskieren, dann heißt das nicht, daß Seine Majestät Euch absolut verbietet zu kämpfen, sondern seine Absicht ist, daß Ihr nur dann einen allgemeinen Kampf führt, wenn es mit der begründeten Hoffnung auf einen Vorteil geschieht, den Euch eine günstige Situation bieten könnte. Die Verantwortung der Schlacht wird natürlich auf Euch zurückfallen.

Als er all diese Befehle gegeben hatte, stützte der alte Minister, der noch immer auf der Lafette saß, seine beiden Arme auf die Kanonenmündung und sein Kinn auf seine Arme wie ein Mann, der eine Kanone einstellt und richtet. Schweigend und gelassen verfolgte er die Schlacht des Königs wie ein alter Wolf, der, von seiner Beute gesättigt und vom Alter geschwächt, beobachtet, wie ein Löwe in der Ebene eine Rinderherde reißt, die er nicht anzugreifen gewagt hätte. Von Zeit zu Zeit blitzten seine Augen auf, denn der Geruch des Blutes erfreute ihn, und damit ihm nichts von dem Geschmack verloren ging, ließ er seine Zunge gierig über seinen zahnlosen Mund gleiten.

An diesem Tag bemerkten seine Diener (das waren ungefähr alle, die mit ihm zu tun hatten), daß er seit dem frühen Morgen bis in die Nacht hinein noch keine Nahrung zu sich genommen hatte und mit ganzer Seele mit den Dingen beschäftigt war, um die er sich notwendigerweise kümmern mußte, daß er die Schmerzen seines Körpers besiegt und sie scheinbar zerstört hatte, indem er sie einfach vergaß. Seine angespannte Aufmerksamkeit und sein stets wacher Geist machten aus ihm fast ein Genie, das er hätte sein können, wenn ihm eine angeborene Seelengröße und eine großmütige Feinfühligkeit des Herzens nicht gefehlt hätten.

Auf dem Schlachtfeld geschah alles so, wie er es gewollt hatte, und sein guter Stern, der ihn in seinem Arbeitszimmer begleitet hatte, folgte ihm bis zu den Kanonen. Ludwig XIII. nahm mit gieriger Hand den Sieg entgegen, den ihm sein Minister beschert hatte, und er fügte nur diesen Teil der Größe und Tapferkeit hinzu, von dem ein Mann im Siegesrausch durchdrungen ist.

Die Kanonen donnerten nicht mehr, als die Kolonnen der geschlagenen Infanteristen nach Perpignan geführt wurden. Der Rest erlitt dasselbe Schicksal, und in der Ebene waren nur noch die glänzenden Schwadronen des Königs, die ihm geordnet folgten, zu sehen.

Ludwig XIII. trabte langsam zurück und schaute mit Befriedigung auf das gänzlich von Feinden gesäuberte Schlachtfeld. Stolz ritt er genau unter dem Feuer der spanischen Kanonen her, die zwar einige Kugeln in seine Richtung abfeuerten, welche jedoch entweder aufgrund einer Ungeschicklichkeit, einer geheimen Absprache mit dem leitenden Minister oder aus Skrupel, einen französischen König zu töten, zehn Fuß über seinen Kopf hinwegsausten und vor den Lagerlinien verendeten, wodurch sein Ansehen als tapferer Krieger noch gesteigert wurde.

Je näher er jedoch der Anhöhe kam, auf der Richelieu wartete, desto mehr veränderte sich seine Miene, bis seine Gesichtszüge schließlich ganz verzerrt waren. Die rote Farbe, die seine Wangen während der Schlacht belebt hatte, verlor sich, und der edle Schweiß des Sieges trocknete auf seiner Stirn. Je näher er kam, desto mehr bemächtigte sich seine übliche Blässe seiner Züge, als hätte sie allein das Recht, auf einem königlichen Kopf zu thronen. Seine Augen verloren ihren vorübergehenden Glanz, und als er Richelieu schließlich erreicht hatte, hatte eine tiefe Melancholie sein ganzes Gesicht versteinert. Er fand den Kardinal so vor, wie er ihn verlassen hatte. Dieser saß wieder im Sattel und verneigte sich kühl, aber ehrerbietig, und nachdem er ein paar anerkennende Worte gesprochen hatte, stellte er sich neben Ludwig auf, um die Linien abzureiten und die Ergebnisse des Tages in Augenschein zu nehmen, während die Fürsten und die hohen Herren, die ihnen in gewissem Abstand vorausritten oder folgten, sie fast in eine Wolke hüllten.

Der Minister achtete geschickt darauf, durch kein Wort und keine Geste den Verdacht zu erregen, daß er auch nur im geringsten an den Geschehnissen des Tages beteiligt sein könnte, und es war bemerkenswert, daß unter allen, die sich zum Rapport meldeten, nicht einer war, der seine Gedanken nicht erraten und seine geheime Macht durch demonstrativen Gehorsam enthüllt hätte. Dem König wurde alles berichtet. Der Kardinal durchquerte also an der Seite des Königs den rechten Teil des Lagers, den er von der Anhöhe, auf der er gestanden hatte, nicht im Blick gehabt hatte, und er sah mit Genugtuung, daß Schomberg, der ihn gut kannte, genauso gehandelt hatte, wie der Meister es ihm geschrieben hatte. Er hatte nur einige leichte Truppen in Gefahr gebracht und doch genug gekämpft, um sich nicht dem Vorwurf auszusetzen, untätig geblieben zu sein, aber auch nicht genug, um irgendwelche Erfolge zu erzielen. Dieses Verhalten entzückte den Minister und mißfiel dem König keineswegs, der sich selbst beweihräucherte, indem er sich einfach sagte, daß er an diesem Tage allein gesiegt habe. Er wollte sich selbst einreden und glauben machen, daß alle Bemühungen Schombergs zu nichts geführt hätten. Und er sagte ihm, daß er es ihm nicht nachtrage, denn er habe selbst gesehen, daß die Feinde auf keinen Fall – wie man zunächst gedacht habe – zu unterschätzen gewesen seien.

»Um Euch zu beweisen, daß Ihr in unseren Augen nur gewonnen habt«, fügte er hinzu, »verleihen wir Euch den Ritterorden und gewähren Euch bei allen Gelegenheiten freien Zutritt zu unserer Person.«

Der Kardinal drückte ihm im Vorübergehen herzlich die Hand, und der Marschall, den diese Flut von Begünstigungen erstaunte, folgte dem König mit gesenktem Kopf wie ein Schuldiger, der sich, um sich zu trösten, all seine Glanzleistungen, die ihm im Laufe seiner Karriere geglückt waren und die in Vergessenheit geraten waren, ins Gedächtnis rief, und er schrieb ihnen diese unverdienten Belohnungen zu, um sich mit seinem Gewissen auszusöhnen.

Der König wollte gerade umkehren, als der Herzog von Beaufort in seiner unbekümmerten Art erstaunt rief:

»Sire, entweder sehe ich dort noch Feuer, oder die Sonne hat mein Gehirn verbrannt. Es kommt mir ganz so vor, als seien dort auf der Bastion Reiter in roten Uniformen, die Euren leichten Reitern, die wir für tot hielten, schrecklich ähneln.« Der Kardinal runzelte die Stirn.

»Das ist unmöglich, Monsieur«, sagte er. »Die leichten Reiter Seiner Majestät haben die Unvorsichtigkeit des Monsieur de Coislin mit ihrem Leben bezahlt. Darum wagte ich eben zum König zu sagen, daß es, vom militärischen Standpunkt aus gesehen, große Vorteile bringen könnte, wenn man diese unnötigen Truppen abschaffen würde.«

»Bei Gott, Eure Eminenz mögen mir verzeihen«, fuhr der Herzog von Beaufort fort, »aber ich irre mich keineswegs. Ich sehe doch dort sieben oder acht Reiter, die Gefangene abführen.«

»Na schön! Dann sehen wir uns das mal genauer an!« sagte der König unbekümmert. »Wenn ich dort meinen alten Coislin wiederfinde, dann wäre ich sehr froh.«

Sie mußten ihm alle folgen.

Die Pferde des Königs und seines Gefolges passierten die Sümpfe und Ruinen mit großer Vorsicht, aber zu ihrem größen Erstaunen sahen sie dort oben die beiden roten Kompanien in einer Schlachtordnung stehen wie am Tag einer Parade.

»Es lebe Gott!« rief Ludwig XIII. »Ich glaube, es fehlt nicht einer. Marquis, Ihr haltet Wort und nehmt die Mauern mit dem Pferd.«

»Ich bin der Meinung, daß dieser Punkt schlecht gewählt wurde«, warf Richelieu in verächtlichem Ton ein. »Das bringt uns in der Eroberung Perpignans kein Stück weiter, und es wird nichts als Menschenleben gekostet haben.«

»Sicher, Ihr habt recht«, räumte der König ein (seit der Unterredung, die auf die Nachricht vom Tod der Königin gefolgt war, sprach er den Kardinal zum erstenmal eine Spur freundlicher an). »Ich bedaure sehr, daß hier Blut vergossen werden mußte.«

»Sire, es wurden nur zwei von unseren jungen Leuten bei diesem Angriff verwundet«, sagte der alte Coislin, »und wir haben in den Freiwilligen, die uns geführt haben, neue Waffengefährten gewonnen.«

»Wer sind sie?« fragte der König.

»Drei von ihnen haben sich bescheiden zurückgezogen, Sire. Aber der jüngste, den Ihr hier seht, war beim Angriff der erste, und er war es auch, der mich auf die Idee gebracht hat. Die beiden Kompanien bitten um die Ehre, ihn Eurer Majestät vorstellen zu dürfen.«

Cinq-Mars befand sich etwas abseits, hinter dem alten Hauptmann. Nun nahm er seinen Hut ab, und seine blassen, jugendlichen Gesichtszüge, seine großen, dunklen Augen und seine langen, braunen Haare wurden sichtbar.

»Dieses Gesicht erinnert mich an jemanden«, sagte der König. »Was meint Ihr dazu, Kardinal?«

Dieser hatte bereits einen durchdringenden Blick auf den Neuankömmling geworfen, und er antwortete:

»Wenn ich mich nicht irre, dann ist dieser junge Mann ...«

»Henri d'Effiat«, sagte der Freiwillige laut und verneigte sich.

»Dann ist er ja genau derjenige, den ich Eurer Majestät angekündigt habe, Sire, und der Euch von mir persönlich vorgestellt werden sollte. Der jüngste Sohn des Marschalls.«

»Ach!« rief Ludwig XIII. erfreut. »Es gefällt mir sehr, daß ich ihn hier, vor dieser Bastion, kennenlerne. Das ist eine große Gnade, mein Kind, wenn man den Namen unseres alten Freundes trägt. Ihr werdet uns ins Lager folgen, und dort haben wir Euch eine Menge zu sagen. Aber wen sehe ich denn da! Ihr seid hier, Monsieur de Thou? Über wen habt Ihr denn gerichtet?«

»Ich glaube, Sire«, antwortete Coislin, »daß er eher einige Spanier zum Tode verurteilt hat, denn er ist als zweiter auf dem Platz angekommen.«

»Ich habe niemanden getötet, Monsieur«, unterbrach ihn de Thou errötend. »Das ist nicht mein Handwerk. Hier habe ich mich nicht verdient gemacht. Ich habe Monsieur de Cinq-Mars, meinen Freund, begleitet.«

»Wir schätzen Eure Bescheidenheit genauso wie Eure Tapferkeit, und wir werden diesen Zug an Euch nicht vergessen. Kardinal, gibt es nicht irgendeine freie Präsidentenstelle?«

Richelieu mochte Monsieur de Thou nicht, und da sein Haß immer geheimnisvolle Gründe hatte, suchte man den Grund meistens vergebens. Durch ein grausames Wort, das ihm entfiel, verriet er ihn aber diesmal. Der Grund des Hasses war ein Satz aus dem Geschichtswerk des Präsidenten de Thou, seines Vaters, in dem er in den Augen der Nachwelt einen Großonkel des Kardinals in den Schmutz zog, der zunächst Mönch, dann Abtrünniger und der mit allen menschlichen Lastern behaftet gewesen war.

Richelieu beugte sich an Josephs Ohr und flüsterte:

»Siehst du diesen Mann? Es ist der, dessen Vater meinen Namen in seinem Geschichtswerk verewigt hat. Na schön, dann werde ich seinen Namen in meinem Werk erwähnen.«

Er schrieb ihn tatsächlich später mit Blut hinein. Um zu vermeiden, dem König eine Antwort geben zu müssen, tat er jetzt so, als habe er seine Frage überhört, und er hob die Verdienste von Cinq-Mars hervor und den Wunsch, er möge einen guten Posten bei Hofe erhalten.

»Ich habe Euch schon im voraus versprochen, ihn zu meinem Gardehauptmann zu machen«, sagte der König. »Laßt ihn sofort morgen ernennen. Ich will ihn besser kennenlernen, und ich werde ihm noch Besseres als das für später vorbehalten, wenn es mir beliebt. Ziehen wir uns zurück! Die Sonne ist untergegangen, und wir sind weit von unserer Armee entfernt. Sagt meinen beiden tapferen Kompanien, sie mögen uns folgen.«

Nachdem der Minister diesen Befehl gegeben hatte, wobei er darauf bedacht war, das Lob unter den Tisch fallen zu lassen, begab er sich an die rechte Seite des Königs, und die ganze Eskorte verließ die Bastion, die den Schweizer Garden anvertraut wurde, und kehrte ins Lager zurück.

Die beiden roten Kompanien zogen langsam durch die Bresche, die sie so schnell geschlagen hatten. Die Männer waren ernst und schweigsam.

Cinq-Mars näherte sich seinem Freund.

»Hier werden die Helden ja schlecht belohnt«, sagte er zu ihm. »Nicht eine Gunst, nicht eine schmeichelnde Frage.«

»Ganz im Gegenteil«, antwortete der einfache de Thou. »Ich bin ja nur rein zufällig hier hineingeraten, und ich habe Lobesworte zu hören bekommen. So ist das Leben, aber der wahre Richter sitzt dort oben, und den kann man nicht täuschen.«

»Das hindert uns nicht daran, uns morgen töten zu lassen, wenn es sein muß«, warf der junge Olivier lachend ein.

11. Kapitel
Der Irrtum

> Dann ist der Heil'ge an der Reih',
> wirft auf den Tisch der Würfel drei;
> er sagt zum Teufel voller List:
> »Das alte Weib der Einsatz ist.
> Und wer den anderen besiegt,
> zum Lohne ihre Seele kriegt!«
>
> *Alte Legende*

Um dem König gegenübertreten zu können, war Cinq-Mars gezwungen, das Pferd eines der leichten Reiter, der in der Schlacht verwundet worden war, zu besteigen, da er seines am Fuße des Festungswalles verloren hatte. Es dauerte ziemlich lange, bis die beiden Kompanien die Festung verlassen hatten. Währenddessen bemerkte er, daß ihm jemand auf die Schulter klopfte, und als er sich umdrehte, sah er den alten Grandchamp, der an der Hand einen sehr schönen Schimmel hielt.

»Möchte Monsieur le Marquis vielleicht ein Pferd besteigen, das ihm gehört?« fragte er. »Ich habe ihm den Sattel und die goldbestickte, samtene Satteldecke aufgelegt. Ja, ich habe das beides im Graben gefunden. O mein Gott, wenn ich daran denke, daß ein Spanier den Sattel gut hätte an sich nehmen können – oder sogar ein Franzose. Denn in diesen Zeiten gibt es so viele Leute, die alles nehmen, was sie finden, als ob es ihnen gehöre. Wie heißt doch so schön das Sprichwort: *Was in den Graben fällt, gehört dem Soldaten.* Wenn ich es recht bedenke, hätten sie auch diese vierhundert Goldstücke klauen können, die Monsieur le Marquis – ich will Euch keinen Vorwurf machen – in den Pistolenhalftern vergessen hat. Und diese Pistolen! Was für Pistolen! Ich habe sie in Deutschland gekauft, und siehe da, sie sind noch genausogut und der Abzug noch so perfekt wie damals. Es reicht schon, daß der arme kleine Rappe getötet worden ist, der in England geboren wurde, und das ist genauso wahr, wie ich in Tours in der Touraine geboren wurde. Muß man auch noch diese so wertvollen Dinge zur Schau tragen, damit sie in feindliche Hände fallen?«

Während er derartig jammerte, sattelte der gute Mann den Schimmel weiter. Die Kolonne zog langsam vorüber, und Grandchamp wurde in seinen Bewegungen immer langsamer. Er lenkte seine ganze Aufmerksamkeit auf die Länge der Gurte sowie auf die Dorne jeder Sattelschnalle, und dadurch gewann er Zeit, weiterzureden.

»Ich bitte Euch um Vergebung, Monsieur, daß es so lange dauert. Aber ich habe mir den Arm leicht verstaucht, als ich Monsieur de Thou aufgefangen habe, der wiederum Monsieur le Marquis aufgefangen hat, als alles drunter und drüber ging.«

»Was? Du warst da, du alter Narr?!« schimpfte Cinq-Mars. »Das ist nicht deine Aufgabe. Ich hatte dir befohlen, im Lager zu bleiben.«

»Oh! Was das anbetrifft, so ist das etwas ganz anderes. Ich kann nicht dort bleiben, denn wenn ein Musketenschuß losgeht, dann werde ich krank, wenn ich nicht das Feuer sehe. Und wo wir gerade bei meinen Pflichten sind, so ist es wohl meine Pflicht, auf Eure Pferde zu achten, und Ihr sitzt ja auch noch obendrauf, Monsieur. Glaubt Ihr, daß ich, wenn ich gekonnt hätte, dem armen kleinen, schwarzen Tier, das dort unten in dem Graben liegt, nicht das Leben gerettet hätte? Ach, wie habe ich es geliebt, Monsieur! Ein Pferd, das in seinem Leben drei Preise bei Rennen gewonnen hat! Wenn ich daran denke, dann ist so ein Leben zu kurz gewesen für all diejenigen, die es so lieben konnten wie ich. Es ließ sich seinen Hafer nur von seinem Grandchamp geben, und es liebkoste mich dann mit seinem Kopf, und der Beweis ist mein linkes Ohrläppchen, das es mir eines Tages weggerissen hat, mein armer Freund. Aber nicht, weil das Pferd mir weh tun wollte, nein, ganz im Gegenteil. Man muß es gesehen haben, wie es wütend kicherte, wenn ein anderer ihm zu nahe kam. Darum hat es Jean das Bein gebrochen, das gute Tier. Ich habe es so geliebt! Und als es gefallen ist, da habe ich es mit einer Hand gehalten und Monsieur de Locmaria mit der anderen. Zuerst habe ich gedacht, daß er und dieser Monsieur wieder aufstehen würden, aber unglücklicherweise gab es nur einen, der wieder ins Leben zurückgekehrt ist, und den kenne ich kaum. Ihr seht aus, als ob Ihr darüber lachen würdet, was ich über Euer Pferd sage, Monsieur, aber Ihr vergeßt, daß das Pferd in Kriegszeiten die Seele des Reiters ist, ja, Monsieur, seine Seele! Denn was schreckt die Infanterie zurück? Es ist das Pferd! Es ist sicher nicht der Mann, der, einmal losgeritten, kaum mehr ausrichtet als ein Ballen Stroh. Wer vollbringt wohl die Taten, die wir bewundern? Es ist das Pferd! Und manchmal möchte sein Herr wohl gerne weit weg sein, wenn er sich wider besseren Wissens als Sieger sieht und belohnt wird, während das arme Tier nur Schläge bekommt. Wer gewinnt die Preise beim Rennen? Es ist das Pferd, das nicht besser speist als gewöhnlich, und sein Herr steckt sich das Gold in die Tasche, wird von seinen Freunden beneidet und von allen Herren angesehen, als wäre er selbst gelaufen. Wer jagt das Reh, und wer bekommt nicht ein kleines armseliges Stück davon? Wieder das Pferd! Während es manchmal vorkommt, daß man es selbst ißt, dieses arme Tier. Und bei einem Feldzug mit Monsieur le Maréchal ist es mir passiert … Aber was habt Ihr denn, Monsieur le Maréchal? Ihr seid ja ganz blaß geworden …«

»Verbinde mir mein Bein mit irgend etwas, mit einem Taschentuch oder einem Riemen, egal, was du willst, denn ich fühle einen stechenden Schmerz, und ich weiß nicht, was das ist.«

»Euer Stiefel ist kaputt, Monsieur, und das kann gut eine Kugel gewesen sein, aber *das Blei ist der Freund des Mannes.*«

»Es tut mir aber trotzdem ziemlich weh.«

»Ach! *Wer sein Kind liebt, züchtigt es,* Monsieur. Ach, das Blei! Man soll über das Blei nichts Schlechtes sagen: wer …«

Während er damit beschäftigt war, den Oberschenkel von Cinq-Mars zu verbinden, fing der gute Mann an, ein Loblied auf das Blei zu singen, und zwar auf eine ebenso dumme Weise, wie er es eben in bezug auf das Pferd gemacht hatte. Doch plötzlich wurden er und sein Herr gezwungen, einem regen, hitzigen Streit zwischen mehreren Schweizer Soldaten zuzuhören, die in ihrer Nähe geblieben waren, nachdem die anderen Truppen alle abmarschiert waren. Sie redeten aufeinander ein und gestikulierten wild herum. Offensichtlich ging es um zwei Männer, die inmitten einer Gruppe von ungefähr dreißig Soldaten standen.

D'Effiat, der seinem Diener noch immer sein Bein hinhielt und sich gegen den Sattel seines Pferdes lehnte, spitzte die Ohren, um ihre Worte zu verstehen. Aber er sprach kein einziges Wort Deutsch, und darum konnte er dem Grund ihres Streites nicht auf die Spur kommen. Grandchamp hielt noch immer seinen Stiefel und hörte ebenso ernsthaft zu. Auf einmal fing er lauthals an zu lachen und hielt sich den Bauch, was er noch nie getan hatte.

»Hahaha, Monsieur, diese beiden Sergeanten streiten sich darum, welchen von den beiden Spaniern man aufhängen soll, denn Eure roten Kameraden haben sich nicht die Mühe gemacht, es ihnen zu sagen. Einer der Schweizer behauptet, daß es der Offizier sei, und der andere beteuert, es sei der Soldat, und ein dritter hat jetzt eine Einigung herbeigeführt.«

»Und was hat er gesagt?«

»Er hat gesagt, daß man sie alle beide aufhängen soll.«

»Immer langsam!« rief Cinq-Mars und versuchte zu gehen.

Aber er konnte nicht richtig auftreten.

»Hilf mir aufs Pferd, Grandchamp.«

»Monsieur, nicht auszudenken, Eure Verletzung …«

»Mach, was ich dir gesagt habe, und dann steigst du auch auf dein Pferd.«

Der alte Diener schimpfte, gehorchte jedoch und ritt nach einem weiteren strengen Befehl schnell den Schweizern hinterher, um sie aufzuhalten. Sie waren schon auf der Ebene und schickten sich an, ihre Gefangenen an einem Baum aufzuhängen oder vielmehr dafür zu sorgen, daß sich diese dort selbst festbanden, denn der Offizier hatte sich mit der typisch spanischen Gelassenheit selbst die Schlaufe eines Strickes um den Hals gelegt und stieg, ohne darum gebeten worden zu sein, auf eine kleine, an den Baum gelehnte Leiter, um dort das andere Ende zu befestigen. Der Soldat schaute mit der gleichen Gleichgültigkeit auf die streitenden Schweizer neben sich und hielt die Leiter.

Cinq-Mars kam gerade noch rechtzeitig, um sie zu retten. Er nannte dem Schweizer Unteroffizier seinen Namen und ließ ihm über Grandchamp, der hier als Dolmetscher einsprang, sagen, daß die beiden Gefangenen ihm gehörten. Er wolle sie in sein Zelt bringen lassen und sich als Gardehauptmann dafür verantwortlich zeigen. Der Deutsche wagte in seiner stets disziplinierten Art nicht zu widersprechen. Nur die Gefangenen widersetzten sich. Der Offizier, der noch oben auf der Leiter stand, drehte sich um und sprach von dort wie von einer Kanzel und sagte mit einem teuflischen Lachen:

»Ich möchte gerne wissen, was du hier zu suchen hast. Wer hat dir gesagt, daß ich am Leben hänge?«

»Das interessiert mich nicht«, entgegnete Cinq-Mars. »Mir ist es egal, was hinterher mit Euch geschieht. Ich will jetzt nur eine Tat verhindern, die in meinen Augen ungerecht und grausam ist. Tötet Euch danach, wenn Ihr wollt.«

»Das hast du gut gesagt«, meinte der unbeugsame Spanier. »Du gefällst mir. Ich dachte zuerst, daß du hier den Großherzigen spielen willst, um mich dann zu zwingen, Dankbarkeit zu zeigen, was ich hasse. Na gut, dann komme ich herunter, aber ich hasse dich noch genauso wie vorher, weil du Franzose bist, und ich warne dich. Ich werde dir nicht danken, da du nur deine Schuld gegen mich abgeltest, denn ich hab es heute morgen verhindert, daß dich der junge Soldat getötet hat, als er das Gewehr auf dich angelegt hat, und er hat noch nie eine Gemse in den Bergen von Leon verfehlt.«

»Schön«, sagte Cinq-Mars. »Kommt runter.«

Es lag in seinem Charakter, daß er mit den Menschen immer so umging, wie sie sich ihm gegenüber zeigten, und die rohe Art des Spaniers übertrug sich auf ihn.

»Das ist ja ein stolzer Bursche«, meinte Grandchamp. »Wenn Monsieur le Maréchal an Eurer Stelle gewesen wäre, dann hätte er ihn auf der Leiter stehenlassen. Kommt Louis, Étienne, Germain! Bewacht die Gefangenen von Monsieur und führt sie ab! Da haben wir ja eine schöne Beute gemacht. Wenn uns das Glück bringen sollte, dann würde mich das sehr wundern.«

Cinq-Mars machte das Reiten zu schaffen, und er ritt ziemlich langsam los, um die unberittenen Soldaten nicht zu überholen. Er folgte von weitem der Kolonne der Kompanien, die hinter dem König in der Ferne verschwanden, und er überlegte, was dieser Fürst ihm wohl zu sagen hatte. Ein Hoffnungsschimmer machte sich in seinem Herzen breit, und er sah in der Ferne das Bild der Maria von Mantua vor sich. Einen kurzen Moment war er ganz ruhig. Aber seine ganze Zukunft lag in diesem einen Wort: *dem König gefallen.* Er dachte darüber nach, welch einen bitteren Beigeschmack dieses Wort doch hatte.

In diesem Moment kam sein Freund, Monsieur de Thou, auf ihn zu. Beunruhigt hatte er Cinq-Mars, der so weit zurückgeblieben war, in der Ebene gesucht, um ihm zu Hilfe zu eilen, falls es nötig wäre.

»Es ist spät, mein Freund. Es wird bald Nacht. Ihr habt Euch lange aufgehalten. Ich hatte Angst um Euch. Wen bringt Ihr denn da mit? Warum habt Ihr angehalten? Der König wird bald nach Euch verlangen.«

Überstürzt stellte der junge Mann eine Frage nach der anderen, denn die Sorge um seinen Freund hatte den sonst immer ruhigen de Thou aus der Fassung gebracht, und das hatte noch nicht einmal die Schlacht geschafft.

»Ich bin leicht verwundet. Ich bringe einen Gefangenen mit, und ich dachte gerade an den König. Was kann er nur von mir wollen, mein Freund? Was soll ich machen, wenn er mich bei Hofe haben will? Ich muß ihm gefallen. Bei diesem Gedanken – Euch kann ich es ja sagen – würde ich am liebsten fliehen, und ich hoffe, daß ich nicht das fatale Glück haben werde, in seiner Nähe zu leben. Gefallen! Wie erniedrigend dieses Wort ist. Gehorchen hört sich ganz anders an. Ein Soldat setzt sein Leben aufs Spiel, und damit ist alles gesagt. Aber es ist das Los eines Höflings, sich anzupassen, seinem Charakter zuwiderzuhandeln, Kompromisse mit seinem Gewissen zu schließen und sich von seinen edlen Gedanken zu trennen. Ach, de Thou, mein lieber de Thou, ich bin nicht für den Hof geeignet. Ich fühle es, obwohl ich ihn nur einen Moment gesehen habe. Tief in meiner Seele habe ich etwas Ungestümes, und meine Erziehung hat nur die Oberfläche poliert. Aus der Entfernung dachte ich, ich sei geeignet, in dieser allmächtigen Welt zu leben. Ich habe es sogar aufgrund eines Zieles, das mir sehr am Herzen liegt, gewünscht, aber ich weiche schon beim ersten Schritt zurück. Ein Blick auf den Kardinal ließ mich erzittern. Die Erinnerung an sein letztes Verbrechen, bei dem ich zugegen war, hat mich daran gehindert, mit ihm zu sprechen. Er macht mir angst, und ich werde nie mit ihm sprechen können. Die Gunst des Königs hat für mich auch etwas Schreckliches an sich, als ob sie für mich unheilvoll sein könnte.«

»Ich bin froh, daß Ihr solche Angst habt. Sie wird Euch vielleicht nützlich sein«, fuhr de Thou unterwegs fort. »Ihr werdet mit der Macht in Berührung kommen und mit ihr umgehen lernen. Ihr werdet sie nicht spüren, aber Ihr werdet sie berühren. Ihr werdet sehen, was sie ist und welche Hand den Blitz leitet. Möge der Himmel dafür sorgen, daß er Euch nicht verbrennt. Ihr werdet vielleicht an den Beratungen teilnehmen, in denen das Schicksal der Nationen besiegelt wird. Ihr werdet dabei sein, wenn aus einer Laune heraus blutige Kriege, Eroberungen und

Verträge besiegelt werden. Ein Wort von Euch wird ganze Welten bewegen. Wenn man oben steht, mein Freund, dann kann man die menschlichen Geschicke richtig beurteilen. Man muß auf den Höhen gestanden haben, um zu erkennen, wie klein die Dinge sind, die wir als groß ansehen.«

»Ach! Wenn ich dort wäre, dann würde ich wenigstens die Lehre daraus ziehen, von der Ihr sprecht, mein Freund, aber dieser Kardinal, dieser Mann, dem gegenüber ich verpflichtet bin, dieser Mann, den ich durch sein Werk nur zu gut kenne, was wird er für mich sein?«

»Ein Freund, vielleicht ein Beschützer«, antwortete de Thou.

»Lieber tausendmal sterben als seine Freundschaft! Ich hasse sein ganzes Wesen bis hin zu seinem Namen. Er vergießt das Blut der Menschen mit dem Kreuz des Erlösers in der Hand.«

»Was erzählt Ihr da für schreckliche Geschichten, mein Lieber? Ihr werdet verloren sein, wenn Ihr dem König zeigt, welche Gefühle Ihr für den Kardinal hegt.«

»Das ist egal. Inmitten dieser Irrwege werde ich einen neuen beschreiten, und zwar den geraden Weg. Mein ganzes Denken, das Denken eines geraden Mannes, wird sich den Blicken des Königs zeigen, wenn er es befragt, und wenn es mich den Kopf kostet. Endlich habe ich ihn gesehen, diesen König, den man mir als so schwachen Menschen beschrieben hat. Ich habe ihn gesehen, und sein Anblick ging mir unversehens ans Herz. Sicher, er ist sehr unglücklich, aber er kann nicht grausam sein. Er wird die Wahrheit erhören …«

»Ja, aber er würde nicht wagen, ihr zum Sieg zu verhelfen«, warf der weise de Thou ein. »Hütet Euch vor zuviel Gefühl, zu dem Ihr Euch oft durch Euer ungestümes Temperament hinreißen laßt, denn das könnte gefährlich sein. Greift nicht so einen Riesen wie Richelieu an, bevor Ihr ihn nicht richtig einschätzen könnt!«

»Ihr seid wie mein Gouverneur, der Abbé Quillet. Mein lieber, umsichtiger Freund, Ihr kennt mich so wenig wie er. Ihr wißt nicht, wie sehr ich meiner selbst müde bin, und wohin ich meine Blicke geworfen habe. Ich muß aufsteigen oder sterben.«

»Was! Schon so ehrgeizig!« rief de Thou äußerst überrascht.

Sein Freund ließ die Zügel los und stützte den Kopf auf seine Hände. Er gab de Thou keine Antwort.

»Was! Diese egoistische Leidenschaft des reifen Alters hat sich

Euer schon mit zwanzig Jahren bemächtigt, Henri! Der Ehrgeiz ist die traurigste aller Hoffnungen.«

»Und dennoch bin ich ihr im Moment vollkommen verfallen, denn ich lebe nur durch sie. Meine ganze Seele ist davon durchdrungen.«

»Oh, Cinq-Mars! Ich erkenne Euch kaum noch wieder. Wie Ihr Euch verändert habt! Ihr seid ganz anders als früher. Ich will es Euch nicht verschweigen, aber Ihr scheint mir sehr tief gesunken zu sein. Während unserer Spaziergänge in unserer Jugend haben das Leben und besonders der Tod von Sokrates aus unseren Augen Tränen der Bewunderung und des Neides gepreßt, und wir schwangen uns bis zum Ideal der höchsten Tugend auf und wünschten uns für die Zukunft, das Unglück dieser berühmten Männer möge uns ereilen, dieses erhabene Unglück, das große Männer ausmacht. Wir malten uns in unserer Phantasie Möglichkeiten aus, Opfer zu bringen und ganz im Dienste einer Sache zu stehen. Wenn plötzlich die Stimme eines Menschen zwischen uns beiden auch nur das Wort Ehrgeiz ausgesprochen hätte, dann hätten wir gedacht, uns hätte eine Schlange gebissen ...«

Seine Begeisterung und die Vorhaltungen, die er seinem Freund machte, hatten de Thou aufgewühlt. Cinq-Mars ritt weiter, und nach einem Moment des Schweigens zog er seine Hände weg, und man konnte sehen, daß seine Augen voller Tränen waren. Er drückte inbrünstig die Hand seines Freundes und sprach in eindringlichem Ton:

»Monsieur de Thou, Ihr habt mich an die schönsten Gedanken meiner frühen Jugend erinnert. Glaubt mir, daß ich nicht gefallen bin, sondern daß eine stille Hoffnung, die ich selbst Euch nicht anvertrauen kann, an mir nagt. Ich verachte genauso wie Ihr den Ehrgeiz, der mich scheinbar ganz erfüllt. Die ganze Welt wird es glauben, aber was interessiert mich die ganze Welt! Aber Ihr, mein edler Freund, versprecht mir, daß Ihr mich immer schätzen werdet, was immer ich auch machen werde. Ich schwöre beim Himmel, daß meine Gedanken rein sind wie er.«

»Na schön«, entgegnete de Thou, »ich schwöre beim Himmel, daß ich Euch blind vertraue. Ihr gebt mir mein Leben zurück.«

Sie drückten sich noch einmal überschwenglich die Hand, und da sahen sie auch schon, daß sie fast vor dem Zelt des Königs angekommen waren.

Der Tag ging nun gänzlich zur Neige, aber es war fast so, als begänne ein noch milderer Tag, denn aus dem Meer sah man in seiner ganzen Schönheit den Mond aufsteigen. Der klare, wolkenlose Himmel des Südens sah aus wie ein blaßblauer, mit silbernen Pailletten übersäter Schleier. Es war noch heiß; nur vereinzelte Meeresbrisen brachten etwas Bewegung in die Luft, und auf der ganzen Erde war es still geworden. Die erschöpften Soldaten ruhten sich in ihren Zelten aus, deren Feuer die Linie markierten, und die belagerte Stadt schien von der gleichen Schläfrigkeit niedergedrückt zu werden. Auf den Befestigungswällen der Stadt waren nur noch die im Mondlicht aufblitzenden Mündungen der Waffen zu sehen oder das durch die Nacht irrende Feuer der Wachposten. Man hörte nur einige dunkle, langgezogene Schreie dieser Wachen, die einander meldeten, nicht eingeschlafen zu sein.

In der Umgebung des Königs, wenn auch recht weit von ihm entfernt, waren die Männer noch wach. Dieser Fürst hatte sein ganzes Gefolge weggeschickt. Er ging allein vor seinem Zelt spazieren und blieb ab und zu stehen, um den schönen Himmel zu bewundern. Er schien in melancholische Gedanken versunken zu sein. Niemand wagte, ihn zu stören, und die hohen Herren, die sich noch im königlichen Viertel aufhielten, waren zum Kardinal gegangen, der zwanzig Schritte vom König entfernt auf einem kleinen Grashügel saß, den die Soldaten zu einer Art Bank umgeformt hatten. Er trocknete sich seine blasse Stirn. Die Sorgen des Tages und die ungewohnt Last einer Rüstung hatten ihn erschöpft. Er verabschiedete mit einigen schnellen Worten, aber noch immer aufmerksam und höflich, diejenigen, die ihn grüßten und sich dann zurückzogen. Nur Joseph, der mit Laubardemont sprach, war noch in seiner Nähe. Der Kardinal schaute den König verstohlen an und fragte sich gerade, ob dieser Fürst nicht mit ihm sprechen würde, bevor er wieder hineinging, als man den Lärm von Cinq-Mars' Pferden hörte. Die Wachen des Kardinals befragten ihn und ließen ihn dann mit de Thou, jedoch ohne sein Gefolge, weiterreiten.

»Junger Mann, Ihr seid zu spät gekommen, um mit dem König zu sprechen«, sagte der Kardinal in scharfem Ton. »Man läßt seine Majestät nicht warten.« Die beiden Freunde wollten sich schon zurückziehen, als die Stimme von König Ludwig XIII. erklang. Der König befand sich in diesem Moment in einer dieser mißlichen Lagen, die das Unglück seines ganzen Lebens bedeuteten. Obwohl ihn sein Minister tief verärgert hatte, täuschte er sich doch nicht darüber hinweg, daß er ihm den Erfolg des Tages zu verdanken hatte. Er hatte übrigens das Bedürfnis, ihm seine Absicht anzukündigen, die Armee zu verlassen und die Belagerung von Perpignan aufzuheben. Er war hin und her gerissen zwischen dem Wunsch, mit ihm zu sprechen, und der Furcht, aufgrund seiner Mißbilligung Schwäche zu zeigen. Der Minister seinerseits wagte nicht, als erster das Wort an ihn zu richten, denn er war unsicher, welche Gedanken seinem Herrn durch den Kopf gingen, und er hatte Angst, den Zeitpunkt schlecht zu wählen, aber er konnte sich auch nicht entschließen, sich zurückzuziehen. Sie befanden sich beide in der Lage zweier zerstrittener Liebender, die eine Erklärung wünschen. Schließlich ergriff der König die erste Gelegenheit, sich aus dieser Zwangslage zu befreien. Dieser Zufall hatte für den Minister fatale Folgen. Und so etwas nennt man dann Schicksal!

»Ist das denn nicht Monsieur de Cinq-Mars?« fragte der König mit lauter Stimme. »Er möge kommen! Ich erwarte ihn.«

Der junge d'Effiat ritt auf ihn zu und wollte in gebührendem Abstand vom Fürsten absitzen. Aber kaum hatte er mit dem Fuß den Rasen berührt, da fiel er auch schon auf die Knie.

»Verzeihung, Sire, ich glaube, ich bin verwundet.«

Aus seinem Stiefel schoß das Blut.

De Thou hatte ihn fallen sehen, und er ging zu ihm, um ihn zu stützen. Richelieu ergriff diese Gelegenheit und eilte mit vorgetäuschtem Eifer zu ihm.

»Erspart dem König diesen Anblick!« rief er. »Ihr seht doch, daß der junge Mann stirbt.«

»Keineswegs«, sagte Ludwig, der ihn nun persönlich stützte. »Dem König von Frankreich macht es nichts aus, jemanden sterben zu sehen, und das Blut, das für ihn fließt, macht ihm keine angst. Dieser junge Mann interessiert mich. Man bringe ihn in mein Zelt, und meine Ärzte mögen sich um ihn kümmern. Sollte er nicht so schwer verwundet sein, dann wird er mit mir nach Paris gehen. Denn die Belagerung ist aufgehoben, Monsieur le Cardinal. Ich habe genug gesehen. Mich rufen andere Angelegenheiten im Herzen des Königreiches. Ich lasse euch hier zurück, damit Ihr in meiner Abwesenheit das Kommando übernehmt. Das wollte ich Euch noch sagen.«

Der König drehte sich abrupt um und schritt in sein Zelt

zurück. Seine Pagen und Offiziere gingen mit den Fackeln voraus.

Der königliche Pavillon war geschlossen. Cinq-Mars wurde von de Thou und seinen Leuten weggetragen, und der fassungslose Richelieu starrte noch auf die Stelle, wo sich diese unerhörte Wendung zugetragen hatte. Scheinbar hatte ihn der Blitz getroffen, und er sah und hörte diejenigen, die ihn beobachteten, nicht mehr.

Laubardemont, der aufgrund seines schlechten Empfangs am Tag zuvor noch verschreckt war, wagte nicht, ihn anzusprechen, und Joseph hatte Mühe, in ihm seinen alten Meister wiederzuerkennen. Einen Moment bedauerte er, sich ihm ausgeliefert zu haben, und er glaubte, daß sein guter Stern unterging. Da er aber dachte, daß ihn alle Menschen haßten und nur Richelieu ihn unterstützte, nahm er seinen Arm, schüttelte ihn heftig und sagte leise, aber in scharfem Ton zu ihm:

»Kommt doch, Monseigneur. Ihr seid ein Angsthase. Kommt mit uns.«

Es sah so aus, als stütze er ihn unterm Ellenbogen, doch er zog ihn einfach mit und brachte ihn mit Hilfe Laubardemonts in sein Zelt zurück, so wie ein Schulmeister einen Schüler, der den Abendnebel fürchten könnte, ins Bett bringt. Dieser vorzeitig gealterte Mann folgte langsam dem Willen seiner beiden Helfershelfer, und die purpurnen Vorhänge des Pavillons fielen hinter ihm zu Boden.

12. Kapitel
Die Nachtwache

O feig' Gewissen, wie du mich bedrängst!
Das Licht brennt blau. Ist's nicht um Mitternacht?
Mein schauerndes Gebein deckt kalter Schweiß.
Was fürcht' ich denn? Mich selbst?
Richard liebt Richard …

SHAKESPEARE

Kaum war der Kardinal in seinem Zelt angekommen, da fiel er auch schon, bewaffnet und gerüstet, in einen großen Lehnstuhl. Er führte sein Taschentuch an seinen Mund, verharrte mit starrem Blick und ließ die beiden finsteren Gesellen raten, ob er bestürzt war oder einfach nur nachdachte. Er war totenblaß, und kalter Schweiß rann von seiner Stirn. Als er ihn mit einer jähen Bewegung wegwischte, warf er die rote Kalotte, das einzige Zeichen seines geistlichen Standes, das ihm noch geblieben war, hinter den Lehnstuhl. Dann fiel Richelieu wieder nach vorne; sein Mund ruhte auf seinen Händen. Der Kapuziner stand auf der einen Seite, auf der anderen der Richter mit finsterem Gesicht. Schweigend starrten sie ihn an und wirkten dabei in ihren schwarzen und braunen Kleidern wie der Priester und der Notar eines Sterbenden.

Die dunkle Stimme des Kapuziners dröhnte aus der Tiefe seiner Brust. Sie schien eher geeignet zu sein, die Totenmesse zu lesen als Trost zu spenden:

»Wenn Monseigneur sich an meinen Rat erinnern mögen, den ich ihm in Narbonne gegeben habe, dann sieht es ganz so aus, als habe ich genau geahnt, welchen Kummer dieser junge Mann ihm eines Tages bereiten wird.«

Der Richter fügte hinzu:

»Ich habe von dem schwerhörigen alten Priester, der bei der Marschallin d'Effiat zu Besuch war und der alles gehört hat, erfahren, daß dieser junge Cinq-Mars mehr Willenskraft hat, als man sich vorstellen kann, und daß er versucht hat, den Marschall de Bassompierre zu befreien. Mir liegt der genaue Bericht des Schwerhörigen vor, der seine Rolle sehr gut gespielt hat. Eure Eminenz sollten zufrieden sein.«

»Ich habe zu Monseigneur gesagt«, fuhr Joseph fort, denn die beiden erbitterten Gefolgsmänner sprachen abwechselnd wie die Schäfer in Virgils Versepen, »ich habe gesagt, daß es gut wäre, sich dieses kleinen d'Effiat zu entledigen und daß ich mich darum kümmern werde, wenn es ihm Freude macht. Es wäre einfach, ihn aus dem Gedächtnis des Königs zu streichen.«

»Es wäre sicherer, ihn an den Folgen seiner Verwundung sterben zu lassen«, meinte Laubardemont. »Wenn Eure Eminenz die Güte hätten, mir einen derartigen Befehl zu erteilen. Ich kenne den Arzt sehr gut, der ihn pflegt und der eine Wunde auf meiner Stirn behandelt hat. Er ist ein vorsichtiger Mann, der dem Kardinal ganz ergeben ist und dessen Angelegenheiten durch das Kartenspielen ein wenig in Unordnung geraten sind.«

»Ich glaube«, erwiderte Joseph mit bescheidener Miene, jedoch in etwas bissigem Ton, »wenn Seine Eminenz jemanden für diese wichtige Sache brauchen, dann sollte es eher sein vertrauter Unterhändler sei, der schon früher recht erfolgreich war.«

»Ich denke, daß ich auch einige ziemlich wichtige Erfolge vorweisen kann«, warf Laubardemont ein. »Einige habe ich eben erst erzielt, und zwar unter großen Schwierigkeiten.«

»Ach ja, sicher«, sagte der Pater, nickte kurz und warf ihm einen prüfenden, aber höflichen Blick zu. »Eure kühnste und geschickteste Mission war die Verurteilung von Urbain Grandier, dem Zauberer, aber mit Gottes Hilfe kann man ebenso gute und nützliche Taten vollbringen. Es ist doch auch ein Verdienst«, fügte er hinzu und senkte die Augen wie ein junges Mädchen, »wenn man zum Beispiel einen königlichen Zweig der Bourbonen vollständig ausrottet.«

»Es war nicht sehr schwer«, fuhr der Richter in bitterem Ton fort, »einen Soldaten aus der Garde auszuwählen, um den Grafen von Soissons zu töten, aber den Vorsitz zu führen und zu richten ...«

»Und das Urteil selbst zu vollstrecken«, unterbrach ihn der Kapuziner erhitzt, »ist sicherlich weniger schwierig, als einen Mann von Kindheit an in dem Gedanken zu erziehen, diskret große Dinge zu vollbringen, und, wenn es sein müßte, eher alle Qualen um der Liebe des Himmels willen zu ertragen, als die

Namen derjenigen zu nennen, die ihn mit ihrer Gerechtigkeit gewappnet haben, oder mutig auf dem Leichnam desjenigen zu sterben, den man getötet hat, wie es derjenige gemacht hat, den ich gesandt habe. Er hat nicht einen Schrei ausgestoßen, als das Schwert Riquemonts, des Stallmeisters des Grafen, ihn traf. Er starb wie ein Heiliger. Er war mein Schüler.«

»Es ist etwas anderes, ob man Befehle erteilt oder sich selbst in Gefahr begibt.«

»Und habe ich mich bei der Belagerung von La Rochelle keiner Gefahr ausgesetzt?«

»Vielleicht in einem Abwasserloch zu ertrinken?« spottete Laubardemont.

»Und Ihr«, konterte Joseph, »wart Ihr denn vielleicht in Gefahr, mit Euren Fingern in einem Folterinstrument steckenzubleiben? Und das alles, weil die Äbtissin der Ursulinerinnen Eure Nichte ist.«

»Vielleicht trifft das auf Eure Franziskanerbrüder zu, die die Hämmer hielten. Mir jedoch hat unser Cinq-Mars auf die Stirn geschlagen, und er führte eine aufgebrachte Meute an.«

»Seid Ihr da ganz sicher?« rief Joseph begeistert. »Wagt er es in dem Maße, sich den Befehlen des Königs zu widersetzen?«

Vor Freude über diese Enthüllung vergaß er seine Wut.

»Unverschämte Kerle!« rief der Kardinal, der jäh die Stille brach und das blutüberströmte Taschentuch von seinen Lippen nahm. »Ich würde Eure dreckigen Streitereien bestrafen, wenn ich dadurch nicht schändliche Geheimnisse von Euch erfahren hätte. Man hat meine Befehle überschritten. Ich wollte keineswegs, daß der Mann gefoltert wird, Laubardemont. Das ist schon Euer zweiter Fehler. Durch Eure Schuld hassen die Menschen mich für nichts und wieder nichts. Das war unnötig. Aber Ihr, Joseph, merkt Euch alles genau, was während des Aufruhrs, in dem Cinq-Mars mit von der Partie war, geschehen ist. Das kann uns später von Nutzen sein.«

»Ich habe alle Namen und Personenbeschreibungen«, sagte der Richter dienstbeflissen, und der hochgewachsene Mann näherte sich mit seinem grünlichen, mageren Gesicht dem Lehnstuhl und lachte unterwürfig.

»Schon gut, schon gut«, sagte der Minister und stieß ihn zurück. »Darum geht es jetzt nicht. Joseph, Ihr müßt vor diesem eingebildeten jungen Kerl in Paris sein. Er wird Günstling des

Königs werden, da bin ich ganz sicher. Werdet sein Freund und zieht einen Nutzen für mich daraus oder richtet ihn zugrunde. Entweder dient er mir, oder er fällt. Aber schickt mir auf jeden Fall zuverlässige Leute, und zwar jeden Tag, damit man mir mündlich Bericht erstattet. In Zukunft darf es nichts Schriftliches mehr geben. Ich bin sehr unzufrieden mit Euch, Joseph. Welch einen miserablen Kurier habt Ihr in Köln ausgewählt! Er hat mich nicht verstanden und hat den König zu früh aufgesucht. Jetzt können wir uns noch damit herumschlagen, daß wir in Ungnade gefallen sind. Fast hättet Ihr mich gänzlich vernichtet. Ihr werdet sehen, was sie in Paris machen werden. Es wird nicht lange dauern, bis sie eine Verschwörung gegen mich anzetteln. Aber das wird dann die letzte sein. Ich bleibe hier, damit sie mehr Handlungsfreiheit haben. Geht jetzt alle beide und schickt mir meinen Kammerdiener, aber erst in zwei Stunden. Ich will allein sein.«

Man hörte noch die Schritte dieser beiden Männer, und Richelieu, dessen Augen noch immer auf den Eingang des Zeltes gerichtet waren, schien sie mit bösen Blicken zu verfolgen.

»Elende Bande!« rief er, als er allein war. »Ihr werdet noch einige Geheimaufträge erfüllen, und dann werde ich Euch auch erschlagen, schmutzige Handlanger meiner Macht. Bald wird der König der schleichenden Krankheit erliegen, die ihn zerfrißt. Dann werde ich Regent sein. Ich werde König von Frankreich sein, und dann muß ich die Launen seiner Schwäche nicht mehr fürchten. Ich werde ein für allemal die eingebildeten Geschlechter dieses Landes vernichten. Ich werde den schrecklichen Zustand der Gleichheit einführen und mit dem Stock des Tarquinius[20] durchs Land gehen. Ich werde allein über Euch alle herrschen. Europa wird zittern, ich …«

Er spürte den Geschmack von Blut auf seinen Lippen und war gezwungen, sein Taschentuch wieder an seinen Mund zu führen.

»Ach, was rede ich da? Wie unglücklich ich bin. Ich bin vom Tod gezeichnet. Ich löse mich auf, Blut strömt aus meinem Körper, und mein Geist will noch arbeiten. Warum? Für wen? Für die Ehre? Das ist ein leeres Wort. Für die Menschen? Ich verachte sie. Für wen denn, wenn ich doch in zwei oder vielleicht drei Jahren sterben werde? Für meinen Gott? Welch ein Name! … Ich bin ihm nicht gefolgt, und er hat alles gesehen …«

Als er seinen Kopf auf seine Brust fallen ließ, fiel sein Blick auf das große goldene Kreuz, das an seinem Hals hing. Er warf sich ganz tief in den Lehnstuhl, aber das Kreuz folgte ihm. Er nahm es in die Hand und betrachtete es mit starrem, gierigem Blick. »Schreckliches Zeichen«, sagte er leise. »Du verfolgst mich. Ich werde Euch noch woanders wiedertreffen … Göttlichkeit und Qualen? Was bin ich? Was habe ich getan? …«

Zum erstenmal überkam ihn eine merkwürdige, nie gekannte Furcht. Er zitterte, und es lief ihm kalt den Rücken hinunter, doch er konnte das Frösteln nicht bezwingen. Er wagte nicht, den Blick zu heben, weil er Angst hatte, er könne irgendwelche schrecklichen Gestalten sehen. Er wagte nicht zu rufen, weil er vor dem Klang seiner eigenen Stimme Angst hatte. Er versank tief in ein für ihn schreckliches Nachdenken über die Ewigkeit, und er flüsterte dieses Gebet:

»Großer Gott, wenn du mich erhörst, dann richte über mich. Aber sehe nicht nur auf mich, wenn du über mich richtest. Betrachte mich inmitten der Menschen meines Jahrhunderts. Sieh das riesige Werk, das ich in Angriff genommen habe. Braucht es weniger als einen riesigen Hebel, um diese Massen zu bewegen? Und wenn dieser Hebel beim Hinunterfallen einige unnütze Elende zerdrückt, bin ich dann schuldig? Die Menschen halten mich für böse, aber du, höchster Richter, siehst du mich auch so? Nein, du weißt, daß es die schrankenlose Macht ist, die die Kreatur gegen die Kreatur schuldig werden läßt. Es ist nicht Armand de Richelieu, der die Menschen vernichtet, es ist der leitende Minister. Es hat nichts mit den Beleidigungen seiner Person zu tun, sondern damit, einem System zu folgen. Aber ein System … was ist das für ein Wort? Ist es mir erlaubt, so mit den Menschen zu spielen und sie als Nummern anzusehen, um eine Idee zu verwirklichen, die vielleicht falsch ist? Ich reiße die Umgebung des Thrones nieder. Ja, ohne es zu wissen, habe ich an seinen Grundmauern gesägt und seinen Untergang beschleunigt. Ja, meine geliehene Macht hat mich betört. O welche Irrwege! O Schwäche des menschlichen Denkens! … Einfacher Glaube! Warum habe ich deinen Weg verlassen? … Warum bin ich nicht nur ein einfacher Priester? Wenn ich es wagen würde, mit den Menschen zu brechen und mein Schicksal in Gottes Hand zu legen, dann würde die Himmelsleiter noch heute bis in meine Träume führen!«

In diesem Augenblick drang fürchterlicher Lärm von draußen an sein Ohr. Soldatengelächter, wildes Geschrei und Fluchen vermischten sich mit einer schwachen, hellen Stimme, die er ziemlich lange sprechen hörte. Man hätte es für den Gesang eines Engels halten können, der vom Lachen der Teufel unterbrochen wurde. Er stand auf und öffnete eine Art Stoffenster, das an einer Seite seines viereckigen Zeltes eingearbeitet worden war. Seinem Blick bot sich ein merkwürdiges Schauspiel. Er blieb einen Moment hier stehen, schaute sich das Spektakel an und lauschte aufmerksam den Worten, die er vernahm.

»Hör zu, La Valeur«, sagte ein Soldat zu einem anderen, »jetzt fängt sie wieder an zu sprechen und zu singen. Sie soll sich in die Mitte des Kreises stellen, zwischen uns und das Feuer.«

»Du weißt es nicht, du weißt es nicht«, sagte ein anderer, »Grand-Ferré sagt, daß er sie kennt.«

»Ja, ich habe gesagt, daß ich sie kenne, und ich würde es beim Heiligen Petrus von Loudun schwören, daß ich sie in meinem Dorf gesehen habe, als ich auf Urlaub war. Mir wird ganz heiß, wenn ich an diese Sache denke, aber darüber spricht man nicht, besonders nicht mit einem Kardinalisten wie dir.«

»Und warum spricht man nicht darüber, großer Dummkopf?« fragte ein alter Soldat, während er seinen Schnurrbart zwirbelte.

»Man spricht nicht darüber, weil man sich sonst den Mund verbrennt. Verstehst du das?«

»Nein, das verstehe ich nicht.«

»Na ja, ich auch nicht. Bürgersleute haben es mir aber gesagt.«

Er wurde von lautem Lachen unterbrochen.

»Haha! Ist der dumm!« sagte einer. »Er hört darauf, was die Bürgersleute sagen.«

»Tja, wenn du auf ihr Geschwätz achtest, dann verlierst du nur deine Zeit«, meinte nun ein anderer. »Du weißt also nicht, was meine Mutter gesagt hat, du Grünschnabel?« fragte der älteste mit ernster Miene. Er senkte den Blick und machte ein schüchternes, feierliches Gesicht, um Aufmerksamkeit zu erheischen.

»Ach, wie soll ich denn das wissen, La Pipe? Deine Mutter muß wohl schon an Altersschwäche gestorben sein, ehe mein Großvater noch das Licht der Welt erblickt hat.«

»Also gut, du Grünschnabel, ich werde es dir sagen. Laß dir zuerst gesagt sein, daß meine Mutter eine respektable Zigeunerin war, die genauso mit dem Regiment der Karabiner von la Roque verbunden war wie mein Hund *Canon* hier. Sie trug Schnaps in einem Fäßchen um ihren Hals, und sie konnte besser trinken als der beste von uns. Sie hatte vierzehn Ehemänner. Sie waren alle Soldaten und sind auf dem Schlachtfeld gefallen.«

»Das nenne ich ein richtiges Weibsbild«, unterbrachen ihn die Soldaten voller Respekt.

»Und sie hat in ihrem ganzen Leben niemals ein Wort mit einem Bürger gesprochen. Sie hat höchstens, wenn sie in seine Unterkunft kam, zu ihm gesagt: ›Zünde mir eine Kerze an und mach meine Suppe heiß.‹«

»Und? Was hat deine Mutter denn zu dir gesagt?« fragte Grand-Ferré.

»Wenn du es so eilig hast, dann wirst du es nicht erfahren, du Grünschnabel. Sie hat immer, wenn man mit ihr gesprochen hat, gesagt: *Ein Soldat ist mehr wert als ein Hund, aber ein Hund ist mehr wert als ein Bürger.*«

»Bravo, bravo! Das hat sie gut gesagt«, schrien die Soldaten voller Begeisterung über diese schönen Worte.

»Aber das ändert nichts daran«, sagte Grand-Ferré, »daß die Bürger, die mir gesagt haben, daß man sich bei so einer Sache den Mund verbrennt, recht hatten. Übrigens waren es keine richtigen Bürger, denn sie trugen Degen, und sie waren aufgebracht, weil man einen Priester verbrannte, und ich war es auch.«

»Und was hast du damit zu tun, wenn man deinen Priester verbrennt, du großer Unschuldsengel?« erkundigte sich ein Unteroffizier, der sich auf die Gabel seiner Hakenbüchse stützte. »Er oder ein anderer! An seiner Stelle hätte auch einer unserer Generäle sein können, die mittlerweile alle Priester sind. Ich bin Royalist. Das sage ich ganz offen.«

»Seid doch ruhig!« schrie La Pipe. »Laßt das Mädchen sprechen. Es sind immer diese Hunde von Royalisten, die uns stören, wenn wir uns amüsieren wollen.«

»Was hast du gesagt?« fragte Grand-Ferré. »Weißt du denn überhaupt, was es bedeutet, Royalist zu sein, du?«

»Ja«, erwiderte La Pipe. »Ich kenne euch alle ganz genau. Mann, ihr seid für die ehemaligen sogenannten Fürsten des Friedens. Ihr haltet zu dem Bauernpack aus der Guyenne und seid gegen den Kardinal und die Salzsteuer[21]. Habe ich recht oder nicht?«

»Nein, nein, du alter Rotstrumpf! Ein Royalist ist jemand, der für einen König ist. Das ist ein Royalist. Und da mein Vater Diener bei den Falknern des Königs war, darum bin ich für den

König. Das ist alles. Und ich mag die Rotstrümpfe nicht, das ist ganz einfach.«

»Aha, du nennst mich also einen Rotstrumpf!« erwiderte der alte Soldat. »Du wirst mir morgen früh Genugtuung erweisen. Wenn du beim Krieg im Veltlin dabeigewesen wärst, dann würdest du nicht so reden, und wenn du Seine Eminenz gesehen hättest, wie er auf dem Deich von La Rochelle mit dem alten Marquis de Spinola spazierengegangen ist, während ihm die Kanonenkugeln um die Ohren sausten, dann würdest du nichts gegen die Rotstrümpfe sagen, verstehst du?«

»Kommt, hören wir auf zu streiten! Amüsieren wir uns lieber«, sagten die anderen Soldaten.

Die tapferen Krieger, die sich auf diese Weise unterhielten, standen um ein großes Feuer herum, das sie mehr als der Mond erhellte, so schön er auch war. Mitten unter ihnen war das Objekt zu sehen, aufgrund dessen sie zusammengeströmt waren und hier herumschrien. Der Kardinal erblickte eine junge Frau, die schwarze Kleider und einen langen weißen Schleier trug. Sie hatte nackte Füße, und eine dicke Kordel zwängte ihre hübsche Taille ein. Ein langer Rosenkranz fiel von ihrem Hals fast bis auf ihre Füße. Sie schüttelte mit ihren feinen, schneeweißen Händen die Perlen und rollte sie geschwind zwischen ihren Fingern. Die Soldaten machten sich mit barbarischer Freude einen Spaß daraus, kleine Kohlen auf ihren Weg zu streuen, damit sie sich ihre nackten Füße verbrannte. Der älteste schob mit der Lunte seiner Hakenbüchse ihren Kleidersaum hoch und rief mit rauher Stimme:

»Komm, du Verrückte, erzähl uns noch einmal deine Geschichte, oder ich pumpe dich voll Blei und lasse dich wie eine Mine hochgehen. Paß auf, denn ich habe mir diesen Scherz in den alten Hugenottenkriegen schon mit anderen als mit dir erlaubt, also sing.«

Die junge Frau schaute ernst in die Runde. Sie antwortete nicht und ließ ihren Schleier herunterfallen.

»Du bist ungeschickt«, mischte sich Grand-Ferré mit trunkenem Lachen ein. »Du bringst sie noch zum Weinen. Du kennst die schöne Sprache des Hofes nicht. Ich werde mit ihr sprechen.«

Er trat auf sie zu, stieß mit der Hand leicht unter ihr Kinn und schaute ihr in die Augen.

»Mein lieber Schatz«, sagte er zu ihr, »wenn du uns noch einmal, meine Süße, die schöne Geschichte, die du vorhin diesen Herren erzählt hast, erzählen wolltest, dann würde ich dich einladen, mit mir den Fluß der Liebe hinunterzufahren, wie die großen Damen in Paris sagen, und dann mit deinem treuen Ritter einen Schnaps zu trinken, mit dem du dich damals in Loudun getroffen hast, als du allen dieses Theater vorgespielt hast, um einen armen Teufel verbrennen zu lassen …«

Die junge Frau verschränkte die Arme, schaute mit herrischer Miene in die Runde und rief:

»Haut ab, im Namen des Gottes der Soldaten. Haut ab, Ihr dreckigen Männer. Es gibt keine Gemeinsamkeiten zwischen uns. Ich verstehe Eure Sprache nicht, und Ihr versteht nicht die meine. Geht und verkauft Euer Blut den irdischen Fürsten als täglichen Obolus und laßt mich meine Mission erfüllen. Bringt mich zum Kardinal! …«

Sie wurde von derbem Lachen unterbrochen.

»Glaubst du«, spottete ein Karabiner von Maurevert, »daß Seine Eminenz, der höchste General, dich bei sich empfängt mit deinen nackten Füßen? Wasche sie erst einmal.«

»Der Herr hat gesagt: ›Jerusalem, wasch dein Kleid und durchschreite die Flüsse‹«, antwortete sie, die Arme noch immer verschränkt. »Man soll mich zum Kardinal bringen!«

Richelieu schrie mit lauter Stimme:

»Man bringe mir diese Frau und lasse sie in Frieden.«

Die Männer verstummten und brachten sie zum Minister.

»Warum«, fragte sie, als sie ihn sah, »bringt man mich zu einem bewaffneten Mann?«

Die Männer ließen sie einfach stehen, ohne ihr eine Antwort zu geben.«

Der Kardinal schaute sie mißtrauisch an.

»Madame«, fragte er, »was habt Ihr zu dieser Zeit im Lager zu suchen? Warum habt Ihr denn nackte Füße, oder seid Ihr verwirrt?«

»Das ist ein Gelübde, das ist ein Gelübde«, antwortete die junge Nonne ungeduldig und setzte sich plötzlich neben ihn. »Ich habe noch ein Gelübde abgelegt, und zwar nichts zu essen, bis ich den Mann gefunden habe, den ich suche.«

»Schwester«, sagte der erstaunte Kardinal besänftigt. Dann rückte er näher an sie heran, um sie genauer zu betrachten. »Gott verlangt nicht solche Härte von einem schwachen Körper, und vor allem nicht in Eurem Alter, denn Ihr scheint mir noch sehr jung zu sein.«

»Jung? O ja! Ich war vor einigen Tagen noch sehr jung, aber seitdem habe ich schon mindestens zwei Leben gelebt. Ich habe unsäglich viel nachgedacht und unsäglich gelitten. Schaut nur mein Gesicht an.«

Und sie enthüllte ihm ein wunderschönes ebenmäßiges Gesicht. Ihre dunklen Augen brachten Leben hinein, aber ohne sie hätte man meinen können, diese Gesichtszüge seien die eines Geistes, so blaß war sie. Ihre bläulichen Lippen bebten, und sie zitterte am ganzen Leib so stark, daß ihre Zähne klapperten.

»Ihr seid krank, Schwester«, stellte der Minister betroffen fest, und er ergriff ihre heiße Hand. Eine Art Gewohnheit, über seine eigene Gesundheit und die der anderen nachzudenken, veranlaßte ihn, an ihrem mageren Arm den Puls zu fühlen, und er spürte in den angeschwollenen Arterien das Klopfen eines starken Fiebers.

»Aber«, fuhr er jetzt mit größerem Interesse fort, »Ihr habt Euch mit dieser Strenge fast umgebracht, denn das übersteigt die menschlichen Kräfte. Ich habe immer darüber geschimpft, und überhaupt in einem so zarten Alter. Wer hat Euch dazu gebracht? Seid Ihr gekommen, um es mir anzuvertrauen? Erzählt es mir in aller Ruhe und seid sicher, daß ich Euch helfen werde.«

»Sich einem Mann anvertrauen!« empörte sich die junge Frau. »O nein, niemals! Sie haben mich alle betrogen. Ich werde mich niemandem anvertrauen, selbst nicht Monsieur de Cinq-Mars, der sicher bald sterben muß.«

»Was!« staunte Richelieu, der die Stirn runzelte und bitter lachte. »Was, Ihr kennt diesen jungen Mann? Ist er schuld an Eurem Unglück?«

»Nein, nein, er ist ein guter Mensch und haßt die Bösen, aber das wird ihn vernichten. Übrigens«, fuhr sie fort und warf ihm einen harten, wilden Blick zu, »die Männer sind schwach, und es gibt Dinge, die Frauen machen müssen. Als in Israel keine beherzten Männer mehr zu finden waren, da erhob sich Deborah.«

»Ja, woher wißt Ihr denn all diese schönen Dinge?« erkundigte sich der Kardinal, der noch immer ihre Hand hielt.

»Ach, das kann ich Euch nicht erklären«, antwortete die Nonne mit ergreifender Naivität und ganz sanfter Stimme. »Ihr würdet mich nicht verstehen. Der Teufel hat mich das alles gelehrt, und er hat mich vernichtet.«

»Oh, mein Kind! Er ist es immer, der uns zugrunde richtet. Aber durch ihn sind wir schlecht beraten«, sagte Richelieu mit väterlicher Fürsorge und wachsendem Mitleid. »Welche Fehler habt Ihr begangen? Sagt es mir. Ich habe großen Einfluß.«

»Ach«, sagte sie zweifelnd, »Ihr habt großen Einfluß auf die Krieger, auf mutige, edelmütige Männer. Unter Eurer Rüstung muß ein edles Herz schlagen. Ihr seid ein alter General, der nichts über die heimtückischen Verbrechen weiß.«

Richelieu lächelte. Dieses Mißverständnis schmeichelte ihm.

»Ich habe gehört, daß Ihr nach dem Kardinal verlangt habt. Was wollt Ihr denn von ihm? Was sucht Ihr hier?«

Die Nonne sammelte sich und tippte sich mit dem Finger gegen die Stirn.

»Ich erinnere mich nicht mehr«, meinte sie. »Ihr habt mir zu viel erzählt ... Ich habe es vergessen, und es war doch ein großartiger Gedanke ... Um seinetwillen habe ich mich zum Hungern verdammt, und der Hunger bringt mich um. Ich muß es tun, oder ich werde vorher sterben. Ach«, sagte sie nun und griff unter ihr Kleid an ihren Busen. »Hier ist er, dieser Gedanke ...«

Sie errötete mit einemmal und riß ihre Augen weit auf. Sie beugte sich an das Ohr des Kardinals und sprach weiter:

»Ich werde es Euch sagen. Hört zu: Urbain Grandier, mein Geliebter, Urbain, hat mir in dieser Nacht gesagt, daß Richelieu es war, der ihn hat vernichten lassen. Ich habe aus einer Herberge ein Messer mitgenommen, und ich bin gekommen, um ihn zu töten. Sagt mir, wo er ist.«

Der Kardinal war erstaunt und erschrocken, und er wich entsetzt zurück. Er wagte nicht, seine Wachen zu rufen, weil er sich vor den Schreien und Anschuldigungen dieser Frau fürchtete, und doch konnte es ihm zum Verhängnis werden, wenn diese Verrückte den Kopf verlor.

»Verfolgt mich denn diese schreckliche Geschichte überall!« rief er und starrte sie an. Er überlegte, wie er sich verhalten sollte.

Sie standen sich beide schweigend in der Pose zweier Ringkämpfer gegenüber, die sich vor dem Angriff beobachteten, oder wie ein Wachhund und sein durch die Macht seines Blickes erstarrtes Opfer.

Laubardemont und Joseph waren indessen gemeinsam hinausgegangen, und bevor sie sich trennten, sprachen sie vor dem Zelt des Kardinals noch eine Weile miteinander, weil sie das Bedürfnis verspürten, sich gegenseitig zu hintergehen. Ihr Haß hatte durch ihr Streitgespräch an Kraft gewonnen, und beide hatten sich entschieden, den Rivalen auszuschalten, um die Gunst des Meisters nicht mehr teilen zu müssen. Der Richter begann das Gespräch, doch hatten sie sich beide schon ihre Worte im voraus überlegt, und im selben Moment ergriff jeder den Arm des anderen.

»Ach, ehrwürdiger Vater, wie sehr habt Ihr mich betrübt, als ich sah, daß Ihr einige kleine Scherze, die ich vorhin gemacht habe, falsch aufgefaßt habt.«

»Mein Gott, nein, werter Herr, das liegt mir fern. Barmherzigkeit, wo bliebe die Barmherzigkeit? Wenn es sich um das Wohl des Staates und des Kardinals handelt, dem ich ganz ergeben bin, dann begleitet manchmal göttliches Feuer meine Worte.«

»Ja, wer weiß das besser als ich, ehrwürdiger Vater? Aber laßt Gerechtigkeit walten. Ihr wißt auch, wie sehr ich dem hochwürdigen Herzog-Kardinal, dem ich soviel verdanke, ergeben bin. Leider diene ich ihm nur allzu eifrig, denn er wirft es mir vor.«

»Seid sicher«, sagte Joseph, »daß er Euch nicht böse ist. Ich kenne ihn gut. Er versteht, daß man etwas für seine Familie tut. Er ist auch so gut zu seinen Verwandten.«

»Ja, ja«, fuhr Laubardemont fort, »darum geht es in meiner Sache. Meine Nichte wäre samt ihrem Kloster verloren gewesen, wenn Urbain gesiegt hätte. Ihr seht das ganz richtig, um so mehr als sie uns nicht gut verstanden hatte, und als sie vor Gericht erscheinen mußte, hat sie sich wie ein Kind aufgeführt.«

»Ist so etwas möglich? Vor all den Leuten! Was Ihr mir da erzählt, tut mir für Euch leid. Wie unangenehm das sein muß.«

»Mehr als Ihr Euch vorstellen könnt. Sie vergaß in ihrer Besessenheit alles, was man ihr sagte und machte tausend Fehler im Lateinischen, die wir, so gut es ging, ausgebügelt haben. Und sie war sogar der Grund für einen unangenehmen Vorfall am Tag des Prozesses. Es war sehr unangenehm für mich und die Richter: Sie fiel in Ohnmacht und schrie. Ach, ich schwöre Euch, daß ich ihr gerne die Leviten gelesen hätte, wenn ich nicht gezwungen gewesen wäre, diese kleine Stadt Loudun überstürzt zu verlassen. Aber seht Ihr, es ist ganz klar, daß ich an ihr hänge, denn sie ist meine nächste Verwandte. Mein Sohn ist mißraten. Wir wissen seit vier Jahren nicht, was aus ihm geworden ist. Die arme kleine Jeanne de Belfiel! Ich habe aus ihr nur eine Nonne und dann eine Äbtissin gemacht, um alles für diesen schlechten Kerl aufzuheben. Wenn ich sein Verhalten geahnt hätte, dann hätte ich ihr ein weltliches Leben ermöglicht.«

»Sie soll sehr schön sein!« ergriff Joseph wieder das Wort. »Das ist ein sehr wertvolles Geschenk für eine Familie. Man hätte sie bei Hofe vorstellen können, und der König … Hahaha! … Mademoiselle de La Fayette. …Oh! Mademoiselle d'Hautefort, versteht Ihr … es wäre sogar möglich, jetzt noch daran zu denken.«

»Ah, das sieht Euch ähnlich … Monseigneur, denn wir wissen, daß man Euch fürs Kardinalat vorgeschlagen hat. Es ist gütig von Euch, sich an den ergebensten Eurer Freunde zu erinnern.«

Laubardemont sprach noch mit Joseph, als sie am Ende der Lagerstraße angekommen waren, die zum Quartier der Freiwilligen führte.

»Gott und die Heilige Jungfrau mögen Euch während meiner Abwesenheit beschützen«, sagte Joseph und blieb stehen. »Ich reise morgen nach Paris ab, und da ich mehr als einmal mit dem kleinen Cinq-Mars zu tun haben werde, will ich ihn vorher aufsuchen, um mich nach seiner Verwundung zu erkundigen.«

»Wenn man auf mich gehört hätte«, meinte Laubardemont, »dann hättet Ihr jetzt nicht diese Sorgen.«

»Ach, Ihr habt ganz recht«, antwortete Joseph. Er seufzte tief und schaute gen Himmel. »Aber der Kardinal ist nicht mehr der Mann aus früheren Tagen. Er hat keine guten Einfälle mehr. Er wird uns in den Abgrund ziehen, wenn er sich weiter so verhält.«

Der Kapuziner verbeugte sich tief vor dem Richter und bog in den Weg ein, den dieser ihm gezeigt hatte.

Laubardemont schaute ihm eine Weile hinterher, und als er ganz sicher war, daß dieser den Weg weiterging, kehrte er um und lief bis zum Zelt des Ministers. ›Der Kardinal will ihn entfernen‹, sagte er zu sich. ›Also ist der Mönch ihm zuwider. Ich kenne Geheimnisse, die ihn vernichten können. Ich werde das Gerücht verbreiten, daß er dem zukünftigen Günstling den Hof macht. Ich werde diesen Mönch in Richelieus Gunst ersetzen. Der Moment ist günstig. Es ist Mitternacht. Er wird noch anderthalb Stunden allein bleiben. Ich werde mich beeilen.‹

Er stand vor dem Zelt der Wachen, das vor dem Pavillon stand.

»Monseigneur hat jemanden empfangen«, sagte der Hauptmann zögernd. »Es darf niemand hinein.«

»Das spielt keine Rolle. Sie haben doch gesehen, daß ich vor einer Stunde gegangen bin. Es passieren hier Dinge, über die ich Bericht erstatten muß.«

»Tretet ein, Laubardemont!« rief der Minister. »Tretet schnell ein, aber allein.« Der Richter leistete der Aufforderung sofort Folge. Der Kardinal, der noch immer saß, hielt die beiden Hände einer Nonne in einer Hand, und mit der anderen gab er seinem erstaunten Agenten ein Zeichen, er solle schweigen. Dieser blieb regungslos stehen. Das Gesicht der Frau konnte er noch nicht erkennen. Sie war sehr redegewandt, und die merkwürdigen Dinge, die sie sagte, standen in schrecklichem Gegensatz zu ihrer sanften Stimme. Richelieu schien gerührt zu sein.

»Ja, ich werde ihn mit einem Messer töten. Das ist ein Messer, das der Teufel Beherith mir in der Herberge gegeben hat. Aber es ist eigentlich der Nagel Sisaras. Es hat einen Griff aus Elfenbein, seht Ihr, und ich habe viele Tränen darauf vergossen. Ist es nicht merkwürdig, mein guter General? Ich werde es demjenigen in die Brust stoßen, der meinen Freund getötet hat. Er hat selbst gesagt, daß ich es so machen soll, und anschließend werde ich die Leiche verbrennen. Das ist die Strafe der Vergeltung, und zwar die Strafe, die Gott Adam erlaubt hat ... Ihr seht verwundert aus, tapferer General. Aber Ihr werdet Euch noch mehr wundern, wenn ich Euch sein Lied singe ... das Lied, das er mir noch gestern abend vorgesungen hat, als er mich besucht hat und der Scheiterhaufen brannte, das wißt Ihr doch? ... Als es regnete und meine Hände brannten wie heute. Er hat zu mir gesagt: ›Sie haben sich schwer geirrt, die Richter, die roten Richter ... Ich habe elf böse Geister unter meinem Befehl, und ich komme zu dir zurück, wenn die Glocken läuten ... unter einem Baldachin aus purpurnem Samt, mit Fackeln, mit Pechfackeln, die uns leuchten. Oh, das ist wunderschön!‹ Und das hat er gesungen ...:«

Und nach der Melodie des *De Profundis* sang sie nun:

»Als Fürst zieh' ich in die Hölle ein,
mein Zepter wird aus Eisen sein,
eine brennende Tanne ist mein Thron,

aus gelbem Schwefel ist mein Gewand,
doch morgen bist du meine Gattin schon,
so komm denn, Jeanne, gib mir deine Hand!

Ist es nicht merkwürdig, mein guter General? Und ich, ich antworte ihm jeden Abend. Hört gut zu, ja, hört nur gut zu …

Der Richter sprach sein Urteil bei Nacht,
dann wurde ich in das Grab gebracht.
Hast du mich nicht zur Braut erlesen?
Die Nacht ist lang und kalt gewesen,
und doch wirst du nicht ohne mich sein,
mein Leichentuch, ich will dir's leihn.[22]

Dann spricht er, und er spricht so wie die Geister und die Propheten. Er hat gesagt: ›Unglück, Unglück demjenigen, der das Blut vergossen hat! Sind die irdischen Richter Götter? Nein, es sind Männer, die altern und leiden, und dennoch wagen sie laut zu sagen: ›Bringt diesen Mann um! Die Todesstrafe! Die Todesstrafe! Wer hat den Menschen das Recht gegeben, diese über den Menschen zu verhängen? Ist es die Zahl zwei? … Denn nur einer würde ein Mörder sein, verstehst du? Aber zähle richtig, eins, zwei, drei … Sie sind weise und gerecht, diese ernsten, gedungenen Schurken! Verbrecher! Schrecken des Himmels! Wenn du sie von oben sehen würdest wie ich, Jeanne, dann würdest du noch viel blasser sein. Das Fleisch zerstört das Fleisch; es lebt vom Blut und läßt das Blut fließen, kalt und ohne Zorn. Wie Gott, der Schöpfer!‹«

Richelieu und Laubardemont waren dermaßen entsetzt, als sie dieses unglückselige Mädchen schreien hörten, daß sie noch eine ganze Weile regungslos verharrten. Das Delirium und das Fieber rissen das Mädchen indessen fort.

»›Haben die Richter gezittert?‹ hat Urbain Grandier mich gefragt. ›Zittern sie, weil sie sich geirrt haben? Man beschließt den Tod des Gerechten‹. Die Folter! Man schnürt die Glieder mit Stricken zusammen, um ihn zum Sprechen zu bringen. Die Haut reißt und rollte sich auf wie Pergament. Seine Nerven liegen nackt da, rot und glänzend. Seine Knochen bersten. Das Knochenmark spritzt heraus … Aber die Richter schlafen. Sie träumen von Blumen und vom Frühling. ›Wie warm es im großen

Saal ist!‹, sagt einer, als er aufwacht. ›Dieser Mann wollte einfach nicht sprechen! Ist die Folter vorbei?‹ Und endlich waltet Barmherzigkeit und gesteht den Tod zu. Der Tod! Einzige Sorge der Lebenden! Der Tod! Die unbekannte Welt! Er wird eine wütende Seele vor sich her, die auf ihn wartet. Oh, hat er denn nie das Bild der Rache gesehen? Hat er niemals vor dem Einschlafen den geschundenen Pflichtvergessenen gesehen?«

Fieber, Müdigkeit und Kummer hatten den Kardinal schon geschwächt, als er, von Schrecken und Mitleid ergriffen, rief:

»Oh! In Gottes Namen, bereiten wir diesem schrecklichen Schauspiel ein Ende. Schafft diese Frau weg. Sie ist verrückt.«

Die Verrückte drehte sich um und schrie plötzlich auf:

»Oh, der Richter, der Richter! …« rief sie, als sie Laubardemont erkannte.

Dieser faltete die Hände und demütigte sich vor dem Minister. Er rief entsetzt:

»Oh, Monseigneur, verzeiht mir, das ist meine Nichte. Sie hat den Verstand verloren Ich wußte nichts von diesem Unglück, sonst hätte man sie schon lange eingesperrt. Jeanne, Jeanne … Madame, auf die Knie! Bittet Monseigneur, den Kardinal, um Vergebung …«

»Das ist Richelieu?« schrie sie. Diese unglückliche, schöne junge Frau war so überrascht, daß sie völlig erstarrte. Die Röte, die sie zunächst belebt hatte, machte einer Totenblässe Platz, auf ihre Schreie folgte regungslose Stille, und ihr irrer Blick wich einer erschreckenden Starrheit. Ihre großen Augen folgten ununterbrochen dem betrübten Minister.

»Bringt schnell dieses unglückliche Kind weg!« befahl dieser außer sich. »Sie stirbt und ich auch. Seit dieser Verurteilung werde ich von so schrecklichen Dingen verfolgt, daß ich schon glaube, die ganze Hölle habe sich gegen mich verschworen.«

Noch während er sprach, erhob er sich. Jeanne de Belfiel verharrte noch immer schweigend und regungslos, mit irrem Blick, offenem Mund und gesenktem Kopf. Sie hatte nach dieser doppelten Überraschung einen Schock erlitten, der ihr scheinbar den Rest ihres Verstandes und ihrer Kräfte geraubt hatte. Als der Kardinal aufstand, und sie sah, daß sie zwischen ihm und Laubardemont stand, zitterte sie. Sie blickte von einem zum anderen. Das Messer, das sie noch festhielt, entglitt ihren Händen, und sie zog sich langsam zum Ausgang des Zeltes zurück. Sie zog den

Schleier nun ganz über ihr Gesicht und warf entsetzt einen irren Blick zurück auf ihren Onkel, der ihr folgte. Sie sah aus wie ein eingeschüchtertes Schaf, das schon in seinem Rücken den brennenden Atem des Wolfes spürt, der im Begriff ist, es zu ergreifen.

Sie verließen beide das Zelt, und kaum waren sie draußen, da packte der wütende Richter die Hände seines Opfers, band sie mit einem Taschentuch zusammen und zog seine Nichte mühelos hinter sich her, denn sie stieß keinen Schrei mehr aus, nicht einmal einen Seufzer, sondern sie folgte ihm mit gesenktem Kopf wie eine Schlafwandlerin.

13. Kapitel
Der Spanier

Wie doch ein echter Freund
des Menschen Herz entzückt!
Er sucht, was du bedarfst,
in deiner Seele Grunde.
Er erspart dir, was dich bedrückt,
zu enthüllen mit eigenem Munde.

La Fontaine

Unterdessen spielten sich in dem Zelt, in dem sich Cinq-Mars aufhielt, Szenen ganz anderer Natur ab. Auf die Worte des Königs, dem ersten Balsam auf seine Wunden, war das eifrige Bemühen der Hofärzte gefolgt. Die Kugel konnte mühelos aus seinem Bein entfernt werden. Ab sofort waren ihm Reisen erlaubt, und die entsprechenden Vorbereitungen waren schon im Gange. Der Kranke hatte bis Mitternacht Besucher empfangen, die ihre Freundschaft und Anteilnahme bekundeten. Unter den ersten waren der kleine Gondi und de Fontrailles, die sich auch anschickten, Perpignan in Richtung Paris zu verlassen. Der ehemalige Page Olivier d'Entraigues hatte sich ihnen angeschlossen, um dem glücklichen Freiwilligen, den der König ausgewählt hatte, zu gratulieren. Gewöhnlich war der König sehr kühl gegen alle, die ihn umgaben, daher wurden die wenigen Worte, die er an Cinq-Mars gerichtet hatte, als sicheres Zeichen großer Gunst aufgefaßt. Alle waren gekommen, um dem jungen Mann Glück zu wünschen.

Cinq-Mars lag auf seinem Feldbett, endlich wieder allein. Monsieur de Thou saß an seinem Bett und hielt seine Hand. Grandchamp stand am Fußende des Bettes und schimpfte noch über die vielen Besuche, die seinen verwundeten Herrn erschöpft hatten, der ja eine lange Reise vor sich hatte. Cinq-Mars aber genoß diesen Augenblick der Ruhe und Hoffnung, die Seele und Blut gleichzeitig beleben. Mit seiner freien Hand drückte er heimlich das goldene Kreuz, das auf seinem Herzen lag. Und er wartete auf die angebetete Hand, die es ihm geschenkt hatte und die er bald selbst drücken würde. Nur seine Augen und sein Lächeln lauschten den Ratschlägen des jungen Magistrats, doch er träumte von dem Ziel seiner Reise, das auch das Ziel seines Lebens war. Der ernste de Thou sagte mit ruhiger, sanfter Stimme zu ihm:

»Ich werde Euch bald nach Paris folgen. Es macht mich glücklicher als Euch selbst, daß Ihr den König auf seiner Reise begleiten werdet. Damit beginnt eine Freundschaft, die man pflegen muß. Ihr habt ganz recht. Ich habe angestrengt über die geheimen Gründe Eures Ehrgeizes nachgedacht, und ich glaube, ich habe Euer Herz durchschaut. Ja, diese Liebe für Frankreich, die Euer Herz in frühester Jugend für Frankreich schlagen ließ, muß wohl noch stärker geworden sein. Ihr wollt Euch dem König nähern, um Eurem Land zu dienen und diese goldenen Jugendträume zu verwirklichen. Es ist sicher ein großartiger Gedanke, und er ist Euer würdig. Ich bewundere Euch, und ich verneige mich vor Euch. Nähert Euch dem Monarchen mit der ritterlichen Ergebenheit unserer Väter und mit unvoreingenommenen Herzen. Seid zu allen Opfern bereit! Empfangt die Vertraulichkeiten seiner Seele, und bringt ihm die Vertraulichkeiten seiner Untertanen nahe; tröstet den König in seinem Kummer und erklärt ihm, welches Vertrauen sein Volk in ihn setzt; heilt die Wunden des Volkes, indem Ihr sie seinem Herrn offenbart. Dank Eurer Gunst könnt Ihr dieses liebende Miteinander zwischen Vätern und Kindern wiederherstellen, das achtzehn Jahre lang durch einen Mann unterbrochen wurde, dessen Herz aus Stein war. Liefert Euch für dieses edle Unterfangen allen Schrecken seiner Rache aus, und, was noch wichtiger ist, bringt die hinterhältigen Gerüchte zum Schweigen, die den Günstling bis auf die Stufen des Thrones verfolgen. Dieser Traum war Euer würdig. Verfolgt ihn, mein Freund! Laßt Euch niemals entmutigen, sprecht laut mit dem König von den Verdiensten und dem Unglück seiner berühmtesten Freunde, die vernichtet werden. Sagt ihm furchtlos, daß sein alter Adel niemals gegen ihn konspiriert hat und daß von diesem jungen Montmorency angefangen bis zu diesem liebenswerten Grafen von Soissons alle den Minister bekämpft haben und keiner den Monarchen. Sagt ihm, daß die alten Geschlechter Frankreichs mit seinem Geschlecht geboren wurden, und wenn sie zerschlagen werden, dann betrübt er die ganze Nation, und wenn er sie auslöscht, wird das seine darunter leiden, denn dann ist es allein dem Sturm der Zeit und der Ereignisse ausgesetzt, so wie eine alte Eiche zittert und sich im Wind der Ebene biegt, wenn man den Wald abholzt, der sie umgibt und schützt. Ja«, rief de Thou erregt, »dieses Ziel ist edel und gut. Geht Euren Weg mit unerschütterlichem Schritt. Verjagt selbst diese geheime Scham, diese Scham, die eine edle Seele empfindet, bevor sie sich entschließt, zu schmeicheln und, wie es die Menschen nennen, den Hof zu machen. Ach, die Könige sind diese ständigen Worte heuchlerischer Bewunderung für sie gewohnt. Betrachtet sie wie eine neue Sprache, die man lernen muß, eine für Eure Lippen bisher wohl fremde Sprache, aber eine, die man edel sprechen kann, glaubt mir, und die es versteht, schöne, großherzige Gedanken auszudrücken.«

Während sein Freund begeistert diese Worte sprach, konnte sich Cinq-Mars eines plötzlichen Errötens nicht erwehren. Er drehte sich auf dem Kopfkissen um, so daß er auf die Zeltwand schaute und man sein Gesicht nicht mehr sehen konnte. De Thou schwieg verlegen.

»Was habt Ihr, Henri? Ihr antwortet mir nicht. Sollte ich mich geirrt haben?«

Cinq-Mars seufzte tief und schwieg weiter.

»Sind es nicht diese Gedanken, die Ihr im Herzen tragt und die Euch begeistern?«

Der Verwundete schaute seinen Freund nun gefaßter an und antwortete: »Ich hatte gehofft, lieber de Thou, daß Ihr mich nicht länger befragen, sondern mir blindes Vertrauen schenken wolltet. Welch böser Geist drängt Euch dazu, meine Seele so genau zu erforschen? Ich stehe diesen Ideen, die von Euch Besitz ergriffen haben, nicht fremd gegenüber. Wer sagt Euch denn, daß ich sie nicht teile? Wer sagt Euch, daß ich nicht die feste Absicht habe, sie weiterzuentwickeln und in die Tat umzusetzen, von der Ihr selbst nur zu sprechen wagt? Die Liebe für Frankreich, der tugendhafte Haß des ehrgeizigen Mannes, der die alten Sitten verdrängt und sie mit des Henkers Beil zerschlägt, der feste Glaube, daß die Tugend genauso geschickt sein kann wie das Verbrechen, das sind meine Götter, die gleichen wie die Euren. Aber wenn Ihr einen Mann in der Kirche knien seht, fragt Ihr ihn dann, welcher Heilige oder welcher Engel sein Gebet beschützt oder empfängt? Es ist Euch egal, vorausgesetzt, daß er zu Füßen des Altars betet, den Ihr verehrt, vorausgesetzt, daß er als Märtyrer stirbt, wenn es sein muß! Ja, als unsere Vorfahren sich mit nackten Füßen und einem Pilgerstab in der Hand auf den Weg zum Heiligen Grab machten, hat man sich da nach dem heimlichen Wunsch erkundigt, der sie ins Heilige Land trieb? Sie kämpften, sie starben, und die Menschen und sogar Gott vielleicht haben nicht mehr verlangt. Der fromme Hauptmann, der sie anführte, hat wohl kaum ihre Leichen durchsucht, um zu sehen, ob hinter dem roten Kreuz und dem Büßerhemd nicht noch einige andere geheimnisvolle Symbole verborgen waren. Und im Himmel wird bestimmt nicht mehr so hart über sie geurteilt, weil sie die Kraft ihrer Entscheidung auf Erden durch irgendeine den Christen erlaubte Hoffnung unterstützt haben, einige nebensächliche, geheime Gedanken, die menschlicher und dem sterblichen Herzen näher sind.«

De Thou lächelte und schlug die Augen nieder, weil er leicht errötete.

»Mein Freund«, entgegnete er mit ernster Miene, »diese Aufregung kann Euch schaden. Lassen wir dieses Thema! Wir sollten nicht über Gott und den Himmel sprechen, denn das ist nicht gut. Und legt die Decke über Eure Schulter, denn es ist kalt heute nacht. Ich verspreche Euch«, fügte er hinzu, während er den jungen Kranken mit mütterlicher Fürsorge zudeckte, »ich verspreche Euch, Euch nicht mehr durch meine Ratschläge wütend zu machen ...«

»Ach«, rief Cinq-Mars trotz des Sprechverbotes, »ich schwöre Euch bei diesem goldenen Kreuz und bei der Heiligen Jungfrau Maria, daß ich eher sterben werde, als auf genau diesen Plan zu verzichten, den Ihr als erster entworfen habt. Ihr seid vielleicht eines Tages gezwungen, mich zu bitten, innezuhalten, aber dann wird es zu spät sein.«

»Schon gut, schon gut! Schlaft jetzt!« wiederholte der Freund. »Wenn Ihr jetzt nicht aufhört, dann rede ich weiter mit Euch, wohin es mich auch immer führen mag.«

Und er nahm aus seiner Tasche ein Stundenbuch und fing an, aufmerksam zu lesen. Als er das nächste Mal einen Blick auf Cinq-Mars warf, war dieser immer noch nicht eingeschlafen. Er gab Grandchamp ein Zeichen, die Lampe aus dem Blickfeld des Kranken zu entfernen. Aber diese erneute Mühe hatte keinen

Erfolg, denn Cinq-Mars wälzte sich mit offenen Augen auf seinem schmalen Lager hin und her.

»Da Ihr noch immer nicht ruhig seid«, sagte de Thou lächelnd, »werde ich Euch einen frommen Text vorlesen, der Eurem Geist Ruhe schenken wird. Ach, mein Freund, hier in diesem tröstenden Buch steckt sie, die wahre Ruhe. Schlagt es auf, wo immer Ihr wollt, und immer werdet Ihr einerseits den Menschen in dem einzigen Zustand, der zu seiner Schwäche paßt, finden: im Gebet und in der Ungewißheit über sein Schicksal, und andererseits Gott, der mit ihm über seine Leiden spricht. Welch herrliches, himmlisches Schauspiel! Welch erhabenes Band zwischen Himmel und Erde! Das Leben, der Tod und die Ewigkeit sind darin enthalten. Schlagt es einfach irgendwo auf.«

»Ja, gut«, sagte Cinq-Mars, der sich mit einer Lebhaftigkeit erhob, die etwas Kindliches an sich hatte. »Das tue ich gerne. Laßt es mich aufschlagen! Kennt Ihr denn den alten Aberglauben meines Landes? Wenn man ein Meßbuch mit einem Degen aufklappt, dann zeigt die erste linke Seite das Schicksal dessen, der sie liest, und der erste, der eintritt, wenn er zu Ende gelesen hat, soll die Zukunft des Lesers stark beeinflussen.«

»Welch ein Kinderkram. Aber gut. Hier ist Euer Degen. Nehmt die Spitze … Wir werden ja sehen …«

»Laßt mich lesen«, bat Cinq-Mars, der jetzt vom Bett aus eine Seite des Buches aufschlug. Der alte Grandchamp beugte sein ernstes, sonnenverbranntes Gesicht mit den grauen Haaren über das Bett, um ihm zuzuhören. Sein Herr las, hielt beim ersten Satz inne, las dann aber mit einem vielleicht etwas gezwungenen Lächeln bis zu Ende:

1. In der Stadt Mediolanum erschienen sie vor Gericht.
2. Der Oberpriester sagte zu ihnen: ›Verneigt Euch und betet zu den Göttern.‹
3. Und das Volk schwieg und schaute in ihre engelsgleichen Gesichter.
4. Aber Gervasius nahm die Hand von Protasius und schaute gen Himmel. Der Heilige Geist war in ihn gefahren, und er rief:
5. ›O mein Bruder! Der Menschen Sohn lacht uns zu. Laß mich als erster sterben.

6. Denn, würde ich dein Blut sehen, dann fürchtete ich, daß ich Tränen vergießen würde, die Gott, unserem Herrn, unwürdig sind.‹
7. Protasius antwortete ihm diese Worte:
8. ›Mein Bruder, es ist gerecht, daß ich nach dir sterbe, denn ich bin älter, und ich habe größere Kräfte, um dich leiden zu sehen.‹
9. Aber die Senatoren und das Volk waren aufgebracht gegen sie.
10. Nachdem die Soldaten sie erschlagen hatten, fielen ihre Köpfe zusammen auf denselben Stein.
11. Und genau an dieser Stelle fand der glückselige Heilige Ambrosius die Asche der beiden Märtyrer, die einen Blinden wieder sehend machte.

»Nun«, sagte Cinq-Mars. Er schaute seinen Freund fragend an, als er zu Ende gelesen hatte. »Was sagt Ihr dazu?«

»Gottes Wille geschehe, aber wir dürfen nicht versuchen, ihm auf den Grund zu gehen.«

»Wir wollen nicht um ein Kinderspiel willen in unseren Absichten zurückweichen«, meinte d'Effiat ungeduldig und hüllte sich in einen Mantel, den man ihm zugeworfen hatte. »Erinnert Ihr Euch an die Verse, die wir früher aufgesagt haben: *Justum et tenacem propositi virum* … Diese Worte haben sich für immer in mein Gedächtnis gegraben. Ja, und wenn das ganze Universum um mich herum zusammenfällt, dann werde ich unerschütterlich bleiben und in seinen Trümmern sterben.«

»Vergleichen wir nicht die Gedanken des Menschen mit denen des Himmels, und unterwerfen wir uns«, sagte de Thou ernst.

»*Amen*«, sagte der alte Grandchamp, dessen Augen sich mit Tränen gefüllt hatten, die er schnell wegwischte.

»Was mischst du dich hier ein, alter Soldat? Du weinst ja!« sagte sein Herr zu ihm.

»*Amen*«, hörte man von der Zelttür eine näselnde Stimme sagen.

»Verdammt, Monsieur, stellt diese Frage lieber der Grauen Eminenz, die zu Euch kommt«, antwortete der treue Diener mit Blick auf Joseph, der mit verschränkten Armen eintrat und übertrieben freundlich grüßte.

»Ach, der wird es also sein«, murmelte Cinq-Mars.

»Ich komme doch wohl nicht ungelegen?« fragte Joseph mit sanfter Stimme.

»Eher gelegen«, antwortete Henri d'Effiat und lächelte de Thou an. »Was führt Euch denn um ein Uhr morgens hierher? Das müssen wohl gute Werke sein.«

Joseph spürte, daß er unfreundlich empfangen wurde, und da er niemals einen Schritt tat, ohne tief in seiner Seele fünf oder sechs Vorwürfe gegenüber den Leuten zu erheben, die er aufsuchte, und ohne sich genauso viele Mittel zu überlegen, um sich aus der Affäre zu ziehen, glaubte er jetzt, daß man das Ziel seines Besuches erraten hätte. Er sah ein, daß er jetzt nicht den Beleidigten spielen durfte, und setzte sich ziemlich dreist einfach neben das Bett.

»Ich komme, Monsieur«, erklärte er, »vom Kardinal, dem höchsten General, um mit Euch über die beiden spanischen Soldaten, die Ihr gefangengenommen habt, zu sprechen. Er wünscht so schnell wie möglich Auskünfte über sie zu erhalten. Ich soll sie mir ansehen und verhören. Aber ich habe nicht damit gerechnet, Euch noch wach anzutreffen. Ich wollte nur Eure Leute bitten, sie mir vorzuführen.«

Nachdem sie einige gezwungene Höflichkeiten ausgetauscht hatten, ließ man die beiden Gefangenen ins Zelt bringen, die Cinq-Mars schon fast vergessen hatte. Der eine war jung und zeigte offene, lebhafte, etwas wilde Gesichtszüge, das war der Soldat; der Offizier hingegen war in einen braunen Mantel gehüllt und verbarg seine Gesichtszüge im Schatten seines breitkrempigen Hutes. Er fing sofort an, sich zu beschweren.

»Warum reißt man mich aus dem Schlaf? Warum kann ich nicht auf meinem Stroh liegenbleiben? Wollt Ihr mir die Freiheit schenken oder mich hängen?«

»Weder das eine noch das andere«, antwortete Joseph.

»Was habe ich mit dir zu tun, Mann mit dem langen Bart? Ich habe dich nicht in der Bresche gesehen.«

Nach dieser freundlichen Begrüßung dauerte es einige Zeit, bis man dem Fremden das Recht eines Kapuziners erklärt hatte, ein Verhör zu führen.

»Also gut«, sagte er schließlich. »Was willst du?«

»Ich will wissen, wie Ihr heißt und woher Ihr kommt.«

»Ich verrate meinen Namen nicht, und was mein Heimatland

angeht, so sehe ich zwar aus wie ein Spanier, aber ich bin es vielleicht nicht, denn ein Spanier ist nie ein Spanier.«

Pater Joseph drehte sich zu den beiden Freunden um und erklärte:

»Ich müßte mich sehr irren, wenn ich diese Stimme nicht schon mal irgendwo gehört hätte. Dieser Mann spricht Französisch ohne Akzent, aber ich glaube, daß er uns Rätsel aufgeben will wie im Orient.«

»Der Orient! Das ist es!« sagte der Gefangene. »Ein Spanier ist ein Mann des Orients. Er ist ein katholischer Türke; sein Blut stockt oder kocht; er ist faul oder unermüdlich; seine Trägheit macht ihn zum Sklaven, und sein Eifer macht ihn grausam. Er ist unbeweglich in seiner Unwissenheit, einfallsreich in seinem Aberglauben, und er verlangt nur ein Glaubensbuch, nur einen tyrannischen Meister. Er gehorcht dem Gesetz des Scheiterhaufens; er befiehlt mit dem Gesetz des Dolches. Er schläft am Abend in seinem blutbefleckten Elend ein; er brütet Fanatismus aus und träumt von Verbrechen. Wer ist das, meine Herren? Ist es ein Spanier oder ein Türke? Ratet mal! Haha, Ihr seht aus, als seid Ihr der Meinung, ich sei geistreich, weil ich diese Beziehung so treffend hergestellt habe. Meine Herren, Ihr erweist mir wahrhaft Ehre, und dennoch könnte man den Gedanken weiterspinnen, wenn man wollte. Wenn ich zum Beispiel die physische Seite betrachte, könnte ich Euch dann nicht sagen: Dieser Mann hat ein ernstes oder längliches Gesicht, schwarze, mandelförmige Augen, harte Augenbrauen, einen traurigen, unruhigen Mund und sonnengebräunte, faltige, magere Wangen. Sein Kopf ist rasiert, und er bedeckt ihn mit einem Taschentuch, das er zu einem Turban gebunden hat. Er verschläft einen ganzen Tag oder steht in der sengenden Sonne, ohne sich zu bewegen, ohne ein Wort zu sagen, und raucht Tabak, der ihn trunken macht. Ist er ein Türke oder ein Spanier? Seid Ihr nun zufrieden, meine Herren? Wahrhaftig, Ihr seht so aus, denn Ihr lacht. Und worüber lacht Ihr? Aber ich, der Euch diesen einen Gedanken vorgetragen hat, ich habe nicht gelacht. Seht, mein Gesicht ist traurig. Ach, vielleicht weil der düstere Gefangene plötzlich gesprächig geworden ist und schnell spricht? Ach, das ist noch gar nichts. Ich könnte Euch noch etwas ganz anderes erzählen und Euch einige Dienste erweisen, meine mutigen Freunde. Wenn ich Euch zum Beispiel Anekdoten erzählen würde und Euch sagte, daß ich einen Priester kenne, der den Tod von mehreren Ketzern angeordnet hat, bevor er die Messe gelesen hat, und der, weil er während des Meßopfers auf der Kanzel unterbrochen wurde, wütend war und denen zurief, die nach seinem Befehl fragten: *Tötet sie alle! Tötet sie alle!* Würdet Ihr dann wohl alle lachen, meine Herren? Nein, nicht alle. Dieser Herr da zum Beispiel beißt sich auf seinen Bart und seine Lippen. Oh, es stimmt, daß er antworten könnte, er habe weise gehandelt, und es sei unrecht, sein reines Gebet zu unterbrechen. Aber wenn ich verraten würde, daß er sich schon seit einer Stunde hinter Eurem Zelt versteckt hat, Monsieur de Cinq-Mars, um Euch zu belauschen, und daß er gekommen ist, um eine Hinterhältigkeit gegen Euch auszuhecken und nicht meinetwegen, was würde er dann sagen? Seid Ihr jetzt zufrieden, meine Herren? Kann ich mich nach diesem Possenspiel zurückziehen?«

Der Gefangene hatte das alles so schnell wie ein Marktschreier heruntergeleiert und so laut, daß Joseph ganz benommen war. Schließlich stand er empört auf und wandte sich an Cinq-Mars:

»Wie könnt Ihr es ertragen, Monsieur«, sagte er zu ihm, »daß ein Gefangener, der aufgehängt werden sollte, so zu Euch spricht?«

Der Spanier ließ sich nicht herab, sich noch weiter mit dem Pater abzugeben. Er beugte sich zu d'Effiat hinunter und flüsterte ihm ins Ohr: »Ich kann doch für Euch nicht so wichtig sein. Schenkt mir meine Freiheit! Ich hätte sie mir schon nehmen können, aber ich wollte sie nicht ohne Euer Einverständnis. Gebt sie mir, oder laßt mich töten.«

»Geht, wenn es Euch gelingt«, antwortete Cinq-Mars. »Ich schwöre Euch, daß ich darüber sehr erfreut wäre.«

Und er bedeutete seinen Leuten, daß sie sich mit dem Soldaten zurückziehen sollten, den er für seine Dienste behalten wollte.

Alles war eine Sache von Sekunden. In dem Zelt waren nur noch die beiden Freunde, der fassungslose Pater Joseph und der Spanier. Dieser nahm nun seinen Hut ab, und das typische Gesicht eines Franzosen, jedoch mit wilden Gesichtszügen, wurde sichtbar. Er lachte und holte ganz tief Luft.

»Ja, ich bin Franzose«, sagte er zu Joseph, »aber ich hasse Frankreich, weil das Land meinem Vater, einem Ungeheuer, das Leben geschenkt hat, und auch mir, der ich zu einem Ungeheuer wurde, weil ich ihn einmal geschlagen habe. Ich hasse die Franzosen, weil sie mir mein ganzes Geld beim Spiel gestohlen haben und weil ich sie seitdem bestohlen und getötet habe. Ich war zwei Jahre Spanier, um noch mehr Franzosen zu töten, aber jetzt hasse ich Spanien noch mehr. Man wird niemals erfahren, warum. Lebt wohl! Fortan werde ich ohne Nationalität leben. Alle Menschen sind meine Feinde. Mach weiter so, Joseph, und du wirst mir bald ebenbürtig sein. Ja, du hast mich früher einmal gesehen«, fuhr er fort, schlug ihm kräftig auf die Brust und stieß ihn nieder … »Ich bin Jacques Laubardemont, der Sohn deines ehrenwerten Freundes.«

Kaum hatte er diese Worte ausgesprochen, da stürmte er auch schon ins Freie und entschwand, als hätte sich ein Geist in Luft aufgelöst. De Thou und die Lakaien rannten zum Eingang und sahen, wie er in zwei Sätzen über einen fassungslosen Soldaten hinweg sprang, ihm die Waffe wegschlug und trotz einiger vergeblicher Musketenschüsse mit der Schnelligkeit eines Hirschen auf die Berge zurannte. Pater Joseph nutzte die allgemeine Verwirrung, um die Flucht zu ergreifen, nachdem er einige höfliche Worte gemurmelt hatte. Cinq-Mars und de Thou blieben allein zurück und lachten über sein Abenteuer und seine Enttäuschung, so wie zwei Schüler lachen, die gesehen haben, wie die Brille ihres Lehrers hinunterfällt. Und sie bemühten sich, endlich den Schlaf zu finden, den sie beide brauchten und den sie auch bald fanden, der Verwundete in seinem Bett und sein Freund in seinem Lehnstuhl.

Der Kapuziner machte sich auf den Weg zu seinem Zelt und überlegte unterwegs, wie er aus dieser ganzen Sache seinen Vorteil ziehen und am besten Rache üben konnte. Plötzlich begegnete ihm Laubardemont, der die Verrückte mit gefesselten Händen hinter sich herzog. Sie erzählten sich gegenseitig ihre schrecklichen Abenteuer.

Joseph hatte nicht übel Lust, den Dolch in der Wunde seines Herzens herumzudrehen, indem er ihm vom Schicksal seines Sohnes erzählte.

»Ihr habt nicht gerade Glück mit Eurer Familie«, sagte er zu ihm. »Ich rate Euch, Eure Nichte einsperren und Euren Erben, solltet Ihr ihn zufällig finden, aufhängen zu lassen.«

Auf Laubardemonts Gesicht zeigte sich ein fürchterliches Grinsen: »Was diese kleine Verrückte hier anbelangt, so werde ich sie einem ehemaligen Geheimrichter übergeben, der jetzt als Schmuggler in Oloron in den Pyrenäen lebt. Er kann mit ihr machen, was er will, und sie zum Beispiel zur Magd in seiner *posada*[23] machen. Es interessiert mich wenig, vorausgesetzt, daß Monseigneur nie mehr etwas davon hört.«

Jeanne de Belfiel stand mit gesenktem Kopf da und gab kein Lebenszeichen von sich. In ihr war jeder Funke gesunden Menschenverstandes erloschen. Nur ein einziges Wort kam über ihre Lippen, das sie ununterbrochen vor sich hin sprach: »Der Richter! Der Richter! Der Richter!« wiederholte sie ganz leise. Dann verstummte sie.

Ihr Onkel und Joseph warfen sie fast wie einen Sack Weizen auf eines der Pferde, das die Diener brachten. Laubardemont saß auf und schickte sich an, das Lager zu verlassen, denn er wollte noch vor Tagesanbruch in den Bergen sein.

»Gute Reise!« sagte Joseph zu ihm. »Viel Glück bei Euren Geschäften in Paris. Ich empfehle Euch Orest und Pylades.«

»Gute Reise!« antwortete der andere. »Ich empfehle Euch Kassandra und Ödipus.«

»Er hat weder seinen Vater getötet noch seine Mutter geheiratet …«

»Ist aber auf dem besten Weg, diese Nettigkeiten zu vollbringen.«

»Lebt wohl, ehrwürdiger Vater!«

»Lebt wohl, ehrwürdiger Freund!« sagten sie ganz laut – leise jedoch:

»Leb wohl, du Mörder in der grauen Kutte. Während deiner Abwesenheit wird der Kardinal mir wieder Gehör schenken.«

»Leb wohl, du Verbrecher in der roten Robe. Zerstör nur selbst deine verdammte Familie, und vergieß weiter dein Blut in den anderen Familien. Ich kümmere mich um das, was von dir übrigbleibt … Ich reise jetzt ab. In dieser Nacht ist viel passiert.«

14. Kapitel
Der Aufruhr

Die Gefahr, Sire, ist dringend und allgemein und geht über alle Berechnungen menschlicher Vorsicht hinaus.

MIRABEAU, *Botschaft an den König*

»Möge das Schauspiel auf den Flügeln der Phantasie mit der gleichen Geschwindigkeit wie der Gedanke dahinfliegen«, ließ der unsterbliche Shakespeare den Chor in einer seiner Tragödien rufen. *»Stellt Euch den König auf dem Meer vor, wie ihm seine schöne Flotte folgt. Seht ihn an, folgt ihm.«* Mit diesem poetischen Sprung läßt er Zeit und Raum hinter sich und befördert das aufmerksame Publikum nach seinem Gutdünken an die Plätze seines erhabenen Schauspiels.

Wir gestehen uns dasselbe Recht zu, ohne dasselbe Genie zu besitzen. Wir wollen uns genausowenig wie Shakespeare auf die Einheiten von Handlung, Ort und Zeit stützen und einen Blick auf Paris und auf den alten, schwarzen Louvrepalast werfen. Wir lassen einfach eine Entfernung von zweihundert Meilen und eine Zeit von zwei Jahren hinter uns.

Zwei Jahre! Oh, wie sehr können sie das Gesicht der Menschen verändern, ihre Familien, und besonders diese so große, bunte Familie der Nationen, da ein Tag Bündnisse zerbricht, eine Geburt Kriege beendet, und ein Todesfall den Frieden zerstört. Wir haben gesehen, wie Könige sich an einem Frühlingstag in ihre Gemächer zurückgezogen haben, und genau an diesem Tag ist ein Schiff zu einer zwei Jahre dauernden Fahrt aufgebrochen. Der Schiffer kehrte zurück, und sie saßen noch auf ihren Thronen. Nichts schien in seiner Abwesenheit passiert zu sein, und doch hatte Gott ihnen hundert Tage der Regentschaft genommen.

Für Frankreich hatte sich jedoch im Jahre 1642, dem Jahr, das wir jetzt schreiben, nichts geändert, wenn man von seinen Sorgen und Hoffnungen absieht. Nur die Zukunft sah man mit anderen Augen. Bevor wir unsere Schauspieler wiedersehen, ist es nötig, einen flüchtigen Blick auf den Zustand des Königreiches zu werfen.

Die mächtige Einheit der Monarchie war aufgrund der unglücklichen Lage der Nachbarstaaten noch beeindruckender. Die Aufstände in England, Spanien und Portugal führten dazu, die Ruhe, derer sich Frankreich erfreute, noch mehr zu bewundern. Straffort[24] und Olivarès[25], gestürzt oder erschüttert, verliehen dem unwandelbaren Richelieu noch mehr Größe.

Sechs hervorragende Heere, die sich auf ihren siegreichen Waffen ausruhten, dienten dem Königreich als Schutzwall. Die Truppen im Norden hatten sich mit Schweden verbündet und die Kaiserlichen in die Flucht geschlagen, die noch immer vom Schatten Gustav Adolfs verfolgt wurden. Die Truppen, die auf Italien blickten, nahmen in Piemont die Schlüssel der Städte, die Prinz Thomas verteidigt hatte, in Empfang, und diejenigen, die die Gebirgskette der Pyrenäen verstärkten, unterstützten das revoltierende Katalonien und zitterten noch vor Perpignan, das sie nicht einnehmen durften. Das Landesinnere war nicht glücklich, aber ruhig. Ein unsichtbarer Geist schien diese Ruhe aufrechterhalten zu haben, denn der todkranke König siechte in Gesellschaft eines jungen Günstlings in Saint-Germain dahin, und der Kardinal, so wurde gesagt, lag in Narbonne im Sterben. Einige Todesfälle bezeugten jedoch sein Leben, und von Zeit zu Zeit fielen Männer, als habe sie ein vergifteter Windhauch getroffen, und erinnerten so an die unsichtbare Macht.

Saint-Preuil, einer von Richelieus Feinden, hatte gerade sein *Eisenhaupt* auf das Schafott getragen, und er hatte *weder Scham noch Angst* verspürt, wie er sagte, als er hinaufstieg.

Frankreich schien sich unterdessen selbst zu regieren, denn der König und der Minister waren seit langer Zeit zerstritten, und von diesen beiden Kranken, die einander haßten, hatte der eine niemals die Zügel seines Staates in der Hand gehabt, und der andere ließ seine Hand hier nicht mehr spüren. Bei Staatsgeschäften wurde er nicht mehr erwähnt, und in der Regierung ließ er sich nicht mehr sehen. Er zog sich von allem zurück und schlief wie eine Spinne in der Mitte ihres Netzes.

Sollte sich in diesen zwei Jahren doch etwas ereignet oder sollten irgendwelche Revolutionen stattgefunden haben, dann muß das wohl in den Herzen der Menschen passiert sein. Es müßten einige dieser Veränderungen gewesen sein, die im Verborgenen stattfinden und aus denen in Monarchien ohne Basis schreckliche Umwälzungen und lange, blutige Streitigkeiten entstehen.

Damit wir uns Klarheit darüber verschaffen, richten wir unseren Blick auf das alte, schwarze Bauwerk des unvollendeten Louvre und leihen unser Ohr den Worten derer, die dort und um ihn herum wohnen.

Es war Dezember, und ein erbarmungsloser Winter hatte Paris traurig gestimmt, denn hier waren das Elend und die Sorgen des Volkes besonders groß. Trotzdem wurde die Stadt durch ihre Neugierde noch angespornt, und sie verfolgte gierig das Schauspiel, das der Hof ihr bot. Die Armut war für die Stadt weniger bedrückend, wenn sie das emsige Treiben der Reichen betrachtete, und ihre Tränen waren weniger bitter, wenn sie den Kämpfen der Mächtigen zuschaute. Das Blut der Großen, mit dem ihre Straßen getränkt waren und das damals allein des Vergießens würdig zu sein schien, brachte sie dazu, ihr Leben in der Dunkelheit zu segnen. Schon ließen einige stürmische Zwischenfälle sowie einige aufsehenerregende Morde die Schwächung des Monarchen und die Abwesenheit sowie das baldige Ende des Ministers spürbar werden. Wie eine Art Prolog auf die blutige Komödie der Fronde stachelten sie den Spott der Pariser an und entflammten sogar ihre Leidenschaft. Dieses Chaos mißfiel ihnen nicht. Sie standen den für sie schwerverständlichen Gründen für die Streitereien, jedoch nicht den Menschen gleichgültig gegenüber. Schon fingen sie an, die Parteioberhäupter zu lieben oder zu hassen, aber nicht wegen des Interesses, das diese ihnen für das Wohl ihrer Klasse entgegenbrachten, sondern ganz einfach, weil sie ihnen wie Schauspieler gefielen oder mißfielen.

Vor allem in einer Nacht waren in der Stadt häufig Pistolen- und Flintenschüsse zu hören gewesen. Die zahlreichen Patrouillen der Schweizer und die Leibgarden waren sogar angegriffen worden und trafen in den gewundenen Straßen der Ile Notre-Dame auf einige Barrikaden. An Prellsteinen angekettete, mit Fässern beladene Karren hatten die Kavalleristen gehindert, hier einzudringen, und einige Musketenschüsse hatten Pferde und Menschen verwundet. Die Stadt schlief indessen noch, ausgenommen das Viertel rund um den Louvre, der in diesem Moment von der Königin und von MONSIEUR, dem Herzog von Orléans, bewohnt wurde. Dort deutete alles auf eine nächtliche Expedition von sehr ernsthaftem Charakter hin.

Es war zwei Uhr morgens, sehr dunkel und eiskalt. Eine große Menschenmenge blieb auf dem frisch gepflasterten Quai stehen und besetzte langsam das sandige Gebiet, das bis zur Seine abfiel. Es mochten sich wohl an die zweihundert Männer hier versammelt haben. Sie waren in weite Mäntel gehüllt, die von den Scheiden ihrer langen Degen angehoben wurden, die sie nach spanischer Art trugen. Sie liefen bunt durcheinander und warteten wohl eher auf ein Ereignis, auf das sie reagieren konnten, als daß sie entschlossen gewesen wären, selbst etwas zu unternehmen. Viele von ihnen setzten sich mit verschränkten Armen auf die verstreut herumliegenden Steine der im Bau befindlichen Brüstung. Es herrschte größte Stille. Nach einigen Minuten trat ein Mann aus einer gewölbten Tür des Louvre hervor. Er näherte sich der Menge langsam mit einer Blendlaterne, deren Lichtstrahlen er allen Leuten ins Gesicht fallen ließ. Als er denjenigen gefunden hatte, den er hier gesucht hatte, blies er sie aus. Er schüttelte ihm die Hand und sagte dann leise zu ihm:

»Na, Olivier, was hat Cinq-Mars, unser Monsieur le Grand, zu Euch gesagt? Geht es ihm gut?«

»Ja, ja! Ich habe ihn gestern in Saint-Germain getroffen. Der alte Kater in Narbonne ist ziemlich krank. Er wird bald *ad patres* gehen. Aber wir müssen unsere Sache gut machen, denn es ist nicht das erste Mal, daß er uns vormacht, seinen Winterschlaf zu halten. Habt Ihr für heute abend genug Leute, mein lieber Fontrailles?«

»Ihr könnt ganz beruhigt sein. Montrésor wird mit hundert Edelleuten von MONSIEUR kommen. Ihr werdet ihn erkennen. Er wird als Maurermeister verkleidet sein und eine Richtschnur in der Hand halten. Aber vergeßt auf keinen Fall die Losung. Kennt Ihr sie auch alle gut, Ihr und Eure Freunde?«

»Ja, alle, bis auf den Abbé de Gondi[26], der noch nicht hier ist. Gott möge mir verzeihen, denn ich glaube, da ist er. Wer zum Teufel hätte ihn erkannt?«

Tatsächlich schob sich ein kleiner Mann, der keine Soutane, sondern die Uniform der französischen Garde und einen pechschwarzen, falschen Schnurrbart trug, zwischen sie. Er hüpfte freudig von einem Fuß auf den anderen und rieb sich die Hände.

»Es lebe Gott! Alles läuft gut. Mein Freund Fiesco hat es nicht besser gemacht.« Und er stellte sich auf die Zehenspitzen, um Olivier auf die Schulter klopfen zu können: »Wißt Ihr, daß Ihr

Euch für einen Mann, der eben noch Page war, nicht schlecht schlagt, Sire Olivier d'Entraigues? Ihr werdet unter unseren berühmten Männern sein, wenn wir einen Plutarch finden. Alles ist gut organisiert. Ihr kommt genau richtig, weder zu spät noch zu früh, wie ein richtiges Parteioberhaupt. Fontrailles, dieser Mann wird es noch weit bringen, das kann ich Euch jetzt schon sagen. Aber wir müssen uns beeilen, denn in zwei Stunden kommen die Pfarrkinder meines Onkels, des Erzbischofs von Paris[27], zu uns. Ich habe ihnen gut eingeheizt, und sie werden wie die Wilden schreien: *Es lebe* MONSIEUR! *Hoch die Regentschaft! Nieder mit dem Kardinal!* Es sind gute, fromme Menschen, die mir ganz ergeben sind, und ich habe sie ordentlich aufgehetzt. Dem König geht es schlecht. Ja, alles klappt gut, sehr gut. Ich komme aus Saint-Germain und habe unseren Freund Cinq-Mars getroffen. Er ist gut, sehr gut, und immer fest wie ein Felsen. Ach, das nenne ich einen Mann. Wie er sie mit seiner melancholischen, unbekümmerten Miene getäuscht hat! Er ist jetzt der Herr am Hofe. Es ist soweit, denn der König wird ihn, wird gesagt, zum Herzog und Pair machen. Es ist ernsthaft die Rede davon, aber er zögert noch. Wir müssen durch unseren Aufstand heute abend eine Entscheidung herbeiführen. *Der Wunsch des Volkes!* Man muß den *Wunsch des Volkes* unbedingt erfüllen. Wir werden ihm Gehör verschaffen. Das wird Richelieus Tod sein, wißt Ihr das? Besonders der Haß gegen ihn muß aus ihren Schreien herauszuhören sein, denn das ist das Wichtigste. Dann wird sich unser Gaston endlich entscheiden, denn er schwankt noch immer, nicht wahr?«

»Und, was kann er denn anderes machen?« fragte Fontrailles. »Es wäre schon sehr angenehm, wenn er heute eine Entscheidung zu unseren Gunsten fällen würde.«

»Und warum?«

»Weil wir dann ganz sicher sein könnten, daß er schon morgen wieder dagegen sein würde.«

»Was soll's«, fuhr der Priester fort, »die Königin hat Köpfchen!«

»Und sie hat auch ein Herz«, sagte Olivier. »Das läßt mich für Cinq-Mars hoffen, der wohl gewagt hat, einige Male zu schmollen, als er sie ansah.«

»Was seid Ihr doch für ein Kind, und wie schlecht Ihr den Hof noch immer kennt! Nur die Hand des Königs kann ihm helfen, denn er liebt ihn wie seinen eigenen Sohn. Und wenn sein Herz für die Königin schlägt, dann geht es um Erinnerungen und nicht um die Zukunft. Aber um diese Albernheiten geht es hier nicht. Sagt mal, mein Lieber, seid Ihr in bezug auf unseren jungen Advokaten, der dort herumschleicht, ganz sicher? Denkt er wie wir?«

»Hundertprozentig! Er ist ein ausgezeichneter Royalist. Er würde den Kardinal sofort in den Fluß werfen. Das ist übrigens Fournier aus Loudun. Das sagt alles.«

»Schon gut! So lieben wir sie. Aber paßt auf, meine Herren, da kommen welche aus der Rue Saint-Honoré.«

»Wer seid Ihr?« riefen die ersten der Truppe den Menschen zu, die näherkamen. »Royalisten oder Kardinalisten?«

»*Gaston und le Grand*«, antworten die Neuankömmlinge ganz leise.

»Das ist Montrésor mit den Leuten von MONSIEUR«, sagte Fontrailles. »Es kann bald losgehen.«

»Ja, verdammt!« rief Montrésor. »Denn die Kardinalisten werden um drei Uhr kommen. Man hat es uns vorhin gesagt.«

»Wohin gehen sie?« fragte Fontrailles.

»Es sind mehr als zweihundert, die Monsieur de Chavigny begleiten, der, wie ich gehört habe, in Narbonne den alten Kater besuchen will. Sie hielten es für sicherer, am Louvre entlangzugehen.«

»Na gut, wir werden sie mit Samthandschuhen anfassen.«

Kaum hatte er das gesagt, da konnte man auch schon den Lärm von Wagen und Pferden hören. Mehrere der in Mäntel gehüllten Männer rollten einen riesigen Stein in die Mitte der Straße. Die ersten Reiter galoppierten mitten durch die Menge. Sie hatten die Pistole in der Hand, da sie wohl schon etwas ahnten. Der Kutscher aber, der die Pferde des ersten Wagens lenkte, stolperte über den Stein und stürzte.

»Was ist denn das für ein Wagen, der einfach Fußgänger überfährt?« schrien alle Männer in den weiten Mänteln im Chor. »Das ist ein Akt der Gewalt. Das kann nur ein Freund des Kardinals von *La Rochelle* sein.«

»Es ist jemand, der die Freunde des kleinen *le Grand* nicht fürchtet«, schrie eine Stimme aus dem offenen Wagenschlag, aus dem jetzt ein Mann sprang, der sich auf ein Pferd schwang.

»Drängt diese Kardinalisten ans Ufer«, hörte man eine grelle, durchdringende Stimme rufen.

Das war das Signal! Auf jeder Seite begann ein wütender Schußwechsel, der dieses stürmische, düstere Schauspiel erhellte. Trotz des Klirrens der Degen und des Scharrens der Pferde waren die Schreie zu hören. Auf der einen Seite: »Nieder mit dem Minister! Es lebe der König! Es leben MONSIEUR und Monsieur le Grand! Nieder mit den *Rotstrümpfen*!« Und auf der anderen Seite: »Es lebe seine Eminenz! Es lebe der große Kardinal! Tod den Aufwieglern! Es lebe der König!« denn dem Namen des Königs kam immer, sei es nun in bezug auf Haß oder auf Zuneigung, ein besonderer Platz in dieser seltsamen Zeit zu.

Die unberittenen Männer hatten es indessen geschafft, die beiden Wagen quer über den Quai zu stellen, und zwar so, daß sie einen Schutzwall gegen Chavignys Pferde bildeten, und von hier aus feuerten sie durch Räder, Türen und unter den Federn hindurch Pistolenschüsse auf sie ab. Sie hatten schon mehrere Reiter abgeworfen. Es herrschte ein schrecklicher Aufruhr, als sich die Tore des Louvre plötzlich öffneten und zwei Gardeschwadronen im Schritt herausgeritten kamen. Die meisten hatten Fackeln in der Hand, um sich selbst und diejenigen, die sie angreifen sollten, zu beleuchten. Das Bild änderte sich. Immer wenn ein Gardist bei einem der Unberittenen ankam, sah man, daß dieser Mann stehenblieb, seinen Hut zog, sich zu erkennen gab und seinen Namen nannte. Der Gardist zog sich zurück, manchmal grüßte er ihn, manchmal schüttelte er ihm die Hand. Diese Hilfe für die Wagen von Chavigny war also fast vergeblich und sorgte nur für noch mehr Verwirrung. Die Gardisten ritten, um ihr Gewissen zu beruhigen, durch die Menge der Duellanten und sagten mit träger Stimme: »Also, meine Herren, mäßigt Euch.«

Aber wenn zwei Adelige den Degen fest im Griff hatten und verbissen kämpften, blieb der Gardist stehen, um ihre Schläge zu begutachten. Manchmal favorisierten sie sogar denjenigen, von dem sie glaubten, er teile ihre Meinung. Denn auch innerhalb dieses Korps gab es wie in ganz Frankreich Royalisten und Kardinalisten.

Nach und nach leuchteten die Fenster des Louvre auf. Viele Frauen, die aufmerksam den Kampf verfolgten, waren hinter den kleinen rautenförmigen Scheiben zu sehen.

Zahlreiche Patrouillen der Schweizer verließen mit Fackeln den Louvre. Man konnte diese Soldaten an ihrer eigenartigen Uniform erkennen. Ihr rechter Ärmel war blau-rot gestreift, und der Seidenstrumpf an ihrem rechten Bein war rot. Die linke Seite war blau-rot-weiß gestreift und der Strumpf weiß-rot. Man hatte wahrscheinlich im königlichen Schloß gehofft, daß diese ausländische Truppe die Menschenansammlung auflösen könnte. Aber man hatte sich getäuscht. Diese unerschütterlichen Soldaten folgten ungerührt, haargenau, und ohne sie zu übertreten, den Befehlen, die man ihnen erteilt hatte. Sie marschierten mitten durch die bewaffneten Gruppen hindurch, die sie so für einen Moment in zwei Hälften teilten. Dann versammelten sie sich wieder vor dem Gitter und stellten sich in Reih und Glied auf wie beim Manöver, ohne sich zu erkundigen, ob die Feinde, durch die sie hindurchgegangen waren, sich wieder vereinigt hatten oder nicht.

Der Lärm jedoch, der sich für einen Moment gelegt hatte, erhob sich aufgrund besonderer Auseinandersetzungen erneut. Überall hörte man Appelle, Flüche und Verwünschungen. Es sah nicht so aus, als ob irgend etwas anderes diesen Kampf hätte beenden können, als die Vernichtung einer der beiden Parteien. Mit erneuten Schreien, lautem Kreischen, erreichte der Tumult seinen Höhepunkt. Priester Gondi, der gerade damit beschäftigt war, einen Reiter an seinem Mantel zu ziehen, um ihn zu Fall zu bringen, rief: »Seht, meine Leute! Fontrailles, Ihr werdet Euch noch wundern! Seht, seht nur, wie es läuft! Das ist wirklich reizend.«

Er ließ ihn los, stieg auf einen Stein, um das Vorgehen seiner Truppen zu beobachten, und verschränkte seine Arme mit der Wichtigkeit eines Generals. Der Tag brach schon an, und man sah, daß sich am Ende der Ile Saint-Louis tatsächlich eine Menschenmenge zusammenrottete. Männer, Frauen und Kinder aus dem niederen Volk stießen mit Blick auf den Himmel und den Louvre ein merkwürdiges Gezeter aus. Mädchen trugen lange Degen, Kinder schleppten riesige Hellebarden und Damaszenerpiken aus der Zeit der Liga[28] mit sich. In Lumpen gehüllte, alte Frauen zogen an Stricken Karren voller alter verrosteter, kaputter Waffen hinter sich her. Arbeiter aus den verschiedensten Berufen, von denen die meisten betrunken waren, folgten ihnen mit Stöcken, Eisengabeln, Lanzen, Schaufeln, Fackeln, Pfählen, Haken, Hebeln, Säbeln und spitzen Spießen. Sie sangen und brüllten abwechselnd, und mit ihrem fürchterlichen Lachen wollten sie das Miauen einer Katze nachahmen. Sie hatten eines dieser Tiere, das in einen roten Lumpen gewickelt war, wie eine

Fahne am Ende einer Stange aufgespießt und symbolisierten so den Kardinal, dessen Vorliebe für Katzen allgemein bekannt war. Öffentliche Schreier liefen mit roten Wangen keuchend umher und verstreuten in den Gossen und auf dem Pflaster lange satirische Geschichten in kurzen Versen, die auf Persönlichkeiten der Zeit gemünzt waren, die sie auch auf die Brüstungen, die Prellsteine, die Mauern der Häuser und sogar des Palastes klebten. Mit langen Messern bewaffnete Metzgerjungen und Schifferjungen trommelten auf Öfen herum und zogen durch den Schlamm ein frischgeschlachtetes Schwein, dem sie die rote Kalotte eines Chorkindes aufgesetzt hatten. Junge, kräftige Spaßvögel, die sich als Frauen verkleidet hatten und die mit knallroten Farben geschminkt waren, schrien wie die Besessenen: *Wir sind Mütter, deren Familien von Richelieu ruiniert worden sind. Tod dem Kardinal!* Sie hielten in ihren Armen Strohpuppen, die sie am Ende in den Fluß warfen.

Als dieses abscheuliche Gesindel die Quais mit Tausenden ihrer höllischen Wesen überschwemmt hatte, rief das eine merkwürdige Wirkung auf die Kämpfer hervor, und die war vollkommen anders, als es ihr Anführer erwartet hatte. Die feindlichen Parteien nahmen ihre Waffen herunter und trennten sich. Die Anhänger von MONSIEUR und Cinq-Mars waren empört, als sie sich von solchen Helfern unterstützt sahen, und sie halfen selbst den Edelleuten des Kardinals aufzusitzen oder auf den Wagen zu steigen, und ihren Dienern, die Verletzten in die Wagen zu tragen. Sie trafen mit ihren Gegnern besondere Verabredungen, um ihren Streit an einem geheimeren und ihnen würdigeren Ort auszutragen. Schamröte stieg ihnen ins Gesicht, als sie die zahlenmäßige Überlegenheit und die unwürdigen Truppen sahen, die sie scheinbar kommandierten, und sie ahnten vielleicht zum erstenmal die verhängnisvollen Auswirkungen ihres politischen Spiels, und als sie sahen, welchen Schlamm sie aufwühlten, trennten sie sich, um sich zurückzuziehen. Sie zogen ihre breiten Hüte tief ins Gesicht, warfen ihre Mäntel über ihre Schultern und fürchteten den Tag.

»Ihr habt alles durcheinandergebracht, mein lieber Priester, mit dieser Kanaille«, schimpfte Fontrailles den sprachlos dastehenden Gondi aus und stampfte mit dem Fuß auf den Boden. »Ihr guter Onkel hat ja nette Schäfchen.«

»Das ist nicht meine Schuld«, erwiderte Gondi jedoch widerspenstig. »Diese Idioten sind eine Stunde zu spät gekommen. Wenn sie in der Nacht gekommen wären, dann hätte man sie nicht gesehen, denn das schadet ihnen etwas, um ehrlich zu sein (denn ich gebe zu, daß der hellichte Tag unvorteilhaft für sie ist), und man hätte nur die Stimme des Volkes gehört: *Vox populi, vox Dei*. Es ist übrigens auch nicht weiter schlimm. Sie geben uns durch ihre große Anzahl die Möglichkeit zu verschwinden, ohne erkannt zu werden, und alles in allem ist unsere Aufgabe erfüllt. Wir wollten nicht den Tod des Sünders. Chavigny und seine Leute sind brave Männer, die ich sehr schätze. Und wenn er nur leicht verletzt ist, um so besser. Lebt wohl, ich werde Monsieur de Bouillon aufsuchen, der aus Italien zurückgekehrt ist.«

»Olivier«, sagte Fontrailles, »geht also mit Fournier und Ambrosio nach Saint-Germain. Ich werde MONSIEUR zusammen mit Montrésor Bericht erstatten.«

Sie trennten sich alle, und der Ekel erreichte bei diesen gut erzogenen Leuten, was die Gewalt nicht geschafft hatte.

So endete dieser Krawall, der großes Unglück hätte hervorbringen können. Niemand war getötet worden. Die Reiter hatten einige Schrammen hinzubekommen, und einige waren zu ihrem großen Erstaunen um ihre Geldbörse erleichtert worden. Sie setzten ihren Weg neben dem Wagen auf Umwegen fort. Die anderen flohen. Einer nach dem anderen verschwand in der Volksmenge, die sie aufgewiegelt hatten. Die Elenden, die das Volk bildeten, die nun keine Anführer mehr hatten, blieben noch zwei Stunden und stießen dieselben Schreie aus, bis sie ihren Rausch ausgeschlafen hatten und die Kälte das Feuer ihres Blutes und ihrer Begeisterung gleichzeitig gelöscht hatte. An den Fenstern der Häuser am Quai und entlang der Mauern konnte man das weise, wahre Volk von Paris sehen, das mit traurigem Blick und bedrückender Stille diese Vorboten des Chaos betrachtete. Während die Zunft der in Schwarz gekleideten Kaufleute, die von ihren Schöffen und Vorstehern angeführt wurde, sich langsam und mutig mitten durch den Pöbel auf den Weg zum Justizpalast machte, wo der Gerichtshof zusammentreten sollte, denn sie wollten aufgrund dieser schrecklichen nächtlichen Szenen Anzeige erstatten.

In den Gemächern des Gaston von Orléans herrschte indessen große Aufregung. In jener Zeit bewohnte der Fürst einen den Tuilerien gegenüberliegenden Flügel des Louvre. Seine Fenster gingen auf der einen Seite auf den Hof und auf der anderen Seite auf einen Platz, den eine Ansammlung kleiner Häuser und schmaler Gassen fast ganz bedeckte. Er war, vom Lärm der Feuerwaffen aus dem Schlaf gerissen, überstürzt aufgestanden und hatte seine Füße in die großen, eckigen Pantoffeln mit hohem Absatz gesteckt und sich in einen weiten, seidenen, mit goldenen Reliefstickereien versehenen Schlafrock gehüllt. Er ging in seinem Schlafgemach auf und ab und schickte jede Minute einen neuen Lakaien, der sich erkundigen sollte, was geschehen war. Dann rief er, man solle den Abbé de La Rivière holen, den er oft zu Rate zog. Aber unglücklicherweise war dieser aus Paris abgereist. Bei jedem Pistolenschuß lief der schüchterne Herzog zum Fenster, ohne etwas anderes zu sehen als einige Fackeln, die man im Laufschritt brachte. Wenn man ihm auch immer wieder sagte, daß die Schreie, die er vernahm, von Menschen ausgestoßen wurden, die ihm wohlgesonnen waren, so hörte er doch nicht auf, in großer Aufregung in seinen Gemächern hin und her zu laufen. Seine langen schwarzen Haare waren durcheinander, und er hatte seine blauen Augen aufgrund seiner Beunruhigung und seines Schreckens weit aufgerissen. Als Montrésor und Fontrailles endlich auftauchten, war er halbnackt, schlug sich auf die Brust und rief immer wieder »*Mea culpa, mea culpa.*«

»Also, da kommt Ihr ja endlich«, rief er ihnen von weitem zu und lief ihnen entgegen. »Endlich seid Ihr da! Was ist passiert? Was geht hier vor sich? Wer sind diese Mörder? Was bedeuten diese Schreie?«

»Sie rufen ›Es lebe MONSIEUR!‹«

Gaston, der scheinbar gar nicht zuhörte und die Tür zu seinem Zimmer einen Moment aufhielt, damit seine Stimme bis in die Galerien drang, wo die Bewohner des Hauses sich aufhielten, gestikulierte wild herum und schrie wie von Sinnen: »Ich weiß nichts von alledem, und ich habe zu nichts meine Einwilligung gegeben. Ich will nichts hören, ich will nichts wissen. Ich werde mich niemals in irgendwelche Pläne verwickeln lassen. Das sind Aufwiegler, die diesen ganzen Krach machen. Sprecht nicht mit mir darüber, wenn Ihr hier gerne gesehen sein wollt. Ich bin keines Menschen Feind, und ich verabscheue solchen Aufruhr …«

Fontrailles, der wußte, mit wem er es hier zu tun hatte, antwortete nicht und trat mit seinem Freund ein, jedoch ohne sich zu beeilen, damit MONSIEUR Zeit hatte, sein erstes Pulver zu verschießen, und als er sich Luft gemacht hatte und die Tür sorgfältig verschlossen war, ergriff er das Wort:

»Monseigneur«, sagte er, »wir sind gekommen, um Euch tausendmal um Vergebung für die Unverschämtheit dieses Volkes zu bitten, das unaufhörlich schreit, daß es den Tod Eures Feindes fordert, und das Euch sogar als Regenten sehen will, wenn uns das Unglück ereilen sollte, Seine Majestät zu verlieren. Ja, das Volk sagt immer, was es denkt. Aber es waren so viele, daß wir sie trotz all unserer Anstrengungen nicht zügeln konnten. Es war der Schrei des Herzens in seiner ganzen Wahrheit. Es war eine Explosion der Liebe, die der kalte Verstand nicht unterdrücken konnte und die alles, was man bisher gesehen hat, übertraf.«

»Aber was ist denn eigentlich passiert?« fragte Gaston nun schon ruhiger. »Seit vier Stunden höre ich sie schon schreien. Was haben sie denn die ganze Zeit gemacht?«

»Diese Liebe«, fuhr Montrésor unbeirrt fort, » … Monsieur de Fontrailles hatte ja schon die Ehre, es Euch zu berichten – fällt derartig aus allen Regeln und Grenzen heraus, daß sie uns selbst mitgerissen hat und wir uns von dieser Begeisterung haben anstecken lassen, die uns immer bei der bloßen Nennung Eures Namens ergreift, wodurch wir uns zu Dingen haben hinreißen lassen, die wir nicht vorausgesehen haben.«

»Ja, was habt Ihr denn eigentlich gemacht?« fragte der Fürst nun wieder.

»Diese Dinge«, fuhr nun Fontrailles fort, » … Monsieur de Montrésor hatte ja schon die Ehre, MONSIEUR darüber zu berichten – sind genau die, die ich gestern abend schon vorausgesehen habe, als ich die Ehre hatte, mit Euch darüber zu sprechen …«

»Darum geht es nicht«, unterbrach ihn Gaston. »Ihr könnt nicht behaupten, ich hätte irgend etwas angeordnet oder genehmigt. Ich mische mich in nichts ein. Ich verstehe nichts vom Regieren …«

»Ich gebe zu«, sagte Fontrailles, »daß Eure Hoheit nichts angeordnet haben, aber MONSIEUR haben mir erlaubt, ihm zu sagen, daß ich voraussehe, daß es in dieser Nacht gegen zwei Uhr unruhig wird und ich hoffte, daß sein Erstaunen weniger groß sein würde.«

Der Herzog faßte sich nach und nach, und er sah ein, daß er diese beiden Kämpfer nicht einschüchterte, wobei er ja genau wußte, daß er ihnen gestern seine Zustimmung gegeben hatte, und er sah ihnen an, daß sie sich ebenfalls daran erinnerten. Er setzte sich also auf die Bettkante, verschränkte die Arme, schaute sie wie ein Richter an und fragte dann abermals in beeindruckendem Ton:

»Ja, was habt Ihr denn eigentlich getan?«

»Ach, fast gar nichts, Monseigneur«, erklärte Fontrailles. »Per Zufall haben wir in der Menschenmenge einige unserer Freunde getroffen, die mit dem Kutscher von Monsieur de Chavigny Streit hatten, der sie einfach überrollte. Es folgten einige heftige Worte, ein kurzes wildes Handgemenge, einige Schrammen, und daraufhin ist der Wagen umgekehrt. Das war alles.«

»Absolut alles«, wiederholte Montrésor.

»Was! Alles?« rief Gaston ganz aufgeregt und sprang im Zimmer hin und her. »Ist das denn vielleicht nichts, den Wagen eines Freundes des Kardinals anzuhalten? Ich mag diese Szenen überhaupt nicht. Ich habe es Euch schon gesagt. Ich hasse den Kardinal keineswegs. Er ist mit Sicherheit ein großer Politiker, ein sehr großer Politiker. Ihr kompromittiert mich auf schreckliche Weise. Es ist bekannt, daß Montrésor mein Anhänger ist. Wenn man ihn erkannt hat, wird man sagen, ich hätte ihn geschickt …«

»Zufällig«, warf Montrésor ein, »habe ich diesen Rock getragen, den die Männer aus dem einfachen Volk tragen und den MONSIEUR unter meinem Mantel sehen können. Ich glaube, für diese Gelegenheit war es wohl am besten so.«

Gaston atmete auf.

»Seid Ihr ganz sicher, daß man Euch nicht erkannt hat?« fragte er. »Ihr könnt Euch doch sicher denken, mein lieber Freund, wie unangenehm das sein würde … Das müßt Ihr selbst zugeben …«

»Beim Himmel, ich bin ganz sicher!« rief der Anhänger des Herzogs. »Ich verwette meinen Kopf und meinen Anteil am Paradies, daß niemand meine Gesichtszüge erkannt hat und mich niemand beim Namen genannt hat.«

»Also gut«, sagte Gaston. Er setzte sich nun wieder auf sein Bett und sah schon etwas ruhiger aus. Auf seinem Gesicht war sogar eine leichte Genugtuung zu lesen. »Dann erzählt mir doch mal, was passiert ist.«

Fontrailles übernahm es, Bericht zu erstatten, in dem, wie man sich denken kann, das Volk eine große Rolle spielte und die Leute von MONSIEUR gar keine. Und am Schluß, als es um die Details ging, fügte er hinzu: »Man konnte sogar von Euren Fenstern aus,

Monseigneur, ehrenwerte Familienmütter sehen, die ihre Kinder, von Hoffnungslosigkeit getrieben, in die Seine warfen und Richelieu verfluchten.«

»Oh, das ist ja fürchterlich!« rief der Fürst empört, oder er tat zumindest so, als sei er es und würde an diese Ausschreitungen glauben. »Stimmt es denn, daß alle ihn hassen? Man muß schon zugeben, daß er es verdient hat. Ja! Sein Ehrgeiz und seine Habgier haben diese braven Bürger von Paris, die ich so liebe, dermaßen ruiniert.«

»Ja, Monseigneur«, fuhr der Redner fort, »und es handelt sich nicht nur um Paris. Ganz Frankreich und auch wir flehen Euch an, das Land endlich von diesem Tyrannen zu befreien. Alles ist bereit. Es bedarf nur eines Zeichens Eures erhabenen Hauptes, um diesen Pygmäen zu vernichten, der sogar versucht hat, das königliche Haus zu demütigen.«

»Oh, Gott ist mein Zeuge, daß ich ihm diese Beleidigung verziehen habe«, fuhr Gaston fort und hob den Blick. »Aber ich kann die Schreie des Volkes nicht länger ertragen. Ja, ich werde ihm zu Hilfe eilen …!«

»Oh! Wir knien vor Euch nieder!« rief Montrésor und verneigte sich …

»Das heißt«, fuhr der Fürst fort und wich zurück, »solange meine Würde nicht aufs Spiel gesetzt wird und man nirgends meinen Namen erwähnt.«

»Aber gerade den brauchen wir!« rief Fontrailles, der sich schon etwas sicherer fühlte. »Seht, Monseigneur, es gibt wohl einige Namen, die man hinter den Euren setzen kann und die nicht fürchten zu unterschreiben. Ich werde sie Euch sofort nennen, wenn Ihr es wünscht.«

»Aber, aber, aber …«, zögerte der ängstliche Herzog von Orléans. »Wißt Ihr, daß Ihr mir da schlicht und einfach eine Verschwörung vorschlagt …?«

»Was denn! Monseigneur, Ehrenmänner wie wir, eine Verschwörung! Aber keineswegs. Allerhöchstens ein Bündnis, ein kleines Übereinkommen, um die Richtung für den einstimmigen Wunsch der Nation und des Hofes zu weisen. Das ist alles.«

»Aber … aber das ist nicht klar, denn diese Sache wird schließlich nicht allgemein und nicht öffentlich sein, also wird es eine Verschwörung sein. Gebt Ihr nicht zu, daß Ihr dabei seid?«

»Ich, Monseigneur? Verzeiht mir und der ganzen Welt, denn

das ganze Königreich ist schon dabei, und ich gehöre zum Königreich. Wer würde seinen Namen nicht hinter den von Monsieur de Bouillon und Cinq-Mars setzen ...?«

»Hinter ihre vielleicht, aber davor?« warf Gaston ein. Er warf Fontrailles einen gewitzten Blick zu, den er ihm gar nicht zugetraut hätte.

Dieser schien einen Moment zu zögern ...

»Also gut, was würden MONSIEUR machen, wenn ich ihm die Namen nennen würde, hinter die er den seinen setzen könnte?«

»Haha! Das ist ja lustig«, fuhr der Herzog lachend fort. »Wißt Ihr, daß vor meinem nicht viele stehen können? Ich wüßte nur einen.«

»Und wenn es nur einen gibt, Monseigneur, versprecht Ihr uns dann, Euren Namen darunter zu setzen?«

»Bei Gott, mit ganzen Herzen, denn ich riskiere nichts, da nur der König bleibt, der bestimmt nicht mit von der Partie ist.«

»Also gut«, sagte Montrésor, »dann erlaubt uns, daß wir Euch ab jetzt beim Wort nehmen. Und würdet Ihr wohl nur zwei Dingen zustimmen: Monsieur de Bouillon bei der Königin zu treffen und Monsieur, den Oberstallmeister, beim König?«

»Abgemacht!« willigte MONSIEUR fröhlich ein und schlug Montrésor auf die Schulter. »Ich werde noch heute bei der Toilette meiner Schwägerin zugegen sein und meinen Bruder bitten, mit mir auf Chambord einen Hirschen zu jagen.«

Die beiden Freunde verlangten nicht mehr und waren selbst über ihr Werk erstaunt. Niemals hatten sie ihren Anführer so entschlossen gesehen. Aus Angst, ihn auf eine Spur zu bringen, die ihn wieder von dem Weg, den er gerade eingeschlagen hatte, hätte abbringen können, beeilten sie sich, das Gespräch auf andere Themen zu lenken und zogen sich begeistert zurück, nachdem sie ihn noch einmal an sein letztes Versprechen erinnert hatten.

15. Kapitel
Das Schlafgemach

> Man sah die Königinnen weinen wie einfache Frauen.
>
> CHATEAUBRIAND

> Welch ein süßes Gefühl, schön zu sein, wenn man geliebt wird.
>
> DELPHINE GAY

Während ein Fürst, wie wir gesehen haben, von seinen Anhängern, die er mit seiner Angst beinahe angesteckt hätte, nur mit Mühe beruhigt werden konnte, lieferte eine Fürstin, die von Natur aus schwächer und den Unbillen des Lebens stärker ausgeliefert sowie durch die Gleichgültigkeit ihres Gatten einsamer war, ihrerseits ein Beispiel von Mut, Gelassenheit und frommster Schicksalsergebenheit und bestärkte ihr eingeschüchtertes Gefolge: das war die Königin.

Kaum war sie vor einer Stunde eingeschlafen, da hatte sie auch schon grelle Schreie hinter den Türen und den dicken Wandteppichen ihres Zimmers gehört. Sie befahl ihren Kammerfrauen, die Verängstigten eintreten zu lassen. Die Herzogin von Chevreuse[29], in ein Hemd und einen weiten Mantel gehüllt, trat herein und fiel beinahe am Fußende des Bettes in Ohnmacht. Ihr folgten vier Hofdamen und drei Kammerfrauen. Die nackten zarten Füße der Herzogin bluteten, weil sie sich beim Laufen verletzt hatte. Sie weinte wie ein Kind und schrie, daß ein Pistolenschuß ihre Fensterläden und Scheiben zertrümmert und sie verwundet habe. Sie flehe die Königin an, sie wieder ins Exil zu schicken; dort würde sie eher Ruhe finden als in diesem Land, wo man sie ermorden wolle, weil sie die Freundin der Königin sei. Ihr Haar war ganz zerwühlt und fiel fast bis auf ihre Füße. Das war das Schönste an ihr, und die junge Königin dachte, daß bei dieser Aufmachung weniger der Zufall seine Hand im Spiel hatte, als man vielleicht glauben sollte.

»Oh, meine Liebe, was ist denn passiert?« fragte sie ziemlich gleichgültig. »Ihr seht aus wie Maria Magdalena, aber in ihrer Jugend, noch bevor sie Reue zeigte. Wenn man hier jemandem etwas antun will, dann wahrscheinlich mir. Beruhigt Euch.«

»Nein, Madame, rettet mich! Beschützt mich! Richelieu verfolgt mich! Ich bin ganz sicher!«

Die Pistolenschüsse waren jetzt deutlicher zu hören, und das überzeugte die Königin, daß die Angst der Madame de Chevreuse nicht unbegründet war.

»Kleidet mich an, Madame de Motteville[30]!« befahl sie.

Diese aber hatte vollkommen die Nerven verloren. Sie öffnete eine dieser riesigen Truhen aus Ebenholz, die damals als Schrank dienten, nahm eine Kassette mit Diamanten der Königin heraus, um sie zu retten, und hörte ihr gar nicht zu. Die anderen Frauen hatten auf einem der Fenster den Lichtschein von Fackeln gesehen, und da sie glaubten, im Palast sei Feuer ausgebrochen, warfen sie den Schmuck, die Spitzen, die Goldvasen und sogar das Porzellan in Decken, die sie dann aus dem Fenster werfen wollten. Im gleichen Moment erschien Madame de Guéménée, die schon etwas vollständiger angekleidet war als die Herzogin von Chevreuse, und die die ganze Sache noch schwerer nahm. Ihre Furcht übertrug sich ein wenig auf die Königin, denn ihre zurückhaltende, gelassene Art war bekannt. Ohne zu grüßen, trat sie ein. Sie war weiß wie ein Gespenst, sprach aber mit sicherer Stimme:

»Madame, es ist Zeit zu beichten. Der Louvre wird angegriffen, und ich habe gehört, daß das ganze Volk von der Cité hierherkommt.«

Alle waren bestürzt; Schweigen und Regungslosigkeit machten sich im Zimmer breit.

»Wir werden sterben!« schrie die Herzogin von Chevreuse, die noch immer niederkniete. »O mein Gott, warum nur bin ich nicht in England geblieben! Ja, beichten wir. Ich beichte laut. Ich habe geliebt … ich wurde geliebt von …«

»Schon gut«, unterbrach sie die Königin. »Ich habe keine Lust, mir das bis zu Ende anzuhören.«

Die Gleichmütigkeit der Anna von Österreich und ihre zweite strenge Antwort brachten die schöne Herzogin etwas zur Vernunft. Sie erhob sich verwirrt, und als sie ihrer unordentlichen Aufmachung gewahr wurde, ging sie in ein Nebenzimmer, um sich, so gut es ging, herzurichten.

»Doña Stephania«, sagte die Königin zu einer ihrer Frauen, der einzigen Spanierin, die sie bei sich behalten hatte, »holt den Gardehauptmann. Es wird Zeit, daß ich endlich mit einem Mann spreche, damit ich etwas Vernünftiges zu hören bekomme.«

Sie sprach Spanisch, und das Geheimnisvolle dieses Befehls, in einer Sprache, welche die anderen nicht verstanden, sorgte dafür, daß wieder gesunder Menschenverstand in diesem Schlafgemach regierte.

Die Kammerfrau betete in einer Ecke des Raumes, wohin sie sich in Sicherheit gebracht hatte, den Rosenkranz, aber sie stand auf und rannte hinaus, um dem Befehl ihrer Herrin nachzukommen.

Indessen deutete alles immer stärker auf eine Revolte hin, und im Palast und außerhalb des Louvre sah man deutlichere Anzeichen des Terrors. Im großen Hof des Louvre hörte man das Scharren der Pferde, die Befehle der Kommandanten, das Rollen der königlichen Karossen, die eingespannt wurden, um, wenn es nötig wäre, fliehen zu können, das Klirren der Eisenketten, die man über das Pflaster zog, um im Falle eines Angriffs Barrikaden zu errichten, schnelle Schritte, das Aufeinanderschlagen der Waffen, Menschenscharen, die die Korridore entlangliefen, und dumpfe, wirre Schreie des Volkes, die sich erhoben und verstummten, sich entfernten und sich näherten wie das Brausen der Wellen und des Windes.

Noch einmal öffnete sich die Tür, und diesmal, um eine reizende Person eintreten zu lassen.

»Ich habe Euch erwartet, liebe Maria«, begrüßte die Königin die Herzogin von Mantua[31] und nahm ihren Arm. »Ihr seid tapferer als wir alle. Ihr habt Euch hübsch zurechtgemacht, damit der ganze Hof Euch bewundert.«

»Ich lag glücklicherweise noch nicht im Bett«, erwiderte die Prinzessin von Gonzaga und schlug die Augen nieder. »Ich habe das ganze Volk von meinem Fenster aus gesehen. Oh, Madame, Madame, flieht. Ich flehe Euch an, über die Geheimtreppe zu flüchten und uns zu erlauben, an Eurem Platz zu bleiben. Man kann eine von uns für die Königin halten, und«, fügte sie hinzu und vergoß eine Träne, »ich habe Todesschreie gehört. Rettet

Euch, Madame! Ich habe keinen Thron zu verlieren. Ihr seid Tochter, Gattin und Mutter, rettet Euch und laßt uns hier zurück.«

»Ihr habt mehr zu verlieren als ich, meine Freundin, an Schönheit, an Jugend, und ich hoffe, an Glück«, entgegnete die Königin mit einem anmutigen Lächeln und bot ihr ihre schöne Hand zum Kuß. »Bleibt in meinem Schlafgemach. Ich möchte es gerne, doch dann werden wir hier zu zweit sein. Der einzige Dienst, den Ihr mir erweisen könnt, schönes Kind, ist, mir diese kleine Goldkassette, die meine arme Motteville auf dem Boden liegengelassen hat und die das Wertvollste enthält, was ich besitze, an mein Bett zu bringen.«

Als Maria ihr die Kassette brachte, flüsterte sie ihr ins Ohr: »Sollte mir irgendein Unglück widerfahren, schwöre mir, daß du sie dann an dich nimmst und in die Seine wirfst.«

»Ich werde Euch gehorchen, Madame, denn Ihr seid meine Wohltäterin und meine zweite Mutter«, sagte die Herzogin von Mantua weinend.

Unterdessen nahm das Kampfgetöse auf den Quais zu, und die Scheiben des Zimmers spiegelten die grellen Lichtblitze der Feuerwaffen wider, deren Explosion zu hören war. Die Kommandanten der Garde und der Schweizer ließen über Doña Stephania nach Befehlen fragen.

»Sie mögen eintreten!« befahl die Königin. »Stellt Euch an diese Seite, meine Damen. Ich bin jetzt der Mann, und ich muß es sein.«

Dann hob sie die Vorhänge ihres Bettes hoch und wandte sich an die beiden Offiziere: »Meine Herren, denkt zunächst daran, daß Ihr mit Eurem Kopf für das Leben der Prinzen, meiner Kinder, geradesteht. Wißt Ihr das, Monsieur de Guitaut?«

»Ich schlafe auf der Schwelle ihrer Tür, Madame, aber dieser Aufruhr bedroht weder sie noch Eure Majestät.«

»Gut, denkt erst an sie und dann an mich«, unterbrach ihn die Königin, »und beschützt ohne Unterschied alle, die bedroht werden. Und Ihr, Monsieur de Bassompierre, Ihr seid Edelmann, vergeßt, daß Euer Onkel noch in der Bastille ist und erfüllt Eure Pflicht gegenüber den Enkelsöhnen des verstorbenen Königs, seines Freundes.«

Es handelte sich um einen jungen Mann mit einem offenen ehrlichen Gesicht.

»Eure Majestät«, erwiderte er mit einem leichten deutschen

Akzent, »werden sehen, daß ich nur meine Familie vergesse und nicht die Eure.«

Und er zeigte seine linke Hand, an der zwei Finger fehlten, die ihm abgeschlagen worden waren.

»Ich habe noch eine andere Hand«, sagte er, grüßte und zog sich mit Guitaut zurück.

Die Königin war gerührt. Sie erhob sich sofort, und trotz der Bitten der Prinzessin von Guéménée, den Tränen der Maria von Gonzaga und dem Geschrei der Madame de Chevreuse wollte sie sich ans Fenster stellen. Sie stützte sich auf die Schulter der Herzogin von Mantua und öffnete es einen Spalt.

»Was höre ich da?« wunderte sie sich, und tatsächlich hörte man das Volk rufen: »Es lebe der König ...! Es lebe die Königin ...!«

Das Volk, das sie zu erkennen glaubte, schrie jetzt noch lauter, und man hörte: »Nieder mit dem Kardinal! Es lebe Monsieur le Grand.«

Maria erbebte.

»Was habt Ihr?« Die Königin schaute sie fragend an.

Da Maria aber nicht antwortete und am ganzen Körper zitterte, tat diese gute, sanftmütige Königin einfach so, als merke sie es nicht und widmete ihre ganze Aufmerksamkeit den Rufen und dem Treiben des Volkes. Selbst ihre Unruhe war nur vorgetäuscht, denn diese hatte sich, seit sie den ersten Namen vernommen hatte, wieder gelegt. Als man ihr eine Stunde später sagen ließ, daß die Menschen nur auf eine Geste von ihr warteten, um sich zurückzuziehen, gestand sie diese mit freundlicher, zufriedener Miene zu. Aber sie war keineswegs richtig froh, denn tief in ihrem Herzen spürte sie eine starke Unruhe, die besonders eine Vorahnung auf die Regentschaft verursacht hatte. Je weiter sie sich aus dem Fenster lehnte, um sich zu zeigen, desto deutlicher sah sie die schrecklichen Szenen, die der anbrechende Tag nur zu deutlich zeigte: Angst machte sich wieder in dem Maße in ihrem Herzen breit, daß sie es für um so notwendiger hielt, ruhig und vertrauenswürdig zu wirken. Ihre liebenswürdigen Worte und ihr heiterer Gesichtsausdruck machten sie traurig. Als sie all diesen Blicken ausgesetzt war, fühlte sie wieder, daß sie eine Frau war, und sie zitterte, als sie das Volk sah, das sie vielleicht bald regieren mußte und das schon in der Lage war, jemandes Tod zu fordern und seine Königinnen anzurufen.

Also grüßte sie.

Einhundertfünfzig Jahre später wurde dieser Gruß von einer anderen Fürstin wiederholt, die wie sie österreichisches Blut in den Adern hatte und Königin von Frankreich[32] war. Die Monarchie ohne Basis, zu der Richelieu die Königsherrschaft gemacht hatte, entstand und verging zwischen diesen beiden Frauen, die vom Fenster aus das Volk grüßten.

Die Königin ließ schließlich ihre Fenster schließen und verabschiedete schnell ihr eingeschüchtertes Gefolge. Die dicken Vorhänge fielen vor die bunten Scheiben, und in das Zimmer fiel nun nicht länger das Licht dieses grauenhaften Tages. Große weiße Wachskerzen brannten in den Leuchtern mit den goldenen Armen, die an der mit eingefaßten, lilienbestickten Wandbehängen verzierten Wand hingen. Sie wollte mit Maria von Mantua allein sein und kehrte mit ihr in das Schlafgemach zurück, das hinter der königlichen Balustrade lag. Erschöpft ließ sie sich auf das Bett fallen, legte ihre Stirn auf das Kopfkissen und brach in Tränen aus. Maria, die auf dem samtenen Fußschemel kniete, hielt ihre Hand in der ihren, und da sie nicht wagte, das Wort als erste zu ergreifen, stützte sie zitternd ihren Kopf auf dieses Händepaar, denn bis zu diesem Tage hatte man noch nie eine Träne in den Augen der Königin gesehen.

Sie verharrten einige Minuten so, und dann erhob sich die Königin, was ihr sichtlich schwerfiel, und sagte zu Maria: »Sei nicht betrübt, mein Kind. Laß mich weinen. Es tut so gut, wenn man regiert. Wenn du für mich zu Gott betest, dann bitte ihn, daß er mir die Kraft geben möge, den Feind, der mich überall verfolgt und der die königliche Familie von Frankreich und die Monarchie durch seinen grenzenlosen Ehrgeiz vernichtet, nicht zu hassen. Auch bei diesen Ereignissen hat er seine Finger im Spiel. Auch bei dieser stürmischen Revolte ist er dabei.«

»Wie, Madame? Ist er nicht in Narbonne? Denn Ihr sprecht doch vom Kardinal, nicht wahr? Habt Ihr denn nicht gehört, daß diese Rufe für Euch und gegen ihn waren?«

»Ja, meine Freundin, er ist dreihundert Meilen von uns entfernt, aber sein unheilvoller Geist wacht an dieser Tür. Wenn diese Schreie ausgestoßen worden sind, dann nur, weil er es erlaubt hat. Wenn sich diese Menschen versammelt haben, dann nur, weil die Stunde noch nicht gekommen ist, die er bestimmt hat, um sie zu vernichten. Glaub mir, ich kenne ihn, und ich habe teuer für die Erforschung dieser teuflischen Seele bezahlt. Es hat mich die ganze Macht meines Ranges, die Freuden meines Alters, die Zuneigung meiner Familie bis hin zum Herzen meines Mannes gekostet. Er hat mich von der ganzen Welt isoliert. Jetzt sperrt er mich hinter einem Gitter aus Ehre und Achtung ein, und damals hat er zur Empörung ganz Frankreichs gewagt, mich selbst auf die Anklagebank zu setzen. Man hat meine Papiere durchwühlt und mich verhört. Ich mußte meine Schuld mit meiner Unterschrift anerkennen und den König um Vergebung bitten für ein Vergehen, von dem ich nichts wußte. Letztendlich verdanke ich einer treuen Bediensteten, die sich aufgeopfert hat und die für mich vielleicht für immer in den Kerker gewandert ist, die Aufbewahrung dieser Kassette, die du für mich gerettet hast. Ich sehe an deinem Blick, daß du mich für zu ängstlich hältst, aber täusche dich nicht, wie es der ganze Hof mittlerweile tut, mein liebes Kind. Sei sicher, daß dieser Mann überall ist und daß er alles weiß und sogar unsere Gedanken erraten kann.«

»Was, Madame! Er soll alles wissen, was diese Leute unter Euren Fenstern gerufen haben und die Namen derer, die sie schicken?«

»Ja, ganz bestimmt. Er weiß es im voraus, oder er ahnt es. Er erlaubt es, er gibt seine Einwilligung, um mich in den Augen des Königs bloßzustellen und ihn auf ewig von mir zu trennen. Er will mich ganz und gar demütigen.«

»Aber der König liebt ihn doch seit zwei Jahren nicht mehr. Er liebt einen anderen.«

Die Königin lächelte. Sie schaute einige Minuten schweigend auf die naiven, reinen Gesichtszüge der schönen Maria und auf ihre treuherzigen Augen, die sie sehnsüchtig anschauten. Sie schob die schwarzen Locken, die ihre schöne Stirn verdeckten, zur Seite, und als sie diese reizende Unschuld ansah, die sich auf diesem wunderschönen Gesicht spiegelte, fanden ihre Augen und ihre Seele offenbar Ruhe. Sie küßte sie auf die Wange und fuhr fort:

»Du ahnst es nicht, mein armer Engel, aber es ist eine traurige Wahrheit. Der König liebt niemanden, und diejenigen, die scheinbar in seiner Gunst am höchsten stehen, werden zuerst von ihm im Stich gelassen und demjenigen hingeworfen, der alles zerstört und vernichtet.«

»O mein Gott! Was sagt Ihr denn da?«

»Weißt du, wie viele er schon vernichtet hat?« fuhr die Königin mit leiserer Stimme fort und schaute ihr in die Augen, als ob sie all ihre Gedanken in ihnen lesen und ihr die ihren mit diesem Blick verraten wolle. »Weißt du, wie seine Günstlinge enden? Hat man dir von der Verbannung des Baradas und des Saint-Simon[33] erzählt, vom Klostereintritt der Mademoiselle de La Fayette, der Schmach der Mademoiselle d'Hautefort, dem Tod des Monsieur de Chalais, eines Kindes, des jüngsten und des ersten all derer, die gefoltert, des Landes verwiesen oder in den Kerker geworfen wurden? Er hat einmal Luft geholt, und schon waren sie alle verschwunden, durch einen einzigen Befehl von Richelieu an seinen Herrn, und ohne diese Gunst, die du für Freundschaft hältst, hätten sie ein friedliches Leben geführt, aber diese Gunst ist tödlich, denn sie ist wie ein Gift. Sieh dir zum Beispiel diesen Wandteppich an, auf dem Semele dargestellt wird. Die Günstlinge Ludwig XIII. ähneln dieser Frau. Seine Anhänglichkeit frißt sie wie dieses Feuer auf – zuerst blendet es sie und dann verbrennt es sie.«

Die junge Herzogin war jedoch nicht mehr in der Lage, der Königin zuzuhören. Sie starrte sie nur weiterhin mit ihren großen, dunklen Augen an, die ein Tränenschleier in Dunkelheit hüllte. Ihre Hände zitterten in denen Anna von Österreichs, und ein krampfartiges Zucken ließ ihre Lippen erzittern.

»Ich bin sehr grausam, nicht wahr, Maria«, sagte die Königin mit einer extrem sanften Stimme. Sie streichelte Maria wie ein Kind, dem man ein Geständnis entlocken will. »Oh, ja, sicher, ich bin sehr böse. Unser Herz ist schwer. Ihr könnt nicht mehr, mein Kind. Also, erzählt es mir. Wie steht es mit Euch und Monsieur de Cinq-Mars?«

Als sie diesen Namen hörte, brach ihr Schmerz hervor. Sie kniete noch immer vor der Königin nieder. Doch jetzt warf sie sich an den Busen dieser guten Königin, schluchzte wie ein Kind und vergoß nun ihrerseits eine Sintflut von Tränen. Ihr Kopf und ihre wohlgeformten Schultern bebten so stark, daß man hätte meinen können, ihr breche das Herz. Die Königin wartete lange auf das Ende dieser ersten Erregung, wiegte sie in ihren Armen, als ob sie den Schmerz lindern wolle, und flüsterte immer wieder: »Mein Kind, mein Kind, sei doch nicht so traurig!«

»Oh, Madame«, rief sie. »Ich habe mich schuldig gegen Euch gemacht, aber ich habe nicht mit diesem Herzen gerechnet. Ich hatte so unrecht, und ich werde vielleicht hart bestraft werden.

Aber, ja, wie hätte ich es wagen können, mit Euch zu sprechen, Madame? Nicht, daß es mir schwerfiele, Euch mein Herz zu öffnen. Ich muß Euch gestehen, daß ich das Bedürfnis hatte, Euch in meinem Herzen lesen zu lassen.«

Die Königin überlegte einen Moment und legte einen Finger auf ihre Lippen, als besinne sie sich.

»Ihr habt recht«, meinte sie nun. »Ihr habt ganz recht, denn es fällt uns immer schwer, das erste Wort zu sagen, und das bringt uns oft um den Verstand. Aber es muß sein, und ohne diese Etikette wäre man nahe daran, an Würde zu verlieren. Ach, wie schwer es ist zu regieren. Heute will ich gerne in Eurem Herz lesen, aber ich komme zu spät, um Euch Gutes zu tun.«

Maria von Mantua senkte den Kopf, ohne zu antworten.

»Muß ich Euch zum Sprechen ermuntern?« fragte die Königin. »Muß ich Euch daran erinnern, daß ich Euch fast als meine älteste Tochter adoptiert habe. Habe ich Euch nicht, nachdem ich versucht habe, Euch mit dem Bruder des Königs zu verheiraten, den Weg für den polnischen Thron geebnet? Muß man mehr tun, Maria? Ja, man muß! Ich werde es für dich tun, und wenn du mir dann nicht dein ganzes Herz öffnest, dann habe ich dich falsch eingeschätzt. Öffne mit deiner Hand diese Goldkassette. Hier ist der Schlüssel. Öffne sie beherzt, und bebe nicht wie ich.«

Die Herzogin von Mantua gehorchte zögernd, und sie sah in dieser kleinen, ziselierten Truhe ein grobes Messer mit einem Eisengriff und einer ganz verrosteten Klinge liegen. Es lag auf einigen sorgfältig gefalteten Briefen, auf denen der Name Buckingham stand. Sie wollte sie hochheben, doch Anna von Österreich hielt sie zurück.

»Du brauchst nicht weiter zu suchen«, sagte sie. »Das ist der ganze Schatz der Königin … Es ist einer, denn es ist das Blut eines Mannes, der nicht mehr lebt, aber der für mich gelebt hat. Er war der schönste, der mutigste und der berühmteste unter den Großen Europas. Er schmückte sich mit den Krondiamanten Englands, um mir zu gefallen. Er beschwor einen blutigen Krieg herauf und rüstete die Flotte, die er selbst kommandierte, um das Glück zu erleben, einmal denjenigen, der mein Gatte war, zu bekämpfen. Er überquerte die Meere, um eine Blume zu pflücken, über die ich geschritten war, und er lief Todesgefahr, um die Beine dieses Bettes in Gegenwart zweier Hofdamen zu küssen und mit Tränen zu benetzen. Soll ich weitersprechen? Ja, dir sage ich es. Ich habe ihn geliebt, und ich liebe ihn noch in der Erinnerung, und zwar mehr, als man lieben kann. Ja, er hat es nie erfahren, niemals erraten. Dieses Gesicht und diese Augen waren für ihn aus Eis, während mein Herz brannte und brach, aber ich war die Königin von Frankreich …«

Jetzt drückte Anna von Österreich heftig Marias Arm.

»Wage es, dich jetzt zu beklagen, daß du nicht über Liebe zu mir hast sprechen können, und wage es, zu schweigen, da ich dir eben derartige Geheimnisse enthüllt habe!«

»O Madame, ich werde es wagen, Euch meinen Schmerz anzuvertrauen, denn Ihr seid für mich …«

»Eine Freundin, eine Frau«, unterbrach sie die Königin. »In meiner Angst bin ich eine Frau gewesen, die dir ein der ganzen Welt unbekanntes Geheimnis enthüllt hat. Wie du weißt, bin ich zu einer Frau geworden, durch eine Liebe, die den Mann überlebte, den ich liebte … Sprich, sprich zu mir. Es ist an der Zeit …«

»Es ist ganz im Gegenteil keine Zeit mehr«, antwortete Maria mit einem gezwungenen Lachen. »Monsieur de Cinq-Mars und ich sind auf ewig vereint.«

»Auf ewig!« rief die Königin. »Was habt Ihr Euch dabei gedacht? Und Euer Rang, Euer Name, Eure Zukunft, alles ist dahin. Wollt Ihr Eurem Bruder, dem Herzog von Rethel, und allen Gonzagas diese Enttäuschung bereiten?«

»Seit vier Jahren denke ich daran, und ich bin fest entschlossen. Und seit zehn Tagen sind wir verlobt …«

»Verlobt!« rief die Königin und klatschte in die Hände. »Man hat Euch getäuscht, Maria. Wer hätte es gewagt, ohne den Befehl des Königs? Das ist eine Intrige, von der ich Genaueres erfahren will. Ich bin sicher, daß man Euch da hineingerissen und betrogen hat.«

Maria sammelte sich einen Moment und erklärte ihr dann:

»Nichts war einfacher, Madame, als meine Zuneigung zu erlangen. Ich wohnte, wie ihr wißt, auf dem alten Schloß Chaumont bei der Marschallin D'Effiat, der Mutter von Monsieur de Cinq-Mars. Ich hatte mich dorthin zurückgezogen, um den Tod meines Vaters zu beweinen, und bald geschah es, daß Henri ebenfalls den Tod seines Vaters zu beklagen hatte. In dieser großen, betrübten Familie sah ich nur seinen Schmerz, der so tief war wie der meine. Alles, was er mir erzählte, hatte ich schon gedacht, und als wir über unseren Kummer sprachen, da sahen wir, daß er ganz ähnlich war. Da mich das Unglück als erste traf, kannte ich mich mit der Traurigkeit schon besser aus, und ich habe versucht, ihn zu trösten. Ich habe ihm gesagt, wie sehr ich gelitten habe, und indem ich mich beklagte, wurde er von seinem Schmerz abgelenkt. Das war der Beginn unserer Liebe, die, wie Ihr seht, sozusagen zwischen zwei Gräbern geboren wurde.«

»Gott gebe, meine Liebe, daß sie ein glückliches Ende nimmt«, sagte die Königin.

»Ich hoffe es, Madame, da Ihr ja für mich betet«, fuhr Maria fort. »Übrigens, heute lacht mich alles an, aber damals war ich sehr unglücklich. Eines Tages erreichte die Nachricht das Schloß, daß der Kardinal Monsieur de Cinq-Mars zur Armee ruft. Es kam mir so vor, als entführe man mir wieder einen der meinen, und wir waren doch Fremde. Aber Monsieur de Bassompierre hörte nicht auf, über Schlachten und den Tod zu sprechen. Ich zog mich jeden Abend ganz verwirrt zurück, und ich weinte die ganze Nacht. Ich glaubte zuerst, daß meine Tränen noch um der Vergangenheit willen flossen, aber ich bemerkte, daß es um der Zukunft willen war. Ich spürte genau, daß es nicht dieselben Tränen sein konnten, weil ich sie zu verbergen wünschte.

In Erwartung der Abreise verstrich einige Zeit. Ich sah ihn jeden Tag, und ich beklagte seine Abreise, weil er mir immer wieder sagte, daß er ewig leben wolle wie zu jener Zeit in seinem Land mit uns. Er war daher ohne Ehrgeiz bis zum Tag seiner Abreise, weil er nicht wußte, ob er … Ich wage es Eurer Majestät nicht zu sagen …«

Maria errötete und schlug ihre feuchten Augen lächelnd nieder …

»Nun«, ermunterte sie die Königin, »ob er geliebt wurde, nicht wahr?«

»Und am Abend, Madame, reiste er als ehrgeiziger Mann ab.«

»Das sah in der Tat so aus. Aber schließlich reiste er ab«, sagte Anna von Österreich. Ihre Unruhe hatte sich ein wenig gelegt. »Aber er ist seit zwei Jahren zurückgekehrt, und Ihr habt ihn gesehen …?«

»Selten, Madame«, erwiderte die junge Herzogin ein bißchen stolz, »und immer in einer Kirche und in Gegenwart eines Priesters, vor dem ich versprochen habe, keinem anderen als Monsieur de Cinq-Mars zu gehören.«

»Soll das denn eine Ehe sein? Hat er es wohl gewagt, es zu tun?

Ich werde mich erkundigen. Ach, mein Gott, nichts als Fehler, nichts als Fehler, mein Kind, in den wenigen Worten, die ich höre. Laßt mich darüber nachsinnen.«

Die Königin führte nun mit gesenktem Blick und Kopf, in der typischen Pose eines nachdenklichen Menschen, ein lautes Selbstgespräch: »Ist das Kind einmal in den Brunnen gefallen, dann sind Vorwürfe unnötig und grausam. Die Vergangenheit gehört uns nicht mehr, denken wir also an den Rest der Zeit. Cinq-Mars ist an sich gut, mutig, geistreich und auch tiefsinnig. Ich habe ihn beobachtet. Er hat in diesen beiden Jahren wohl seinen Weg gemacht, und ich sah, daß es für Maria war ... Er benimmt sich gut, er ist würdig, ja, er ist ihrer würdig in meinen Augen, aber in den Augen Europas – nein. Er muß noch höhersteigen. Die Prinzessin von Mantua kann keinen anderen Mann als einen Fürsten heiraten. Er muß es werden. Für mich kann ich nichts mehr tun. Ich bin keine Königin, ich bin die vernachlässigte Gattin des Königs. Da gibt es nur den Kardinal, den ewigen Kardinal ... und er ist sein Feind, und dieser Aufruhr vielleicht ...«

»Ja, damit beginnt der Krieg zwischen ihnen. Das habe ich eben nur zu deutlich erkannt.«

»Dann ist er verloren!« rief die Königin und nahm Maria liebevoll in die Arme. »Verzeih, mein Kind! Auch wenn dein Herz bricht, müssen wir heute über alles sprechen und alles bedenken. Ja, er ist verloren, wenn er selbst nicht diesen bösen Mann zu Fall bringt, denn der König wird nicht auf ihn verzichten. Die einzige Macht ...«

»Er wird ihn stürzen, Madame. Er wird es machen, wenn Ihr ihm helft. Ihr seid die Göttin Frankreichs. Oh, ich beschwöre Euch, beschützt den Engel gegen den Teufel. Es ist Eure Sache, die Eurer königlichen Familie, die Eurer ganzen Nation ...«

Die Königin lächelte.

»Es ist besonders deine Sache, mein Kind, nicht wahr? Und darum trete ich mit meiner ganzen Macht dafür ein. Sie ist nicht groß, das habe ich dir gesagt. Aber so wie sie ist, werde ich sie ganz für dich einsetzen, vorausgesetzt jedoch, daß dieser Engel nicht so weit geht, Todsünden zu begehen«, fügte sie mit einem vielsagenden Blick hinzu. »Heute nacht habe ich gehört, daß sein Name genannt wurde, aber diese Stimmen waren seiner nicht würdig.«

»Oh, Madame, ich schwöre, daß er nichts davon wußte.«

»Ach, mein Kind, reden wir nicht über Staatsgeschäfte. Du verstehst noch nicht viel davon. Wenn ich kann, möchte ich nun ein wenig schlafen, bevor ich mich ankleide. Meine Augen brennen sehr und deine vielleicht auch.«

Kaum hatte sie diese Worte gesprochen, da legte die liebenswerte Königin ihren Kopf auf das Kissen, unter dem die Kassette lag, und gleich darauf sah Maria, daß sie vor Müdigkeit eingeschlafen war. Sie stand auf und setzte sich in einen großen, eckigen Gobelinlehnstuhl, faltete ihre Hände über ihren Knien und fing an, über ihre schmerzliche Situation nachzusinnen. Da der Anblick ihrer sanften Beschützerin sie tröstete, schaute sie oft zu ihr, um ihren Schlaf zu bewachen, und sie schickte ihr heimlich den ganzen Segen, mit dem die Liebe immer diejenigen überhäuft, die sie beschirmen. Ab und zu küßte sie die Locken ihrer blonden Haare, als könne sie ihr durch diesen Kuß all ihre wohlwollenden, ständigen Gedanken in die Seele schicken.

Die Königin schlief noch immer, und Maria dachte nach und weinte. Sie erinnerte sich jedoch daran, daß sie um zehn Uhr vor dem ganzen Hof bei der Toilette der Königin erscheinen mußte. Sie wollte nicht mehr weiter nachdenken, um nicht mehr zu weinen, und sie nahm einen dicken Folioband, der auf einem mit Emaille und Medaillons verzierten Tisch lag. Es war *Astrée* von Monsieur d'Urfé[34], ein Werk über die schöne Galanterie, das die schönen Prüden des Hofes verehrten. Der naive, aber gerechte Geist Marias hatte keinen Zugang zu dieser Schäferliebe. Sie war zu einfach, um die Hirten von Lignon zu verstehen, zu geistreich, um an ihren Gesprächen Gefallen zu finden und zu leidenschaftlich, um ihre Traurigkeit nachzuempfinden. Der große Erfolg dieses Romans beeindruckte sie jedoch derartig, daß sie sich zwingen wollte, Interesse daran zu finden, und sie klagte sich im stillen jedesmal an, wenn die Seiten des Buches sie langweilten. Dann überflog sie sie ungeduldig, um etwas zu finden, was ihr wohl gefallen und sie bannen könnte. Eine Zeichnung fesselte sie. Sie zeigte die Schäferin Astrée auf hohen Absätzen, mit einem Korsett und einem riesigen *Vertugadin*. Sie stand auf den Zehenspitzen, um im Fluß den zarten Céladon zu betrachten, der sich aus Hoffnungslosigkeit ertränkte, weil er am Morgen etwas kühl empfangen worden war. Ohne sich über das Motiv ihres Widerwillens und die zahlreichen Verfälschungen des Bildes Rechenschaft abzulegen, suchte sie, indem sie die Seiten mit ihrem Daumen schnell durchblätterte, ein Wort, das ihre Aufmerksamkeit fesselte. Ihr fiel das Wort *Druide* ins Auge. ›Ah, das ist eine große Persönlichkeit‹, sagte sie sich. ›Ich werde wahrscheinlich einen dieser geheimnisvollen Opferpriester sehen, von dem die Bretagne, wie mir gesagt wurde, noch die hohen Steine aufbewahrt. Aber ich werde sehen, wie er Menschen opfert. Das wird ein schreckliches Schauspiel sein. Ach, egal, ich werde es lesen.‹

Und Maria runzelte die Stirn und zitterte fast, las aber nun, da sie sich derartig ermuntert hatte, die folgenden Zeilen:

Der Druide Adamas rief mit viel Feingefühl die Hirten Pimander, Ligdamont und Clidamant, die eben erst aus Calais angekommen waren: »Dieses Abenteuer«, sagte er zu ihnen, »kann nur durch besonders große Liebe beendet werden. Der Geist verwandelt sich, wenn er liebt, in das geliebte Objekt. Um euch das zu zeigen, lassen euch meine schönen Verzauberungen in dieser Quelle die Nymphe Sylvie sehen, die ihr alle drei liebt. Der Oberpriester Amasis wird aus Montbrison kommen und euch diesen köstlichen Gedanken erklären. Nun, liebe Hirten, wenn eure Wünsche in rechter Ordnung sind, dann werden sie euch keinerlei Qualen bereiten, wenn sie es aber nicht sind, dann werdet ihr bestraft durch eine ähnliche Ohnmacht wie die des Céladon und der Schäferin Galathea, die der flatterhafte Herkules in den Bergen der Auvergne zurückließ und die dem zarten Land der Gallier ihren Namen gab. Oder aber ihr werdet so wie der wilde Amidor von den Schäferinnen aus Lignon gesteinigt. Die große Nymphe dieser Höhle hat eine Verzauberung vollbracht …«

Die Prinzessin wurde von der großen Nymphe vollständig verzaubert, und sie hatte kaum genug Kraft, um mit kraftloser Hand am Ende des Buches die Stelle zu finden, an der sie erfuhr, daß der Druide Adamas eine geistreiche Allegorie war, die den Generalleutnant aus Montbrison, aus dem Geschlecht der Papon darstellte. Ihre müden Augen fielen zu, und das große Buch rutschte auf ihr Kleid und fiel dann auf das Samtkissen, auf dem ihre Füße standen und auf dem nun die schöne Astrée und der galante Céladon sanft ruhten – weniger reglos als Maria von Mantua, die von den beiden besiegt worden und in einen tiefen Schlaf gesunken war.

16. Kapitel
Das Mißverständnis

> Man braucht in Frankreich viel Entschlossenheit und einen großen Geist, um sich der Ämter und Beschäftigungen zu enthalten und zuzustimmen, zu Hause zu bleiben und nichts zu tun. Fast niemand hat genug Verdienst, um diese Rolle mit Würde zu spielen, noch genug Vermögen, um die Leere der Zeit zu füllen, ohne das zu tun, was der gewöhnliche Mensch ›Geschäfte‹ nennt.
> Es bedarf jedoch zum Müßiggang des Weisen nur eines besseren Namens, und schon kann man nachdenken, sprechen, lesen und ruhig sein als arbeiten bezeichnen.
>
> La Bruyère

Eben an diesem Vormittag, dessen unterschiedliche Wirkungen auf Gaston von Orléans und auf die Königin wir verfolgt haben, herrschte in dem bescheidenen Arbeitszimmer eines großen Nachbarhauses des Justizpalastes die Ruhe, welche mit konzentrierten Studien einhergeht. Eine Kupferlampe nach gotischer Art kämpfte hier mit dem anbrechenden Tag und warf ihr rötliches Licht auf den Stapel Papiere und Bücher, die auf einem großen Tisch lagen. Das Licht schien auf die Büsten von Montaigne, auf die des Historikers Thou und die von König Ludwig XIII. In einem Kamin, der so hoch war, daß ein Mensch hineingehen konnte und sich sogar hineinsetzen konnte, brannte auf riesigen eisernen Feuerböcken ein großes Feuer. Auf einem dieser Feuerböcke stand der Fuß des fleißigen de Thou, der schon aufgestanden war und aufmerksam die neuen Werke von Descartes und Grotius studierte. Er machte sich auf den Knien Notizen über diese philosophischen und politischen Werke, um die sich damals alle Gespräche drehten. Aber in diesem Moment nahmen die *Metaphysischen Meditationen* seine ganze Aufmerksamkeit in Anspruch. Der Philosoph aus der Touraine faszinierte den jungen Rat. In seiner Begeisterung schlug er oftmals auf das Buch und schrie voller Bewunderung auf. Manchmal nahm er eine neben ihm stehende Weltkugel in die Hand, drehte sie lange unter seinen Fingern und versank in tiefstes Nachdenken über die Wissenschaft und drang so immer tiefer in die Materie ein. Dann warf er sich plötzlich vor dem über dem Kamin angebrachten Kruzifix auf die Knie, denn an den Grenzen des menschlichen Geistes hatte er Gott getroffen, oder er versank so tief in seinem schweren Lehnstuhl, daß er fast auf dem Rücken lag. Er legte seine beiden Hände über seine Augen, folgte im Geiste dem Faden der Argumentationen des René Descartes, von dieser Idee der ersten Meditation:

»Nehmen wir an, wir seien eingeschlafen, und all diese Besonderheiten, nämlich, daß wir die Augen öffnen, den Kopf bewegen, den Arm ausstrecken, seien nur Trugbilder …«

Bis zu dieser herrlichen Schlußfolgerung der dritten:

»Es bleibt nur noch eins zu sagen: Ähnlich der Idee von mir selbst wurde die Idee Gottes mit mir geboren und geschaffen, als ich erschaffen wurde. Und sicher, man sollte es nicht merkwürdig finden, daß Gott, als er mich erschaffen hat, diese Idee in mich gepflanzt hat wie einen Stempel, den der Arbeiter seinem Werk aufprägt.«

Die Seele des jungen Rates war von diesen Gedanken ganz und gar erfüllt, als unter seinen Fenstern großer Lärm zu hören war. Er glaubte, daß eines der Häuser in Brand stünde und diese langgezogenen Schreie dadurch hervorgerufen würden, und er eilte, um zu dem Flügel zu sehen, der von seiner Mutter und seinen Schwestern bewohnt wurde, aber dort schien alles zu schlafen, und die Schornsteine zeigten auch keine Rauchfahne, was den Schlaf der Bewohner bestätigte. Er segnete den Himmel, und als er zu einem anderen Fenster lief, sah er, wie sich das Volk, dessen Heldentaten wir schon kennen, durch die engen Gassen drängte, die zum Quai führten. Nachdem er diese Menschenmenge von Frauen und Kindern, die lächerliche Fahne, der sie folgten, und die vulgäre Verkleidung der Männer in Augenschein genommen hatte, sagte er zu sich: »Das ist irgendein Volksfest oder eine Karnevalskomödie.« Dann setzte er sich wieder ans Feuer, nahm den großen Kalender vom Tisch und suchte sorgfältig, welchen Heiligen man an diesem Tag feierte. Er schaute die Spalte des Monats Dezember durch und fand am vierten Tag dieses Monats den Namen der *Heiligen Barbara.* Da erinnerte er sich, daß er so eine Art kleiner Kanonen und Kisten hatte vorbeiziehen sehen, und vollkommen zufriedengestellt ob dieser Erklärung, die er sich selbst gab, verjagte er schnell den Gedanken, der ihn ablenkte, und zwang sich wieder, sich in seine süßen Studien zu vertiefen. Er stand nur bisweilen auf, um ein Buch aus dem Regal seiner Bibliothek zu holen, und nachdem er einen Satz, eine Zeile oder nur ein Wort gelesen hatte, warf er es neben sich auf den Tisch oder den Boden, der ebenso mit Papieren überhäuft war, und er hütete sich, sie wieder an ihren Platz zu legen, weil er Angst hatte, den Faden seiner Überlegungen zu verlieren.

Plötzlich wurde die Tür aufgerissen und ein Name angekündigt, den er unter allen Namen des Anwaltsstandes erkannt hätte. Es handelte sich um einen Mann, der ihm durch seine Beziehungen im Amt besonders aufgefallen war.

»Ach, welch ein Zufall führt denn um fünf Uhr morgens Maître Fournier in mein Haus«, rief er. »Gibt es irgendwelche Unglücklichen zu verteidigen, oder irgendwelche Familien mit den Früchten seines Talentes zu nähren? Gibt es irgendwelche Irrtümer zwischen uns aufzuklären, irgendwelche Tugenden in unseren Herzen zu wecken? Denn das sind ja seine gewöhnlichen Werke. Ihr kommt vielleicht zu mir, um mir über eine neue Schmach unseres Gerichtshofes zu berichten. Ach, die Geheimkammern des Arsenals sind mächtiger als das antike Gerichtswesen aus den Zeiten Chlodwigs. Der Gerichtshof geht in die Knie, alles ist verloren. Es sei denn, es tauchten dort plötzlich Männer auf wie Ihr.«

»Monsieur, ich verdiene Eure Huldigungen nicht«, sagte der Advokat, der in Begleitung eines ernsten, alten Mannes, der wie er in einen weiten Mantel gehüllt war, das Zimmer betrat. »Ich verdiente hingegen Euren ganzen Schimpf, und ich bin fast zur Reue bereit, so wie auch Monsieur, Graf Du Lude, hier. Wir kommen, um Asyl für diesen Tag zu bitten.«

»Asyl? Vor wem wollt Ihr Euch schützen?« fragte Thou und bat sie, sich zu setzen.

»Vor dem niederen Volk von Paris, das uns als Anführer will und das wir fliehen. Es ist schändlich. Ihr Anblick, ihr Geruch, ihre Worte und besonders der Kontakt mit diesem Pöbel ist nur zu verletzend«, erklärte Monsieur Du Lude mit komischer Ernsthaftigkeit. »Es ist einfach zu viel.«

»Aha, Ihr sagt also, daß es zu viel ist«, wunderte sich de Thou, der äußerst erstaunt war, was er aber zu verbergen versuchte.

»Ja«, bestätigte der Advokat. »Also wirklich, unter uns gesagt, Monsieur le Grand geht zu weit.«

»Ja, er treibt die Dinge zu schnell voran. Er wird unsere Pläne vereiteln«, fügte sein Begleiter hinzu.

»Aha, Ihr sagt also, daß er zu weit geht?« fragte de Thou, der sich über sein Kinn strich und sich immer mehr wunderte.

Sein Freund Cinq-Mars hatte ihn schon seit drei Monaten nicht mehr besucht, und er selbst war über die Geschehnisse bei Hofe nur schlecht informiert, was ihn nicht besonders beunruhigte, da er wußte, daß Cinq-Mars in Saint-Germain war und beim König, den er nie verließ, in hoher Gunst stand. Da er sich bei jeder Gelegenheit in seine ernsten Studien vergrub, wußte de Thou über öffentliche Ereignisse erst Bescheid, wenn er aufgrund des Lärms gezwungen war, sie zur Kenntnis zu nehmen. Er erfuhr immer erst in letzter Minute, was um ihn herum passierte, und er lieferte seinen intimen Freunden durch sein naives Erstaunen oft ein recht unterhaltsames Schauspiel, und das um so mehr, als er durch sein mondänes Gehabe den Eindruck vermitteln wollte, sich auf die öffentlichen Dinge zu verstehen. Er versuchte die Überraschung, die er bei jeder neuen Nachricht empfand, zu verbergen. Das war auch diesmal der Fall, doch zu seiner Eigenliebe gesellte sich noch die Freundschaft. Er wollte nicht durchblicken lassen, daß Cinq-Mars sich ihm gegenüber falsch verhalten habe, und auch um der Ehre seines Freundes willen wollte er den Eindruck erwecken, in seine Pläne eingeweiht zu sein.

»Ihr wißt genau, wie die Sache steht?« erkundigte sich der Advokat.

»Ja, natürlich, fahrt fort.«

»So verbunden wie Ihr mit ihm seid, wißt Ihr sicher, daß das alles schon seit einem Jahr vorbereitet wird …«

»Sicher … alles wird vorbereitet … aber sprecht nur weiter …«

»Ihr seid doch sicher auch unserer Meinung, Monsieur, daß Monsieur le Grand unrecht hat …«

»Ach! Das kommt ganz darauf an. Aber erklärt Euch, ich werde dann sehen …«

»Also gut! Ihr wißt, was in der letzten Sitzung beschlossen wurde, von der er Euch berichtet hat?«

»Ah, das heißt … verzeiht mir, ich weiß es so ungefähr, aber helft mir mal auf die Sprünge …«

»Das ist unnötig. Ihr habt doch sicher nicht vergessen, was er uns persönlich bei Marion de Lorme geraten hat?«

»Niemanden mehr auf unsere Liste zu setzen«, fügte Monsieur Du Lude hinzu.

»Ah, ja, ja, ich verstehe«, sagte de Thou. »Das erscheint mir vernünftig, sehr vernünftig, ehrlich gesagt.«

»Also gut«, fuhr Fournier fort. »Er selbst hat diesen Beschluß übertreten, denn heute morgen haben wir, außer den komischen Käuzen, die dieses Frettchen von Gondi uns angeschleppt hat, einen – ich weiß nicht was für einen – Vagabunden von *capitan*, gesehen, der während der Nacht mit Degen und Dolch auf die Edelleute beider Parteien losging und dabei lauthals schrie: ›Jetzt komme ich, d'Aubijoux! Du hast dreitausend Dukaten von mir gewonnen, hier sind dafür drei Degenstiche. Jetzt komme ich, La Chapelle! Ich bekomme von dir zehn Tropfen Blut für meine zehn Pistolen.‹ Ich habe es mit eigenen Augen gesehen, daß er diese Männer und auch verschiedene andere beider Parteien angegriffen hat, zwar ziemlich tapfer, das ist wahr, denn er schlug sie nur von vorn und deckte sich, doch hatte er viel Glück und zeigte eine empörende Unparteilichkeit.«

»Ja, Monsieur, und ich wollte ihm meine Meinung sagen«, bestätigte Monsieur Du Lude, »doch da sah ich, daß er wie ein Eichhörnchen in der Menge verschwand. Er lachte ziemlich viel mit einigen unbekannten sonnengebräunten Gestalten, aber ich zweifle dennoch nicht daran, daß Monsieur de Cinq-Mars ihn geschickt hat, denn er gab diesem Ambrosio, den Ihr kennen dürftet, Befehle, diesem spanischen Gefangenen, diesem Taugenichts, den Cinq-Mars in seine Dienste genommen hat. Das widert mich wirklich an, und ich bin wohl kaum dazu geschaffen, mit dieser Kanaille in einen Topf geworfen zu werden.«

»Das hier ist etwas ganz anderes als die Sache in Loudun, Monsieur«, erklärte ihm Fournier. »Das Volk hat sich nur erhoben, ohne wirklich zu revoltieren. Dort handelte es sich um den heiligen, geschätzten Teil der Bevölkerung, der eines Attentates unwürdig und nicht durch Wein oder Geld animiert war. Dort war es der Aufschrei gegen einen Henker, ein Schrei, dessen ehrenwertes Organ man sein konnte, und nicht dieses Geschrei aufwieglerischer Scheinheiligkeit einer Bande gesinnungsloser

Menschen, die dem Schlamm von Paris entsprungen sind und die aus den Kanallöchern der Stadt hervorlugen. Ich gebe zu, daß ich dessen, was ich sehe, müde bin, und ich bin gekommen, um Euch zu bitten, mit Monsieur le Grand darüber zu sprechen.«

De Thou war während dieser beiden Vorträge ziemlich in Verlegenheit geraten, denn er konnte wirklich nicht verstehen, was Cinq-Mars mit diesem Pöbel zu schaffen hatte aber er blieb beharrlich dabei, seine Unkenntnis nicht zugeben zu wollen. Er wußte jedoch überhaupt nichts, denn das letzte Mal, als er seinen Freund gesehen hatte, hatte dieser nur über die Pferde und die Reitställe des Königs, über die Falkenjagd und die Wichtigkeit des Oberjägermeisters in den Staatsangelegenheiten gesprochen, was nicht gerade auf große Pläne hindeutete, bei denen auch das Volk eine Rolle spielte. Schließlich faßte er sich ein Herz und sagte mit zaghafter Stimme:

»Meine Herren, ich verspreche Euch, Euren Auftrag zu erledigen. In der Zwischenzeit biete ich Euch, solange Ihr wollt, Tisch und Bett an. Aber es fällt mir schwer, Euch meine Meinung in dieser Angelegenheit zu sagen. Ach, übrigens, sagt doch mal, man hat nicht zufällig das Fest der Heiligen Barbara gefeiert?«

»Das Fest der Heiligen Barbara!« staunte Fournier.

»Das Fest der Heiligen Barbara!« wunderte sich auch Du Lude.

»Ja, ja, man hat Pulver verschossen, das ist es, was Monsieur de Thou sagen will«, fuhr der erste lachend fort. »Ah, das ist sehr komisch, sehr komisch! Ja, in der Tat, ich glaube, daß heute das Fest der Heiligen Barbara ist.«

Diesmal geriet de Thou aufgrund ihres Erstaunens in Verlegenheit, und er war zum Schweigen verurteilt. Und als die beiden merkten, daß sie aneinander vorbeiredeten, schwiegen sie auch.

Sie schwiegen noch, als sich die Tür öffnete, und der ehemalige Gouverneur von Cinq-Mars, Priester Quillet, leicht humpelnd das Zimmer betrat. Er sah besorgt aus, und seine Miene und seine Worte verrieten nichts mehr von seiner einstigen Fröhlichkeit. Sein Blick war zwar wachsam, doch seine Worte recht barsch.

»Verzeihung, Verzeihung, mein lieber de Thou, wenn ich Euch zu so früher Stunde aus Eurer Arbeit reiße. Das ist erstaunlich, seitens eines Gichtkranken, nicht wahr? Ach, wie die Zeit vergeht. Vor zwei Jahren humpelte ich noch nicht. Ich war sogar noch recht gut zu Fuß während meiner Italienreise. Es stimmt, daß die Angst einem Beine macht.«

Mit diesen Worten steuerte er auf die Nische eines Fensterkreuzes zu und gab de Thou ein Zeichen, zu ihm zu kommen und mit ihm zu sprechen. Er sagte ganz leise:

»Ich sage es Euch, mein Freund, obwohl Ihr ja in alles eingeweiht seid. Ich habe sie vor zwei Wochen verlobt, wie sie Euch sicher erzählt haben.«

»Ja, tatsächlich«, erwiderte der arme de Thou, der vom Regen in die Traufe fiel, nämlich von einer Überraschung in die andere.

»Aber nun tut doch nicht so erstaunt! Ihr wißt doch genau wen«, fuhr der Priester fort. »Aber, mein Gott, ich fürchte, daß ich zuviel Nachsicht mit ihnen hatte, obgleich diese beiden Kinder in ihrer Liebe wirklich reizend sind. Ich habe mehr Angst um ihn als um sie. Ich glaube, daß er, nach dem Aufstand heute morgen zu urteilen, Dummheiten machen wird. Wir müssen darüber reden.«

»Aber«, beteuerte de Thou sehr ernst, »ich weiß nicht, was Ihr sagen wollt, Ehrenwort. Wer macht denn Dummheiten?«

»Also, mein Lieber, wollt Ihr immer noch Katz und Maus mit mir spielen?« Das ist beleidigend!« Der gute Mann wurde langsam böse.

»Nein, wirklich! Wen habt Ihr denn verlobt?«

»Also wirklich, Monsieur!«

»Aber was hat es denn mit dem Aufstand heute morgen auf sich?«

»Ihr macht Euch über mich lustig. Ich gehe jetzt«, sagte der Priester und stand auf.

»Ich schwöre Euch, daß ich überhaupt nichts von all dem, was man mir heute erzählt, begreife. Geht es um Monsieur de Cinq-Mars?«

»Das wird ja immer schöner, Monsieur! Ihr behandelt mich wie einen Kardinalisten. Gut, dann trennen sich unsere Wege«, schimpfte der Priester Quillet wütend.

Er nahm seinen Krückstock und verließ schnell das Zimmer, ohne de Thou noch weiter zuzuhören. Dieser lief ihm bis zu seinem Wagen hinterher und versuchte, ihn zu beruhigen. Leider hatte er keinen Erfolg, weil er es nicht wagte, den Namen seines Freundes auf der Treppe vor all den Leuten zu erwähnen, und er sich darum nicht verständlich machen konnte. Es gefiel ihm gar nicht, daß der alte, noch immer ganz wütende Priester einfach ging, und er rief ihm hinterher: »Bis morgen!« Aber der Kutscher fuhr los, und er erhielt keine Antwort.

Es war jedoch nützlich für ihn gewesen, die Treppe seines Hauses hinunterzugehen, denn er sah hier grauenerregende Volksmassen herumlaufen, die vom Louvre kamen, und er konnte jetzt die Wichtigkeit ihres Treibens am Vormittag selbst beurteilen. Er hörte vulgäre Stimmen siegessicher schreien:

»Sie ist doch erschienen, die kleine Königin.« – »Es lebe der gute Herzog von Bouillon, der zu uns kommt! Hunderttausend Menschen sind bei ihm, die auf Flößen über die Seine kommen. Der alte Kardinal von La Rochelle ist tot.« – »Es lebe der König! Es lebe Monsieur le Grand!«

Als ein Wagen mit vier Pferden vorfuhr, dessen Kutscher die Livree des Königs trugen und der vor dem Haus des Rates anhielt, schrien die Leute noch lauter. Er erkannte die Leute von Cinq-Mars. Ambrosio stieg aus und öffnete die schweren Vorhänge, mit denen die Karossen jener Zeit ausgestattet waren. Das Volk hatte sich zwischen das Trittbrett und die untersten Stufen der Treppe geworfen, so daß es ihn richtige Mühe kostete, auszusteigen und sich der Marktfrauen zu entledigen, die ihn schreiend umarmen wollten:

»Da bist du ja, mein Herz, mein kleiner Freund. Du kommst also, mein Liebling. Seht, wie schön er ist, dieser liebe Junge mit seiner großen Halskrause. Ist das nicht besser als dieser andere mit seinem weißen Schnurrbart? Komm, mein Sohn, bring uns guten Wein wie heute morgen.«

Henri d'Effiat drückte errötend die Hand seines Freundes, der schnell die Türen schließen ließ. »Diese Gunst des Volkes ist ein Kelch, den man leeren muß«, sagte er, als sie das Haus betraten …

»Es scheint mir«, antwortete de Thou ernst, »daß Ihr ihn bis zur bitteren Neige leert.«

»Ich werde Euch diesen Lärm erklären«, entgegnete Cinq-Mars etwas verlegen. »Wenn Ihr mich liebt, dann zieht Euch an und begleitet mich jetzt zur Morgentoilette der Königin.«

»Ich habe Euch versprochen, mich blind zu stellen«, sagte der Rat. »Das kann jedoch nicht so weitergehen, in Treu' und Glauben …«

»Noch einmal, ich werde Euch alles ausführlich erklären,

wenn wir von der Königin zurückgekehrt sind. Aber beeilt Euch. Es ist schon fast zehn Uhr.«

»Ich komme mit Euch«, sagte de Thou und bat ihn in sein Arbeitszimmer, in dem der Graf Du Lude und Fournier saßen. Er selbst ging in ein anderes Zimmer.

17. Kapitel
Die Morgentoilette

> Wir werden die ehemaligen Vorrechte dieses Adels, der seit elf Jahrhunderten mit Staub, Blut und Schweiß bedeckt ist, wie in einem Abgrund suchen.
>
> MONTESQUIEU

Auf der Fahrt zum Louvre zog Cinq-Mars die Vorhänge des Wagens zu, nahm die Hand seines Freundes und sagte liebevoll zu ihm:

»Lieber de Thou, ich habe große Geheimnisse in meinen Herzen bewahrt, und glaubt mir, sie haben mich schwer belastet, aber ich hatte aus zweierlei Gründen Angst, und das zwang mich zu schweigen: Eure Gefahr und – soll ich es sagen? – Eure Ratschläge.«

»Ihr wißt doch genau«, sagte de Thou, »daß ich meine Angst in den Wind schlage, aber ich dachte nicht, daß Ihr das mit meinen Ratschlägen macht.«

»Nein, aber ich habe sie gefürchtet, und ich fürchte sie immer noch. Ich will auf keinen Fall aufgehalten werden. Sagt nichts, mein Freund, nicht ein Wort, ich flehe Euch an, bevor Ihr gehört und gesehen habt, was geschehen wird. Ich bringe Euch nach Hause, wenn wir aus dem Louvre kommen, und dann werde ich Euch zuhören und dann gehe ich, um mein Werk weiterzuführen, denn nichts wird meine Pläne ins Wanken bringen. Ich warne Euch. Ich habe es den Herren bei Euch vorhin schon gesagt.«

In Cinq-Mars' Stimme schwang nichts von der Härte mit, die seine Worte vermuten ließen. Seine Stimme war zärtlich, sein Blick sanft, freundschaftlich und voller Zuneigung. Er strahlte Ruhe aus und unbeirrbare Entschlossenheit. Nichts zeugte von irgendeiner Anstrengung. De Thou bemerkte es und jammerte darüber, als sie beide aus der Kutsche stiegen.

Und er stieg seufzend hinter ihm die große Treppe des Louvre hinauf.

Die Königin saß bei ihrer Morgentoilette, als die beiden jungen Männer ihre Gemächer betraten. Die in Schwarz gekleideten Diener, die einen Stock aus Ebenholz in der Hand hielten, hatten ihre Ankunft kurz zuvor angekündigt. Sie sahen eine Art Tisch aus schwarzem Holz, der mit Schildpatt-, Perlmutt- und Kupfer-Intarsien verziert war, die eine Unzahl von Bildern recht schlechten Geschmacks zeigten, die aber damals allen Möbelstücken eine Art Größe verliehen, die man immer noch heute bewundert. Nur ein oben abgerundeter Spiegel, den die Frauen von heute klein und häßlich finden würden, stand in der Mitte des Tisches, auf dem Schmuckstücke und Colliers verstreut herumlagen. Anna von Österreich saß in einem großen Lehnstuhl aus knallrotem Samt mit langen Goldfransen regungslos und ernst wie auf einem Thron vor dem Spiegel, während Doña Stephania sowie Madame de Motteville an je einer Seite standen und sie behutsam kämmten, als ob sie der Frisur der Königin nur noch den letzten Schliff verpassen wollten. Diese war jedoch auch jetzt schon sehr schön; ihr langes blondes Haar war mit Perlenschnüren durchzogen und schimmerte auf eine so einzigartig schöne Weise, daß es sich sicher so fein und weich wie Seide anfühlte. Das Licht fiel unverhüllt auf ihre Stirn, die wohl kaum diesen Lichtschein zu fürchten brauchte, denn sie reflektierte aufgrund ihrer erstaunlich weißen Haut diesen Schimmer mit gleicher Kraft, und die Königin freute es, ihre Haut so glänzen zu sehen. Ihre blaugrünen Augen waren groß und gleichmäßig, und ihr sehr frischer Mund hatte diese typische vorspringende, wie bei einer Kirsche leicht gespaltene Unterlippe der österreichischen Prinzessinnen, wie es auf allen Porträts jener Zeit zu sehen ist. Scheinbar hatten es sich die Maler zur Aufgabe gemacht, den Mund der Königin zu imitieren, um jenen Frauen des Gefolges, die den Ehrgeiz hatten, ihr zu ähneln, eine Freude zu bereiten. Die schwarzen Kleider, die damals bei Hof getragen wurden und deren Schnitt sogar durch einen Erlaß festgelegt war, hob noch die Elfenbeinfarbe ihrer Arme hervor, die bis zu den Ellenbogen entblößt und mit einer Vielzahl von Spitzen geschmückt waren, die aus den weiten Ärmeln hervorsahen. Große Perlen hingen an ihren Ohren, und ein noch größerer Perlenstrauß, der an ihrem Gürtel befestigt war, wippte auf ihrer Brust. Zu ihren Füßen spielte ein Kind von vier Jahren auf zwei Samtkissen mit einer kleinen Kanone, die es zerbrach. Es war der Thronfolger, der spätere Ludwig XIV. Die Herzogin Maria von Mantua saß zu ihrer Rechten auf einem Hocker, die Prinzessin von Guéménée, die Herzogin von Chevreuse und die Damen de Montbazon, de Guise, de Rohan und de Vendôme standen hinter der Königin. Sie alle waren schön oder strahlten aufgrund ihrer Jugend. In der Einfriedung eines Fensters sprach MONSIEUR, den Hut unter dem Arm, leise mit einem hochgewachsenen, recht korpulenten Mann, der ein rotes Gesicht und einen festen, kühnen Blick hatte. Das war der Herzog von Bouillon. Ein Offizier von etwa fünfundzwanzig Jahren von schmaler Statur und mit einem sympathischen Gesicht hatte MONSIEUR eben verschiedene Papiere übergeben. Der Herzog von Bouillon schien sie ihm zu erklären.

Nachdem Monsieur de Thou die Königin begrüßt hatte, die einige Worte an ihn richtete, ging er auf die Prinzessin von Guéménée zu und sprach leise und mit zärtlicher Vertrautheit mit ihr. Während dieses Gesprächs beobachtete er aufmerksam alles, was seinen Freund betraf, und insgeheim zitterte er, daß Henris Schicksal nicht einem Wesen anvertraut werde, das weniger würdig war, als er es gewünscht hätte. Er beobachtete die Prinzessin Maria mit dieser gewissenhaften Aufmerksamkeit, diesem forschenden Blick einer Mutter auf die junge Person, die sie als Gefährtin ihres Sohnes aussuchen würde, denn er glaubte, daß sie den Unternehmungen des Cinq-Mars nicht unwissend gegenüberstand. Es mißfiel ihm, daß ihr extrem glitzernder Schmuck sie scheinbar noch stolzer machte, als es für sie und in einem solchen Moment passend gewesen wäre. Unaufhörlich verwickelte sie die Rubine, die ihren Kopf schmückten, die aber nicht mit dem Glanz und dem rosigen Teint ihrer Haut wetteifern konnten, mit ihren Haarlocken und rückte sie auf ihrer Stirn hin und her. Sie schaute Cinq-Mars oft an, aber es war eher ein koketter als ein liebender Blick, und häufig wurde ihr Blick von dem Toilettenspiegel angezogen, in dem sie über die Ebenmäßigkeit ihrer Schönheit wachte. Durch diese Beobachtungen wuchs bei de Thou langsam die Überzeugung, daß seine Vermutungen in bezug auf sie wohl falsch gewesen waren, ganz besonders als er sah, daß sie scheinbar einige Freude daran hatte, neben der Königin zu sitzen, während die Herzoginnen hinter ihr standen, die sie oft von oben herab ansah. »In diesem Herzen von neunzehn Jahren«, sagte er sich, »wäre die Liebe allein, und ganz besonders heute: also ... ist sie es nicht.«

Nachdem die beiden Freunde in leisem Ton mit jedem ein paar Worte gewechselt hatten, nickte die Königin Mademoiselle de Guéménée fast unmerklich zu, und auf dieses Zeichen hin verließen alle Hofdamen bis auf Maria von Gonzaga wortlos und mit tiefen Verbeugungen das Zimmer, als ob das schon im voraus beschlossen worden sei. Die Königin drehte ihren Lehnstuhl herum und sprach MONSIEUR nun an:

»Mein Bruder, setzt Euch doch bitte neben mich. Wir werden über das, was ich Euch gesagt habe, beraten. Die Prinzessin Maria stört uns keineswegs. Ich habe sie gebeten zu bleiben. Wir haben übrigens keinerlei Unterbrechungen zu befürchten.«

Die Königin schien sich nun ungezwungener zu bewegen und zu sprechen. Sie legte ihre förmliche, starre Haltung ab und gab den anderen Anwesenden ein Zeichen, näherzutreten.

Gaston von Orléans beunruhigte diese feierliche Gesprächseröffnung ein wenig. Er ging mit lässigem Schritt zur Königin, nahm zu ihrer Rechten Platz und sagte mit einem angedeuteten Lächeln und unbefangener Miene, während er mit seiner Halskrause und der Kette des Heiligen Geistes spielte, die um seinen Hals hing: »Ich glaube wohl, Madame, daß wir die Ohren einer so jungen Dame nicht durch eine lange Konferenz ermüden sollten. Sie würde wohl lieber etwas über den Tanz und Hochzeiten hören, von einem Kurfürsten oder dem König von Polen zum Beispiel.«

Maria schaute ihn herablassend an, und Cinq-Mars runzelte die Stirn.

»Verzeiht mir«, antwortete die Königin und schaute Maria an, »aber ich versichere Euch, daß die gegenwärtige Politik sie sehr interessiert. Versucht nicht, uns zu entkommen, mein Bruder«, fügte sie lächelnd hinzu. »Heute halte ich Euch fest. Es ist wohl das mindeste, daß wir Monsieur de Bouillon anhören.«

Dieser trat näher und zog an der Hand den jungen Offizier, von dem wir schon gesprochen haben, hinter sich her.

»Ich will Eurer Majestät zuerst den Baron de Beauvau vorstellen, der gerade aus Spanien kommt«, sagte er.

»Aus Spanien?« fragte die Königin erfreut. »Dazu gehört Mut. Habt Ihr meine Familie gesehen?«

»Er wird später mit Euch darüber sprechen, wie auch über den

Herzog von Olivarès. Und der Mut, von dem Ihr sprecht, den zeigt er nicht zum erstenmal. Ihr wißt, daß er die Kürassiere des Grafen von Soissons befehligte.«

»Was! Und Ihr seid noch so jung, Monsieur! Ihr liebt wohl die politischen Kriege!«

»Ganz im Gegenteil, und ich bitte Eure Majestät um Vergebung«, erwiderte er, »denn ich diente mit den Fürsten des Friedens.«

Anna von Österreich erinnerte sich an den Namen, den die Sieger der Schlacht von La Marfée angenommen hatten, und sie lächelte. Der Herzog von Bouillon nutzte den Augenblick, um die wichtige Frage anzuschneiden, die er im Auge hatte, und ging mit Cinq-Mars, dem er freundschaftlich die Hand gedrückt hatte, zur Königin: »Es ist ein Rätsel, Madame«, sagte er, »daß diese Epoche aus ihrem Schoße noch einige große Charaktere wie diese hier hervorbringt« – und er zeigte auf den Oberstallmeister, den jungen Beauvau und auf Monsieur de Thou. »Dank ihnen können wir ab heute hoffen. Solche Charaktere sind heutzutage sehr selten, denn der große Gleichmacher ist mit einer langen Sense über Frankreich hinweggefegt.«

»Wollt Ihr über unsere Zeiten sprechen«, fragte die Königin, »oder über eine ganz bestimmte Person?«

»Eine ganz bestimmte, ganz lebendige, schon zu lange lebende Person, Madame«, antwortete der Herzog nun lebhafter. »Dieser grenzenlose Ehrgeiz und dieser kolossale Egoismus sind nicht mehr länger zu ertragen. Jeder, der ein großes Herz hat, lehnt sich gegen dieses Joch auf, und in diesem Moment sieht man mehr denn je das ganze Unglück der Zukunft. Man muß es sagen, Madame, ja, die Zeit der Schonung ist vorüber. Der König ist schwerkrank. Der Augenblick ist gekommen, über alles nachzudenken und eine Lösung zu suchen, denn die Zeit zu handeln naht.«

Anna von Österreich war über den ernsten, barschen Ton von Monsieur de Bouillon nicht überrascht. Doch sie hatte ihn immer als einen ruhigeren Menschen kennengelernt. Daher berührte sie seine Besorgnis, und auch sie ließ den scherzhaften Ton, den sie zuerst anschlagen wollte, jetzt fallen: »Nun? Was befürchtet Ihr, und was wollt Ihr machen?«

»Ich habe keine Angst um mich, Madame, da die italienische Armee oder Sedan mir immer Schutz gewähren werden, aber ich sorge mich um Euch und vielleicht um die Prinzen, Eure Söhne.«

»Um meine Kinder, Monsieur, die Söhne Frankreichs? Hört Ihr das, mein Bruder, hört Ihr? Ihr scheint nicht erstaunt zu sein.«

Die Königin war offensichtlich sehr aufgeregt.

»Nein, Madame«, erwiderte Gaston von Orléans ganz gelassen. »Ihr wißt, daß ich alle Arten von Verfolgungen gewohnt bin. Ich bin von seiten dieses Mannes auf alles gefaßt. Er ist der Herr, und damit müssen wir uns abfinden ...«

»Er ist der Herr«, fuhr ihm die Königin ins Wort, »und von wem erhält er die Macht, wenn nicht vom König? Und wessen Hand wird ihn stützen, wenn es nicht die Hand des Königs ist, bitte? Wer hindert ihn daran, ins Nichts zu fallen? Werdet Ihr das sein oder ich?«

»Das wird er selbst sein«, unterbrach sie Monsieur de Bouillon, »denn er will sich zum Regenten ernennen, und ich weiß, daß er gerade darüber nachsinnt, Eure Kinder zu entführen und den König zu bitten, sie in seine Obhut zu geben.«

»Mir meine Kinder wegnehmen«, schrie die Mutter, und instinktiv schloß sie den Thronfolger in ihre Arme.

Das Kind stand zwischen den Knien der Königin und schaute mit einer für sein Alter ungewöhnlichen Ernsthaftigkeit die Männer an, die um es herumstanden. Als es sah, daß seine Mutter weinte, griff es nach dem kleinen Degen, den es trug.

»Oh, Monseigneur«, sagte der Herzog von Bouillon und beugte sich etwas hinunter, um dem Kind das zu sagen, was eigentlich für die Ohren der Königin bestimmt war. »Nicht gegen uns müßt Ihr den Degen ziehen, sondern gegen den, der den Thron entwurzelt. Er tut sicher alles, damit Ihr einmal sehr mächtig sein werdet. Euer Zepter wird Euch unumschränkte Macht verleihen, aber es wird die gesamten Waffen zerstört haben, die es unterstützten. Diese Waffen waren Euer alter Adel, und den hat er ausgerottet. Wenn Ihr einmal König sein werdet, dann werdet Ihr ein großer König sein, das ahne ich. Aber Ihr werdet nur Untertanen haben und kaum Freunde, denn die Freundschaft existiert nur in der Unabhängigkeit und in einer Art Gleichheit, die der Kraft entspringt. Eure Vorfahren hatten ihresgleichen, aber Ihr werdet nicht mehr Euresgleichen haben. Gott möge Euch dann unterstützen, Monseigneur, denn die Menschen werden es ohne diese Einrichtung nicht allein schaffen können. Seid groß, aber es mögen vor allem nach Euch, großer Mann, immer genauso starke Männer folgen, denn so, wie die Dinge liegen, wird, wenn einer von ihnen wankt, die ganze Monarchie zusammenbrechen.«

Der Herzog von Bouillon sprach in einem so herzlichen und selbstsicheren Ton, daß alle, die ihm zuhörten, unweigerlich in seinen Bann gezogen wurden. Seine Tapferkeit, sein Scharfblick in den Schlachten, seine tiefgründigen politischen Ansichten, seine Kenntnisse der europäischen Angelegenheiten, sein besonnener und gleichzeitig entschlossener Charakter machten ihn zu einem der fähigsten und imposantesten Männer seiner Zeit, und er war sogar der einzige, den der Herzog-Kardinal wirklich fürchtete. Die Königin hörte ihm immer vertrauensvoll zu und ließ es zu, daß er eine gewisse Macht über sie ausübte. Diesmal rührten sie seine Worte tiefer denn je zuvor.

»Gebe Gott«, rief sie, »daß mein Sohn eine offene Seele für Eure Reden hat und einen Arm, der stark genug ist, um Nutzen daraus zu ziehen! Bis dahin jedoch werde ich zuhören und für ihn handeln. Ich bin es, die Regentin sein muß, und ich bin es, die es sein wird, und ich werde dieses Recht erst mit meinem Tod aufgeben. Wenn wir Krieg führen müssen, dann werden wir es tun, denn ich will alles, ausgenommen die Scham und den Schrecken, den zukünftigen Ludwig XIV. zu diesem gekrönten Untertanen zu machen. Ja«, fuhr sie errötend fort und preßte den jungen Thronerben an sich, »ja, mein Bruder, und Ihr, meine Herren, beratet mich! Sprecht! Wo stehen wir? Muß ich gehen? Sagt es ganz offen. Als Frau und als Gattin war ich bereit zu weinen, so schmerzlich war meine Situation. Aber seht nur, als Mutter weine ich nicht. Ich bin bereit, Euch Befehle zu erteilen, wenn es sein muß.«

Noch nie hatte Anna von Österreich so schön ausgesehen wie in diesem Augenblick, und ihre offensichtliche Begeisterung steckte alle Anwesenden an, die nur auf ein Wort von ihr warteten, um zu sprechen. Der Herzog von Bouillon warf MONSIEUR rasch einen Blick zu, und dieser entschloß sich, das Wort zu ergreifen:

»Also«, sagte er mit recht entschlossener Miene, »wenn Ihr Befehle erteilt, meine Schwester, dann will ich bei meiner Ehre Euer Gardehauptmann sein, denn ich bin die Quälereien auch leid, die mich dieser Elende gekostet hat, der es noch wagt, mich zu verfolgen, um meine Ehe zu zerstören, und der noch immer meine Freunde in der Bastille gefangen hält oder sie von Zeit zu

Zeit umbringen läßt. Und übrigens bin ich empört«, fügte er nun gefaßter und mit feierlich gesenktem Blick hinzu, »ich bin empört über das Elend des Volkes.«

»Mein Bruder«, sagte die Königin lebhaft, »ich nehme Euch beim Wort, denn das muß man bei Euch machen, und ich hoffe, daß wir zu zweit stark genug sind. Macht es nur so wie Monsieur de Soissons, und dann überlebt Euren Sieg. Stellt Euch an meine Seite wie Ihr es bei Monsieur de Montmorency gemacht habt, aber springt über den Graben.«

Gaston entging die Anspielung nicht. Er erinnerte sich nur zu gut an den Vorfall, als der empörte, unglückliche Montmorency bei Castelnaudary fast allein über einen breiten Graben gesprungen und auf der anderen Seite mit siebzehn Verletzungen angekommen war, wo ihn Gefängnis und Tod erwarteten, während er, der MONSIEUR, mit seiner Armee unbeweglich dagestanden hatte. Da die Königin ziemlich schnell gesprochen hatte, blieb ihm nicht genug Zeit zu prüfen, ob sie diesen Ausdruck sprichwörtlich gemeint hatte oder ob eine Absicht dahintersteckte. Er entschloß sich auf jeden Fall, nicht weiter darauf einzugehen. Schon hinderte sie ihn selbst daran, indem sie mit Blick auf Cinq-Mars weitersprach:

»Aber vor allem keine panische Angst. Wir wissen genau, wo wir stehen. Monsieur le Grand, Ihr kommt vom König: Haben wir solche Angst?«

D'Effiat hatte die ganze Zeit Maria von Mantua beobachtet, deren ausdrucksvolles Gesicht all ihre Gedanken schneller und so genau wie Worte spiegelte. Er las darin den Wunsch, ihn sprechen zu hören, und die Absicht, MONSIEUR und die Königin zu einer Entscheidung zu drängen. Eine ungeduldige Bewegung ihres Fußes war für ihn wie der Befehl, allem ein Ende zu bereiten und endlich die ganze Verschwörung in die Hand zu nehmen. Seine Stirn wurde blaß und nachdenklicher. Er ging einen Moment in sich, denn er spürte, daß sein ganzes Schicksal in seiner Seele lag. De Thou schaute ihn an und zitterte, denn er kannte ihn nur zu gut. Er wollte ihm etwas sagen, nur ein einziges Wort, aber Cinq-Mars hatte schon den Kopf erhoben und sagte folgendes:

»Ich glaube nicht, Madame, daß der König so krank ist, wie man Euch gesagt haben mag. Gott wird uns diesen König noch lange erhalten. Ich hoffe es nicht nur, sondern ich bin da ganz sicher. Er leidet, es stimmt, er leidet sehr. Aber vor allem seine Seele ist erkrankt, und zwar an einem Leiden, das niemand heilen kann. Es ist ein Leid, das man seinem ärgsten Feind nicht wünscht und das ihm das Mitleid der ganzen Welt garantierte, wenn man es erkennen würde. Dennoch wird das Ende seines Unglücks, ich meine seines Lebens, ihm noch lange nicht vergönnt sein. Er siecht aus moralischen Gründen dahin. In seinem Herzen findet ein großer Kampf statt. Er will diesen Kampf austragen, aber er kann es nicht. Er spürt seit vielen Jahren, daß in seinem Innern der gerechte Haß gegen einen Mann keimt, dem er Dankbarkeit zu schulden glaubt, und dieser innere Kampf zwischen seiner Güte und seinem Zorn zehrt ihn auf. Jedes verronnene Jahr hat ihm einerseits die Arbeit dieses Mannes und andererseits seine Verbrechen zu Füßen gelegt. Jetzt überwiegen die Verbrechen. Der König sieht es und ist empört. Er will ihn bestrafen, aber plötzlich hält er inne und beweint ihn im voraus. Wenn Ihr ihn so sehen könntet, Madame, dann würde er Euch leid tun. Ich habe gesehen, wie er die Feder, die Richelieus Exil besiegeln sollte, ergriff und sie mit mutiger Hand schwärzte, um sich ihrer dann aus welchem Grunde zu bedienen? Um dem Kardinal in einem Brief seine Glückwünsche zu entrichten. Dann gratuliert er sich zu seiner christlichen Güte. Er verflucht sich als höchster Richter; er verachtet sich als König. Er sucht Zuflucht im Gebet, vergräbt sich in Zukunftsträumereien. Dann aber erhebt er sich angewidert, weil er ahnt, welches Feuer dieser Mann verdient, und niemand kennt so gut wie er die geheimen Gründe seiner Verdammung. Man muß ihn in diesem Moment hören, wie er sich beschuldigt für seine schuldhafte Schwäche und wie er schreit, daß er selbst bestraft werden wird, weil er nicht in der Lage war, ihn zu bestrafen! Manchmal sieht es so aus, als gebe es Schatten, die ihm befehlen, zu schlagen, denn er hebt seinen Arm im Schlaf. Madame, das Gewitter tobt in seinem Herzen, aber es verbrennt nur ihn. Der Blitz kann sich nicht befreien.«

»Na schön, auf daß er hervorbrechen möge«, rief der Herzog von Bouillon.

»Derjenige, der daran rührt, kann daran sterben«, warf MONSIEUR ein.

»Aber welch schöne Aufopferung«, sagte die Königin.

»Wie würde ich ihn bewundern!« flüsterte Maria.

»Ich werde es sein«, sagte Cinq-Mars.

»Wir werden es sein«, flüsterte de Thou ihm ins Ohr.

Der junge Beauvau war auf den Herzog von Bouillon zugegangen.

»Monsieur«, sagte er zu ihm, »vergeßt nicht den Rest!«

»Nein, bei Gott, ich vergesse ihn nicht!« antwortete dieser ganz leise und wandte sich an die Königin: »Akzeptiert, Madame, das Geschenk von Monsieur le Grand. Er ist mehr als Ihr und wir in der Lage, den König zu einer Entscheidung zu drängen. Aber seid auf alles gefaßt, denn der Kardinal ist geschickt und wachsam. Ich glaube nicht an seine Krankheit, und ich glaube keineswegs an sein Schweigen und seine Untätigkeit, wie er es uns seit zwei Jahren glauben machen will. Ich würde selbst an seinen Tod nicht glauben, wenn ich nicht seinen Kopf ins Meer getragen hätte wie den des Riesen bei Ariosto[35]. Seid auf alles gefaßt. Beeilen wir uns in allen Dingen. Ich habe MONSIEUR vorhin unsere Pläne unterbreiten lassen. Ich werde Euch darüber einen kurzen Bericht erstatten. Ich biete Euch Sedan an, Madame, für Euch und die Prinzen, Eure Söhne. Die italienische Armee ist auf meiner Seite. Ich werde sie zurückschicken, wenn es sein muß. Der Oberstallmeister ist Herr über das halbe Lager von Perpignan. Alle alten Hugenotten aus La Rochelle und dem Süden sind bereit, ihn beim ersten Zeichen aufzusuchen. Alles ist seit einem Jahr von mir sorgfältig organisiert, für den Fall, daß etwas passiert.«

»Ich zögere keineswegs«, sagte die Königin, »mein Schicksal in Eure Hände zu legen, um meine Kinder zu retten, falls dem König ein Unglück widerfährt. Aber Ihr vergeßt in diesem großen Plan Paris.«

»Paris ist in jeder Beziehung auf unserer Seite. Das Volk durch den Erzbischof, ohne daß es das ahnt, und durch Monsieur de Beaufort, der sein König ist. Die Truppen durch Eure Garden und die von MONSIEUR, der den Oberbefehl übernehmen wird, wenn es ihm beliebt.«

»Ich! Ich! Oh, das kann ich unmöglich machen. Ich habe nicht genug Leute, und ich muß einen Zufluchtsort haben, der sicherer ist als Sedan«, warf Gaston ein.

»Aber er genügt der Königin«, gab Monsieur de Bouillon zu bedenken.

»Ja, das ist gut möglich, aber meine Schwester riskiert nicht so viel wie ein Mann, der einen Degen trägt. Wißt Ihr, daß das sehr gewagt ist, was wir da machen?«

»Was? Auch wenn der König hinter uns steht?« fragte Anna von Österreich.

»Ja, Madame, ja, man weiß nicht, wie lange das andauert. Man muß Sicherheiten haben, und ich mache nichts ohne den Vertrag mit Spanien.«

»Dann macht eben nichts«, entgegnete die Königin errötend. »Denn sicher werde ich nie mehr etwas davon hören.«

»Oh, Madame, das wäre überhaupt weiser, und MONSIEUR hat ganz recht«, sagte der Herzog von Bouillon, »denn der Herzog von San-Lucar bietet uns siebzehntausend Mann aus alten Truppen an und fünfhunderttausend Ecus bar auf die Hand.«

»Was?« fragte die Königin erstaunt. »Man hat es gewagt, ohne meine Zustimmung so weit zu gehen? Schon Absprachen mit dem Ausland!«

»Ausland! Meine Schwester, sollte man annehmen, daß eine spanische Prinzessin sich dieses Wortes bedient?« entgegnete ihr Gaston.

Anna von Österreich stand auf, nahm den Dauphin an die Hand und stützte sich auf Maria:

»Ja, Monsieur«, erwiderte sie, »ich bin Spanierin, aber ich bin die Enkeltochter Karl des Fünften, und ich weiß, daß die Heimat einer Königin dort ist, wo ihr Thron steht. Ich verlasse Euch, meine Herren. Macht ohne mich weiter. Ich weiß ab jetzt nichts mehr.«

Sie machte einige Schritte, um zu gehen, aber als sie sah, daß Maria zitterte und tränenüberströmt war, eilte sie zurück.

»Ich verspreche Euch trotzdem feierlich, daß für mich alles ein unantastbares Geheimnis bleibt, aber mehr nicht.«

Sie waren alle ein wenig bestürzt, außer Herzog von Bouillon, der nichts von seinem Vorteil einbüßen wollte und sich achtungsvoll vor ihr verneigte: »Wir sind dankbar für dieses Versprechen, Madame, und wir verlangen nicht mehr, denn wir sind überzeugt, daß Ihr nach dem Erfolg ganz auf unserer Seite stehen werdet.«

Da sich die Königin nicht in ein Wortgefecht einlassen wollte, grüßte sie nur trocken und ging mit Maria hinaus, die Cinq-Mars einen dieser Blicke zuwarf, die alle Gefühle der Seele gleichzeitig spiegeln. Er glaubte, in ihren schönen Augen die immerwährende unglückliche Hingabe einer ihm auf ewig versprochenen Frau zu lesen, und er fühlte, daß, wenn er je den Gedanken gehabt hatte, in seinem Vorhaben zurückzuweichen, er jede Selbstachtung verloren hätte. Nachdem die beiden Prinzessinnen sich entfernt hatten, sagte MONSIEUR:

»Oh, oh, oh, ich habe es Euch deutlich gesagt, Bouillon, daß Ihr die Königin verärgert. Ihr seid einen Schritt zu weit gegangen. Man wird mich sicher nicht beschuldigen, an diesem Vormittag Schwäche gezeigt zu haben. Ich habe sogar mehr Entschlußkraft bewiesen, als ich hätte beweisen dürfen.«

»Ich bin Seiner Majestät gegenüber erfüllt von Freude und Dankbarkeit«, antwortete Monsieur de Bouillon mit siegessicherer Miene. »Nun können wir der Zukunft ruhig ins Auge blicken. Was werdet Ihr jetzt tun, Monsieur de Cinq-Mars?«

»Ich habe es Euch gesagt, Monsieur, ich weiche niemals zurück, welche Folgen es auch immer für mich haben könnte. Ich werde den König aufsuchen, und ich werde mich allem aussetzen, um ihm seine Befehle zu entreißen.«

»Und der Vertrag mit Spanien?«

»Ja, ich werde …«

De Thou ergriff den Arm von Cinq-Mars, trat nun vor und erklärte mit feierlicher Miene: »Wir haben beschlossen, daß wir ihn nach dem Gespräch mit dem König unterzeichnen werden, denn wenn die gerechte Strenge Seiner Majestät gegen den Kardinal Euch das erspart, dann sei es um so besser, dachten wir, sich nicht der Entdeckung eines so gefährlichen Vertrages auszuliefern.«

Monsieur de Bouillon runzelte die Stirn.

»Wenn ich Monsieur de Thou nicht kennen würde«, sagte er, »dann würde ich das für einen Rückzug halten, aber von seiner Seite …«

»Monsieur«, entgegnete der Rat, »ich glaube, daß ich mich bei meiner Ehre verpflichten kann, zu tun, was Monsieur le Grand machen wird. Wir sind unzertrennlich.«

Cinq-Mars schaute seinen Freund an und wunderte sich, daß er auf seinem zarten Gesicht den Ausdruck düsterer Hoffnungslosigkeit las. Er war so betroffen, daß er nicht die Kraft hatte, ihm zu widersprechen.

»Er hat recht, meine Herren«, bestätigte er mit einem kalten, aber anmutigen Lächeln, »der König wird uns vielleicht vieles ersparen. Mit ihm sind wir sehr stark. Und außerdem, Monseigneur, und Ihr, Herzog«, fügte er mit unerschütterlicher Sicherheit hinzu, »fürchtet nicht, daß ich je zurückweiche. Ich habe alle Brücken hinter mir abgebrochen. Ich muß vorwärtsgehen. Die Macht des Kardinals wird fallen oder mein Kopf.«

»Es ist merkwürdig, sehr merkwürdig«, wunderte sich MONSIEUR, »aber ich stelle fest, daß alle hier in der Verschwörung weiter sind, als ich dachte.«

»Keineswegs«, erwiderte der Herzog von Bouillon. »Wir haben nur vorbereitet, was Ihr akzeptieren wolltet. Ihr seht, daß nichts niedergeschrieben ist, und Ihr müßt nur ein einziges Wort sagen, und nichts existiert mehr oder hat je existiert. Solltet Ihr den entsprechenden Befehl geben, dann wäre das alles nicht mehr als ein Traum oder ein kurzes Gewitter.«

»Schon gut! Ich bin zufrieden, daß es so ist«, sagte Gaston. »Widmen wir uns angenehmeren Dingen. Gott sei Dank, haben wir noch etwas Zeit vor uns. Ich gebe zu, ich wollte, alles wäre schon vorüber. Ich bin derartig starken Aufregungen nicht gewachsen, das schlägt auf meine Gesundheit«, fügte er hinzu und nahm den Arm von Monsieur de Beauvau. »Sagt uns lieber, ob die Spanierinnen noch immer so hübsch sind, junger Mann. Ihr sollt sehr galant sein. Mein Gott, ich bin sicher, daß Ihr dort unten von Euch reden gemacht habt. Die Frauen sollen riesige Reifröcke tragen. Na ja, ich bin keineswegs ein Feind dieser Mode. Tatsächlich erscheint der Fuß dadurch zierlicher. Ich bin sicher, daß die Frau von Don Louis de Haro nicht hübscher ist als Madame de Guéménée, stimmt's? Also, mal ehrlich, man sagt, daß sie wie eine Nonne aussieht. Ah! ... Ihr antwortet nicht! Ihr seid verlegen ... Sie hat Euch gefallen ... oder Ihr fürchtet, unseren Freund, Monsieur de Thou, zu kränken, wenn Ihr sie mit der schönen Guéménée vergleicht. Also gut, sprechen wir über die Bräuche. Der König hat einen reizenden Zwerg, nicht wahr? Man rollt ihn dort in eine Pastete ein. Wie glücklich der König von Spanien ist! Ich habe noch nie einen wie ihn kennengelernt. Und die Königin? Wird sie noch immer auf Knien bedient? Stimmt das? Oh, das ist ein guter Brauch, den wir verloren haben. Das ist schade. Ein größeres Unglück, als man ahnt.«

Gaston von Orléans hatte die Stirn, mehr als eine halbe Stunde ununterbrochen in diesem Ton auf den jungen Mann einzureden, dessen ernster Charakter sich überhaupt nicht mit dieser Art der Unterhaltung vertrug. Monsieur de Beauvau war noch ganz erfüllt von der Bedeutung dessen, was sich hier eben in seinem

Beisein zugetragen hatte, sowie von den wichtigen Dingen, über die man hier verhandelt hatte, und er antwortete nichts auf diese Flut leerer Worte. Er schaute den Herzog von Bouillon nur erstaunt an, so als ob er ihn fragen wollte, ob das wirklich der Mann sei, den man an den Kopf des seit langer Zeit mutigsten Unternehmens stellen wollte. Der Herzog jedoch, ohne sich einzugestehen, daß er keine Antwort erhielt, gab sich diese oft selbst und redete überschwenglich daher, während er den jungen Mann mit sich durch das Zimmer zog. Er fürchtete, einer der Anwesenden könne auf die schreckliche Idee kommen, das Thema wieder auf den Vertrag zu lenken, aber dazu fehlte allen die Lust, außer dem Herzog von Bouillon, der allerdings schlecht gelaunt schwieg.

De Thou nahm Cinq-Mars zur Seite, denn er wollte das Geschwätz nutzen, um sich mit ihm zurückzuziehen, ohne daß MONSIEUR sie gehen sah.

18. Kapitel
Das Geheimnis

Nennt unsre beiden Namen im Verein, ein Vorbild werden sie der Freundschaft sein.

A. Soumet, *Klytämnestra*

De Thou war mit seinem Freund nach Hause zurückgekehrt. Die Türen seines Zimmers waren sorgfältig verschlossen, und er hatte den Befehl erteilt, niemanden zu empfangen und sich bei den beiden Flüchtlingen zu entschuldigen, falls sie gehen sollten, ohne noch einmal mit ihm gesprochen zu haben. Und die beiden Freunde hatten noch kein Wort miteinander gewechselt.

Der Rat hatte sich in seinen Lehnstuhl fallen lassen und dachte angestrengt nach. Cinq-Mars, der in dem hohen Kamin saß, wartete noch mit ernster, trauriger Miene auf das Ende des Schweigens, da sprach de Thou, der ihn anstarrte und seine Arme verschränkte, ihn auch schon in düsterem Ton an:

»Soweit ist es also mit Euch gekommen! Das also sind die Konsequenzen Eures Ehrgeizes! Ihr wollt also einen Mann des Landes verweisen oder ihn sogar töten und fremde Truppen nach Frankreich holen. Ihr werdet ein Mörder sein und Euer Vaterland verraten. Oh, welchen Weg habt Ihr beschritten! Wie konntet Ihr nur so tief sinken?«

»Ein anderer als Ihr würde nicht noch einmal so mit mir sprechen«, entgegnete Cinq-Mars kalt, »aber ich kenne Euch, und unsere Aussprache liegt mir am Herzen. Ich wollte sie, und ich habe sie heraufbeschworen. Heute werde ich Euch Einblick in die Tiefen meiner Seele gestatten. Das ist mein Wille. Zuerst hatte ich einen anderen Gedanken, vielleicht einen besseren und unserer Freundschaft würdigeren Gedanken ... der Freundschaft, die die zweitwichtigste Sache der Welt ist.«

Beim Sprechen hob er die Augen beschwörend gen Himmel.

»Ja, das wäre besser gewesen. Ich wollte nichts sagen. Das ist eine schwere Aufgabe, aber bis jetzt ist es mir gelungen. Ich wollte alles ohne Euch in die Wege leiten und Euch nur das vollendete Werk zeigen. Ich wollte Euch immer aus dem Kreis meiner Gefahren heraushalten. Soll ich Euch meine Schwäche eingestehen? Ich fürchtete, falsch von Euch beurteilt zu werden, wenn ich sterbe. Ich kann den Gedanken gut ertragen, von der ganzen Welt verflucht zu werden – aber nicht von Euch. Das ist der Grund, warum ich mich entschlossen habe, Euch alles zu beichten.«

»Was! Und ohne diesen Gedanken hättet Ihr den Mut gehabt, Euch für immer vor mir zu verstecken! Oh! Lieber Henri, was habe ich Euch getan, daß Ihr Euch so um mein Leben sorgt? Durch welche Schuld hätte ich verdient, Euch zu überleben, wenn Ihr sterben würdet? Ihr hattet zwei lange Jahre lang die Kraft, mich zu hintergehen. Ihr habt mir von Eurem Leben nur die Blüten gezeigt. Ihr seid nur mit einem lachenden Gesicht in meine Einsamkeit getreten, und jedesmal wart Ihr mit einer neuen Gunst geschmückt. Oh! Das ist entweder eines große Schuld oder eine große Tugend.«

»Seht in meiner Seele bitte nur das, was sie in sich birgt. Ja, ich habe Euch getäuscht, aber das war die einzige stille Freude, die ich auf der Welt hatte. Verzeiht mir, daß ich diese ach so glänzenden Momente meinem Schicksal abgerungen habe. Das Glück, das Ihr bei mir vermutet habt, macht mich glücklich, und durch diesen Traum habe ich zu dem Euren beigetragen. Erst heute mache ich mich schuldig, indem ich es zerstöre und mich so zeige, wie ich bin. Hört mir zu, es dauert nicht lange. Es ist immer eine ganz einfache Geschichte, nämlich die eines leidenschaftlichen Herzens. Damals, als ich verwundet im Zelt lag – ich erinnere mich noch daran – da ist mir mein Geheimnis fast entschlüpft. Vielleicht wäre es ein Glück gewesen. Wozu jedoch hätten mir Ratschläge gedient. Ich hätte sie nicht befolgt. Kurz und gut, ich liebe Maria von Gonzaga.«

»Was! Die Frau, die Königin von Polen werden wird?«

»Königin kann sie erst nach meinem Tod sein. Aber hört zu: Um ihretwillen war ich Höfling, um ihretwillen habe ich beinahe in Frankreich regiert, und um ihretwillen werde ich fallen oder vielleicht sterben.«

»Sterben! Fallen! Und ich habe Euch Euren Triumph vorgeworfen! Und ich habe über Euren traurigen Sieg geweint!«

»Oh, wie schlecht kennt Ihr mich, wenn Ihr glaubt, daß ich auf das Glück hereinfalle, sobald es mir lacht. Glaubt Ihr denn, ich hätte nicht bis in die Tiefen meines Schicksals geblickt! Ich kämpfe dagegen an, aber es ist stärker. Ich weiß, ich habe eine Aufgabe übernommen, die die menschlichen Kräfte übersteigt, und ich werde meinem Schicksal erliegen.«

»Oh, könnt Ihr denn nicht innehalten? Wozu dient denn der Verstand, wenn es um die Angelegenheiten der Welt geht?«

»Zu nichts, oder dazu, sich im Wissen um die Sache zu vernichten, an dem vorherbestimmten Tag zu fallen. Ich kann nun nicht mehr zurück. Wenn man einem Feind wie Richelieu gegenübersteht, dann muß man ihn stürzen, oder man wird von ihm zermalmt. Morgen werde ich zum letzten Schlag ausholen. Habe ich mich nicht vor Euch vorhin dazu verpflichtet?«

»Und genau diese Verpflichtung will ich bekämpfen. Welches Vertrauen habt Ihr zu jenen, denen Ihr auf diese Weise Euer Leben ausliefert? Habt Ihr ihre geheimen Gedanken nicht erraten?«

»Ich kenne sie alle. Ich habe ihre Hoffnung hinter ihrer vermeintlichen Wut gelesen. Ich weiß, daß sie zittern, indem sie drohen. Ich weiß, daß sie schon bereit sind, ihren Frieden zu schließen, indem sie mich als Pfand ausliefern. Aber meine Aufgabe ist es, sie zu unterstützen und den König zu einer Entscheidung zu drängen. Es muß sein, denn Maria ist meine Verlobte, und mein Tod steht in Narbonne geschrieben.

Ich habe mich freiwillig, mit dem Wissen um mein ganzes Schicksal, zwischen das Schafott und das höchste Glück gestellt. Ich muß es Fortunas Händen entreißen oder sterben. Ich genieße in diesem Moment die Freude, allen Ungewißheiten ein Ende gesetzt zu haben. Ja, Ihr braucht nicht zu erröten, weil Ihr geglaubt habt, mein Ehrgeiz entspringe einem schändlichen Egoismus, wie es beim Kardinal der Fall ist. Ehrgeizig durch eine kindische Gier nach Macht, die niemals befriedigt wird? Ich bin ehrgeizig, weil ich liebe. Ja, ich liebe, und dieses eine Wort sagt alles. Doch ich klage Euch zu Unrecht an. Ihr habt meine geheimen Absichten verschönt. Ihr habt mir ehrenhafte Absichten unterstellt (ich erinnere mich genau daran), hohe politische Ideale, und vielleicht sind sie schön und großartig. Ja, soll ich es Euch sagen? Diese vagen Pläne, korrumpierte Gesellschaften zu perfektionieren, liegen meiner Meinung nach wohl noch weit unter der Aufopferung in der Liebe. Wenn die ganze Seele bebt, weil sie nur noch von diesem einzigen Gedanken erfüllt ist, dann hat sie für die schönsten Berechnungen allgemeiner Interessen keinen Platz mehr, denn auch die höchsten Berge auf der Erde liegen unterhalb des Himmels.«

De Thou senkte den Kopf.

»Was soll ich Euch antworten?« fragte er. »Ich verstehe Euch nicht. Ihr redet dem Chaos das Wort. Ihr wiegt die Flamme, und Ihr berechnet den Irrtum.«

»Ja«, fuhr Cinq-Mars fort, »weit entfernt, meine Kräfte zu zerstören, hat dieses innere Feuer sie entwickelt. Ihr habt es gesagt, ich habe alles berechnet. Ein langer Weg hat mich zu dem Ziel geführt, das ich bald erreichen werde. Maria hielt meine Hand, hätte ich zurückweichen können? Ich hätte es nicht vor aller Welt getan. Bis hierher war alles gut, aber eine unsichtbare Schranke hält mich auf. Ich muß sie zerstören – diese Schranke, das ist Richelieu. Ich habe mich vorhin in Eurem Beisein dazu verpflichtet, aber vielleicht hatte ich es zu eilig. Ich glaube es jetzt. Er soll sich ruhig freuen. Er erwartet mich, denn wahrscheinlich hat er vorausgesehen, daß es der Jüngste sein wird, dem die Geduld fehlt. Wenn es so ist, dann hat er gut gespielt. Ohne die Liebe, die mich angespornt hat, wäre ich dennoch stärker als er gewesen, sogar tugendhaft.«

Cinq-Mars' Gesichtsausdruck veränderte sich jetzt schlagartig. Er wurde abwechselnd rot und weiß. Die Adern auf seiner Stirn traten hervor, als habe eine unsichtbare Hand blaue Linien darauf gemalt.

»Ja«, fügte er hinzu, stand auf und rang vor Verzweiflung die Hände. Und diese Geste zeigte deutlich, daß sein Herz von schrecklicher Hoffnungslosigkeit erfüllt sein mußte. »Die ganzen Qualen, mit der die Liebe ihre Opfer quälen kann, trage ich in meinem Herzen. Diese junge Frau, für die ich ganze Königreiche bewegen würde, für die ich alles erlitten habe bis hin zu der Gunst eines Königs, kann noch nicht mir gehören. Sie gehört mir vor Gott, und ich bin für sie ein Fremder. Was sage ich? Jeden Tag muß ich mir Gespräche anhören, in denen es darum geht, welcher europäische Thron für sie am geeignetsten ist. Ich darf mich in diesen Gesprächen nicht zu Wort melden, um meine Meinung zu äußern, so weit ist man davon entfernt, mich in diese Ränge aufzunehmen, in denen man die Fürsten königlichen Blutes für sie verschmäht, die immer noch vor mir rangieren. Ich muß mich wie ein Schuldiger verstecken, um durch die Gitter die Stimme derjenigen zu hören, die meine Frau ist. Ich muß mich in der Öffentlichkeit vor ihr verneigen! Ihr Geliebter und ihr Gatte im Schatten. Ihr Diener am hellichten Tag. Es ist zuviel. So kann ich nicht leben. Ich muß den letzten Schritt gehen, der mich erhebt oder mich in die Tiefe zieht.«

»Und um Eures persönlichen Glückes willen wollt Ihr einen Staat stürzen!«

»Das Glück des Staates steht im Einklang mit dem meinen. Den Tyrannen des Königs vernichte ich ganz nebenbei. Der Schrecken, den mir dieser Mann einflößt, ist mir in Fleisch und Blut übergegangen. Als ich ihn damals getroffen habe, da begegnete mir auf meinen Schritten sein größtes Verbrechen. Der Mord und die Folter an Urbain Grandier. Er ist der böse Geist des unglücklichen Königs. Ich werde ihn beschwören. Ich hätte der gute Geist Ludwig XIII. werden können. Das war einer der Gedanken Marias, ihr liebster Gedanke, aber ich glaube, daß ich in der gequälten Seele des Königs nicht siegen werde.«

»Worauf zählt Ihr dann?« fragte de Thou.

»Auf ein Würfelspiel. Wenn sein Wille dieses eine Mal einige Stunden andauert, habe ich gewonnen. Das ist eine letzte Berechnung, von der mein Schicksal abhängt.«

»Und das Eurer Maria.«

»Habt Ihr das geglaubt?« fragte Cinq-Mars aufgebracht. »Nein! Nein! Wenn er mich fallen läßt, dann werde ich den Vertrag mit Spanien unterzeichnen, und das bedeutet Krieg.«

»Oh, wie schrecklich!« rief der Rat. »Ein Bürgerkrieg und ein Bündnis mit dem Ausland.«

»Ja, ein Verbrechen!« erwiderte Cinq-Mars kalt. »Habe ich Euch gebeten, daran teilzunehmen?«

»Ihr seid grausam und undankbar«, antwortete sein Freund. »Könnt Ihr so mit mir sprechen? Wißt Ihr nicht, ja, habe ich Euch nicht bewiesen, daß die Freundschaft in meinem Herzen den Platz aller Leidenschaften innehat? Kann ich Euren Tod und auch nur das kleinste Eurer Unglücke überleben? Laßt Euch doch erweichen! Laßt es zu, daß ich Euch daran hindere, gegen Frankreich zu kämpfen. O mein Freund! Mein einziger Freund! Ich flehe Euch auf Knien an, seien wir keine Vatermörder, bringen wir unser Vaterland nicht um. Ich sage *wir*, denn niemals werde ich mich von Euren Aktionen trennen. Bewahrt mir die Achtung vor mir selbst, für die ich so hart gearbeitet habe. Beschmutzt nicht mein Leben und meinen Tod, denn ich habe Euch beides geopfert.«

De Thou war vor seinem Freund auf die Knie gefallen. Da dieser nicht mehr die Kraft hatte, sich noch länger hinter seiner kalten Fassade zu verstecken, warf er sich seinem Freund in die Arme, zog ihn hoch, drückte ihn an seine Brust und sagte mit erstickter Stimme zu ihm:

»Oh, warum liebt Ihr mich noch immer so? Was habt Ihr getan, mein Freund? Warum liebt Ihr mich? Ihr seid weise, rein und tugendhaft. Euch verwirrt keine unsinnige Leidenschaft und der Wunsch nach Rache. Eure Seele wird nur von Eurem Glauben und der Wissenschaft genährt. Warum haltet Ihr bedingungslos zu mir? Was hat Euch meine Freundschaft gebracht? Nichts als Unsicherheit und Qualen. Muß sie Euch jetzt auch noch mit Gefahren belasten? Trennt Euch von mir, denn wir sind nicht mehr aus dem gleichen Holz geschnitzt. Ihr seht es, der Hof hat mich korrumpiert. Ich habe nicht mehr die Naivität, ich habe keine Güte mehr. Ich sinne über das Unglück eines Mannes nach, und ich kann einen Freund betrügen. Vergeßt mich, verachtet mich! Ich bin es nicht wert, daß Ihr noch einen Gedanken an mich verschwendet. Wie sollte ich würdig sein, daß Ihr Euch für mich in Gefahr begebt?«

»Indem Ihr mir schwört, den König und Frankreich nicht zu verraten«, antwortete de Thou. »Wißt Ihr, daß es darum geht, unser Vaterland zu teilen? Wißt Ihr, daß man Euch niemals unsere festen Plätze zurückgeben wird, wenn Ihr sie aufs Spiel setzt? Wißt Ihr, daß Euer Name der Schrecken der Nachwelt sein wird? Wißt Ihr, daß die Mütter Frankreichs ihn verfluchen werden, wenn sie gezwungen sein werden, ihre Kinder eine fremde Sprache zu lehren? Wißt Ihr das? Kommt.«

Und er zog ihn zu der Büste Ludwig XIII.

»Schwört vor ihm (und er ist auch Euer Freund), schwört, daß Ihr diesen infamen Vertrag niemals unterschreiben werdet.«

Cinq-Mars schlug die Augen nieder, und obwohl er errötete, antwortete er mit unerschütterlicher Dickköpfigkeit: »Ich habe es Euch gesagt, wenn man mich zwingt, dann werde ich ihn unterschreiben.«

De Thou erblaßte und ließ ihn los. Er ging zweimal mit verschränkten Armen und einer unerklärlichen Angst durch das Zimmer. Schließlich ging er feierlich auf die Büste seines Vaters zu und schlug ein dickes Buch auf, das zu ihren Füßen lag. Er suchte eine bereits gekennzeichnete Seite heraus und las diese laut vor:

»*Ich glaube also, daß Monsieur de Ligneboeuf zu Recht vom Gerichtshof in Rouen zum Tode verurteilt wurde, weil er Cattevilles Verschwörung gegen den Staat nicht aufgedeckt hat.*«

Respektvoll hielt er das aufgeschlagene Buch in der Hand und betrachtete das Bild des Präsidenten de Thou, aus dessen Memoiren er eben vorgelesen hatte.

»Ja, mein Vater«, fügte er hinzu, »Ihr habt recht gesehen, ich werde ein Verbrecher sein. Ich werde den Tod verdienen. Aber kann ich anders handeln? Ich werde diesen Verräter nicht denunzieren, denn das würde auch Verrat bedeuten. Er ist mein Freund, und er ist unglücklich.«

Dann schritt er auf Cinq-Mars zu und ergriff wieder seine Hand: »Damit tue ich viel für Euch«, sagte er zu ihm, »aber erwartet nicht mehr von meiner Seite, Monsieur, wenn Ihr diesen Vertrag unterzeichnet.«

Cinq-Mars war ob dieser Szene bis in die Tiefen seines Herzens aufgewühlt, denn er wußte, wie sehr sein Freund leiden mußte, indem er ihn zurückwies. Trotzdem wischte er eine Träne aus seinem Auge, umarmte ihn und antwortete:

»Oh! De Thou, immer seid Ihr vollkommen. Ja, Ihr erweist mir einen Dienst, wenn Ihr Euch von mir distanziert. Denn wenn Euer Schicksal an das meine geknüpft wäre, dann hätte ich nicht gewagt, mein Leben aufs Spiel zu setzen, und ich hätte gezögert, es zu opfern, wenn es sein muß. Aber ich werde es mit Sicherheit jetzt tun. Ich wiederhole, wenn man mich zwingt, dann werde ich den Vertrag mit Spanien unterzeichnen.«

19. Kapitel
Die Jagd

Man kann seinen Sternen wohl dankbar sein,
wenn man die Menschen verlassen kann,
ohne ihnen Leid zufügen zu müssen und sich
zu ihren Feinden zu erklären.

CH. NODIER, *Jean Sbogar*

Die Krankheit des Königs sorgte in Frankreich indessen für eine Unruhe, die schlecht gefestigte Staaten immer spüren, wenn der Tod eines Fürsten naht. Wenn auch Richelieu der Mittelpunkt der Monarchie war, so regierte er doch nur im Namen Ludwig XIII., als sei er in den Glanz dieses Namens, den er groß gemacht hatte, gehüllt. Obwohl er uneingeschränkt über seinen Meister herrschte, fürchtete er ihn, und diese Furcht schützte die Nation vor seinen ehrgeizigen Wünschen, denn der König stand wie eine unüberwindbare Schranke vor ihnen. Was aber würde der herrische Minister wagen, sobald dieser Fürst tot war? Wann würde dieser Mann, der so viel riskiert hatte, innehalten? Wer würde ihn dann daran hindern, das Zepter, das er gewohnt war, in der Hand zu halten, für immer festzuhalten und seinen Namen allein unter die Gesetze zu setzen, die er bestimmt hatte? Diese Angst bewegte alle Geister. Das Volk suchte vergebens im ganzen Königreich den übermächtigen Adel, zu dessen Füßen es sich gewöhnlich während der politischen Gewitter in Sicherheit brachte. Es sah nur noch ihre frischen Gräber. Die Gerichtshöfe waren verstummt, und man spürte, daß sich nichts dem schrecklichen Anwachsen dieser thronschänderischen Macht widersetzen würde. Die vorgetäuschten Leiden des Ministers enttäuschten niemanden wirklich. Niemanden rührte diese scheinheilige Agonie, die die Hoffnung des Volkes so oft betrogen hatte, und seine Entfernung verhinderte nicht, daß man die Hand dieses schrecklichen Emporkömmlings überall spürte.

Die Liebe des Volkes wurde obendrein für den Sohn Heinrichs

IV. geweckt. Die Menschen rannten in die Kirchen, sie beteten und häufig weinten sie sogar. Unglückliche Fürsten werden immer geliebt. Ganz Frankreich interessierte sich für Ludwigs Melancholie und seine geheimnisvollen Schmerzen, und obwohl er noch lebte, beklagte man ihn schon jetzt, als ob jeder gewünscht hätte, in seine geheimnisvollen Leiden eingeweiht zu werden, ehe er das große Geheimnis um die Leiden großer Persönlichkeiten, die in ihrer Zukunft nur noch das Grab erwartet, mit sich forttrug.

Der König wollte die ganze Nation beruhigen, und er ließ auf der Stelle seine Gesundung verkünden. Er wollte, daß sich der Hof auf eine große Jagdpartie auf Chambord, diesem königlichen Landsitz, vorbereitete, wohin sein Bruder, der Herzog von Orléans, ihn zu kommen bat.

Vermutlich liebte der König diesen schönen Ort besonders, weil er, im Einklang mit seiner Person, Größe und Traurigkeit verband. Oft verbrachte er hier ganze Monate, ohne irgend jemanden zu sehen. Unaufhörlich las er geheimnisvolle Papiere, schrieb unbekannte Dinge auf, die er in einer Eisentruhe verschloß, deren Geheimnis nur er kannte. Manchmal machte er sich ein Vergnügen daraus, sich nur von einem Diener bedienen zu lassen, und durch die Abwesenheit seines Gefolges vergaß er sich selbst. Dann wiederum lebte er mehrere Tage wie ein armer Mann oder ein im Exil lebender Bürger, und er liebte es, sich Elend oder Verfolgung auszumalen, um sich an seiner Krone zu erfreuen. An einem anderen Tag hatte er plötzlich eine ganz andere Idee. Jetzt wollte er in noch größerer Einsamkeit leben, und nachdem er jedem menschlichen Wesen verboten hatte, in seine Nähe zu kommen, und er sich eine Mönchskutte angezogen hatte, ging er in das Gewölbe der Kapelle und schloß sich dort ein. Hier las er noch einmal die Lebensgeschichte Karl V. Er glaubte sich nach Saint-Just versetzt und sang für sich allein diese Totenmesse, die, so wurde gesagt, damals dem spanischen Kaiser den Tod gebracht hatte. Inmitten seiner Gesänge oder Meditationen wurde sein schwacher Geist von widersprüchlichen Bildern heimgesucht. Niemals waren ihm die Welt und das Leben schöner erschienen als in der Einsamkeit und dem Grab nahe. Zwischen seinen Augen und den Seiten, die er sich zu lesen zwang, sah er prunkvolle Züge, siegreiche Armeen und das von Liebe durchdrungene Volk vorüberziehen. Er sah sich mächtig, kämpferisch, siegreich, verehrt, und wenn ein Sonnenstrahl den Scheiben entwich und auf ihn fiel, dann stand er plötzlich vom Fuße der Kanzel auf und fühlte sich mitgerissen von einem Durst nach Licht und frischer Luft, der ihn von diesem dunklen, stickigen Ort fortriß. Aber wenn er zum Leben zurückkehrte, dann fand er hier wieder Abscheu und Langeweile, da die ersten Menschen, die ihm begegneten, ihn durch ihre Ehrerbietung an seine Macht erinnerten. Dann glaubte er wieder an Freundschaft und rief sie an seine Seite, aber kaum war er ihres wirklichen Besitzes sicher, da bemächtigten sich große Zweifel seiner Seele. Es waren die einer zu starken Zuneigung für ein menschliches Wesen, das ihn von göttlicher Verehrung ablenkte, oder noch häufiger der heimliche Vorwurf, sich zu sehr von den Staatsangelegenheiten zu entfernen. Das Objekt seiner augenblicklichen Zuneigung erschien ihm dann wie ein despotisches Wesen, dessen Macht ihn von seinen Aufgaben wegriß. Er schuf sich eine unsichtbare Kette und beklagte sich im stillen, unterdrückt zu werden. Für seine Günstlinge war es jedoch ein Unglück, daß er nicht die Kraft hatte, ihnen seinen Groll durch seinen Zorn zu beweisen, denn das hätte sie gewarnt. Er jedoch streichelte sie weiter, fachte durch diesen Zwang das heimliche Feuer seines Herzens an und trieb es bis zum Haß. Es gab Momente, da war er ihnen gegenüber zu allem fähig.

Cinq-Mars kannte die Schwäche dieses Geistes, der in keinerlei Beziehung beständig war, durch und durch. Auch kannte er die Schwäche dieses Herzens, das weder unumschränkt lieben noch hassen konnte. Die von ganz Frankreich beneidete Position des Günstlings, die sogar die Eifersucht des großen Ministers hervorrief, war so unsicher und so schmerzlich, daß ihm ohne seine Liebe zu Maria die Zerstörung seines goldenen Käfigs mehr Freude gemacht hätte als einem Sklaven, der das letzte Glied der Kette fallen sieht, an dem er zwei Jahre lang mit einer in seinem Mund versteckten Eisenfeder gefeilt hat. Diese Ungeduld, seinem Schicksal, dessen Erfüllung zum Greifen nahe war, ein Ende zu machen, beschleunigte die Explosion dieser geduldig vergrabenen Mine, wie er es seinem Freund gestanden hatte. Aber seine Situation war damals die eines Mannes, der neben dem Buch des Lebens stand und der jeden Tag sah, wie eine Hand darüberstrich, die seine Verdammung oder seine Begnadigung niederschreiben sollte. Er reiste mit Ludwig XIII. nach Chambord und war entschlossen, die erste günstige Gelegenheit für sein Vorhaben zu ergreifen. Sie bot sich ihm.

Genau an dem Morgen des Tages, der für die Jagd bestimmt worden war, ließ der König ihm ausrichten, daß er ihn auf der Lilientreppe erwarte. Es ist vielleicht nicht überflüssig, ein paar Worte über diese erstaunliche Konstruktion zu verlieren.

Vier Meilen von Blois und eine Stunde von der Loire entfernt, in einem kleinen, sehr tief gelegenen Tal, zwischen schlammigen Sümpfen und einem hohen Eichenwald, fern aller Straßen, trifft man plötzlich auf ein Königs- oder vielmehr Märchenschloß. Man könnte meinen, ein Geist aus dem Orient sei hier von einer Wunderlampe angehalten worden und habe es während *Tausendundeiner Nacht* aus dem Land der Sonne entführt, um es in diesem Land des Nebels mitsamt den Lieben eines schönen Prinzen zu verstecken. Dieser Palast ist verborgen wie ein Schatz, aber seine blauen Türmchen, seine eleganten, über den großen Mauern abgerundeten oder hoch in die Luft ragenden Minarette, seine langen Terrassen, die den Wald überragen, seine leichten Spitzen, die der Wind wiegt, und seine überall auf den Säulengängen verschlungenen Mondsicheln sind dazu angetan, sich im Königreich Bagdad oder Kaschmir zu glauben, wenn die schwärzlichen Mauern mit ihrem Teppich aus Moos oder Efeu und die blasse, melancholische Farbe des Himmels nicht ein regnerisches Land verrieten. Es war schon ein Genie, das dieses Bauwerk errichtete, aber es kam aus Italien und hieß Le Primatice. Es war schon ein schöner Prinz, dessen Lieben sich hier verbargen, aber er war König und hieß Franz I. Sein Feuergeist versprüht seine Flammen überall. Er glitzert tausendfach über den Gewölben und vervielfacht hier seine Flammen wie Sterne am Himmel. Er stützt die Kapitelle mit seiner glänzenden Krone. Er färbt die Scheiben mit seinem Feuer, schlängelt sich über die Geheimtreppen, und überall scheinen seine brennenden Blicke die dreifachen Mondsicheln einer geheimnisvollen Diana zu verzehren, dieser Diana aus Poitiers, die zweifache Göttin, die in diesem lüsternen Wald gleich zweimal verehrt wird.

Das Fundament dieses eigenartigen Monumentes ist von Eleganz und Geheimnis erfüllt. Es ist eine doppelte Treppe, die sich in Form zweier ineinanderverschlungener Spiralen vom entferntesten Fundament des Gebäudes bis zu den höchsten Türmen erhebt. Sie mündet in einer durchbrochenen Kuppel und ist mit einer riesigen Lilie gekrönt, die man schon von weitem sehen kann. Zwei Menschen können diese Treppe gleichzeitig hinaufsteigen, ohne einander zu sehen.

Diese Treppe allein erscheint schon wie ein kleiner einsamer Tempel. Sie wird wie unsere Kirchen von ihren dünnen, durchsichtigen, durchbrochenen Flügeln der Arkaden gestützt und geschützt. Man könnte meinen, der gehorsame Stein mußte sich der Hand des Architekten beugen, und er sei, wenn man so sagen darf, nach der Laune seiner Phantasie erstarrt. Man begreift kaum, wie die Pläne dazu entworfen und in welchen Begriffen die Befehle den Arbeitern erklärt worden sind. Es scheint wie ein flüchtiger Gedanke, eine glänzende Träumerei, die sich plötzlich materialisierte. Es ist ein verwirklichter Traum.

Cinq-Mars stieg langsam die breite Treppe hinauf, die ihn zum König führen sollte. Je höher er stieg, desto langsamer wurde er. Es mag an seinem Widerwillen gelegen haben, den Fürsten aufzusuchen, dessen erneute Klagen er jeden Tag anhören mußte. Vielleicht wollte er auch über das, was er vorhatte, nachsinnen, da drang der Klang einer Klampfe an sein Ohr. Er erkannte Ludwigs geliebtes Instrument und seine traurige, zarte, bebende Stimme, die in den Gewölben widerhallte. Er schien sich an einer dieser Romanzen zu versuchen, die er selbst komponierte, und er wiederholte mehrere Male mit zögernder Hand den unvollkommenen Refrain. Man konnte die Worte nur schlecht verstehen, und in sein Ohr drangen nur einige wie: *Verlassen, Weltschmerz* und *schöne Flamme*.

Der junge Günstling zuckte die Schultern und hörte zu.

»Welch neuer Schmerz sucht dich heim?« fragte er. »Lesen wir also wieder in diesem steinernen Herzen, das etwas zu wünschen glaubt.«

Er betrat den schmalen Raum.

Der König war in Schwarz gekleidet, lag halb ausgestreckt auf einer Chaiselongue und hatte seine Ellenbogen auf den Kissen aufgestützt. Schmachtend zupfte er an den Saiten seiner Laute. Als er den Oberstallmeister sah, hörte er auf zu summen, warf ihm einen vorwurfsvollen Blick zu und schüttelte lange den Kopf, bevor er endlich mit weinerlicher, ein wenig emphatischer Stimme sprach:

»Was habe ich da erfahren, Cinq-Mars? Was habe ich über Euer Verhalten gehört? Daß Ihr all meine Ratschläge vergeßt und mir solchen Kummer bereitet! Ihr habt eine schuldhafte Intrige gesponnen. Muß ich von Euch derartige Dinge erwarten, von Euch, dessen Mitleid und Tugend mich so sehr mit Euch verbunden hat?«

Cinq-Mars, der in Gedanken ganz bei seinen politischen Plänen war, fühlte sich ertappt und konnte sich für einen kurzen Moment einer Unruhe nicht erwehren. Er war jedoch voll und ganz Herr der Lage und antwortete, ohne zu zögern:

»Ja, Sire, ich werde es Euch berichten. Ich bin es gewohnt, Euch meine Seele zu öffnen.«

»Es mir berichten«, rief Ludwig XIII., der abwechselnd rot und weiß wurde wie bei einem Fieberanfall. »Ihr wagt es, meine Ohren mit diesen scheußlichen Vertraulichkeiten zu beschmutzen, Monsieur. Und wie ruhig Ihr seid, wenn Ihr über Eure Unordnung sprecht! Also, Ihr verdientet es, wie ein Rondin auf die Galeeren geschickt zu werden. Ihr habt Euch durch Euren fehlenden Glauben an mich des Majestätsverbrechens schuldig gemacht. Mir wäre es lieber, Ihr wäret Falschmünzer wie der Marquis de Coucy oder der Anführer des Bauerngelumps, als das zu machen, was Ihr gemacht habt. Ihr entehrt Eure Familie und das Gedenken an den Marschall, Euren Vater.«

Cinq-Mars, der sah, daß er verloren war, nahm die bestmögliche Haltung ein und sagte mit resignierter Miene:

»Ja, Sire, dann laßt doch über mich richten und mich zum Tode verurteilen. Aber erspart mir Eure Vorwürfe.«

»Macht Ihr Euch über mich lustig, kleiner Provinzjunker?« fragte Ludwig. »Ich weiß genau, daß Ihr vor den Menschen keine Todesstrafe verdient habt, aber vor dem Tribunal Gottes, Monsieur, da werdet Ihr verurteilt werden.«

»Mein Gott, Sire«, entgegnete der junge Mann ungestüm, der über die Beschimpfungen schockiert war, »warum laßt Ihr mich nicht in meine Provinz, die Ihr so sehr verachtet, zurückkehren? Ich war schon hundertmal nahe davor. Und ich werde gehen, denn ich kann das Leben, das ich hier an Eurer Seite führe, nicht mehr ertragen. Ein Engel würde es nicht aushalten. Nochmals, laßt mich verurteilen, wenn ich schuldig bin, oder gesteht mir zu, mich in der Touraine zu verstecken. Ihr habt mich vernichtet, indem Ihr mich an Euch gebunden habt. Ist es denn meine Schuld, wenn Ihr mir zu große Hoffnungen gemacht habt durch Eure Pläne, die Ihr anschließend wieder verwerft? Und warum habt Ihr mich zum Oberstallmeister gemacht, wenn ich nicht weiterkommen kann? Ich bin doch schließlich Euer Freund, oder nicht? Und kann ich, wenn ich doch Euer Freund bin, nicht Herzog werden, Pair oder Konnetabel, genausogut wie Monsieur de Luynes, den Ihr so geliebt habt, weil er Eure Falken abgerichtet hat? Warum werde ich zum Rat nicht zugelassen? Ich würde genausogut dort sprechen, wie all Eure alten Halskrausköpfe. Ich habe neue Ideen und einen besseren Arm, um Euch zu dienen. Es ist Euer Kardinal, der Euch daran hindert, mich dorthin zu rufen, und weil er Euch von mir entfernt, darum hasse ich ihn«, fuhr Cinq-Mars fort und erhob die Faust, als ob Richelieu vor ihm stünde. »Ja, ich werde ihn mit meinen eigenen Händen umbringen, wenn es sein muß.«

Henri d'Effiats Augen blitzten vor Wut. Er stampfte beim Sprechen mit dem Fuß auf und wandte dem König wie ein schmollendes Kind den Rücken zu. Er stützte sich gegen eine der kleinen Säulen des durchbrochenen Zimmers.

Ludwig, der jeder Entscheidung auswich und den das Nichtwiedergutzumachende immer erschreckte, ergriff die Hand seines Gegenübers.

O Schwächen der Macht! Laune des menschlichen Herzens! Durch diesen kindischen Wutanfall und diese Fehler des Alters beherrschte der junge Mann einen König von Frankreich genauso wie der erste Politiker jener Zeit. Dieser König glaubte, und scheinbar berechtigterweise, daß ein so aufgebrachter Mensch aufrichtig sein müsse, und selbst seine Wut verärgerte ihn nicht. Diese hatte übrigens nichts mit seinen wirklichen Vorwürfen zu tun, und er verzieh ihm, den Kardinal zu hassen. Selbst der Gedanke der Eifersucht seines Günstlings gegen den Minister gefiel ihm, weil diese Eifersucht Cinq-Mars' Zuneigung vermuten ließ, denn er befürchtete nur seine Gleichgültigkeit. Cinq-Mars wußte das, und er wollte ihm entkommen, indem er den König darauf vorbereitete, alles was er gemacht hatte, als ein Kinderspiel anzusehen und als eine Folge seiner Freundschaft für ihn. Aber die Gefahr war nicht sehr groß. Er atmete auf, als der König zu ihm sagte:

»Es handelt sich nicht um den Kardinal, und ich liebe ihn nicht mehr als Ihr. Aber ich werfe Euch Euer skandalöses Verhalten vor, und ich hätte Mühe, es Euch zu verzeihen. Ach, Monsieur, ich erfahre, daß Ihr, anstatt Euch in *Salut* oder *Angelus* frommen

Übungen auszuliefern, an die ich Euch gewöhnt habe, nach Saint-Germain geht und dort die halbe Nacht verbringt ... und bei wem? Kann ich es sagen, ohne mich zu versündigen? Bei einer Frau mit schlechtem Ruf, die mit Euch nur für Eure Seele verderbliche Beziehungen pflegen kann und die bei sich Freigeister empfängt, kurzum – Marion de Lorme! Was habt Ihr dazu zu sagen? Sprecht!«

Cinq-Mars lehnte noch immer an der Säule, aber er ließ seine Hand in der Hand des Königs, als er antwortete:

»Ist es denn so schuldhaft, wenn man seine ernsten Beschäftigungen gegen noch ernstere eintauscht? Wenn ich zu Marion de Lorme gehe, dann nur, um dort den Gesprächen der Gelehrten zu lauschen, die sich bei ihr treffen. Nichts ist unschuldiger als diese Versammlungen. Wir lesen dort zusammen, und das dauert manchmal bis in die Nacht, das stimmt, aber diese Lesungen können die Seele nur erheben und sie auf keinen Fall verderben. Ihr habt mir übrigens niemals befohlen, Euch über alles Rechenschaft abzulegen. Ich hätte es Euch schon längst gesagt, wenn Ihr es gewünscht hättet.«

»Ach, Cinq-Mars, Cinq-Mars! Wo bleibt das Vertrauen? Hattet Ihr nicht das Bedürfnis, Euch mir anzuvertrauen? Das ist die erste Bedingung einer vollkommenen Freundschaft, wie die Eure sein sollte, wie die, die mein Herz braucht!«

Die Stimme Ludwigs klang nun zärtlicher, und der Günstling, der ihm über die Schulter schaute, sah nun nicht mehr so verärgert aus, sondern er war nur noch gelangweilt und fand sich damit ab, ihm zuzuhören.

»Wie oft habt Ihr mich getäuscht!« fuhr der König fort. »Kann ich mich noch auf Euch verlassen? Sind es nicht vielleicht galante Herren und Frauenzimmer, die Ihr bei dieser Frau trefft? Gibt es dort keine anderen Kurtisanen?«

»Oh, mein Gott, nein, Sire! Ich gehe oft mit einem Freund von mir dorthin, einem Edelmann aus der Touraine namens René Descartes.«

»Descartes! Diesen Namen kenne ich. Ja, er ist ein Offizier, der sich bei der Belagerung von La Rochelle hervorgetan hat und der sich nun unter die Schreiber mischt! Er steht im Ruf, fromm zu sein, aber er ist mit Des Barreaux befreundet, und der ist ein Freigeist. Ich bin sicher, daß Ihr dort viele Leute trefft, die kaum der richtige Umgang für Euch sind. Viele junge Leute ohne Familie, ohne besondere Herkunft. Also, sagt mir, wen habt Ihr dort beim letztenmal getroffen?«

»Mein Gott! Ich erinnere mich kaum noch an ihre Namen«, sagte Cinq-Mars. Er schaute in die Luft und dachte nach. »Manchmal frage ich sie nicht nach ihrem Namen ... Da war zunächst ein gewisser Monsieur, Monsieur ... Groot oder Grotius, ein Holländer.«

»Den kenne ich. Er ist ein Freund von Barneveldt. Er erhält von mir eine Pension. Ich mag ihn sehr, aber dieser Card ... aber man hat mir gesagt, er soll so ein fanatischer Hugenotte sein ...«

»Ich habe dort auch einen Engländer namens John Milton[36] getroffen. Er ist ein junger Mann, der aus Italien zurückgekehrt ist und wieder nach London geht. Er sagt fast nichts.«

»Unbekannt, vollkommen unbekannt. Aber ich bin sicher, daß das auch wieder irgend so ein Hugenotte ist. Und welche Franzosen sind dort?«

»Dieser junge Mann, der den *Cinna* geschrieben hat und den man dreimal an der Akademie abgelehnt hat. Er war beleidigt, daß man Du Ryer anstatt seiner aufnahm. Er heißt Corneille ...«

»Na schön«, sagte der König, verschränkte die Arme und schaute Cinq-Mars mit siegessicherem, vorwurfsvollem Blick an. »Ich frage Euch, wer sind diese Leute da? Muß ich Euch denn in solchen Kreisen sehen?«

Cinq-Mars machte diese Bemerkung sprachlos, denn sie verletzte seine Eigenliebe. Er schritt auf den König zu und erwiderte: »Ihr habt ganz recht, Sire, aber es kann doch kein Unrecht sein, ein oder zwei Stunden damit zu verbringen, sich recht gute Dinge anzuhören. Dort kommen übrigens auch Leute vom Hofe hin wie der Herzog von Bouillon, Monsieur d'Aubijoux, der Graf von Brion, der Kardinal de La Valette, die Herren Montrésor und Fontrailles und so berühmte Männer aus der Wissenschaft wie Mairet, Colletet, Desmarets, der Autor der *Ariadne*, dann Faret, Doujat, Charpentier, der die schöne *Cyropédie* geschrieben hat, Giry, Besons und Baro, der den *Astrée* fortsetzt. Es sind lauter Akademiker.«

»Ach, das ist ja sehr schön! Es sind Männer, die sich wahrlich verdient gemacht haben«, bestätigte Ludwig, »dagegen ist nichts zu sagen. Man kann nur davon profitieren. Die Männer haben einen guten Ruf. Es sind auserlesene Männer. Versöhnen wir uns wieder. Schlagt ein, mein Kind. Ich erlaube Euch, ab und zu dort hinzugehen. Aber täuscht mich nicht mehr. Ihr seht ja, daß ich alles weiß. Schaut hier.«

Der König nahm jetzt aus einer an der Wand stehenden Eisentruhe dicke Papierhefte, die mit feiner Schrift vollgekritzelt waren. Auf dem einen stand *Baradas*, auf dem anderen *d'Hautefort*, auf einem dritten *La Fayette* und auf dem letzten *Cinq-Mars*. Dieses nahm er in die Hand und fuhr fort:

»Seht nur, wie oft Ihr mich schon getäuscht habt. Es sind Eure ständigen Verfehlungen, über die ich seit den zwei Jahren, die ich Euch kenne, persönlich Buch führe. Ich habe Tag für Tag all unsere Gespräche aufgeschrieben. Setzt Euch.«

Cinq-Mars setzt sich seufzend hin und mußte jetzt zwei lange Stunden die Geduld aufbringen, sich einen Abriß von dem, was sein Herr geduldig während der zwei Jahre niedergeschrieben hatte, anzuhören. Mehrmals legte er während der Lesung seine Hand vor den Mund, was wir sicher auch alle machen würden, wenn wir uns diese Aufzeichnungen anhören müßten, die man nach dem Tod des Königs peinlich genau geordnet neben seinem Testament fand. Es genügt, wenn wir uns den Schluß anhören:

»Hier steht auch, was Ihr am 7. Dezember gemacht habt, also vor drei Tagen. Ich habe Euch von dem Flug des Zwergfalken erzählt und von Euren fehlenden Kenntnissen der Treibjagd. Ich habe Euch gesagt, daß der Königlichen Jagd zufolge, dem Werk König Karl IX., der Jägermeister, nachdem er seinen Hund daran gewöhnt hat, dem Wild zu folgen, daran denken muß, daß der Hund Lust hat, in den Wald zurückzukehren, und daß man ihn weder schelten noch schlagen darf, damit er die Spur richtig verfolgt, und daß man, um einem Hund beizubringen, das Wild gut zuzutreiben, keine Seitenpfade unbeachtet lassen darf.

Und das hier habt Ihr mir, zumal noch in spöttischem Ton, geantwortet. Hört gut zu: ›Mein Gott, Sire, gebt mir lieber Regimenter zu befehligen als Vögel oder Hunde. Ich bin sicher, daß man sich über Euch und mich lustig macht, wenn man erfährt, womit wir uns beschäftigen.‹ Und am achten, wartet, ja, am achten, als wir zusammen in meinem Zimmer die Vesper sangen, da habt Ihr Euer Buch wütend ins Feuer geworfen. Einfach gottlos! Anschließend habt Ihr mir gesagt, es sei Euch aus der Hand gerutscht: Sünde, Todsünde. Seht, was ich darunter geschrieben habe: *Lüge!* Ich habe es unterstrichen. Man legt mich niemals rein. Laßt Euch das gesagt sein.«

»Aber, Sire ...«

»Moment mal, einen Moment bitte! Am Abend habt Ihr über den Kardinal gesagt, daß er einen Mann ungerechterweise und aus Gründen persönlichen Hasses verbrennen ließ.«

»Und ich wiederhole es, und ich unterstreiche es, und ich werde es beweisen, Sire. Das ist das größte Verbrechen dieses Mannes. Ihr zögert, ihn zu entehren, und er macht Euch unglücklich. Ich habe in Loudun alles mit eigenen Augen gesehen und gehört. Urbain Grandier wurde eher umgebracht, als daß über ihn gerichtet wurde. Seht, Sire, wenn Ihr da dieses handgeschriebene Tagebuch habt, dann lest noch einmal alle Beweise nach, die ich Euch damals geliefert habe.«

Ludwig suchte die entsprechende Seite, auf der es um die Reise von Perpignan nach Paris ging, las diesen ganzen Bericht aufmerksam durch und rief:

»Wie scheußlich! Wie konnte ich das alles nur vergessen! Dieser Mann verhext mich, das ist sicher. Du bist mein wahrer Freund, Cinq-Mars. Wie schrecklich! Meine Regentschaft wird dadurch befleckt. Er hat dafür gesorgt, daß mich die ganzen Briefe des Adels und all der Männer von Rang und Namen nicht erreicht haben. Verbrannt, bei lebendigem Leibe verbrannt. Ohne Beweise! Aus Rache! Ein Mann, ein Volk haben meinen Namen vergebens angefleht. Eine Familie verflucht mich jetzt. Oh, wie unglücklich Könige sind.«

Der König hielt inne, warf die Papiere zur Seite und weinte.

»Oh! Sire, es sind schöne Tränen, die Ihr vergießt«, rief Cinq-Mars, der aufrichtige Bewunderung für den König empfand. »Wäre doch ganz Frankreich mit mir hier bei Euch! Es würde sich über dieses Schauspiel wundern und Mühe haben, es zu glauben.«

»Es würde sich wundern? Kennt mich denn mein Land gar nicht?«

»Nein, Sire«, erwiderte d'Effiat ehrlich. »Niemand kennt Euch, und ich selbst klage Euch oft einer Kälte und einer allgemeinen Gleichgültigkeit gegenüber allen Menschen an.«

»Kälte! Und ich sterbe vor Kummer! Kälte! Und ich opfere mich für die Interessen meines Landes auf. Undankbares Land! Ich habe ihm alles geopfert, bis hin zu meinem Stolz und meinem Glück, es selbst zu führen, weil ich fürchtete, meine schwache Gesundheit könne dem Land schaden. Ich habe einem Mann mein Zepter in die Hand gegeben, den ich hasse, weil ich glaubte, daß seine Hand stärker sei als meine. Ich habe das Leid, das er mir zugefügt hat, ertragen, weil ich glaubte, daß er meinem Volk Gutes tat. Ich habe meine Tränen hinuntergeschluckt, um seine zu trocknen. Und ich sehe, daß mein Opfer sogar größer war, als ich glaubte, denn die Menschen haben es nicht bemerkt. Sie haben mich für unfähig gehalten, nur weil ich schüchtern und kraftlos bin und meinen Kräften mißtraute. Aber was soll's! Gott sieht mich, und er kennt mich.«

»Oh! Sire, zeigt Euch Frankreich so, wie Ihr seid. Übernehmt wieder Eure Macht, die ein anderer mißbraucht hat. Das Land wird aus Liebe zu Euch das tun, was die Furcht ihm nicht entreißen konnte. Kehrt ins Leben zurück, und steigt wieder auf den Thron.«

»Nein, nein, mein Leben geht zu Ende, lieber Freund. Ich bin nicht mehr fähig, die Mühen um die höchste Macht auf mich zu nehmen.«

»Ach, Sire, nur allein diese Überzeugung raubt Euch Eure Kraft. Es ist höchste Zeit, daß man aufhört, die Macht mit dem Verbrechen zu verwechseln und diese Einheit als Genie zu bezeichnen. Möge sich Eure Stimme erheben, um der Welt zu verkünden, daß die Regentschaft der Tugend mit Eurer Regentschaft beginnen wird. Und dann werden diese Feinde, die das Laster kaum vernichten kann, auf ein Wort aus Eurem Munde fallen. Man hat noch nicht alles berechnet, was der gute Wille eines Königs von Frankreich aus seinem Volk machen kann, aus diesem Volk, dessen Phantasie und Seelenwärme es so schnell zu allem hinzieht, was schön ist, und das zu allen Arten der Aufopferung bereit ist. Der König, Euer Vater, hat uns mit einem Lächeln regiert. Was könnte eine Träne von Euch nicht ausrichten! Ihr müßt nur zu uns sprechen!«

Der König errötete während dieser Rede häufig. Er hüstelte und machte einen sehr verlegenen Eindruck, wie immer, wenn man eine Entscheidung von ihm erzwingen wollte. Er spürte wohl auch, daß man ein Gespräch mit ihm führen wollte, bei dem zu viel auf dem Spiel stand und an das er sich aufgrund seines schüchternen Wesens nicht heranwagte. Er legte oft die Hand auf seine Brust und runzelte die Stirn, als verspüre er einen brennenden Schmerz, denn er versuchte, sich mittels seiner Krankheit der Peinlichkeit einer Antwort zu entziehen. Ob sich Cinq-Mars von seiner heftigen Erregung oder seiner Entscheidung, die letzte Karte auszuspielen, hinreißen ließ, auf jeden Fall fuhr er mit einer Feierlichkeit, die Ludwig beeindruckte, unbeirrt fort. Cinq-Mars hatte den König in die Enge getrieben, und dieser sagte zu ihm:

»Aber Cinq-Mars, wie soll ich mich eines Ministers entledigen, der mich seit achtzehn Jahren mit seinen Kreaturen umzingelt hat?«

»So mächtig ist er gar nicht«, entgegnete der Oberstallmeister. »Ihr braucht nur mit dem Kopf zu nicken, und schon werden seine Freunde seine schlimmsten Feinde sein. Die ganze alte Liga der Fürsten des Friedens gibt es noch, Sire, und es ist nur die Achtung vor der Wahl Eurer Majestät, die sie hindert, loszuschlagen.«

»Oh, großer Gott, sage Ihnen, daß sie sich meinetwegen nicht zurückzuhalten brauchen. Ich werde sie kaum stören. Mich wird man nicht anklagen, Kardinalist zu sein. Wenn mein Bruder mir die Mittel gibt, Richelieu zu ersetzen, dann werde ich es herzlich gerne tun.«

»Ich glaube, Sire, daß er heute mit Euch über den Herzog von Bouillon sprechen wird. Alle Royalisten verlangen nach ihm.«

»Ich hasse ihn nicht«, sagte der König, der jetzt das Kissen auf seinem Lehnstuhl zurechtrückte. »Ich hasse ihn ganz und gar nicht, wenn er auch etwas rebellisch ist. Wir sind verwandt, weißt du, lieber Freund (und er legte noch mehr Hingabe in diesen Lieblingsausdruck als gewöhnlich)? Weißt du, daß er durch Charlotte von Bourbon, der Tochter des Herzogs von Montpensier, ein Nachkomme des Heiligen Ludwig ist? Weißt du, daß sieben gebürtige Prinzessinnen in seine Familie eingeheiratet haben und daß acht der seinen, darunter eine Königin, mit gebürtigen Prinzen verheiratet sind? Oh, ich hasse ihn keineswegs. Das habe ich niemals gesagt, niemals.«

»Na schön, Sire«, fuhr Cinq-Mars vertrauensvoll fort, »MONSIEUR und er werden Euch während der Jagd erklären, was schon alles vorbereitet worden ist, welche Männer man an die Stelle seiner Kreaturen setzen kann, auf welche Marschälle und Obersten man gegen Fabert und alle Kardinalisten von Perpignan zählen kann. Ihr werdet sehen, daß der Minister nur wenige Leute auf seiner Seite hat. Die Königin, MONSIEUR, der Adel und die Gerichtshöfe sind auf unserer Seite. Und es ist eine gemachte Sache, sobald sich Eure Majestät nicht mehr widersetzen. Man hat vorgeschlagen, Richelieu wie den Marschall D'Ancre verschwinden zu lassen, der es weniger als er verdient hat.«

»Wie Concini!« rief der König. »Oh, nein, wir dürfen nicht ... das will ich wirklich nicht ... Er ist Priester und Kardinal, wir würden exkommuniziert werden. Aber wenn es einen anderen Weg gibt, ja gut. Du kannst mit deinen Freunden darüber sprechen, und ich werde meinerseits darüber nachdenken.«

Als er diese Worte ausgesprochen hatte, überließ sich Ludwig seinem Groll, als hätte er ihn gerade befriedigt und als sei der Schlag schon ausgeführt worden. Cinq-Mars war verärgert, weil er glaubte, daß seine derart gesteigerte Wut nicht von langer Dauer sei. Er glaubte dennoch an seine letzten Worte, besonders als Ludwig nach endlosen Klagen hinzufügte:

»Würdest du es glauben, daß ich seit zwei Jahren, seit dem Tag, da ich meine Mutter beweine, seit jenem Tag als er mir vor dem ganzen Hof so übel mitgespielt hat und mich bat, sie ins Land zurückzurufen, obwohl er bereits von ihrem Tod wußte, seit diesem Tag nicht erreichen kann, sie in Frankreich bei unseren Vätern zu begraben? Selbst ihre Asche hat er des Landes verwiesen.«

In diesem Moment glaubte Cinq-Mars Geräusche auf der Treppe zu hören. Der König errötete leicht.

»Geh!« befahl er. »Geh schnell und bereite dich auf die Jagd vor. Du wirst zu Pferde neben meinem Wagen warten. Geh schnell. Ich will es so. Geh!«

Und er schob Cinq-Mars zur Treppe und zum Eingang, durch den er hereingekommen war.

Der Günstling entfernte sich, aber die Verwirrung seines Herrn war ihm keineswegs entgangen.

Er stieg langsam die Treppe hinunter und suchte den Grund dieser Verwirrung schon bei sich, da glaubte er, das Geräusch zweier Füße zu hören, die die andere Seite dieser Wendeltreppe hinaufstiegen, während er die andere hinabstieg. Er blieb stehen – der andere blieb stehen. Er stieg wieder höher, und es schien ihm, als ob der andere hinunterging. Er wußte, daß man trotz der durchbrochenen Architektur nichts sehen konnte, und er entschloß sich nun hinauszugehen, denn er war dieses Spiels müde, aber doch stark beunruhigt. Er wäre gern an der Eingangstür stehengeblieben, um zu sehen, wer erschien, aber kaum hatte er den Vorhang, der zu dem Raum führte, in dem sich die Gardisten aufhielten, hochgehoben, als ihn auch schon eine wartende Schar von Höflingen umringte und ihn mitzog, um die Befehle zu erwarten, die sein Amt von ihm verlangte. Cinq-Mars mußte sich Begrüßungen, Vertraulichkeiten, Glückwünschen, Bitten, Vorstellungen, Empfehlungen und Umarmungen aussetzen und diesem ganzen Ansturm von Beziehungen unterschiedlicher Art, die einen Günstling umgeben und für die man eine immer präsente, wache Aufmerksamkeit braucht, denn jede Zerstreutheit kann unheilvolle Folgen hervorrufen. Darum vergaß er fast diesen kleinen Zwischenfall, der vielleicht auch nur in seiner Phantasie existiert hatte, und lieferte sich den Freuden einer Art ständiger Apotheose aus. Im großen Innenhof stand sein Pferd, das er jetzt bestieg. Adelige Pagen waren ihm zu Diensten, und die glänzendsten Edelleute umringten ihn.

Schon bald kam MONSIEUR, gefolgt von seinen Anhängern, und es war noch keine Stunde vergangen, da erschien der König, blaß und mit schleppendem Gang, auf vier Männer gestützt. Cinq-Mars saß ab und half ihm in eine Art kleinen, niedrigen Wagen, *Brouette* genannt, zu steigen, dessen äußerst zahme, friedliche Pferde Ludwig XIII. persönlich lenkte. Die Jäger, die neben den Türen ritten, hielten die Hunde an der Leine. Als das Horn erklang, stiegen Hunderte junger Leute aufs Pferd, und alles brach auf zur Jagdpartie.

Der König hatte ein Gehöft namens *Ormage* bestimmt, und der ganze Hof, der seine Gewohnheiten kannte, verteilte sich in den Alleen des Parks, während der König langsam einem einsamen Weg folgte. Neben dem Wagenschlag ritten der Oberstallmeister und vier weitere Personen, die er zu sich gebeten hatte.

Diese Lustpartie bot einen düsteren Anblick. Aufgrund des nahenden Winters waren die hier im Park stehenden hohen Eichen fast ganz entblättert, und die schwarzen Zweige hoben sich gegen den grauen Himmel ab wie die Arme eines Trauerkandelabers. Leichter Nebel kündigte wohl einen baldigen Regen an. Durch die lichten Bäume und die traurigen Zweige sah man langsam die schweren Wagen des Hofes rollen, in denen Frauen saßen, die alle in Schwarz gekleidet und dazu verurteilt waren, das Ergebnis der Jagd, die sie nicht sahen, abzuwarten. In der Ferne konnte man das Gebell der Meute hören, und ab und zu ließ sich das Horn wie ein Seufzer vernehmen. Kalter, schneidender Wind zwang jeden, sich zu verhüllen, und einige Frauen legten auf ihre Gesichter einen Schleier oder eine Maske aus schwarzem Samt, um sich vor der kalten Luft zu schützen, die die Vorhänge ihrer Wagen kaum aufhielt (denn es gab damals noch keine Scheiben). Sie trugen wohl jene Kostüme, die wir Domino[37] nennen.

Alles war öde und trist. Nur einige Gruppen von der Jagd begeisterter junger Leute überquerten wie der Wind das Ende einer Allee. Sie schrien oder bliesen ins Horn. Dann wurde wieder alles still, und wie nach einem Feuerwerk wirkte der Himmel noch düsterer.

Auf einem Weg, der parallel zu dem verlief, den der König langsam entlangfuhr, hatten sich einige in ihre Mäntel gehüllte Höflinge versammelt. Für die Rehe schienen sie sich kaum zu interessieren. Sie trabten auf der Höhe der *Brouette* des Königs und verloren sie nicht aus den Augen. Leise sprachen sie miteinander.

»Das ist gut, Fontrailles, das ist gut! Sieg! Der König nimmt ständig seinen Arm. Seht Ihr, wie er ihn anlacht? Monsieur le Grand steigt vom Pferd und setzt sich neben ihn in den Wagen. Seht, seht nur, jetzt ist der alte Fuchs verloren.«

»Ah, das ist noch gar nichts! Habt Ihr nicht gesehen, wie der König MONSIEUR die Hand gereicht hat? Er gibt Euch ein Zeichen, Montrésor. Gondi, seht doch.«

»Seht, seht! Das sagt Ihr so einfach. Aber ich sehe mit meinen Augen nichts. Ich habe nur die des Glaubens und die Euren. Also, was machen die beiden? Ich wäre froh, wenn ich nicht so kurzsichtig wäre. Erzählt mir, was sie machen.«

Montrésor erklärte ihm, was er sah:

»Der König beugt sich an das Ohr des Herzogs von Bouillon und spricht mit ihm ... Er spricht noch immer, er gestikuliert, er hört nicht auf. Oh! Er wird Minister werden.«

»Er wird Minister werden«, sagte Fontrailles.

»Er wird Minister werden«, sagte auch der Graf Du Lude.

»Ja, das steht fest«, fügte Montrésor hinzu.

»Ich hoffe, daß er mir ein Regiment übergibt, und dann heirate ich meine Cousine!« rief Olivier d'Entraigues im typischen Tonfall eines Pagen.

Der Abbé de Gondi schaute lachend zum Himmel und fing an, ein Jagdlied zu singen:

Der Wind ist gut für den Fasan,
tan, tan, tan, ton, ton, tan.

Dann sagte er: »Ich glaube, meine Herren, daß Ihr mehr Veränderungen seht als ich, oder es müßten im Gnadenjahr 1642 Wunder geschehen, denn der Herzog von Bouillon ist nicht näher daran, Premierminister zu werden, als ich, selbst wenn der König ihn umarmen sollte. Er hat große Qualitäten, aber er wird es nicht schaffen, weil er aus einem Stück geschnitzt ist. Dagegen halte ich sehr viel von seiner großen, albernen Stadt Sedan. Das ist eine Heimstätte, eine schöne Heimstätte für uns alle.«

Montrésor und die anderen waren zu sehr mit all den Gesten des Königs beschäftigt, um zu antworten, und sie erzählten ihm weiter, was sie sahen:

»Jetzt nimmt Monsieur le Grand die Zügel der Pferde und lenkt den Wagen.«

Der Priester sang sein Lied weiter:

Kutschierst du sie, meine Brouette,
wirf sie nicht um, schöner Postillion,
ton, ton, tan, tan, tan, ton.

»Lieber Priester, Eure Lieder machen mich verrückt«, schimpfte Fontrailles. »Ihr habt wohl für jede Gelegenheit eine Melodie?«

»Ich kann Euch auch Gelegenheiten liefern, die auf jede Melodie passen«, antwortete Gondi.

»Mein Gott, die Melodie von diesem Lied hier gefällt mir«, antwortete Fontrailles leise. »MONSIEUR wird mich nicht zwingen, seinen verdammten Vertrag nach Madrid zu bringen, und darüber bin ich überhaupt nicht böse. Das ist ein ziemlich scheußlicher Auftrag. Die Pyrenäen sind nicht so einfach zu überqueren, wie man annimmt, und außerdem treibt sich der Kardinal dort herum.«

»Oh! Oh! Oh!« rief Montrésor.

»Oh! Oh!« sagte Olivier.

»Was? Oh! Oh!« fragte Gondi. »Was habt Ihr denn so Schönes entdeckt?«

»Mein Gott, jetzt hat der König die Hand von MONSIEUR gedrückt. Gelobt sei Gott, meine Herren. Nun sind wir den Kardinal endlich los. Das alte Wildschwein ist bezwungen. Wer wird die Aufgabe übernehmen, es niederzuschießen? Man muß ihn ins Meer werfen.«

»Das ist zu schön für ihn«, sagte Olivier. »Man muß über ihn richten.«

»Sicher!« entgegnete der Priester. »Aber selbstverständlich! Uns wird es nicht an Anklagepunkten gegen einen so unverschämten Kerl fehlen, der es gewagt hat, einen Pagen zu entlassen, nicht wahr?«

Dann hielt er sein Pferd an, ließ Olivier und Montrésor weiterreiten und beugte sich zu Monsieur Du Lude hinab, der mit zwei ernsteren Männern sprach, und sagte:

»Ehrlich gesagt, ich hätte nicht übel Lust, auch meinen Kammerdiener ins Vertrauen zu ziehen. Noch nie wurde eine Verschwörung derartig auf die leichte Schulter genommen. Große Unternehmen verlangen Geheimhaltung. Diese hier wäre wunderbar, wenn man sich dazu die Mühe machte. Unsere Sache ist besser als jede, von der ich je in der Geschichte gelesen habe. Wir könnten drei Königreiche stürzen, wenn wir wollten, doch die Unbesonnenheit wird alles verderben. Das ist wirklich schade! Es würde mir ewig leid tun. Ich habe immer Lust auf solche Angelegenheiten, und dieser hier bin ich im Herzen verbunden, denn sie hat Größe. Das kann man wirklich nicht abstreiten. Nicht wahr, d'Aubijoux? Nicht wahr, Montmort?«

Während dieses Wortwechsels folgten mehrere große, schwere Sechs- und Achtspänner auf der gleichen Allee in einer Entfernung von zweihundert Schritt diesen Herren. Die Vorhänge waren auf der linken Seite geöffnet, damit man den König sehen konnte. Im ersten Wagen fuhr die Königin. Sie saß, in schwarzen Kleidern und verschleiert, allein auf dem Rücksitz. Auf dem Vordersitz saß die Marschallin d'Effiat und zu Füßen der Königin, auf einem Hocker an der Seite, die Prinzessin Maria. Ihr Kleid und ihre Füße guckten aus dem Wagen heraus. Sie stützte sie auf einem vergoldeten Trittbrett auf, denn, wie schon erwähnt, gab es keine Türen. Auch sie versuchte, durch die Bäume hindurch die Gesten des Königs zu erkennen. Sie beugte sich oft vor, doch das ständige Vorbeireiten der Pferde des Pfalzgrafen und seines Gefolges behinderte ihre Sicht.

Dieser Prinz aus dem Norden war vom polnischen König gesandt worden, um scheinbar große Staatsangelegenheiten zu verhandeln, aber eigentlich, um die Herzogin von Mantua darauf vorzubereiten, den alten König Wladislaw VI. zu ehelichen. Er entfaltete am französischen Königshof den ganzen Luxus des seinen, der damals in Paris *barbarisch* und *skytisch* genannt wurde, und durch seine fremdartigen, orientalischen Kleider rechtfertigte er diese Bezeichnungen. Der Pfalzgraf von Posen war sehr schön und trug wie die Leute seines Gefolges einen langen, dichten Bart. Sein Kopf war nach türkischer Art rasiert und mit einer Pelzkappe bedeckt, sein kurzes Wams mit Diamanten und Rubinen verziert. Seine Pferde waren rot angemalt und mit Federn geschmückt. Er hatte in seinem Gefolge eine Kompanie polnischer Garden, die rotgelbe Uniformen und weite, langärmelige Mäntel trugen, die lässig über ihren Schultern hingen. Die polnischen Adeligen, die ihn eskortierten, waren in Gold- und Silberbrokat gekleidet, und hinter ihren rasierten Köpfen war eine einzige Haarsträhne zu sehen, die ihnen einen asiatischen, tatarischen Touch verlieh und die am Hofe Ludwig XIII. genauso unbekannt war wie die der Moskowiter. Die Frauen fanden das alles etwas wild und ziemlich erschreckend.

Maria von Gonzaga fühlte sich durch die tiefen Verneigungen und die orientalischen Schmeicheleien dieses Fremden und seines Gefolges belästigt. Jedesmal, wenn er an ihr vorbeiritt, glaubte er, er müsse ihr ein Kompliment in französischer Sprache machen, wobei er diese nicht recht beherrschte. Beseelt von der Hoffnung, sie möge die Krone akzeptieren, ließ er auch oft Grüße ausrichten. Sie fand keine andere Möglichkeit, sich diesen Nachstellungen zu entziehen, als mehrmals ihr Taschentuch an die Nase zu führen und ziemlich laut zur Königin zu sagen:

»Ehrlich gesagt, Madame, diese Herren riechen so, daß mir schlecht wird.«

»Ihr müßt Euch schon dagegen abhärten und Euch daran gewöhnen«, antwortete Anna von Österreich ziemlich trocken.

Die Königin befürchtete wohl, sie könne Maria verärgert haben, und fügte heiter hinzu: »Ihr werdet Euch wie wir daran gewöhnen, und Ihr wißt ja, daß ich in bezug auf Gerüche ziemlich eigen bin. Monsieur Mazarin sagte neulich zu mir, meine Strafe im Fegefeuer werde sein, dort schlechte Gerüche einzuatmen und in Decken aus holländischem Tuch zu schlafen.«

Nach diesem und einigen weiteren freundlichen Worten versank die Königin jedoch wieder in ernstes Schweigen. Sie vergrub sich, in ihren Mantel gehüllt, in ihren Sitz, zeigte scheinbar überhaupt kein Interesse an den Dingen, die um sie herum geschahen, und überließ sich den schaukelnden Bewegungen des Wagens. Maria, die sich noch immer mit dem König beschäftigte, sprach leise mit der Marschallin d'Effiat. Beide versuchten sich Hoffnungen zu machen, die sie nicht hatten, und betrogen sich aus Freundschaft.

»Madame, ich gratuliere Euch. Monsieur le Grand sitzt neben dem König. So weit waren wir noch nie«, sagte Maria.

Dann schwieg sie lange, und der Wagen rollte traurig über verwelkte, trockene Blätter.

»Ja, das sehe ich mit großer Freude. Der König ist so gut!« antwortete die Marschallin.

Und sie seufzte tief.

Wieder folgte eine lange, bedrückende Stille. Sie schauten sich an und sahen die Augen der anderen mit Tränen gefüllt. Sie wagten nicht mehr, miteinander zu sprechen, und Maria senkte den Kopf und sah nur noch den braunen, feuchten Boden, der unter den Rädern floh. Traurige Träume bedrängten ihre Seele, und obwohl sich ihren Augen dieses Bild bot, nämlich den ersten Königshof Europas zu Füßen desjenigen liegen zu sehen, den sie liebte, machte ihr all das Angst, und unwillkürlich verwirrten sie düstere Vorahnungen.

Plötzlich ritt an ihr pfeilgeschwind ein Pferd vorüber. Sie hob die Augen und konnte gerade noch das Gesicht von Cinq-Mars erkennen. Er sah sie nicht an. Er war leichenblaß, und seine Augen waren unter seinen gerunzelten Augenbrauen und dem Schatten seines in die Stirn gezogenen Hutes versteckt. Zitternd schaute sie ihm nach. Sie sah, wie er inmitten einer Gruppe Reiter anhielt, die dem Wagen vorausritt und die ihn mit gezogenen Hüten empfing. Einen Moment später verschwand er mit einem von ihnen im Unterholz, schaute sie von weitem an und sah ihr nach, bis der Wagen vorübergefahren war. Dann schien es ihr so, als gäbe er diesem Mann eine Papierrolle, ehe sie im Wald verschwanden. Der aufkommende Nebel verhinderte, daß sie ihm weiter nachschauen konnte. Es war einer jener Nebel, wie sie so häufig an den Ufern der Loire aufziehen. Die Sonne tauchte zunächst wie ein kleiner blutender Mond auf, der in ein zerrissenes Leichentuch eingehüllt war, und versteckte sich dann innerhalb einer halben Stunde hinter einem dichten Schleier. Maria konnte kaum noch die ersten Pferde der Wagen erkennen, und die Männer, die einige Schritte von ihr entfernt vorbeizogen, sahen aus wie gräuliche Schatten. Dieser eisige Nebel verwandelte sich in einen durchdringenden Regen und gleichzeitig in eine stinkende Wolke. Die Königin bat die schöne Prinzessin, sich neben sie zu setzen. Sie wollte umkehren, und so fuhren sie schweigend und langsam nach Chambord zurück. Schon bald erklangen die Jagdhörner, die die Rückkehr verkündeten und die verirrte Meute zurückriefen. Die Jäger zogen geschwind an dem Wagen vorüber, suchten ihren Weg im Nebel und riefen einander mit lauter Stimme. Maria sah manchmal nur den Kopf eines Pferdes oder einen dunklen Körper, der aus dem traurigen Nebel des Waldes hervortrat, und sie versuchte vergebens, einige Worte zu erhaschen. Dennoch schlug ihr Herz, denn Monsieur de Cinq-Mars wurde gerufen. *Der König verlangt nach Monsieur le Grand!* hörte sie mehrmals. *Wo kann Monsieur de Cinq-Mars denn hingegangen sein?* Ganz in ihrer Nähe hörte sie eine Stimme sagen: *Er hat sich wohl verirrt!* Und diese einfachen Worte ließen sie erzittern, denn ihr betrübter Geist verlieh ihnen einen schrecklichen Sinn. Die bösen Ahnungen verfolgten sie bis zum Schloß und bis in ihre Gemächer, in die sie sich schnell zurückzog. Schon bald hörte sie Geräusche, die die Rückkehr des Königs und von MONSIEUR ankündigten. Dann wurden im Wald einige Schüsse abgefeuert, doch man konnte das Feuer nicht sehen. Sie schaute vergebens durch die schmalen Fenster, die von außen mit einem weißen Tuch bespannt zu sein schienen, so daß kein Licht ins Zimmer fiel.

Indessen hatten sich am Ende des Waldes bei Montfrault zwei Reiter verirrt. Sie waren zu müde, in dieser eintönigen Gegend den Weg zum Schloß zu suchen und machten daher in der Nähe eines Weihers halt, als ungefähr acht oder neun Männer aus dem Unterholz kamen und sich auf sie warfen. Noch ehe sie Zeit gehabt hätten, nach ihren Waffen zu greifen, hingen sie sich an ihre Beine, ihre Arme und an die Zügel ihrer Pferde, so daß sie sich nicht mehr bewegen konnten. Gleichzeitig hörte man eine rauhe Stimme aus dem Nebel rufen: »Seid Ihr Royalisten oder Kardinalisten? Ruft: Es lebe Monsieur le Grand! Sonst seid Ihr tot.«

»Erbärmliche Schurken!« rief der erste Reiter. Er versuchte seine Pistolentasche zu öffnen. »Ich werde Euch hängen lassen, weil Ihr meinen Namen mißbraucht.«

»*Dios, es el Señor*«, rief dieselbe Stimme.

Sofort ließen alle Männer ihre Opfer los und flohen in den Wald. Wildes Lachen erscholl, und ein einziger Mann ging auf Cinq-Mars zu.

»*Amigo*, erkennt Ihr mich nicht wieder? Jacques, der spanische Hauptmann, hat sich einen Scherz erlaubt.«

Fontrailles näherte sich dem Oberstallmeister und sagte leise zu ihm:

»Monsieur, das ist ja ein erstaunlicher Bursche. Ich rate Euch dazu, Euch seiner zu bedienen. Man darf nichts unversucht lassen.«

»Hört mir zu«, fuhr Jacques de Laubardemont fort. »Machen wir es kurz. Ich bin kein Mann der langen Worte wie mein Vater. Ich erinnere mich, daß Ihr mir einige gute Dienste erwiesen habt, und noch kürzlich wart Ihr mir nützlich, wie Ihr es immer seid, ohne es zu wissen, denn ich habe bei Eurem kleinen Aufstand mein Vermögen etwas aufgebessert. Wenn Ihr wollt, kann ich Euch einen wichtigen Dienst erweisen. Ich kommandiere einige beherzte Burschen.«

»Was für einen Dienst?« fragte Cinq-Mars.

»Ich werde mit einem kleinen Hinweis beginnen. Heute morgen, als Ihr nach dem Besuch beim König auf der einen Seite der Treppe hinuntergestiegen seid, ist Pater Joseph auf der anderen Seite hinaufgestiegen.«

»O Gott, das ist also das Geheimnis seines plötzlichen unerklärlichen Stimmungswandels. Kann es denn sein? Ein König von Frankreich! Und wir haben ihm all unsere Pläne anvertraut!«

»Na schön! Ist das alles? Ihr sagt nichts dazu? Ihr wißt, daß ich mit dem Kapuziner noch eine alte Rechnung zu begleichen hatte.«

»Was geht mich das an?«

Er senkte den Kopf und dachte angestrengt nach.

»Das geht Euch eine ganze Menge an, denn Ihr braucht nur ein Wort zu sagen, und dann werde ich Euch innerhalb von sechsunddreißig Stunden von ihm befreien, obwohl er jetzt schon bei Paris sein dürfte. Wir können den Kardinal gleich dazu nehmen, wenn Ihr wollt.«

»Laßt mich in Frieden! Ich will von Dolchen nichts wissen«, erwiderte Cinq-Mars.

»Ach, ja, ich verstehe«, sagte Jacques. »Ihr habt recht. Es ist Euch lieber, wenn man ihn mit dem Degen in die Hölle schickt. Das ist nur gerecht, das ist die Mühe wert, und das ist man seinem Rang schuldig. Es paßt besser, wenn sich große Herren darum kümmern, und daß der, der ihn in den Himmel schickt, Marschall wird. Ich habe diesbezüglich keine Ambitionen. Man sollte nicht zu eitel sein, welche Verdienste man sich auch in seinem Beruf erworben haben mag. Ich sollte den Kardinal nicht anrühren. Er ist ein wahrer Leckerbissen.«

»Und die anderen auch nicht«, sagte der Oberstallmeister.

»Ach, überlaßt uns doch den Kapuziner«, beharrte der Hauptmann Jacques.

»Wenn Ihr dieses Angebot ablehnt, dann begeht Ihr einen Fehler«, warf Fontrailles ein. »Solche Angebote bekommt man nicht alle Tage. Vitry hat mit Concini angefangen, und man hat ihn zum Marschall gemacht. Es hat schon Leute gegeben, mächtige angesehene Männer am Hofe, die ihre Feinde mit der bloßen Hand in den Straßen von Paris getötet haben, und Ihr zögert, Euch eines Schurken zu entledigen! Richelieu hat doch auch seine Spitzbuben, und Ihr müßt die Euren haben. Ich verstehe Eure Skrupel nicht.«

»Quält ihn nicht«, befahl Jacques in schroffem Ton. »Ich kenne das. Als ich noch ein Kind war und noch nicht logisch denken konnte, dachte ich wie er. Ich hätte noch nicht einmal einen Mönch umgebracht.«

Dann wandte er sich wieder an Cinq-Mars: »Hört zu: Wenn man eine Verschwörung anzettelt, dann doch, weil man den Tod oder zumindest die Vernichtung von jemandem will … stimmt's?«

Er machte eine Pause.

»Also, in diesem Fall ist man mit dem lieben Gott zerstritten und mit dem Teufel im Bunde … stimmt's? Ergo ist es gleichgültig, ob man tausend tötet oder einen. Ich fordere Euch heraus, darauf zu antworten.«

»Das kann man nicht besser sagen, Meister des Degens«, antwortete Fontrailles schmunzelnd. »Und ich sehe, daß Ihr ein guter Reisegefährte sein würdet. Ich nehme Euch mit nach Spanien, wenn Ihr wollt.«

»Ich weiß sehr wohl, daß Ihr den Vertrag dort hinbringen werdet«, fuhr Jacques fort. »Und ich werde Euch auf Wegen, die den Menschen unbekannt sind, über die Pyrenäen führen. Aber nichtsdestoweniger wäre ich todtraurig, wenn ich, bevor ich abreise, diesem alten Bock, den wir wie einen Läufer mitten in einem Schachspiel zurücklassen, nicht den Hals umgedreht hätte. Noch einmal, Monseigneur«, fügte er wichtigtuerisch hinzu und wandte sich erneut an Cinq-Mars, »wenn Ihr an Gott glaubt, dann verweigert Euch nicht länger und erinnert Euch an die Worte unserer Religionsväter, Hurtado de Mendoza und Sanchez, die bewiesen haben, daß man seinen Feind heimlich ermorden kann, weil man durch diese Art zwei Sünden vermeidet, nämlich einerseits sein Leben zu riskieren und andererseits sich im Duell zu schlagen, und nach diesem großen, tröstenden Grundsatz habe ich immer gehandelt.«

»Laßt mich, laßt mich«, sagte Cinq-Mars mit vor Wut erstickter Stimme. »Ich denke an andere Dinge.«

»An wichtigere Dinge?« fragte Fontrailles. »Das könnte großes Gewicht in der Waage unseres Schicksals haben.«

»Ich überlege, wieviel das Herz eines Königs wiegt«, antwortete Cinq-Mars.

»Ihr erschreckt auch mich«, erwiderte der Edelmann. »So viel verlangen wir nicht.«

»Ich spreche auch nicht so viel darüber, wie Ihr glaubt, Monsieur«, fuhr d'Effiat mit ernster Stimme fort. »Sie beklagen sich, wenn ein Untertan sie verrät, und daran denke ich gerade. Na, und dann der Krieg, der Krieg! Bürgerkrieg, Krieg mit dem Ausland, den Eure Wut entfacht. Wenn ich die Flamme schon in der Hand halte, dann werde ich die Mine auch entzünden. Möge der Staat untergehen, mögen zwanzig Königreiche untergehen, wenn es sein muß. Es darf kein alltägliches Unglück geschehen, wenn der König den Untertan verrät. Hört mir zu.«

Und er nahm Fontrailles zur Seite.

»Ich habe Euch nur damit beauftragt, unseren Rückzug und unsere Rettung vorzubereiten, falls der König uns im Stich läßt. Vorhin habe ich es aufgrund seiner erzwungenen Freundlichkeit geahnt, und ich habe mich entschlossen, Euch abreisen zu lassen, weil er sein Gespräch mit der Mitteilung beendet hat, uns seine Abreise nach Perpignan anzukündigen. Ich fürchtete Narbonne. Ich weiß jetzt, daß er sich dem Kardinal als Gefangener ausliefern will. Reist ab, reist sofort ab. Ich füge den Briefen, die ich Euch gegeben habe, noch diesen Vertrag hinzu. Er ist unter falschem Namen aufgesetzt, aber hier ist der dazugehörige Brief. Er ist von MONSIEUR, vom Herzog von Bouillon und von mir unterschrieben. Mehr verlangt der Herzog d'Olivarès nicht. Hier sind noch die blanko unterschriebenen Blätter des Herzogs von Orléans, die Ihr nach Eurem Gutdünken ausfüllen könnt. Reist ab! In einem Monat erwarte ich Euch in Perpignan. Ich werde den siebzehntausend Spaniern aus Flandern die Festung Sedan öffnen.«

Dann ging er auf den Abenteurer zu, der auf ihn wartete: »Und Euch, mein tapferer Held, da Ihr doch den *capitan* spielen wollt, beauftrage ich damit, diesen Edelmann bis Madrid zu begleiten. Ihr werdet reichlich entlohnt.«

Jacques zwirbelte seinen Schnurrbart und antwortete:

»Ihr werdet nicht enttäuscht werden, wenn Ihr mich engagiert. Ihr beweist Takt und guten Geschmack. Wißt Ihr, daß die Königin Christine von Schweden mich rufen ließ, weil sie mich als Vertrauensmann bei sich haben wollte? Ihr Vater, Gustav Adolf, der Löwe des Nordens, hat sie im Kanonendonner großgezogen. Sie liebt den Geruch des Pulvers und mutige Männer, aber ich wollte ihr nicht dienen, weil sie Hugenottin ist, und ich habe gewisse Prinzipien, von denen ich niemals abweiche. So schwöre ich zum Beispiel hier beim Heiligen Jakob, Monsieur so sicher wie durch diesen Wald über die Pässe der Pyrenäen nach Oloron zu bringen, und ihn, wenn es sein muß, gegen den Teufel zu verteidigen wie auch Eure Papiere, die wir Euch ohne Flecken und Risse zurückbringen werden. Eine Belohnung will ich übrigens nicht haben. Ich werde immer durch meine Taten selbst belohnt. Ich erhalte niemals Geld, denn ich bin ein Edelmann. Die Laubardemonts sind ein sehr altes, vornehmes Geschlecht.«

»Lebt denn wohl, edler Mann«, sagte Cinq-Mars. »Reitet los.«

Nachdem er Fontrailles die Hand gedrückt hatte, verschwand er seufzend im Wald, um nach Chambord zurückzukehren.

20. Kapitel
Die Lesung

Die Umstände entschleiern sozusagen das Königreich des Genies, die letzte Quelle der erloschenen Völker. Die großen Schriftsteller ... diese Könige, die nicht nur den Namen tragen, sondern die tatsächlich durch die Kraft ihres Charakters und die Größe ihrer Gedanken regieren, sind durch die Ereignisse auserwählt, die sie steuern müssen. Ohne Vorfahren und ohne Nachkommen, die einzigen ihrer Rasse, verschwinden sie, wenn sie ihre Mission erfüllt haben, und hinterlassen der Zukunft die Befehle, die sie treu ausführt.

F. de la Mennais

Es war kurze Zeit später, als eines Abends an einer Ecke der Place Royale, in der Nähe eines recht hübschen, kleinen Hauses, viele Kutschen zu sehen waren. Häufig wurde eine kleine Tür, die man über drei Steinstufen erreichen konnte, geöffnet. Die Nachbarn stellten sich mehrmals ans Fenster, um sich über den Lärm zu so später Stunde zu beschweren. Die Wachposten waren erstaunt und blieben häufig stehen. Sie zogen sich erst zurück, als sie neben jedem Wagen zehn oder zwölf Diener stehen sahen, die mit Stöcken bewaffnet waren und Fackeln trugen. Ein junger Edelmann, dem drei Lakaien folgten, betrat das Haus und fragte nach Mademoiselle de Lorme. Er trug ein langes, mit rosa Bändern verziertes Rapier. Seine Schuhe hatten hohe Absätze und waren mit riesigen Schleifen in derselben Farbe versehen, wodurch seine Füße, die er stark nach außen drehte, wie es damals Mode war, fast ganz verdeckt waren. Er zwirbelte häufig seinen kleinen, gekräuselten Schnurrbart und färbte, bevor er eintrat, seinen leichten Spitzbart. Als er angekündigt wurde, jubelte man ihm zu.

»Da ist er ja endlich!« hörte man eine junge, laute Stimme rufen. »Er hat lange auf sich warten lassen, unser liebenswerter

Desbarreaux. Schnell einen Platz für ihn. Setzt Euch an den Tisch und lest uns vor.«

Eine Frau von etwa vierundzwanzig Jahren hatte gesprochen. Sie war groß, und trotz der sehr krausen schwarzen Haare und eines grünlichen Teints war sie hübsch. Sie hatte in ihrer Art etwas Männliches, das sie wohl von ihrem Kreis übernommen hatte, der nur aus Männern bestand. Sie nahm die Männer recht barsch am Arm und sprach mit einer Freiheit, die diese von ihr übernahmen. Die Art und Weise, wie sie sich unterhielt, zeugte eher von Temperament denn von Fröhlichkeit. Oft forderte sie das Lachen um sich herum heraus, doch rief sie mehr aufgrund ihrer Geisteskraft Heiterkeit hervor (wenn man so sagen will), denn ihr Gesicht schien, wenn es auch leidenschaftlich war, unfähig, dem Drang zum Lachen nachzugeben. Ihre großen, blauen Augen unter den pechschwarzen Haaren verliehen ihr auf den ersten Blick ein fremdartiges Aussehen.

Desbarreaux küßte ihr in galanter, ritterlicher Manier die Hand. Dann ging er mit ihr, ins Gespräch vertieft, durch den recht großen Salon, in dem ungefähr dreißig Personen versammelt waren. Einige saßen in großen Fauteuils, andere standen unter dem Gewölbe des riesigen Kamins, andere wieder schwatzten in den Fensternischen unter den großen Wandteppichen. Die einen waren unbekannte große Männer, die heute sehr berühmt sind, und andere wiederum waren berühmte Männer, die uns heute, der Nachwelt, völlig unbekannt sind. So verneigte er sich tief vor einigen der letzteren, wie den Herren d'Aubijoux, de Brion, de Montmort und anderen ausgezeichneten Adeligen, die sich hier aufhielten, um ihr Urteil abzugeben. Er drückte herzlich und respektvoll die Hand der Herren de Montereul, de Sirmond, de Malleville, Baro, Gombauld und anderer Gelehrter, die in den Annalen der Akademie fast alle als große Männer bezeichnet werden, deren Gründer sie waren, dieser Akademie, die sich später *Académie des Beaux-Esprits* und dann *Académie Éminente* nannte. Dem jungen Corneille nickte Monsieur Desbarreaux jedoch nur kurz gönnerhaft zu. Dieser sprach in einer Ecke mit einem Fremden sowie einem jungen Mann, den er der Hausherrin als Monsieur Poquelin, Sohn eines königlichen Kammerdieners, vorstellte. Der eine war Molière und der andere Milton.

Vor der Lesung des jungen Sybariten entwickelte sich zwischen ihm und anderen Poeten und Prosaisten jener Zeit eine rege Diskussion. Sie sprachen sehr ungezwungen miteinander und übten heftige Kritik. Es war eine unpassende Sprache für einen ehrenwerten Mann, der plötzlich hier hereingetreten war, ohne eingeweiht worden zu sein. Sie schüttelten sich herzlich die Hände, wechselten freundliche Komplimente und ließen zahlreiche Anspielungen auf ihre Werke fallen.

»Ah! Da seid Ihr ja endlich! Der berühmte Baro!« rief der Neuankömmling. »Ich habe Euren letzten Sechszeiler gelesen. Welch ein Sechszeiler! Wie er in das Galante und Zärtliche fällt.«

»Was sagt Ihr da über das Zärtliche?« unterbrach ihn Marion de Lorme. »Habt Ihr je dieses Land kennengelernt? Ihr habt Euch im Dorf des *Großen Geistes* und in dem des *Hübschen Verses* aufgehalten, aber weiter seid Ihr nicht gekommen. Wenn uns Monsieur le Gouverneur de Notre-Dame de la Garde seine neue Karte zeigen wollen, dann zeige ich Euch, wo Ihr seid.«

Scudéry[38] stand mit wichtigtuerischer, schulmeisterlicher Miene auf, rollte auf dem Tisch eine Art geographischer Karte aus, die mit blauen Bändern verziert war. Er wies auf die Linien in rosa Tinte hin, die er hier eingezeichnet hatte.

»Hier spielt der schönste Teil der *Clélie*!« erklärte er. »Diese Karte wird normalerweise als sehr galant angesehen, aber es ist nur eine einfache Freude des Geistes, um unseren kleinen literarischen Spielen zu gefallen. Da es ja dennoch merkwürdige Menschen auf dieser Welt gibt, fürchte ich, daß nicht alle, die sie sehen, genug Verstand haben, um sie zu verstehen. Dort ist der Weg, dem man folgen muß, um von der *Neuen Freundschaft* zur *Zärtlichkeit* zu gelangen. Seht hier, meine Herren, Ihr kennt ja, *Cumes sur la Mer d'Ionie* und *Cumes sur la Mer Tyrrhène*, und so sagen wir *Zärtlichkeit durch Zuneigung*, *Zärtlichkeit durch Hochachtung* und *Zärtlichkeit durch Dankbarkeit*. Man muß zuerst in diesen Dörfern wohnen, die die folgenden Namen tragen: das *Große Herz*, die *Großherzigkeit*, die *Genauigkeit*, die *Aufmerksamkeit*, der *Liebesbrief* ...!«

»Oh, das ist ja sehr geistreich!« riefen Vaugelas, Colletet und die anderen.

»Und seht hier«, fuhr der Autor nach diesem ersten Erfolg mit geschwellter Brust fort. »Man muß durch die *Liebenswürdigkeit* und die *Feinfühligkeit* gehen, und wenn man diesen Weg nicht nimmt, dann läuft man Gefahr, sich bis zur *Mittelmäßigkeit* und dem *Vergessen* zu verirren, und dann fällt man in den *See der Gleichgültigkeit*.«

»Entzückend! Entzückend! Höchst galant«, riefen die Zuhörer im Chor. »Das ist wirklich genial.«

»Nun denn, Madame«, fuhr Scudéry fort, »so erkläre ich es hier vor allen Leuten, daß dieses Werk, das unter meinem Namen gedruckt worden ist, von meiner Schwester stammt. Sie hat auch *Sappho* auf eine so gekonnte Weise übersetzt.« Und ohne darum gebeten worden zu sein, trug er mit emphatischer Stimme diese Verse vor, die so endeten:

Die Liebe ist ein angenehmes Leid,
von dem mein Herz nicht g'sunden kann.
Doch wär's heilbar, dieses Leid,
dann wohl schöner zu sterben daran.

»Was? Diese Griechin hatte soviel Esprit! Das kann ich nicht glauben«, rief Marion de Lorme. »Wie sehr Mademoiselle de Scudéry ihr doch überlegen ist. Diese Idee stammt von ihr. Sie soll sie in *Clélie* bringen, ich bitte Euch. Diese reizenden Verse passen so gut in diese römische Geschichte.«

»Ausgezeichnet! Fabelhaft!« riefen all diese Gelehrten. Horaz, Arunce und der liebenswerte Porsenna sind so galante Liebende.«

Sie hatten sich alle über die *Karte der Zärtlichkeit* gebeugt, und ihre Finger kreuzten und stießen sich, während sie den Windungen der Liebesströme folgten. Der junge Poquelin wagte es, seine schüchterne Stimme zu erheben, und er sprach mit melancholischem, tiefsinnigem Blick:

»Wozu soll das dienen? Soll es Glück oder Freude bringen? Monsieur scheinen mir nicht sehr glücklich zu sein, und ich bin nicht sehr fröhlich.«

Er erhielt als Antwort nur herablassende Blicke, und er tröstete sich damit, über *Die lächerlichen Preziösen*[39] nachzudenken.

Desbarreaux bereitete sich darauf vor, ein frommes Sonett vorzutragen. Er gab zu, es während seiner Krankheit geschrieben zu haben. Er schien sich zu schämen, daß er, als ihn das Leid getroffen hatte, einen Moment an Gott gedacht hatte, und er errötete ob dieser Schwäche. Die Hausherrin unterbrach ihn:

»Es ist noch nicht die richtige Zeit, Eure schönen Verse vorzulesen. Ihr würdet sicher unterbrochen werden, denn wir erwarten noch den Oberstallmeister und weitere Herren. Es wäre eine Sünde, einen so großen Geist während dieses Lärms und diesen Störungen sprechen zu lassen. Aber hier ist ein junger Engländer[40], der gerade durch Italien gereist ist und der nach London zurückkehrt. Man hat mir gesagt, daß er ein Gedicht geschrieben hat, doch ich weiß nicht, welches. Er wird uns einige Verse daraus vortragen. Viele dieser Herren von der Akademie sprechen Englisch, und für die anderen hat er von einem ehemaligen Sekretär des Herzogs von Buckingham die Passagen, die er uns vorlesen wird, übersetzen lassen. Hier auf dem Tisch liegen Abschriften in französischer Sprache.«

Und während sie sprach, nahm sie diese und verteilte sie unter den Gelehrten. Man setzte sich hin, und es wurde still. Es dauerte eine Weile, bis man den jungen Ausländer dazu bewegen konnte, zu sprechen und die Fensternische zu verlassen, in der er sich scheinbar sehr gut mit Corneille unterhielt. Schließlich schritt er auf den am Tisch stehenden Lehnstuhl zu. Er schien von schwacher Gesundheit zu sein, denn er fiel mehr in den Lehnstuhl, als daß er Platz nahm. Er stützte einen Ellenbogen auf den Tisch und bedeckte mit seiner Hand seine großen, schönen, halb geschlossenen Augen, die vom langen Wachen oder durch Tränen gerötet waren. Er sprach die Verse auswendig. Seine mißtrauischen Zuhörer schauten ihn herablassend oder aber gönnerhaft an, und andere überflogen lässig die Übersetzung der Verse.

Seine zunächst verhaltene Stimme wurde im Laufe seines harmonischen Vortrags fester. Der Odem der poetischen Inspiration ließ ihn bald über sich selbst hinauswachsen, und sein gen Himmel gerichteter Blick wurde erhaben wie jener des jungen Evangelisten, den Raffael erfunden hatte, denn das Licht spiegelte sich noch in seinen Augen wider. Er verkündete in seinen Versen den ersten Ungehorsam des Menschen und rief den Heiligen Geist an, der allen Tempeln ein einfaches, reines Herz vorzieht, der alles weiß und der der Geburt der Zeit beigewohnt hat.

Tiefes Schweigen begleitete den Anfang seiner Rezitation, und nach den letzten Gedanken erhob sich leises Gemurmel. Er hörte es nicht, denn er sah nur noch wie durch einen Schleier. Er war eingetaucht in die Welt seiner Schöpfung und fuhr fort.

John Milton sprach vom Höllengeist, der in einem rächenden Feuer mit Diamantenketten festgebunden ist, von der Zeit, die während ihres Sturzes neunmal den Tag und die Nacht unter den Sterblichen verteilte, und von der sichtbaren Dunkelheit des ewigen Kerkers und dem brennenden Ozean, in dem die gefallenen Engel schwammen. Seine donnernde Stimme begann die Rede des Fürsten der Hölle: »Bist du«, sagte er, »bist du der, den ein leuchtendes Licht in den glücklichen Königreichen des Tages umgibt? Oh! Wie bist du gefallen! ... Komm mit mir ... Oh, was bedeutet dieses Feld unserer himmlischen Schlachten? Ist alles verloren? Ein unbezwingbarer Wille, der ewige Rachegeist, tödlicher Haß, Mut, der sich niemals beugen wird – ist das denn kein Sieg, das zu bewahren?«

An dieser Stelle meldete ein Lakai die Ankunft der Herren de Montrésor und d'Entraigues. Sie grüßten, wechselten ein paar Worte, rückten die Lehnstühle zurecht und setzten sich schließlich hin. Die Zuhörer nutzten die Gelegenheit, um zig verschiedene Gespräche zu beginnen. Man hörte kaum etwas anderes als Worte der Schmach und Vorwürfe des schlechten Geschmacks. Einige geistreiche Köpfe, die durch die Gewohnheit abgestumpft waren, riefen, daß sie nichts verstehen würden, daß es über ihren Verstand ginge (sie glaubten allerdings nicht, daß das tatsächlich zutraf), und durch diese falsche Bescheidenheit ernteten sie Komplimente und der Poet Beleidigungen, was einen zweifachen Vorteil bedeutete. Einige Stimmen sprachen sogar von Gotteslästerung.

Der Poet stützte während dieser Unterbrechung seinen Kopf auf seine Hände und seine Ellenbogen auf den Tisch, um sich diesen höflichen und kritischen Stimmen zu entziehen. Nur drei Männer gingen auf ihn zu. Es waren ein Offizier, Poquelin und Corneille, der Milton etwas ins Ohr flüsterte:

»Wechselt das Thema. Ich rate es Euch. Eure Zuhörer verstehen das nicht.«

Der Offizier schüttelte dem englischen Poeten die Hand und sagte zu ihm:

»Ich bewundere Euch mit der ganzen Kraft meiner Seele.«

Der Engländer war erstaunt und sah ein geistreiches, leidenschaftliches, krankes Gesicht vor sich.

Er nickte ihm zu und versuchte, sich zu sammeln, um fortzufahren. Die lauschenden Ohren vernahmen eine sanfte, friedliche Stimme. Er sprach von dem reinen Glück der zwei schönsten Wesen. Er malte ihre majestätische Nacktheit, die Unschuld und die Macht ihrer Blicke, dann ihren Gang mitten durch die Tiger und Löwen, die noch zu ihren Füßen spielten. Er sprach auch von der Reinheit ihres Morgengebets, ihrem zauberhaften Lächeln, der fröhlichen Ungezwungenheit ihrer Jugend und von der Liebe ihrer Worte, die für den Fürsten der Hölle so schmerzlich waren.

Aus Marion de Lormes Augen rannen unwillkürlich süße Tränen. Die Natur hatte trotz ihres starken Geistes ihr Herz ergriffen. Die Poesie erfüllte sie mit ernsten, frommen Gedanken, von denen der Rausch des Vergnügens sie immer abgelenkt hatte. Die Idee der tugendhaften Liebe erschien ihr zum erstenmal in ihrer ganzen Schönheit, und sie erstarrte, wie von einem Zauberstab berührt, und verwandelte sich in eine blasse, schöne Statue.

Corneille, sein junger Freund und der Offizier waren voll stiller Bewunderung, die sie nicht zu äußern wagten, da ziemlich laute Stimmen die des erstaunten Poeten übertönten.

»Das ist ja nicht auszuhalten«, rief Desbarreaux. »Das ist so abgeschmackt, daß einem schlecht wird.«

»Und die Anmut, das Galante und die schöne Flamme fehlen vollkommen«, fügte Scudéry kalt hinzu.

»Das ist nicht unser unsterblicher d'Urfé«, sagte Baro, der Nachredner.

»Wo ist *Ariadne*? Wo ist *Astrée*?« rief Godeau, der Kritiker, wimmernd.

Die ganze Gesellschaft bewies ihre Empörung mit derart gefälligen Bemerkungen, jedoch so, daß sie vom Poeten nur als Gemurmel wahrgenommen werden konnten, dessen Sinn für ihn nicht ganz klar war. Er begriff jedoch, daß er hier keine Begeisterung hervorrief. Er sammelte sich, ehe er eine andere Saite seiner Leier anstimmte.

In diesem Moment wurde der Rat de Thou angekündigt, der bescheiden grüßte und sich schweigend hinter den Autor stellte, neben Corneille, Poquelin und den jungen Offizier. Milton nahm seinen Gesang wieder auf.

Er erzählte von der Ankunft eines himmlischen Gastes im Garten Eden, und es war wie ein zweites Morgenrot mitten am Tage. Als er die Federn seiner göttlichen Flügel schüttelte, erfüllte er die Luft mit einem unbeschreiblichen Duft und enthüllte den Menschen die Geschichte der Himmel. Er sprach vom Aufstand Luzifers, der eine diamantene Rüstung trug und erhaben auf einem Wagen stand, der wie die Sonne glänzte. Er wurde von glitzernden Engelchen bewacht und fuhr zu Gott, gen Ewigkeit. Aber Emanuel erschien auf dem lebendigen Wagen des Herrn, und die zweitausend Donner seiner rechten Hand rollten mit entsetzlichem Lärm die verwirrte, verdammte Armee unter den riesigen Trümmern des niederstürzenden Himmels bis in die Hölle.

Jetzt standen alle auf, und der Autor wurde abermals unterbrochen, denn religiöse Skrupel hatten sich mit schlechtem Geschmack verbündet. Man hörte nur noch Ausrufe, die die Hausherrin zwangen, sich auch zu erheben, um sich zu bemühen, diese vor dem Autor zu verbergen. Es war nicht schwierig, denn seine erhabenen Gedanken nahmen ihn vollkommen gefangen. Sein Genie hatte in diesem Moment mit der Welt nichts mehr gemein. Und als er seinen Blick auf diejenigen warf, die um ihn herumstanden, fand er neben sich vier Bewunderer, deren Stimmen besser als die der Versammlung zu hören waren.

Corneille sagte jedoch zu ihm:

»Hört mir zu! Wenn Ihr sofortigen Ruhm ernten wollt, dann erwartet ihn nicht von einem so schönen Werk. Nur ganz wenige Seelen haben ein Gefühl für reine Poesie. Für den gewöhnlichen Menschen muß sie sich mit dem fast physischen Interesse des Dramas verbinden. Es hätte mich gereizt, aus *Polyeuktes* ein Gedicht zu machen, aber ich werde den Plan aufgeben. Ich werde die Himmel streichen, und es wird nur eine Tragödie werden.«

»Was interessiert mich der Ruhm des Augenblicks!« entgegnete Milton. »Ich denke überhaupt nicht an den Erfolg. Ich singe, weil ich mich als Dichter fühle. Ich gehe dorthin, wohin die Inspiration mich führt, und was sie hervorbringt, ist immer gut. Sollen diese Verse erst hundert Jahre nach meinem Tod gelesen werden, dann würde ich sie trotzdem schreiben.«

»Oh! Ich bewundere sie, noch ehe sie geschrieben sind«, sagte der junge Offizier. »Ich erkenne darin den Gott, dessen angeborenes Bild ich in meinem Herzen gefunden habe.«

»Wer spricht denn so liebenswürdig mit mir?« fragte der Poet.

»Ich heiße René Descartes«, antwortete der Soldat leise.

»Was? Monsieur!« rief de Thou. »Solltet Ihr so glücklich sein, mit dem Autor der *Prinzipien*[41] verwandt zu sein?«

»Ich bin der Autor«, erwiderte dieser.

»Ihr, Monsieur! Aber … trotzdem … verzeiht mir … aber … seid Ihr kein Mann des Degens?« fragte der Rat vollkommen erstaunt.

»Aber, Monsieur! Was hat denn der Gedanke mit unseren Kleidern gemein?« entgegnete Descartes. »Ja, ich trage einen Degen, und ich war bei der Belagerung von La Rochelle dabei. Ich liebe das Handwerk der Waffen, weil durch das fortwährende Gefühl der Aufopferung des Lebens die Seele auf einen Bereich edler Gedanken gelenkt wird. Aber trotzdem beschäftigt dieses Handwerk nicht den ganzen Mann, denn man kann seine Gedanken nicht ständig damit beschäftigen. Der Friede ermüdet sie. Übrigens muß man auch befürchten, daß sie durch einen unerwarteten Schlag oder einen lächerlichen, ungelegenen Unfall unterbrochen werden. Und wenn der Mensch mitten in der Ausführung seines Planes getötet wird, dann bewahrt die Nachwelt von ihm Ideen, die er nicht hatte oder falsch dargestellt hat, und das wäre enttäuschend.«

De Thou lachte vor Freude, als er die einfache Sprache des erhabenen Mannes vernahm, eine Sprache, die er nach der Sprache des Herzens am meisten liebte. Er drückte die Hand des jungen Weisen aus der Touraine und zog ihn mit Corneille, Milton und Molière in ein Nebenzimmer. Dort führten sie eines dieser Gespräche, die so interessant sind, daß man die Zeit, die ihnen vorausgeht, und die Zeit, die ihnen folgt, als verlorene Zeit ansieht.

Sie erfreuten sich schon zwei Stunden an ihren Gesprächen, als der Klang von Lauten und Flöten erklang. Die Musiker spielten Menuette, Sarabanden, Allemanden und jene spanischen Tänze, welche die junge Königin in Mode gebracht hatte. Das ununterbrochene Vorbeiziehen von Gruppen schallend lachender Frauen deutete darauf hin, daß ein Ball begann. Eine sehr junge Frau, die einen großen Fächer wie ein Zepter trug und von zehn jungen Leuten umringt war, trat mit ihrem glänzenden Gefolge, über das sie wie eine Königin herrschte, in ihr kleines, abseits gelegenes Zimmer und schlug die eifrigen Redner nun vollends in die Flucht.

»Lebt wohl, meine Herren«, sagte de Thou. »Ich überlasse Mademoiselle de Lenclos und ihren Musketieren den Platz.«

»Meine Herren«, entgegnete die junge Ninon, »machen wir Euch wirklich angst? Haben wir Euch gestört? Ihr seht aus wie Verschwörer.«

»Wir sind es vielleicht mehr als diese Herren, auch wenn wir tanzen!« sagte Olivier d'Entraigues und gab ihr die Hand.

»Oh! Eure Verschwörung ist gegen mich gerichtet, verehrter Page«, sagte Ninon. Sie warf einem anderen leichten Reiter einen Blick zu und überließ einem dritten ihren noch freien Arm, während die anderen versuchten, einen ihrer suchenden Blicke zu erhaschen, denn sie ließ ihre leuchtenden Augen über sie hinweg wandern, so wie eine leichte Flamme über Fackeln hinwegfegt, die sie nach und nach entzündet.

De Thou verschwand, ohne daß jemand auf die Idee gekommen wäre, ihn aufzuhalten. Als er die große Treppe hinunterstieg, sah er, daß der kleine Abbé de Gondi sie hinaufstieg. Er war ganz rot im Gesicht, verschwitzt und außer Atem und hielt ihn mit lebhafter, fröhlicher Miene auf.

»Nun, wo wollt Ihr denn hin? Laßt die Fremden und Gelehrten gehen! Ihr gehört zu uns. Ich komme etwas zu spät, aber unsere schöne Aspasia wird mir verzeihen. Warum geht Ihr denn weg? Ist schon alles vorbei?«

»Es sieht wohl ganz so aus. Wenn der Tanz beginnt, ist die Lesung vorbei.«

»Ja, die Lesung! Aber der Schwur?« fragte der Priester ganz leise.

»Welcher Schwur?« wunderte sich de Thou.

»Ist Monsieur le Grand nicht gekommen?«

»Ich dachte, ich würde ihn hier treffen, aber ich glaube, er ist nicht gekommen oder schon wieder gegangen.«

»Nein, nein, kommt mit mir«, schlug der Priester leichtfertig vor. »Bei Gott, Ihr gehört doch zu uns. Es ist unmöglich, daß es nicht so ist. Kommt.«

De Thou wagte es nicht, abzulehnen und so den Eindruck zu erwecken, als verleugne er seine Freunde, selbst wenn es sich nur um Vergnügungen handelte, die ihm nicht so recht gefielen. Also folgte er dem Abbé, ging durch zwei kleine Zimmer und stieg eine kleine Geheimtreppe hinunter. Bei jedem Schritt hörte er deutlicher die Stimmen versammelter Menschen. Gondi öffnete die Tür, und seinen Augen bot sich ein unerwartetes Schauspiel.

Das Zimmer, das er betrat, lag in einem geheimnisvollen Halbdunkel. Es schien das Asyl wollüstiger Menschen zu sein. Auf einer Seite stand ein vergoldetes Bett mit einem gewebten Baldachin, der mit Federn, Spitzen und Verzierungen übersät war. Alle ziselierten, vergoldeten Möbel waren mit gräulicher, reich bestickter Seide bezogen. Samtkissen lagen zu Füßen jeden Sessels auf dem dicken Teppich. Kleine Spiegel, die durch silberne Verzierungen miteinander verbunden waren, wirkten wie ein einziger Spiegel, eine damals noch unbekannte Kunst, und vervielfachten überall ihre glitzernden Facetten. Kein Geräusch konnte von außen an diesen lieblichen Ort dringen, aber die Leute, die sich hier versammelt hatten, waren wohl weit entfernt von den Gedanken, die dieser hervorrufen konnte. Eine Menge Männer, die ihm als Persönlichkeiten des Hofes oder der Armee bekannt waren, drängelten sich am Eingang dieses Zimmers und verteilten sich in einem offensichtlich größeren Nebenzimmer. Mit gierigen Blicken verschlangen sie dieses Schauspiel, das ihnen der erste Salon bot. Dort standen zehn junge Leute, die einen blanken Degen in der Hand hielten, dessen Spitzen zum Boden geneigt waren, um einen Tisch herum. Ihre Gesichter waren Cinq-Mars zugewandt, und man sah, daß sie eben ihren Schwur geleistet hatten. Der Oberstallmeister stand mit verschränkten Armen allein vor dem Kamin, und er war sichtlich ganz in Gedanken versunken. Vor ihm stand Marion de Lorme. Sie wirkte ernst und in sich gekehrt und hatte ihm wohl diese Edelleute vorgestellt.

Als Cinq-Mars seinen Freund sah, stürzte er zur Tür, warf einen ärgerlichen Blick auf Gondi, packte de Thou mit beiden Armen und hielt ihn auf der letzten Stufe auf.

»Was macht Ihr hier?« fragte er mit erstickter Stimme. »Wer führt Euch her? Was wollt Ihr von mir? Ihr seid verloren, wenn Ihr eintretet.«

»Und was macht Ihr hier? Was geht in diesem Hause vor?«

»Die Sache ist Euch bekannt, und so geht sie weiter. Ich sage Euch, geht wieder! Diese Luft hier ist für alle, die hier sind, vergiftet.«

»Es ist zu spät. Man hat mich schon gesehen. Was würde man sagen, wenn ich wieder ginge. Ich würde sie entmutigen. Ihr wäret verloren.«

Sie hatten diese Worte leise und überstürzt gewechselt. Kaum war das letzte Wort gesprochen, da stieß de Thou seinen Freund zur Seite, betrat festen Schrittes das Zimmer, durchquerte es und ging zum Kamin.

Cinq-Mars war tief gekränkt, nahm seinen Platz wieder ein, senkte den Kopf, sammelte sich, und als er seine Rede fortführte, die durch die Ankunft seines Freundes unterbrochen worden war, macht er ein ruhigeres Gesicht.

»Seid also die unseren, meine Herren, aber es ist nicht nötig, so viel Geheimnis um diese Sache zu machen. Denkt dran, wenn ein fester Geist sich für eine Sache entscheidet, dann muß er sie mit allen Konsequenzen verfolgen. Euer Mut wird ein weiteres Feld haben als eine Intrige bei Hofe. Dankt mir: Für eine Verschwörung liefere ich Euch einen Krieg. Monsieur de Bouillon ist abgereist, um sich an die Spitze seiner italienischen Armee zu stellen. Ich werde noch vor dem König in zwei Tagen Paris verlassen, um nach Perpignan zu reisen. Kommt alle dorthin. Die Royalisten und die Armee erwarten uns dort.«

Jetzt warf er einen vertrauensvollen, ruhigen Blick um sich. Er sah in den Augen der um ihn versammelten Männer Freude und Begeisterung aufblitzen. Bevor er es zuließ, daß auch sein eigenes Herz von den Gefühlen ergriffen wurde, die großen Unternehmungen vorausgehen, wollte er sich ihrer noch einmal versichern, und er wiederholte mit ernster Miene:

»Ja, Krieg, meine Herren. Denkt daran, ein offener Krieg. La Rochelle und Navarra bereiten sich auf das große Erwachen ihrer Protestanten vor. Die italienische Armee bricht von einer Seite ein, der Bruder des Königs wird sich auf der anderen Seite mit uns verbinden. Der Mann wird umzingelt, besiegt und vernichtet. Die Gerichtshöfe marschieren als unsere Nachhut und überbringen dem König ihre Bitte, eine Bitte, die eine so starke Waffe ist wie unsere Degen. Und nach dem Sieg werden wir uns Ludwig XIII., unserem Herrn, zu Füßen werfen, damit er uns begnadigt und uns verzeiht, ihn von einem ehrgeizigen Blutsauger befreit und seine Entscheidung erzwungen zu haben.«

Er blickte in die Runde und entdeckte wachsende Zuversicht in den Augen und der Haltung seiner Komplizen.

»Was!« fuhr er fort, verschränkte seine Arme und konnte nur mit Mühe seine eigenen Gefühle zügeln. »Ihr weicht vor dieser Entscheidung, die anderen Männern als Euch wie eine Revolte vorkäme, nicht zurück? Glaubt Ihr nicht, daß ich die Macht mißbrauche, die Ihr mir anvertraut habt? Ich habe die Sache weit getrieben. Aber es gibt Zeiten, da wollen die Könige, daß man ihnen gegen ihren Willen dient. Wir haben an alles gedacht, das wißt Ihr. Sedan wird uns seine Tore öffnen, und wir können uns auf Spanien verlassen. Zwölftausend Mann alter Truppen werden mit uns bis Paris marschieren. Trotzdem wird kein einziger Platz dem Ausland ausgeliefert. Diese werden alle in Händen französischer Garnisonen sein und im Namen des Königs eingenommen werden.«

»Es lebe der König! Es lebe die Union! Die neue Union, die Heilige Liga!« schrien die versammelten jungen Leute im Chor.

»Jetzt ist er gekommen«, rief Cinq-Mars begeistert, »jetzt ist er da, der schönste Tag meines Lebens! O Jugend, Jugend, die von Jahrhundert zu Jahrhundert immer als gedankenlose, leichtfertige Zeit bezeichnet wird. Wessen klagt man dich heute an? Mit einem Anführer von zweiundzwanzig Jahren ist der Plan entworfen worden und gereift, und das größte, gerechteste, das nützlichste der Unternehmen wird ausgeführt. Freunde, was ist ein großes Leben, wenn nicht ein Gedanke der Jugend, der im reifen Alter ausgeführt wird? Die Jugend schaut fest mit ihrem Adlerauge in die Zukunft, entwirft einen großen Plan und legt den Grundstein. Und alles, was wir in unserem ganzen Leben machen können, ist, sich diesem ersten Plan zu nähern. Wenn das Herz kräftig in der Brust schlägt, dann können große Pläne geboren werden. Der Geist reicht nicht aus, denn er ist nur ein Werkzeug.«

Ein erneuter Freudenausbruch folgte diesen Worten, und dann trat ein alter Mann mit einem weißen Bart aus der Menge hervor.

»Seht«, sagte Gondi leise, »das ist der alte Ritter von Guise, der jetzt hier herumfaseln und uns ernüchtern wird.«

Und in der Tat sprach der Alte langsam und schleppend, nachdem er Cinq-Mars die Hand gedrückt und sich neben ihn gestellt hatte:

»Ja, mein Kind, und ihr, meine Kinder, ich sehe mit Freude, daß mein alter Freund Bassompierre von Euch befreit wird und daß Ihr den Grafen von Soissons und den jungen Montmorency rächen werdet ... Aber es ist angebracht, daß die Jugend, so feurig sie sein mag, auch diejenigen anhört, die schon viel gesehen haben. Ich habe die Liga gesehen, meine Kinder, und ich sage Euch, daß Ihr diesmal nicht, wie man es damals gemacht hat, den Namen der *Heiligen Liga*, der *Heiligen Union*, der *Beschützer des Heiligen Petrus* und den der *Fleißigen Kirchgänger* nehmen könnt, weil ich sehe, daß Ihr mit der Unterstützung der Hugenotten rechnet. Ihr könnt auch nicht auf Euer großes Schild aus grünem Wachs einen leeren Thron malen, weil dieser schon durch den König besetzt ist.«

»Ihr könnt auch sagen, von zweien«, warf Gondi lachend ein.

»Es ist trotzdem sehr wichtig«, fuhr der alte Guise inmitten dieser jungen, aufgebrachten Männer fort, »es ist trotzdem von großer Bedeutung, einen Namen zu wählen, dem sich das Volk anschließt. Der des *Krieges für das Wohl des Volkes* ist früher genommen worden und *Fürsten des Friedens* zuletzt. Man müßte einen finden ...«

»Na schön! Der *Krieg des Königs*«, schlug Cinq-Mars vor ...

»Ja, das ist gut. *Krieg des Königs*«, schloß sich Gondi an, und die anderen jungen Leute wiederholten es.

»Aber«, fuhr der alte Ligist fort, »es wäre auch äußerst wichtig, sich von der Theologischen Fakultät der Sorbonne gutheißen zu lassen und den zweiten Antrag wieder in Kraft zu setzen, nämlich daß es dem Volk erlaubt ist, Ungehorsam gegen die Obrigkeiten zu zeigen und sie zu hängen.«

»He, Ritter«, rief Gondi. »Darum geht es nicht mehr. Laßt Monsieur le Grand wieder zu Wort kommen. Wir denken heute nicht mehr an die Sorbonne als Euer heiliger Jacques Clémont.«

Lachen wurde laut und Cinq-Mars fuhr fort:

»Meine Herren, ich wollte Euch nichts von MONSIEURS Plänen, von denen des Herzogs von Bouillon und den meinen verheimlichen, denn es ist mehr als recht, daß ein Mann, der sein Leben aufs Spiel setzt, weiß, in welchem Spiel er es tut. Aber ich habe Euch vor Augen geführt, was schlimmstenfalls passieren könnte, und ich habe Euch unsere Kräfte nicht genau dargelegt, weil es keinen unter Euch gibt, der das Geheimnis nicht kennt. Muß ich Euch, meine Herren de Montrésor und de Saint-Thibal über den Reichtum aufklären, den MONSIEUR uns zur Verfügung stellt? Muß ich Euch, Monsieur d'Aignan und Monsieur de Mouy sagen, wie viele junge Edelleute sich unserer Kompanie der Kavalleristen und der leichten Reiter anschließen wollten, um die Kardinalisten zu bekämpfen! Wie viele in der Touraine und in der Auvergne, wo die Ländereien des Hauses d'Effiat liegen und von wo zweitausend Herren mit ihren Vasallen kommen werden? Baron von Beauvau, muß ich Euch noch einmal über den Eifer und den Mut der Kürassiere berichten lassen, die Ihr dem unglücklichen Grafen von Soissons übergeben habt, dessen Fall der unsere war und der mitten in seinem Sieg durch den, den er mit Euch besiegt hat, vor Ihren Augen umgebracht wurde? Muß ich diesen Herren die Freude des Herzogs d'Olivarès auf die

Nachricht unserer Beschlüsse und die Briefe des Kardinal-Infanten an den Herzog von Bouillon mitteilen? Werde ich mit dem Priester Gondi, mit d'Entraigues und mit Euch, meine Herren, über Paris sprechen, die Ihr jeden Tag sein Unglück, seine Empörung und seinen Wunsch loszubrechen seht? Während alle fremden Königreiche den Frieden verlangen, den der Kardinal Richelieu immer wieder durch seinen bösen Willen zerstört (wie er es gemacht hat, als er den Vertrag von Regensburg gebrochen hat). Alle Organe des Staates stöhnen unter seiner Gewalt und fürchten seinen kolossalen Ehrgeiz, der ihn zu nicht weniger drängt als zu dem zeitlichen und sogar geistlichen Thron Frankreichs.«

Cinq-Mars wurde von zustimmendem Gemurmel unterbrochen. Einen Moment herrschte Schweigen, und man konnte den Klang der Blasinstrumente und die rhythmischen Schritte der Tänzer hören.

Durch dieses Geräusch wurden alle einen Moment abgelenkt, und von den Jüngsten der Versammlung lachten einige.

Cinq-Mars nutzte die Gelegenheit und hob den Blick: »Freuden der Jugend«, rief er, »Liebe, Musik, fröhliche Tänze, warum füllt nicht ihr allein unsere Mußestunden? Warum gilt nicht euch unser ganzer Ehrgeiz? Welchen Groll müssen wir empfinden, daß wir inmitten dieses Freudengeschreis unsere Empörung hinausschreien, unsere schrecklichen Vertraulichkeiten in der Zufluchtsstätte der Liebenden und unseren Schwur des Krieges und des Todes mitten im Rausch der Feste des Lebens?

Unglück demjenigen, der die Jugend eines Volkes traurig macht. Wenn Falten die Stirn des jungen Mannes zerfurchen, dann kann man mutig sagen, daß der Finger eines Tyrannen sie gegraben hat. Die anderen Mühen der Jugend wecken in ihr die Hoffnungslosigkeit, doch keine Bestürzung. Seht, wie sie jeden Morgen schweigend vorübergehen, diese traurigen, bedrückten Studenten, deren Stirn gelb, deren Gang langsam und deren Stimmen leise sind. Man könnte glauben, sie fürchten sich zu leben und einen Schritt in die Zukunft zu machen. Was gibt es denn in Frankreich? Einen Mann zuviel. Ja, ich habe zwei Jahre lang den hinterhältigen, versteckten Gang seines Ehrgeizes verfolgt. Seine merkwürdigen Verfahren, seine Geheimaufträge, seine juristischen Morde sind Euch bekannt. Prinzen, Pairs, Marschälle, sie alle sind von ihm vernichtet worden. Es gibt nicht eine Familie in Frankreich, die nicht einige schmerzliche Spuren seines Wirkens aufzuweisen hätte. Wenn er uns alle als Feinde seiner Macht ansieht, dann, weil er in Frankreich nur noch sein eigenes Haus sehen will, das vor zwanzig Jahren eins der kleinsten Lehnsgüter von Poitou war.

Die gedemütigten Gerichtshöfe haben keine Stimme mehr. Haben Euch die Präsidenten de Mesmes, de Novion und de Bellièvre nicht ihren mutigen, aber vergeblichen Widerstand gezeigt, als es um die Verurteilung des Herzogs de La Valette zum Tode ging?

Die Präsidenten und die Räte des höchsten Gerichtshofes sind eingekerkert, verjagt und verboten worden, als sie für den König oder die Öffentlichkeit gesprochen haben. Ist das nicht unglaublich?

Wer erfüllt die wichtigsten Aufgaben der Justiz? Infame, korrumpierte Männer, die dem Land das Blut und das Gold aussaugen. Paris und die Hafenstädte werden besteuert, das Land von Soldaten, Gerichtsvollziehern und Häschern ruiniert und verwüstet. Die Bauern haben, um sich zu ernähren und ihr Lager zu errichten, nur die durch die Pest und den Hunger getöteten Tiere. Sie flüchten in fremde Länder. Das ist das Werk der neuen Justiz. Es stimmt, daß diese würdigen Agenten Geld mit dem Bild des Kardinals haben prägen lassen. Hier sind seine königlichen Taler.«

Der Oberstallmeister warf jetzt an die zwanzig Golddublonen, auf denen Richelieu abgebildet war, auf den Teppich. Wieder wurde haßerfülltes Gemurmel gegen den Kardinal im Zimmer laut.

»Ja, glaubt Ihr denn, daß der Klerus weniger entwürdigt und weniger unzufrieden ist? Nein! Die Bischöfe wurden gegen die Gesetze des Staates und den Respekt, den man ihren heiligen Personen schuldet, verurteilt. Man hat gesehen, wie algerische Freibeuter von einem Erzbischof kommandiert wurden. Leute aus dem Nichts wurden ins Kardinalat berufen. Der Minister, der die heiligsten Dinge an sich reißt, hat sich selbst zum General der Orden von Cîteaux, Cluny, Prémontré wählen und die Mönche in die Kerker werfen lassen, die ihm ihre Stimme verweigert haben. Jesuiten, Karmeliter, Franziskaner, Augustiner und Jakobiner sind in Frankreich gezwungen worden, Generalvikare zu wählen, um in Rom nicht mehr mit ihren rechtmäßigen Vorgesetzten kommunizieren zu können, weil er Patriarch in Frankreich und Oberhaupt der gallikanischen Kirche sein will.«

»Er ist ein Schismatiker, ein Ungeheuer«, riefen mehrere Stimmen.

»Sein Weg ist also sehr deutlich, meine Herren. Er ist dabei, die weltliche und geistliche Macht an sich zu reißen. Er hat sich nach und nach sogar gegen den König in den stärksten Plätzen Frankreichs einquartiert, hat die Mündungen der wichtigsten Flüsse ergriffen sowie die besten Meereshäfen, Salinen und alle Sicherheiten des Königreiches. Wir müssen also den König von dieser Unterdrückung befreien. *Der König und der Frieden* wird unser Schlachtruf sein. Das übrige überlassen wir der Vorsehung.«

Cinq-Mars versetzte die ganze Versammlung und selbst de Thou durch seine Rede sehr in Erstaunen. Niemand hatte ihn bisher eine so lange Rede halten hören, selbst nicht in vertrauten Gesprächen. Und niemals hatte er durch ein einziges Wort die geringsten Fähigkeiten für politische Angelegenheiten erkennen lassen. Er hatte sogar, ganz im Gegenteil, eine gewisse Unbekümmertheit zur Schau gestellt, und das sogar in den Augen derer, die bereit waren, seinen Plänen zu dienen. Er hatte nur eine tugendhafte Empörung über die Gewalt des Ministers gezeigt. Er hatte vorgegeben, keinerlei persönliche Interessen zu verfolgen. Das Vertrauen, das man ihm entgegenbrachte, beruhte auf seiner Gunst und auf seinem Mut. Die Überraschung war also ziemlich groß und verursachte einen Moment des Schweigens. Diese Stille wurde schon bald durch einen dieser Freudenausbrüche unterbrochen, zu denen sich alle Franzosen, ob jung oder alt, hinreißen lassen, sobald sie von einer bevorstehenden Schlacht erfahren.

Zwischen den Männern, die dem jungen Parteiführer die Hand schüttelten, sprang der Abbé de Gondi wie ein Reh umher.

»Ich habe mein Regiment schon aufgestellt«, rief er. »Ich habe hervorragende Männer.«

Dann wandte er sich an Marion de Lorme:

»Bei Gott, Mademoiselle, ich will Eure Farben tragen, Euer linnengraues Band und Euren *Orden der Zündhölzer*. Die Devise ist reizend: *Wir brennen nur, um die anderen zu verbrennen.* Ich wollte, Ihr könntet alles sehen, was wir Schönes machen, wenn es glücklicherweise zum Handgemenge kommen sollte.«

Die hübsche Marion, die ihn nicht besonders mochte, sprach über seinen Kopf hinweg mit de Thou, eine Demütigung, die den kleinen Abbé immer zum Wahnsinn trieb. Darum ließ er sie abrupt stehen, streckte sich und zwirbelte herablassend seinen Schnurrbart.

Plötzlich wurde es ganz still in der Versammlung. Ein zusammengerolltes Stück Papier war an die Decke geworfen worden und Cinq-Mars vor die Füße gefallen. Er hob es auf und rollte es auseinander, nachdem er sich aufmerksam umgeschaut hatte. Man suchte vergebens, woher es gekommen sein mochte. Auf allen Gesichtern der Männer, die sich ihm näherten, war nur Erstaunen und große Neugierde zu lesen.

»Mein Name ist falsch geschrieben«, sagte er kalt.

CINQ-MARCS
PROPHEZEIUNG DES NOSTRADAMUS
Wenn die rote Mütze aus dem Fenster guckt,
dann wird man für vierzig Unzen Männer köpfen,
und alles hat ein Ende.

»Es gibt einen Verräter unter uns, meine Herren«, fügte er hinzu und warf das Blatt auf den Boden. »Aber was soll's. Wir sind keine Menschen, die sich vor diesem blutigen Wortspiel fürchten.«

»Wir müssen ihn finden und durch das Fenster werfen«, riefen die jungen Leute.

Trotzdem wirkte sich dieser Zwischenfall auf die Stimmung in der Versammlung sehr unangenehm aus. Sie flüsterten alle nur noch, und jeder schaute seinen Nachbarn mißtrauisch an. Einige Personen zogen sich zurück. Die Versammlung lichtete sich. Marion de Lorme beteuerte immer wieder, daß sie alle verjage, auf die auch nur die Spur eines Verdachtes falle. Trotz ihrer Anstrengungen herrschte in diesem Moment eine sehr kühle Stimmung im Saal. Die ersten Sätze von Cinq-Mars' Rede hatten eine gewisse Unsicherheit über die Absichten des Königs nicht ausgeräumt, und diese unangebrachte Offenheit hatte die weniger standfesten Charaktere verwirrt.

Gondi machte Cinq-Mars gegenüber diesbezüglich eine Bemerkung: »Hört zu, Cinq-Mars glaubt mir, ich habe Verschwörungen und Versammlungen sorgfältig studiert. Es gibt rein praktische Dinge, die man wissen muß. Folgt meinem Rat in dieser Sache. Ich bin auf diesem Gebiet wirklich ziemlich erfahren. Es bedarf noch eines kleinen Wortes. Ihr müßt den Geist des

Widerspruchs wecken. Das siegt immer in Frankreich. So werdet Ihr sie wieder für die Sache erwärmen. Tut so, als ob Ihr sie nicht gegen ihren Willen halten wolltet, und sie werden bleiben.«

Der Oberstallmeister fand die Strategie gut und ging zu denen, die ihm als die entschlossensten Richelieu-Feinde bekannt waren, und sagte zu ihnen:

»Außerdem, meine Herren, will ich niemanden zwingen, mir zu folgen. Genug mutige Männer warten in Perpignan auf uns, und ganz Frankreich ist unserer Meinung. Wenn sich jemand den Rückzug sichern will, dann soll er sprechen. Wir werden ihm die Möglichkeit geben, sich ab sofort in Sicherheit zu bringen.«

Keiner wollte etwas von diesem Vorschlag hören, und in der Unruhe, die dieser Vorschlag auslöste, wurden die flammenden Racheschwüre gegen den Kardinal erneuert.

Cinq-Mars befragte dennoch einige Personen, die er sorgfältig auswählte. Zuletzt versicherte ihm Montrésor, daß er sich seinen Degen in den Körper stoßen würde, wenn er auch nur einen einzigen Gedanken an eine Flucht verschwenden würde, und Gondi, der sich stolz auf seine Absätze stellte, sagte:

»Lieber Oberstallmeister, mein persönlicher Zufluchtsort ist das Erzbistum von Paris und die Ile Notre-Dame. Ich werde daraus eine so starke Festung machen, daß man sie mir nicht wegnehmen kann.«

»Und Euer Platz?« fragte Cinq-Mars schließlich de Thou.

»An Eurer Seite«, antwortete dieser leise und schlug die Augen nieder, denn er wollte seiner Entscheidung durch die Sicherheit seines Blickes keine Wichtigkeit verleihen.

»Ihr wollt es? Gut, ich akzeptiere«, sagte Cinq-Mars. »Mein Opfer ist größer als das Eure.«

Dann wandte er sich wieder an die Versammlung:

»Meine Herren«, sagte er, »Ihr seid die letzten Männer Frankreichs. Denn nach Montmorency und de Soissons wagt nur noch Ihr Euer Haupt, das unserer alten Kühnheit würdig ist, frei zu heben. Wenn Richelieu siegt, dann werden die alten Denkmäler des Königreiches mit uns einstürzen. Der Königshof wird allein anstelle der Gerichtshöfe regieren, diesen alten Barrieren und gleichzeitig mächtigen Stützen der königlichen Autorität. Sollten wir aber siegreich sein, dann wird Frankreich uns die Bewahrung seiner alten Sitten und seiner Sicherheit danken. Meine Herren, es wäre übrigens ärgerlich, einen Ball darum zu verderben. Ihr hört die Musik, die Damen erwarten Euch. Gehen wir zum Tanz.«

»Der Kardinal wird die Geigen bezahlen«, fügte Gondi hinzu.

Die jungen Männer klatschten lachend in die Hände, und alle stiegen zum Tanzsaal hinauf, als zögen sie in die Schlacht.

21. Kapitel
Der Beichtstuhl

Für Euch, verhängnisvolle Schönheit,
komme ich an diesen schrecklichen Ort.

LEWIS, *Der Mönch*

Es war der Tag nach der Versammlung, die bei Marion de Lorme stattgefunden hatte. Die Dächer von Paris waren mit dickem Schnee bedeckt, der in den Straßen und den breiten Rinnsteinen schmolz, in denen graue Schneeberge lagen, die von den Rädern einiger Karren zerfurcht wurden.

Es war acht Uhr abends und sehr dunkel. Die dicke Schneedecke, die der Winter hier ausgebreitet hatte, schien alle Geräusche der sonst so lauten Stadt zu ersticken. Sie verhinderte, daß man das Geräusch der Wagen auf den Steinen hören konnte und auch das der Pferde und Menschen. In einer schmalen Gasse, die sich rund um die alte Saint-Eustache-Kirche schlängelte, ging ein in seinen Mantel gehüllter Mann langsam spazieren. Mehrere Male setzte er sich auf einen der Randsteine der Kirche und brachte sich vor dem schmelzenden Schnee unter den waagerecht angebrachten Heiligenstatuen in Sicherheit, die aus dem Dach dieses Gotteshauses herausragten und sich fast über die ganze Breite des Gäßchens ausbreiteten wie Raubvögel, deren Schwingen schon ausgebreitet waren und die sich nun anschickten, hinabzustürzen. Der Alte öffnete immer wieder seinen Mantel, schlug seine gekreuzten Arme gegen seine Brust, um sich zu wärmen, oder er blies in seine Hände, die von den bis zu den Ellenbogen reichenden Lederhandschuhen nur schlecht gegen die Kälte geschützt wurden. Endlich sah er einen kleinen Schatten, der sich von dem Schnee löste und an der Mauer entlangschlich.

»Ah! Santa Maria, was sind die Länder des Nordens doch für verdammte Länder!« sagte eine dünne, zitternde Stimme. »Oh, das Herzogtum Mantua! Wie gerne würde ich noch dort sein, mein alter Grandchamp!«

»Ja, ja, sprecht nicht so laut«, entgegnete der alte Diener. »Die Mauern von Paris haben die Ohren des Kardinals, und besonders die Kirchen. Ist Eure Herrin eingetreten? Mein Herr hat an der Tür auf sie gewartet.«

»Ja, ja, sie ist in die Kirche gegangen.«

»Schweigt«, befahl Grandchamp, »die Kirchturmglocke hat einen Sprung, das ist ein schlechtes Zeichen.«

»Diese Uhr hat die Stunde einer Verabredung geschlagen.«

»Für mich schlägt sie wie für einen Sterbenden. Aber schweigt jetzt, Laura, dort kommen drei Mäntel vorbei.«

Sie ließen die drei Männer vorübergehen. Grandchamp folgte ihnen. Als er sich vergewissert hatte, welchen Weg sie einschlugen, kehrte er um, setzte sich wieder hin und seufzte tief.

»Der Schnee ist kalt, Laura, und ich bin alt. Monsieur le Grand hätte besser einen anderen von seinen Leuten aussuchen können, um hier Schmiere zu stehen, wie ich es jetzt mache, während er der Liebe nachgeht. Für Euch ist es gut, Hühner, kleine Bändchen, Bilder und andere dumme Sachen zu tragen. Aber mich sollte man mit mehr Achtung behandeln, und Monsieur le Maréchal hätte das nicht gemacht. Die alten Diener sorgen dafür, daß ein Haus geachtet wird.«

»Ist Euer Herr schon lange hier, *caro amico*?«

»Ach ja! *caro! caro!* Laßt mich in Ruhe. Wir haben hier schon eine Stunde gefroren, bevor Ihr beide gekommen seid. Ich hätte genug Zeit gehabt, drei türkische Pfeifen zu rauchen. Tut Eure Pflicht und schaut an den anderen Eingängen der Kirche nach, ob sich dort irgendein verdächtiges Wesen herumtreibt. Da es nur zwei Wachposten gibt, müssen sie den ganzen Platz beobachten.«

»Ah! *Signor Jesu!* Niemanden zu haben, zu dem man ein freundliches Wort sagen kann, wenn es so kalt ist! Und meine arme Herrin ist zu Fuß vom Palais Nevers gekommen. Oh, *amore! Quì regna amore.*«

»Los, Italienerin, kehr um, sage ich dir. Daß ich dich und deine Singstimme endlich nicht mehr hören muß!«

»O Jesus! So eine grobe Stimme, lieber Grandchamp. Auf Chaumont, in der Turena, da wart Ihr wirklich netter.«

»Schweig, du Schwatzliese! Noch einmal, dein Italienisch taugt nur für Gaukler und Seiltänzer, die dressierte Hunde unterhalten wollen.«

»Ah! *Italia mia!* Grandchamp, hört mir zu, und Ihr werdet die

Stimme der Göttlichkeit vernehmen. Wäret Ihr ein galanter Mann wie jener, der das für eine Laura wie mich gemacht hat …«

Und sie fing an zu singen:

Lieti fiori e felici, e ben nate erbe
Che Madonna pensando premer sole;
Piaggia ch' ascolti sue dolci parole
E del bel piede alcum vestigio serbe.

Der alte Soldat war nur wenig an die Stimme eines jungen Mädchens gewöhnt, und wenn eine Frau mit ihm sprach, dann war der Ton, in dem er ihr antwortete, normalerweise immer eine Mischung aus ungeschickter Höflichkeit und schlechter Laune. Diesmal jedoch schien er sich, weil ihm das italienische Lied gefallen hatte, erweichen zu lassen und zwirbelte seinen Schnurrbart, was bei ihm ein Zeichen von Verlegenheit und Verzweiflung war. Er gab sogar ein ziemliches rauhes, einem Lachen ähnliches Geräusch von sich und sagte:

»Das ist ganz nett, verdammt! Es erinnert mich an die Belagerung von Casale. Aber sei jetzt still, Kleine. Ich habe den Abbé Quillet noch nicht kommen hören. Das beunruhigt mich. Er sollte vor unseren beiden jungen Leuten hier sein, und das schon lange …«

Laura, die Angst hatte, allein auf den Saint-Eustache-Platz geschickt zu werden, sagte zu ihm, sie sei ganz sicher, daß der Abbé vorhin gekommen sei, und sie sang weiter:

Ombrose selve, ove percote il sole
Che vi fa co' suoi raggi alte e superbe.

»Verdammt!« brummelte der gute Mann. »Meine Füße stehen im Schnee, und in meinem Ohr tropft es. Mein Kopf ist kalt, mein Herz wie tot, und du singst mir nur von Veilchen, Sonne, Gräsern und Liebe. Sei still.«

Und er kroch noch weiter unter den Spitzbogen des Gotteshauses und ließ seinen alten Kopf und seine weißen Haare in seine beiden Hände fallen. Er verharrte nachdenklich und regungslos. Laura traute sich nicht mehr, ihn anzusprechen.

Doch während Marias Kammerzofe Grandchamp gesucht hatte, hatte die junge, zitternde Maria die Doppeltür der Kirche mit schüchterner Hand aufgestoßen. Hier hatte sie Cinq-Mars getroffen, der verkleidet und beunruhigt dort wartete. Kaum hatte sie ihn erkannt, da ging sie schnellen Schrittes in das Gotteshaus, hielt ihre Samtmaske vor das Gesicht und brachte sich in einem Beichtstuhl in Sicherheit, während Henri sorgfältig die Kirchentür verschloß, durch die sie gekommen war. Er überzeugte sich, daß man sie nicht von außen öffnen konnte, und kniete wie gewöhnlich an diesem Ort der Buße nieder. Als er eine Stunde vor ihr mit seinem alten Diener gekommen war, hatte er diese Tür offen vorgefunden, was ein sicheres und auch das verabredete Zeichen dafür war, daß der Abbé Quillet, sein Gouverneur, ihn an dem gewohnten Platz erwartete. Um jede Überraschung zu vermeiden, hatte er sich selbst die Mühe gemacht, den Eingang bis zur Ankunft Marias zu bewachen. Obwohl er sich über die Pünktlichkeit des guten Abbés freute, wollte er seinen Posten dennoch nicht verlassen, um sich bei ihm zu bedanken. Er war, abgesehen von der väterlichen Autorität, für ihn so etwas wie ein zweiter Vater, und er ging mit diesem guten Priester recht vertraulich um.

In der alten Saint-Eustache-Kirche herrschte tiefe Dunkelheit. Es brannten außer dem ewigen Licht nur vier gelbe Wachskerzen, die oberhalb des Weihwasserbeckens an den Hauptpfeilern angebracht waren, und diese warfen ein rotes Licht auf den blauen und schwarzen Marmor der verlassenen Basilika. Das Licht drang kaum in die Nischen, die versteckt in den Flügeln des Gotteshauses lagen. In einer dieser Kapellen, und zwar der dunkelsten, stand der Beichtstuhl, von dem man aufgrund eines ziemlich hohen, mit Brettern beschlagenen Eisengitters nur die kleine Kuppel und das Holzkreuz sehen konnte. Dort knieten sich auf jeder Seite Cinq-Mars und Maria von Mantua hin. Sie sahen sich kaum und glaubten, daß der Abbé Quillet wie gewöhnlich zwischen ihnen saß und sie schon lange erwartete. Sie konnten zwischen den kleinen Gittern den Schatten seiner Kappe sehen. Henri war langsam auf den Beichtstuhl zugegangen, und er wollte den weiteren Gang seines Schicksals sozusagen anhalten und bestimmen. Jetzt mußte er nicht mehr vor seinen König treten, sondern vor eine noch höhere Autorität, vor die, für die er sein gewaltiges Werk in Angriff genommen hatte. Er wollte ihren Glauben an ihn auf die Probe stellen, und er zitterte.

Er zitterte besonders, als seine junge Verlobte ihm gegenüber kniete. Er zitterte, weil er nicht umhin konnte, beim Anblick dieses Engels das ganze Glück zu empfinden, das er verlieren könnte. Er wagte nicht, als erster zu sprechen, und verbrachte noch einen Moment damit, sie in der Dunkelheit zu betrachten, diese junge Frau, auf der all seine Hoffnungen ruhten. Trotz seiner Liebe konnte er sich immer, wenn er sie sah, einer gewissen Angst nicht erwehren, so viel unternommen zu haben für ein Kind, dessen Leidenschaft nur ein schwacher Widerschein der seinen war, und die vielleicht nicht alle Opfer, die er gebracht hatte, würdigen konnte. Er hatte seinen Charakter gebeugt, die Liebenswürdigkeit eines Höflings gezeigt, war zu Intrigen und Leiden des Ehrgeizes verurteilt, und tiefsinnigen Berechnungen, kriminellen Erwägungen und dunklen, gewalttätigen Machenschaften eines Verschwörers ausgeliefert. Bei ihren bisherigen heimlichen, unschuldigen Treffen hatte sie jede Nachricht von den Fortschritten in seiner Karriere mit dem Freudengeschrei eines Kindes aufgenommen – aber ohne die Anstrengung seiner beschwerlichen Schritte richtig einzuschätzen. Und sie fragte ihn immer ganz naiv, wann er denn endlich Konnetabel werde und wann sie heiraten könnten, in einem Ton, als ob sie sich nur erkundige, wann er zum Karussell komme und ob das Wetter heiter sei. Bis jetzt hatte er über ihre Unwissenheit gelächelt, die für ein achtzehnjähriges Mädchen verzeihlich war, das auf einem Thron geboren und an die sozusagen selbstverständliche Erhabenheit gewöhnt war, die sie schon vorgefunden hatte, als sie zur Welt gekommen war. Jetzt aber, zu dieser Stunde, machte er sich ernstere Gedanken über Marias Charakter. Da er soeben erst die beeindruckende Versammlung der Verschwörer verlassen hatte, bei der alle Stände des Königreiches vertreten waren, und in seinem Ohr noch die Stimmen der Männer widerhallten, die geschworen hatten, einen großen Krieg zu führen, war er überrascht über die ersten Worte der Frau, für die dieser begonnen werden sollte. Zum ersten Mal, seit er Maria kannte, beschlich ihn der Verdacht, ihre Art der Unschuld könne womöglich reine Leichtfertigkeit sein, die sich vielleicht bis zu ihrem Herzen ausbreitete. Er nahm sich vor, es zu ergründen.

»Mein Gott, hatte ich Angst, Henri«, sagte Maria Gonzaga, als sie in den Beichtstuhl trat. »Ihr laßt mich ohne Wachen und ohne Wagen kommen. Ich zittere immer davor, daß ich von meinen

Leuten gesehen werden könnte, wenn ich das Palais Nevers verlasse. Muß ich mich denn noch lange wie eine Schuldige verstecken? Die Königin war nicht zufrieden, als ich ihr alles gebeichtet habe. Wenn sie noch mit mir spricht, dann nur mit ihrer strengen Miene, die Ihr kennt und die mich immer zum Weinen bringt. Ich habe schreckliche Angst.«

Sie schwieg, und Cinq-Mars' Antwort war nur ein tiefer Seufzer.

»Was! Ihr sprecht nicht mit mir?« fragte sie.

»Sind das all Eure Sorgen?« erwiderte Cinq-Mars bitter.

»Sollte ich noch größere haben? O mein Freund! In welchem Ton, mit welcher Stimme sprecht Ihr mit mir! Seid Ihr böse, weil ich zu spät gekommen bin?«

»Zu früh, Madame, viel zu früh für die Dinge, die Ihr hören werdet. Denn ich glaube, Ihr seid sehr weit davon entfernt.«

Maria betrübte der düstere, bittere Ton in seiner Stimme, und sie fing an zu weinen.

»O mein Gott! Was habe ich denn getan«, stöhnte sie, »daß Ihr mich *Madame* nennt und so hart mit mir verfahrt?«

»Oh! Beruhigt Euch«, erwiderte Cinq-Mars, noch immer in ironischem Ton. »Ihr seid wirklich nicht schuldig.«

»Habt Ihr denn etwas Böses getan? Habt Ihr jemandes Tod befohlen? Oh! Nein, ich bin ganz sicher. Ihr seid so gut.«

»Was!« rief Cinq-Mars. »Habt Ihr denn nichts mit meinen Plänen zu tun? Habe ich Eure Gedanken falsch erraten, als Ihr mich bei der Königin angeschaut habt? Verstehe ich nicht mehr in Euren Augen zu lesen? Das Feuer, das in ihnen brannte, ist das Eure große Liebe für Richelieu? Diese Bewunderung, die Ihr demjenigen versprochen habt, der dem König alles zu sagen wagt, was ist aus ihr geworden? War das alles nur eine Lüge?«

Maria von Gonzaga brach in Tränen aus.

»Ihr sprecht noch immer in verärgertem Ton mit mir. Das habe ich nicht verdient. Wenn ich mit Euch nicht über diese schreckliche Verschwörung spreche, glaubt Ihr denn, daß ich sie vergessen habe? Glaubt Ihr denn nicht, daß ich unglücklich genug bin? Wollt Ihr meine Tränen sehen? Hier sind sie. Ich vergieße viele heimlich, Henri. Glaubt mir, wenn ich bei unserem letzten Treffen dieses schreckliche Thema vermieden habe, dann aus Angst, zu viel zu erfahren. Denke ich an etwas anderes als an Eure Gefahr? Weiß ich denn nicht genau, daß Ihr diese Gefahr für mich in Kauf nehmt? Ja, Ihr kämpft um meinetwillen, aber muß denn ich nicht Angriffe erdulden, die nicht minder grausam sind? Ihr seid glücklicher als ich, denn Ihr habt nur den Haß zu bekämpfen, während ich gegen Freundschaft kämpfe. Der Kardinal wird Euch Männer und Waffen entgegensetzen, aber die Königin, die sanfte Anna von Österreich, setzt nur zarte Ratschläge, Zärtlichkeit und manchmal Tränen ein.«

»Ergreifender, unbesiegbarer Ärger«, spottete Cinq-Mars, »damit Ihr einen Thron akzeptiert. Ich verstehe, daß es Euch einige Anstrengung kostet, gegen solche Verführungen stark zu bleiben. Aber vor allem, Madame, ist es wichtig, Euch von Eurem Schwur zu befreien.«

»O mein Gott! Wer ist denn gegen uns?«

»Gott ist mit uns und gegen uns«, antwortete Henri mit ernsterer Stimme. »Der König hat mich betrogen.«

Der Abbé bewegte sich im Beichtstuhl.

Maria rief: »Das habe ich geahnt. Dieses Unglück habe ich vorausgesehen. Ist es meine Schuld?«

»Er hat mich betrogen, als er mir die Hand gab«, fuhr Cinq-Mars fort. »Er hat mich durch den schändlichen Joseph verraten, den man mir anbietet zu erdolchen.«

Der Abbé sprang entsetzt auf, und die Tür des Beichtstuhls öffnete sich halb.

»Oh! Mein Vater, fürchtet nichts«, sagte Henri d'Effiat nun. »Euer Schüler wird niemals derartige Schläge ausführen. Die, die ich vorbereite, werden weithin zu hören sein, und der helle Tag wird sie erleuchten. Aber mir bleibt noch eine Pflicht zu erfüllen, eine heilige Pflicht. Seht, wie sich Euer Kind vor Euch opfert. O ja, ich habe nicht lange für das Glück gelebt. Ich werde es vielleicht durch Eure Hand zerstören, dieselbe, die es geheiligt hat.«

Noch während er sprach, öffnete er das leichte Gitter, das ihn von seinem alten Gouverneur trennte. Dieser, der noch immer überrascht schwieg, schob seine Kapuze über die Stirn.

»Gebt«, bat Cinq-Mars mit weniger sicherer Stimme, »gebt diesen Ehering der Herzogin von Mantua zurück. Ich kann ihn nur behalten, wenn sie ihn mir ein zweites Mal gibt, denn ich bin nicht mehr derselbe, den sie zu heiraten versprochen hat.«

Der Priester griff schnell nach dem Ring und reichte ihn durch die Rauten des gegenüberliegenden Gitters. Dieser Beweis der Gleichgültigkeit überraschte Cinq-Mars.

»Was! Mein Vater«, rief er, »habt Ihr auch Eure Meinung geändert?«

Maria weinte jetzt nicht mehr, doch sie erhob ihre engelsgleiche Stimme, die in den Gewölben des Gotteshauses ein schwaches Echo hervorrief, das dem leisesten Seufzen einer Orgel glich, und sagte:

»O mein Freund, seid nicht länger böse. Ich verstehe Euch nicht. Können wir scheiden, was Gott eben vereint hat, und kann ich Euch verlassen, da ich doch weiß, wie unglücklich Ihr seid? Wenn der König Euch nicht mehr liebt, dann seid Ihr wenigstens sicher, daß er Euch kein Leid zufügen wird, denn er hat auch dem Kardinal kein Leid zugefügt, den er nie geliebt hat. Ihr glaubt, Ihr seid verloren, weil er sich vielleicht nicht von seinem alten Diener hat trennen wollen? Schön, dann warten wir die Rückkehr seiner Freundschaft ab! Vergeßt die Verschwörer! Sie machen mir Angst. Wenn sie keine Hoffnung mehr haben, dann danke ich Gott dafür. Ich werde nicht mehr um Euch zittern müssen. Was habt Ihr denn, mein Freund? Warum sollten wir uns denn grundlos betrüben? Die Königin liebt uns, und wir sind beide sehr jung. Wir können warten. Die Zukunft ist schön, weil wir vereint und uns unserer sicher sind. Erzählt mir, was der König Euch auf Chambord erzählt hat. Ich habe Euch lange nachgeschaut. Mein Gott, wie traurig diese Jagdpartie für mich war.«

»Er hat mich verraten, sage ich Euch«, antwortete Cinq-Mars. »Und wer hätte das gedacht, als Ihr saht, wie wir uns die Hand gereicht haben, als er von seinem Bruder zu mir und dann zum Herzog von Bouillon ging, daß er sich über die kleinsten Details der Verschwörung aufklären ließ, sogar über den Tag, an dem Richelieu in Lyon verhaftet werden sollte. Er legte den Ort seines Exils fest – denn sie wollten seinen Tod; aber in Erinnerung an meinen Vater habe ich um sein Leben gebeten. Der König hat gesagt, daß er selbst alles in Perpignan in die Hand nehmen wolle. Joseph jedoch, dieser schmutzige Spion, kam aus dem Lilienzimmer. O Maria, soll ich es Euch gestehen? In dem Moment, als ich es erfuhr, war meine Seele in Aufruhr. Ich zweifelte an allem, und es schien mir, als ob der Mittelpunkt der Erde bebe, als ich sah, daß die Wahrheit das Herz eines Königs verließ. Ich sah, wie unser ganzes Bauwerk einstürzte, und eine Stunde noch, und die Verschwörung löste sich auf. Ich verlor Euch für immer. Nur ein Mittel blieb mir noch, und ich habe es genutzt.«

»Welches?« fragte Maria.

»Der Vertrag mit Spanien war in meiner Hand. Ich habe ihn unterzeichnet.«

»O Gott, zerreißt ihn.«

»Er ist schon auf dem Wege.«

»Wer überbringt ihn?«

»Fontrailles.«

»Ruft ihn zurück.«

»Er muß den Paß von Oloron schon überquert haben«, erwiderte Cinq-Mars und stand auf. »Alles ist vorbereitet, in Madrid und in Sedan auch. Die Armeen warten auf mich, Maria, Armeen, und Richelieu ist in ihrer Mitte. Er schwankt. Es bedarf nur noch eines einzigen Schlages, um ihn zu stürzen, und Ihr seid für immer mein, gehört zum siegreichen Cinq-Mars.«

»Cinq-Mars, dem Rebellen«, sagte sie jammernd.

»Ja, schön, Rebell, aber nicht mehr Günstling! Rebell, Verbrecher, des Schafotts würdig. Ich weiß es!« rief dieser leidenschaftliche junge Mann und fiel wieder auf die Knie. »Aber Rebell aus Liebe, Rebell um Euretwillen, die mein Degen schließlich ganz und gar erobern wird.«

»Oh, der Degen, den man in das Blut der Seinen taucht, ist das nicht ein Dolch?«

»Hört auf, Maria, habt Erbarmen! Daß mich die Könige verlassen, daß die Krieger mich verlassen, das macht mich noch entschlossener. Aber ich wäre besiegt durch ein einziges Wort von Euch, und noch einmal: Die Zeit, nachzudenken, ist für mich vorbei. Ja, ich bin ein Verbrecher, und das ist der Grund, warum es mir schwerfällt zu glauben, daß ich Euer noch würdig bin. Verlaßt mich, Maria, und nehmt den Ring zurück.«

»Ich kann es nicht«, sagte sie, »denn ich bin Eure Frau, egal, was Ihr auch immer sein mögt.«

»Ihr hört es, mein Vater«, sagte Cinq-Mars, den das Glück übermannte. »Segnet unsere zweite Verbindung. Es ist die der Hingabe, noch schöner als die der Liebe. Sie sei die meine, solange ich lebe.«

Ohne zu antworten, öffnete der Abbé die Tür zum Beichtstuhl, ging schnell hinaus und hatte schon die Kirche verlassen, ehe Cinq-Mars noch die Zeit gehabt hätte, aufzustehen, ihm zu folgen.

»Wo geht Ihr hin? Was habt Ihr?« rief er.

Aber niemand war zu sehen, und niemand war zu hören.

»In Gottes Namen, schreit nicht so«, sagte Maria, »oder ich bin verloren. Es hat sicher jemand in der Kirche gehört.«

Aber Henri d'Effiat sprang verwirrt und ohne ihr zu antworten, unter die Arkaden, suchte vergebens seinen Gouverneur und rannte zu einer Tür, die jedoch verschlossen war. Er zog seinen Degen, ging durch die ganze Kirche, und als er am Eingang ankam, den Grandchamp bewachen sollte, rief er und lauschte.

»Laßt ihn jetzt los«, hörte er eine Stimme an der Straßenecke sagen.

Und die Pferde galoppierten los.

»Grandchamp, hörst du nicht?« rief Cinq-Mars.

»Hilfe, Henri, mein liebes Kind«, hörte er die Stimme des Abbé Quillet antworten.

»Wo kommt Ihr denn her? Ihr bringt mich in Gefahr!« sagte der Oberstallmeister und ging auf ihn zu, aber er sah, daß sein armer Erzieher, der trotz des Schneefalls keinen Hut trug, nicht in der Lage war, ihm zu antworten.

»Sie haben mich festgehalten und ausgeraubt«, schrie er. »Diese Verbrecher! Diese Mörder! Sie haben mich daran gehindert zu schreien. Sie haben mir den Mund mit einem Taschentuch verbunden.«

Endlich kam Grandchamp, der den Lärm hörte. Er rieb sich die Augen wie jemand, der gerade aufgewacht ist. Laura, die total erschrocken war, rannte in die Kirche zu ihrer Herrin. Alle stürzten wieder in die Kirche, um Maria zu beruhigen, und dann umringten alle den alten Abbé.

»Diese Verbrecher! Seht, sie haben mir die Hände gebunden. Es waren über zwanzig. Sie haben mir den Schlüssel der Kirchentür gestohlen.«

»Was? Vorhin?« fragte Cinq-Mars. »Und warum seid Ihr hinausgegangen?«

»Hinausgegangen! Sie haben mich über zwei Stunden festgehalten.«

»Zwei Stunden!« rief Henri erschrocken.

»Oh! Was bin ich doch für ein unglücklicher alter Mann«, rief Grandchamp. »Mein Herr ist in Gefahr, und ich schlafe. Das ist das erste Mal.«

»Ihr wart also nicht mit uns im Beichtstuhl?« fuhr Cinq-Mars ängstlich fort, während sich die zitternde Maria an seinen Arm schmiegte.

»Nein!« antwortete der Abbé. »Habt Ihr den Schurken denn nicht gesehen, dem sie meine Schlüssel gegeben haben?«

»Nein! Wer war es?« fragten alle auf einmal.

»Pater Joseph!« antwortete der gute Priester.

»Flieht! Ihr seid verloren!« schrie Maria.

22. Kapitel
Das Gewitter

Stürm, stürm, du Winterwind!
Du bist nicht falsch gesinnt
Wie Menschenundank ist.
Dein Zahn nagt nicht so sehr,
Weil man nicht weiß, woher,
Wiewohl du heftig bist.
Heißa! Singt Heißa den
grünenden Bäumen!
Viel Freundschaft ist falsch,
Und die Liebe nur Träumen.

SHAKESPEARE

Inmitten der langen, herrlichen Pyrenäenkette, die die gezackte Landenge der Halbinsel bildet, in der Mitte dieser mit Wäldern, Wiesen und Schnee bedeckten blauen Pyramiden öffnet sich ein schmaler Paß, ein Pfad, der sich in das ausgetrocknete Bett eines senkrecht hinabstürzenden Wildbaches gegraben hat. Er schlängelt sich zwischen den Felsen hindurch, schiebt sich unter die Brücken aus dickem Schnee, windet sich am Rande überschwemmter Abgründe, um dann die Nachbarberge von Urdoz und Oloron zu erklimmen und anschließend auf ihren unebenen Rücken zu steigen, zerfurcht den im Nebel liegenden Gipfel, fällt in ein neues Land, das auch seine Berge und Täler hat, wendet sich nach rechts, verläßt Frankreich und steigt nach Spanien hinab. Noch nie hat das Eisen eines Maulesels hier auf diesem gewundenen Weg seine Spuren hinterlassen. Der Mensch kann sich kaum aufrecht halten. Er braucht rutschfeste Bastschuhe und einen dreizackigen Eisenstab, der sich in den Spalten festkrallt.

In den schönen Sommermonaten führen der Hirte in seinem braunen Umhang und der schwarze Widder mit seinem langen Bart die Herden hierher, die mit ihrer langen Wolle die Wiesen fegen. Inmitten dieser schroffen Felsen ist nur das Geräusch der

Glocken, die die Schafe um den Hals tragen, zu hören, deren unregelmäßiges Klingeln unerwartete Akkorde hervorruft, flüchtige Tonabstufungen, die den Wanderer erstaunen und den wilden, schweigsamen Schäfer erfreuen. Doch wenn der lange Monat September kommt, dann rollt sich von den Gipfeln bis zum Fuße der Berge eine Schneedecke hinab, und sie verschont nur diesen tief in die Berge gegrabenen Weg, einige von Gebirgsbächen ausgehöhlte Schluchten und einige Granitfelsen, die ihre eigenartige Form wie das Gerippe einer verschütteten Welt in die Höhe strecken.

Dann sieht man die leichtfüßigen Gemsenherden herbeilaufen, die ihre gebogenen Hörner auf ihren Rücken legen, von Berg zu Berg springen, als ob der Wind sie vor sich hertriebe, und die diese luftige Wüste in Besitz nehmen. Raben- und Krähenschwärme drehen ununterbrochen ihre Kreise in den Abgründen und den natürlichen Brunnen, die sie in einen finsteren Taubenschlag verwandeln, während der Braunbär, dem seine zottelige Familie folgt, die sich spielend rings um ihn herum im Schnee tollt, langsam von seinem Zufluchtsort hinabsteigt, in den schon der Reif eingebrochen ist. Aber das sind weder die wildesten noch die grausamsten Bewohner, die der Winter in die Berge führt. Sich in Sicherheit wiegende Schmugglerbanden wagen es sogar, sich hier auf dieser Grenzlinie der Natur und der Politik eine Holzhütte zu bauen. Und hier, mitten im Nebel und Wind, werden unbekannte Verträge geschlossen, und zwischen dem französischen und spanischen Navarra wird geheimnisvoller Tauschhandel betrieben.

Auf diesem engen Pfad, auf der französischen Seite, hielten ungefähr zwei Monate nach den Szenen, die wir in Paris verfolgen konnten, zwei aus Spanien kommende erschöpfte und in Angst und Schrecken versetzte Wanderer um Mitternacht an. In den Bergen waren Gewehrschüsse zu hören.

»Diese Schurken! Wie sie uns gejagt haben«, sagte einer von ihnen. »Ich kann nicht mehr! Ohne Euch hätten sie mich erwischt.«

»Das kann immer noch passieren, und den verdammten Vertrag werden sie auch kriegen, wenn Ihr Eure Zeit mit vielen Worten verliert. Da, schon wieder ein Schuß auf dem Berg von Saint-Pierre de l'Aigle. Sie glauben, wir seien auf der Seite von Limaçon hinabgestiegen, aber unten werden sie das Gegenteil feststellen.

Steigt hinunter! Es ist bestimmt eine Streife, die die Schmuggler jagt. Steigt hinunter.«

»Wie denn? Ich kann nichts sehen.«

»Steigt immer weiter hinunter und nehmt meinen Arm.«

»Haltet mich. Ich rutsche mit meinen Stiefeln«, sagte der erste Wanderer und krallte sich an den Felsenspitzen fest, um sich von der Sicherheit des Bodens zu überzeugen, bevor er den Fuß darauf setzte.

»Geht doch weiter, geht doch weiter«, befahl der andere und schob ihn vorwärts. »Dort ist schon einer dieser Typen, genau über unseren Köpfen.«

Tatsächlich zeichnete sich der Schatten eines Mannes, der mit einer Muskete bewaffnet war, im Schnee ab. Die beiden Abenteurer verharrten regungslos. Der Mann mit der Muskete ging vorüber, und sie stiegen weiter hinab.

»Sie werden uns schnappen!« sagte derjenige, der den anderen stützte. »Wir sind umzingelt. Gebt mir dieses verdammte Pergament. Ich trage die typische Kleidung der Schmuggler, und ich werde mich als ein solcher ausgeben und bei ihnen um Unterschlupf bitten. Aber Ihr hättet keine Chancen in Eurer Uniform.«

»Ihr habt recht«, erwiderte sein Gefährte und blieb auf einer Bergspitze stehen. Und als er unsicher mitten auf dem Abhang stand, gab er ihm eine hohle Holzrolle.

Ein Schuß ging los, und eine Kugel schlug pfeifend und zitternd im Schnee zu ihren Füßen ein.

»Eine Warnung!« sagte der erste. »Rollt Euch nach unten. Wenn Ihr könnt, dann folgt der Straße; links von der Gave liegt Sainte-Marie, aber Ihr wendet Euch nach rechts. Wenn Ihr durch Oloron hindurchgegangen seid, befindet Ihr Euch auf dem Weg nach Pau, und Ihr seid gerettet. Los, rollt Euch hinab!«

Kaum hatte er zu Ende gesprochen, da stieß er seinen Kameraden auch schon fort, und ohne ihn noch eines Blickes zu würdigen, folgte er jetzt, da er weder hinauf- noch hinuntersteigen wollte, der Flanke des Berges geradeaus. Er krallte sich mit der Geschicklichkeit einer Wildkatze an den Steinen, den Zweigen und sogar an den Pflanzen fest, und schon bald stand er auf einer soliden Anhöhe vor einer kleinen Bretterhütte, durch die man Licht schimmern sah. Der Abenteurer schlich um die ganze Hütte herum wie ein ausgehungerter Wolf um einen Park. Als er sein Auge gegen einen Spalt drückte, sah er Dinge, die wohl eine Entscheidung bei ihm herbeiführten, denn, ohne zu zögern, stieß er die wackelige Tür auf, was ihn keinerlei Mühe kostete, da sie noch nicht einmal mit einem einfachen Riegel versehen war. Die ganze Hütte bebte durch den Faustschlag, den er ihr versetzt hatte. Er sah jetzt, daß sie durch eine Wand in zwei Zellen geteilt war. Eine große Kerze aus gelbem Wachs erleuchtete die erste. Dort hockte ein blasses, erschreckend mageres junges Mädchen in einer Ecke auf der feuchten Erde, wo der geschmolzene Schnee unter den Brettern der Hütte hindurchfloß. Schwarze, verschmierte, mit Staub bedeckte, aber sehr lange Haare fielen unordentlich auf ihre Kleidung, die aus einer braunen Kutte bestand. Die rote Kapuze der Pyrenäenmädchen bedeckte ihren Kopf und ihre Schultern. Sie schlug die Augen nieder und spann mit einem an ihrem Gürtel befestigten Spinnrocken. Durch den Eintritt eines Mannes ließ sie sich nicht stören.

»He, he! *La moza*[42], steh auf und gib mir zu trinken. Ich bin müde und habe Durst.«

Das junge Mädchen antwortete nicht, und ohne den Blick zu heben, spann es fleißig weiter.

»Hörst du«, sagte der Fremde und stieß sie mit dem Fuß an. »Sag deinem Herrn, den ich dort gesehen habe, daß ein Freund zu Besuch gekommen ist, und gib mir vorher etwas zu trinken. Ich werde hier schlafen.«

Sie antwortete mit krächzender Stimme und spann weiter:

»Ich trinke den Schnee, der auf den Bergen schmilzt, oder den grünen Schaum, der auf den Sümpfen schwimmt, aber wenn ich fleißig gesponnen habe, dann gibt man mir Wasser aus der Eisenquelle.

Wenn ich schlafe, dann läuft eine kalte Eidechse über mein Gesicht. Aber wenn ich ein Maultier gut gewaschen habe, dann gibt man mir Heu. Das Heu ist warm, das Heu ist gut und warm. Ich lege es auf meine eiskalten Füße.«

»Was erzählst du mir denn da für Geschichten?« fragte Jacques. »Ich rede nicht von dir.«

Sie fuhr fort:

»Ich muß einen Mann festhalten, während man ihn tötet. O wie blutig meine Hände sind. Gott möge ihnen vergeben, wenn es möglich ist. Ich mußte seinen Kopf festhalten und den Bottich mit dem roten Wasser. O Gott im Himmel! Ich war die Braut Gottes. Man wirft ihre Leichen in die schneeigen Abgründe, aber der

Geier findet sie. Er legt sein Nest mit ihren Haaren aus. Jetzt stehst du ganz lebendig vor mir, doch eines Tages wirst du blutüberströmt sein, blaß und tot.«

Der Abenteurer zuckte die Schultern, fing an zu pfeifen und stieß die zweite Tür auf. Dort saß ein Mann, den er durch die Spalten der Bretterhütte gesehen hatte. Eine blaue Baskenmütze saß auf seinen Ohren, und er war in einen weiten Mantel gehüllt. Er saß auf dem Sattel eines Maulesels und hatte sich über eine riesige eiserne Feuerstelle gebeugt, rauchte eine Zigarre und leerte einen Schlauch, der an seiner Seite lag. Der Schein des Feuers fiel auf sein fettes, gelbes Gesicht wie auch auf das Zimmer, in dem die Mauleselsättel wie Sitze um einen *brassero*[43] herumlagen. Er hob den Kopf, ohne sich stören zu lassen.

»Aha! Bist du es, Jacques?« fragte er. »Du bist es doch? Obwohl ich dich vier Jahre nicht gesehen habe, erkenne ich dich sofort. Du hast dich nicht verändert, du Schurke. Du hast noch immer das typische Gesicht eines Taugenichts. Setz dich dorthin und trink mit mir.«

»Ja, da bin ich wieder. Aber was zum Teufel machst du denn hier? Ich dachte, du seist Richter, Houmain!«

»Und ich erst! Ich dachte, du seist spanischer Hauptmann, Jacques!«

»Ach ja! Das war ich auch einige Zeit, das stimmt, und dann war ich Gefangener, aber ich habe mich ganz schön aus der Affäre gezogen und mein altes Gewerbe wieder aufgenommen, das freie Gewerbe, die gute alte Schmuggelei.«

»Viva! Viva! *Jaleo*[44]!« schrie Houmain. »Wir tapferen Kerle, wir sind für alles gut. Ach ja! Aber … du bist also über die anderen Pässe gekommen? Denn ich habe dich nicht wiedergesehen, seitdem ich dieses Handwerk hier wieder aufgenommen habe.«

»Ja, ja, ich habe das Gebirge dort überquert, wo du es nicht überqueren würdest, tja!« erwiderte Jacques.

»Und was bringst du mit?«

»Unbekannte Ware. Meine Maultiere kommen morgen.«

»Bringst du Seidengürtel, Zigarren oder Wolle?«

»Das wirst du später erfahren, *amigo*«, entgegnete der kampfeslustige Geselle. »Gib mir den Schlauch, ich habe Durst.«

»Hier, trink! Das ist echter Valdepeñas. Wir sind so glücklich hier, wir *bandoleros, Aï! Jaleo! Jaleo,* trink nur, meine Freunde kommen gleich.«

»Welche Freunde?« fragte Jacques und ließ den Schlauch fallen.

»Ach, mach dir keine Sorgen, trink nur. Ich werde es dir erzählen, und dann singen wir die andalusische *tirana*[45].«

Der Abenteurer nahm den Schlauch und tat so, als ob er in aller Ruhe trinken würde.

»Was ist denn das Mädchen, das ich da vor deiner Tür habe stehen sehen, für ein armer Teufel?« fragte er. »Sie sieht aus, als sei sie halbtot.«

»Nein, nein, sie ist nur verrückt. Trink nur, ich werde es dir erzählen.«

Houmain nahm von seinem roten Gürtel den langen Dolch, der an jeder Seite wie eine Säge gezackt war, und benutzte ihn, um in der Glut zu stochern und das Feuer neu zu entfachen. In ernstem Ton sagte er: »Du mußt erst einmal wissen, wenn du es nicht schon weißt, daß dort unten (und er zeigte auf die französische Seite), der alte Fuchs von Richelieu die Sache ziemlich schnell vorantreibt.«

»Ach«, sagte Jacques.

»Ja, man bezeichnet ihn schon als höchsten König. Weißt du das? Es gibt jedoch einen kleinen jungen Mann, der fast so stark ist wie er und den man Monsieur le Grand nennt. Dieser kleine Mann befehligt in diesem Moment fast die ganze Armee von Perpignan. Er ist vor einem Monat angekommen, aber der Alte ist noch in Narbonne, und er ist ziemlich raffiniert. Zum König steht er mal so, mal so (Houmain drehte, während er sprach, seine Handfläche von oben nach unten). Ja, mal hü, mal hott. Aber in der Zwischenzeit, bis er sich entscheidet, bin ich mehr für hott, das heißt Kardinalist, und ich habe die Geschäfte von Monseigneur immer erledigt, seit dem ersten, das er mir vor drei Jahren anvertraut hat. Ich werde es dir erzählen: Er brauchte Leute mit Charakter und Verstand für eine kleine Sache, die schnelles Handeln erforderte, und er ließ mich holen, damit ich den Posten des Polizeikommissars übernehme.«

»Haha! Das ist ein hübscher Posten. Man hat es mir erzählt.«

»Ja, das ist ein Geschäft wie unseres auch, nur verkauft man da den Strick statt Garn. Das ist weniger ehrenwert, da man häufiger tötet, aber es ist auch solider. Alles hat seinen Preis.«

»Das stimmt«, bestätigte Jacques.

»Da stand ich also in der roten Robe. Ich hatte die Aufgabe, einem großen, hübschen Burschen, der Pfarrer in Loudun war, Schwefel zu verabreichen. Er hauste in einem Nonnenkloster wie ein Wolf im Schafstall. Das sollte ihm noch leid tun.«

»Haha! Das ist ja sehr komisch«, rief Jacques lachend.

»Trink nur«, fuhr Houmain fort. »Ja, ich schwöre dir, Jago, als ich ihn nach der Sache gesehen habe, da bestand er nur noch aus einem Haufen schwarzer Asche wie diese Asche dort an der Spitze meines Dolches. Das bleibt von uns übrig. So werden wir beim Teufel landen.«

»Ach, laß doch diese Späße«, sagte der andere in ernstem Ton. »Du weißt doch, daß ich gläubig bin.«

»Ach, ich sage ja nicht nein. Das kann sein«, fuhr Houmain in demselben Ton fort. »Richelieu ist ja auch Kardinal! Aber es ist ja eigentlich auch egal. Weißt du, ich war ja nur Zuträger, und so hat es mir was eingebracht ...«

»Oh, du bist sehr geistreich, du Schelm!«

»Ja, ein wenig. Ich sage dir, daß mir die Sache fünfhundert Piaster eingebracht hat, denn Armand Duplessis bezahlt seine Leute gut. Man kann nichts dagegen sagen, nur daß das Geld nicht ihm gehörte. Aber wir machen es doch alle so. Also, ich wollte dieses Geld in unseren alten Handel stecken, und darum bin ich hierher zurückgekehrt. Das Geschäft läuft gut, glücklicherweise. Auf uns steht die Todesstrafe, und da blüht der Handel.«

»Was sehe ich denn da?« rief Jacques. »Es blitzt in dieser Jahreszeit?«

»Ja, die Gewitter beginnen. Es hat schon zwei gegeben. Wir sitzen hier in den Wolken. Hörst du das Donnern? Aber das macht nichts. Trink nur. Es ist schon fast ein Uhr morgens. Wir werden den Schlauch leeren und die Nacht zusammen verbringen. Ich habe dir ja gesagt, daß ich die Bekanntschaft unseres Präsidenten gemacht habe. Er ist ein ziemlich ulkiger Vogel namens Laubardemont. Ich weiß nicht, ob du ihn kennst.«

»Doch, doch, flüchtig«, meinte Jacques. »Er ist ein schrecklicher Geizkragen, aber egal. Sprich weiter.«

»Also gut. Da wir uns gegenseitig nichts vorzumachen brauchen, habe ich ihm von meinen kleinen Geschäften erzählt und ihm geraten, falls sich die Gelegenheit guter Geschäfte ergeben sollte, an seinen Kollegen vom Tribunal zu denken. Und er hat es nicht vergessen. Ich kann mich nicht beklagen.«

»Ach ja?« erkundigte sich Jacques. »Was hat er denn gemacht?«

»Zunächst hat er mir vor zwei Jahren persönlich seine Nichte gebracht. Eines Tages kam er angeritten, und sie saß hinter ihm auf dem Pferd. Du hast sie ja an der Tür gesehen.«

»Seine Nichte!« wunderte sich Jacques und stand auf. »Und du behandelst sie wie eine Sklavin! *Demonio*!«

»Trink nur«, fuhr Houmain fort und fachte das Feuer wieder ein wenig mit seinem Dolch an. »Er selbst wollte es so. Setz dich wieder hin.«

Jacques setzte sich wieder hin.

»Ich glaube«, fuhr der Schmuggler fort, »daß er sogar gar nicht böse wäre, wenn sie ... verstehst du? Es wäre ihm lieber, sie unter dem Schnee als darüber zu sehen, aber er wollte sie nicht selbst dorthin befördern, weil er ein guter Verwandter ist, wie er sagt.«

»Und wie ich es weiß«, sagte der Neuankömmling, »aber nur weiter ...«

»Man kann ja verstehen, daß ein Mann wie er, der am Hofe lebt, es nicht gut findet, eine verrückte Nichte bei sich zu haben. Das ist doch ganz einfach. Wenn ich meine Rolle als Mann in der Robe weitergespielt hätte, dann hätte ich in einem solchen Fall genauso gehandelt. Aber hier müssen wir ja nicht repräsentieren, wie du siehst, und ich habe sie als Magd behalten. Sie hat mehr gesunden Menschenverstand als ich annahm, obwohl sie fast noch nie ein Wort gesprochen hat und zuerst ziemlich zimperlich war. Jetzt bürstet sie ein Maultier wie ein Junge. Seit ein paar Tagen hat sie wohl etwas Fieber, aber das hört so oder so wieder auf. Was soll's. Du brauchst Laubardemont nicht zu sagen, daß sie noch lebt, denn er würde glauben, ich hätte sie aus Sparsamkeit als Magd behalten.«

»Was! Er ist hier?« rief Jacques.

»Trink nur«, sagte der phlegmatische Houmain wieder, der dieser Aufforderung, seinem Lieblingssatz, selbst mit gutem Beispiel folgte. Er schloß die Augen halb und schaute mit fast zärtlichem Blick umher. »Weißt du, das ist das zweite Geschäft, das ich mit diesem guten, kleinen Lombardimon, -demon, -domon (ach, nenne ihn, wie du willst) mache. Ich liebe ihn wie meinen Augapfel, und ich will, daß wir auf sein Wohl trinken, und zwar diese kleine Flasche Wein aus dem Jurançon hier. Der Wein stammt von einem Burschen des verstorbenen Königs Heinrich. Ach, was sind wir hier glücklich! Zur rechten Hand Spanien, zur linken

Frankreich, zwischen dem Schlauch und der Flasche. Die Flasche! Für sie habe ich alles aufgegeben.«

Und er ließ den Korken einer Weißweinflasche hochspringen. Nachdem er einen kräftigen Schluck genommen hatte, fuhr er fort, und der Fremde verschlang ihn mit seinen Blicken.

»Ja, er ist hier. Er wird wohl kalte Füße haben, denn er rennt seit gestern abend mit seinen Wachen und unseren Kameraden, du weißt ja, unseren *banderoleros*, den richtigen *contrabandistas*[46], durch die Berge.«

»Und warum rennt er durch die Berge?« fragte Jacques.

»Ach, das ist das Lustige an der Sache!« erklärte der Betrunkene. »Um zwei Spitzbuben festzunehmen, die laut einem Vertrag, den sie bei sich tragen, sechzigtausend spanische Soldaten von hier mitnehmen wollen. Du verstehst diese Anspielung vielleicht nicht, du Rebell, was? Na schön, es ist trotzdem so, wie ich dir sage. Sie tragen ihn bei sich.«

»Doch, doch, ich verstehe«, sagte Jacques, der jetzt nach dem Dolch an seinem Gürtel tastete und zur Tür schaute.

»Gut, du Teufelskerl! Singen wir die *tirana*. Nimm deine Flasche, wirf deine Zigarre weg und sing.«

Kaum hatte er zu Ende gesprochen, da fing der schwankende Gastgeber an, in spanischer Sprache zu singen.

Er unterbrach ab und zu seinen Gesang, lehnte sich zurück und genehmigte sich dann einen kräftigen Schluck, während Jacques, der noch immer saß, sein Gesicht im Schein des Feuers mit düsterem Blick beobachtete. Er überlegte, was er tun sollte.

Ich bin ein Schmuggler, und ich habe vor nichts Angst. Hier bin ich. Ich trotze ihnen allen, ich passe auf mich selbst auf, und ich werde geachtet.

Aï, aï, aï, jaleo! Junge Mädchen, junge Mädchen, wer will schwarzes Garn von mir kaufen?

Der Schein eines Blitzes drang durch eine kleine Luke in die Hütte und erfüllte den Raum mit Schwefelgeruch. Eine schreckliche Erschütterung folgte kurz darauf. Die Hütte bebte, und ein Balken löste sich.

»O je, das Haus«, rief der Säufer. »Der Teufel ist unter uns. Kommen denn die Freunde nicht?«

»Laß uns singen«, sagte Jacques und rückte den Sattel, auf dem er saß, näher an den Houmains heran.

Dieser nahm einen Schluck, um sich zu stärken, und fuhr fort:

Jaleo, jaleo, mein Pferd ist müde, und ich renne neben ihm her.

Aï! Aï! Aï! Die Wächter kommen, und in den Bergen werden Schüsse laut.

Aï! Aï! Aï! Mein Pferdchen, rette mich aus dieser Gefahr.

Es lebe mein Pferd, mein Pferd mit der weißen Stirn!

Junge Mädchen, *jaleo!* Junge Mädchen, kauft mein schwarzes Garn.

Als er aufhörte zu singen, merkte er, daß sein Sattel schwankte, und er fiel nach hinten. Jacques, der sich seiner auf diese Art entledigt hatte, sprang zur Tür, doch da wurde sie schon geöffnet, und sein Gesicht prallte gegen das blasse, kalte Gesicht der Verrückten. Er wich zurück.

»Der Richter«, sagte sie beim Eintreten.

Und sie fiel der Länge nach auf den kalten Boden.

Jacques war gerade mit einem Fuß über sie hinweggesprungen, da tauchte auch schon ein anderes aschfahles, erstauntes Gesicht auf, das Gesicht eines Mannes von hoher Statur, der in einen Mantel gehüllt war, von dem der Schnee rieselte. Er wich noch weiter zurück und lachte vor Schreck und Wut. Es war Laubardemont, dem seine bewaffneten Männer folgten. Sie schauten sich an.

»He, he! Ka … a … me … rad …, du Spitzbube«, stotterte Houmain, der sich mühsam aufrappelte. »Solltest du zufällig Royalist sein?«

Aber als er die beiden Männer sah, die sich wie versteinert gegenüberstanden, da verstummte er wie sie und wurde sich seiner Trunkenheit bewußt. Schwankend näherte er sich der Verrückten, die noch immer zwischen dem Richter und dem Hauptmann ausgestreckt auf dem Boden lag, um sie aufzuheben. Der erstere ergriff das Wort:

»Seid Ihr nicht der, den wir vorhin verfolgt haben?«

»Ja«, riefen seine Gefolgsmänner im Chor. »Der andere ist uns entwischt.«

Jacques wich bis zu den gespaltenen Brettern zurück, aus denen die wackelige Wand der Hütte bestand. Er hüllte sich in seinen Mantel und stand da wie ein Bär, der von einer großen Meute gegen einen Baum gedrängt worden war. Da er sie ablenken und sich einen kurzen Moment des Überlegens gönnen wollte, antwortete er mit kräftiger, düsterer Stimme:

»Der erste, der dies Feuer und den Körper des Mädchens überschreitet, ist ein toter Mann.«

Er zog einen langen Dolch aus seinem Mantel hervor. In diesem Moment hockte sich Houmain nieder und drehte den Kopf der jungen Frau herum. Ihre Augen waren geschlossen. Er zog sie näher ans Feuer, dessen Schein auf sie fiel.

»O großer Gott«, schrie Laubardemont, der sich vor Schrecken vergaß. »Da ist ja noch immer Jeanne.«

»Macht Euch keine Sorgen, wer … werter Herr«, stotterte Houmain, der versuchte, die langen, dunklen Lider hochzuschieben, die aber wieder zurückfielen, und auch der Kopf fiel wie ein nasser Sack wieder nach hinten. »Sei … seid ganz ruhig! Är … är … ärgert Euch nicht. Sie ist ganz tot, richtig tot.«

Jacques stellte seinen Fuß auf den Leichnam wie auf eine Schranke, schob sein Gesicht ganz nahe unter das Gesicht Laubardemonts und flüsterte ihm mit grimmiger Miene zu:

»Laß mich durch, und ich werde dich nicht bloßstellen, du Höfling. Ich werde nicht sagen, daß sie deine Nichte war und ich dein Sohn bin.«

Laubardemont faßte sich, sah zu seinen Leuten, die sich mit gezogenen Waffen um ihn drängten, und gab ihnen ein Zeichen, einige Schritte zurückzuweichen. Mit leiser Stimme antwortete er:

»Gib mir den Vertrag, und du kannst gehen.«

»Er ist hier, in meinem Gürtel. Wenn aber jemand Hand daran legt, dann nenne ich dich ganz laut meinen Vater. Was würde dein Herr dazu sagen?«

»Gib ihn mir, und ich verzeihe dir dein Leben.«

»Laß mich durch, und ich vergebe dir, daß du es mir geschenkt hast.«

»Immer noch derselbe, du Schurke?«

»Ja, du Mörder.«

»Was interessiert dich ein Kind, das Verschwörungen anzettelt?« fragte der Richter.
»Was interessiert dich ein Greis, der regiert?« antwortete der andere.
»Gib mir das Papier. Ich habe geschworen, daß ich es bekommen werde.«
»Laß es mir. Ich habe geschworen, daß ich es überbringen werde.«
»Was sind dein Schwur und deinGott schon wert?« fragte Laubardemont.
»Und der deine«, fuhr Jacques fort. »Ist er ein Kruzifix aus glühendem Eisen?«
Houmain aber erhob sich und stand nun lachend und schwankend zwischen ihnen. Er schlug dem Richter auf die Schulter und sagte zu ihm:
»Es dauert ziemlich lange, bis Ihr Euch verständigt habt, mein … mein Freund. Kennt Ihr ihn vielleicht von früher? Er … er ist ein guter Junge.«
»Ich? Nein!« schrie Laubardemont laut. »Ich habe ihn noch nie gesehen.«
In diesem Moment warf sich Jacques, den der Betrunkene und das kleine, überfüllte Zimmer schützten, mit Gewalt gegen die schwachen Bretter, aus denen die Wand der Hütte bestand, und mit einem Fußtritt brach er zwei heraus und sprang durch die entstandene Lücke ins Freie. Diese Seite der Hütte war nun vollständig zertrümmert, und die ganze Hütte bebte. Scharfer Wind drang nun ein.
»He! He! *Demonio! Santo Demonio!* Wo gehst du hin?« rief der Schmuggler. »Du machst mein Haus kaputt. Und dann noch die Seite, an der der Gave fließt.«
Vorsichtig näherten sich alle, rissen die verbliebenen Bretter heraus und beugten sich über den Abgrund. Es bot sich ihnen ein seltsames Schauspiel. Wildes Gewitter tobte, und es war ein für die Pyrenäen typisches Gewitter. Von allen vier Seiten des Horizontes schossen riesige Blitze nieder, und ihre Feuer folgten so schnell aufeinander, daß man die Abstände nicht beobachten konnte, denn sie schienen regungslos und dauerhaft zu sein. Nur die flammende Wölbung erlosch manchmal jäh, um dann wieder in unveränderlichem Licht zu scheinen. Es war nicht mehr das Feuer, das dieser Nacht etwas Sonderbares verlieh,

sondern es war die Dunkelheit. Man hätte meinen können, daß an diesem leuchtenden Himmel sekundenlange Sonnenfinsternisse zu beobachten seien, da die Blitze so lange andauerten und die Abstände zwischen ihnen so kurz waren. Die in die Höhe ragenden Berggipfel und die weißen Felsen hoben sich gegen diesen roten Hintergrund ab wie Marmorblöcke gegen eine eherne, brennende Kuppel und täuschten inmitten dieser Winterlandschaft die Wunder eines Vulkans vor. Wasser spritzte wie Flammen empor, und der Schnee rollte wie schimmernde Lava hinab.

In den hinabstürzenden Schneemassen kämpfte ein Mann um sein Leben, und durch seine Anstrengung versank er nur noch tiefer in dem Strudel der nassen Abgründe. Man konnte seine Knie schon nicht mehr sehen. Vergebens umklammerte er einen riesigen, pyramidenförmigen, durchsichtigen Eiszapfen, den die Blitze wie einen Kristallfelsen erleuchteten, doch dieser Eiszapfen löste sich und rutschte langsam den Abhang hinunter. Man hörte unter der Schneedecke das Krachen von Granitblöcken, die zusammenprallten und in ungeheure Tiefen stürzten. Dennoch hätte man ihn noch retten können, denn kaum eine Entfernung von vier Fuß trennte ihn von Laubardemont.

»Ich versinke«, rief er. »Zieh mich hier heraus, und ich gebe dir den Vertrag.«

»Gib ihn mir, und dann kannst du dich an dieser Muskete hochziehen«, erwiderte der Richter.

»Hier ist er«, rief Jacques, »wenn doch der Teufel auf Richelieus Seite steht.«

Und er ließ mit einer Hand seine rutschige Stütze los und warf eine Holzrolle in die Hütte. Laubardemont trat ein und stürzte sich auf den Vertrag wie ein Wolf auf seine Beute. Jacques hatte vergebens seinen Arm ausgestreckt. Man sah, wie er langsam mit dem riesigen schmelzenden Block wegrutschte, der über ihm zusammenbrach, und wie er langsam im Schnee versank.

»Oh, du Schuft! Du hast mich betrogen«, schrie er, »aber man hat mir den Vertrag nicht weggenommen ... Ich habe ihn dir gegeben ... Hörst du ... Vater!«

Er verschwand im dicken, weißen Schnee. Man sah an seiner Stelle nur noch diese leuchtende Schneedecke, die der Blitz zerfurchte, der im Schnee erlosch. Man hörte nur noch das Rollen des Donners und das Zischen des Wassers, das gegen die Felsen spritzte. Denn die Männer, die in der halb zerstörten Hütte um eine Leiche und einen Verbrecher versammelt waren, schwiegen, vor Schreck erstarrt, und sie fürchteten, Gott könne den Blitz lenken.

23. Kapitel
Die Abwesenheit

> Die Abwesenheit ist das schlimmste aller Leiden, doch nicht für Euch, Grausame.
>
> La Fontaine

Wen von uns hat es noch nicht gereizt, den Wolken am Himmel nachzublicken? Wer hat sie noch nicht um ihre Freiheit beneidet, mitten durch die Lüfte zu reisen; sei es, wenn sie als Wolkenmassen vom Wind getrieben und von der Sonne gefärbt friedlich vorwärtsgleiten wie eine Flotte dunkler Schiffe mit vergoldetem Bug; sei es, wenn sie in kleinen, verstreuten Wolkengruppen schnell über den Himmel gleiten, schmal und langgezogen wie Zugvögel und durchsichtig wie große Opale, die sich vom Himmelsschatz losgelöst haben oder auch strahlend weiß wie der Schnee der Berge, die der Wind auf seinen Flügeln davonträgt? Der Mensch ist ein langsamer Reisender, der die schnellen Passagiere beneidet, die dennoch nicht so schnell sind wie seine Phantasie. Sie haben jedoch an einem einzigen Tag alle Orte gesehen, die er aufgrund der Erinnerung oder der Hoffnung liebt, diejenigen, die Zeugen seines Glücks oder seines Kummers waren und diese wunderschönen Länder, die man nicht kennt und wo man glaubt, alles auf einmal zu treffen. Es gibt wahrscheinlich keinen Ort auf der Erde, keinen wilden Felsen und keine trockene Ebene, durch die wir gleichgültig hindurchgehen, die nicht dem Leben eines Menschen geopfert wurde und sich nicht in seine Erinnerung gräbt, denn gleich den zerstörten Schiffen, lassen wir wie sie, bevor sie den unausweichlichen Schiffbruch erleiden, ein Stück von uns selbst auf allen Riffen zurück.

Wohin ziehen die blauen, dunklen Wolken dieses Gewitters der Pyrenäen? Es ist der Wind aus Afrika, der sie mit feurigem Atem vor sich hertreibt. Sie fliegen, sie rollen donnernd über sich selbst, werfen Blitze wie Fackeln vor sich her und lassen lange Regengüsse wie ein nebliges Kleid zurück. Mühsam losgelöst von den Gebirgspässen, die einen Moment ihren Lauf angehalten haben, begießen sie in Béarn das malerische Erbgut Heinrichs IV., in Guyenne die Eroberungen Karls VII., in der Saintonge, in Poitou, in der Touraine die Eroberungen von Karl V. und Philipp-August und werden dann schließlich langsamer oberhalb der ehemaligen Ländereien Hugo Capets und halten schließlich murmelnd über den Türmen von Saint-Germain an.

»Oh! Madame«, sagte Maria von Mantua zur Königin. »Seht nur, welch ein Gewitter von Süden aufzieht!«

»Ihr schaut oft zu dieser Seite hin, meine Liebe«, antwortete Anna von Österreich, die sich über den Balkon lehnte.

»Es ist die Seite, auf der die Sonne scheint, Madame.«

»Dort toben aber auch die Stürme«, erwiderte die Königin. »Ihr seht es ja. Vertraut meiner Freundschaft, mein Kind! Diese Wolken können nichts gesehen haben, was Euch glücklich macht. Mir wäre es lieber, wenn Ihr Eure Augen nach Polen richten würdet. Schaut, welch ein schönes Volk Ihr befehligen könntet.«

In diesem Moment ritt der Pfalzgraf, dem ein großes Gefolge junger, berittener Polen folgte, schnell unter den Fenstern der Königin vorbei, um dem beginnenden Regen zu entkommen. Ihre türkischen Jacken, die mit Knöpfen aus Diamanten, Smaragden und Rubinen besetzt waren, ihre grünen und blaugrauen Mäntel, die langen Federn ihrer Hüte und ihre abenteuerlustigen Gesichter verströmten einen eigenartigen Glanz, an den der Hof sich mühelos gewöhnt hatte. Sie blieben einen Moment stehen, und der Graf grüßte zweimal, während das leichte Pferd, das er ritt, zur Seite tänzelte und seine Stirn den Prinzessinnen zuwandte. Es bäumte sich auf, wieherte und schüttelte die Mähne seines Halses. Es schien sie zu grüßen, indem es seinen Kopf zwischen die Beine legte. Alle Reiter seines Gefolges boten die gleiche Vorstellung, als sie an den Fenstern vorüberritten. Die Prinzessin Maria hatte sich zuerst zurückgelehnt, weil sie Angst hatte, man könne die Tränen in ihren Augen sehen, aber dieses glänzende, schmeichelhafte Schauspiel lockte sie wieder auf den Balkon. Und sie konnte nicht umhin zu rufen:

»Wie elegant der Pfalzgraf dieses hübsche Pferd reitet! Er scheint gar nicht darüber nachzudenken.«

Die Königin lächelte.

»Er denkt an die, die morgen seine Königin sein könnte, wenn sie ihm nur zunicken und ihre großen, schwarzen Mandelaugen auf den Thron richten würde, anstatt diese armen Fremden immer mit diesem schmollenden Blick und so ungnädig wie eben jetzt zu begrüßen.«

Anna von Österreich schlug leicht mit ihrem Fächer auf Marias Mund, die unwillkürlich lächeln mußte. Aber sofort senkte sie den Kopf. Sie sammelte sich, um ihre Traurigkeit zu suchen, die ihr langsam zu entgleiten schien. Sie mußte sogar auf die dicken Wolken schauen, die über das Schloß hinwegzogen.

»Armes Kind!« sagte die Königin nun. »Ihr tut alles, was Ihr könnt, um treu zu sein und die Melancholie Eures Romans nicht aufzugeben. Ihr quält Euch, indem Ihr nicht mehr schlaft, um zu weinen, und indem Ihr bei Tisch nichts mehr eßt. Ihr verbringt die Nacht träumend oder schreibend, aber ich warne Euch, es wird zu nichts führen, außer daß Ihr magerer werdet, Eure Anmut verliert und die Aussicht verspielt, eine Krone zu erlangen. Euer Cinq-Mars ist ein kleiner ehrgeiziger Bursche, der sich ins Verderben gestürzt hat.«

Als sie sah, daß Maria ihren Kopf in ihrem Taschentuch verbarg, um wieder zu weinen, ging Anna von Österreich für einen Moment in ihr Zimmer zurück und ließ Maria auf dem Balkon stehen. Die Königin tat so, als suche sie Schmuck in ihrem Toilettentisch, kam aber schon gleich darauf wieder und stellte sich mit ernster Miene ans Fenster. Maria hatte sich etwas beruhigt und schaute traurig auf die Berge am Horizont. Die Gewitterwolken breiteten sich immer weiter aus.

Die Königin fuhr in ernsterem Ton fort:

»Gott war gütiger zu Euch, als es Eure Unvorsichtigkeit vielleicht verdient hätte, Maria. Er hat Euch aus einer großen Gefahr gerettet. Ihr wolltet große Opfer bringen, aber glücklicherweise ist alles nicht so gekommen, wie Ihr glaubtet. Die Unschuld hat Euch vor der Liebe gerettet. Ihr seid wie ein Mensch, der glaubt, sich ein tödliches Gift verabreicht zu haben, der aber nur reines, ungefährliches Wasser getrunken hat.«

»Ach, Madame, was wollt Ihr mir damit sagen? Bin ich denn nicht unglücklich genug?«

»Unterbrecht mich nicht«, sagte die Königin. »Ihr werdet Eure jetzige Situation noch mit anderen Augen betrachten. Ich will Euch keineswegs der Undankbarkeit gegenüber dem Kardinal anklagen. Ich habe genug Gründe, ihn nicht zu mögen. Ich selbst habe die Geburtsstunde der Verschwörung miterlebt. Trotzdem könntet Ihr, meine Liebe, Euch daran erinnern, daß er der einzige in Frankreich war, der gegen den Rat der Königinmutter und des Hofes den Krieg um das Herzogtum Mantua gewollt hat und der es dem Kaiserreich und Spanien entriß und dem Herzog von Nevers, Eurem Vater, zurückgab. Genau hier im Schloß in Saint-Germain wurde der Vertrag unterzeichnet, der den Herzog von Guastalla stürzte. Ihr wart damals noch sehr jung ... Man hat es Euch aber sicher erzählt. Und nun ist ein junger Mann von zweiundzwanzig Jahren bereit, ihn umbringen zu lassen, und sollte es auch nur aus Liebe sein (ich will es glauben wie Ihr) ...«

»Oh, Madame, dazu ist er nicht fähig. Ich schwöre Euch, daß er es verweigert hat ...«

»Ich habe Euch gebeten, mich ausreden zu lassen, Maria. Ich weiß, daß er großherzig und loyal ist. Ich will glauben, daß er entgegen den Sitten unserer Zeit genug Mäßigung besitzt, nicht so weit zu gehen und ihn kaltblütig zu ermorden, so wie der Ritter von Guise den alten Baron de Luz auf offener Straße getötet hat. Aber wird er Herr der Lage sein, es zu verhindern, wenn er Richelieu gewaltsam festnehmen läßt? Das können wir nicht besser wissen als er. Nur Gott kennt die Zukunft. Wenigstens ist es sicher, daß er ihn um Euretwillen angreift, und um ihn zu stürzen, bereitet er den Bürgerkrieg vor, der vielleicht gerade in diesem Moment, da wir miteinander reden, ausbricht – ein Krieg ohne Erfolg! Wie auch immer er endet, sein Erfolg kann nur darin liegen, Leid zu verbreiten, denn MONSIEUR wird der Verschwörung abschwören.«

»Was! Madame ...«

»Hört mir zu, sage ich Euch. Ich bin sicher, daß ich mich nicht weiter zu erklären brauche. Was wird der Oberstallmeister machen? Der König – Cinq-Mars hat ihn ganz richtig eingeschätzt – ist zum Kardinal gegangen, um ihn um Rat zu fragen, und ihn um Rat fragen, das bedeutet, ihm nachzugeben. Aber der Vertrag mit Spanien ist unterzeichnet. Was wird Monsieur de Cinq-Mars allein machen, wenn er entdeckt wird? Zittert nicht so, wir werden ihn retten, wir werden sein Leben retten, ich verspreche es Euch. Es ist noch Zeit ... hoffe ich ...«

»Oh, Madame! Ihr hofft! Ich bin verloren!« rief Maria kraftlos. Sie war einer Ohnmacht nahe.

»Kommt, wir setzen uns hierhin«, sagte die Königin.

Und sie setzte sich neben Maria am Eingang des Zimmers hin und fuhr fort:

»Sicher wird MONSIEUR für alle Verschwörer verhandeln, wenn er für sich verhandelt, aber das Exil wird ihre geringste Strafe sein, das ewige Exil. Die Herzogin von Nevers und von Mantua, die Prinzessin Maria von Gonzaga, die Gattin des Monsieur Henri d'Effiat, des Marquis de Cinq-Mars – im Exil!«

»Also gut, Madame, dann werde ich ihm ins Exil folgen. Das ist meine Pflicht. Ich bin seine Frau«, rief Maria schluchzend. »Ich wollte, er wäre schon in Sicherheit.«

»Träume einer Achtzehnjährigen«, sagte die Königin und umarmte Maria. »Wacht auf, mein Kind, wacht auf. Es muß sein. Ich will keine der Qualitäten des Monsieur de Cinq-Mars abstreiten. Er hat einen großartigen Charakter, einen scharfen Verstand und viel Mut, aber er kann für Euch nichts mehr sein, und glücklicherweise seid Ihr nicht seine Frau, ja, noch nicht einmal seine Verlobte.«

»Ich gehöre zu ihm, Madame, zu ihm allein ...«

»Aber ohne den Segen«, antwortete Anna von Österreich. »Es hat schließlich keine Eheschließung gegeben, denn kein Priester hätte das gewagt, und selbst der Eure hat es nicht getan. Er hat es mir gesagt. Schweigt«, fügte sie hinzu und legte ihre beiden schönen Hände auf Marias Mund. »Schweigt! Ihr werdet mir sagen, daß Gott Euren Schwur erhört hat, daß Ihr nicht ohne ihn leben könnt, daß Euer Schicksal mit dem seinen untrennbar verbunden ist und daß nur der Tod Eure Verbindung scheiden kann. Worte, die man ihn Eurem Alter spricht, herrliche Hirngespinste eines Augenblicks, über die Ihr eines Tages lachen werdet, und Ihr werdet glücklich sein, daß Ihr sie nicht Euer ganzes Leben beweinen müßt. Unter all diesen bezaubernden jungen Frauen, die Ihr am Hofe um mich versammelt seht, gibt es nicht eine, die nicht wie Ihr in Eurem Alter irgendwelche schönen Liebesträume geträumt hat, die nicht solche Bindungen eingegangen ist, die man für unauflösbar hält, und die nicht heimlich den ewigen Schwur geleistet hat. Nun gut, die Träume sind zerronnen, die Bande zerrissen, diese Schwüre vergessen, und trotzdem seht Ihr sie als glückliche Frauen und Mütter, umgeben von den Ehren ihres Ranges. Sie lachen und tanzen jeden Abend ... Ich weiß genau, was Ihr sagen wollt ... Sie haben nicht so geliebt wie Ihr, nicht wahr? Aber da irrt Ihr Euch, mein liebes Kind. Sie haben genauso geliebt und nicht weniger geweint. Aber jetzt muß ich Euch erst einmal über das große Geheimnis, das der Grund Eurer

Hoffnungslosigkeit ist, aufklären, denn Ihr kennt das Übel nicht, das an Euch nagt. Wir leben sozusagen in zwei Welten, meine Freundin. Unsere innere Welt ist die der Gefühle, und diese bedrängt uns mit Macht, während die äußere Welt uns gegen unseren Willen beherrscht. Wir sind niemals von den Menschen unabhängig, und besonders dann nicht, wenn wir einem höheren Stand angehören. Ist man allein, glaubt man, man sei die Herrin über sein Schicksal. Aber schon durch den Anblick dreier Menschen, die unerwartet auftauchen, spüren wir unsere Ketten wieder, weil sie uns an unseren Rang und unsere Umgebung erinnern. Was sage ich? Und seid Ihr auch eingeschlossen und allem ausgeliefert, was die Leidenschaft an mutigen, außergewöhnlichen Entschlüssen in Euch hervorbringt und was Euch zu herrlichen Opfern ermuntert, da bedarf es doch nur eines Lakaien, der kommt, um nach Euren Befehlen zu fragen, und schon ist der Zauber gebrochen und Ihr werdet an Euer wirkliches Leben erinnert. Dieser Kampf zwischen Euren Plänen und Eurer Position bringt Euch um. Ihr nehmt Euch das insgeheim übel und macht Euch bittere Vorwürfe.«

Maria drehte den Kopf zur Seite.

»Ja, Ihr glaubt, Ihr seid eine Verbrecherin. Vergebt Euch, Maria. Die Menschen sind so begrenzte Wesen und dermaßen abhängig von einander, daß ich nicht weiß, ob die große Abkehr von der Welt, die wir manchmal sehen, nicht für die ganze Welt inszeniert wurde. Die Hoffnungslosigkeit hat etwas Gesuchtes an sich und die Einsamkeit etwas Kokettes. Man behauptet, daß die düstersten Eremiten sich nicht zurückhalten konnten, sich zu erkundigen, was man über sie sagt. Dieses Bedürfnis, sich nach der allgemeinen Meinung zu erkundigen, ist ein Glück, da es fast immer das unstete Element in unserer Phantasie siegreich schlägt und der Aufgabe zu Hilfe kommt, die man zu leicht vergißt. Man empfindet (Ihr fühlt es, hoffe ich), wenn man sein Schicksal, so wie es sein soll, wieder annimmt, nach dem Opfer, das es von der Vernunft ablenkte, die Genugtuung eines Ausgestoßenen, der in seine Familie zurückkehrt, oder eines Kranken, der den Tag und die Sonne nach einer von Alpträumen verwirrten Nacht wiedersieht. Das ist dieses Gefühl eines zu seinem sozusagen normalen Zustand zurückgekehrten Wesens, das ihm Ruhe schenkt, die Ihr in vielen Augen derer seht, die auch ihre Tränen hatten, denn es gibt nur wenige Frauen, die nicht auch Eure Tränen kannten. Habt

Ihr das Gefühl, einen Eid zu brechen, wenn Ihr auf Cinq-Mars verzichtet? Aber nichts bindet Euch an ihn. Ihr habt ihm gegenüber mehr als Eure Schuldigkeit getan, indem Ihr zwei Jahre lang die königlichen Hände, die man Euch entgegengestreckt hat, abgelehnt habt. Und was hat er eigentlich geleistet, dieser so leidenschaftliche Liebhaber? Er hat sich erhöht, um Euch zu erreichen, aber könnte der Ehrgeiz, der der Liebe geholfen hat, nicht ihm geholfen haben? Dieser junge Mann scheint mir doch zu tiefsinnig und zu bedacht in seinen politischen Intrigen, zu unabhängig in seinen weitreichenden Entscheidungen und seinen gigantischen Unternehmungen, als daß ich glauben könnte, es sei nur seine Zärtlichkeit, die ihn erfüllt. Was würdet Ihr sagen, wenn Ihr nur ein Mittel und nicht das Ziel gewesen wäret?«

»Dann würde ich ihn noch immer lieben«, antwortete Maria. »Solange er leben wird, gehöre ich zu ihm, Madame.«

»Aber solange ich leben werde«, erklärte die Königin mit fester Stimme, »solange werde ich mich dem widersetzen!«

Kaum hatte sie den Satz zu Ende gesprochen, da prasselten dicke Regentropfen und Hagelkörner auf den Balkon nieder. Die Königin nutzte diesen Moment, um die Tür zu verlassen und in ihre Gemächer zurückzukehren, in denen die Herzogin von Chevreuse, Mazarin, Madame de Guéménée und der Pfalzgraf schon eine Weile auf sie warteten. Die Königin gesellte sich zu ihnen. Maria stellte sich in den Schatten eines Vorhangs, damit man ihre geröteten Augen nicht sehen konnte. Sie wollte sich auf keinen Fall an der allzu fröhlichen Unterhaltung beteiligen. Einige Worte allerdings weckten ihre Aufmerksamkeit. Die Königin zeigte der Prinzessin von Guéménée die Diamanten, die sie soeben aus Paris erhalten hatte.

»Diese Krone gehört nicht mir. Der König wollte sie für die zukünftige Königin von Polen bearbeiten lassen. Man weiß noch nicht, wer es sein wird.«

Dann wandte sie sich an den Pfalzgrafen.

»Wir haben Euch vorbeireiten sehen. Zu wem seid Ihr denn geritten?«

»Zur Herzogin von Rohan«, antwortete der Pole.

Mazarin, der sich immer einschmeichelte und jede Gelegenheit nutzte, um Geheimnisse zu erraten und sich durch diese entrissenen Vertraulichkeiten nützlich zu machen, schritt auf die Königin zu und sagte:

»Das trifft sich gut, daß wir über die Krone von Polen sprechen.«

Als Maria das hörte, erlahmte ihr Widerstand und sie sagte zu Madame de Guéménée, die an ihrer Seite stand:

»Ist Monsieur de Chabot der König von Polen?«

Die Königin hörte das und freute sich über diese leichte stolze Regung Marias. Um diesen Keim zu entwickeln, gab sie vor, das folgende Gespräch zu billigen, dem sie aufmerksam folgte und das sie noch unterstützte.

Die Prinzessin von Guéménée rief:

»Kann man eine solche Heirat verstehen? Man kann es ihr nicht aus dem Kopf schlagen. Genau unsere Mademoiselle de Rohan, die so stolz war, nachdem sie den Grafen von Soissons, den Herzog von Weimar und den Herzog von Nemours abgelehnt hat, heiratet einen einfachen Edelmann. Es kann einem leid tun, wirklich! Wo kommen wir da hin? Man weiß nicht, was daraus werden soll!«

Mazarin machte eine zweideutige Bemerkung:

»Ach ja! Ist es wirklich wahr? Liebe! Am Hofe! Eine richtige, tiefe Liebe! Kann man das glauben?«

Währenddessen öffnete und schloß die Königin spielerisch die neue Krone.

»Diese Diamanten passen nur gut zu schwarzen Haaren«, sagte sie. »Seht, kommt mal her, Maria ...«

»Sie sieht ja allerliebst auf Eurem Kopfe aus«, fuhr sie fort.

»Man könnte meinen, sie sei eigens für die Prinzessin gemacht«, sagte Mazarin.

»Ich gäbe mein Leben dafür, daß sie auf diesem Kopf bliebe«, sagte der Pfalzgraf.

Auf Marias Wangen konnte man durch ihre Tränen hindurch ein kindliches, unfreiwilliges Lächeln sehen, so als schimmerte ein Sonnenstrahl durch den Regen.

Dann wurde ihr Gesicht plötzlich dunkelrot, und sie flüchtete in ihre Gemächer.

Alle lachten. Die Königin schaute ihr nach, lächelte, reichte dem polnischen Botschafter ihre Hand zum Kuß und zog sich zurück, um einen Brief zu schreiben.

24. Kapitel
Die Arbeit

> Die armen kleinen Leute können nur wenig Hoffnung hegen in bezug auf die Angelegenheiten dieser Welt, da der große König so viel gelitten und so viel gearbeitet hat.
>
> PHILIPPE DE COMINES

Eines Abends geschah vor Perpignan etwas Ungewöhnliches. Es war zehn Uhr, und alles schlief. Die langsamen Operationen der Belagerung, die inzwischen so gut wie aufgehoben waren, hatten das Lager und die Stadt erschlafft. Bei den Spaniern kümmerte man sich wenig um die Franzosen, und alle Verbindungen nach Katalonien waren frei wie in Friedenszeiten. Im französischen Heer wurden alle Geister von einer heimlichen Unruhe heimgesucht, die den großen Ereignissen vorausgeht. Trotzdem war scheinbar alles ruhig. Man hörte nur das Geräusch der rhythmischen Schritte der Wachen. In der dunklen Nacht sah man nur das schwache rote Licht der ständig brennenden Lunten ihrer Gewehre, als plötzlich die Trompeten der Musketiere und der leichten Reiter fast gleichzeitig zum Satteln und Aufsitzen bliesen. Alle Schildwachen riefen zu den Waffen, und man sah die Unteroffiziere mit Fackeln und langen Piken in der Hand von Zelt zu Zelt laufen, um die Soldaten zu wecken, sie in Reih und Glied antreten zu lassen und sie zu zählen. Lange Züge marschierten in düsterer Stille, zogen durch die Straßen des Lagers und stellten sich in Schlachtordnung auf. Das rhythmische Stampfen schwerer Stiefel war zu hören, vermischt mit dem Traben der Eskadronen, das anzeigte, daß die Kavallerie die gleichen Vorbereitungen traf. Eine halbe Stunde dauerte diese Unruhe, dann verstummte der Lärm. Die Fackeln erloschen, und alles wurde wieder ruhig, nur das Heer war auf den Beinen.

Eines der letzten Zelte des Lagers strahlte wie ein Stern im Licht der Fackeln, die im Innern brannten. Wenn man näher heranging, konnte man diese kleine, weiße, durchscheinende Pyramide erkennen, auf deren Tuch sich zwei Schatten abzeichneten, die hin und her gingen. Draußen warteten mehrere Berittene; drinnen waren de Thou und Cinq-Mars.

Wenn man den frommen, weisen de Thou so sah, der zu dieser Stunde noch auf den Beinen und bewaffnet war, dann hätte man ihn für einen der Anführer des Aufstands halten können. Aber wenn man seine strenge Haltung und seinen trüben Blick genauer betrachtete, dann hätte man verstanden, daß er den Aufstand mißbilligte und daß er sich durch seine außergewöhnliche Entscheidung hatte da hineinziehen lassen, eine Entscheidung, die ihm half, die Angst zu überwinden, die ihm das Unternehmen einflößte. Seit dem Tag, da Henri d'Effiat ihm sein Herz geöffnet und ihm sein Geheimnis ganz anvertraut hatte, hatte er klar erkannt, daß jegliche Vorhaltungen gegen einen jungen Mann, der so fest entschlossen war, vergebens waren. Er hatte sogar mehr verstanden, als Monsieur de Cinq-Mars ihm gesagt hatte. Er hatte in der heimlichen Verbindung seines Freundes mit der Prinzessin Maria eine dieser Liebesbindungen gesehen, die von ihren geheimnisvollen häufigen Fehlern und der sinnenfreudigen, unfreiwilligen Hingabe nicht früh genug durch öffentliche Segnungen befreit werden können. Er hatte diese unmöglich noch länger zu ertragende Qual eines Liebenden verstanden, der von dieser jungen Frau angebetet wurde, der aber jeden Tag dazu verdammt war, als Fremder vor ihr zu erscheinen und sich die Vertraulichkeiten einer politischen Eheschließung anzuhören, die man für sie vorbereitete. An dem Tag, als er seine vollständige Beichte empfangen hatte, hatte er alles versucht, Cinq-Mars daran zu hindern, seine Pläne bis zu einem Bündnis mit dem Ausland zu treiben. Er hatte die schwerwiegendsten Erinnerungen und die schönsten Gefühle beschworen, ohne etwas anderes zu erreichen, als daß sein Freund noch hartnäckiger auf seiner Entscheidung beharrte. Wir erinnern uns ja noch an die harten Worte, die Cinq-Mars zu ihm gesprochen hat: *Ja, habe ich Euch denn gebeten, Euch an der Verschwörung zu beteiligen?* Und de Thou hatte nur versprechen wollen, ihn nicht zu denunzieren, und er hatte seine ganze Kraft gegen seine Freundschaft aufgeboten, um zu ihm zu sagen: *Erwartet nichts mehr von meiner Seite, wenn Ihr diesen Vertrag unterzeichnet*. Cinq-Mars hatte jedoch den Vertrag unterzeichnet, und de Thou war noch hier, bei ihm.

Die Gewohnheit, die Pläne seines Freundes freundschaftlich

zu diskutieren, hatte zur Folge, daß er sie vielleicht als weniger verabscheuungswürdig empfand. Seine Verachtung für die Laster des Kardinals, seine Empörung über die Unterwerfung der Gerichtshöfe, an denen seine Familie hing, und über die Korruption der Justiz, die mächtigen Namen und vor allem die erhabenen Charaktere der Männer, die das Unternehmen leiteten, alles hatte dazu beigetragen, seinen ersten schmerzlichen Eindruck zu schwächen. Da er nun einmal Monsieur de Cinq-Mars sein Schweigen versprochen hatte, meinte er, nun auch alle weiteren Vertraulichkeiten in allen Einzelheiten hinnehmen zu können. Nach dem unvorhergesehenen Ereignis, das ihn bei Marion de Lorme mitten unter die Verschwörer geführt hatte, fühlte er sich als Ehrenmann mit ihnen verbunden und zu Stillschweigen verpflichtet. Seitdem hatte er MONSIEUR, den Herzog von Bouillon und Fontrailles getroffen. Sie hatten sich daran gewöhnt, ohne Furcht vor ihm zu sprechen, und er hatte sich daran gewöhnt, ihnen ohne Zorn zuzuhören. Jetzt rissen ihn die Gefahren seines Freundes in einen Wirbel wie ein unbezwingbarer Magnet. Sein Gewissen quälte ihn, aber er folgte Cinq-Mars überallhin, und sein ausgeprägtes Feingefühl verbot ihm von nun an, auch nur eine einzige Äußerung zu wagen, die einer persönlichen Furcht geähnelt hätte. Er hatte sein Leben stillschweigend hingegeben, und er hätte es ihrer beider als unwürdig empfunden, anzudeuten, daß er es zurückhaben wollte.

Der Oberstallmeister hatte seine Rüstung angelegt; er war bewaffnet und trug weite Stiefel. Eine riesige Pistole lag mit brennender Lunte zwischen zwei Kerzen auf dem Tisch, und vor der Pistole lag eine schwere Uhr in ihrem Kupfergehäuse. De Thou war in einen schwarzen Mantel gehüllt und stand mit verschränkten Armen regungslos da. Cinq-Mars' Hände ruhten auf seinem Rücken. Er ging im Zelt auf und ab. Von Zeit zu Zeit schaute er auf den seines Erachtens zu langsamen Zeiger. Er öffnete sein Zelt einen Spalt, schaute gen Himmel und kam dann zurück:

»Ich sehe meinen Stern dort oben nicht«, sagte er, »aber das ist auch unwichtig. Er ist hier in meinem Herzen.«

»Es ist sehr dunkel«, erwiderte de Thou.

»Die Zeit schreitet voran. Sie rennt, mein Freund, sie rennt. Noch zwanzig Minuten, und alles ist vorbei. Das Heer wartet auf den Schuß meiner Pistole, um zu beginnen.«

De Thou hielt in der Hand ein Kruzifix aus Elfenbein, und er schaute mal auf das Kreuz, mal gen Himmel.

»Es ist Zeit«, sagte er, »das Opfer zu vollbringen. Ich bereue nichts, aber wie bitter der Kelch der Sünde doch schmeckt. Ich habe meine Tage in Unschuld verbracht und sie geistiger Arbeit gewidmet. Und jetzt bin ich bereit, ein Verbrechen zu begehen und das Schwert zu ergreifen.«

Dann drückte er kräftig Cinq-Mars' Hand.

»Es ist für Euch, es ist für Euch«, fügte er mit dem Schwung eines blindergebenen Herzens hinzu. »Ich gratuliere mir zu meinen Irrtümern, wenn es Euch zur Ehre gereicht. Ich sehe nur Euer Glück in meiner Schuld. Verzeiht mir, wenn ich einen Moment zu den gewohnten Gedanken meines ganzen Lebens zurückkehre.«

Cinq-Mars starrte ihn an, und eine Träne rollte langsam über seine Wange.

»Tugendhafter Freund«, sagte er, »könnte Eure Schuld doch nur auf meinen Kopf zurückfallen! Aber hoffen wir, daß Gott, der denen vergibt, die lieben, auf unserer Seite steht, denn wir sind Verbrecher: ich aus Liebe und Ihr aus Freundschaft.«

Doch als er einen Blick auf seine Uhr warf, nahm er plötzlich die lange Pistole in seine Hände und betrachtete die brennende Lunte mit wilder Miene. Seine langen Haare fielen ihm wie eine Löwenmähne ins Gesicht.

»Verzehre dich nicht«, rief er, »brenne langsam. Du wirst einen Brand entzünden, den alle Wellen des Ozeans nicht löschen können. Deine Flamme wird bald die halbe Welt erleuchten, und es kann sein, daß sie bis zum Holz der Throne vordringt. Brenne langsam, wertvolle Flamme! Der Wind, der dich anfacht, ist stark und fürchterlich: die Liebe und der Haß. Schone dich, deine Explosion wird in der Ferne widerhallen, und das Echo dringt in die Hütten der Armen so wie in den Palast des Königs ein. Brenne, brenne, schmächtige Flamme! Du bist für mich das Schreckgespenst und der Blitz.«

De Thou, der noch immer sein elfenbeinernes Kreuz in der Hand hielt, sagte leise:

»O Herr, vergib uns das Blut, das vergossen wird. Wir bekämpfen das Böse und Gottlose.«

Dann sprach er lauter: »Mein Freund, die Sache der Tugend wird siegen! Sie allein wird siegen. Gott hat es erlaubt, daß der schuldhafte Vertrag uns nicht erreicht. Das, was das Verbrechen ausmachte, ist sicherlich zerschlagen worden. Wir werden ohne die Fremden kämpfen, und vielleicht kämpfen wir auch gar nicht. Gott wird das Herz des Königs erweichen.«

»Die Stunde ist gekommen, die Stunde ist gekommen«, sagte Cinq-Mars, dessen Augen in einer Art freudiger Wut auf die Uhr gerichtet waren. »Noch wenige Minuten, und dann werden die Kardinalisten des Lagers vernichtet sein. Wir werden auf Narbonne zumarschieren. Dort ist er … Gebt mir diese Pistole.«

Dann öffnete er plötzlich das Zelt und ergriff die Lunte der Pistole.

»Ein Kurier aus Paris! Ein Kurier vom Hofe!« schrie jemand draußen.

Und ein schweißüberströmter, vor Erschöpfung keuchender Mann sprang vom Pferd, trat ein und übergab Cinq-Mars einen kleinen Brief.

»Von der Königin, Monsieur«, sagte er.

Cinq-Mars wurde blaß und las:

Monsieur le Marquis de Cinq-Mars,
ich schreibe Euch diesen Brief, um Euch zu beschwören und zu bitten, unsere geliebte Adoptivtochter und Freundin, die Prinzessin Maria von Gonzaga, ihren Pflichten zurückzugeben. Eure Zuneigung allein hat sie vom Königreich Polen abgelenkt, das ihr angeboten wurde. Ich habe ihre Seele abgehorcht. Sie ist noch sehr jung, und ich habe Grund zu glauben, daß sie die Krone mit weniger Anstrengung und Schmerz annehmen würde, als Ihr vielleicht glaubt.

Ihr habt um ihretwillen einen Krieg angezettelt, der mein schönes geliebtes Frankreich in Schutt und Asche legen wird. Ich beschwöre Euch, ich flehe Euch an, als Edelmann zu handeln und die Herzogin von Mantua von ihrem Versprechen, das sie Euch hat machen können, zu entbinden. Gebt ihr dadurch ihren Seelenfrieden zurück und unserem geliebten Vaterland den Frieden.

Eure Königin, die sich vor Euch auf die Knie wirft, wenn es sein muß.

Anna

Cinq-Mars legte ruhig die Pistole wieder auf den Tisch. Seine erste Reaktion war, die Kanone gegen sich selbst zu richten. Er setzte sich jedoch hin, griff schnell nach einem Stift und schrieb auf die Rückseite desselben Briefes:

Madame,
Maria von Gonzaga ist meine Frau, und daher kann sie erst nach meinem Tod Königin von Polen werden. Ich sterbe.

Cinq-Mars

Und als wolle er sich keinen Moment des Überlegens gönnen, drückte er den Brief mit aller Gewalt in die Hand des Kuriers.

»Aufgesessen! Aufgesessen!« rief er mit wütender Stimme. »Wenn du noch einen Moment länger hier stehst, dann bist du ein toter Mann.«

Er schaute ihm nach und kehrte ins Zelt zurück.

Als er wieder mit seinem Freund allein war, blieb er einen Moment stehen. Er war blaß und starrte wie ein Wahnsinniger auf den Boden. Es schwindelte ihm:

»De Thou«, schrie er.

»Was wollt Ihr, mein Freund, mein lieber Freund? Ich bin bei Euch. Ihr seid groß gewesen, sehr groß! Erhaben!«

»De Thou«, rief er noch einmal mit erstickter Stimme, und dann fiel er mit dem Gesicht nach unten wie ein entwurzelter Baum auf den Boden.

Die großen Unwetter nehmen je nach dem Klima, in dem sie ausbrechen, unterschiedliche Ausmaße an. Diejenigen, die sich in den nordischen Ländern schrecklich ausdehnen, sammeln sich, heißt es, in heißen Gebieten zu einer einzigen Wolke, und sie sind um so gefürchteter, da der Horizont seine ganze Klarheit behält und die wütenden Wogen noch das Blau des Himmels widerspiegeln, während das Blut der Menschen sie schon rot färbt. So ist es auch bei den großen Leidenschaften. Sie bieten je nach unserem Charakter ein seltsames Bild. Wie schrecklich aber sind sie in den starken Herzen, die ihre Kraft unter dem Schleier sozialer Formen bewahrt haben. Wenn Jugend und Hoffnungslosigkeit sich verbünden, kann man nicht voraussagen, zu welcher Wut sie sich steigern oder was ihre plötzliche Resignation hervorruft. Man weiß nicht, ob der Vulkan das Gebirge sprengen wird, oder ob er plötzlich in seinem Innern erlöscht.

Der entsetzte de Thou hob seinen Freund hoch. Blut floß aus seiner Nase und seinen Ohren. Er hätte ihn für tot gehalten, wenn nicht Tränenströme aus seinen Augen geflossen wären. Das war das einzige Lebenszeichen. Aber plötzlich öffnete er seine Augen, schaute umher, und mit einer außergewöhnlichen Kraftanstrengung gelang es ihm, all seine Gedanken und seine Willensstärke zurückzuerobern.

»Männer stehen mir gegenüber«, sagte er. »Sie müssen hier weg. Mein Freund, es ist halb zwölf. Die Zeit für das Signal ist verstrichen. Gebt für mich den Befehl, in die Quartiere zurückzukehren. Es war falscher Alarm, und ich werde es noch heute abend erklären.«

De Thou war sich sofort der ganzen Tragweite dieses Befehls bewußt. Er ging hinaus und kam gleich wieder zurück. Cinq-Mars hatte sich hingesetzt. Er war ruhig und wischte sich das Blut aus dem Gesicht.

»De Thou«, sagte er und starrte ihn an. »Geht weg. Ihr stört mich.«

»Ich verlasse Euch nicht«, antwortete dieser.

»Flieht, sage ich Euch! Die Pyrenäen sind nicht weit. Ich werde nicht mehr lange sprechen können, selbst nicht mit Euch. Aber wenn Ihr bei mir bleibt, dann werdet Ihr sterben. Ich warne Euch.«

»Ich bleibe«, wiederholte de Thou.

»Gott möge Euch schützen«, fuhr Cinq-Mars fort, »denn ich kann ab jetzt nichts mehr tun. Ich lasse Euch hier zurück. Ruft Fontrailles und alle anderen Verschwörer und teilt die Pässe an sie aus. Sie sollen sofort fliehen. Sagt ihnen, daß alles fehlgeschlagen ist und daß ich ihnen danke. Und Ihr, ich sage es Euch noch einmal, geht mit ihnen. Ich bitte Euch darum, aber was Ihr auch immer tun werdet, bei Eurem Leben, folgt mir nicht. Ich schwöre Euch, daß ich mich nicht selbst erschlagen werde.«

Dann drückte er die Hand seines Freundes, ohne ihn anzusehen, und stürzte aus dem Zelt.

Wenige Meilen von diesem Ort entfernt wurden indessen andere Gespräche geführt. In Narbonne, in demselben Zimmer, in dem wir ehemals Richelieu und Joseph die Interessen des Staates haben vertreten sehen, saßen wieder diese beiden Männer zusammen, und sie waren fast noch die, die sie damals waren. Der Minister war jedoch durch drei leidvolle Jahre sehr gealtert. Den Kapuziner hatte das Ergebnis seiner Reise in Angst und Schrecken versetzt, wohingegen sein Herr ganz gelassen blieb.

Der Kardinal saß auf seiner Chaiselongue. Seine Beine waren

in warme Pelzstoffe gehüllt. Auf seinen Knien saßen drei junge Katzen, die hier auf seiner roten Robe herumtollten. Ab und zu nahm er eine hoch und setzte sie auf die anderen, damit ihr Spiel kein Ende nahm. Er schaute ihnen zu und lachte. Auf seinen Füßen lag ihre Mutter wie ein riesiger Muff und ein lebendiger Pelz.

Joseph, der neben ihm saß, wiederholte noch einmal seinen Bericht über alles, was er im Beichtstuhl gehört hatte. Er wurde noch immer blaß angesichts der Gefahr, in die er sich begeben hatte, wenn er entdeckt worden wäre oder wenn Jacques ihn getötet hätte. Er schloß seinen Bericht mit folgenden Worten:

»Monseigneur, ich kann mich nicht erwehren, bis ins Innerste meines Herzens aufgewühlt zu sein, wenn ich mich an die Gefahr erinnere, die Eurer Eminenz drohte und noch immer droht. Mörder bieten sich an, Euch zu erdolchen. Ich weiß, daß sich in Frankreich der ganze Hof sowie auch die halbe Armee und zwei Provinzen gegen Euch erheben. Im Ausland stehen Spanien und Österreich bereit, Truppen zu liefern. Überall Fallen und Schlachten, Dolche oder Kanonen! …«

Der Kardinal gähnte dreimal, ohne sein Spiel zu unterbrechen, und sagte:

»Was ist eine Katze doch für ein schönes Tier. Es sind Stubentiger. Welch eine Geschmeidigkeit, welch eine außergewöhnliche Raffinesse. Seht hier diese kleine gelbe, die so tut, als schliefe sie, damit die andere gestreifte sie nicht beachtet und über ihren Bruder herfällt. Und dieser da, wie er sie zerreißt! Seht, wie er ihr seine Krallen in die Flanken schlägt. Er würde sie töten, und ich glaube, er würde sie fressen, wenn er stärker wäre. Das ist sehr unterhaltsam. Welch hübsche Tiere!«

Er hustete, mußte mehrmals niesen und fuhr dann fort:

»Messire Joseph, ich habe Euch doch gesagt, daß Ihr erst nach meinem Abendessen mit mir über Geschäfte sprechen sollt. Ich habe jetzt Hunger, und es ist nicht meine Zeit. Mein Arzt Chicot hat mir Regelmäßigkeit verordnet, und ich habe wieder meine Schmerzen hier an der Seite. Und so sieht mein Abend aus«, fügte er mit Blick auf die Uhr hinzu. »Um neun Uhr werden wir die Angelegenheit in bezug auf Monsieur le Grand regeln. Um zehn Uhr werde ich mich durch den Garten tragen lassen, um im Mondschein frische Luft zu atmen, und dann werde ich ein oder zwei Stunden schlafen. Um Mitternacht kommt der König, und um vier Uhr könnt Ihr wiederkommen und die verschiedenen Haftbefehle, die Verurteilungen und die anderen Befehle entgegennehmen, die ich Euch für die Provinzen, Paris und die Armee Seiner Majestät zu geben habe.«

Richelieu rasselte das alles mit monotoner Stimme herunter, und nur die Schwäche seiner Brust und der Verlust einiger Zähne hatten gewisse Tonschwankungen zur Folge.

Es war sieben Uhr abends, und der Kapuziner zog sich zurück. Der Kardinal speiste in aller Seelenruhe, und als die Uhr halb neun schlug, ließ er Joseph rufen. Als dieser neben ihm am Tisch saß, sagte er zu ihm:

»Das ist also alles, was sie in zwei Jahren gegen mich haben unternehmen können. In Wahrheit sind es arme Menschen. Selbst der Herzog von Bouillon, den ich für ziemlich fähig hielt, verliert durch diese Sache bei mir vollkommen an Ansehen. Ich habe ihn beobachtet, und ich frage dich: Hat er auch nur einen Schritt getan, der eines wahren Staatsmannes würdig gewesen wäre? Der König, MONSIEUR und all die anderen haben sich nur gegenseitig etwas vorgemacht und mir auch nicht einen Mann abspenstig gemacht. Nur dieser kleine Cinq-Mars denkt weiter. Alles, was er gemacht hat, hat er überraschend gut geleitet. Man muß ihm Gerechtigkeit widerfahren lassen. Er hatte gute Anlagen. Ich hätte ihn zu meinem Schüler gemacht, wenn er nicht so einen unbeugsamen Charakter hätte. Aber er hat sich mir widersetzt, und ich bin sehr böse auf ihn. Ich habe sie alle mehr als zwei Jahre frei im Wasser schwimmen lassen, doch nun ziehen wir das Netz heraus.«

»Es ist Zeit, Monseigneur«, sagte Joseph, der während des Sprechens häufig unwillkürlich zitterte. »Wißt Ihr, daß der Weg von Perpignan nach Narbonne sehr kurz ist? Wißt Ihr, daß, auch wenn Ihr hier eine starke Armee habt, Eure Truppen im Lager schwach und unsicher sind? Und daß dieser junge Adel wütend und der König unzuverlässig ist?«

Der Kardinal schaute auf die Uhr.

»Es ist erst halb neun, mein lieber Joseph. Ich habe Euch schon gesagt, daß ich mich mit dieser Sache erst um neun Uhr beschäftigen werde. In der Zwischenzeit, denn es muß Gerechtigkeit walten, werdet Ihr schreiben, was ich Euch diktieren werde, denn ich habe ein sehr gutes Gedächtnis. Es leben noch, wie ich meinen Notizen entnehme, vier der Richter des Urbain Grandier. Er war ein wahrhaft genialer Mann, dieser Urbain Grandier«, fügte er böse hinzu. Joseph biß sich auf die Lippen. »Alle anderen Richter sind auf üble Weise umgekommen. Es bleibt nur noch Houmain, der als Schmuggler aufgehängt werden wird. Wir können ihn in Ruhe lassen. Aber da ist noch dieser fürchterliche Lactance, der mit Barré und Mignon in Frieden lebt. Nehmt eine Feder und schreibt an den Bischof von Poitiers:

Monseigneur,
nach dem Willen Seiner Majestät sollen die Pater Barré und Mignon in ihren Gemeinden ersetzt und sofort nach Lyon geschickt werden sowie auch Pater Lactance, der Kapuziner, damit er vor ein Sondergericht gestellt wird, da er verdächtigt wird, kriminelle Absichten gegen den Staat zu hegen.

Joseph schrieb diese Zeilen so kaltblütig nieder wie ein Türke, der auf ein Handzeichen seines Herrn jemanden köpft.

Der Kardinal sagte zu ihm, als er den Brief unterschrieb:

»Ich werde Euch noch erklären, in welcher Weise sie verschwinden sollen, denn es ist wichtig, alle Spuren dieses alten Prozesses zu verwischen. Die Vorsehung hat mir wohl gedient, indem sie all diese Menschen verschwinden ließ. Ich werde ihr Werk vollenden. Hier ist alles, was die Nachwelt darüber wissen soll.«

Und er las dem Kapuziner diese Seite aus seinen Memoiren vor, auf der er von der Besessenheit und den Zauberkünsten des Hexers berichtete.

Während er Joseph diese Seite langsam vorlas, schaute dieser wie unter Zwang immer wieder auf die Uhr.

»Du hast es eilig, endlich über Monsieur le Grand zu sprechen«, sagte der Kardinal schließlich. »Also gut, um dir einen Gefallen zu tun, fangen wir an. Du glaubst also, daß ich keinen Grund habe, ruhig zu sein. Du glaubst, daß ich diese armen Verschwörer habe zu weit gehen lassen? Nein, hier sind einige Blätter, die dich beruhigen würden, wenn du sie kennen würdest. Außerdem befindet sich in dieser Holzrolle der Vertrag mit Spanien, der in Oloron beschlagnahmt wurde. Ich bin mit Laubardemont sehr zufrieden. Er ist ein geschickter Mann.«

Ein Feuer wilder Eifersucht funkelte unter Josephs dichten Augenbrauen.

»Oh, Monseigneur«, sagte er, »wissen wohl nicht, welchem Mann er ihn entrissen hat. Es stimmt, daß er ihn hat sterben lassen, und in dieser Hinsicht müssen wir uns nicht beklagen. Denn schließlich war er ein Agent der Verschwörung: Es war sein Sohn.«

»Sagt Ihr die Wahrheit?« fragte der Kardinal in strengem Ton. »Sicher, denn Ihr würdet es nicht wagen, mich zu belügen. Wie habt Ihr es erfahren?«

»Von den Leuten seines Gefolges, Monseigneur. Hier sind ihre Berichte. Sie werden vor Gericht erscheinen.«

Der Kardinal untersuchte diese neuen Papiere und fügte hinzu:

»Wir werden ihn also noch benutzen, um unsere Verschwörer zu verurteilen. Und danach macht Ihr mit ihm, was Ihr wollt. Ich schenke ihn Euch.«

Joseph fuhr erfreut mit seinen wertvollen Denunziationen fort:

»Eure Eminenz sprechen davon, die Männer, die noch bewaffnet und beritten sind, zu verurteilen.«

»Sie sind es nicht alle. Lies diesen Brief von MONSIEUR an Chavigny. Er bittet um Gnade. Es reicht ihm. Er hat es noch nicht einmal gewagt, sich am ersten Tag an mich zu wenden, und er hat sein Gebet nicht höher gesprochen als bis zu den Knien eines meiner Diener.«

An Monsieur de Chavigny.
Monsieur de Chavigny,
noch einmal muß ich glauben, daß Ihr nicht zufrieden mit mir seid und daß Ihr wirklich Grund dazu habt. Ich höre nicht auf, Euch zu bitten, für mich an einem Arrangement mit Seiner Eminenz zu arbeiten und auf den Einfluß Eurer wahren Zuneigung für mich zu warten, die wie ich glaube, noch größer sein wird als Euer Zorn. Ihr wißt, daß ich Eurer Hilfe bedarf, mich aus der elenden Lage, in der ich stecke, zu befreien. Ihr habt das bei Seiner Eminenz schon zweimal für mich getan. Ich schwöre Euch, es wird das letzte Mal sein, daß ich Euch mit derartigen Aufgaben belasten werde.

Gaston d'Orléans

»Aber am nächsten Tag hat er wieder Mut gefaßt«, sagte Richelieu, »und mir diesen Brief persönlich geschickt.«

An Seine Eminenz, den Herzog-Kardinal
Mein lieber Cousin,
dieser undankbare Monsieur le Grand ist der schuldigste Mann der Welt, da er Euch enttäuscht hat. Aufgrund der Gnade, die er von Seiner Majestät empfängt, habe ich mich immer vor ihm und all seinen Raffinessen in acht genommen. Aber Euch, mein Cousin, gehört meine Hochachtung und meine ganze Freundschaft … Ich werde von wahrer Reue heimgesucht, weil ich wieder die Treue habe vermissen lassen, die ich dem König schulde, Monseigneur, und Gott bezeuge meine Aufrichtigkeit, mit der ich mein ganzes Leben der treueste Eurer Freunde sein werde, und mit derselben Leidenschaft bin ich,

mein lieber Cousin,
Euer ergebener
Gaston.

»Er ist unter seinem Plan zusammengebrochen«, sagte Richelieu. »Er konnte ihn nicht für sich behalten. Aber so billig kommt er mir nicht davon. Ich brauche ein vollständiges Geständnis, oder ich werde ihn aus dem Königreich verjagen. Ich habe es ihm heute morgen schreiben lassen. In diesem Brief:

Monsieur,
da Gott will, daß den Menschen Zuflucht zu einer offenherzigen, vollständigen Beichte gewährt wird, um von ihrer Schuld auf dieser Welt erlöst zu werden, werde ich Euch den Weg weisen, den Ihr gehen müßt, damit Ihr Euch aus Eurem Elend befreien könnt. Eure Hoheit haben richtig begonnen, und an Euch liegt es, es zu vollenden. Mehr kann ich Euch nicht sagen.

Richelieu überlegte eine Weile, bevor er fortfuhr: »Was den großartigen, mächtigen Herzog von Bouillon angeht, den souveränen Herrscher von Sedan und Oberbefehlshaber der italienischen Armeen, so ist er gerade von seinen Offizieren inmitten der Soldaten ergriffen worden. Er hatte sich in einem Strohbündel versteckt. Es bleiben also nur noch meine beiden jungen Nachbarn. Sie glauben, daß das ganze Lager unter ihrem Befehl steht, aber nur die roten Kompanien sind ihnen noch treu. Alle anderen, die MONSIEUR unterstellt sind, werden nichts tun, und meine Regimenter werden sie verhaften. Ich habe ihnen jedoch gestattet, so zu tun, als gehorchten sie ihnen. Wenn sie das Signal um halb zwölf geben, werden sie beim ersten Schritt festgenommen. Andernfalls wird der König sie mir heute abend ausliefern … Schau nicht so erstaunt! Er wird sie mir ausliefern, sage ich dir, zwischen Mitternacht und ein Uhr früh. Ihr seht, daß alles ohne Eure Hilfe geschieht, Joseph. Wir können auch gut auf Euch verzichten, und ich sehe nicht, daß Ihr uns unterdessen große Dienste geleistet hättet. Ihr werdet nachlässig.«

»Aber, Monseigneur, wenn Ihr wüßtet, welche Mühe ich hatte, aufzudecken, welchen Weg die Boten mit dem Vertrag genommen haben. Ich habe es lediglich erfahren, indem ich mein Leben zwischen diesen beiden jungen Leuten aufs Spiel setzte …«

Jetzt ließ der Kardinal aus seinem tiefen Sessel heraus ein spöttisches Lachen ertönen.

»Du mußt ziemlich lächerlich gewirkt haben, und sicher hattest du auch große Angst in dieser Kiste, Joseph. Ich glaube, es war das erste Mal in deinem Leben, daß du über die Liebe hast sprechen hören. Gefällt dir diese Sprache, Pater Joseph? Und sage mir doch mal, ob du sie wirklich verstehst? Ich glaube nicht, daß du eine recht schöne Vorstellung davon hast.«

Richelieu verschränkte die Arme, schaute den sprachlosen Kapuziner mit vergnüglichem Blick an und fuhr in dem spöttischen Ton eines großen Herrn fort, der sich mitunter einen Spaß daraus macht, die edelsten Ausdrücke über die unreinsten Lippen gleiten zu lassen:

»Seht, Joseph, gebt mir eine Definition der Liebe nach Euren Vorstellungen. Was kann es sein? Denn schließlich siehst du ja, daß sie nicht nur in Romanen existiert. Dieser gute junge Mann hat die ganze Verschwörung nur aus Liebe angezettelt. Du hast es selbst mit deinen unwürdigen Ohren gehört. Was ist denn die Liebe? Ich für meinen Teil, ich weiß es nicht.«

Der Mann war sprachlos und starrte mit dem stumpfsinnigen Blick eines unedlen Tieres auf den Boden. Nachdem er lange überlegt hatte, antwortete er schließlich mit schleppender, näselnder Stimme:

»Es dürfte sich um ein böses Fieber handeln, das die Gehirne verwirrt. Aber in Wahrheit, Monseigneur, gebe ich zu, daß ich bis heute noch nie darüber nachgedacht habe und es mir immer unangenehm war, mit einer Frau zu sprechen. Ich wollte, man könnte sie aus der Gesellschaft entfernen, denn ich weiß nicht, wozu sie dienen, wenn es nicht darum geht, Geheimnisse aufzudecken, wie es die kleine Herzogin oder Marion de Lorme gemacht haben, die ich Eurer Eminenz nicht warm genug empfehlen kann. Sie hat an alles gedacht und mit sehr viel Geschicklichkeit unsere kleine Prophezeiung mitten unter die Verschwörer geworfen. Das Wunder blieb diesmal nicht aus. Wir brauchen nur noch ein Fenster zu finden, durch das Ihr am Tage ihrer Hinrichtung schaut.«

»Das ist wieder eine Eurer Dummheiten, Monsieur«, sagte der Kardinal. »Ihr macht mich so lächerlich wie Euch, wenn Ihr so weitermacht. Ich bin zu stark, um mich des Himmels zu bedienen. Daß das nicht wieder vorkommt! Kümmert Euch nur um die Leute, die ich Euch schenke. Ich habe Euch Euren Anteil vorhin gegeben. Sobald der Oberstallmeister gefaßt ist, werdet Ihr ihn in Lyon verurteilen und hinrichten lassen. Ich will damit nichts mehr zu tun haben. Die Sache ist zu klein für mich. Es ist nur ein Stein unter meinen Füßen, an den ich nicht hätte so lange denken sollen.«

Joseph schwieg. Er konnte diesen Mann nicht verstehen, der, da er von bewaffneten Feinden umzingelt war, über die Zukunft sprach wie von einer zu seiner Verfügung stehenden Gegenwart und von der Gegenwart wie von einer Vergangenheit, die er nicht mehr fürchtete. Er wußte nicht, ob er ihn für einen Verrückten oder für einen Propheten halten sollte, der Menschheit unterlegen oder überlegen.

Seine Überraschung wurde noch größer, als Chavigny ins Zimmer stürzte und mit seinen schweren Stiefeln gegen den Fußschemel des Kardinals stieß, so daß er fast hingefallen wäre, und mit äußerst verstörter Miene rief:

»Monseigneur, einer Eurer Bediensteten kommt aus Perpignan. Er hat das Lager in Aufruhr gesehen, und Eure Feinde zu Pferde …«

»Sie werden auch wieder absitzen, Monsieur«, entgegnete Richelieu und stellte den Fußschemel wieder an seinen Platz. »Euch fehlt scheinbar die nötige Ruhe.«

»Aber … aber … Monseigneur, sollten wir nicht Monsieur de Fabert benachrichtigen?«

»Laßt ihn schlafen. Ihr könnt Euch ebenfalls schlafen legen, und Ihr, Joseph, auch.«

»Monseigneur, es ist noch eine außergewöhnliche Sache passiert. Der König kommt.«

»Das ist tatsächlich außergewöhnlich«, sagte der Minister und schaute auf die Uhr. »Ich habe ihn erst in zwei Stunden erwartet. Geht jetzt beide.«

Gleich darauf hörte man das Geräusch von Stiefeln und Waffen, was auf die Ankunft des Königs hindeutete. Beide Türflügel wurden geöffnet. Die Wachen des Kardinals schlugen mit ihren Piken dreimal auf den Boden, und der König trat ein.

Er hatte beim Gehen eine Hand auf einen Rohrstock gestützt und seinen Arm auf die Schulter seines Beichtvaters, des Paters Sirmond, gelegt, der sich sofort zurückzog und ihn mit dem Kardinal allein ließ. Dieser hatte sich unter größten Anstrengungen erhoben, doch konnte er keinen Schritt auf den König zugehen, weil seine kranken Beine eingewickelt waren. Er gab ein Zeichen, dem König behilflich zu sein, sich ihm gegenüber ans Feuer zu setzen. Ludwig XIII. ließ sich in einen großen, mit Kissen versehenen Lehnstuhl fallen. Er bat um einen Stärkungstrunk, der zubereitet worden war, um ihn gegen die häufigen Ohnmachtsanfälle zu schützen, die durch seine Kraftlosigkeit verursacht wurden. Er trank, gab ein Zeichen, daß alle Leute sich entfernen mögen, und als er mit Richelieu allein war, sprach er mit schmachtender Stimme:

»Es geht mit mir zu Ende, mein lieber Kardinal. Ich fühle, daß ich zu Gott gehen werde. Ich werde von Tag zu Tag schwächer. Weder der Sommer noch die Luft des Südens haben mir meine Kräfte zurückgebracht.«

»Ich werde Eurer Majestät vorausgehen«, entgegnete der Minister. »Der Tod hat meine Beine schon erobert. Ihr seht es ja. Aber solange ich noch meinen Kopf habe, um zu denken, und meine Hand, um zu schreiben, werde ich auch für Eure Dienste tauglich sein.«

»Und ich bin sicher, Ihr hattet die Absicht, hinzuzufügen: und ein Herz, um mich zu lieben«, bemerkte der König spöttisch.

»Können Eure Majestät daran Zweifel haben?« erwiderte der Kardinal. Er runzelte die Stirn und biß sich vor Ungeduld auf die Lippen, denn dieser Gesprächsbeginn machte ihn unruhig.

»Manchmal zweifele ich daran«, antwortete der König. »Seht, ich habe das Bedürfnis, ganz offen mit Euch zu sprechen und mich bei Euch persönlich über Euch zu beklagen. Zwei Dinge quälen seit drei Jahren mein Gewissen. Ich habe niemals mit Euch darüber gesprochen, aber ich war Euch insgeheim böse, und sollte etwas in der Lage gewesen sein, mich dazu zu bewegen, Euren Interessen entgegengesetzten Vorschlägen zuzustimmen, dann nur aufgrund dieser Erinnerungen.

Das war jene Offenheit, die für schwache Charaktere typisch ist, die denjenigen, der sie beherrscht, beunruhigen: sie rächen sich für ihre Abhängigkeit durch kindische Auseinandersetzungen. Richelieu erkannte an diesen Worten, daß ihn eine große Gefahr bedroht hatte, aber er spürte zugleich auch das Bedürfnis, seinen ganzen Groll zu beichten. Um den Ausbruch seines bedeutsamen Geständnisses zu erleichtern, häufte er die Proteste an, von denen er annahm, sie seien am geeignetsten, den König zu beunruhigen.

»Nein, nein«, rief dieser schließlich, »ich glaube nichts, ehe Ihr mir diese beiden Dinge erklärt habt, die mir immer wieder in den Sinn kommen, über die man noch neulich mit mir gesprochen hat und die ich in keiner Weise rechtfertigen kann. Es geht um den Prozeß Urbain Grandiers, über den ich niemals richtig unterrichtet worden bin, und die Gründe Eures Hasses gegen meine unglückliche Mutter und sogar gegen ihre Asche.«

»Weiter nichts, Sire?« fragte Richelieu. »Sind das meine einzigen Vergehen? Sie sind leicht zu erklären. Die erste Sache sollte aufgrund der schrecklichen, widerlichen Einzelheiten dieses Skandals den Blicken Eurer Majestät entzogen werden. Es spielte hierbei sicher eine Kunst eine Rolle, die man nur als schuldig ansehen kann, die man die Magie des Verbrechens nennt, deren Name das Schamgefühl verletzt und deren Bericht dem Unschuldigen gefährliche Geheimnisse enthüllt. Es war ein heiliger Trick, um den Blicken der Völker diese Unreinheiten vorzuenthalten!«

»Genug, es ist genug, Kardinal«, sagte Ludwig XIII., der den Kopf zur Seite wandte und errötend die Augen niederschlug. »Ich kann nichts mehr davon hören. Ich verstehe Euch, denn diese Schilderungen hätten mich gekränkt. Es ist gut, ich billige Eure Gründe. Das hat man mir nicht gesagt. Man hat mir diese abscheulichen Laster verheimlicht. Habt Ihr Euch über die Beweise dieser Verbrechen Gewißheit verschafft?«

»Ich habe sie alle in Händen, Sire. Und was die ruhmreiche Königin Maria von Medici betrifft, so bin ich erstaunt, daß Eure Majestät vergessen, wie sehr ich ihr zugetan war. Ja, ich habe keine Angst, es zuzugeben, denn ihr verdanke ich meinen ganzen Aufstieg. Sie ließ sich als erste herab, ihren Blick auf den

Bischof von Luçon zu werfen, der damals erst zweiundzwanzig Jahre alt war und sich ihr nähern durfte. Wie sehr habe ich gelitten, als sie mich zwang, im Interesse Eurer Majestät gegen sie zu kämpfen. Da aber dieses Opfer für Euch gebracht wurde, habe ich niemals Skrupel gehabt und werde sie nie haben.«

»Ihr nicht! Sehr schön! Aber ich«, sagte der König verbittert.

»Ach, Sire«, rief der Kardinal. »Der Sohn Gottes selbst gab Euch ein Beispiel. Nach diesem vollkommenen Vorbild haben wir uns unsere Ansichten gebildet. Und wenn das Denkmal für die wertvollen Überreste Eurer Frau Mutter noch nicht errichtet wurde, dann haben wir diese Arbeiten, Gott sei mein Zeuge, nur aus Angst, Euer Herz zu betrüben und Euch an ihren Tod zu erinnern, hinausgezögert. Aber gesegnet sei dieser Tag, da es mir erlaubt ist, mit Euch darüber zu sprechen. Ich werde selbst die erste Messe in Saint-Denis lesen, sobald wir sie dort bestattet haben, wenn die Vorsehung mir die nötige Kraft dazu gibt.«

Jetzt wurden die Gesichtszüge des Königs etwas freundlicher, aber sie blieben dennoch kühl, und der Kardinal hielt es für besser, es mit seinen Überzeugungskünsten an diesem Abend nicht weiterzutreiben. Er entschloß sich plötzlich, das stärkste Ablenkungsmanöver ins Feld zu führen und den Feind offen anzugreifen. Noch immer starrte er den König an und sagte kalt:

»Habt Ihr darum erlaubt, mich umzubringen?«

»Ich?« fragte der König. »Man hat Euch getäuscht. Sicher, ich habe von der Verschwörung gehört, und ich wollte mit Euch darüber sprechen, aber ich habe keine Befehle erteilt, die gegen Euch gerichtet waren.«

»Da sagen die Verschwörer aber etwas ganz anderes, Sire. Doch ich muß Eurer Majestät wohl glauben, und es freut mich für Euch, daß man sich getäuscht hat. Aber welchen Rat geruht Ihr mir zu geben?«

»Ich … wollte Euch ganz offen sagen, unter uns, daß Ihr gut daran tätet, Euch vor MONSIEUR in acht zu nehmen …«

»Ach, Sire, das glaube ich jetzt nicht mehr, denn dieser Brief hier wurde mir eben für Euch geschickt, und es sieht so aus, als sei er gegen Eure Majestät selbst schuldig geworden.«

Der König las erstaunt den Brief:

Monseigneur,
ich bin untröstlich, daß ich es wieder an der Treue habe fehlen lassen, die ich Eurer Majestät schulde. Ich flehe Euch untertänigst an, mir zuzugestehen, Euch tausendmal um Verzeihung bitten zu dürfen. Mit dem Ausdruck meiner Unterwürfigkeit und Reue

bin ich Euer ergebener Untertan,
Gaston

»Was soll das heißen?« rief Ludwig. »Haben sie es denn gewagt, sich auch gegen mich zu bewaffnen?«

»Auch!« flüsterte der Kardinal und biß sich auf die Lippen. Dann fuhr er fort: »Ja, Sire, auch. Das könnte ich wenigstens bis zu einem gewissen Grad aufgrund dieser kleinen Papierrolle glauben.«

Und er nahm noch während er sprach eine Pergamentrolle aus einem hohlen Rohr aus Holunderholz und rollte sie vor den Augen des Königs auf.

»Das ist ganz einfach ein Vertrag mit Spanien, den Eure Majestät zum Beispiel, so glaube ich, nicht unterschrieben haben. Die zwanzig Artikel sind ordnungsgemäß aufgeführt. Ihr könnt sie nachlesen. Alles ist vorgesehen: der Zufluchtsort, die Anzahl der Truppen, die Unterstützung durch Soldaten und Geld.«

»Diese Verräter«, rief Ludwig aufgebracht. »Wir müssen sie ergreifen. Mein Bruder sagt sich von ihnen los und bereut. Aber laßt den Herzog von Bouillon verhaften …«

»Ja, Sire.«

»Es wird schwierig werden, da er sich inmitten seiner italienischen Armee aufhält.«

»Ich bürge mit meinem Kopf für seine Verhaftung, Sire. Aber fehlt da nicht noch ein anderer Name?«

»Welcher? … Was? Cinq-Mars?« stotterte der König.

»Genau, Sire«, sagte der Kardinal.

»Ich sehe das wohl … aber … ich glaube, man könnte …«

»Hört mir zu!« sagte Richelieu plötzlich mit donnernder Stimme. »Heute muß alles zu Ende gebracht werden. Euer Günstling sitzt an der Spitze seiner Partei im Sattel. Wählt zwischen ihm und mir. Liefert das Kind dem Manne aus oder den Mann dem Kinde. Es gibt keinen Mittelweg.«

»Oh, was verlangt Ihr denn von mir, wenn ich Euch vorziehe?« fragte der König.

»Seinen Kopf und den seines Vertrauten.«

»Niemals ... das ist unmöglich«, rief der König entsetzt, und er war wieder genauso unentschlossen, wie er es im Gespräch mit Cinq-Mars in bezug auf Richelieu gewesen war. »Er ist mein Freund genau wie Ihr. Mein Herz leidet, wenn ich an seinen Tod denke. Warum konntet Ihr Euch beide nicht einigen? Warum dieser Streit? Das hat ihn so weit getrieben. Ihr seid schuld an meiner Verzweiflung, Ihr und er, Ihr macht mich zum unglücklichsten Menschen auf der Welt.«

Ludwig verbarg seinen Kopf beim Sprechen in seinen Händen, und vielleicht weinte er auch. Aber der unerbittliche Minister musterte ihn mit seinen Blicken wie eine Beute, und erbarmungslos, ohne ihm einen Moment der Ruhe zu gönnen, nutzte er die Verstörung des Königs, um ihm nun einen noch längeren Vortrag zu halten.

»So erinnert Ihr Euch also an die Gebote«, sagte er mit harter, kalter Stimme, »die Gott selbst Euch durch den Mund eures Beichtvaters erteilt hat? Ihr habt mir einmal gesagt, daß die Kirche Euch ausdrücklich befohlen hat, Eurem leitenden Minister alles zu enthüllen, was Ihr je gegen ihn hören würdet, und ich habe von Euch niemals etwas von meinem baldigen Tod erfahren. Treue Freunde mußten mir erst von der Verschwörung berichten. Die Schuldigen mußten sich mir selbst durch einen Schlag der Vorsehung ausliefern, um mir ihre Schuld zu beichten. Nur einer, der Abgebrühteste und der Unbedeutendste von allen, leistet mir noch Widerstand, und der hat alles geleitet. Er hat Frankreich dem Ausland ausgeliefert. Er vernichtet an einem Tag das Werk meiner zwanzig Jahre. Er wiegelt die Hugenotten im Süden auf, ruft alle Stände des Staates zu den Waffen, belebt zerschlagene Ansprüche wieder und entflammt sogar die von Eurem Vater vernichtete Liga erneut. Denn sie war es, täuscht Euch nur nicht, die all ihre Köpfe gegen Euch erhoben hat. Seid Ihr zum Kampf bereit? Wo ist denn Eure Waffe?«

Der König war sprachlos. Er antwortete nicht und verbarg seinen Kopf noch immer in seinen Händen. Der Kardinal verschränkte die Arme und fuhr unerbittlich fort:

»Es kommt Euch hoffentlich nicht in den Sinn, daß ich für mich spreche. Glaubt Ihr denn wirklich, daß ich mich nicht einschätzen kann und daß ein solcher Gegner mir viel bedeutet? Ehrlich gesagt, weiß ich nicht, warum ich Euch nicht einfach gewähren und diese riesige Staatslast in die Hände dieses Kindes legen lasse. Ihr könnt Euch wohl vorstellen, daß ich in den zwanzig Jahren, die ich Euren Hof kenne, nicht versäumt habe, mir einen Zufluchtsort zu sichern, an den ich mich – und Ihr würdet mich kaum aufhalten – jetzt sofort zurückziehen könnte, um die sechs Monate, die ich vielleicht noch zu leben habe, zu vollenden. Eine derartige Regentschaft wäre für mich ein seltsames Schauspiel! Was würdet Ihr zum Beispiel antworten, wenn all diese kleinen Potentaten sich erheben, sobald meine Hand nicht mehr auf ihnen lastet, und diese im Gefolge Eures Bruders vor Euch treten und zu Euch sagen würden, so wie sie es gewagt haben, zu König Heinrich VI. zu sprechen: ›Verteilt all die großen erblichen und souveränen Provinzen unter uns, und wir werden zufrieden sein.‹ Ihr würdet es tun, daran zweifele ich nicht, und das ist das geringste, was Ihr denen zugestehen könntet, die Euch von Richelieu befreit haben. Und vielleicht wäre es auch eine glücklichere Lösung, denn um die Ile-de-France zu regieren, die sie Euch sicher rechtmäßig überlassen würden, brauchte Euer neuer Minister nicht so viele Akten.«

Während er sprach, stieß er wütend gegen den riesigen Tisch, der fast den ganzen Raum einnahm und der mit unendlich vielen Papieren und Mappen überladen war.

Ludwig wurde durch das Übermaß an Wagemut dieser Rede aus seinen apathischen Überlegungen gerissen. Er hob den Kopf und schien einen Moment lang eine Entscheidung getroffen zu haben, weil er Angst hatte, eine andere zu fällen.

»Gut, Monsieur, ich würde antworten, daß ich allein regieren will.«

»Das ist ja herrlich!« sagte Richelieu. »Ich muß Euch warnen, denn die gegenwärtigen Angelegenheiten sind schwierig. Zu dieser Zeit bringt man mir immer meine alltägliche Arbeit.«

»Ich werde mich darum kümmern«, entgegnete Ludwig. »Ich werde die Akten öffnen und meine Befehle erteilen.«

»Versucht es doch«, sagte Richelieu. »Ich ziehe mich zurück, und wenn Euch etwas aufhält, dann ruft nach mir.«

Er klingelte, und im selben Moment kamen vier kräftige Diener herein, als ob sie auf das Signal gewartet hätten. Sie trugen den Kardinal auf seinem Lehnstuhl in ein anderes Zimmer, denn er konnte nicht mehr laufen. Als sie durch das Zimmer, in dem die Sekretäre arbeiteten, gingen, rief er mit lauter Stimme:

»Nehmt die Befehle von Seiner Majestät entgegen.«

Der König war jetzt allein. Da er sich aufgrund seines neuen Entschlusses stark fühlte und stolz war, einmal Widerstand geleistet zu haben, wollte er sich auf der Stelle an die politische Arbeit machen. Er ging einmal um den riesigen Tisch herum und sah so viele Aktentaschen, wie man damals in Europa an Kaiserreichen, Königreichen und Provinzen zählte. Er öffnete eine und sah, daß sie in Fächer aufgeteilt war, deren Anzahl den Unterteilungen der Länder, für die sie bestimmt war, entsprach. Alles war sortiert, aber diese Ordnung war für ihn erschreckend, weil jeder Vermerk nur das Wesentlichste jeder Affäre enthielt, wenn man so sagen will, und nur den wichtigsten Punkt der derzeitigen Verbindungen mit Frankreich berührte. Diese knappen Darstellungen waren für Ludwig ungefähr ebenso rätselhaft wie die chiffrierten Briefe auf dem Tisch. Alles war ein einziges Durcheinander. Auf den Edikten der Verbannungen und Enteignungen der Hugenotten von La Rochelle stapelten sich die Verträge mit Gustav Adolf und mit den Hugenotten im Norden gegen das Kaiserreich. Zusammengerollte Notizen über den General Bannier, über Wallenstein, den Herzog von Weimar und Johann von Werth waren vermischt mit den detaillierten Aufstellungen der Briefe, die man in der Kassette der Königin gefunden hatte, der Liste ihrer Colliers und ihrer Schmuckstücke, die sie hier aufbewahrte, und zwei Interpretationen für jeden Satz ihrer Briefe. Am Rand eines Briefes standen diese Worte: *Aufgrund von vier handgeschriebenen Zeilen eines Menschen kann man ihm den Prozeß machen.* Etwas weiter hinten lagen aufgestapelt die Denunziationen gegen die Hugenotten, ihre Pläne zur Errichtung einer Republik, nämlich der Teilung Frankreichs in Kreise unter der jährlich wechselnden Diktatur eines Oberhauptes, und das Siegel dieses geplanten Staates war hinzugefügt. Es zeigte einen Engel, der sich auf ein Kreuz stützte und die Bibel in der Hand hielt, die er über seine Stirne hob. Daneben lag eine Liste der Kardinäle, die der Papst ehemals an genau dem Tag ernannt hatte wie den Bischof von Luçon (Richelieu). Unter ihnen war der Marquis von Bédemar, Botschafter und Verschwörer in Venedig.

Ludwig XIII. vergeudete vergebens seine Kräfte mit diesen Details vergangener Zeiten, und er suchte unnötigerweise die Papiere, die sich auf die Verschwörung bezogen und die geeignet gewesen wären, ihm den Kernpunkt der Sache zu offenbaren, und auch, welche Mittel man gegen ihn versucht hatte, ins Feld zu führen, als ein kleiner Mann mit einem grünlichen Gesicht und gebeugtem Rücken mit unsicheren, unterwürfigen Schritten ins Arbeitszimmer trat. Es war ein Staatssekretär namens Desnoyers. Er kam näher und verneigte sich:

»Darf ich mit Seiner Majestät über die portugiesischen Angelegenheiten sprechen?« fragte er.

»Die spanischen also«, entgegnete Ludwig. »Portugal ist eine Provinz Spaniens.«

»Die portugiesischen«, beharrte Desnoyers. »Hier ist das Manifest, das wir eben erhalten haben.«

Und er las:

Don Juan, von Gottes Gnaden König von Portugal, von Algarve, den Königreichen in Afrika, Herr über Guinea und die Schiffahrt und den Handel von Äthiopien, Arabien, Persien und Indien …

»Was soll das bedeuten?« fragte der König. »Wer redet denn so?«

»Der Herzog von Braganza[47], König von Portugal, gekrönt schon vor einem … also vor einiger Zeit, Sire, von einem Mann namens Pinto. Kaum hatte er den Thron bestiegen, da hat er seine Hand nach dem aufständischen Katalonien ausgestreckt.«

»Katalonien revoltiert auch? König Philipp IV. hat also nicht mehr den Herzog von Alvarez als Premierminister?«

»Doch, Sire, gerade deshalb ja. Hier ist die Erklärung der katalanischen Generalstände an Seine Katholische Majestät. Darin steht, daß das ganze Land die Waffen gegen seine gottlosen, exkommunizierten Truppen ergreift. Der König von Portugal …«

»Also der Herzog von Braganza«, fuhr ihm Ludwig ins Wort. »Ich erkenne einen Aufrührer nicht an.«

»Der Herzog von Braganza also, Sire«, sagte der Staatsrat kühl, »sendet dem Fürstentum Katalonien seinen Neffen, Don Ignacio de Mascareñas, um sich des Schutzes dieses Landes zu bemächtigen und ihrer Souveränität vielleicht, die er der, die er gerade zurückerobert hat, hinzufügen will. Die Truppen Eurer Majestät stehen vor Perpignan.«

»Ja, und, was bedeutet das?« rief Ludwig.

»Das Herz der Katalanen ist mehr den Franzosen als den Portugiesen zugeneigt, Sire, und es ist noch Zeit, diese Schutzherrschaft dem König … dem Herzog von Portugal zu entreißen!«

»Ich soll Rebellen unterstützen. Ihr wagt es …«

»Das war der Plan seiner Eminenz«, fuhr der Staatssekretär fort. »Spanien und Frankreich befinden sich im Krieg, und Monsieur d'Olivarès hat nicht gezögert, unseren Hugenotten die Hand Seiner Katholischen Majestät zu reichen.«

»Nun gut. Ich werde darüber nachdenken«, sagte der König. »Laßt mich jetzt allein!«

»Sire, die Generalstände von Katalonien werden bedrängt, denn die aragonischen Truppen marschieren gegen sie …«

»Wir werden sehen … Ich werde mich in einer Viertelstunde entscheiden«, antwortete Ludwig XIII.

Der kleine Staatssekretär verließ mit unzufriedener, entmutigter Miene das Zimmer. Jetzt trat Chavigny ein, der eine Mappe mit dem britischen Wappen in der Hand hielt.

»Sire«, sagte er, »ich erbitte von Eurer Majestät Befehle in den Angelegenheiten Englands. Die Parlamentarier haben unter dem Befehl des Grafen von Essex die Belagerung von Glocester aufgehoben. Fürst Rupert hat in Newbury eine schreckliche und für Seine Britannische Majestät wenig günstige Schlacht geschlagen. Das Parlament tagt noch, und alle großen Städte, die Häfen und die ganze presbyterianische Bevölkerung stehen auf seiner Seite. König Karl I. bittet um Unterstützung, welche die Königin in Holland nicht mehr findet.«

»Wir müssen meinem Bruder von England Truppen schicken«, sagte Ludwig.

Doch er wollte die älteren Akten des Falles einsehen, und als er die Notizen des Kardinals überflog, sah er, daß er nach einer ersten Bitte des Königs von England eigenhändig geschrieben hatte:

Darüber muß noch länger nachgedacht werden – abwarten – das Parlament ist stark – König Karl zählt auf die Schotten – sie werden ihn verkaufen.

Wir müssen vorsichtig sein. Ein Kriegsmann ist nach Vincennes gekommen und hat gesagt, daß man die Fürsten immer nur auf den Kopf schlagen soll. BEMERKENSWERT, hatte der Kardinal hinzugefügt. Dann hatte er das Wort durchgestrichen und durch *GEFÄHRLICH* ersetzt.

Und weiter unten:

Dieser Mann beherrscht Fairfax – er tut so, als sei er inspiriert – er wird ein großer Mann werden – Unterstützung abgelehnt – Geld verloren.

Daraufhin sagte der König:

»Nein, nein, überstürzt nichts. Ich werde noch abwarten.«

»Aber, Sire«, warf Chavigny ein, »die Ereignisse überstürzen sich; wenn der Kurier sich um eine Stunde verspätet, dann könnte es schon ein Jahr früher zum Sturz des englischen Königs kommen.«

»So weit ist es schon?« fragte der König.

»In dem Lager der Unabhängigen predigt man mit der Bibel in der Hand die Republik. In dem Lager der Royalisten macht man sich den Rang streitig und lacht.«

»Aber ein glücklicher Augenblick kann alles retten!«

»Die Stuarts sind nicht glücklich, Sire«, erwiderte Chavigny respektvoll, aber in einem vielsagenden Ton.

»Laßt mich allein«, befahl der König schlecht gelaunt.

Der Staatssekretär verließ langsam den Raum.

Und in diesem Moment wurde sich Ludwig XIII. seiner Situation voll und ganz bewußt, und er erschrak vor dem Nichts, vor dem er stand. Zuerst glitt sein Blick über die Papierberge um ihn herum, wanderte dann von einem Stapel zum anderen und witterte überall Gefahren. Doch die Möglichkeiten, die er ersann, um hier Abhilfe zu schaffen, ließen sie nur noch größer erscheinen. Er stand auf, wechselte den Platz und beugte sich oder warf sich vielmehr über eine Landkarte Europas. Nun hatte er das ganze Ausmaß des Schreckens vor Augen: im Norden, im Süden und im Zentrum seines Königreiches. Die Revolutionen kamen ihm vor wie Rachegöttinnen. In allen Gegenden glaubte er Rauchschwaden eines Vulkans zu sehen. Es schien ihm, als höre er die verzweifelten Schreie der Könige, die ihn anriefen, und die wütenden Schreie der Völker. Er glaubte, die Erde Frankreichs bebe und berste unter seinen Füßen. Seine schwachen, müden Augen verschleierten seinen Blick, und sein kranker Kopf wurde von Schwindel erfaßt, der das Blut zum Herzen pumpte.

»Richelieu«, schrie er mit erstickter Stimme, nahm die Glocke und klingelte. »Man rufe den Kardinal!«

Er fiel bewußtlos in einen Lehnstuhl.

Als der König, der durch die starken Gerüche und das Salz,

das man auf seine Lippen und die Schläfen gerieben hatte, wieder zu sich kam und die Augen öffnete, sah er einen Moment Pagen, doch er hatte seine Augenlider kaum hochgehoben, da zogen sie sich auch schon zurück. Dann war er mit Richelieu allein. Der unnachgiebige Minister hatte seine Chaiselongue neben den Lehnstuhl des Königs rücken lassen, so als stelle man den Stuhl des Arztes neben das Bett des Kranken, und er starrte mit seinen funkelnden Augen prüfend auf das blasse Gesicht Ludwigs. Sobald er ihn wieder hören konnte, nahm er mit düsterer Stimme das schreckliche Gespräch wieder auf:

»Ihr habt mich gerufen«, sagte er. »Was wollt Ihr von mir?«

Ludwig lag in seinen Kissen, öffnete die Augen einen Spalt, schaute den Kardinal an und schloß die Augen schnell wieder. Dieses abgezehrte Gesicht, das mit zwei brennenden Augen bewaffnet war und das in einem spitzen, weißen Bart mündete, diese Kalotte und diese Kleider, die so rot wie Blut und Feuer waren – das alles erschien ihm wie ein Geist der Hölle.

»Regiert!« sagte er mit schwacher Stimme.

»Aber ... liefert Ihr mir auch Cinq-Mars und de Thou aus«, fragte der Minister, der sich nicht erweichen ließ. Und er beugte sich zu ihm hinab, um in den erloschenen Augen des Fürsten zu lesen, so wie ein gieriger Erbe den letzten Funken des Willens eines Sterbenden bis ins Grab verfolgt.

»Regiert«, sagte der König und drehte seinen Kopf zur Seite.

»Dann unterschreibt das hier«, fuhr Richelieu fort. »Hier steht: *Es ist mein Wille, daß sie tot oder lebendig gefaßt werden.*«

Ludwig hatte seinen Kopf noch immer gegen die Rückenlehne des Lehnstuhls gelehnt, doch er ließ seine Hand auf das unheilvolle Papier sinken und unterschrieb.

»Laßt mich! Habt Erbarmen! Ich sterbe!« rief er.

»Das ist noch nicht alles«, fuhr derjenige, den man den großen Politiker nennt, fort. »Ich kann mich auf Euch nicht mehr verlassen. Ab heute brauche ich Garantien und Sicherheiten. Unterschreibt noch dieses hier, und dann gehe ich.

Wenn der König den Kardinal aufsucht, dann werden dessen Wachen die Waffen nicht niederlegen, und wenn der Kardinal den König aufsucht, dann stehen seine Wachen gemeinsam mit den Wachen Seiner Majestät auf dem Posten.

Außerdem:

Seine Majestät verpflichtet sich, die beiden Prinzen, seine Söhne, als

Geiseln in die Hände des Kardinals zu geben, und zwar als Garantie für die Aufrichtigkeit seiner Zuneigung.«

»Meine Kinder!« schrie Ludwig und hob den Kopf. »Ihr wagt es …«

»Ist es Euch lieber, daß ich mich zurückziehe?« fragte Richelieu.

Der König unterschrieb.

»Hat es endlich ein Ende?« fragte der König und seufzte tief.

Nein, es hatte noch kein Ende. Ein weiterer Schmerz stand ihm noch bevor.

Plötzlich wurde die Tür aufgerissen, und Cinq-Mars trat ein. Und diesmal zitterte der Kardinal.

»Was wollt Ihr, Monsieur?« fragte er, und er hatte schon die Klingel in der Hand, um die Wachen zu rufen.

Der Oberstallmeister war ebenso bleich wie der König. Ohne sich herabzulassen, Richelieu eine Antwort zu geben, ging er mit ruhiger Miene auf Ludwig XIII. zu. Dieser sah ihn an wie ein Mann, der soeben sein Todesurteil vernommen hatte.

»Sire, es dürfte für Euch etwas schwierig sein, mich verhaften zu lassen, denn zwanzigtausend Mann stehen hinter mir«, sagte Henri d'Effiat mit der sanftesten Stimme.

»O Cinq-Mars«, stöhnte Ludwig, »hast du solche Dinge getan?«

»Ja, Sire, und ich bringe Euch auch meinen Degen, denn Ihr habt mich sicher soeben ausgeliefert«, sagte er, nahm den Degen und legte ihn dem König zu Füßen. Dieser schlug wortlos die Augen nieder.

Cinq-Mars lächelte traurig, doch ohne Bitterkeit, weil er schon nicht mehr von dieser Welt war. Dann musterte er Richelieu verächtlich:

»Ich ergebe mich, weil ich sterben will«, sagte er, »aber man hat mich nicht besiegt.«

Der Kardinal ballte wütend die Fäuste, aber er riß sich zusammen.

»Wer sind Eure Komplizen?« fragte er.

Cinq-Mars starrte den König an und öffnete schon den Mund, um zu sprechen … Der König neigte den Kopf, und in diesem Moment litt er nie gekannte Höllenqualen.

»Ich habe keine«, sagte Cinq-Mars schließlich, denn der König tat ihm leid. Und er verließ den Raum.

Er blieb in der ersten Galerie stehen. Alle Edelleute und Fabert standen auf, als sie ihn sahen. Er ging geradewegs auf Fabert zu und sagte: »Monsieur, gebt den Edelleuten den Befehl, mich zu verhaften.«

Sie sahen sich alle an, aber keiner wagte es, sich ihm zu nähern.

»Ja, Monsieur, ich bin Euer Gefangener ... ja, meine Herren, ich trage keinen Degen, und ich wiederhole es, ich bin der Gefangene des Königs.«

»Ich weiß nicht, was ich davon zu halten habe«, sagte der General. »Zwei Mann haben sich ergeben, und ich habe keinen Befehl, jemanden zu verhaften.«

»Zwei?« fragte Cinq-Mars. »Das kann nur Monsieur de Thou sein. Ja, ich erkenne ihn an seiner Opferbereitschaft.«

»Ja, habe ich denn nicht auch erraten, was du machen wirst?« rief dieser, trat näher und warf sich in seine Arme.

25. Kapitel
Die Gefangenen

> In meinem Herzen fand ich das Bild meines Bruders.
>
> PICHALD, *Leonidas*

> Sterben! Ohne meinen Köcher zu leeren, ohne diese Henker, diese Sudler der Gesetze zu durchbohren, zu zertreten, sie aus ihrem Dreck zu formen!
>
> ANDRÉ CHÉNIER

Unter den alten Schlössern, von denen sich Frankreich zu seinem großen Bedauern jedes Jahr wie von den Kleinodien seiner Krone trennen muß, stand eines, düster und wild, am linken Ufer der Saône. Es sah aus wie eine mächtige Schildwache vor einem der Stadttore Lyons und hatte seinen Namen von dem riesigen Felsen *Pierre-Encise* übernommen, der sich wie eine Art natürliche Pyramide erhob. Der Gipfel dieses Felsens ragte über die Straße bis zum Fluß und verband sich damals, so wird gesagt, mit anderen Felsen, die man noch am gegenüberliegenden Ufer sieht, so daß sie einen von der Natur geformten natürlichen Brückenbogen bildeten. Aber Zeit, Wasser und Menschenhand haben nur noch den alten Granitblock stehengelassen, der der Festung als Fundament diente und der heute zerstört ist. Die Erzbischöfe von Lyon hatten es einst als weltliche Herren der Stadt erbauen lassen und hier ihre Residenz aufgeschlagen. Sie wurde zu einem Kriegsplatz und unter Ludwig XIII. zu einem Staatsgefängnis. Ein einziger riesiger Turm, in den das Licht nur durch drei lange Schießscharten eindringen konnte, beherrschte die Festung, und einige unregelmäßige Bauwerke umringten sie mit ihren dicken Mauern, deren Linien und Ecken der Form des riesigen, steil nach unten abfallenden Felsens folgten.

Hier wollte der Kardinal Richelieu, der stolz auf seine Beute war, seine jungen Feinde einkerkern, die er schon bald persönlich hierherbrachte. Er ließ Ludwig nach Paris vorausreisen, während er selbst die Gefangenen aus Narbonne fortführte und hinter sich herschleppte, um seinen letzten Triumph und das Vergnügen seiner Rache gebührend auszukosten. Bei Tarascon, fast an der Mündung der Rhône, schiffte er sich ein. Für beide Ufer sichtbar stellte er die Pracht seines Hasses zur Schau und fuhr langsam in Barken mit vergoldeten Rudern, die mit seinen Wappen und seinen Farben beflaggt waren, den Fluß hinauf. Der Kardinal lag in der ersten Barke, und seine beiden Opfer schleppte er am Ende einer langen Kette in einer zweiten hinter sich her.

Abends, wenn es nicht mehr so heiß war und die beiden Kähne kein Zelt mehr trugen, sah man Richelieu häufig, blaß und dürr, am Heck sitzen. In dem Kahn, der ihm folgte, standen die beiden jungen Gefangenen aufeinander gestützt und schauten mit ruhiger Miene auf die vorüberziehenden Fluten des Flusses. Einst hätten Cäsars Soldaten, die genau hier an diesen Flußufern lagerten, geglaubt, den unerbittlichen Schiffer der Hölle zu sehen, der die Schatten der Freunde Castor und Pollux lenkte. Die Christen hatten noch nicht einmal den Mut, darüber nachzudenken, daß es ein Priester war, der seine beiden Feinde zum Henker führte. Es war der leitende Minister, der vorüberfuhr.

Er ließ die Gefangenen ausgerechnet in der Obhut jener Stadt zurück, in der die Verschwörer ihn selbst hatten vernichten wollen. Es machte ihm Spaß, sich so über das Schicksal lustig zu machen und seine Trophäe dort einzupflanzen, wo das Schicksal sein Grab vorgesehen hatte.

In einem Manuskript jenes Jahres heißt es, daß der Kardinal sich *flußaufwärts über die Rhône ziehen ließ, in einem Schiff, worauf man ein Zimmer aus Holz gebaut hatte, dessen goldener Hintergrund mit dunkelroter Samtfeuillage bedeckt war. Auf demselben Boot gab es ein Vorzimmer gleicher Art. Auf dem Bug und dem Heck des Bootes standen viele Soldaten aus seiner Garde, die scharlachrote, mit Gold-, Silber- und Seidenstickereien verzierte Umhänge trugen, sowie auch viele hochstehende Herren. Seine Eminenz lag in einem Bett, das mit purpurnem Taft bezogen war. Der Kardinal Bigny und die Bischöfe von Nantes und Chartres fuhren mit vielen Priestern und Edelleuten in anderen Schiffen. Vor dem Schiff Seiner Eminenz öffnete eine Fregatte den Weg, und ein anderes Schiff mit Bogenschützen und Offizieren an*

Bord, die sie befehligten, folgte. Sobald sie sich einer Insel näherten, wurden Soldaten an Land gesetzt, um diese nach verdächtigen Gestalten abzusuchen. Fanden sie keine, dann bewachten sie die Ufer, bis die beiden Schiffe, die folgten, diese Stelle passiert hatten. Auf beiden Schiffen befanden sich viele Adlige und gut bewaffnete Soldaten.

Dann kam das Schiff Seiner Eminenz, das ein kleines Boot hinter sich herzog, in dem sich die Herren de Thou und Cinq-Mars befanden, die von einer Abteilung königlicher Garden und zwölf Gardisten Seiner Eminenz bewacht wurden. Hinter diesen Schiffen fuhren drei Barken, die für die Kleider und das Silberwerk Seiner Eminenz vorgesehen waren. Auch auf diesen Barken fuhren mehrere Edelleute und Soldaten mit.

Am Ufer der Rhône, in der Dauphiné, ritten zwei Kompanien leichte Reiter und ebensoviele am Ufer von Languedoc und Vivarais. Ein sehr schönes Infanterieregiment begleitete sie und zog in die Städte ein, in denen Seine Eminenz die Nacht verbringen wollte. Es war eine Freude, die Trompeten zu hören, die in der Dauphiné erklangen, denen die Trompeten aus Vivarais antworteten. Hinzu kam noch das wiederholte Echo unserer Berge. Man hätte meinen können, daß einer den anderen übertrumpfen wollte.

Inmitten einer Septembernacht im Jahre 1642, als in dem uneinnehmbaren Turm der Gefangenen alles zu schlafen schien, drehte sich die Tür des ersten Zimmers geräuschlos in den Angeln, und auf der Schwelle erschien ein Mann, der eine mit einem Strick zusammengebundene braune Kutte trug. Seine Füße steckten in Sandalen, und in der Hand hielt er einen Bund großer Schlüssel. Es war Joseph. Er schaute sich, ohne näher zu treten, vorsichtig um und betrachtete schweigend das Domizil des Oberstallmeisters. Dicke Teppiche und wunderschöne, breite Wandbehänge verdeckten die Mauern des Kerkers. Ein Bett mit rotem Damast war vorbereitet, aber dort war der Gefangene nicht. Er saß neben dem hohen Kamin in einem großen Lehnstuhl. Er trug eine graue Kutte, wie sie die Priester tragen. Sein Kopf war gesenkt, im flackernden Schein eines Lichtes starrten seine Augen auf ein goldenes Kreuz, und er schien so tief in Gedanken versunken zu sein, daß der Kapuziner alle Zeit hatte, sich ihm zu nähern und sich vor den Gefangenen zu stellen, bevor dieser ihn bemerkte. Schließlich hob er den Kopf und schrie:

»Was willst du hier, du Schurke?«

»Junger Mann, Ihr laßt Euch hinreißen«, flüsterte der geheimnisvolle Besucher. »Zwei Monate im Kerker sollten Euch beruhigt haben. Ich bin gekommen, um Euch wichtige Dinge zu sagen. Hört mir zu. Ich habe viel über Euch nachgedacht, und ich hasse Euch nicht so sehr, wie Ihr vielleicht meint. Jeder Augenblick ist kostbar. Ich werde Euch in wenigen Worten alles erklären. In zwei Stunden wird man Euch holen, verhören und Euch und Euren Freund töten. Anders kann es nicht sein, denn alles muß an ein und demselben Tag beendet werden.«

»Das weiß ich«, sagte Cinq-Mars, »und ich rechne damit.«

»Na schön. Ich könnte Euch noch aus dieser Sache befreien, denn ich habe, wie ich Euch schon gesagt habe, viel nachgedacht. Ich bin gekommen, um Euch Dinge vorzuschlagen, die sehr angenehm für Euch sein können. Der Kardinal hat keine sechs Monate mehr zu leben. Wir brauchen uns gegenseitig nichts vorzumachen, zwischen uns muß Offenheit herrschen. Ihr seht, wohin ich Euch für ihn gebracht habe, und dadurch könnt Ihr beurteilen, wohin ich ihn für Euch bringen könnte, wenn Ihr wolltet. Wir können ihm die sechs Monate, die ihm bleiben, verkürzen. Der König liebt Euch, und er wird Euch wieder mit Freude zu sich rufen, wenn er Euch am Leben wüßte. Ihr seid jung, und Ihr wäret noch lange Zeit glücklich und mächtig. Ihr werdet Euch für mich einsetzen und mich zum Kardinal machen.«

Der junge Gefangene war so erstaunt, daß es ihm die Sprache verschlug. Eine solche Sprache verstand er nicht, und er schien Mühe zu haben, sich von der Höhe seiner eigenen Meditationen auf diese Ebene zu begeben. Alles, was er sagen konnte, war:

»Euer Wohltäter! Richelieu!«

Der Kapuziner lächelte, sprach leise weiter und ging auf ihn zu:

»In der Politik gibt es keine Wohltaten, sondern nur Interessen. Ein Mann, der von einem Minister beschäftigt wird, muß nicht dankbarer sein, als es ein Pferd ist, das von einem Reiter bestiegen wird, nur weil es den anderen vorgezogen wurde. Meine Haltung hat ihm gefallen, und ich freue mich darüber. Jetzt aber paßt es mir, ihn zu Boden zu werfen.

Ja, dieser Mann liebt nur sich selbst. Er hat mich betrogen, das weiß ich genau, indem er meinen Aufstieg immer wieder hinausgezögert hat. Aber, noch einmal, ich habe zuverlässige Möglichkeiten, Euch ohne Aufsehen die Flucht zu ermöglichen. Hier kann ich alles. Ich werde an die Stelle der Männer, mit denen er rechnet, andere Männer, die auch der Tod erwartet, setzen. Sie sind hier in der Nähe im Nordturm, im Turmverlies, das sich dort unten über dem Wasser erhebt. Seine Kreaturen werden diese Leute da ersetzen. Ich schicke einen Arzt, einen Fachmann, der mir ergeben ist, zu dem glorreichen Kardinal, den die gelehrtesten Ärzte von Paris aufgegeben haben. Wenn wir uns verständigen können, dann wird er ihm ein ewig wirkendes Allheilmittel verabreichen.«

»Hau ab!« rief Cinq-Mars. »Hau ab, du Mönch der Hölle. So einen Menschen wie dich gibt es nicht noch einmal. Du bist kein Mensch. Du schreitest mit flüchtigen, leisen Schritten durch die Finsternis. Du dringst durch Mauern, um heimliche Verbrechen zu leiten. Du stellst dich zwischen die Herzen der Liebenden, um sie auf ewig zu trennen. Wer bist du? Du ähnelst der gequälten Seele eines Verdammten.«

»Du romantisches Kind«, sagte Joseph. »Ihr hättet große Qualitäten gehabt, wenn Ihr nicht in diesen irrigen Vorstellungen geschwelgt hättet. Vielleicht gibt es weder die Verdammnis noch die Seele. Wenn die der Toten zurückkämen, um zu klagen, dann hätte ich um mich herum Tausende, und ich hab' niemals eine gesehen, noch nicht einmal im Traum.«

»Ungeheuer!« flüsterte Cinq-Mars.

»Das ist auch so ein Wort«, entgegnete Joseph. »Es gibt weder Ungeheuer noch tugendhafte Menschen. Ihr und Monsieur de Thou, Ihr rühmt Euch dessen, was Ihr Tugend nennt. Ihr hättet fast den Tod von vielleicht hunderttausend Männern verschuldet, alle auf einmal und am hellichten Tage, für nichts, wohingegen Richelieu und ich viel weniger vernichtet haben, nur einzelne und nachts, um eine große Macht zu begründen. Wenn man rein bleiben will, dann darf man sich keinesfalls darauf einlassen, die Menschen zu beeinflussen, oder man sollte besser, was das Vernünftigste ist, sehen, wie es ist, und sich, so wie ich es mache, sagen: Es ist möglich, daß die Seele nicht existiert. Wir sind Kinder des Zufalls, aber in bezug auf die anderen Menschen haben wir Leidenschaften, die befriedigt werden wollen.«

»Ich atme auf«, rief Cinq-Mars. »Er glaubt nicht an Gott.«

Joseph fuhr fort:

»Nun, Richelieu, Ihr und ich, wir sind schon ehrgeizig zur Welt gekommen. Also mußten wir dieser Idee alles opfern.«

»Unglücklicher! Verwechselt mich nicht mit Euch.«

»Es ist dennoch die reine Wahrheit«, erwiderte der Kapuziner. »Aber jetzt seht Ihr nur, daß unser System mehr wert war als das Eure.«

»Elender Schurke! Es geschah aus Liebe ...«

»Nein, nein, nein, nein! ... Das ist es nicht. Nichts als Worte. Vielleicht habt Ihr es selbst geglaubt, aber Ihr habt es für Euch getan. Ich habe gehört, wie Ihr mit dem jungen Mädchen gesprochen habt. Ihr habt alle beide nur an Euch gedacht. Ihr liebt einander gar nicht. Sie hat nur an ihren Rang gedacht und Ihr nur an Euren Ehrgeiz. Um zu hören, man sei vollkommen, und um bewundert zu werden, darum will man geliebt werden. Das ist immer wieder der heilige Egoismus, und der ist mein Gott.«

»Du grausame Schlange!« rief Cinq-Mars. »Genügt es dir nicht, uns zu töten? Warum mußt du unser Leben, das du uns nimmst, auch noch vergiften? Welcher Teufel hat dich gelehrt, auf diese entsetzliche Art Herzen zu ergründen?«

»Der Haß auf alles, was über mir steht«, entgegnete Joseph und grinste den Gefangenen auf hinterhältige Weise an. »Und der Wunsch, alle mit Füßen zu treten, die ich hasse, hat mich, wenn es darum geht, die Schwachstelle Eurer Träume zu finden, ehrgeizig und erfinderisch gemacht. Es gibt einen Wurm, der in den Kern all dieser schönen Früchte kriecht.«

»Großer Gott, hörst du das?« rief Cinq-Mars. Er stand auf und streckte seine Hände gen Himmel.

Seine Einsamkeit im Kerker, die frommen Reden seines Freundes und vor allem sein nahender Tod, der wie das Licht eines unbekannten Sternes all den unseren Blicken vertrauten Gegenständen andere Farben verleiht, das Nachsinnen über die Ewigkeit und (soll man es sagen?) die großen Anstrengungen, um sein herzzerreißendes Bedauern in unsterbliche Hoffnung zu verwandeln und um seine ganze Kraft der Liebe, die ihn auf Erden in die Irre geführt hatte, Gott zuzuwenden, all das hatte bei ihm eine seltsame Veränderung bewirkt, und ähnlich der Ähren, die plötzlich durch einen einzigen Sonnenstrahl reifen, erschlossen sich seiner Seele Lichter in den leuchtendsten Farben, die durch den seltsamen Einfluß des Todes noch heller strahlten.

»Großer Gott!« wiederholte er. »Wenn dieser Mann hier und

sein Meister Menschen sind, bin ich dann auch ein Mensch? Stelle ihren und meinen Ehrgeiz nebeneinander und betrachte sie: der eine egoistisch und mit blutverschmierten Händen, der andere voller Hingabe und ohne Makel; der ihre von Haß geleitet, der andere von der Liebe. Sieh, Herr, sieh, richte und vergib mir! Vergib mir, denn wir waren sicher alle Verbrecher, weil wir nur einen einzigen Tag auf demselben Weg wandelten, für den man auf der Erde nur einen Namen hat, wie auch immer das Ziel, wohin er führt, sein mag.«

Joseph unterbrach ihn brüsk, indem er mit dem Fuß auf den Boden stampfte.

»Wenn Ihr mit Eurem Gebet fertig seid«, sprach er, »dann könnt Ihr mir sagen, ob Ihr mir helfen wollt, und dann rette ich Euch auf der Stelle.«

»Niemals, du dreckiger Schurke!« rief Henri d'Effiat. »Niemals werde ich mich dir und einem Verbrechen anschließen. Ich habe es verweigert, als ich mächtig war, und es ging um dich.«

»Das war ein Fehler: Ihr wäret jetzt der Meister.«

»Ach, welches Glück würde mir meine Macht bringen, wenn ich es mit einer Frau teilen müßte, die mich nicht verstand, deren Liebe für mich nur schwach war und die mir die Krone vorzog? Nachdem sie mich verlassen hatte, wollte ich das, was man die Macht nennt, nicht einmal dem Sieg zu verdanken haben. Urteile, ob ich sie durch das Verbrechen erhalten würde.«

»Diese Dummheit ist unfaßbar«, sagte der Kapuziner lachend.

»Alles mit ihr, nichts ohne sie. Daran hing meine ganze Seele.«

»Ihr beharrt aus Dickköpfigkeit und Hochmut darauf. Das ist unglaublich«, antwortete Joseph, »das ist nicht normal.«

»Du willst abstreiten, daß es so etwas wie Hingabe gibt«, fuhr Cinq-Mars fort, »verstehst du denn wenigstens, warum mein Freund sich aufopfert?«

»Nein, so etwas gibt es nicht. Er wollte Euch folgen, weil ...«

Jetzt war der Kapuziner etwas verlegen, und er überlegte einen Moment.

»Weil ... weil ... er Euch geprägt hat. Ihr seid sein Werk ... Er hängt aus der Eigenliebe des Schöpfers an Euch ... Er war daran gewöhnt, Euch Moralpredigten zu halten, und er sah, daß er keinen Schüler mehr finden würde, der ihm so artig zuhören und applaudieren würde ... die ständige Gewohnheit hat ihn davon überzeugt, daß sein Leben von dem Euren abhing ... So wird es wohl gewesen sein ... Er folgt Euch aus Gewohnheit ... Es ist ja übrigens noch nicht vorbei ... Wir werden beim Verhör sehen, wie es weitergeht. Er wird sicher leugnen, von der Verschwörung gewußt zu haben.«

»Das wird er niemals tun!« rief Cinq-Mars aufgebracht.

»Er wußte also davon? Ihr gebt es zu!« sagte Joseph siegessicher. »So genau hattet Ihr es bislang noch nicht gesagt.«

»Himmel! Was habe ich getan?« jammerte Cinq-Mars und vergrub seinen Kopf in den Händen.

»Beruhigt Euch. Wenn Ihr mein Angebot annehmt, ist er trotzdem gerettet.«

Cinq-Mars war einen Moment sprachlos ... Der Kapuziner fuhr fort:

»Rettet Euren Freund ... Die Gunst des Königs erwartet Euch – und vielleicht auch die Liebe, die nur einen Augenblick der Schwäche hatte ...«

»Mensch, oder was du auch immer sein magst, wenn in deiner Brust irgend etwas, was einem Herzen ähnelt, schlagen sollte«, antwortete der Gefangene, »dann rette de Thou. Er ist das reinste Wesen, das es gibt. Bringt ihn, während er schläft, weg von hier, denn wenn er aufwacht, dann wird es Euch nicht gelingen.«

»Was sollte ich davon haben?« fragte der Kapuziner lachend. »Ich brauche Euch und Eure Gunst des Königs.«

Cinq-Mars stand ungestüm auf, packte Josephs Arm und sah ihn mit furchterregendem Blick an.

»Es ist eine Demütigung für ihn, wenn ich dich um seinetwillen bitte. Komm, du Schurke«, sagte er. Dann hob er den Vorhang hoch, der den Raum seines Freundes von seinem trennte. »Sieh, und dann zweifele an der Hingabe und der Unsterblichkeit der Seelen! ... Vergleiche die Sorge um deinen Sieg mit der Ruhe unserer Niederlage, die Erbärmlichkeit deiner Herrschaft mit der Größe unserer Gefangenschaft und deine blutrünstige Wachsamkeit mit dem Schlaf des Gerechten.«

Ein einsames Licht schien auf de Thou. Dieser junge Mann kniete vor einem Betpult, über dem ein großes Kruzifix aus Ebenholz hing. Es schien, als sei er beim Beten eingeschlafen. Sein Kopf war nach hinten gefallen, aber sein Blick war noch auf das Kreuz gerichtet. Auf seinen Lippen lag ein ruhiges, göttliches Lächeln, und sein zusammengesunkener Körper ruhte auf dem Teppich und auf dem Kissen des Betpultes.

»Jesus! Wie er schläft!« sagte der sprachlose Kapuziner, der gedankenverloren in seine schrecklichen Worte den himmlischen Namen eingeflochten hatte, den er jeden Tag gewohnheitsmäßig aussprach.

Ganz plötzlich ging er weg, legte seine Hände auf die Augen, als blende ihn eine himmlische Erscheinung.

»Brrrr ... brrr ... brrr«, sagte er kopfschüttelnd und fuhr sich mit der Hand durchs Gesicht ... »Das ist ja alles Kinderkram ... wenn ich daran denke, daß mich so etwas auch überkommen könnte ... diese Gedanken können so wie Opium gut dazu sein, sich zu beruhigen ... Aber darum geht es nicht. Sagt ja oder nein!«

»Nein!« rief Cinq-Mars und schob ihn mit den Schultern zur Tür. »Ich will mein Leben keineswegs, und ich bereue nicht, daß ich de Thou ein zweites Mal vernichtet habe, denn um den Preis eines Mordes hätte er es nicht gewollt. Und wenn er sich in Narbonne ausgeliefert hat, dann nicht, um in Lyon zurückzuweichen.«

»Dann weckt ihn auf, denn die Richter kommen«, sagte der wütende Kapuziner mit höhnischem Lachen.

In diesem Augenblick traten im Schein der Fackeln vierzehn mit langen Roben bekleidete Richter ein, denen eine Abordnung schottischer Garden vorausging. Man konnte ihre Gesichter kaum erkennen. Sie stellten sich in Reih und Glied auf und setzten sich dann leise an der rechten und linken Seite des großen Raumes hin. Der Kardinal hatte diese Kommissare für die düstere, feierliche Angelegenheit entsandt. Es waren alles zuverlässige Männer, die sein ganzes Vertrauen genossen. Richelieu hatte sie in Tarascon ausgewählt und aufgeschrieben. Er hatte auch gewollt, daß der Kanzler Séguier persönlich in Lyon erscheine, *um zu vermeiden,* wie er in den Anweisungen und Befehlen schrieb, die er König Ludwig XIII. durch Chavigny zukommen ließ, *um alle Zwischenfälle zu vermeiden, die eintreten könnten, wenn er nicht dabei wäre. Monsieur Marillac,* fügte er hinzu, *war in Nantes beim Prozeß gegen Chalais, Monsieur de Château-Neuf in Toulouse beim Tod des Monsieur de Montmorency und Monsieur de Bellièvre in Paris beim Prozeß gegen Monsieur de Biron dabei. Die Autorität und das Verständnis dieser Herren in bezug auf juristische Belange sind unbedingt vonnöten.*

Der Kanzler Séguier eilte also herbei. Aber soeben wurde verkündet, daß er den Befehl erhalten hatte, nicht zur Verhandlung zu erscheinen, weil man befürchtete, er könne durch die Erinnerung an seine ehemalige Freundschaft mit dem Gefangenen beeinflußt werden, den er immer nur unter vier Augen gesprochen hatte. Er und die Kommissare hatten zunächst nur die feigen Aussagen des Herzogs von Orléans in Villefranche in Beaujolais entgegengenommen und dann in Vivey, zwei Meilen von Lyon entfernt, wohin sich der jämmerliche Herzog laut Befehl begeben mußte. Inmitten all dieser Menschen, die man ihm aus Mitleid gelassen hatte, war er nur noch ein flehendes, zitterndes Etwas. Er wurde von französischen und Schweizer Gardisten streng bewacht. Der Kardinal hatte Gaston seine Rolle und seine Antworten Wort für Wort diktieren lassen, und aus Dank für seine Fügsamkeit hatte man ihn von den allzu peinlichen Gegenüberstellungen mit Cinq-Mars und de Thou befreit. Dann hatten der Kanzler und die Kommissare Monsieur de Bouillon bearbeitet, und, gestärkt durch ihre Vorarbeiten, fielen sie nun mit ihrem ganzen Gewicht über die beiden jungen Schuldigen her, die man nicht retten wollte. – Die Geschichte hat uns nur die Namen der Staatsräte, die Pierre Séguier begleiteten, überliefert, nicht aber die der anderen Kommissare, von denen nur gesagt wird, daß es sechs aus dem Gerichtshof von Grenoble und zwei Präsidenten waren. Der Richter Laubardemont, der sie in allen Dingen geleitet hatte, stand an ihrer Spitze. Joseph flüsterte ihnen häufig mit ehrfurchtsvoller Höflichkeit etwas ins Ohr, schaute aber Laubardemont mit grimmigem, spöttischem Blick verstohlen an.

Es war vereinbart worden, daß der Lehnstuhl als Anklagebank dienen sollte, und alle schwiegen, um die Antworten des Gefangenen anzuhören.

Er sprach mit sanfter, ruhiger Stimme.

»Sagt dem Herrn Kanzler, daß ich das Recht hätte, den Gerichtshof in Paris anzurufen und meine Richter abzulehnen, weil sich unter ihnen zwei meiner Feinde befinden und an ihrer Spitze einer meiner Freunde, Monsieur Séguier, den ich im Amt behalten habe. Aber ich erspare Euch diese Mühe, meine Herren, und ich bekenne mich der Verschwörung, die ich allein angezettelt und befohlen habe, für schuldig. Es ist mein Wille zu sterben. Ich habe dem also für meine Person nichts hinzuzufügen, aber wenn Ihr gerecht sein wollt, dann laßt Ihr demjenigen das Leben, den der König selbst als den aufrechtesten Mann Frankreichs bezeichnet hat, und der nur für mich stirbt.«

»Man führe ihn vor«, befahl Laubardemont.

Zwei Wachen holten Monsieur de Thou herbei.

Er trat ein, grüßte ernst, doch mit einem engelsgleichen Lächeln auf den Lippen, und umarmte Cinq-Mars.

»Endlich ist unser glorreicher Tag gekommen«, sagte er. »Wir werden in den Himmel kommen und ewiges Glück erfahren.«

»Wir hören, Monsieur«, sagte Laubardemont, »wir hören aus dem Munde von Cinq-Mars selbst, daß Ihr von der Verschwörung gewußt habt.«

De Thou antwortete auf der Stelle, ohne die geringste Verwirrung zu zeigen, noch immer lächelnd und mit niedergeschlagenem Blick:

»Meine Herren, ich habe mein Leben damit verbracht, die menschlichen Gesetze zu studieren, und ich weiß, daß die Aussage eines Angeklagten nicht zur Verurteilung eines anderen Angeklagten führen kann. Ich könnte auch wiederholen, was ich bereits gesagt habe, daß man mir nicht geglaubt hätte, wenn ich ohne Beweise den Bruder des Königs denunziert hätte. Ihr seht also, daß mein Leben und mein Tod in meiner Hand liegen. Nachdem ich jedoch dem einen wie dem anderen genau ins Auge gesehen habe, habe ich ganz deutlich erkannt, daß es, an welchem Leben ich mich auch immer erfreuen könnte, nach dem Verlust von Monsieur de Cinq-Mars nur ein unglückliches sein könnte. Ich gestehe also und bekenne, von seiner Verschwörung gewußt zu haben. Ich habe mein möglichstes getan, ihn davon abzubringen. – Er hat in mir seinen einzigen treuen Freund gesehen, und ich wollte ihn daher nicht verraten. Deshalb verurteile ich mich nach den Gesetzen, die mein Vater selbst niedergeschrieben hat. Möge er mir vergeben.«

Kaum hatte er den Satz zu Ende gesprochen, da fielen sich die beiden Freunde in die Arme.

Cinq-Mars rief:

»Mein Freund, mein Freund! Wie sehr bedauere ich deinen Tod, den ich verschuldet habe. Ich habe dich zweimal verraten, aber du wirst wissen, wie.«

Doch de Thou, der ihn umarmte und beruhigte, antwortete mit erhobenem Blick:

»Ach, wie glücklich sind wir, so ein Ende zu haben. Menschlich gesprochen, könnte ich mich über Euch beklagen, Monsieur, aber Gott weiß, wie sehr ich Euch liebe! Was haben wir getan, daß wir die Gnade eines Märtyrers verdienen und das Glück haben, zusammen zu sterben?«

Die Richter waren auf de Thous Sanftmut nicht vorbereitet und schauten sich überrascht an.

»Oh, wenn man mir doch nur eine Partisane[48] gäbe«, hörte man eine heisere Stimme sagen (es war der alte Grandchamp, der sich in den Raum geschlichen hatte und dessen Augen vor Wut gerötet waren), »dann würde ich meinen Herrn wohl von all diesen finsteren Gestalten befreien.«

Zwei Hellebardiers stellten sich schweigend neben ihn. Grandchamp verstummte, und um sich zu trösten, stellte er sich an ein Fenster, das auf den Fluß zeigte und durch das man die Sonne noch nicht sehen konnte. Der alte Diener schien auf das, was in dem Raum geschah, nicht mehr zu achten.

Laubardemont jedoch, der befürchtete, daß sich die Richter erweichen lassen könnten, sagte mit lauter Stimme:

»Nach dem Befehl des Kardinals werden diese beiden Herren jetzt der Folter unterworfen, das heißt, der ordentlichen und der außerordentlichen Befragung.«

Cinq-Mars war so empört, daß er seine ganze Charakterstärke wiederfand. Er verschränkte die Arme und machte zwei Schritte auf Laubardemont und Joseph zu, die nun erschraken. Der erstere legte unwillkürlich seine Hand auf seine Stirn.

»Sind wir hier in Loudun?« rief der Gefangene.

Aber de Thou näherte sich ihm, nahm seine Hand und drückte sie. Cinq-Mars verstummte und fuhr dann mit ruhiger Stimme mit Blick auf die Richter fort:

»Meine Herren, das erscheint mir doch sehr hart zu sein. Ein Mann meines Alters und meines Ranges sollte diesen Formalitäten nicht unterworfen werden. Ich habe alles gesagt, und ich werde alles sagen. Ich will sterben, und das von ganzem Herzen. Die Folter ist also keineswegs notwendig. Seelen wie unseren kann man durch körperliche Qualen keine Geheimnisse entreißen. Wir sind aus freien Stücken und genau zu der von uns bestimmten Stunde Gefangene geworden. Wir haben nur das gesagt, was nötig ist, um uns zu töten. Ihr werdet nicht mehr erfahren. Wir haben, was wir wollten.«

»Was redet Ihr da, mein Freund?« unterbrach ihn de Thou. »Er irrt sich, meine Herren. Wir werden das Martyrium, das Gott uns anbietet, nicht ablehnen. Nein, wir bitten darum.«

»Aber«, sagte Cinq-Mars, »braucht Ihr denn diese schändliche Folter, um in den Himmel zu kommen? Ihr seid schon ein Märtyrer – aus Freundschaft freiwillig zum Märtyrer geworden. Meine Herren, nur ich allein könnte wichtige Geheimnisse kennen. Es ist der Anführer einer Verschwörung, der sie kennt. Unterwerft nur mich der Folter, wenn wir hier schon wie die schlimmsten Verbrecher behandelt werden sollen.«

»Habt Erbarmen, meine Herren!« flehte de Thou. »Bewahrt mich nicht vor Schmerzen, die er erleiden muß. Ich bin ihm nicht so weit gefolgt, um ihn in dieser wertvollen Stunde im Stich zu lassen, und ich werde alles tun, um ihn bis in den Himmel zu begleiten.«

Während dieses Streitgesprächs hatte sich zwischen Laubardemont und Joseph ein anderes entwickelt. Der eine befürchtete, der Gefangene könnte unter den Schmerzen über ihre Unterredung sprechen, und er war daher nicht der Ansicht, daß man die Folter anwenden müsse. Der andere aber befand, daß der Tod allein nicht ausreiche, um seinen Triumph voll und ganz auszukosten, und er verlangte daher unbedingt die Tortur. Die Richter versammelten sich um diese beiden Geheimagenten des großen Ministers und lauschten aufmerksam ihren Worten. So manches deutete jedoch darauf hin, daß der Kapuziner mehr Ansehen genoß als der Richter, und darum neigten sie eher dazu, sich seiner Meinung anzuschließen, und sie hatten sich schon für die Menschlichkeit entschieden, als Joseph die folgenden Worte leise sprach:

»Ich kenne ihre Geheimnisse. Wir brauchen sie daher nicht zu erfahren, denn sie sind für uns unwichtig und betreffen zu hohe Ränge. Monsieur le Grand braucht nur den König zu beschuldigen und de Thou die Königin. Es ist besser, wir wissen nichts davon. Sie werden übrigens sowieso nicht sprechen. Ich kenne sie. Sie werden schweigen, der eine aus Stolz und der andere aus Mitleid. Lassen wir es also. Die Folter würde sie verletzen, dann wären sie entstellt und könnten nicht mehr laufen. Das würde die ganze Zeremonie verderben. Sie sollen so bleiben, bis sie vor dem Henker erscheinen.«

Diese letzte Überlegung siegte. Die Richter zogen sich mit dem Kanzler zur Beratung zurück. Als sie den Raum verließen, sagte Joseph zu Laubardemont:

»Ihr habt hier jetzt lange genug Euren Spaß gehabt. Nun werdet Ihr noch das Vergnügen der Beratung genießen, und dann werdet Ihr drei Angeklagte im Nordturm verhören.«

Es waren die drei Richter Urbain Grandiers.

Der Kapuziner sprach, lachte schallend und ging als letzter hinaus. Den sprachlosen Richter schob er vor sich her.

Kaum waren Richelieus Männer hinausgegangen, da stürzte Grandchamp, der von seinen beiden Bewachern erlöst worden war, auf seinen Herrn zu, drückte ihm die Hand und sagte:

»Im Namen Gottes, kommt mit auf die Terrasse, Monseigneur. Ich werde Euch etwas zeigen. Im Namen Eurer Mutter, kommt ...«

Aber im selben Moment öffnete sich die Tür, und der alte Abbé Quillet trat ein.

»Meine Kinder, meine armen Kinder!« rief der Alte weinend. »Oh, warum läßt man mich erst heute zu Euch. Lieber Henri, Eure Mutter, Euer Bruder und Eure Schwester haben sich hier versteckt ...«

»Schweigt, Monsieur Quillet«, sagte Grandchamp. »Kommt auf die Terrasse, Monseigneur.«

Aber der alte Priester hielt seinen Schüler in den Armen.

»Wir hoffen, wir hoffen so sehr auf eine Begnadigung.«

»Ich würde sie ablehnen«, erwiderte Cinq-Mars.

»Wir hoffen nur auf die Gnade Gottes«, sagte de Thou.

»Seid ruhig«, unterbrach ihn Grandchamp noch einmal. »Die Richter kommen.«

Tatsächlich öffnete sich die Tür wieder für die düstere Prozession, in der Joseph und Laubardemont fehlten.

»Meine Herren«, rief der gute Abbé, an die Kommissare gewandt, »ich bin froh, Euch mitteilen zu können, daß ich gerade aus Paris komme und daß niemand an der Begnadigung aller Verschwörer zweifelt. Ich habe MONSIEUR bei Seiner Majestät getroffen, und was den Herzog von Bouillon betrifft, so war sein Verhör nicht unvorteil ...«

»Ruhe!« rief Monsieur de Ceton, Oberleutnant der schottischen Garden.

Und die vierzehn Kommissare betraten den Raum und stellten sich abermals in Reih und Glied auf.

Als Monsieur de Thou vernahm, daß der Gerichtsschreiber des Obersten Gerichts von Lyon aufgerufen wurde, um das Urteil zu verlesen, verfiel er unwillkürlich in einen frommen Freudentaumel, wie man ihn nur von Märtyrern und Heiligen angesichts ihres nahenden Todes kennt. Er ging auf diesen Mann zu und rief:

»*Quam speciosi pedes evangelizantium pacem, evangelizantium bona!*«

Dann ergriff er Cinq-Mars' Hand und kniete sich, der Vorschrift gemäß, barhäuptig nieder, um das Urteil entgegenzunehmen. D'Effiat blieb stehen, aber man wagte nicht, ihn zu zwingen, niederzuknien.

Es erging der folgende Urteilsspruch:

Zwischen dem Generalstaatsanwalt des Königs, Vertreter der Anklage im Falle des Majestätsverbrechens einerseits, und den Herren Henri d'Effiat, Oberstallmeister von Frankreich, zweiundzwanzig Jahre alt, und François-Auguste de Thou, fünfunddreißig Jahre alt, Rat des königlichen Gerichts, Gefangene im Schloß Pierre-Encise von Lyon, angeklagt und schuldig gesprochen andererseits;

angesichts des außerordentlichen Prozesses, der auf Antrag des genannten Generalstaatsanwalts des Königs gegen die genannten d'Effiat und de Thou eröffnet wird, in Anbetracht der Auskünfte, Verhöre, Geständnisse, Ableugnungen, Gegenüberstellungen und der anerkannten Abschriften des Vertrages mit Spanien kommt das Gericht zu folgender Urteilsbegründung:

1. Derjenige, der der Person der Minister der Könige nach dem Leben trachtet, wird gemäß den alten Gesetzen und Verfassungen des Kaisers des Majestätsverbrechens für schuldig erachtet.

2. Aufgrund des dritten Erlasses des frommen Ludwigs XI. ergeht die Todesstrafe gegen jeden, der eine Verschwörung gegen den Staat nicht aufdeckt.

Die von Seiner Majestät bestellten Kommissare haben die genannten d'Effiat und de Thou des Majestätsverbrechens angeklagt und überführt, und zwar:

Den genannten d'Effiat de Cinq-Mars aufgrund der Verschwörung und der Unternehmungen, der Bündnisse und des Vertrages mit dem Ausland gegen den Staat;

und den genannten de Thou, weil er von den genannten Unternehmungen wußte.

Als Sühne dieser Verbrechen werden ihnen alle Ehren und Würden abgesprochen, und sie werden zum Tode verurteilt. Das Urteil wird fol-

gendermaßen vollstreckt: Ihr Kopf fällt auf dem Schafott, das eigens zu diesem Zwecke auf der Place des Terreaux in dieser Stadt errichtet wird.

Wir verkünden, daß alle ihre beweglichen und unbeweglichen Güter vom König konfisziert werden und alles, was sie unmittelbar von der Krone empfangen haben, wieder an diese zurückfällt. Davon wird vorrangig der Betrag von 60 000 Livres für fromme Werke abgezogen.

Nach der Urteilsverlesung rief Monsieur de Thou:

»Gesegnet sei Gott! Gelobt sei Gott!«

»Der Tod hat mir noch nie angst gemacht«, sagte Cinq-Mars kalt.

Anschließend verkündete Monsieur de Ceton, Oberleutnant der schottischen Garden, ein alter Mann von sechsundsechzig Jahren, vorschriftsmäßig mit bewegter Stimme, daß er die Gefangenen in die Hände von Sieur Thomé übergebe, den Vorsteher der Kaufmannschaft von Lyon. Er verabschiedete sich so wie auch alle Gardisten schweigend und mit Tränen in den Augen.

»Weint nicht«, sagte Cinq-Mars zu ihnen. »Eure Tränen sind unnötig. Betet lieber für uns zu Gott, und seid sicher, daß ich den Tod nicht fürchte.«

Sie drückten ihnen die Hände, und de Thou umarmte sie. Dann gingen die Adligen mit tränennassen Augen hinaus. Ihre Gesichter hatten sie in ihren Mänteln versteckt.

»Diese Grausamen!« sagte der Abbé Quillet. »Um Waffen gegen Euch zu finden, mußten sie im Arsenal der Tyrannen suchen. Warum läßt man mich jetzt eintreten? …«

»Als Beichtvater, Monsieur«, sagte ein Kommissar leise, »denn seit zwei Monaten hatte hier kein Fremder Zugang …«

Kaum waren die Türen geschlossen, und die Vorhänge heruntergelassen, da hörte man Grandchamp wieder schreien:

»In Gottes Namen, auf die Terrasse!« Und er zog seinen Herrn und de Thou hinter sich her. Der alte Quillet hinkte ihnen nach.

»Was willst du in einem solchen Augenblick von uns?« fragte Cinq-Mars in strengem, doch nachsichtigem Ton.

»Seht doch das Gebirge vor der Stadt!« sagte der treue Diener.

Soeben war die Sonne aufgegangen und tauchte den Himmel in ein schwaches Licht. Am Horizont wurde eine leuchtende gelbe Linie sichtbar, gegen die sich die dunkelblauen Berge deutlich abhoben. Die Fluten der Saône und die Berge vor der Stadt, die von einem Ufer zum anderen gingen, waren noch von einem leichten Nebel bedeckt, der sich auch über Lyon erhob und die Dächer der Häuser vor den Blicken verbarg. Noch färbten die ersten morgendlichen Sonnenstrahlen nur die höchsten Punkte dieser herrlichen Landschaft. Die Flammen des Morgenrots vergoldeten in der Stadt die Türme des Rathauses und der Kirche Saint-Nizier, auf den umliegenden Bergen das Karmeliter- und das Marienkloster sowie die ganze Festung Pierre-Encise. Die Klänge des fröhlichen Glockenspiels der Kirchen, die zur friedlichen Mette der Klöster und Dörfer läuteten, waren zu hören. Nur die Mauern des Gefängnisses schwiegen.

»Also«, fragte Cinq-Mars, »was sollen wir uns hier ansehen? Die Schönheit der Ebene oder den Reichtum der Städte? Den Frieden der Dörfer? Ach, liebe Freunde, dort gibt es überall die gleichen Leidenschaften und Schmerzen wie die, die uns hierhergebracht haben.«

Der alte Abbé und Grandchamp beugten sich über die Brüstung der Terrasse, um den Fluß besser sehen zu können.

»Der Nebel ist zu dicht, man sieht noch nichts«, sagte der Abbé.

»Wie langsam unsere letzte Sonne aufgeht«, sagte de Thou.

»Seht Ihr nicht dort unten am Fuße der Berge, am anderen Ufer, zwischen dem Tor von Halincourt und dem Boulevard Saint-Jean, ein kleines weißes Haus?« fragte der Abbé.

»Ich sehe nichts«, antwortete Cinq-Mars, »außer einem Haufen grauer Mauern.«

»Ist das ein verdammt dicker Nebel!« sagte jetzt Grandchamp, der sich noch immer über die Brüstung lehnte wie ein Matrose, der sich auf die letzte Planke einer Mole stützt, um am Horizont ein Segel erkennen zu können.

»Pst!« flüsterte der Abbé. »Ganz in der Nähe spricht jemand.«

Tatsächlich war ein wirres, dumpfes und unerklärliches Murmeln zu hören, das aus einem kleinen, neben der Terrasse liegenden Türmchen drang.

»Kommt man uns schon holen?« fragte Cinq-Mars.

»Ach was!« antwortete Grandchamp. »Kümmert Euch nicht darum, das ist das Turmverlies. Seit zwei Monaten schleiche ich um diese Festung herum, und ich habe schon einige von dort ins Wasser fallen sehen, mindestens einmal in der Woche. Denken wir an unsere Sache. Ich sehe in dem Fenster dort unten Licht.«

Eine unbesiegbare Neugierde brachte die beiden Gefangenen doch dazu, trotz ihrer schrecklichen Lage einen Blick auf das Türmchen zu werfen. Tatsächlich ragte dieser Turm steil aus dem Felsen empor, genau über einem Abgrund, der mit wallendem, grünlichem Wasser gefüllt war, eine Art unbrauchbarer Quelle, die ein toter Arm der Saône zwischen den Felsen in erschreckender Tiefe bildete. Man sah an dieser Stelle, wie sich das Rad einer seit langem verlassenen Mühle schnell drehte. Dreimal hörte man ein Krachen, als ob sich eine Zugbrücke senke, sich dann plötzlich wie von einer Feder gezogen hebe und dabei gegen die Steine der Mauer schlug. Dreimal sah man im hochspritzenden Schaum etwas Schwarzes ins Wasser fallen.

»Erbarmen! Waren das Menschen?« rief der Abbé und bekreuzigte sich.

»Ich glaube, es waren braune Kutten, die da durch die Luft wirbelten«, meinte Grandchamp. »Das sind die Freunde des Kardinals.«

Aus dem Turm drang ein von gottlosen Flüchen begleiteter, schrecklicher Schrei.

Und ein viertes Mal ächzte eine schwere Falltür. Ein Bündel fiel krachend ins Wasser, und das riesige Mühlrad fing an zu knarren. Eine seiner breiten Streben zerbrach, und ein in dem morschen Gebälk gefangener Mann tauchte aus dem Schaum auf, der sich mit schwarzem Blut färbte. Er schrie, wurde von einem Strudel erfaßt, tauchte noch zweimal auf und ging dann unter. Das war Laubardemont.

Cinq-Mars wurde von fürchterlichem Entsetzen gepackt und wich zurück.

»Das war Vorsehung«, sagte Grandchamp. »Vor drei Jahren hat Urbain Grandier ihn vor Gottes Gericht geladen. Schnell, schnell, die Zeit ist kostbar. Meine Herren, bewegt Euch! Ob er es war oder nicht, mich würde es nicht wundern, denn diese Schurken fressen einander wie die Ratten. Aber jetzt sollten wir uns daranmachen, ihnen ihr bestes Stück zu entreißen. Es lebe Gott! Ich sehe das Zeichen. Wir sind gerettet. Alles steht bereit. Lauft zu dieser Seite da, Monsieur Quillet. Dort hängt das weiße Taschentuch am Fenster. Unsere Freunde haben alles vorbereitet.«

Der Abbé ergriff sofort die Hand der beiden Gefangenen und zog sie zu der Seite der Terrasse, auf die sie zuerst ihren Blick gelenkt hatten.

»Hört mir zu, Ihr beiden«, sagte er. »Ihr müßt wissen, daß keiner der Verschwörer den Zufluchtsort aufsuchen wollte, den Ihr ihnen zugesichert habt. Sie sind alle, verkleidet und in großer Zahl, nach Lyon geeilt. Sie haben in der Stadt genug Gold verteilt, damit man sie nicht verrät. Sie wollen einen Befreiungsschlag versuchen, und zwar in dem Moment, wenn Ihr zum Schafott geführt werdet. Das Signal wird Euer Hut sein. Wenn es losgehen soll, setzt Ihr ihn auf.«

Der gute Abbé war voller Hoffnung. Er weinte und lachte abwechselnd und erzählte, daß er nach der Verhaftung seines Schülers nach Paris gereist war und daß alle Handlungen des Kardinals so geheimnisumwittert waren, daß niemand den Ort kannte, wo der Oberstallmeister gefangen gehalten wurde. Viele sprachen davon, er sei des Landes verwiesen worden, und als man von der Versöhnung des MONSIEUR und des Herzogs von Bouillon mit dem König erfahren habe, da hätte man nicht mehr daran gezweifelt, daß das Leben der anderen gerettet sei, und man hatte aufgehört, über die Sache, in die nur wenige Personen verwickelt waren, zu sprechen, da es keine Exekutionen gegeben hatte. Man hatte sich in Paris sogar gewissermaßen gefreut, daß die Stadt Sedan und ihr Gebiet an das Königreich fielen, und zwar im Austausch gegen den Monsieur de Bouillon zugebilligten Straferlaß, der auch für MONSIEUR galt. Der Priester berichtete weiter, daß die Geschicklichkeit des Kardinals aufgrund der Ergebnisse all dieser Arrangements bewundert wurde sowie auch seine Milde gegen die Verschwörer, die ihm ja, wie es hieß, nach dem Leben getrachtet hatten. Es wurde sogar das Gerücht in Umlauf gebracht, daß er Cinq-Mars und de Thou hatte fliehen lassen und sich großzügig um ihren Zufluchtsort im Ausland gekümmert hatte, nachdem er sie mutig mitten im Lager von Perpignan hatte verhaften lassen.

An dieser Stelle des Berichtes vergaß Cinq-Mars seine Schicksalsergebenheit. Er ergriff die Hand seines Freundes:

»Verhaftet!« rief er. »Müssen wir sogar auf die Ehre verzichten, uns freiwillig ausgeliefert zu haben! Müssen wir alles opfern, egal, was die Nachwelt über uns denken mag?«

»Auch das war Stolz!« antwortete de Thou. Dann legte er

einen Finger auf seinen Mund. »Pst! Hören wir den Abbé zu Ende an.«

Dieser zweifelte nicht daran, daß diese beiden jungen Leute so ruhig waren, weil sie sich freuten, ihre Flucht gesichert zu sehen. Als er sah, daß die Sonne kaum den Morgendunst aufgelöst hatte, gab er sich dieser Freude ganz hin, die alte Männer empfinden, wenn sie über Neuigkeiten berichten, sollten diese auch schmerzlich sein. Er sprach von all seinen unfruchtbaren Bemühungen, das Versteck seines Schülers ausfindig zu machen, das auch bei Hofe und in der Stadt unbekannt war, wo man noch nicht einmal wagte, seinen Namen in den geheimsten Winkeln auszusprechen. Er hatte von der Gefangenschaft in Pierre-Encise erst von der Königin persönlich erfahren, die sogar die Güte gehabt hatte, ihn rufen zu lassen und ihn damit zu beauftragen, die Marschallin d'Effiat und alle Verschwörer zu benachrichtigen, damit sie einen letzten verzweifelten Versuch unternahmen, ihren jungen Anführer zu befreien. Anna von Österreich hatte sogar gewagt, zahlreiche Edelleute aus der Auvergne und der Touraine nach Lyon zu entsenden, um diesen letzten Schlag zu unterstützen.

»Die gute Königin!« sagte er. »Sie weinte oft, als ich sie sah, und sie sagte, daß sie alles gebe, was sie besitze, um Euch zu retten. Sie machte sich große Vorwürfe wegen eines Briefes. Ich weiß aber nicht, um welchen Brief es sich handelt. Sie sprach vom Wohle Frankreichs, aber sie erklärte sich nicht weiter. Sie sagte mir, daß Sie Euch bewundere und Euch anflehe zu fliehen, wenn es auch nur aus Mitleid mit ihr geschehe, da ihr Schuldgefühl sie sonst nie mehr verlassen würde.«

»Hat sie sonst nichts gesagt?« unterbrach ihn de Thou, der den erblaßten Cinq-Mars stützte.

»Sonst nichts«, antwortete der Alte.

»Und niemand hat mit Euch über mich gesprochen?« fragte der Oberstallmeister.

»Niemand!« erwiderte der Abbé.

»Denkt daran, mein Vater, daß Ihr als Beichtvater hierher geschickt wurdet«, sagte de Thou.

Der alte Grandchamp, der vor Cinq-Mars kniete, zog ihn am Rock zur anderen Seite der Terrasse und schrie mit stockender Stimme:

»Monseigneur ... mein Herr ... mein guter Herr ... seht Ihr sie? Dort sind sie ... sie sind es ... sie sind es ... alle sind da.«

»Ja, wer denn, mein alter Freund?« fragte sein Herr.

»Wer? Großer Gott! Schaut auf dieses Fenster dort. Erkennt Ihr sie denn nicht? Eure Mutter, Eure Schwester, Euer Bruder.«

Tatsächlich war es nun endlich hell geworden, und er konnte in der Ferne Frauen sehen, die mit weißen Taschentüchern winkten. Eine von ihnen – sie war in Schwarz gekleidet – streckte ihre Arme nach dem Kerker aus. Sie wich jetzt vom Fenster zurück, als wolle sie Kraft schöpfen, aber dann erschien sie wieder, auf die anderen gestützt, breitete ihre Arme aus und griff mit ihrer Hand an ihr Herz.

Cinq-Mars erkannte seine Mutter und seine Familie, und einen kurzen Moment versagten seine Kräfte. Er lehnte seinen Kopf gegen die Brust seines Freundes und weinte.

»Wie oft muß ich denn noch sterben?« stöhnte er.

Dann aber winkte auch er von der Höhe des Turmes seiner Familie zu.

»Gehen wir schnell hinunter, mein Vater«, lautete seine Antwort an den alten Abbé. »Ihr werdet mir bei der Beichte und vor Gott sagen, ob mein restliches Leben es wert ist, daß Blut vergossen wird, um es zu retten.«

Und Cinq-Mars beichtete nun vor Gott, was nur er und Maria von Mantua über ihre geheime, unglückliche Liebe gewußt hatten. ›Er übergab seinem Beichtvater‹, berichtet Pater Daniel, ›das Porträt einer großen Dame, das ganz mit Diamanten eingefaßt war, die verkauft werden sollten, und das Geld sollte für fromme Werke verwendet werden.‹

Monsieur de Thou schrieb, nachdem er gebeichtet hatte, einen Brief. Danach (so lautet der Bericht seines Beichtvaters) sagte er zu mir: ›Dies ist der letzte Gedanke, den ich dieser Welt noch widmen will: auf ins Paradies!‹ Und er ging mit großen Schritten im Zimmer auf und ab und rezitierte mit lauter Stimme den Psalm *Misere mei, Deus*, und das mit unglaublicher Inbrunst. Er zitterte so stark am ganzen Körper, daß man hätte meinen können, er berühre schon nicht mehr die Erde und seine Seele verlasse soeben seinen Körper. Die Gardisten betrachteten stumm dieses Schauspiel, und sie bebten alle vor Achtung und Schrecken.

Am zwölften Tag desselben Monats September im Jahre 1642 war jedoch alles ruhig in Lyon, bis man bei Tagesanbruch zum großen Erstaunen der Einwohner durch alle Tore Infanterie- und Kavallerietruppen einmarschieren sah, von denen man wußte, daß sie sehr weit von hier gelagert und Quartier bezogen hatten. Die französischen und Schweizer Garden, die Regimenter Pompadour, die Soldaten Maureverts und die leichten Reiter La Roques, sie alle marschierten schweigend auf. Die Kavallerie hatte ihre Musketen auf die Sattelknöpfe gestützt und nahm rund um das Schloß Pierre-Encise Aufstellung. Die Infanterie bildete an den Ufern der Saône ein Spalier, das von dem Tor der Festung bis zur Place des Terreaux reichte. Dort fanden gewöhnlich die Hinrichtungen statt.

Vier Kompanien Lyoner Bürger, die Pennonnage genannt wurden, insgesamt ungefähr elf- oder zwölfhundert Mann, stellten sich, schreibt Montrésor in seinem Tagebuch, *mitten auf der Place des Terreaux auf, so daß sie einen Raum von ungefähr achtzig Schritt an jeder Seite umschlossen, den niemand betreten durfte, außer denen, die hier gebraucht wurden.*

Mitten auf diesem gesicherten Platz wurde ein Schafott errichtet, das sieben Fuß hoch und an jeder Seite neun Fuß breit war. In der Mitte, etwas weiter vorne, ragte ein Pfahl von drei Fuß in die Höhe, vor den man einen Block von der Höhe eines halben Fußes legte, so daß die Vorderseite des Schafotts auf die Metzgerei von Terreaux gerichtet war, dort, wo die Saône floß. Gegen dieses Schafott hatte man eine kleine Leiter mit acht Sprossen gestellt, und zwar zu der Seite, wo sich das Kloster der Frauen von Saint-Pierre befand.

Die Namen der Gefangenen waren nicht bis in die Stadt durchgedrungen. Nur bei Nacht ließen die unbezwingbaren Mauern der Festung zu, daß hier etwas eindringen oder herausgebracht werden konnte. Tief in den verborgenen Kerkern der Festung waren schon manches Mal Väter und Söhne jahrelang vier Fuß nebeneinander eingesperrt gewesen, ohne daß einer die Anwesenheit des anderen ahnte.

Die Überraschung über das außergewöhnliche Spektakel war groß, und die Menge strömte herbei. Sie wußte nicht, ob es sich um ein Fest oder eine Hinrichtung handelte.

Die Verschwörer hatten ebenso sorgfältig Geheimhaltung bewahrt wie die Agenten des Ministers, denn ihr Kopf stand auf dem Spiel.

Montrésor, Fontrailles, der Baron von Beauvau, Olivier d'Entraigues, Gondi, der Graf Du Lude und der Advokat Fournier waren als Soldaten, Arbeiter oder Gaukler verkleidet und mit Dolchen, die sie unter ihren Kleidern versteckten, bewaffnet. Sie hatten in der Menge mehr als fünfhundert Edelleute und Bedienstete verteilt, die auch verkleidet waren. Pferde standen auf der Straße nach Italien bereit, und die Barken auf der Rhône waren schon im voraus bezahlt worden. Der junge Marquis d'Effiat, der ältere Bruder von Cinq-Mars, der die Kutte eines Kartäusermönches trug, schritt durch die Menge. Er ging unaufhörlich von der Place des Terreaux zu dem kleinen Haus, in dem seine Mutter und seine Schwester sich mit der Präsidentin von Pontac, der Schwester des unglücklichen de Thou, eingeschlossen hatten. Er beruhigte sie, machte ihnen etwas Hoffnung, kehrte dann wieder zu den Verschwörern zurück und überzeugte sich, daß jeder von ihnen bereit war zur Tat.

Alle Soldaten, die das Spalier bildeten, hatten an ihrer Seite einen Mann stehen, der bereit war, ihn zu erdolchen.

Die riesige Menschenmenge, die sich hinter der von den Garden gebildeten Linie drängelte, stieß die Garden weiter nach vorne, sprengte ihre Abgrenzung und gewann Platz hinzu. Ambrosio, der spanische Diener, den Cinq-Mars in seinen Diensten behalten hatte und der als katalanischer Musikant verkleidet war, kümmerte sich um den Hauptmann der Pikenträger. Er hatte einen Streit mit ihm angezettelt und tat so, als wolle er nicht aufhören, seine Laute zu spielen. Alle waren auf ihrem Posten.

Der Abbé de Gondi, Olivier d'Entraigues und der Marquis d'Effiat standen mitten in einer Gruppe streitender, schreiender Fischweiber und Austernhändlerinnen. Sie beschimpften eine von ihnen, die jünger und schüchterner war als ihre hartgesottenen Begleiterinnen. Der Bruder von Cinq-Mars ging näher heran, um sich diesen Streit anzuhören.

»Ach«, sagte sie zu den anderen, »und warum wollt Ihr denn, daß Jean le Roux, der ein ehrenwerter Mann ist, zwei Christen den Kopf abschlägt, nur weil er Metzger von Beruf ist? Solange ich seine Frau bin, werde ich es nicht ertragen. Mir wäre lieber ...«

»Ach, da hast du aber unrecht«, antworteten ihre Gefährtinnen. »Was kann es dir denn ausmachen, ob man das Fleisch, das er zerteilt, ißt oder nicht? Immerhin stimmt es ja auch, daß du hundert Ecus bekommen wirst, um deinen drei Gören neue Kleider zu kaufen. Du kannst dich wirklich glücklich schätzen, daß du die Ehefrau eines Metzgers bist. Nutze es, meine Liebe, was Gott dir durch die Gnade Seiner Eminenz zukommen läßt.«

»Laßt mich in Ruhe!« schimpfte die junge Frau. »Ich will es nicht haben. Ich habe diese hübschen jungen Männer am Fenster gesehen. Sie sehen aus wie sanfte Lämmer.«

»Ja, und werden deine Lämmer und deine Kälber nicht auch getötet?« meinte Frau Le Bon. »Was diese kleine Frau doch für ein Glück hat! Es ist ein Jammer! Und das Glück ereilt sie auch noch von Seiten des ehrwürdigen Kapuziners.«

»Buh, wie scheußlich diese Fröhlichkeit des Volkes ist!« rief der unbesonnene Olivier d'Entraigues.

Alle Frauen hörten es und fingen an, über ihn zu tuscheln.

»Des Volkes«, sagten sie. »Ja, woher kommt denn dieser kleine Maurer mit dem Gips auf seinem Kittel?«

»Ach«, fuhr ihr eine andere ins Wort, »siehst du denn nicht, daß das ein verkleideter Edelmann ist? Schau dir nur seine weißen Hände an! Der hat noch nie richtig gearbeitet.«

»Ja, ja, das ist bestimmt irgendein kleiner Verschwörer, dieser Stutzer. Ich hätte nicht übel Lust, den Hauptmann der Wache zu holen, um ihn verhaften zu lassen.«

Der Abbé de Gondi war sich des ganzen Ausmaßes der Gefahr bewußt. Er warf sich wütend auf Olivier, mit den typischen Manieren eines Tischlers, denn Kleider und Schürze dieser Zunft hatte er angelegt. Er packte ihn am Kragen und schrie:

»Ihr habt ganz recht. Das ist ein kleiner Spaßvogel, der nie arbeitet. Vor zwei Jahren hat ihn mein Vater in die Lehre gegeben, und er macht nichts anderes, als sich seine blonden Haare zu kämmen, um den jungen Mädchen zu gefallen. Los, ab nach Hause.«

Und er schlug mit der Latte auf ihn ein, schleppte ihn durch die Menge und stellte sich dann mit ihm an einer anderen Stelle des Spaliers hin. Nachdem er den verdutzten Pagen ordentlich ausgeschimpft hatte, fragte er ihn nach dem Brief, der Monsieur de Cinq-Mars nach seiner Flucht übergeben werden sollte. Olivier gab ihm den Brief, den er schon seit zwei Monaten in seiner Tasche hatte.

»Von einem Gefangenen an einen anderen«, sagte er, »denn der Chevalier de Jars hat ihn mir, als er die Bastille verlassen hat, von einem seiner Mitgefangenen zukommen lassen.«

»Ach, du meine Güte«, sagte Gondi, »er könnte wichtige Geheimnisse für unseren Freund enthalten. Ich werde das Siegel brechen. Ihr hättet früher daran denken können.«

»Bah, er ist von dem alten Bassompierre. Komm, wir lesen ihn.«

Mein liebes Kind,
noch immer sitze ich in den verborgenen Kerkern der Bastille, und hier habe ich erfahren, daß Ihr Euch verschwören wollt gegen den Tyrannen Richelieu, der immer wieder unseren guten alten Adel und die Gerichtshöfe demütigt und an den Grundmauern des Bauwerks, auf denen unser Staat ruht, sägt. Ich habe erfahren, daß der Adel besteuert und von kleinen Richtern entgegen den Privilegien ihres Standes verurteilt wird, wider den alten Brauch zum Kriegsdienst gezwungen zu werden …

»Ach, der alte Schwätzer«, fuhr ihm der Page laut lachend ins Wort.

»Er ist nicht so dumm, wie Ihr glaubt. Er hinkt unserer Sache nur etwas hinterher.«

Ich kann diesen großartigen Plan nur gutheißen, und ich bitte Euch, stets meine Ratschläge in dieser Affäre einzuholen …

»Ach, wie der schreibt! Diese Sprache ist ja von vorgestern«, sagte Olivier.

»Laßt mich um Himmels willen lesen«, sagte der Abbé. »In hundert Jahren wird man über unsere Sprache lachen.«

Er las weiter:

Trotz meines hohen Alters kann ich Euch wertvolle Ratschläge erteilen. Ich werde Euch berichten, was ich 1560 erlebt habe.«

»Ach, du meine Güte. Ich habe nicht die Zeit, mich damit aufzuhalten, alles zu lesen. Ich lese nur den Schluß.«

Wenn ich an das Abendessen bei der Marschallin d'Effiat, Eurer Mutter, denke, und mich frage, was aus all den anderen Gästen geworden ist, dann werde ich wirklich traurig. Mein armer Puy-Laurens ist in Vincennes gestorben, und zwar aus Kummer, weil ihn MONSIEUR *in diesem Gefängnis vergessen hat. De Launay ist beim Duell getötet wor-*

den, was mich sehr betrübt, denn obwohl ich nicht sehr froh über meine Verhaftung bin, so hat er sich doch sehr höflich dabei verhalten, und ich habe ihn immer für einen galanten Herrn gehalten. Ich werde wohl im Kerker bleiben, bis der Kardinal stirbt. Mein Kind, wir waren doch dreizehn bei Tisch, und man sollte über diesen alten Aberglauben nicht lachen. Dankt Gott, daß Ihr der einzige seid, dem kein Unglück zugestoßen ist …

»Das stimmt ja auch wieder haargenau!« sagte Olivier herzhaft lachend. Und diesmal konnte der Abbé de Gondi trotz seiner Anstrengungen auch nicht mehr ernst bleiben.

Sie zerrissen den überflüssigen Brief, um zu vermeiden, daß der arme Marschall noch länger im Kerker festgehalten wurde, falls man den Brief finden würde. Sie gingen zur Place des Terreaux, in die Nähe des von den Gardisten gebildeten Spaliers, die sie angreifen sollten, sobald der junge Gefangene durch das Aufsetzen seines Hutes das Zeichen dazu gab.

Der Abbé und der Page sahen mit Genugtuung, daß alle ihre Freunde auf ihrem Posten standen und zur *Messerstecherei*, wie sie es selbst nannten, bereit waren. Das Volk, das sich rings um sie herum drängelte, begünstigte so ungewollt ihr Vorhaben. In der Nähe des Priesters tauchte eine Gruppe weißgekleideter, verschleierter junger Mädchen auf, die zur Kommunion in die Kirche gehen wollten. Die Nonnen, die sie begleiteten, sowie auch das ganze übrige Volk glaubten, daß dieser Aufmarsch dazu bestimmt sei, einer großen Persönlichkeit eine Ehre zu erweisen, und sie erlaubten ihnen, sich hinter den Soldaten auf die großen Quadersteine zu stellen. Sie gruppierten sich mit der Anmut junger Mädchen auf einem Sockel und glichen schönen Statuen. Man hätte meinen können, es seien jene Vestalinnen, die man im Altertum zu den blutigen Gladiatorenkämpfen einzuladen pflegte. Sie flüsterten miteinander, schauten sich um, lachten und erröteten wie Kinder.

Der Abbé de Gondi sah mißmutig, daß Olivier schon wieder seine Rolle des Verschwörers und seinen Maureranzug vergaß und den Mädchen Blicke zuwarf. Außerdem war seine Haltung für seinen vermeintlichen Beruf viel zu elegant und seine Gebärden zu vornehm. Schon ging er auf die Mädchen zu, rollte seine Haare auf seinen Fingern auf, als glücklicherweise Fontrailles und Montrésor in der Uniform Schweizer Soldaten auftauchten.

Eine Gruppe Adliger, die als Seeleute verkleidet waren, folgte ihnen mit Eisenstöcken in der Hand. Sie waren schrecklich blaß, und das verhieß nichts Gutes. Jetzt bliesen die Trompeten einen Marsch.

»Wir bleiben hier stehen«, sagte einer zu seinen Kameraden. »Hier ist es.«

Die düsteren Mienen und das Schweigen der Zuschauer standen in krassem Gegensatz zu den fröhlichen, neugierigen Blicken und den kindlichen Worten der jungen Mädchen.

»Oh, welch ein feierlicher Aufmarsch!« riefen sie. »Das sind ja mindestens fünfhundert Männer in Rüstungen und roten Gewändern, die dort auf den schönen Pferden sitzen. Ihre großen Hüte sind mit gelben Federn geschmückt.«

»Das sind Fremde, Katalanen«, sagte ein französischer Gardist.

»Wen sie wohl begleiten?«

»Oh, welch ein schöner vergoldeter Wagen. Aber da ist ja niemand drin.«

»Oh, da kommen drei Männer zu Fuß. Wohin gehen sie?«

»In den Tod!« sagte Fontrailles mit düsterer Stimme, die alle Stimmen zum Schweigen brachte. Nun war nur noch das langsame Traben der Pferde zu hören, die plötzlich aufgrund einer dieser Verzögerungen stehenblieben, die man bei jedem Aufmarsch beobachten kann. Jetzt bot sich den Zuschauern ein schmerzliches, merkwürdiges Schauspiel. Ein Alter, der eine Tonsur trug, und der sich unter größten Anstrengungen schluchzend vorwärtsschleppte, wurde von zwei jungen Leuten mit weichen Gesichtszügen gestützt. Sie hatten sich hinter seinen gebeugten Schultern die Hand gereicht, während sie mit der anderen Hand seine Arme hielten. Der junge Mann, der an der linken Seite des Alten ging, war in Schwarz gekleidet. Er machte ein ernstes Gesicht und hatte den Blick gesenkt. Der andere, der noch jünger war als er, war in ein prachtvolles Gewand gehüllt: ein Wams aus holländischem Tuch, das mit breiten Goldspitzen verziert war und bestickte Puffärmel hatte, reichte ihm vom Hals bis zum Gürtel; es war ein dem Korsett der Frauen ähnliches Kleidungsstück; er trug Kleider aus schwarzem, mit silbernen Palmen besticktem Samt, graue Halbstiefel mit roten Absätzen, an denen goldene Sporen befestigt waren, und einen scharlachroten Mantel mit Goldknöpfen. Alles betonte die Anmut seiner eleganten, geschmeidigen Gestalt. Er grüßte nach links und rechts mit einem melancholischen Lächeln auf den Lippen.

Ein alter Diener mit einem weißen Bart folgte ihnen mit gesenktem Kopf. Er hielt zwei mit Decken geschmückte Schlachtrosse am Zügel.

Die jungen Mädchen verstummten. Aber sie konnten ihre Tränen bei diesem Anblick nicht zurückhalten.

»Dieser Alte wird also in den Tod geführt?« riefen sie. »Seine Kinder stützen ihn.«

»Auf die Knie, meine Damen«, befahl eine Nonne. »Betet für ihn.«

»Auf die Knie!« rief Gondi. »Betet, daß Gott sie retten möge.«

Die Verschwörer antworteten im Chor: »Auf die Knie! Auf die Knie!« Und das Volk folgte schweigend ihrem Beispiel.

»Jetzt können wir ihren Gang besser verfolgen«, sagte Gondi leise zu Montrésor. »Steht auf! Was macht er?«

»Er ist stehengeblieben, spricht in unsere Richtung und grüßt uns. Ich glaube, er erkennt uns.«

Alle Häuser, Fenster, Mauern, Dächer und aufgestellten Gerüste, alles, was einen Blick auf den Platz zuließ, war mit Menschen jeden Standes und jeden Alters übersät.

Tiefste Stille hatte sich über die riesige Menschenmenge gelegt. Man hätte eine Stecknadel zu Boden fallen hören können oder auch den leisesten Windhauch und das Vorüberfliegen eines aufgewirbelten Staubkörnchens. Aber die Luft war ruhig, die Sonne schien, und der Himmel war blau. Das ganze Volk lauschte. Die Place des Terreaux war ganz in der Nähe. Und nun hörte man, wie ein Hammer auf Balken niedersauste, und dann Cinq-Mars' Stimme.

Ein junger Kartäuser steckte sein blasses Gesicht zwischen zwei Gardisten hindurch. Alle Verschwörer standen hinter dem knienden Volk auf. Jeder griff mit der Hand an seinen Gürtel oder unter seine Kleider und drängte sich an den Soldaten, den er erdolchen sollte.

»Was macht er?« fragte der Kartäuser. »Hat er den Hut aufgesetzt?«

»Er hat seinen Hut weit weg auf die Erde geworfen«, antwortete der Bogenschütze, den er befragt hatte, in ruhigem Ton.

26. Kapitel
Das Fest

O Gott! Was für eine Welt!

(Die letzten Worte des Monsieur Cinq-Mars)

Noch am selben Tag dieses düsteren Aufmarsches in Lyon, während der Szenen, die wir soeben verfolgt haben, wurde in Paris ein herrliches Fest gefeiert, mit all dem Prunk und dem schlechten Geschmack jener Zeit. Der mächtige Kardinal wollte, daß die beiden wichtigsten Städte Frankreichs zum Beweise seiner Macht gleichzeitig in ihrer ganzen Pracht erstrahlten.

Aus Anlaß der Eröffnung des Kardinalspalastes wurde dieses Fest angekündigt, das zu Ehren des Königs und des ganzen Hofes gegeben wurde. Der Kardinal, der durch seine Gewalt Herr über das Königreich geworden war, wollte mittels seiner Verzauberungskünste nun auch die Geister verführen, und da er seiner Herrschaft müde war, wollte er jetzt gefallen. Die Tragödie *Mirame* sollte in einem eigens für diesen großen Tag gebauten Saal aufgeführt werden, wodurch die Kosten für diesen Abend, laut Pellison, auf dreihunderttausend Ecus stiegen.

Die ganze Garde des Premierministers stand unter Waffen. Seine vier Kompanien Musketiere und seine Wachen standen auf den breiten Treppen und am Eingang der langen Galerien des Kardinalspalastes Spalier. Dieses herrliche Pandämonium an einem Ort, wo die Todsünden auf jeder Etage einen Tempel haben, gehörte an diesem Tage nur dem Hochmut, der es von oben bis unten besetzt hatte. Auf jeder Stufe stand ein Bogenschütze aus der Kardinalsgarde mit einer Fackel in der einen und einer langen Stutzbüchse in der anderen Hand. Die große Schar der Edelleute wandelte zwischen diesen lebenden Leuchtern hin und her, während im riesigen Garten, der von dichten Kastanien bestanden war, die Reiter Aufstellung genommen hatten. Ihre Muketen hielten sie in den Fäusten, und sie waren bereit, auf jedweden Befehl oder die geringsten Befürchtungen ihres Herrn sofort zu reagieren.

Der Kardinal, der von seinen achtunddreißig Pagen getragen und begleitet wurde, setzte sich in die purpurfarben bespannte Loge, die gegenüber der königlichen Loge lag, wo der König hinter den grünen Vorhängen, die ihn vor dem Feuerschein schützen sollten, halbausgestreckt lag. Der ganze Hof drängelte sich in den Logen und erhob sich, als Richelieu erschien. Die Musik stimmte eine schmetternde Ouvertüre an, und das Parkett wurde für alle Bürger der Stadt und die Soldaten geöffnet, die herbeigeströmt waren. Drei Wogen ungestümer Zuschauer stürzten sich in den Saal und füllten ihn im Nu. Sie standen so dichtgedrängt, daß eine einzige Armbewegung ausgereicht hätte, um die ganze Menge in ein wogendes Kornfeld zu verwandeln. Man sah zum Beispiel einen Mann, dessen Kopf einen weiten Kreis wie ein Kompaß beschrieb, ohne daß seine Füße die Stelle, auf der sie standen, verlassen hätten. Mehrere junge Leute wurden bewußtlos hinausgetragen. Der leitende Minister streckte ganz gegen seine Gewohnheit sein ausgemergeltes Gesicht aus seiner Loge heraus und begrüßte die Versammlung mit einer Miene, die er wohl für anmutig hielt. Diese Grimasse wurde nur von den Logen beantwortet, das Parkett aber schwieg. Richelieu wollte beweisen, daß er das Urteil des Volkes über sein Werk nicht fürchtete, und er hatte deshalb erlaubt, daß man ausnahmslos alle einließ, die Eintritt begehrten. Schon bereute er es, aber es war zu spät.

In der Tat war diese unparteiische Versammlung genauso kalt wie das Schäferdrama selbst. Alle Mühe auf der Bühne war vergebens. Die mit Edelsteinen geschmückten Schäferinnen standen auf ihren hohen roten Absätzen und trugen auf ihren Fingerspitzen die mit Bändern geschmückten Hirtenstäbe. Über ihre Kleider, die über weite Reifröcke fielen, hatten sie Blumengirlanden gehängt. Sie starben vor Liebe während endloser Tiraden aus zweihundert schmachtenden Versen. Vergebens auch suchten die vollkommenen Liebenden (denn das war das schöne Ideal jener Zeit) den Hungertod in einer einsamen Höhle, bedauerten emphatisch ihren Tod und flochten in ihre Haare Bänder in der Lieblingsfarbe ihrer Schönen; vergebens zeigten die Frauen vom Hofe ihr Entzücken, lehnten sich aus ihren Logen und hofften auf schmeichelhafte Ohnmachten. Das düstere Parterre gab kein Lebenszeichen von sich, abgesehen von dem ständigen Wiegen der Frauen mit den langen Haaren.

Der Kardinal biß sich auf die Lippen und versuchte, sich während des ersten und zweiten Aktes abzulenken. Das Schweigen, das den dritten und vierten Akt begleitete, verletzte sein väterliches Herz so sehr, daß er sich halb aus seiner Loge heben ließ, in dieser unbequemen, lächerlichen Pose seine Freunde vom Hof auf die schönsten Stellen aufmerksam machte und das Zeichen zum Applaus gab. Einige Logen reagierten darauf, aber das unparteiische Parterre war schweigsamer denn je. Das Drama spielte sich zwischen der Bühne und den oberen Rängen ab, und das Parterre verharrte neutral. Der Herrscher über Europa und Frankreich warf jetzt einen wütenden Blick auf diesen kleinen Menschenhaufen, der es wagte, ihm seine Bewunderung für sein Werk zu verweigern. Er verspürte in seinem Herzen den Wunsch Neros, und er dachte einen Augenblick lang, wie glücklich er doch wäre, wenn es dort nur einen Kopf gäbe.

Plötzlich kam in diese dunkle, regungslose Menschenmasse Leben, und zum großen Erstaunen der Logen, und besonders des Ministers, wurde ununterbrochen Applaus laut. Richelieu beugte sich vor und grüßte dankbar. Aber als er sah, daß die Schauspieler jedesmal von diesem Klatschen unterbrochen wurden, wenn sie einsetzen wollten, hielt er inne. Der König ließ die Vorhänge seiner Loge, die bis jetzt geschlossen gewesen waren, öffnen, um zu sehen, was diesen Enthusiasmus hervorrief. Der ganze Hof lehnte sich schon über die Brüstungen. Jetzt konnte man in der Menge der Zuschauer einen bescheiden gekleideten jungen Mann sehen, der soeben auf der Bühne noch einen Platz gefunden hatte. Alle Blicke waren auf ihn gerichtet. Er schien sehr verlegen zu sein und versuchte, sich hinter seinem kleinen, zu kurzen, schwarzen Mantel zu verstecken. »*Der Cid! Der Cid!*« rief das Parterre und klatschte weiter Beifall. Erschrocken flüchtete Corneille hinter die Kulissen, und alles verstummte wieder.

Der Kardinal war außer sich, ließ die Vorhänge seiner Loge schließen und ließ sich in seine Galerien tragen.

Und jetzt spielte sich eine seit langer Zeit von Joseph sorgfältig vorbereitete Szene ab, der den Leuten seines Gefolges in dieser Sache genaueste Instruktionen gegeben hatte, bevor er Paris verlassen hatte. Der Kardinal Mazarin rief, es sei doch einfacher, Seine Eminenz durch ein langes Fenster zu tragen, das nur zwei Fuß über dem Boden lag und direkt von der Loge in die Gemächer des Kardinals führte. Er ließ es öffnen, und die Pagen trugen den Lehnstuhl hindurch. Sofort wurden Hunderte von Stimmen laut, die riefen und verkündeten, daß die Prophezeiung des Nostradamus sich erfüllt habe.

Leises Tuscheln war zu hören: »*Die rote Mütze,* das ist Monseigneur; *vierzig Unzen,* das bezieht sich auf Cinq-Mars, und *alles hat ein Ende,* auf de Thou. Welch eine glückliche Fügung des Himmels. Seine Eminenz herrscht über die Zukunft wie auch über die Gegenwart.«

So näherte er sich auf seinem tragbaren Thron den langen, glänzenden Galerien, während er dem leisen Gemurmel einer neuen Schmeichelei lauschte. Aber er blieb diesem Stimmengewirr gegenüber, das sein Genie verherrlichte, unempfindlich, und er hätte all diese Worte gegen ein einziges Wort, eine einzige Geste dieses regungslosen, unbeugsamen Publikums gegeben, selbst wenn dieses Wort ein Schrei des Hasses gewesen wäre. Denn man kann einen Schrei ersticken, aber wie soll man Schweigen rächen? Man kann ein Volk daran hindern, daß es sich schlägt, aber wer hindert es daran, ruhig zu verharren? Der grimmige, von dem lästigen Geist der öffentlichen Meinung verfolgte Minister fühlte sich erst sicher, als er ganz tief in seinen Palast eingedrungen war und sich inmitten seines zitternden, ihm schmeichelnden Hofes befand, dessen Verehrung ihn bald vergessen ließ, daß einige Menschen es gewagt hatten, ihm ihre Bewunderung zu verweigern. Wie ein König ließ er seinen Stuhl mitten in seine geräumigen Gemächer stellen. Er schaute sich um und zählte aufmerksam die mächtigen, ihm untergebenen Männer, die um ihn versammelt waren. Er zählte sie und bewunderte sich selbst. Die Oberhäupter aller großen Familien, die Kirchenfürsten, die Präsidenten aller Gerichte, die Gouverneure der Provinzen, die Marschälle und die Oberbefehlshaber der Armee, der Nuntius, die Botschafter aller Königreiche, die Abgeordneten und Senatoren der Republiken waren regungslos, in demütiger Haltung um ihn versammelt, als erwarteten sie seine Befehle. Keiner wagte es, den Blick auf ihn zu richten oder das Wort zu ergreifen, in den tiefsten, verborgensten Winkeln seines Herzens einen Plan zu schmieden oder einen Gedanken zu hegen, der nicht seinem Denken entsprang, ohne von ihm dazu ermuntert worden zu sein. Die stummen Repräsentanten Europas lauschten dem großen Meister. Ab und zu erhob er seine herrische Stimme und warf ein Wort des Lobes mitten in diesen illustren Kreis, als werfe er eine Münze in die Menge der Armen. Daraufhin konnte man an seinen vor Stolz funkelnden Blicken und seiner frohen Miene erkennen, welchen der Prinzen eine solche Gunst getroffen hatte. Dieser verwandelte sich auf der Stelle in einen anderen Menschen. Er schien eine Stufe der Machthierarchie erklommen zu haben, denn dieser begünstigte Höfling, dessen ungeahntes Glück der Kardinal nicht bemerkte, wurde mit unerwarteten Bewunderungen und unverhofften Artigkeiten überschüttet. Der Bruder des Königs und der Herzog von Bouillon standen in der Menge, und der Minister ließ sich nicht herab, sie hervortreten zu lassen. Er sagte nur, es sei gut, einige Festungen zu schleifen, sprach ausführlich über die Notwendigkeit, die Quais und die Pariser Straßen zu pflastern, sagte Turenne in wenigen Worten, daß man ihn zur italienischen Armee, zum Prinzen Thomas entsenden würde, damit er seinen Marschallstab in Empfang nehmen könne.

Während Richelieus mächtige Hände in dieser Weise inmitten des lärmenden Festes in seinem herrlichen Palast mit den größten und kleinsten Angelegenheiten Europas spielten, wurde die Königin im Louvre daran erinnert, daß die Zeit gekommen war, sich zum Kardinal zu begeben, wo der König sie nach der Aufführung erwartete. Die ernste Anna von Österreich ging nie ins Theater, aber die Einladung zu der Feier des leitenden Ministers hatte sie nicht ablehnen können. Sie hielt sich in ihrem Betzimmer auf und war, geschmückt mit Perlen, ihrem Lieblingsschmuck, zum Ausgehen bereit. Sie stand mit Maria von Gonzaga vor einem großen Spiegel und erfreute sich daran, die letzte Hand an die Toilette der jungen Prinzessin zu legen. Maria trug ein langes, rosafarbenes Kleid und prüfte aufmerksam, aber doch etwas gelangweilt und mit schmollender Miene, ihr Spiegelbild.

Die Königin sah in Maria ihr eigenes Werk, und da sie verwirrter war als sie, dachte sie mit Furcht an jenen Augenblick, da diese vorübergehende Ruhe, trotz des ihr gut bekannten, gefühlvollen aber oberflächlichen Charakters Marias, ein Ende haben würde. Seit dem Gespräch in Saint-Germain, seit dem verhängnisvollen Brief hatte sie die junge Prinzessin keinen Moment mehr aus den Augen gelassen, und sie hatte alle Mühe darauf verwandt, deren Gedanken auf den Weg zu lenken, den sie schon im voraus bestimmt hatte. Denn Anna von Österreichs ausgeprägtester Charakterzug war eine unbesiegbare Beharrlichkeit in ihren Berechnungen, denen sie alle Ereignisse und alle Leidenschaften mit mathematischer Genauigkeit unterwerfen wollte, und sicherlich kann man diesem starren, unbeweglichen Geist das ganze Unglück ihrer Regentschaft zuschreiben. Cinq-Mars' unheilverkündende Antwort, seine Verhaftung, seine Verurteilung, alles wurde vor Maria verheimlicht, deren größte Fehler tatsächlich die Regung ihrer Eigenliebe und ein Moment des Vergessens waren. Trotzdem war die Königin im Herzen gut, und sie hatte sich bittere Vorwürfe gemacht, so überstürzt diese schwerwiegenden Worte geschrieben zu haben, die derartig schwerwiegende Konsequenzen gezeitigt hatten, und all ihre Anstrengungen galten dem Ziel, die Folgen abzuschwächen. Wenn sie ihre Tat in Beziehung zu dem Wohl Frankreichs betrachtete, dann beglückwünschte sie sich, daß sie auf diese Weise einen Bürgerkrieg im Keim erstickt hatte, der den Staat bis an seine Grundmauern erschüttert hätte. Aber wenn sie auf ihre junge Freundin zuging und dieses reizende Wesen betrachtete, das sie in der Blüte seiner Jahre zerbrach und das ein Greis auf einem Thron nicht für den Verlust, den sie für immer erlitten hatte, entschädigen würde, wenn sie an die ganze Aufopferung, an die vollkommene Selbstaufgabe dachte, die sie bei einem jungen Mann von zweiundzwanzig Jahren sah, der einen so großartigen Charakter hatte und fast Herr über ein Königreich war, dann bedauerte sie Maria und bewunderte aus tiefster Seele den Mann, den sie so falsch beurteilt hatte.

Sie hätte sehr gewünscht, Maria hätte wenigstens erfahren, was für ein wertvoller Mensch derjenige war, der sie so sehr geliebt hatte, was sie noch nicht einmal wußte. Aber sie hoffte noch zu dieser Stunde, es möge allen in Lyon versammelten Verschwörern gelingen, ihn zu retten, und wenn sie ihn erst einmal im Ausland wußte, dann könnte sie ihrer lieben Maria alles sagen.

Maria selbst hatte in erster Linie den Krieg gefürchtet. Aber umringt von den Leuten der Königin, die nur die von ihr zensierten Nachrichten bis zu Maria durchdringen ließen, hatte sie erfahren oder geglaubt zu erfahren, daß es gar nicht zur Ausführung der Verschwörung gekommen war, daß der König und der Kardinal fast gleichzeitig nach Paris zurückgekehrt waren, MONSIEUR einige Zeit abwesend gewesen, dann auch wieder bei Hofe erschienen war und daß der Herzog von Bouillon gegen die Abtretung Sedans auch wieder in Gnaden aufgenommen worden war. Und wenn der Oberstallmeister noch nicht zurückgekehrt war, dann nur, weil der Kardinal gegen ihn und die herausragende Rolle, die er bei der Verschwörung gespielt hatte, äußerst starken Haß empfand. Doch aufgrund ihres gesunden Menschenverstandes und eines natürlichen Gerechtigkeitsgefühls war ihr klar, daß seine Vergebung der des Herzogs folgen mußte, da er ja nur unter dem Befehl des Bruders des Königs gehandelt hatte. All das hatte also die erste Unruhe aus ihrem Herzen vertrieben, wohingegen aber nichts dafür gesorgt hatte, einen gewissen gekränkten Stolz, den sie gegenüber Cinq-Mars empfand, zu beschwichtigen. War er doch so gleichgültig gewesen, sie nicht über seinen Zufluchtsort zu unterrichten, den auch die Königin und der ganze Hof nicht kannten, während sie, so sagte sie, nur an ihn gedacht hatte. Seit zwei Monaten aber folgten ein Ball und ein Vergnügen auf das andere, und so viele zwingende Aufgaben beanspruchten Maria von Gonzaga so sehr, daß ihr, um zu trauern und zu klagen, gerade die Zeit ihrer Toilette blieb, denn da war sie fast allein. Zwar begann sie jeden Abend aufs neue, sich allgemeine Gedanken über die Undankbarkeit und die Unbeständigkeit der Männer zu machen, tiefsinnige, neue Gedanken, die den Kopf einer jungen Dame zur Zeit der ersten Liebe immer belasten. Aber der Schlaf erlaubte es ihr nicht, sie zu Ende zu denken. Die Müdigkeit und der Tanz schlossen ihre großen, schwarzen Augen, ehe ihre Gedanken die Zeit gehabt hätten, sich in ihrem Gedächtnis festzusetzen und ihr klarere Bilder der Vergangenheit zu zeigen. Sobald sie aufstand, war sie von jungen Prinzessinnen des Hofes umringt, und kaum hatte sie sich soweit hergerichtet, um bei Hofe erscheinen zu können, mußte sie auch schon zur Königin eilen, wo sie die ewigen, aber weniger unangenehmen Ehrerbietungen des Pfalzgrafen erwarteten. Die Polen hatten Zeit gehabt, am französischen Hofe diese geheimnisvolle Zurückhaltung und dieses vielsagende Schweigen zu erlernen, das den Frauen so gefällt, weil es die Bedeutung der immer verborgenen Geheimnisse erhöht und die Wesen erhebt, die man genug achtet, um nicht zu wagen, in ihrer Gegenwart zu leiden. Für alle stand fest, daß Maria dem König Wladislav versprochen war. Und sie selbst, das muß man gestehen, hatte sich so gut mit dieser Idee angefreundet, daß es ihr ungeheuer erschienen wäre, wenn der polnische Thron von einer anderen Königin bestiegen worden wäre. Sie sah dem Augenblick, ihn zu besteigen, nicht gerade glücklich entgegen, aber sie hatte die Ehrerbietungen, die man ihr im voraus erwies, schon entgegengenommen. Ohne es sich selbst einzugestehen, bauschte sie auch die angeblichen Vergehen von Cinq-Mars auf, die die Königin ihr in Saint-Germain enthüllt hatte.

»Ihr seid frisch wie der junge Morgen«, sagte die Königin. »Nun, mein liebes Kind, seid Ihr bereit? Warum schmollt Ihr? Kommt, mein liebes Kind, ich werde diesen Ohrring schließen! … Mögt Ihr diese Topase nicht? Wünscht Ihr anderen Schmuck?«

»Oh, nein, Madame, ich finde, ich sollte mich nicht schmücken, denn niemand weiß besser als Ihr, wie unglücklich ich bin. Die Männer sind grausam zu uns. Ich denke immer noch an all das, was Ihr mir gesagt habt, und heute scheint sich ja alles bewahrheitet zu haben. Ja, es stimmt wohl, daß er mich nicht geliebt hat, denn wenn er mich geliebt hätte, dann hätte er schließlich zuerst auf ein Unternehmen verzichtet, daß mir so großen Kummer bereitet hat, und ich habe es ihm doch gesagt. Ich erinnere mich sogar daran«, fügte sie mit gewichtiger, fast feierlicher Miene hinzu, »daß ich ihm gesagt habe, er sei ein Rebell. Ja, Madame, Rebell, das habe ich ihm in der Kirche Saint-Eustache gesagt. Aber ich sehe, daß Eure Majestät ganz recht hatten, denn ich bin sehr unglücklich. Sein Ehrgeiz war stärker als seine Liebe.«

Jetzt rann aus ihren Augen eine Träne der Enttäuschung und rollte schnell und einsam über ihre Wange wie ein Tautropfen über ein Rosenblatt.

»Ja, es stimmt wohl …«, fuhr sie fort, während sie ihre Armbänder um ihren Arm legte, »und der beste Beweis ist doch wohl, daß er mich nicht hat wissen lassen, wohin er geflüchtet ist, obwohl er sein Unternehmen schon seit zwei Monaten aufgegeben hat, wie Ihr mir gesagt habt, und Ihr habt ihn ja gerettet. Ich habe in all dieser Zeit nur geweint und Eure ganze Macht zu seinen Gunsten erfleht. Ich bettelte um ein einziges Wort, das mir nur eine seiner Aktionen enthüllt hätte. Ich dachte nur an ihn, und noch heute verweigere ich jeden Tag den polnischen Thron, weil ich bis zum Schluß beweisen will, daß ich beständig bin, daß selbst Ihr mich nicht von meiner Zuneigung abbringen konntet, die ernsthafter ist als seine, und daß wir Frauen mehr wert sind als die Männer. Aber ich glaube, daß ich heute wohl auf dieses Fest gehen kann, denn es ist ja kein Ball.«

»Ja, ja, mein liebes Kind, kommt schnell«, sagte die Königin. Sie wollte diesen kindlichen Worten ein Ende bereiten, die sie betrübten und deren unschuldige Irrtümer sie ja selbst verschuldet hatte. »Kommt, Ihr werdet die Eintracht sehen, die zwischen dem König und dem Kardinal herrscht, und vielleicht hören wir ja gute Neuigkeiten.«

Sie brachen auf.

Als die beiden Fürstinnen die langen Galerien des Kardinalspalastes betraten, wurden sie vom König und vom Minister kühl empfangen und begrüßt. Eine schweigende Schar Höflinge war um sie versammelt und bedrängte die beiden Herrscher, die auf einem kleinen, niedrigen Tisch Schach spielten. Alle Frauen, die mit der Königin oder nach ihr kamen, strömten in die Gemächer, und bald erklang aus einem Saal ganz leise Musik, als begleite sie die tausend verschiedenen Gespräche, die rund um den Spieltisch geführt wurden.

Nahe der Königin gingen zwei junge, frisch Vermählte grüßend vorüber, und zwar der glückliche Chabot und die hübsche Herzogin von Rohan. Sie schienen die Menge zu fliehen und auf den Moment zu warten, unter vier Augen miteinander sprechen zu können. Alle Welt begrüßte sie lächelnd und sah sie neidisch an, denn das Glück war auf ihren Gesichtern deutlich zu lesen.

Maria sah ihnen nach: »Sie sind dennoch glücklich!« sagte sie zur Königin. Sie dachte daran, wie sehr man ihre Verbindung mißbilligt hatte.

Aber Anna von Österreich antwortete ihr nicht, da sie fürchtete, ihre junge Freundin könne durch ein in der Menge gesprochenes, unbedachtes Wort von irgendwelchen schrecklichen Ereignissen erfahren, und sie stellte sich mit ihr hinter den König. Bald darauf kamen MONSIEUR, der Pfalzgraf und der Herzog von Bouillon, und sie sprachen ungezwungen und fröhlich mit ihnen. Der Pfalzgraf sagte jedoch, während er Maria ernst und kritisch musterte, zu ihr: »Madame, werte Prinzessin, Ihr seid heute abend erstaunlich hübsch und fröhlich.«

Maria war sprachlos, als sie das hörte und ihn mit bedrückter Miene fortgehen sah. Sie sprach den Herzog von Orléans an, der nicht antwortete und sie scheinbar nicht verstanden hatte. Maria sah die Königin an und glaubte Blässe und Unruhe auf ihrem Gesicht zu erkennen. Niemand wagte jedoch, den Kardinal anzusprechen, der lange über seine Schachzüge nachdachte. Nur Mazarin, der sich auf die Lehne seines Fauteuils stützte und die Züge mit unterwürfiger Aufmerksamkeit verfolgte, äußerte nach jedem Zug des Kardinals seine Bewunderung. Richelieus Eifer schien die Wolke, die seine Stirn betrübte, für einen Moment vertrieben zu haben. Er hatte soeben einen *Turm* vorgezogen, der den *König* von Ludwig XIII. in diese schlechte Lage brachte, die man *Matt* nennt, eine Lage, in der dieser König aus Ebenholz, ohne unmittelbar angegriffen worden zu sein, weder vor noch zurück konnte. Der Kardinal hob den Blick, schaute auf seinen Gegner, verzog einen Mundwinkel zu einem Lachen und konnte sich vielleicht nicht erwehren, im stillen einen Zusammenhang herzustellen. Als er die erloschenen Augen und das sterbende Gesicht des Königs sah, beugte er sich an Mazarins Ohr und sagte:

»Ich glaube wirklich, daß er noch vor mir abtreten wird. Er hat sich sehr verändert.«

Gleichzeitig überfiel ihn ein lang andauernder, starker Hustenanfall. Er verspürte häufig diesen spitzen, stechenden Schmerz. Ob dieser düsteren Warnung führte er sein Taschentuch an seinen Mund, das blutverschmiert war, als er es wieder wegnahm. Um es zu verheimlichen, warf er es unter den Tisch und lachte, während er einen strengen Blick um sich warf, als ob er jedwede Beunruhigung zurückweisen wolle.

Ludwig XIII. war vollkommen gleichgültig und zeigte sich nicht im geringsten beunruhigt. Mit seinen abgezehrten, zitternden Händen stellte er die Schachfiguren für eine neue Partie auf. Diese beiden Sterbenden schienen dem Schicksal ihr letztes Stündchen zu entreißen.

Jetzt schlug eine Uhr Mitternacht. Der König hob den Blick:

»Oh, oh«, sagte er mit kalter Stimme, »heute morgen zur gleichen Stunde hat Monsieur le Grand, unser lieber Freund, Schlimmes durchgemacht.«

Neben ihm erklang ein durchdringender Schrei. Ludwig XIII. erzitterte, warf sich auf die andere Seite und stieß dabei das Spiel um. Maria von Mantua lag bewußtlos in den Armen der Königin. Diese weinte bitterlich und flüsterte dem König ins Ohr:

»Ja, Sire, Ihr tragt ein zweischneidiges Schwert bei Euch!«

Dann kümmerte sie sich um die junge Prinzessin und küßte sie mütterlich. Alle Hofdamen waren um sie versammelt, und sie erwachte nur aus ihrer Ohnmacht, um Tränenströme zu vergießen. Als sie die Augen öffnete, sagte die Königin:

»Ja, mein Kind, mein armes Kind, jetzt seid Ihr Königin von Polen.«

Es ist schon oft vorgekommen, daß dieselben Ereignisse, die in den Palästen der Könige Tränen fließen lassen, außerhalb Heiterkeit hervorrufen. Denn das Volk glaubt immer, daß die Freude bei diesen Festen zu Hause sei. Es gab aufgrund der Rückkehr des Ministers fünf Freudentage, und jeden Abend drängten sich unter den Fenstern des Kardinalspalastes und des Louvre die Einwohner von Paris. Die letzten Unruhen hatten sie sozusagen auf den Geschmack für öffentliche Auftritte gebracht. Sie rannten mit einer manchmal beleidigenden, feindseligen Neugierde von einer Straße zur anderen. Mal gingen sie in schweigenden Zügen, mal laut lachend, dann wieder erklang lang anhaltendes Protestgeschrei, doch man wußte nicht warum. Gruppen junger Männer prügelten sich an den Kreuzungen und tanzten rund um die Marktplätze, als wollten sie irgendwelchen unbekannten Hoffnungen auf Vergnügen oder einer unsinnigen Freude, die ihr Herz bedrückte, Luft machen. Es war bemerkenswert, daß gerade an den Orten, die nach den Befehlen des Ministers für das Freudenfest vorbereitet worden waren, die traurigste Stille herrschte, und daß man mit Verachtung an den erleuchteten Fassaden seines Palastes vorüberging. Wenn einige Stimmen ertönten, dann nur, um immer wieder spöttisch die einfältigen Schmeicheleien der Legenden und Inschriften zu lesen, mit denen einige unbekannte Schreiber das Porträt des Kardinals versehen hatten. Eines dieser Bilder wurde von Bogenschützen bewacht, die es nicht vor den Steinen, die von unbekannten Händen von weitem geworfen wurden, schützen konnten. Sie zeigten den höchsten General mit einem mit Lorbeer bekränzten Helm. Darunter war zu lesen:

Mit vollem Recht ehrt Frankreich dich, großer Mann!
So wie den Kriegsgott Mars betet Paris dich an!

Diese schönen Worte überzeugten das Volk nicht davon, daß es glücklich war. Und in der Tat verehrte es den Kardinal nicht mehr als den Gott Mars, aber es akzeptierte seine Feste aufgrund der Unruhe, die diese verursachten. Ganz Paris war in Aufruhr, und Männer mit langen Bärten, mit Fackeln und mit Wein gefüllten Krügen und Zinnbechern in der Hand, die sie laut gegeneinander schlugen, zogen Arm in Arm durch die Straßen und sangen vereint mit rauhen, vulgären Stimmen den ehemaligen Rundgesang der Liga:

Tanzt und singt eure Lieder,
vorbei der alte Graus!
Jetzt kommt der Frühling wieder,
mit den Königen ist's aus.
Wir wollen unsern Frieden,
das sagen wir unverzagt,
wie wurden wir hienieden
von Bohnenkön'gen geplagt!
Und wer uns stört, den schmeißt hinaus,
denn mit den Königen ist's aus!

Schreckliche Banden, die diese Parolen brüllten, überquerten die Quais und die Brücke Pont-Neuf und drückten einige friedliche Bürger, die die Neugierde angelockt hatte, gegen die hohen Häuser, die damals noch dort standen. Zwei bemäntelte junge Männer prallten aufeinander.

Sie trafen sich vor der Statue Heinrichs IV., die gerade aufgestellt worden war, und erkannten einander im Schein einer am Fuße stehenden Fackel.

»Was! Noch in Paris, Monsieur?« sagte Corneille zu Milton. »Ich dachte, Ihr seid in London?«

»Hört Ihr die Leute, Monsieur? Hört Ihr das? Welch ein schrecklicher Refrain: *Mit den Königen ist's aus!*«

»Das ist noch gar nichts, Monsieur. Hört mal genau hin.«

»Das Gericht ist tot«, sagte einer der Männer. »Die großen Herren sind tot. Wir wollen tanzen. Wir sind die Herren. Der alte Kardinal tritt ab, und es gibt nur noch den König und uns.«

»Hört Ihr diesen Schuft, Monsieur?« fuhr Corneille fort. »Alles steckt darin. Unsere ganze Zeit steckt in diesen Worten.«

»Ja, ist das das Werk des Ministers, des Mannes, der von Euch und sogar von den anderen Völkern der *Große* genannt wird? Ich verstehe diesen Mann nicht.«

»Ich werde es Euch gleich erklären«, antwortete Corneille. »Aber vorher hört Euch den Schluß des Briefes an, den ich heute erhalten habe. Kommt, wir stellen uns hier unter die Laterne, unter die Statue des verstorbenen Königs ... Jetzt sind wir ungestört, die Menge ist vorübergezogen. Hört zu:

... Es geschah durch eine dieser Gedankenlosigkeiten, die die Durchführung der großartigsten Unternehmen verhindert, daß wir Monsieur de Cinq-Mars und de Thou nicht retten konnten. Wir hätten daran denken müssen, daß sie unsere Hilfe verweigern würden, denn sie hatten sich durch lange Meditationen auf den Tod vorbereitet. Aber keiner von uns kam auf diese Idee. Während unserer überstürzten Vorbereitungen machten wir auch noch den Fehler, uns zu sehr in der Menge zu verteilen, was uns die Möglichkeit nahm, eine sofortige Entscheidung zu treffen. Ich stand unglücklicherweise nahe am Schafott, und ich sah unsere lieben Freunde bis zum Fuße des Schafotts gehen. Sie stützten den armen Abbé Quillet, dem es bestimmt war, seinen Schüler, den er hatte zur Welt kommen sehen, nun sterben zu sehen. Er schluchzte und hatte gerade noch die Kraft, die Hände seiner beiden Freunde zu küssen. Wir gingen alle näher heran und waren bereit, uns auf das vereinbarte Signal hin auf die Gardisten zu werfen. Aber ich sah mit Schmerz, daß Monsieur de Cinq-Mars seinen Hut mit verächtlicher Miene weit weg warf. Unsere Unruhe war aufgefallen, und man hatte die katalanische Garde rund ums Schafott verdoppelt. Ich konnte nichts mehr sehen, aber ich hörte Menschen weinen. Nach den drei üblichen Trompetenklängen verlas der Gerichtsschreiber von Lyon, der neben dem Schafott auf einem Pferd saß, das Todesurteil, doch weder der eine noch der andere hörte zu. Monsieur de Thou sagte zu Monsieur de Cinq-Mars:

»Nun, lieber Freund, wer stirbt zuerst? Erinnert Ihr Euch an den Heiligen Gervasius und den Heiligen Protasius?«

»Es wird der sein, den Ihr für richtig erachtet«, antwortete Cinq-Mars.

Der zweite Beichtvater ergriff das Wort und sagte zu Monsieur de Thou: »Ihr seid der ältere.«

»Das ist richtig«, entgegnete Monsieur de Thou, der sich nun an Monsieur le Grand wandte: »Ihr seid der edelmütigere. Wollt Ihr mir den Weg in die Herrlichkeit des Himmelreiches weisen?«

»Ach«, sagte Cinq-Mars, »ich habe Euch den Weg in den Abgrund

eröffnet. Doch stürzen wir uns großmütig in den Tod, und wir werden uns in der Herrlichkeit und dem Glück des Himmelreiches wiedersehen.«

Cinq-Mars umarmte den Freund und stieg mit bewundernswerter Geschicklichkeit und Leichtigkeit das Schafott hinauf. Nun ging er um den Holzblock herum und betrachtete die ganze Versammlung mit sicherem Gesicht, auf dem keinerlei Angst zu lesen war, und mit ernster, anmutiger Haltung. Danach drehte er eine andere Runde, grüßte das Volk nach allen Seiten, ohne scheinbar jemanden von uns zu erkennen, doch mit einem majestätischen, charmanten Ausdruck auf dem Gesicht. Dann kniete er sich nieder, hob die Augen gen Himmel, betete zu Gott und legte seinen Tod in seine Hände. Als er das Kruzifix küßte, rief der Pater dem Volk zu, es möge für ihn zu Gott beten, und Monsieur le Grand breitete die Arme aus, faltete die Hände, die noch immer sein Kruzifix hielten und richtete die gleiche Bitte ans Volk. Jetzt kniete er sich bereitwillig vor den Block, umarmte den Pfahl, legte seinen Hals darauf, hob den Blick gen Himmel und fragte den Beichtvater: »Mein Vater, ist es so recht?« Während ihm die Haare abgeschnitten wurden, hob er abermals den Blick gen Himmel und sagte seufzend: »Mein Gott, was für eine Welt! Mein Gott, ich bringe Euch meine Qual zur Sühne für meine Sünden dar.«

»Worauf wartest du? Was machst du da?« fragte er dann den Scharfrichter, der nur dastand und sein Beil noch nicht aus seiner schäbigen Tasche, die er mitgebracht hatte, genommen hatte. Der Beichtvater war näher zu Cinq-Mars hingegangen und gab ihm eine Medaille. Und der junge Edelmann bat den Priester mit unglaublicher Geistesruhe, das Kruzifix vor seine Augen zu halten, die er nicht verbunden haben wollte. Ich sah die beiden zitternden Hände des Abbés Quillet, der das Kruzifix hochhob. In diesem Moment stimmte eine klare, reine, engelsgleiche Stimme das ›Ave maris stella‹ an. In der allgemeinen Stille erkannte ich die Stimme vom Monsieur de Thou, der am Fuße des Schafotts wartete. Das Volk stimmte in das heilige Lied ein. Monsieur de Cinq-Mars umarmte den Pfahl jetzt fester, und ich sah, wie ein Beil, das wie ein englisches Beil aussah, über seinen Kopf gehoben wurde. Ein schrecklicher Schrei des Volkes, der vom Platz, den Fenstern und den Türmen ertönte, belehrte mich, daß es niedergesaust und der Kopf auf die Erde gerollt war. Ich hatte glücklicherweise noch die Kraft, an seine Seele zu denken und für ihn zu beten. Ich stimmte in das Gebet ein, das unser unglücklicher, frommer de Thou mit lauter Stimme sprach. Ich erhob mich und sah, wie er sich blitzschnell auf das Schafott stürzte. Der

Pater und er rezitierten Psalmen. Er sprach mit seraphischer Inbrunst, als hätte seine Seele seinen Körper in den Himmel getragen. Dann kniete er sich nieder, küßte das Blut von Cinq-Mars wie das eines Märtyrers und wurde noch mehr ein Märtyrer als er. Ich weiß nicht, ob Gott ihm diese Gnade zugestehen wollte, aber ich sah mit Entsetzen, wie dieser Henker, der sicher durch den ersten Schlag, den er ausgeführt hatte, erschrocken war, ihn auf den Hinterkopf schlug, wohin der unglückliche junge Mann seine Hand legte. Das Volk stöhnte auf, drängte nach vorne und ließ Schreie gegen den Henker laut werden, diesen elenden Burschen, der ganz verwirrt jetzt den zweiten Schlag ausführte, der ihn wieder nur verletzte und zu Boden warf. Der Henker warf sich auf ihn, um es zu Ende zu bringen. Ein merkwürdiges Ereignis entsetzte das Volk genauso sehr wie dieses schreckliche Schauspiel. Der alte Diener von Monsieur de Cinq-Mars hielt sein Pferd wie bei einem Leichenzug und war am Fuße des Schafotts stehengeblieben. Er war zu einer Salzsäule erstarrt und sah seinen Herrn bis zum Schluß an, dann, ganz plötzlich, als habe ihn das gleiche Beil getroffen, brach er unter dem Schlag, der den Kopf getroffen hatte, tot zusammen.

Ich schreibe Euch in aller Eile diese traurigen Einzelheiten von Bord einer genuesischen Galeere, auf die sich Frontrailles, Gondi, d'Etraigues, Beauvau, Du Lude, ich und die ganzen Verschwörer zurückgezogen haben. Wir gehen nach England und warten dort ab, bis Frankreich sich vom Tyrannen befreit hat, den wir nicht vernichten konnten. Ich scheide für immer aus den Diensten des feigen Königs, der uns verraten hat.

MONTRÉSOR

»Das war also«, fuhr Corneille fort, »das Ende der beiden jungen Männer, die Ihr damals als so mächtige Männer kennengelernt habt. Ihr letzter Atemzug war auch der des ehemaligen Königreiches. Hier kann jetzt nur noch ein Hof regieren. Die Großen und die Senate sind vernichtet.«

»Und da haben wir also diesen angeblich so großen Mann!« sagte John Milton. »Was wollte er machen? Er will also in Zukunft Republiken schaffen, wo er doch die Grundmauern Eures Königreiches zerstört?«

»Ihr braucht gar nicht so weit zu gehen«, entgegnete Corneille. »Er wollte nur bis ans Ende seines Lebens herrschen. Er hat für den Augenblick gearbeitet und nicht für die Zukunft. Er hat das Werk Ludwigs XI. weitergeführt, und weder der eine noch der andere wußte, was er tat.«

Der Engländer fing an zu lachen.

»Ich dachte«, sagte er, »ich dachte, daß ein richtiges Genie einen anderen Weg wählt. Dieser Mann hat das, was er stützen wollte, erschüttert, und er wird bewundert. Ich bedauere Eure Nation.«

»Ihr braucht sie nicht zu bedauern!« rief Corneille erregt. »Ein Mann geht, aber ein Volk erneuert sich. Und unser Volk, Monsieur, ist mit einer unsterblichen Kraft begabt. Seine Phantasie verirrt sich oft. Aber eine höhere Vernunft beherrscht schließlich immer sein Chaos.«

Die beiden jungen und schon so großen Männer spazierten, während sie sprachen, weiter an diesem Ort umher, der die Statue von Heinrich IV. von der Place Dauphine trennte, auf dem sie einen Moment verweilten.

»Ja, Monsieur«, fuhr Corneille fort, »ich sehe jeden Abend, mit welcher Geschwindigkeit ein edelmütiger Gedanke in den französischen Herzen sein Echo findet, und jeden Abend ziehe ich mich erfreut darüber, es gesehen zu haben, zurück. Die Dankbarkeit wirft die Armen vor dieser Statue des guten Königs zu Boden. Wer weiß, welch neue Leidenschaft ein anderes Denkmal neben diesem errichten wird. Wer weiß, wohin der Drang nach Ruhm unser Volk führen wird. Wer weiß, ob nicht hier, wo wir stehen, eines Tages eine dem Orient entrissene Pyramide in die Höhe ragen wird.«

»Das sind die Geheimnisse der Zukunft«, sagte Milton. »Ich bewundere wie Ihr Euer leidenschaftliches Volk. Aber ich fürchte um seiner selbst willen. Ich verstehe es auch schlecht und kenne seinen Geist nicht. Wenn ich sehe, wie es seine Bewunderung Männern wie diesem schenkt, der Euch beherrscht, schwindelt mir. Die Liebe zur Macht ist kindisch, und dieser Mann ist davon zerfressen, ohne die Kraft zu haben, sie ganz an sich zu reißen. Eine lächerliche Sache! Er ist ein Tyrann unter einem Herrn. Dieser Riese ohne Gleichgewicht wurde fast durch den Finger eines Kindes gestürzt. Ist das ein Genie? Nein, nein! Wenn er sich herabläßt, seine hohen Regionen für eine menschliche Leidenschaft zu verlassen, dann muß er sie zumindest auch ergreifen. Wenn dieser Richelieu nur die Macht wollte, warum hat er dann nicht die Macht an ihrem höchsten Punkt ergriffen, anstatt sie dem schwachen Kopf dieses Königs zu entleihen, der sich windet und schwankt? Ich werde einen Mann suchen, der noch nicht erschienen ist und den ich von diesem schrecklichen Ehrgeiz beherrscht sehe. Aber ich glaube, daß er es weiterbringen wird. Er heißt Cromwell.«

Geschrieben im Jahre 1826

Anhang

1. Reflexionen über Kunst und Wahrheit von Alfred de Vigny

Heuzutage sind Schriften, die das allgemeine Schicksal der Gesellschaften betreffen, nicht weniger notwendig als die Erforschung der menschlichen Seele. Wir leben in einer Zeit, in der man die Quelle jedes Flusses kennenlernen will und sucht. Gerade Frankreich liebt gleichermaßen die Geschichte und das Drama, weil das eine die vielfältigen Geschicke der MENSCHHEIT und das andere das besondere Schicksal des MENSCHEN darstellt. Unser ganzes Leben ist darin enthalten. Jedoch ist es nur der Religion, der Philosophie und der reinen Poesie vorbehalten, jenseits von Leben und Zeit in die Ewigkeit zu schreiten.

In den letzten Jahren (und das hat sich vielleicht infolge unserer politischen Veränderungen ergeben) ist die Kunst stärker von der Geschichte geprägt worden als je zuvor. Unser aller Blicke sind auf unsere Chroniken gerichtet, als ob wir, wenn wir schon unsere ganze Manneskraft entwickelt haben und größeren Dingen entgegeneilen, einen Moment verweilten, um uns über unsere Jugend und unsere Irrtümer Klarheit zu verschaffen. Wir mußten also unser INTERESSE verstärken, indem wir die ERINNERUNG hinzufügten.

Da Frankreich in seiner Liebe für Tatsachen weiter geht als andere Nationen, und da ich eine bekannte Epoche der jüngsten Vergangenheit gewählt habe, glaubte ich auch, ich sollte die Fremden nicht nachahmen, die kaum die Menschen am Horizont dargestellt haben, die Geschichte geschrieben haben. Ich stelle die unseren auf der Bühne in den Vordergrund. Ich lasse sie die Hauptrollen spielen in dieser Tragödie, in der ich beabsichtige, die drei Arten unseres Bestrebens, von denen wir ergriffen werden können, darzustellen, und daneben die wunderschöne Hingabe eines Menschen an einen edelmütigen Gedanken. Eine Abhandlung über den Zusammenbruch des Feudalismus, über die äußere und innere Situation Frankreichs im 17. Jahrhundert, über das Problem der Allianzen mit fremden Truppen, über die Rechtsprechung in den Händen der Gerichte oder geheimer Kommissionen und über Anschuldigungen der Hexerei wäre vielleicht nicht gelesen worden. Der Roman jedoch wurde gelesen.

Ich habe keineswegs die Absicht, dieses eben erwähnte System einer eher historischen Abhandlung zu verteidigen, da ich überzeugt bin, daß die Anlage für die Größe eines Werkes in der Gesamtheit der Gedanken und der Gefühle eines Menschen und nicht in dem Genre liegt, das ihm als äußere Form dient. Die Wahl einer solchen Epoche erfordert *diese* Art der Darstellung, wohingegen eine andere sie zurückweisen könnte. Dieses sind Geheimnisse geistiger Anstrengung, die man keineswegs erklären muß. Wozu sollte es gut sein, wenn uns eine Theorie darüber belehrt, warum wir fasziniert sind? Wir hören die Klänge einer Harfe, aber ihre elegante Form verbirgt vor uns ihre Eisenfedern. Da man mir jedoch bestätigt hat, daß dieses Buch einer gewissen Lebendigkeit nicht entbehrt, möchte ich nicht versäumen, hier diese Reflexionen über die Freiheit der Phantasie einzustreuen, all die wichtigsten Persönlichkeiten eines Jahrhunderts in die Romanhandlung einzuflechten. Und um ihren Handlungen mehr Zusammenhang zu verleihen, müssen die wahren Begebenheiten manchmal der IDEE weichen, die jede von ihnen in den Augen der Nachwelt repräsentieren soll. Schließlich geht es um den Unterschied, den ich zwischen der WAHRHEIT in der Kunst und der WIRKLICHKEIT von Tatsachen sehe.

Könnten wir nicht, genauso wie wir in unser Gewissen hinabsteigen, um die Handlungen zu beurteilen, die unserem Verstand fragwürdig erscheinen, ebenso in uns selbst das ursprüngliche Gefühl suchen, das unseren Gedanken die stets schwankenden, fließenden Formen verleiht? Wir würden in unserer Seele eine große Unruhe vorfinden, wo nichts übereinstimmt, und zwei scheinbar widersprüchliche Bedürfnisse, die aber meiner Meinung nach in einer gemeinsamen Quelle miteinander verschmelzen: das eine ist die Liebe für das WAHRE, das andere die Liebe für PHANTASTISCHES.

An dem Tag, an dem ein Mensch einem anderen Menschen sein Leben erzählt hat, wurde die Geschichte geboren. Aber wozu sollte die Erinnerung an wahre Ereignisse gut sein, wenn diese nicht als Beispiel für Gut oder Böse dienen könnten? Aber die Beispiele, die das langsame Aufeinanderfolgen der Ereignisse darstellen, sind dünn gesät und unvollständig. Es fehlt ihnen immer ein faßbarer, sichtbarer Zusammenhang, der ohne Widersprüchlichkeit zu einer moralischen Schlußfolgerung führen könnte. Die Handlungen der Menschheitsfamilie auf der Weltbühne haben ohne Zweifel ein Gemeinsames, aber der Sinn einer solchen gewaltigen Tragödie, wie sie hier spielt, wird nur für das Auge Gottes sichtbar sein, und erst am Schluß des Stückes wird er vielleicht dem letzten Menschen offenbart. Alle Philosophien haben sich vergeblich erschöpft, es zu erklären, indem sie unaufhörlich ihren Felsen rollen, der niemals sein Ziel erreicht und der sie dann wieder überrollt. Jede Philosophie errichtet ihr zartes Gebäude auf den Ruinen der anderen und sieht, wie auch dieses zusammenbricht. Es kommt mir daher so vor, daß der Mensch, nachdem er seine erste Neugierde in bezug auf Tatsachen befriedigt hat, sich etwas Vollständigeres wünschte, irgendeine Gruppe oder Zusammenfassung dieser Glieder der langen Kette der Ereignisse, die sein Blick nicht erfassen, die er aber versteht und nutzen kann. Denn er wollte in den Berichten auch Beispiele finden, die der moralischen Wahrheit dienen können, der er sich bewußt ist. Nur wenige Einzelschicksale genügen diesem Wunsch, da sie nur unvollständige Teile des unbegreiflichen Ganzen der Weltgeschichte sind. Das eine war sozusagen ein Viertel, das andere eine Hälfte des Beweises; die Phantasie lieferte den Rest und vervollständigte ihn. So ist sicherlich die Fabel entstanden. – Der Mensch ersinnt sie als etwas Wahres, da es ihm nicht gegeben ist, etwas anderes zu sehen, als sich selbst und die Natur, die ihn umgibt. Aber er ersinnt sie als etwas Wahres, wobei es sich um eine ganz besondere Wahrheit handelt.

Diese wunderbare, hochgeistige WAHRHEIT, die ich fühle, sehe und definieren will und deren Bezeichnung ich hier von der des WAHREN zu unterscheiden wage, um mich besser verständlich zu machen, ist gleichsam die Seele aller Künste. Es ist eine Wahl des charakteristischen Zeichens in allen Schönheiten und Größen des sichtbaren WAHREN. Aber sie ist es nicht selbst, sie ist besser als das Wahre. Sie ist ein ideales Ganzes seiner Hauptformen, eine leuchtende Schattierung seiner buntesten Farben, ein durch seine reinsten Düfte berauschender Balsam, ein wohlschmeckendes Elixier aus seinen besten Säften, eine vollkommene Harmonie seiner melodischsten Klänge. Es ist letztendlich die vollständige Summe all seiner Werte. Und nach dieser einzigen Wahrheit müssen die Kunstwerke streben, die eine moralische Darstellung des Lebens sind – die dramatischen Werke. Um diese Wahrheit zu erreichen, muß man ohne Zweifel zunächst die ganze Wirklichkeit eines jeden Jahrhunderts kennen und sich ganz tief von dem Ganzen und den Details durchdringen lassen. Dieses ist nur das armselige Verdienst von Aufmerksamkeit, Geduld und Erinnerung. Aber anschließend muß man eine Auswahl treffen und alles um einen erfundenen Mittelpunkt herum anordnen. Das ist das Werk der Phantasie und dieses großartigen Menschenverstandes, der das Genie selbst ist.

Wozu sollten die Künste gut sein, wenn sie nur die Nachahmung und die Gegenprobe des Lebens wären? Ach, du lieber Gott, wir sehen nur zu gut um uns herum die traurige, ernüchternde Wirklichkeit: die unerträglichen, lauen Halb-Charaktere, Skizzen von Laster und Tugend, unschlüssige Liebschaften, erlahmter Haß, flackernde Freundschaften, wechselnde Lehren, Höhen und Tiefen in der Treue, Meinungen, die sich in Luft auflösen. Lassen Sie uns träumen, daß manches mal stärkere und größere Menschen gelebt haben, die entschiedener entweder gut oder schlecht waren. Das tut gut! Wenn ihre blasse Wahrheit uns bis in die Kunst verfolgt, dann werden wir zusammen das Theater und das Buch schließen, um ihr nicht noch einmal zu begegnen. Was wir von den Werken erwarten, die Phantasiegestalten zum Leben erwecken, das ist, ich wiederhole es, das philosophische Ereignis des durch und durch ausgefeilten Menschen, und zwar durch seine Leidenschaften und seine Zeit. Das ist also die Wahrheit dieses MENSCHEN und dieser ZEIT. Aber diese beiden Aspekte erheben sich zu einer höheren, idealen Macht, worin alle Kräfte versammelt sind. Man erkennt diese WAHRHEIT in den Werken der Gedanken, wie man über die Ähnlichkeit eines Porträts aufschreit, von dem man noch nie das Original gesehen hat, denn ein großes Talent malt noch mehr das Leben als den Lebenden.

Um nun in diesem Punkt die Zweifel derjenigen zu zerstreuen, die ein gewisses zaghaftes literarisches Bewußtsein haben und die ich von einer ganz besonderen Unruhe ergriffen sah, wenn sie den Mut betrachteten, mit dem die Phantasie über die ernsthaftesten Persönlichkeiten spottete, die je gelebt haben, wage ich es, so weit zu gehen, daß, nicht in ihrer Gesamtheit, aber auf vielen ihrer Seiten, und die vielleicht nicht die weniger schönen sind, DIE GESCHICHTE EIN ROMAN IST, DEN DAS VOLK GESCHRIEBEN HAT. – Der menschliche Geist scheint sich meiner Meinung nach um das

Wahre nur im Sinne des allgemeinen Charakters einer Epoche Gedanken zu machen. Was ihm besonders wichtig ist, das sind die Flut der Ereignisse und die großen Schritte der Menschheit, die den einzelnen mitreißen. Aber da er den Details gegenüber gleichgültig ist, liebt er sie weniger real als schön oder eher groß als vollständig.

Untersuchen Sie einmal aus der Nähe den Ursprung einiger Taten, einiger heldenhafter Schreie, von denen man nicht weiß, wie sie das Licht der Welt erblickten: Wir sehen sie ganz fertig aus den Gerüchten und dem Murmeln der Menge aufsteigen, ohne von ihnen etwas anderes zu haben als den Schatten einer Wahrheit. Dennoch bleiben sie für ewig geschichtlich. – Wie zum Spaß oder um die Nachwelt zu verspotten, erfindet die öffentliche Stimme herrliche Worte, um sie Personen, die noch leben und es mit eigenen Augen sehen, in den Mund zu legen, die sich ganz verwirrt, so gut es geht, dafür entschuldigen, als ob sie nicht so viel Ehre verdienten und ein so hohes Ansehen nicht ertragen könnten. Egal, man nimmt keine Rücksicht auf ihre Proteste. Ob sie sie hinausschreien, niederschreiben, veröffentlichen, unterschreiben, man will sie nicht anhören, ihre Aussprüche werden in Bronze gegossen, und die armen Menschen werden gegen ihren Willen historisch und erhaben! Ich glaube nicht, daß das alles nur in unzivilisierten Zeiten geschehen ist. Das passiert auch heute noch, und die jüngste Geschichte wird dem Belieben der allgemeinen Meinung, dieser tyrannischen, launenhaften Muse angepaßt, die das Ganze bewahrt und über Details spottet. Ach, wer von Ihnen hat solchen Transformationen noch nicht beigewohnt? Haben Sie noch nicht mit eigenen Augen gesehen, wie aus dem Keim einer wahren Begebenheit eine Figur schlüpfte, der nach und nach die Flügel der Fiktion gewachsen sind? – Durch die Bedürfnisse der Zeit schon zu einer vagen Form gelangt, ist die gänzlich undeutliche und beschämende Tatsache nun irgendwo vergraben; noch ist sie natürlich und ungeschliffen, manchmal schlecht konstruiert, wie ein noch nicht behauener Marmorblock; die ersten, die ihn ausgraben und in die Hand nehmen, wollen ihn anders drehen und geben ihn nun, da er schon etwas abgerundet ist, in andere Hände. Andere bringen ihn in Umlauf und polieren ihn dadurch. In Null Komma nichts kommt er, in eine unverwüstliche Statue verwandelt, ans Tageslicht. Wir schreien laut auf. Die Augen- und Ohrenzeugen stapeln

Widerlegungen auf Erklärungen. Die Gelehrten suchen, blättern und schreiben, aber man hört ihnen nicht mehr zu als den demütigen Helden, die sich verleugnen. Der Sturzbach strömt und reißt das Ganze in jener Form mit sich, die es ihm beliebt, diesen Handlungen eines einzelnen zu verleihen. Was war für dieses ganze Werk nötig? Nichts als nur ein Wort. Manchmal nur die Laune eines unbeschäftigten Journalisten.– Und verlieren wir uns darin? Nein. Eine übernommene Begebenheit ist immer besser ausgearbeitet als eine wahre, und sie ist sogar nur darum übernommen worden, weil sie schöner ist als das Wahre. Die ganze Menschheit nämlich hat das Bedürfnis, ihre Geschicke für sich selbst als eine Folge von Lektionen anzusehen. Sie steht den tatsächlichen Begebenheiten gleichgültiger gegenüber, als man glaubt, und versucht daher, das Ereignis zu perfektionieren, um ihm eine tiefe moralische Bedeutung zu verleihen. Sie weiß genau, daß die Folge der Szenen, die sie auf der Erde spielt, kein Lustspiel ist und daß sie vorwärtsschreitend einem Ziel entgegenstrebt, dessen tieferen Sinn man jenseits dessen, was man sieht, suchen muß.

Ich persönlich gebe zu, daß ich der öffentlichen Stimme dankbar bin, so zu handeln, da sich oft auf dem schönsten Leben merkwürdige Flecken und Übereinstimmungsmängel befinden, die mir Kummer bereiten, wenn ich sie bemerke. Wenn ein Mensch mir als perfektes Modell eines großen, edlen Seelenvermögens geeignet erscheint und wenn ich eben von einigen niederträchtigen Zügen, die ihn entstellen, erfahren habe, dann bin ich, ohne ihn zu kennen, traurig darüber, wie über ein persönliches Unglück, und ich wünsche fast, er solle tot sein, ehe sein Charakter entstellt wird.

Auch wenn die MUSE (so bezeichne ich die Kunst in ihrer Gesamtheit, alles, was dem Bereich der Phantasie entstammt. Es ist ungefähr so wie bei den Völkern der Antike, die die gesamte Erziehung MUSIK nannten), wenn die MUSE uns in ihrer leidenschaftlichen Form die Abenteuer einer Person erzählt hat, von der ich weiß, daß sie gelebt hat, und sie ihre Erlebnisse nach der größten Idee von Tugend und Laster zusammenstellt, die man von ihr entwerfen kann, die Lücken füllend, die Widersprüchlichkeiten ihres Lebens überfliegend, und ihr diese perfekte Einheit des Betragens verleiht, die wir sogar bei bösen Charakteren gern dargestellt sehen, wenn sie übrigens die wichtigste Sache zur Belehrung der Menschheit, den Geist des Jahrhunderts, bewahrt, dann weiß ich nicht, warum man ihr gegenüber kritischer sein soll als dieser Stimme des Volkes, die jeden Tag jede Sache so große Veränderungen erleiden läßt.

Diese Freiheit haben unsere Vorfahren sogar bis in die Geschichte getragen. Sie wollten darin nur die allgemeine Richtung und die großen Veränderungen der Gesellschaften und der Nationen sehen, und in diese großen, deutlich und klar dahinziehenden Flüsse haben sie einige großartige Gestalten als Symbol eines großen Charakters und einer edlen Denkart geworfen. Man könnte fast mathematisch berechnen, daß ihre Geschichte, die einerseits von der öffentlichen Meinung und andererseits vom Schriftsteller geformt wird, aus dritter Hand und um zwei Grad entfernt von der tatsächlichen Begebenheit zu uns kommt.

Denn in ihren Augen war auch die Geschichte ein Kunstwerk. Und da die gesamte christliche Welt verkannt hat, daß dies das Wesen der Geschichte ist, hat sie noch den Wunsch nach einem historischen Denkmal, das denen gleicht, die die Antike überragen und der Erinnerung ihrer Geschicke gewidmet ist. So überragen ihre Pyramiden, ihre Obelisken, ihre Pylonen und ihre Säulenhallen noch die Welt, die sie gekannt haben, und widmen ihr die Erhabenheit der Antike.

Wenn wir also überall Spuren unserer Neigung finden, das Wirkliche zu verraten, um das Ideal bis in die Geschichtsannalen zu tragen, dann kann man sich, glaube ich – und zu Recht – der historischen Wirklichkeit gegenüber einer großen Gleichgültigkeit hingeben, um die dramatischen Werke, Gedichte, Romane oder Tragödien zu beurteilen, die aus der Geschichte unvergeßliche Personen entleihen. Die Kunst darf niemals anders als in ihrem Verhältnis zur idealen Schönheit betrachtet werden. Es muß gesagt werden, daß das, was wahr ist, nur zweitrangig ist. Es ist nur eine weitere Illusion, mit der sie sich schmückt, eine unserer Neigungen, der sie schmeichelt. Sie kann darauf verzichten, da die Wahrheit, die ihr als Quelle dient, die Wahrheit der Beobachtung des menschlichen Wesens und nicht die Authentizität der Tatsache ist. Die Namen der Persönlichkeiten tun nichts zur Sache.

Die Idee ist alles. Der Eigenname ist nichts als das Beispiel und der Beweis der Idee.

Um so besser für das Andenken derjenigen, die man aussucht,

um die philosophischen und moralischen Gedanken darzustellen. Aber noch einmal, darum geht es nicht: Die Phantasie schafft genauso schöne Dinge ohne sie. Sie ist eine durch und durch schöpferische Kraft. Die Phantasiegestalten, die sie zum Leben erweckt, sind ebenso gut fürs Leben begabt, wie die wirklichen Wesen, die sie wiederbelebt. Wir glauben an Othello wie an Richard III., dessen Denkmal in Westminster steht, an Lovelace und an Clarissa genauso wie an Paul und Virginie, deren Gräber auf der Ile de France liegen. Wir müssen diese Personen mit den gleichen Augen spielen sehen und die Muse nur um eine Wahrheit bitten, die schöner ist als das Wahre. Entweder stellt die Muse einen Typus dar, dessen Name allein erfunden ist, indem sie die in tausend vollständigen Wesen vereinzelten Charakterzüge sammelt, oder sie wird in ihren Gräbern suchen und mit ihrer galvanischen Kette die Toten berühren, über die wir große Dinge wissen, und sie zwingen, sich zu erheben. Die Geblendeten werden ans Tageslicht gezerrt, wo sie in dem Kreis, den diese Fee gemalt hat, ihre ehemaligen Leidenschaften schweren Herzens wieder aufleben lassen und vor den Augen ihrer Neffen noch einmal das traurige Drama ihres Lebens spielen.

Im Jahre 1827

2. Anmerkungen des Autors

Als dieses Buch zum erstenmal erschien, wurde es ohne Anmerkungen veröffentlicht, als Kunstwerk, als Resümee eines Jahrhunderts. Damit die Leserschaft ein vollkommen ehrliches Urteil über das Werk fällte, wollte der Autor es keinesfalls mit diesem glänzenden Beiwerk historischer Nachforschungen schmücken, mit dem man ein neues Buch nur zu leicht dekorieren kann. Er wollte gemäß der Theorie, die hier als Vorwort dient: *Über Kunst und Wahrheit*, keineswegs das Wahre in allen Einzelheiten aufzeigen, sondern das epische Werk, den Roman mit seiner Tragödie, in den all die wichtigsten Persönlichkeiten aus der Zeit Ludwig XIII. eingeflochten sind. Doch schon bald hat der Autor die Bedeutung erkannt, die wichtigsten Quellen seines Werkes anzugeben. Und da er immer auf die reinsten Quellen zurückgreifen wollte, das heißt auf die Handschriften und in Ermangelung dieser auf zeitgenössische Ausgaben, fügte er der zweiten Auflage von *Cinq-Mars* sehr detaillierte Informationen hinzu, um die verbreiteten Irrtümer in bezug auf die Authentizität einiger Fakten richtigzustellen. Dann kam er wieder auf die einfache, ursprüngliche Einheit seines Werkes zurück. Aber heute, da man dieses Werk, an dessen Mustergültigkeit er nicht im entferntesten dachte, in einem Maße vervielfacht hat, das weit über das, was er erwarten konnte, hinausgeht, wollte er, daß die auf Details der wahren Anekdote neugierigen Geister nicht woanders die Dokumente suchen mußten, die er ausgespart hatte.

7. Kapitel *Er hatte einen kurzen Bart, der an den Spitzen rötlich war ...*

»Während seiner Jugend«, schreibt Pater Josephs Biograph, »hatten seine Haare und sein Bart eine beinahe leuchtend rotblonde Farbe. Er hatte festgestellt, daß Ludwig XIII. diese Farbe nicht ausstehen konnte. Darum hatte er sich bemüht, den Bart mit Blei- und Stahlkämmen zu bräunen, bis er später durch einen Quacksalber die Möglichkeit gefunden hatte, ihn weiß zu färben. Der König fand diese Farbe dermaßen fürchterlich, daß sein erster Kammerherr (dessen Bruder über das schönste Fürstentum des Königreiches herrschte) eines Tages in Entsetzen geriet, weil er Seine Majestät zu einer Jagdpartie nach Fontainebleau begleiten sollte, denn es regnete so stark, daß der Regen die ganze Farbe, mit der er seine roten Haare verdeckte, ausgewaschen hatte. Als der König das sah, bekam er es mit der Angst zu tun und rief: ›*Mein Gott, was sehe ich denn da? Kommt mir nicht mehr unter die Augen.*‹ Der Edelmann war gezwungen, aus seinen Diensten auszuscheiden.«

7. Kapitel. *Sein Vertrauter …*

Dieser nur zu berühmte Kapuziner, den einer seiner Biographen als Hilfsgeist des Kardinals bezeichnet, war nicht nur sein Vertrauter, sondern auch der des Königs. Unbeugsam, wendig und niederträchtig. Er stärkte die Schritte des Ministers auf dem Weg des Blutes und half ihm, den schwachen König dorthin zu führen. Die Geschichte dieses Mannes findet man überall, aber hier sind die Details einer seiner nur wenig bekannten Machenschaften:

Monsieur de Montmorency wurde in Castelnaudary gefangengenommen. Ludwig XIII. zögerte, ihn zu töten. MONSIEUR, der ihn auf dem Schlachtfeld im Stich gelassen hatte, bat inbrünstig um seine Gnade. Der Kardinal wollte seinen Tod, und er wußte nicht, wie er diese wertvolle Gunst erreichen konnte. Bouillon war mit den Verhandlungen betraut und beriet Gaston. An diesen Mann wandte sich Joseph zuerst.

Er bemächtigte sich seiner mit der Geschicklichkeit einer Schlange, und durch seinen Mittelsmann ließ er MONSIEUR raten, den König nicht mehr um die Zusicherung der Gnade des jungen Herzogs zu bitten, sondern sich auf Ludwigs Güte allein zu verlassen, dessen Herz man verletzte, wenn man daran zweifelte. MONSIEUR glaubte in diesen Worten die Absicht zu erkennen, zu verzeihen, was ihm sein Bruder selbst zu verstehen gegeben hatte. So traf er seine Arrangements nur für sich allein, ohne etwas für den jungen Herzog zu vereinbaren, und unterwarf sich der Gnade des Königs. Dann, als ein Rat in engerem Kreis zwischen dem König, dem Kardinal und Joseph stattfand, wagte der letztere als erster das Wort zu ergreifen, und indem er das Feuer seines politischen Gezeters mit den phlegmatischen Argumentationen des Kardinals verband, entriß er Ludwig das Versprechen, unerbittlich zu sein, woran sich dieser nur zu genau hielt.

Brulart de Léon, der mit Joseph Botschafter in Regensburg

gewesen war, sagt, daß der Kapuziner von einem Christen nur den Namen hatte und nur versuchte, alle Welt zu betrügen.

In einem Werk von 1635 mit dem Titel, *La Vérité défendue* [Die verbotene Wahrheit], ist zu lesen:

»Er ist der große Inquisitor des Staates, verhört die angeblichen Verbrecher, läßt die Männer ohne Erklärungen in den Kerker werfen, verhindert, daß sie sich rechtfertigen können, und entreißt ihnen mittels panischer Schrecken Aussagen, die dazu dienen, die Ungerechtigkeit des Kardinals zu decken. Er stellt auf schändlichste Weise den Himmel in den Dienst der Erde, mißbraucht den Namen Gottes für Betrügereien und die Religion für die raffinierten Schachzüge des Staates.«

Er gehörte übrigens einer ehrenwerten Familie mit dem Namen *Du Tremblay* an.

Ich verweise all diejenigen, die diesen unwürdigen Mönch besser kennenlernen wollen, auf seine Lebensgeschichte selbst.

7. Kapitel. *Der Kardinal diktierte ihm diese neuen Pflichten …*

Diese unverschämten Befehle der *religion ministérielle* [Die Glaubenssätze des Ministers], die von Richelieu ins Leben gerufen worden war, wurden in einer Handschrift, die für die Geschichte des Pater Joseph bestimmt war, erwähnt.

Der ehrwürdige, naive Historiker und Genealoge, der die Ausführungen des Abbés Richard fortsetzte, äußert sich folgendermaßen hierzu:

»Er schrieb zusammen mit dem Kardinal ein Buch mit dem Titel: *Die Einheit des Ministers und die Qualitäten, die er haben muß.* Dieses Werk ist nur bis in die Hände des Königs gelangt, und diese Abhandlung hat seine Majestät dazu gebracht, sich gänzlich von den Regierungsgeschäften und seinem Königreich auf den Schultern Seiner Eminenz auszuruhen. Ich habe dieses Manuskript in Folioformat gesehen, und es war sehr gut geschrieben. Man kann mühelos erkennen, daß Pater Joseph der Autor ist, und zwar anhand der wichtigsten Vorschläge, die hier erstens als christliche und zweitens als politische Wahrheiten bewiesen werden. Man könnte dem Buch den Titel geben: *Das politische Testament des Pater Joseph.* Alle großen Männer des Jahrhunderts haben so etwas hinterlassen. Man wird das Genie des Paters in dem Auszug dieses Testamentes leicht erkennen. *(Histoire du Père Joseph)* [Lebensgeschichte des Pater Joseph]

Es folgen die Belegstellen in fortlaufender Reihenfolge.

7. Kapitel. *Was Marillac betrifft usw.*

Der Marschall de Marillac war seiner legitimen Rechte beraubt worden. Die Mitglieder des Gerichtshofes, die kaum etwas von der Sache wissen wollten, sahen, daß Molé, ihr Generalstaatsanwalt, durch einen Erlaß der Kirche suspendiert worden war. Der Unschuldige wurde von Gericht zu Gericht geschleppt, ohne jemanden zu finden, der geschickt genug war, ihm ein Verbrechen anzuhängen, und so fiel der Marschall de Marillac schließlich unter das Urteil der Kommissare, das von einem geistlichen Justizminister (Châteauneuf) verlesen wurde, der eine Ausnahmebewilligung von Rom brauchte, die eigens dazu erbeten wurde, um einen Mann ohne Fehl und Tadel zu verurteilen. Und der Kardinal fing an, über die Erleuchtung, die er unter Zwang in den Richtern entzündet hatte, zu lachen. Welch ein Chaos! Was für Zeiten! Man kann die wichtigsten Punkte der Geschichte nicht genug erleuchten, um das kindische Bedauern der Vergangenheit in einigen Köpfen, die nichts hinterfragen, zum Verstummen zu bringen.

10. Kapitel. *An diesem Tage war der Kardinal von Kopf bis Fuß in die Uniform eines Kriegers gehüllt.*

Seine Kleidung wird in den Mémoires manuscrits [Handschriftliche Memoiren] von Pontis ausführlich beschrieben, so wie es im 10. Kapitel zu lesen ist (Bibliothèque de l'Arsenal).

12. Kapitel. *... wenn man zum Beispiel einen königlichen Zweig der Bourbonen vollständig ausrottet.*

Der Graf von Soissons wurde in der Schlacht von La Marfée getötet, in der er über die Königs- oder eher Kardinalstruppen gesiegt hatte. Ich habe die genauesten zeitgenössischen Bezüge jener Zeit vor Augen. Sie enthalten das folgende: »Das Regiment von Metternich und die Infanterie von Lamboy waren zerschlagen. Es blieben bei dem genannten Grafen nur noch drei oder vier der Seinen. Dieser wurde im allgemeinen Chaos von einem Reiter angegriffen, den seine Leute in dem Durcheinander nicht als Feind erkannten und der ihm eine Kugel unterhalb der Augen in den Kopf jagte, die ihn auf der Stelle tötete ... Dieser große Graf, der keine andere Absicht hatte, als Seiner Majestät und dem Staat zu dienen und all der Gewalt desjenigen, der alles, was über ihm stand, zerstören wollte, Einhalt zu gebieten ... Er (der Kardinal) hatte damit einen königlichen Zweig der Bourbonen ausgerottet, indem er diesen Grafen von einem seiner Gardisten hatte ausfindig machen lassen. Dieser hatte sich dann mit dieser abscheulichen Absicht und seinem Befehl unter die Soldaten dieses Grafen gemischt, und er wird als Täter erkannt, nachdem er von Riquemont, dem Stallmeister eben dieses verstorbenen Fürsten, getötet worden war.« (*Montglat, Fabert usw., Relation de Montrésor* [Die Verbindungen des Montrésor], Band II, Seite 520)

In der Bibliothek von Paris existiert ein merkwürdiges Autograph, das zeigt, welchen Preis der Kardinal für die Erledigung solcher Aufträge aussetzte.

Nachricht des Monsieur Des Noyers an den
Marschall de Châtillon nach der Schlacht von Sedan

Der König hat beschlossen, dem Soldaten, der den General der Feinde getötet hat, ein Fürstentum zu übergeben und ihm eine lebenslange Pension zu zahlen. Der Marschall wird ihn nach Reims senden, wo er Seine Majestät sofort aufsuchen kann, sobald sie dort eingetroffen ist.

Péronne, 9. Juli 1641 Des Noyers

Vol. g. 6, 233 MM.

Einsicht in die Geheimkorrespondenz des Kardinal Richelieu bezüglich des Prozesses gegen Monsieur de Cinq-Mars und gegen Monsieur de Thou

Die unermüdliche Aktivität, der Scharfsinn und die geschickte Beharrlichkeit des Kardinal Richelieu am Ende seiner Tage, als Krankheiten, Müdigkeit und Kummer seine einzigartigen Fähigkeiten zu zerstören scheinen, fallen nicht nur bei der Handhabung dieser Angelegenheit ins Auge. Jammernd stellt man fest, welche merkwürdigen Schleichwege dieser mächtige Bergarbeiter – o worthy pioneer!, wie Shakespeare sagte – gehen mußte, um sein Ziel zu erreichen. All die Gemeinheiten, zu denen die Politiker gezwungen sind, sich herabzulassen, können ihre Nachahmer nur bescheidener machen, wenn sie bedenken würden, daß dieser hier, nachdem sein Plan nach all seinen Anstrengungen vollständig aufgegangen war, nur erreicht hat, den Fall des unitaristischen Königreiches, das er für immer zu festigen glaubte, zu beschleunigen und sicherzustellen.

Um diese Schriften ins rechte Licht zu rücken, ist es notwendig, die endlosen Phrasen des Prozeßberichtes auszusparen, deren Trockenheit und Verworrenheit bestimmt alle angewidert haben, die ihn überflogen haben. Aber es ist wichtig, die besonders interessanten Stellen daraus zu zitieren, die sich von diesem Dunkel abheben, wenn man seinen aufmerksamen Blick darauf lenkt.

Sobald Monsieur de Cinq-Mars festgenommen worden ist und der Herzog von Orléans sich in dem Brief, der weiter oben im Buch zitiert wurde (24. Kapitel), entschuldigt hat, ist die größte Sorge des Kardinals, zu erfahren, ob der Herzog von Bouillon festgenommen worden ist. Da er daran zweifelt und befürchtet, Ludwig XIII. könne zu seiner ersten Liebe zu Cinq-Mars zurückkehren, verweilt er in Tarascon, von wo aus er sich vergewissern will, ob seine Gunst noch in voller Blüte steht. Wie ein Athlet, der sich auf einen großen Kampf vorbereitet, stärkt er seinen Arm und schwingt seine Keule.

Instruktionen an Monsieur de Chavigny und Monsieur Des Noyers nach der Verhaftung des Monsieur le Grand, die beim König waren, um von Seiner Majestät u. a. zu erfahren, ob sie es für angemessen hält, daß Seine Eminenz so handelt, wie sie es bisher gemacht hat

Wenn Monsieur de Bouillon verhaftet wird, dann muß sofort bewiesen werden, daß man ihn zu Recht verhaftet hat. Darum muß man die Anstifter von Madame ausfindig machen, die ihre Meinung dazu geäußert haben, und wenn die genannte Dame nicht sprechen will, dann könnte man gewisse Tricks anwenden, durch die man verbreiten könnte, daß man sie gefunden hat. Man könnte es so machen, indem man die Gefangenen vollkommen isoliert, ohne ihnen zu erlauben, mit irgend jemandem zu sprechen, weil man durch dieses Mittel die einen glauben machen könnte, die anderen hätten gesagt, was man weiß, und dann hätten sie Gelegenheit, ein Geständnis abzulegen oder zumindest es zu glauben.

Cloniac muß verhaftet werden, da er Geheimpapiere besitzen

soll. Man muß die *Kassette mit den Haaren und den Liebesbriefen* einziehen, die Monsieur de Choisy in Händen hält.

Man muß dem König erklären, daß es sehr wichtig ist, nicht zu sagen, daß er alle Papiere verbrannt hat, und in der Tat glauben wir, daß er es nicht getan hat.

Wenn Monsieur de Bouillon verhaftet wird, dann muß man Italien aus verschiedenen zwingenden Gründen mit einem sehr treuen Befehlshaber versorgen. Einer wird in Guyenne und ein anderer in Roussillon benötigt, und es ist zweifelhaft, ob Monsieur de Turenne dort dienen will und ob man ihn dort allein lassen soll. Der König soll sich nach seinem Belieben darum kümmern.

Man sieht, welche Falle er stellt. Monsieur de Cinq-Mars tappt als erster in die Falle hinein. Die Antwort läßt nicht lange auf sich warten. Monsieur de Bouillon ist verhaftet worden. Der König hat eingewilligt, bei allen Lügen, die ihm aufdiktiert wurden, mitzuspielen. Als Beweis seines Ungehorsams schreibt er eigenhändig den folgenden Brief:

Brief des Königs an Seine Eminenz

Es geht mir immer nur gut, wenn ich Euch sehe. Seit gestern geht es mir entschieden besser. Und nach der Verhaftung von Monsieur de Bouillon – was ein guter Schachzug ist – hoffe ich mit Hilfe Gottes, daß alles gut wird und daß ich wieder vollkommen gesund werde. Und darum bitte ich ihn aus tiefstem Herzen.

Ludwig

Mit einem solchen Pfand kann man handeln. Er hat MONSIEUR bedrohen lassen und ist in seiner Antwort recht vage geblieben. Gaston fängt wieder nun an zu flehen. Am gleichen Tag schreibt er an den König, an den Kardinal Mazarin, an Monsieur Des Noyers, an Monsieur de Chavigny und noch ein zweites Mal an den Kardinal. Bedenken Sie, daß er ihn zuerst am 17. Juni um Vergebung bat, bevor er den König am 25. anflehte. Damit folgt er der vom Kardinal errichteten Hierachie. Er bittet alle Welt um Gnade und verspricht ein vollständiges Geständnis.

Daraufhin setzt der Kardinal den Bruder des Königs unter Druck und vernichtet ihn durch den unfreundlichen Brief, in dem er ihm rät, alles zu gestehen. Dieser Brief ist im 24. Kapitel (Die Arbeit) nachzulesen.

Es folgen neue Berichte des treuen Agenten Chavigny, der nicht genug demütige Worte finden kann, wenn er mit dem Kardinal spricht, als dessen Kreatur er sich ständig bezeichnet. Chavigny macht sich über MONSIEUR lustig und über den Cholerakranken (was, wie man sieht, schon damals bekannt war), der den Agenten dieses Fürsten an sich reißt, weil er Angst hat, verhaftet zu werden. – Er läßt Gaston raten, Frankreich zu verlassen. Man sieht, daß der König sich nicht erlaubt, zu antworten, ohne daß der Kardinal den Brief *korrigiert* hat, den er schreiben muß.

Monsieur de Chavigny an Seine Eminenz

Der König sprach gestern mit Monsieur de La Rivière genauso gut und genauso entschlossen, wie man es sich wünschen konnte. Ich ließ ihn alles, was er ihm in bezug auf MONSIEUR gesagt hat, niederschreiben und unterschreiben, so wie es Seine Eminenz in der Abschrift, die ich ihm sende, sehen können. Und als er Schwierigkeiten machte, dem Befehl Seiner Majestät zu folgen, da sprach sie wie ein Meister mit ihm, und er hatte so große Angst, verhaftet zu werden, daß er fast einen Schwächeanfall bekam und anschließend eine Art Choleraanfall, von dem er geheilt wurde, indem ihm der Geist gestärkt wurde. Der König war entzückt, daß Monseigneur nicht auf die Idee kam, MONSIEUR zu treffen. Als ich mit Monsieur de La Rivière sprach, ließ ich ihn allmählich in die Absicht verfallen, MONSIEUR vorzuschlagen, unbefangen alles in einem Schreiben zu gestehen und an den König zu senden, damit er, nachdem er Seine Majestät gesehen hat, das Königreich für einige Zeit mit ihrem Wohlwollen und dem Seiner Eminenz verlassen kann.

Er sagte mir, daß er Monseigneur diesen Vorschlag unterbreiten wolle und daß er ihn um sein Wort für die Sicherheit MONSIEURS bitten werde, falls er alles schriftlich gestehe, und dann wolle er den König aufsuchen und Frankreich für einige Zeit verlassen.

In diesem Fall wäre es angenehm, wenn Seine Eminenz seine *Kreaturen* wissen ließe, ob Venedig nicht der beste Ort sei, wohin MONSIEUR gehen könne, und welche Summe man ihm pro Jahr zugestehen könne.

Ich sende Monseigneur die Antwort des Königs, die unter die

Erklärung von La Rivière gesetzt werden soll, um sie nach seinem Gutdünken zu korrigieren und in seine Hände zu geben, wenn er kommt. Ich werde bis zu meinem Tod Euer ganz ergebener, gehorsamster und treuer Diener sein.

Chavigny

Montfrin, am letzten Juni 1642

Der Kardinal erlaubt MONSIEUR, das Königreich zu verlassen und nach Venedig zu gehen, und er setzt die Pension fest, die ihm in der Art zukommen soll, daß er fügsam wird.

Aus den Memoiren *des Monsieur de Chavigny und des Monsieur Des Noyers*

Ich mache keinerlei Schwierigkeiten, wenn es dem König gefällt, Monsieur de La Rivière mein Wort zu geben, daß MONSIEUR, der dem König ausnahmslos alles erklärt, was er schon schwarz auf weiß hat, Seine Majestät aufsucht, ehe er das Königreich verläßt. Gemäß dem Vorschlag, den ihm der genannte Monsieur de La Rivière gemacht hat, wird ihn seine Majestät allein gehen lassen, ohne daß er ihn unfreundlich empfängt, falls der König seine Zustimmung nicht gibt. Venedig ist ein schöner Aufenthaltsort, und sollte dieser Fall eintreten, dann ist es notwendig, daß die Erlaubnis, das Königreich zu verlassen, um die er den König bittet, folgendes enthält: »Ich werde erst nach Frankreich zurückkehren, wenn es dem König gefällt, es uns zu erlauben und zu befehlen.«

Was das Geld angeht, so glaube ich, daß er mit dem, was der spanische König ihm geben muß, zufrieden sein sollte, nämlich zehntausend Ecus pro Monat. Denn ihm mehr zu geben, das hieße, ihm die Möglichkeit zu geben, Unsinn zu machen, und der König kann nicht gutheißen, daß er mit ihm die bösen Geister beschwört, die ihn vernichtet haben. Er braucht nicht mehr für sich und seine Leute. Sollte man bis vierhunderttausend Livres gehen müssen, so glaube ich dennoch nicht, daß man sich mit so einer Kleinigkeit aufhalten sollte. Ich bin denen, die mich lieben wie Ihr, ganz zugetan.

Kardinal Richelieu

Tarascon, am letzten Juni 1642

Entweder kommt Monsieur de La Rivière mit einer einfachen Artigkeit und einem Geständnis mit verschleiertem Schuldgeständnis, oder er kommt mit der Aufgabe, einen Teil davon, was er gemacht hat, zu enthüllen:

Im ersten Fall sollte der König ihm Glauben schenken oder bestätigen, was er sagt, und ihm antworten, daß er MONSIEUR gerne verzeiht und daß Monsieur de La Rivière ihm berichten möge, was er auf dem Herzen hat, und daß es ihn nicht belasten sollte.

Im zweiten Fall sollte er ihm auch bestätigen zu glauben, daß das, was er sagt, alles ist, und antworten: »Was Ihr mir enthüllt, überrascht mich und überrascht mich auch wieder nicht.«

»Es überrascht mich, weil ich nicht mit diesem erneuten Beweis mangelnder Zuneigung meines Bruders gerechnet habe. Es überrascht mich nicht, weil Monsieur le Grand, der verhaftet worden ist, sich beunruhigt erkundigt, ob man ihn nicht geheimer Verbindungen mit MONSIEUR anklagt.«

»Monsieur de La Rivière, ich spreche ganz offen mit Euch. Diejenigen, die meinem Bruder diese schlechten Ratschläge gegeben haben, dürfen von meiner Seite nichts erwarten, außer der Strenge des Gesetzes. Wenn mein Bruder mir alles, was er gemacht hat, ausnahmslos enthüllt, dann wird er in den Genuß meiner Güte kommen, wie es schon mehrmals in der Vergangenheit der Fall war.«

Einen Moment bat La Rivière um das Versprechen, MONSIEUR alles zu vergeben, ohne die Verpflichtung zu haben, alles aufzudecken, was geschehen ist, aber der König blieb bei seiner letzten Antwort, und sagte ihm, er selbst wolle ihm nicht raten, mehr zu tun als Gott, der eine wahre Reue und eine offenherzige Dankbarkeit fordert, um zu verzeihen.

Es sollte ihm die Zusicherung genügen, daß MONSIEUR in den Genuß seiner Güte komme, wenn er sich gegenüber Seiner Majestät so verhält, wie er es machen muß, das heißt so, wie es weiter oben beschrieben wurde.

Man sieht, daß die Rollen Wort für Wort vorgegeben sind und daß der König nichts hinzufügen noch streichen darf. Sofort rennt der Agent von MONSIEUR (La Rivière) los, und der Kardinal schickt ihn zum König, um ihm seine Antwort im voraus zu diktieren. Mit welcher Leichtigkeit jede Person dem Direktor dieses blutigen Schauspiels gehorcht!

Die politischen Beobachter schlafen nicht. Sie stacheln Ludwig XIII. mit allen möglichen Mitteln gegen den Sündenbock an, auf den jede Sünde zurückfallen soll. Die Haftbedingungen der Gefangenen werden verschärft.

Des Noyers schreibt am 30. Juni 1642 an den Kardinal:

Der König hat mir gesagt, er glaube, Monsieur le Grand wäre fähig gewesen, Hugenotte zu werden. Ich habe hinzugefügt, daß er Türke geworden wäre, um zu regieren und Seiner Majestät zu nehmen, was Gott ihr auf so legitime Weise gegeben hat. Daraufhin hat der König zu mir gesagt:

»Das glaube ich.«

Seine Majestät hat mir heute morgen gesagt, daß Tréville Monsieur le Marquis über die Ankunft von Monsieur le Grand in Montpellier informiert hat, und als er die Zitadelle betrat, hat er gesagt:

»Oh, muß man mit zweiundzwanzig Jahren sterben! Muß man sich zu so guter Stunde gegen das Vaterland verschwören?« Was er sehr gut aufgenommen hat.

Monsieur Des Noyers an Seine Eminenz

Paris, den 1. Juli

Seine Majestät ist mehr denn je gegen Monsieur le Grand aufgebracht, da sie erfahren hat, daß dieser Schurke, den der Präsident des Gerichtshofes ganz richtig den *Staatsuntreuen* nennt, während seiner Krankheit über den König gesagt hat:

»Er schleppt sich noch immer dahin.«

Nichts wird vergessen, um Ludwig XIII. zu verärgern, obwohl es für uns schwierig ist, diese geistreiche Bemerkung des Präsidenten richtig zu verstehen.

Derselbe Mann (Des Noyers) schreibt ebenfalls am 1. Juli 1642 aus Pierrelatte:

Seine Majestät fährt in seinen großen Liebesbezeugungen für Monseigneur fort und in einer unvergleichlichen Abscheu gegen diesen unglücklichen Staatsuntreuen.

Auch der Bericht über die königliche Wut wird dem Kardinal Stunde für Stunde geschickt, und man achtet darauf, daß die Wut nicht nachläßt. Die Verwandten der beiden jungen Männer wollen um Gnade flehen, doch man hält sie auf. Monsieur de Chavigny schreibt am 3. Juli 1642:

Der Abbé d'Effiat und der Abbé de Thou haben den König, nach dem, was man uns bestätigt hat, aufgesucht. Seine Majestät hat es für richtig erachtet, daß man ihnen Leute entgegenschickt, um ihnen zu befehlen, sich zurückzuziehen.

Die Korrespondenz folgt schnell aufeinander. Am nächsten Tag (4. Juli 1642) schreibt der Kardinal aus Tarascon:

Die geheimnisvollsten Rätsel werden jetzt langsam gelöst. Der Staatsuntreue hat dort, wo er jetzt ist, gestanden, daß er gegen den Kardinal schlechte Absichten gehegt hat, aber daß er sie nicht gehabt hätte, wenn der König nicht eingewilligt hätte. Schlecht ist, daß die Freiheit, die er bis jetzt hatte, zweimal am Tag spazierenzugehen, verursacht, daß diese Worte in der Provinz schnell verbreitet werden, was ziemlich unangenehme Folgen hervorrufen kann.

Eine tödliche Sorge bewegt den Kardinal, und zwar, daß man erfahren könnte, der König sei bei der Verschwörung mit von der Partie gewesen. Er führt im Gefängnis strengere Sitten ein. Er fügt hinzu:

Ceton, Oberleutnant der schottischen Garde, sechsundsechzig Jahre alt, ließ Monsieur le Grand zweimal täglich spazierengehen. Dieses wird jetzt nur noch dreimal in der Woche üblich sein, was mich glauben läßt, daß die ersten Anordnungen vernichtet worden sind. Monsieur de Bouillon hat nur um einen Arzt und zwei Kammerdiener gebeten. Der Staatsuntreue hat sechs Personen, die abgezogen werden müssen. Sonst ist es möglich, daß er alles verbreitet, was er will. Niemals hat ein Fürst mehr gehabt.

Ihr sprecht geschickt über die o. g. Anweisung, ohne mich in irgendeiner Weise zu erwähnen.

Als er ungeduldig auf einen treuen Kommissar wartet, sagt er:

Ich erwarte Monsieur de Chazé, den wir an Monsieur de Thou testen werden. – Er soll schnell die Rhône überqueren, denn die

Zeit drängt. Es ist notwendig, daß ich hier bin, um ihn bei seinen Verhören zu unterstützen, die ich ihm gut durchgekaut vorgeben werde.

Da das königliche Herz vergiftet werden soll, läßt er nichts unversucht, was dazu beitragen könnte:

Es ist gut, daß der treue Marquis de Mortemar zum König sagt, daß der Staatsuntreue gesagt hat, Fontrailles habe eine geistreiche Bemerkung über seine Krankheiten gemacht, nämlich:

»Es geht ihm noch nicht schlecht genug.«

Um zu zeigen, daß der Treulose und seine wichtigsten Vertrauten schlechte Absichten gegen den König hegten.

Man sieht, daß kein leicht dahingeworfenes Wort, keine Verwirrtheit des jungen Günstlings, ob wahr oder nur vermutet, von dem geschickten Politiker ausgelassen wurde. Chavigny antwortet sofort:

Der treue Marquis hatte noch nicht die Zeit zu sagen, um was der Kardinal gebeten hat. Morgen wird es geschehen. Wir werden dann sehen, was der König dazu sagt.

Dann, am nächsten Tag, schreibt genau dieser Chavigny in aller Eile:

Mortemar hat dem König groß und breit die Worte des Monsieur le Grand unterbreitet. Der König hat nicht versäumt, diese Worte, sofort nachdem er sie gehört hat, Chavigny mitzuteilen.

Also ihm selbst! Auf diese Weise spottet er über den Gehorsam Ludwig XIII.

Und ich glaube, er macht dasselbe mit Monsieur Des Noyers.

Der König hat mich ausdrücklich gebeten, Seiner Eminenz mitzuteilen und ihr zu sagen, daß er Monsieur le Grand für ziemlich widerlich hält, weil er so schreckliche Gedanken hatte und weil er sich erinnert, daß er in Lyon mehr als fünfzig Edelleute hatte, die zu ihm gehörten.

Man hat nichts vergessen, um Seine Majestät bei guter Laune zu halten. Der König hat mehrmals wiederholt, daß Monsieur le Grand der größte Lügner aller Zeiten sei. So kann man hoffen, daß sich die Freundschaft im Herzen Ludwig XIII. ziemlich verbraucht hat.

Am 6. Juli 1642 (man beachte diese Schnelligkeit) teilen ihm die beiden Kreaturen des Kardinals, Chavigny und Des Noyers, die Ergebnisse ihrer Einflüsterungen mit:
Wir flehen Monseigneur untertänigst an, sich zu beruhigen und zu glauben, daß er gegenüber dem König niemals so mächtig war wie jetzt und daß seine Anwesenheit alles, was er will, bewirkt.

Am gleichen Tag schreibt der Herzog-Kardinal an den König in einem sehr unterwürfigen Ton eines Opfers und eines arglosen Priesters, den der König verteidigt.

Seine Eminenz an den König
Ich habe von der erneuten Entdeckung erfahren, schreibt er, die der König mich wohlwollend wissen ließ, und zwar, daß Monsieur le Grand Böses gegen mich im Schilde führte, gegen einen Kardinal, der seit fünfundzwanzig Jahren und mit der Erlaubnis Gottes ganz glücklich seinem Herrn gedient hat. Je größer die Hinterhältigkeit dieses Unglücklichen ist, um so größer erscheint mir die Güte Seiner Majestät. 7. Juli 1642

Und am 7. läßt er Monsieur de Thou in sein Zimmer kommen. Er ließ ihn aus dem Gefängnis von Tarascon holen. Ich habe dieses merkwürdige Verhör vor Augen und gebe es hier Wort für Wort so wieder, wie es uns erhalten geblieben ist. Es ist nicht überflüssig, den ausgesprochen freundlichen Ton dieser beiden Personen anzumerken, von denen keine den Charakter der anderen vergißt und die scheinbar immer den Gedanken dieses alten Sinnspruches vor Augen haben: *Ein Edelmann ist so viel wert wie der andere.*

Verhör und Antworten des Monsieur de Thou an Monseigneur, den Herzog-Kardinal, der ihn aus dem Gefängnis des Schlosses von Tarascon hat holen lassen. (Tagebuch des Kardinal Richelieu, das er während des großen Aufruhrs am Hofe im Jahre 1642 geführt hat und das den handgeschriebenen Memoiren entnommen wurde M.DC.XLVIII)

MONSIEUR LE CARDINAL. Monsieur, ich bitte Euch um Vergebung, daß ich Euch die Mühe machte, hierherzukommen.

MONSIEUR DE THOU. Monseigneur, ich sehe es als Ehre und Gunst an.

Dann ließ er ihm einen Stuhl neben sein Bett stellen.

MONSIEUR LE CARDINAL. Monsieur, ich bitte Euch, mir den Ursprung der Dinge zu nennen, die passiert sind.

MONSIEUR DE THOU. Monseigneur, niemand sollte es besser wissen als Eure Eminenz.

MONSIEUR LE CARDINAL. Ich habe keinerlei Verbindungen mit Spanien, um es zu wissen.

MONSIEUR DE THOU. Der König hat den Befehl dazu gegeben, Monseigneur, und es kann nicht sein, ohne Euch davon in Kenntnis gesetzt zu haben.

MONSIEUR LE CARDINAL. Habt Ihr an Rom und Spanien geschrieben?

MONSIEUR DE THOU. Ja, Monseigneur, auf Befehl des Königs.

MONSIEUR LE CARDINAL. Habt Ihr es in Eurer Funktion als Staatssekretär gemacht?

MONSIEUR DE THOU. Nein, Monseigneur. Aber der König hat es mir befohlen. Ich konnte es nicht verweigern.

MONSIEUR LE CARDINAL. Wart Ihr dazu bevollmächtigt?

MONSIEUR DE THOU. Ja, Monseigneur. Ich hatte das Wort des Königs und den Befehl, es schriftlich zu machen.

MONSIEUR LE CARDINAL. Warum hat Monsieur de Cinq-Mars nichts davon gesagt?

MONSIEUR DE THOU. Er hat unrecht gehabt, Monseigneur, es nicht gesagt zu haben, denn er hat den Befehl genausogut wie ich erhalten.

MONSIEUR LE CARDINAL. Wo sind diese Befehle?

MONSIEUR DE THOU. Sie sind in guten Händen, um sie vorzulegen, wenn es nötig ist.

Aber gerade das muß vermieden werden. Der Kardinal will nicht wissen, daß der König diese Befehle gegen ihn erteilt hat. Er fordert aus Paris Kommissare an, und besonders einen, den er beim Namen nennt, Monsieur de Lamon, um Monsieur de Chazé bei den erneuten Verhören zu unterstützen, die gegen de Thou geführt werden, der so imposant, so fest, so ernst, so loyal und der aufgrund seiner Tugendhaftigkeit so zu fürchten ist.

Während dieser junge Magistrat sich so äußert, schickt Gaston d'Orléans, MONSIEUR, der Bruder des Königs, sein Geständnis und wirft sich mit diesen Worten auf die Knie: Gaston, Sohn Frankreichs, einziger Bruder des Königs, ist von einer ehrlichen Reue befallen, da er es hat wieder an der Treue fehlen lassen, die ich dem König, meinem Herrn schuldig bin, und in der Hoffnung, mich der Gnade und der Vergebung würdig zu erweisen, gestehe ich ernsthaft alles, dessen ich mich schuldig gemacht habe.

Es folgen die Anschuldigungen gegen Monsieur le Grand, auf den er erhaben die ganze Sache abwälzt.

Dann folgt ein weiteres Geständnis auf das erste, das das andere Vergehen betrifft:

Monsieur, Bruder des Königs, an Seine Eminenz

D'Aigueperce, 7. Juli

Gaston usw. Ich kann gegenüber meinem Cousin, dem Kardinal Richelieu, nicht genug Worte finden, um meinen größten Kummer zu beschreiben, nämlich daß ich Verbindungen und Korrespondenz mit seinen Feinden unterhalten habe … Ich beteuere vor Gott, und ich bitte Monsieur le Cardinal, zu glauben, daß ich, was seine Person betrifft, keine weiteren Informationen hatte, und ich will des Todes sein, wenn ich je mein Ohr oder mein Herz dem geringsten Vorschlag geliehen hätte, der gegen Euch gewesen wäre usw.

Die der Angst entsprungene Höflichkeit kann sicher nicht weiter gehen und nicht niedriger sein.

Aber der Meister ist noch nicht zufrieden mit diesen Lügen und diesen Demütigungen.

Er schickt seine Befehle, was von MONSIEUR gesagt werden soll, wenn er will, daß man ihm gestattet, im Königreich zu bleiben, und man ihm Geld zum Leben gibt.

MONSIEUR und Monsieur de Cinq-Mars sollen gegenübergestellt werden.

Anweisungen Seiner Eminenz

Wenn Monsieur le Grand an den Ort gebracht wird, an dem sich MONSIEUR aufhält, dann soll MONSIEUR sagen:

»Monsieur le Grand, obwohl wir einen unterschiedlichen Charakter haben, so befinden wir uns doch in der gleichen mißlichen Lage und darum müssen wir auch zu den gleichen Mitteln greifen. Ich gestehe unsere Schuld und bitte den König, sie zu vergeben.«

Entweder schlägt Monsieur le Grand den gleichen Weg ein und ist einverstanden mit dem, was MONSIEUR gesagt hat, oder er will den Unschuldigen spielen. In diesem Fall soll MONSIEUR zu ihm sagen:

»Ihr habt an jenem Ort mit mir gesprochen, und Ihr habt mir jenes gesagt. Ihr seid nach Saint-Germain gekommen, um mich in meinem Reitstall mit Monsieur de Bouillon zu treffen (jener und ich, dieser und jener) ...« Dann erzählt MONSIEUR den Rest der Geschichte.

Er macht das gleiche, wenn er Monsieur de Bouillon gegenübergestellt wird.

Er wird sich mit dem Versprechen begnügen, im Königreich bleiben zu können, ohne jemals einen Posten oder eine Aufgabe zu verlangen.

Ich sage das, nachdem ich lange über diese Sache nachgedacht habe, eine Sache, die vielleicht die wichtigste ist, die jemals in dieser Art in diesem Königreich passiert ist.

Aber MONSIEUR macht ziemlich große Schwierigkeiten, den Angeklagten gegenübergestellt zu werden. Er hat Angst, daß es ihm vor ihnen an der nötigen Sicherheit fehlen könnte. Der König wagt nicht, es von seinem Bruder zu verlangen. Man muß eine Lösung finden. Der Kanzler Séguier findet diese und schreibt sie ihm schnell:

Ich habe dem König vorgeschlagen, die Herren Talon, Staatsrat und Generaladvokat, Le Bret und Du Bignon, zu bestellen, die alle große Kenntnisse in Strafsachen besitzen, um mit mir über alle Vorschläge zu verhandeln, die ich ihm machen werde.

Sie sind der Meinung, daß man MONSIEUR ersparen kann, bei der Lesung seiner Aussage vor den Angeklagten anwesend zu sein.

Diese Meinung wird durch Beispiele und Begründungen unterstützt. Als Beispiel dient das Gerichtsverfahren gegen La Mole und de Coconas, die der Majestätsbeleidigung angeklagt wurden.

In diesem Prozeß wurden die Aussagen des Königs von Navarra und des Herzogs von Alençon entgegengenommen und vor den Angeklagten ohne Gegenüberstellung verlesen, worum sie auch gebeten hatten.

... Eine Zeugenaussage mit untrüglichen Vermutungen dient als Beweisstück gegen jemanden, der des Majestätsverbrechens angeklagt ist, was bei anderen Verbrechen nicht der Fall ist.

Man sieht, daß der Kanzler wirklich guten Willens ist.

Es folgen die Meinungen von Jacques Talon, Hierosme Bignon und Omer Talon, die entschieden haben, »daß kein Sohn Frankreichs in irgendeinem Prozeß angehört wurde und daß ihre Aussagen ohne Gegenüberstellung als Beweis dienen«.

Der Kanzler erhält die Aussage von MONSIEUR in Gegenwart der Richter, Sieurs de Laubardemont, Marca, de Paris, Champigny, Miraumesnil, de Chazé und de Sève, in der der Herzog von Orléans gesteht, daß er Fontrailles zwei blanko unterschriebene Briefe gegeben hat, damit dieser mit dem König von Spanien verhandeln kann, und zwar auf Anstiftung von Monsieur le Grand hin. Er beschreibt ihn so, als ob er auch Monsieur de Bouillon angestiftet habe.

Da der Kardinal nun diese Schriften in der Hand hält, ist er mit allen Beweisstücken ausgerüstet und seines Erfolgs sicher. Er kann abreisen.

Er begibt sich nach Paris, und während Cinq-Mars und de Thou in Lyon verurteilt werden, die er hier zurückläßt, wird er wieder Hand an den König legen und MONSIEUR im Tausch gegen seine politische Nichtigkeit und Monsieur de Bouillon im Tausch gegen Sedan begnadigen.

Der Prozeßbericht ist sehr merkwürdig zu lesen und zu umfangreich, um ihn hier abzudrucken. Er befindet sich hinter den Verhören. Der Berichterstatter belastet so Monsieur de Cinq-Mars, nachdem er lässig über MONSIEUR und den Herzog von Bouillon hinweggegangen ist:

Monsieur le Grand wird nicht nur als Komplize dieser Verschwörung angeklagt, sondern außerdem als deren Urheber und Initiator.

Monsieur le Grand vergiftet MONSIEURS Geist durch eingebildete und vermutete Befürchtungen. Das ist ein Verbrechen.

Um sich seines Terrors zu versichern, *bringt er ihn dazu*, eine neue Partei im Staat zu gründen. Das ist das zweite Verbrechen.

Er bringt ihn dazu, sich mit Spanien zu verbünden. Das ist ein drittes Verbrechen.

Er bringt ihn dazu, Monsieur le Cardinal zu ruinieren und ihn aus dem Amt zu verjagen. Das ist ein viertes Verbrechen.

Er bringt ihn dazu, während der Belagerung von Perpignan Krieg in Frankreich zu führen, um das Glück dieses Staates zu unterbrechen. Das ist ein fünftes Verbrechen.

Er setzt den Vertrag mit Spanien selbst auf. Das ist ein sechstes Verbrechen.

Er bringt Fontrailles zu MONSIEUR, damit dieser ihn wegen des Vertrages entsendet, und zwar zu Monsieur, dem Grafen d'Aubijoux. Diese Folgen können als ein siebentes Verbrechen angesehen werden oder zumindest als Erfüllung all der anderen.

Alles das sind Majestätsverbrechen. Alle Verbrechen, die die Person des Ministers des Königs betreffen, wiegen aufgrund der alten Gesetze und Verfassungen des Kaisers genauso schwer wie die, die ihre eigene Person betreffen.

Ein Minister dient seinem König und seinem Staat gut, und man nimmt ihn diesen beiden weg. Es ist dasselbe, als ob man ersteren eines Armes beraubte und zweiteren eines Teiles seiner Macht.

Ich liefere diese Argumente den Überlegungen der Gerichtsberater. Sie werden vielleicht denken, daß man hier irgendwelche Einwände erheben könnte, wenn man es als möglich erachtet, auf diese Absurditäten einer unkontrollierten Macht zu antworten. Allein die Tatsache des Vertrages mit Spanien hätte ausgereicht, und ich schreibe nur nieder, was der Berichterstatter hinzufügt, um die Hartnäckigkeit zu zeigen, die ihm gegen den Feind, den Rivalen in der Gunst des Premierministers, vorgeschrieben wurde. Wenn Monsieur de Cinq-Mars weniger besessen, weniger stolz und geschickter gewesen wäre, dann hätte er sich durch die Verhandlung mit dem Ausland nicht ins Unrecht zu setzen brauchen. Er hätte den Kardinal mit weniger Mühe zu Fall bringen können, ohne sich ein Schild an die Stirn zu hängen, auf dem *Verbündeter mit dem Ausland* steht, was immer von den Anhängern einer Monarchie oder Republik verabscheut wird. Aber er war zweiundzwanzig Jahre alt, und sein Verstand reichte noch nicht aus, um große Staatsaffären zu erfassen. Er handelte, gedrängt durch seine Leidenschaft, zu überstürzt, und sein Handeln war gegen einen Mann mit Erfahrung gerichtet, der es verstand, kalt abzuwarten und seinen Feind ins Unrecht zu setzen.

Über das Geheimverhör

(Auszug aus den Gerichtsakten)

Monsieur de Cinq-Mars gesteht dem Kanzler, daß die größte Leidenschaft, die ihn zu seinen Taten getrieben habe, war, den Kardinal aus dem Amt zu drängen, gegen den er eine Abneigung hegte, die er weder besiegen noch mildern konnte.

Er sagt, daß diese Abneigung bei ihm aufgrund sechs verschiedener Sachverhalte hervorgerufen wurde:

1. Erstens: Nach der Belagerung von Arras, bei deren Ende er dabei gewesen war, hat der Kardinal über ihn gesprochen wie von einer Person, die nicht viel Mut bewiesen habe.

2. Nach dem Bündnis mit dem Marquis de Sourdis und seinem Bruder hat der Kardinal gesagt, daß Monsieur de Sourdis seinem Hause Ehre erwiesen habe.

3. Als er gewünscht hat, zum Herzog oder Pair aufzusteigen, hat der Kardinal den König davon abgebracht.

4. Daß er sich verpflichtet gefühlt habe, den Schutz des Erzbischofs von Bordeaux zu übernehmen, da er glaubte, man wolle ihn vernichten.

5. Als er mit ihm über die Prinzessin Maria gesprochen hatte, hat er gesagt, daß seine Mutter die Hochzeit zwischen ihr und ihm arrangieren wolle. Seine Eminenz sagte daraufhin, daß seine Mutter, Madame d'Effiat, verrückt sei und daß, wenn die Prinzessin Maria diesen Gedanken hege, diese noch verrückter sei. Nachdem sie als Frau für MONSIEUR vorgeschlagen worden war, sei es stolz und anmaßend von ihm, das zu behaupten, was eine lächerliche Sache war.

6. Daß der Kardinal es merkwürdig gefunden habe, daß der König ihn beim Rat zugelassen hatte, und der Kardinal hatte ihn dort wieder entfernen lassen.

25. Kapitel. *Er ließ sich ziehen, schreibt eine Zeitung, etc.*

Sein Schiff legte an einer Grotte in Bonneri an. In dieser Stadt, in der ihn eine Menge Aristokraten erwarteten, begrüßten ihn

u. a. der Graf von Suze und Monseigneur de Viviers, als er von Bord ging. Aber man mußte noch warten, um mit ihm sprechen zu können, bis er in der Unterkunft war, die man in der Stadt für ihn vorbereitet hatte. Dort, wo sein Boot anlegte, befand sich eine Holzbrücke, die von Bord des Schiffes bis zum Ufer des Flusses reichte. Nachdem man festgestellt hatte, daß diese gut abgesichert war, wurde das Bett, auf dem der genannte Herr lag, herausgetragen, denn er hatte Schmerzen oder ein Geschwür am Arm. Sechs kräftige Männer trugen das Bett an zwei Stangen. Und die Griffe, an denen die Männer die Stangen anfaßten, waren gepolstert und mit Büffelleder ausgestopft. Sie trugen auf den Schultern und um den Hals herum gewisse Polster, die innen mit Baumwolle ausgestopft waren, und ihre Hände waren mit Büffelleder überzogen, so daß die Gurte, die sie über den Hals legten, sternförmig in den Stangen endeten, durch die sie gezogen worden waren. So trugen diese Männer das Bett mit dem genannten Herrn in die Städte oder in die Häuser, in denen er schlafen sollte. Aber alle Welt staunte darüber, daß sie die Häuser durch die Fenster bestiegen, denn bevor sie ankamen, schlugen die Maurer die Fenster der Häuser ein oder schlugen Öffnungen in die Wände der Zimmer, in dem er schlafen sollte. Dann baute man eine Holzbrücke, die von der Straße bis zum Fenster oder der Öffnung seines Zimmers ging. Er lag also in seinem tragbaren Bett, wurde durch die Straßen getragen, und dann trug man ihn über die Brücke in ein anderes Bett, das in seinem Zimmer für ihn vorbereitet worden war. Seine Offiziere hatten es mit blutrotem oder violettem Damast ausgeschlagen und mit sehr wertvollen Möbeln ausgestattet. In Viviers wohnte er im Hause von Montarguy, der heute an unserer kirchlichen Universität lehrt. Das Fenster des Zimmers, das auf den Platz ging, wurde eingeschlagen, und die Holzbrücke, über die man hineinkommen sollte, ging von Noël de Viels Laden, dann im Norden unter dem Hause von Ales hindurch, bis zu der Fensteröffnung, in die der Kardinal in der eben beschriebenen Weise hineingetragen wurde. Sein Zimmer wurde von allen Seiten bewacht, unterm Dach ebenso wie an den Seiten und oberhalb der Wohnung, in der er wohnte.

Sein Hof oder Gefolge bestand aus wichtigen Leuten. Sie waren zivilisiert, liebenswürdig und höflich. Ihre Unterwürfigkeit war sehr groß, denn die Soldaten, die normalerweise ungläubig und gottlos sind, waren sehr ergeben. Viele von ihnen beichteten und empfingen am Tag nach seiner Ankunft, einem Sonntag, die Heilige Kommunion mit Beweisen großer Frömmigkeit. Sie benahmen sich in der Stadt sehr gesittet und lebten fast wie Jungfrauen. Auch der Adel zeigte sich sehr gottesfürchtig. Obwohl sich sowohl in den Schiffen als auch hinter den Pferden sehr viele Schiffer befanden, wagte niemand, als sie über die Rhône fuhren, Gott zu lästern, und es grenzt fast an ein Wunder, daß solche Leute eine derartige Zurückhaltung übten. Man hörte sie nur Worte sagen, die notwendig waren, um ihre Schiffe zu fahren, aber so bescheiden, daß alle Welt entzückt darüber war.

Der Kardinal Bigni schlief in der Erzdiakonie. Man hatte das Haus von Monsieur Panisse für den Kardinal Mazarin vorbereitet, aber in Saint-Andéol nahm er die Postkutsche, um den König aufzusuchen. Am Sonntag, dem 25., wurde dieser Herr in der gleichen Weise wieder auf sein Boot gebracht.
(*Auszug aus der Zeitung von J. de Banne*)

Über die letzten Stunden des Monsieur die Cinq-Mars und des Monsieur de Thou und ihre Gottergebenheit.

Die Tapferkeit des Monsieur de Cinq-Mars war kühl, nobel und elegant. Es ist nichts Besseres bestätigt worden. Wenn es nach so vielen in diesem Buch zusammengetragenen historischen Einzelheiten noch neuer Beweise bedarf, dann würde ich, um es zu bestätigen, diesen Brief des Monsieur de Marca und die Auszüge des Berichtes, der auf ihn folgte, hinzufügen, in dem dieser bemerkenswerte Satz steht:

Es ist ein unglaubliches Wunder, daß er niemals Angst zeigte, noch Verwirrung, noch irgendwelche Gefühle usw.

Die Sammlung mit dem Titel: *Tagebuch des Herzog-Kardinal von Richelieu, das er während des großen Aufruhrs bei Hofe im Jahre 1642 geschrieben hat* und das wir seinen handgeschriebenen Memoiren entnommen haben, enthält diese Worte zur Prozeßuntersuchung:

Monsieur de Cinq-Mars veränderte nie seine Mimik und seinen Ton. Er zeigte immer dieselbe Sanftheit, Mäßigung und Sicherheit.

Tallemant des Réaux schreibt in seinen Memoiren, 1. Bd., S. 418ff.:

Monsieur le Grand war standfest, und sein innerer Kampf drang nie an die Oberfläche. – Er starb mit einem überraschend großen Mut, und er hielt sich keineswegs damit auf, eine Rede zu halten. Er wollte keine Augenbinde. Seine Augen waren geöffnet, als er erschlagen wurde. Er hielt den Pfahl so fest, daß man Mühe hatte, seine Arme wegzuziehen. Er starb bereitwillig und als Ehrenmann. Obwohl entschieden wurde, ihn nicht der Folter zu unterwerfen, wie es im Urteil stand, wurde ihm die Folterkammer doch gezeigt. Es berührte ihn, aber er ließ sich zu nichts hinreißen, was es widerlegt hätte, und er öffnete schon sein Wams, als man ihn nur die Hand heben ließ.

Mehrere Berichte fügen hinzu, daß er, als er in die Folterkammer geführt wurde, rief: »Wohin bringt man mich? – Wie es hier stinkt!«, und er hielt sich sein Taschentuch vor die Nase. Diese Verachtung scheint mir einer der Züge der spöttischen Tapferkeit in unserer aus so vielen Details bestehenden Geschichte zu sein.

Es erinnert uns an die Worte eines Edelmannes, der, als er im Jahre 1793 zum Schafott gefahren wurde, zum Fuhrmann des Karrens sagte: »Postillion, fahr uns sicher, dann wirst du auch Trinkgeld bekommen.« Die Franzosen rächen sich am Tod, indem sie sich über ihn lustig machen.

Auszug aus einem Brief des Monsieur de Marca, Staatsrat, an Konsieur de Brienne, Staatssekretär, der hier alles erwähnt, was in der Untersuchung des Prozesses des Monsieur de Cinq-Mars und des Monsieur de Thou passiert ist

Monsieur,

ich glaube, daß es Euch angenehm ist, über die wichtigsten Punkte, die in das Urteil, das gegen Monsieur le Grand und Monsieur de Thou gefällt wurde, eingegangen sind, informiert zu werden. Darum erlaube ich mir, Euch darüber in Kenntnis zu setzen. Der Kanzler begann mit der Aussage des Herzogs von Orléans, die er in Villefranche in Beaujolais erhalten hatte, wo sich MONSIEUR damals aufgehalten hat. Diese wurde ihm in Gegenwart von sieben Kommissaren, denen der Kanzler vorsaß, vorgelesen. Hier erklärte er, daß Monsieur le Grand ihn angestiftet habe, eine Verbindung mit ihm und Monsieur de Bouillon einzugehen und mit Spanien zu verhandeln. Dieses haben die drei im Hôtel de Venise in Saint-Germain zur Zeit des letzten Dreikönigsfestes beschlossen.

Fontrailles wurde ausgewählt, um nach Madrid zu gehen, wo er den Vertrag mit dem Herzog aufsetzen sollte, in dem der spanische König versprach, zwölftausend Mann zu Fuß und fünftausend Pferde alter Truppen sowie vierzigtausend Ecus an MONSIEUR zu liefern, damit dieser neue Truppen aufstellen konnte.

Das Geständnis des Vertrages, ohne ihm dieses enthüllt zu haben, zusätzlich zu den Beweisen, die im Prozeß vorliegen, den Unternehmungen bezüglich der Verbindung der Komplizen und die Zeit von sechs Wochen oder mehr, die Monsieur de Thou bei Monsieur le Grand verbracht hat, als er in seinem Haus bei Perpignan wohnte und ihn in seinen Geschäften beriet, nachdem er Kenntnis davon hatte, daß dieser le Grand mit Spanien verhandelt hatte, reicht aus, um ihn des Majestätsverbrechens für schuldig zu befinden. Alles das zusammen bringt die Richter dazu, ihn gemäß den Gesetzen und Erlassen, die ausdrücklich gegen die anzuwenden sind, die von einer Verschwörung gegen den Staat gewußt haben und diese nicht aufgedeckt haben, zu verurteilen, auch wenn zu ihrem Schweigen nicht noch andere Faktoren hinzukommen, was in der Sache de Thous der Fall ist. Er ist als wahrer Christ gestorben, als mutiger Mann, aber das würde eine besondere Abhandlung verlangen. Auch Monsieur le Grand hat eine immer gleichbleibende Standhaftigkeit bewiesen, und er war fest entschlossen, als er mit bewundernswerter Gelassenheit, christlicher Beständigkeit und Gottergebenheit starb. Ich bitte Euch, diesen unheilvollen Bericht nun beenden zu dürfen, um Euch zu versichern, daß ich in der Achtung, die ich Euch schulde, weitermachen werde,

Monsieur,

Euer ganz ergebener und gehorsamster Diener
Marca.

Lyon, 16. September 1642

Im Anschluß an diesen Brief von Monsieur de Marca wurde im Jahre 1665 eine Zeitung gedruckt, die seit kurzem leichtfertig einem Gerichtsschreiber aus Lyon zugeschrieben wird. Dieser Bericht wurde sehr verbreitet, und das, wie man sieht, vor einhundertzweiundsiebzig Jahren. Ein Teil der Details wurde 1826 von mir übernommen, und die wichtigsten Punkte sind vereinzelt in den Romanverlauf eingeflochten worden. Einige dieser Punkte, die hier keinen Platz finden konnten, wurden dennoch beiseite gelassen und sind in der Neuauflage, die von diesem

Bericht gemacht wurde, ausgelassen worden. Es wird nicht unnötig sein, sie hier wiederzugeben. Sie vervollständigen das Bild der Charaktere in diesem Buch und zeigen, daß ich mich haargenau an die Geschichte gehalten habe und der Phantasie nicht erlaubt habe, den Kreis der Wahrheit zu verlassen.

Wir haben gesehen, wie der Günstling des größten und gerechtesten Königs seinen Kopf auf dem Schafott gelassen hat. Er war erst zweiundzwanzig Jahre alt, zeigte aber eine Beständigkeit, die kaum ihresgleichen in unserer Geschichte findet. Wir haben einen Staatsrat sterben sehen wie einen Heiligen, nach einem Verbrechen, das die Menschen nicht mit vollem Recht verzeihen können. – Es gibt keinen Menschen, der, wenn er von ihrer Verschwörung gegen den Staat gewußt hat, sie nicht des Todes für würdig hielt, und es gibt nur wenige Menschen, die, wenn sie ihren Stand und ihre guten natürlichen Fähigkeiten gekannt haben, ihr Unglück nicht bedauert hätten.

Monsieur de Cinq-Mars kam am 4. September dieses Jahres 1642 ungefähr um zwei Uhr nachmittags in Lyon an, in einem von vier Pferden gezogenem Wagen, in dem vier Leibwächter mit ihrer Muskete saßen und der von an die hundert Gardisten zu Fuß eskortiert wurde, die im Dienste des Herzog-Kardinals standen. Vor dem Wagen ritten zweihundert Reiter, größtenteils Katalanen, und hinter der Karosse waren dreihundert weitere gute Pferde.

Monsieur le Grand trug moschusfarbenes holländisches Tuch, das vollständig mit Goldspitzen übersät war, und dazu einen scharlachroten Mantel mit großen silbernen Stilknöpfen. Als sie, bevor sie in die Stadt fuhren, auf der Brücke von Rosne standen, bat er Monsieur de Ceton, Oberleutnant der schottischen Garde, ob man den Wagen nicht schließen könne, was ihm verweigert wurde. Dann fuhren sie über die Brücke Saint-Jean, weiter nach Change und später durch die Rue de Flandres bis zum Fuße des Schlosses Pierre-Encise. Er zeigte sich auf den Straßen unaufhörlich durch den einen oder anderen Wagenschlag, grüßte alle Welt mit lachendem Gesicht, lehnte sich halb aus der Karosse heraus und traf sogar viele Leute, die er kannte, die er grüßte und die er bei ihrem Namen nannte.

Als sie in Pierre-Encise ankamen, war er sehr überrascht, als man ihm sagte, daß er aussteigen und das Pferd außerhalb der

Stadt besteigen müsse, um das Schloß zu erreichen. »Das ist also meine letzte Tat«, sagte er. Er hatte sich vorgestellt, daß man den Befehl gegeben hatte, ihn in den Wald von Vincennes zu bringen. Er hatte die Gardisten oft gebeten, ob man ihm nicht erlauben könne, auf die Jagd zu gehen, wenn er dort sei.

Sein Gefängnis lag am Fuße des großen Turmes des Schlosses, und es gab keine andere Aussicht als zwei kleine Fenster, die in einen kleinen Garten gingen, in dem Gardekorps standen, wie auch in dem Raum selbst, denn Monsieur de Ceton schlief mit vier Gardisten im Vorzimmer, und auch alle Türen wurden bewacht.

Der Kardinal Bichy besuchte ihn am nächsten Tag, am 5. September, und fragte ihn, ob es ihm angenehm sei, wenn man ihm jemanden schicke, mit dem er sich in seinem Kerker unterhalten könne. Er antwortete, daß es ihm sehr angenehm sei, daß aber niemand verdiene, diese Mühe auf sich zu nehmen.

Daraufhin ließ der Kardinal von Lyon den Pater Malavette, einen Jesuiten, rufen, dem er den Auftrag gab, ihn zu besuchen, wenn er es wünsche. Dieses war am 6. gegen fünf Uhr morgens der Fall, und er blieb bis acht Uhr. Als er kam, lag le Grand in einem unbequemen Bett aus rotem Damast. Er war blaß und schwach. Der gute Pater konnte seine Gedanken so gut verstehen, daß er ihn auch wieder am Abend zu sich bat. Dann empfing er ihn weiterhin jeden Abend und Morgen an allen Tagen, die er im Kerker verbrachte. Dieser legte kurz darauf bei dem Herzog-Kardinal, dem Kardinal von Lyon und dem Kanzler Rechenschaft über alles ab, was er ihm gesagt hatte, und derselbe Pater blieb lange mit Seiner herzoglichen Eminenz, die danach für niemanden mehr zu sprechen war, in einer Konferenz.

Am 7. September besuchte der Kanzler Monsieur de Cinq-Mars, und er ging sehr höflich mit ihm um. Er sagte zu ihm, daß es keinen Grund zur Sorge, sondern alle Dinge zu seinem Vorteil zu hoffen gebe, daß er wohl wisse, daß er es mit einem guten Richter zu tun habe, der nur darauf bedacht sei, die Gunst nicht zu verkennen, die er von seinem Wohltäter empfangen habe, daß er sehr genau wisse, daß er es seiner Güte und seiner Macht verdanke, daß der König ihn nicht von seinen Aufgaben entbunden habe, daß diese Gunst so groß sei, daß sie nicht nur eine unsterbliche Erinnerung verdiene, sondern unendliche Dankbarkeit, und daß er sie sicher bei dieser Gelegenheit zeigen werde. Diese Schmeicheleien waren darin begründet, daß Monsieur le Grand einmal den König milde gestimmt hatte, der gegen den Kanzler große Wut gehegt hatte. Aber der wahre Grund dieser Höflichkeit war die Furcht, daß er ihn als Richter ablehnen und den Gerichtshof in Paris anrufen könnte, um dem Volk übergeben zu werden, das ihn sehr liebte.

Monsieur le Grand antwortete ihm, daß diese Höflichkeit ihn mit Scham und Verwirrung erfülle. Aber dennoch, sagte er, sehe ich sehr wohl, daß man in der Art, in der man in meiner Sache vorgeht, mein Leben will. Es ist schon beschlossene Sache, Monsieur, der König hat mich fallengelassen. Ich betrachte mich nur als ein Opfer, das man zur Befriedigung seiner Feinde und zur Erleichterung des Königs opfern wird. Daraufhin warf der Kanzler ein, daß sein Gefühl nicht richtig sei und daß man ganz gegenteilige Erfahrungen gemacht habe. – Gott will es, sagte Monsieur le Grand, aber ich kann es nicht glauben.

Am 8. suchte der Kanzler ihn in Begleitung von sechs Anklagerichtern, zwei Präsidenten und sechs Räten aus Grenoble auf. Nachdem sie ihn von sieben Uhr morgens bis zwei Uhr nachmittags verhört hatten, hatten sie nichts erfahren, was sie ihm anlasten konnten.

Dieser Bericht, der, wie ich weiter oben gesagt habe, im Anschluß an den Brief des Monsieur de Marca gedruckt wurde, gibt noch einmal diesen merkwürdigen Zug der unglaublichen Geistesgegenwart des Monsieur de Thou wieder:

Nach seinem Geständnis suchte ihn Pater Jean Terrasse, Wächter des Klosters *Observance de Saint-François* in Tarascon auf, der ihn während seines Aufenthaltes im Kerker in Tarascon besucht und getröstet hatte. Er war froh, ihn zu sehen, und sie gingen eine Weile, in ein hochgeistiges Gespräch vertieft, zusammen spazieren. Dieser Pater war aufgrund eines Wunsches gekommen, den Monsieur de Thou in Tarascon für sein Seelenheil geäußert hatte, und zwar eine Kapelle zu bauen mit einer [jährlichen] Rente von dreihundert Livres in der Kirche der [Pater] Cordeliers [in dieser Stadt] Tarascon. Er gab den Befehl für diese Gründung, denn er wollte sich diesen Wunsch erfüllen, weil Gott, sagte er, ihn nicht nur aus dem Kerker aus Stein erlöse, sondern auch aus dem Kerker seines Körpers. Er bat um Tinte und Papier und schrieb [sorgfältig] diese schöne Inschrift, die er an dieser Kapelle angebracht haben wollte:

CHRISTO LIBERATORI,
VOTUM IN CARCERE PRO LIBERTATE
CONCEPTUM
FRANC. AUGUST. THUANUS
E CARCERE VITAE JAMJAM
LIBERANDUS MERITO SOLVIT.
XII SEPTEMBER. M. D. C. XLII
CONFITEBOR TIBI DOMINE, QUONIAM
EXAUDISTI ME, ET FACTUS ES MIHI
IN SALUTEM.

Wenn man diese Inschrift liest, muß man die Geistesgegenwart und den Scharfsinn des Monsieur de Thou sehr bewundern, und diejenigen, die sie betrachten werden, werden zugeben müssen, daß seine Todesangst nicht die Kraft hatte, ihn in irgendeiner Weise zu verwirren. Er bat Monsieur Thomé, dem Kardinal von Lyon seine ergebensten Grüße zu übermitteln und ihm zu versichern, daß er, wenn es Gott gefallen hätte, ihn aus dieser Gefahr zu retten, die Absicht gehabt hätte, die Welt zu verlassen und sich ganz in den Dienst Gottes zu stellen.

Er schrieb zwei Briefe, die dem Kanzler unverschlossen gebracht wurden und dann wieder in die Hände seines Beichtvaters gegeben wurden, der sie festhalten sollte. Als die Briefe verschlossen waren, sagte er: *Das ist der letzte Gedanke, den ich dieser Welt widmen will. Sprechen wir nun vom Paradies.* Und dann nahm er ohne Unterbrechung seine geistige Rede wieder auf und beichtete ein zweites Mal. Er fragte manchmal, ob die Zeit, um zum Schafott zu gehen, näher rücke, und wann man ihn fesseln würde, und er bat, man möge ihm mitteilen, wenn der Henker der Gerechtigkeit da sei, damit er ihn küssen könne, aber er sah ihn erst auf dem Schafott.

Wie Monsieur de Thou den 115. Psalm paraphrasierte

Pater Montbrun, der Beichtvater von Monsieur de Thou, der uns Einzelheiten liefert, wird in diesem Bericht zitiert:

Monsieur de Thou kniete auf dem Schafott und rezitierte den 115. Psalm, den er fast in seiner ganzen Länge mit ziemlich lauter, kraftvoller Stimme ins Französische übertrug. Er sprach mit einer unsäglichen Inbrunst, die sich mit heiliger Freude vermischte, unglaublich für die, die ihn nicht gesehen haben. Hier ist seine Übertragung ins Französische, und ich wollte, ich könnte es mit der gleichen Haltung wie er wiedergeben. Ich habe mich bemüht, mich an seine eigenen Worte zu erinnern.

»*Credidi propter quod locutus sum*, mein Gott, *credidi*. Ich habe es geglaubt, und ich glaube es ganz fest, daß Ihr mein Schöpfer und mein guter Vater seid, daß Ihr für mich gelitten habt, daß Ihr mich um den Preis Eures Blutes zurückgekauft habt, daß Ihr mir das Paradies eröffnet habt, *Credidi*. Ich bitte Euch, mein Gott, um eine Spur dieses lebendigen Glaubens, der die Herzen der ersten Christen entflammte: *Credidi, propter quod locutus sum*. Macht, mein Gott, daß ich nicht nur mit dem Mund zu Euch spreche, sondern daß mein Herz mit all meinen Worten übereinstimmt und daß mein Wille meine Worte nicht Lügen straft: *Credidi*. Ich verehre Euch nicht mit Worten, mein Gott, denn ich bin nicht redegewandt genug, sondern ich verehre Euch im Geiste, ja, im Geiste, mein Gott, ich verehre Euch im Geiste und in Wahrheit. Oh! Oh! *Credidi!*

Ich habe mich auf Euch verlassen, mein Gott, ich habe mich Eurer Barmherzigkeit überlassen, nachdem Ihr mir so viel Gnade erwiesen habt, *propter quod locutus sum*. Und in diesem Vertrauen habe ich gesprochen, habe ich alles gesagt und habe mich angeklagt.«

»*Ego autem humiliatus nimis*. Es ist wahr, Herr, daß ich sehr gedemütigt bin, aber noch nicht so, wie ich es verdiene. *Ego dixi in excessu meo: Omnis homo mendax*. Oh, es ist nur zu wahr, daß diese ganze Welt nur eine Lüge ist, nur Dummheit, nur Stolz. Oh, es ist wahr: *Omnis homo mendax! Quid retribuam Domino pro omnibus quae retribuit mihi*?« Er wiederholte das mit großer Vehemenz: »*Calicem salutis accipiam*. Mein Vater, ich muß diesen Kelch des Todes mutig trinken. Ja, ich empfange ihn mit ganzem Herzen, und ich bin bereit, ihn bis zur Neige zu leeren.«

»*Et nomen Domini invocabo*. Ihr werdet mir helfen, mein Vater, göttlichen Beistand zu erflehen, damit es Gott gefällt, meine Schwäche zu stärken und mir so viel Kraft zu geben, wie ich brauche, um den Kelch, den der liebe Gott für meine Gnade vorbereitet hat, zu leeren.›

Er ging über die beiden Verse, die in diesem Psalm jetzt folgen, hinweg und rief mit kräftiger, bewegter Stimme: »*Dirupisti, Domine, vincula mea!* O mein Gott, was habt Ihr für einen großen Schlag ausgeführt. Ihr habt die Bande zerschlagen, die mich so stark an die Welt gefesselt haben. Es gehört eine göttliche Kraft dazu, mich davon zu befreien. *Dirupisti, Domine, vincula mea*!« Das sind seine eigenen Worte, die er jetzt sprach: »Welch große Freude haben mir die gemacht, die mich hierhergeführt haben! Ich stehe in ihrer Schuld. Oh, sie haben mir Gutes getan, denn sie haben mich aus dieser Welt genommen, um mich im Himmel wohnen zu lassen.« Sein Beichtvater sagte ihm an dieser Stelle, daß er alles vergessen müsse und daß er keinen Groll gegen sie hegen dürfe. Bei diesen Worten drehte er sich, noch immer kniend, zum Pater um, und in erhabener Haltung sagte er: »Was! Mein Vater, Groll? Oh, Gott weiß es, Gott ist mein Zeuge, daß ich sie von ganzem Herzen liebe und daß es in meinem Herzen keine Abneigung gegen irgend jemanden auf der Welt gibt. *Dirupisti, Domine, vincula mea; tibi sacrificabo hostiam laudis*. Das ist das Opfer Herr (und er zeigt auf sich), das ist das Opfer, das Euch jetzt dargebracht werden soll: *Tibi sacrificabo hostiam laudis et nomen Domini invocabo. Vota mea Domino reddam* (und er streckt seine Arme nach allen Seiten aus und schaut in erhabener Haltung und mit entflammtem Gesicht umher) *in conspectu omnis populi ejus*. Ja, Herr, ich lege meine Wünsche, meinen Geist, mein Herz, meine Seele und mein Leben in deine Hände, *in conspectu omnis populi ejus*, vor diesem Volk, vor dieser ganzen Versammlung. *In atriis domus Domini, in medio tui Jerusalem. In atriis domus Domini*. Wir stehen hier vor dem Eingang des Gotteshauses. Ja, hier ist es, in Lyon, in Lyon werde ich nach oben steigen (er streckt seine Arme gen Himmel). Lyon, ich bin dir mehr verpflichtet als meiner Geburtsstadt, die mir nur ein elendes Leben beschert hat. Du schenkst mir heute ein ewiges Leben, *in medio tui Jerusalem*. Es ist wahr, daß ich diesem Tod zuviel Leidenschaft entgegenbringe. Ist das nicht schlecht, mein Vater?« fragte er leise lächelnd und drehte sich zum Pater um. »Es fällt mir zu leicht. Ist das kein Hochmut? Das möchte ich nicht.«

Einzelheiten über die Qualen des Monsieur de Cinq-Mars
(Auszüge aus dem gleichen Bericht)

Es ist ein unglaubliches Wunder, daß er niemals Angst zeigte, noch Verwirrung, noch irgendwelche Gefühle und immer fröhlich, sicher und unerschütterlich wirkte und eine so große Geisteskraft bewies, daß alle, die ihn gesehen haben, noch immer darüber staunen

Monsieur de Cinq-Mars hatte die Augen nicht verbunden. Er legte seinen Hals ganz ordentlich auf den Pfahl, sagt der Berichterstatter, hielt das Gesicht gerade zur Vorderseite des Schafotts gewandt, umklammerte ganz fest mit beiden Armen den Pfahl, schloß die Augen und den Mund und wartete auf den Schlag des Henkers, der sein Beil mit beiden Händen festhielt und ihm diesen sehr stark und langsam versetzte, nachdem er sich auf seine linke Seite gestellt hatte. Als der Schlag ihn traf, schrie er ganz laut so etwas wie: Oh! Dieser Schrei erstickte in seinem Blut. Er hob die Knie über den Block, als ob er aufstehen wolle, und fiel in der gleichen Haltung, in der er war, um. Da der Kopf durch den Schlag nicht gänzlich vom Körper abgetrennt worden war, näherte sich der Scharfrichter von hinten seiner rechten Seite und packte den Kopf mit der rechten Hand an den Haaren, und mit der linken schnitt er mit seinem Beil einen Teil der Luftröhre und des Halses ab, der nicht abgetrennt worden war. Dann warf er den Kopf auf das Schafott, der von dort auf die Erde rollte. Dort konnte man genau sehen, daß er einen Halbkreis beschrieb und noch ziemlich lange hin und her wackelte. Das Gesicht war den Nonnen der Saint-Pierre Kirche und der obere Teil des Kopfes mit offenen Augen dem Schafott zugewandt. Sein Körper lehnte noch immer gerade gegen den Pfahl, den er noch immer umklammert hielt, bis der Scharfrichter ihn wegzog. Und dann bedeckte er ihn mit einer Decke und legte seinen Mantel darüber. Der Kopf wurde auf das Schafott zurückgebracht und neben den Körper unter die gleiche Decke gelegt.

Die Hinrichtung des Monsieur de Thou ähnelt wie auch die des Monsieur de Cinq-Mars einem Mord. So wird sie von der gleichen Zeitung geschildert, und zwar mit einer so schrecklichen Genauigkeit, die die des Briefes von Montrésor noch übertrifft:

Der Scharfrichter hatte ihm die Augen mit einem Taschentuch verbunden. Aber da es ihm sehr weh tat, legte er die Ecken des Taschentuches, die über seinem Mund lagen, nach unten, schob es hoch und war jetzt zufriedener. Er betete das Kruzifix an, bevor er den Kopf auf den Pfahl legte. Er küßte das Blut von Monsieur de Cinq-Mars, das hier noch lag. Dann legte er den

Hals auf den Pfahl, den ein Jesuitenbruder mit seinem Taschentuch abgewischt hatte, weil er ganz blutverschmiert war, und er fragte den Bruder, ob er so richtig liege. Dieser antwortete ihm, daß er den Kopf etwas mehr nach vorne legen müsse, was er machte. Gleichzeitig legte der Scharfrichter ihm die Hand an den Hals, um sein Hemd zu öffnen, da er festgestellt hatte, daß die Bänder seines Hemdes nicht gelöst waren und seinen Hals einschnürten. Als er es bemerkte, fragte er: »Was ist? Muß ich auch noch das Hemd ausziehen?« Und er schickte sich schon an, es auszuziehen. Man sagte ihm, daß er es nicht auszuziehen brauche und daß er nur die Bänder lösen solle. Er machte es und zog sein Hemd herunter, um seinen Hals und seine Schultern frei zu machen. Dann legte er seinen Kopf auf den Pfahl und sprach seine letzten Worte: *Maria, mater gratiae, mater misericordiae ...*, dann *In manus tuas ...* und als er auf den Schlag wartete, fingen seine Arme an zu zittern. Der Schlag traf ihn ganz oben am Hals, zu nahe am Kopf, und dieser Schlag hatte seinen Hals nur halb abgetrennt. Der Körper fiel auf die linke Seite des Pfahles, und zwar auf den Rücken, und das Gesicht war gen Himmel gerichtet. Er bewegte die Beine und hob kraftlos die Arme. Der Henker wollte ihn umdrehen, um sein Werk zu vollenden, aber die Schreie, die gegen ihn laut wurden, hatten ihn verängstigt, und er versetzte ihm drei oder vier Schläge auf die Kehle und trennte dadurch seinen Kopf ab, der auf dem Schafott liegenblieb.

Der Scharfrichter, der ihn weggezogen hatte, trug seinen mit einer Decke bedeckten Körper in den Wagen, mit dem sie gekommen waren, und dann legte er auch den Körper von Monsieur de Cinq-Mars hinein und ihre Köpfe, die noch beide geöffnete Augen hatten, besonders der von Monsieur de Thou, der fast lebendig aussah. Von dort aus wurden sie nach Les Feuillans gebracht, wo Monsieur de Cinq-Mars vor dem Hauptaltar unter dem Baluster dieser Kirche durch die Güte und den Einfluß des Monsieur de Gay, Schatzmeister Frankreichs im Steuerbezirk Lyon, begraben wurde. Monsieur de Thou wurde durch die Bemühungen seiner Schwester einbalsamiert, in einen Bleisarg gelegt und zu seiner Grabstätte gebracht.

So war das Ende dieser beiden Männer, die sicher ihrer Nachwelt andere Erinnerungen als die ihres Todes hinterlassen sollten. Ich überlasse es jedem, das Urteil zu fällen, das ihm beliebt, und ich begnüge mich damit, zu sagen, daß es uns in bezug auf die Unbeständigkeit der Dinge auf dieser Welt und unsere Vergänglichkeit eine große Lehre ist.

Der letzte Wille dieser beiden Edelleute ist uns durch die Briefe, die sie nach der Urteilsverkündung geschrieben haben, erhalten geblieben. Der Brief von Monsieur de Cinq-Mars an die Marschallin d'Effiat, seine Mutter, könnte einigen, die Schwierigkeiten haben, sich in diese Zeit zu versetzen, kalt erscheinen, da man sich in den schlimmsten Situationen bemühte, eher seine Gefühle zu verbergen als ihnen auf herzliche Weise Ausdruck zu verleihen, und die große Welt in schriftlichen sowie in mündlichen Äußerungen das Pathetische so sehr floh, wie wir es suchen.

Brief des Monsieur de Grand an seine Mutter, die Marquise d'Effiat

Madame, geliebte, hochverehrte Mutter!

Ich schreibe Euch, denn es ist mir nicht mehr erlaubt, Euch zu sehen, um Euch anzuflehen, Madame, mir zwei Beweise Eurer letzten Güte zu erweisen: Die erste Bitte ist, Madame, so oft für meine Seele zu beten, wie es Euch möglich ist, denn Ihr würdet es für meine Erlösung tun. Die andere ist, Madame, Euch zu bemühen, vom König die Güter, die ich in meiner Funktion als Oberstallmeister besaß, zu bekommen, und was außerdem in meinem Besitz war, bevor es konfisziert wurde. Sollte Euch diese Gunst nicht zugestanden werden, dann bitte ich Euch, so großzügig zu sein, meine Gläubiger zu befriedigen. Was vom Reichtum abhängt, ist so wenig, daß Ihr mir diese letzte Bitte nicht abschlagen dürft, denn es ist wichtig für meinen Seelenfrieden. Glaubt mir, Madame, mehr als Euren Gefühlen, wenn sie meinem Wunsch widerstreben. Da mich jeder Schritt dem Tod näherbringt, bin ich nicht mehr in der Lage, den Wert irdischer Dinge und Güter, was es auch immer sein mag, zu beurteilen. Lebt wohl, Madame, und verzeiht mir, wenn ich Euch während meines Lebens nicht genug geachtet habe, und seid sicher, daß ich sterbe,

meine liebe, hochverehrte Mutter,
als Euer ganz ergebener, gehorsamster
und Euch zu Dank verpflichteter Sohn und Diener,
Henri d'Effiat de Cinq-Mars.

Die Originalhandschrift liegt in der Bibliothèque royale in Paris (Manuskript Nr. 9327). Sie ist mit sicherer, ruhiger Hand geschrieben.

Über den letzten Brief des M. François-Auguste de Thou

Wir haben gesehen, daß Monsieur de Thou, als er einen Moment allein in seinem Gefängnis war, einen Brief geschrieben hat, der seinem Beichtvater übergeben wurde. Er sagte: »*Das ist der letzte Gedanke, den ich dieser Welt widmen will.*« Wir haben seine Anstrengungen verfolgt, um sich von diesem letzten Gedanken zu lösen, und wir haben gehört, daß er immer häufiger seine inbrünstigen Gebete sprach, während er sich auf die Brust schlug. Er betet zu Gott, er möge Erbarmen mit ihm haben. Er weist alle Welt zurück. Er hüllt sich schon in sein Leichentuch. Dieser letzte Gedanke war schon der grausamste, der ein Menschenherz zum Bluten bringen kann. Es war ein letzter Blick, den er auf eine geliebte Frau warf. Es war ein Lebewohl an seine Mätresse, die Prinzessin von Géménée. Der Ton ist ernst, doch er vergißt nicht die Achtung, die er ihrem Rang schuldig ist, wie auch nicht die Achtung vor seiner persönlichen Würde und vor dem feierlichen Moment, dem er sich nähert. Ich habe diesen wertvollen Brief kürzlich wiederentdeckt. (Bibliothèque royale in Paris, Manuskript Nr. 9276, S. 223):

Abschrift des Briefes des Monsieur de Thou, den er nach der Urteilsverkündung an die Prinzessin Géménée geschrieben hat

Madame,

ich hatte Euch gegenüber niemals in meinem ganzen Leben Verpflichtungen, und heute, nahe daran, aus dem Leben zu scheiden, verliere ich es mit weniger Qualen, weil Ihr mein Leben recht unglücklich gemacht habt. Ich hoffe, daß das Leben in der anderen Welt für mich ganz anders sein wird als dieses hier und daß ich dort eine Glückseligkeit finden werde, die weit über das, was die Menschen zu hoffen wagen, hinausgeht. Die meine, Madame, stützt sich nur auf die Güte Gottes und das Verdienst der Leidenschaft seines Sohnes, der allein fähig ist, meine Sünden zu vergeben, derer ich mich vor seinem Gericht schuldig gemacht habe und die so groß sind, daß nichts sie übertrifft als seine Barmherzigkeit. Ich bitte Euch, Madame, aus tiefstem Herzen um Vergebung für alle Dinge, die ich getan habe, die Euch mißfallen mußten, und ich richte dieselbe Bitte an alle Personen, die ich in Zusammenhang mit Euch hasse. Ich beteuere, Madame, so stark wie die Glückseligkeit, die ich meinem Gott, schuldig bin, es mir erlauben muß, daß ich bis über den Tod hinaus, Madame, Euer ganz ergebener und gehorsamster Diener bleibe,

De Thou

Lyon, den 12. September 1642

Welch ein bitterer Vorwurf und welch ein melancholischer Rückblick auf das Leben! Wie kann diese Frau, wenn sie seiner würdig wäre, einen solchen Brief empfangen, ohne Kummers zu sterben? Wird sie es jemals verschmerzen, ein solches Lebewohl verdient zu haben?

Das Leben der Prinzessin Géménée erlaubt uns kaum den Gedanken, daß seine Strenge soviel Traurigkeit und einen so tiefen Schmerz verursacht hätten. Tallemant des Réaux schreibt verschiedentlich, daß Monsieur de Thou ihr Geliebter war. Man sagt, fügt er hinzu, (l. Bd., S. 418) daß er ihr geschrieben hat, nachdem er verurteilt worden ist, und zwar diesen Brief, den wir eben gelesen haben. Er scheint mir von einem Mann wie dem *Menschenfeind* von Molière geschrieben worden zu sein, der jedoch mehr Erbarmen hatte. Diese Worte: *Alle Menschen, die ich in Zusammenhang mit Euch hasse,* ähneln in schmerzlicher Weise diesen Worten:

Jedermann ist bei Euch gern gesehen.

Aber wir wollen nicht versuchen, die Schmerzen vorwegzunehmen, die durch nichts verraten werden, wenn es nicht dieser letzte Seufzer am Fuße des Schafotts ist. Die Erinnerung an Monsieur de Thou sollte uns zu einem anderen Gedanken und zu anderen Überlegungen führen. Diese folgen nach der Abschrift des Vertrages mit Spanien, der ja die Grundlage des Kriminalprozesses bildet.

Die Artikel des Vertrages zwischen dem Herzog von San-Lucar im Namen des spanischen Königs und Monsieur de Fontrailles im Namen von MONSIEUR, *der am 13. März 1642 in Madrid geschlossen wurde und den* MONSIEUR *in seiner Aussage vom 7. Juli desselben Jahres erwähnt. 1. Band der Memoiren Fontrailles'.*

Sieur de Fontrailles, der vom Herzog von Orléans mit Dokumenten von Seiner Hoheit zum spanischen König gesandt wird, die für Seine Majestät und Monseigneur, den Herzog von San-Lucar, bestimmt sind und die am 20. Januar in Paris unterzeichnet wurden, hat kraft seiner Vollmacht vorgeschlagen, daß Seine

Hoheit, die das allgemeine und besonders das Wohl Frankreichs wünscht, den Adel und das Volk dieses Königreiches von den Unterdrückungen, an denen sie seit langem durch einen blutigen Krieg leiden, zu befreien, den Grund des Krieges zu beseitigen und zum Segen der Christenheit zwischen dem Kaiser und den beiden Königreichen einen allgemeinen, vernünftigen Frieden zu schaffen, und daß sie zu diesem Zweck bereitwillig die Waffen in die Hand nehmen, wenn Seine Katholische Majestät von ihrer Seite mit den ihr zur Verfügung stehenden Mitteln beiträgt, die Sache zu fördern. Nachdem er das Besondere seines Auftrags erläutert hat, was die Bitten und Angebote betrifft, die der Herzog von Orléans und seine Partei machen, werden die folgenden Artikel beschlossen, und es wird ihnen zugestimmt, und zwar durch den Herzog von San-Lucar im Namen Seiner Katholischen und Seiner Kaiserlichen Majestät und im Namen Seiner Hoheit durch Sieur de Fontrailles:

1. Da das Hauptziel dieses Vertrages ist, zwischen den beiden Königreichen Spanien und Frankreich einen dauerhaften Frieden für ihr allgemeines Wohl und das der ganzen Christenheit zu schaffen, wurde einstimmig beschlossen, daß man in dieser Angelegenheit nichts gegen den Allerchristlichsten König und zum Nachteil seiner Staaten noch gegen die Rechte und Autorität der Allerchristlichsten Königin unternimmt, dahingegen Sorge zu tragen, sie zu unterstützen in allem, was ihr gehört.

2. Seine Katholische Majestät liefert zwölftausend Mann zu Fuß und fünftausend Pferde aus Beständen alter Truppen aus Deutschland, dem Kaiserreich oder von Seiner Katholischen Majestät. Falls durch irgendwelche Umstände an dieser Zahl zwei oder dreitausend Mann fehlen, dann wird über die Nichteinhaltung des Vertrages nicht neu verhandelt, sondern es wird erwartet, daß diese so schnell wie möglich nachgeliefert werden.

3. Es wird vereinbart, daß, sobald sich der Herzog von Orléans an dem Ort befindet, an dem seine Sicherheit nicht gefährdet ist, er in die Lage versetzt werden sollte, Truppen aufzustellen. Seine Katholische Majestät verpflichtet sich, ihm zur Zufriedenheit Seiner Hoheit vierhunderttausend Ecus in bar zu zahlen, die für Truppenaufstellungen und andere Ausgaben, die der Sache dienlich sind, verwendet werden.

4. Seine Katholische Majestät liefert den Artilleriezug mit der für Armeekorps im Krieg üblichen Munition sowie die Lebens-

mittel für alle Truppen, bis sie in Frankreich einmarschiert sind, dort, wo Seine Hoheit ihre Truppen unterhält, und Seine Katholische Majestät die ihren, wie nachfolgend im Einzelnen erläutert.

5. Die Stellungen, die durch die Armee Seiner Katholischen Majestät oder die Seiner Hoheit in Frankreich bezogen werden, werden in die Hände Seiner Hoheit oder in die seiner Partei gelegt.

6. Dem Herzog von Orléans werden zwölftausend Ecus Unterhalt pro Monat gezahlt, zusätzlich zu dem, was Seine Katholische Majestät in Flandern der Herzogin von Orléans, seiner Frau, gewährt.

7. Es wird verfügt, daß diese Armee und die Oberbefehlshaber dieser Armee absolut dem Befehl des Herzogs von Orléans unterstehen. Obwohl die besagte Armee von den Geldern Seiner Katholischen Majestät aufgestellt wird, leisten die Offiziere dieser Armee jedoch den Treueschwur an Seine Hoheit, und zwar den Zielen des vorliegenden Vertrages zu dienen. Gesetzt den Fall, daß Seiner Hoheit ein Unglück widerfährt, dann wird ein französischer Fürst von königlichem Geblüt, der aus dem Vertrag hervorgeht, in der Weise kommandieren, wie es in dem Vertrag mit dem Grafen von Soissons beschlossen wurde. Und für den Fall, daß der Erzherzog Léopold oder eine andere Person, Sohn, Bruder oder Verwandter Seiner Katholischen Majestät als Oberbefehlshaber in Flandern für die genannte Majestät eingesetzt wird, dann werden diesem die gleichen Armeen zur Verfügung stehen, die Seine Katholische Majestät hier unterhält, und es wird zugebilligt, daß dieser Herzog von Orléans und die Anhänger seiner Partei, welchen Rang und welche Position sie auch innehaben, unter Berücksichtigung dieses Sachverhaltes mit dem genannten Erzherzog oder der anderen genannten Person Korrespondenz führen und ihm alles, was passiert, übermitteln, indem sie alle die Befehle des Kaisers und Seiner Katholischen Majestät berücksichtigen, ebenso wie es den Krieg, den Einsatz der Armee und alle seine Fortschritte betrifft.

8. Sofern Seine Hoheit zwei Personen nennt, die geeignet sind, Feldmarschall in dieser Armee zu werden, wird der genannte Seigneur diese nach Abschluß dieses Vertrages Seiner Katholischen Majestät nennen, die sich dann darum kümmert, vom Kaiser zwei Patentbriefe für den Feldmarschall zu erhalten.

9. Es wird beschlossen, daß seine Katholische Majestät pro

Monat achtzigtausend Dukaten Unterhalt an die beiden genannten Herren zahlt.

10. In drei Monaten werden außerdem hunderttausend Livres gezahlt, um den Platz, den Seine Hoheit als Sicherheitsplatz in Frankreich innehat, zu unterhalten. Und wenn derjenige, der den Platz übernimmt, nicht damit zufrieden ist, dann werden diese genannte Summe Bargeld und zusätzlich sechs Zentner Pulver und sechsundzwanzig Livres pro Monat für den Unterhalt der Garnison geliefert.

11. Es wird von beiden Seiten beschlossen, daß mit der französischen Krone keine allgemeinen oder besonderen Absprachen getroffen werden, wenn es nicht in gegenseitigem Einverständnis ist, und daß alle Plätze und Länder, die in Frankreich besetzt wurden, vorbehaltlos an Frankreich zurückfallen werden, und dieses geschieht immer, wenn Frankreich seine gewonnenen sowie auch die gekauften und die durch die Armee besetzten Plätze zurückgibt, die den Eid für Frankreich geleistet haben, in welchen Ländern diese auch immer liegen. Weiter wird beschlossen, daß genannter Seigneur, der Herzog von Orléans, und die Anhänger seiner Partei sich jetzt zu Feinden Schwedens und aller anderen Feinde Seiner Kaiserlichen und Seiner Katholischen Majestät erklären sowie aller anderen Staaten, die ihnen Hilfe und Schutz gewähren, und um diese zu zerstören, leisten Seine Hoheit und die Anhänger seiner Partei jedweden möglichen Beistand.

12. Es wird vereinbart, daß die Armee in Flandern und die, die Seine Hoheit befehligt, so wie gesagt wurde, mit vereinten Kräften nach gegenseitiger Absprache dasselbe Ziel verfolgen.

13. Man wird dafür Sorge tragen, daß die Truppen so früh wie möglich bereitstehen, und zwar Ende Mai. Daraufhin wird Seine Katholische Majestät dem Oberbefehlshaber von Luxemburg schreiben, damit er demjenigen, der ihm ein von Seiner Hoheit oder von einem der beiden genannten Herren blanko unterschriebenes Dokument gibt, sagt, zu welcher Zeit alles bereit sein kann. Das von Seiner Hoheit blanko unterschriebene Dokument wird schnellst möglich überbracht, um Zeit zu gewinnen, wenn die Sache eilt. Sollte noch keine Eile geboten sein, wenn die Person kommt, dann wird sie an den Zufluchtsort zurückkehren.

14. Seine Katholische Majestät gibt den Truppen Seiner Hoheit einen Monat, nachdem sie unter den Waffen stehen, neun Livres

pro Monat für ihren Unterhalt und die anderen im Krieg notwendigen Belange. Seine Hoheit wird sich nach ihrem Gutdünken bereitwillig über die Anzahl der Männer, die sie in ihrem Zufluchtsort hat, und die ihrer Truppen erklären. Es wird ab sofort beschlossen, daß die Kosten für die Quartiere und die Kriegssteuer nach gleichen Teilen unter den beiden Armeen aufgeteilt werden.

15. Das Geld, das aus dem Königreich Frankreich fließt, wird Seiner Hoheit zur Verfügung gestellt und unter den beiden Armeen zu gleichen Teilen aufgeteilt, wie es im vorhergehenden Artikel beschlossen wurde. Weiterhin wird verfügt, daß nur der von Seiner Majestät angeordnete Tribut geltend gemacht wird.

16. Für den Fall, daß der genannte Herr, der Herzog von Orléans, verpflichtet ist, Frankreich zu verlassen, und er in die Franche-Comté oder einen anderen Landesteil einreist, gibt Seine Katholische Majestät den Befehl, daß Seine Hoheit und die beiden anderen Großen der Partei in allen Staaten empfangen und von dort an den Zufluchtsort gebracht werden.

17. Sofern der genannte Herr, der Herzog von Orléans, wünscht, eine Vollmacht von Seiner Katholischen Majestät zu erhalten, um den Frieden oder die Neutralität in den Städten der französischen Provinzen zu sichern, die darum bitten, und daß sich bei Seiner Hoheit ein Botschafter Seiner Majestät mit allen Vollmachten befinden möge, so stimmt Seine Majestät dem zu.

18. Sollte dem Herzog von Orléans, was Gott verhüten möge, ein Unglück widerfahren, dann verspricht Seine Majestät, denselben Unterhalt den genannten Herren zu gewährleisten, oder auch nur einem von ihnen, wenn die Partei fortbesteht oder sie in den Diensten Seiner Katholischen Majestät bleiben.

19. Der genannte Herzog bestätigt und in seinem Namen der genannte Sieur de Fontrailles, daß zur selben Zeit, wenn Seine Hoheit sich zu erkennen gibt, ihr einer der besten Zufluchtsorte in Frankreich übergeben wird, welcher am Ende des vorliegenden Vertrages genannt wird, und für den Fall, daß dieser nicht für ausreichend befunden wird, ist dieser Vertrag nichtig. Auch wird der genannte Sieur de Fontrailles die Namen der beiden Herren, für die der genannte Unterhalt verlangt wird, nennen, mit dem sich Seine Majestät einverstanden erklärt.

20. Abschließend wird beschlossen, daß der Inhalt dieser Artikel durch Seine Katholische Majestät und den Herzog von

Orléans gebilligt und ratifiziert wird, und zwar in der für solche Verträge üblichen Art und Weise. Der Herzog von San-Lucar verspricht dieses auch im Namen Seiner Majestät und der Sieur de Fontrailles im Namen Seiner Hoheit. Sie verpflichten sich als Urheber des Vertrages gegenseitig zur Einhaltung desselben, und dieser wird heute bestätigt, ratifiziert und unterschrieben. – Madrid, 13. März 1642. Unterschrieben: Dom Gaspar de Gutzmann, und unter Angabe eines falschen Namens steht Clermont für Fontrailles.

Wir, Gaston, Sohn Frankreichs, einziger Bruder des Königs, Herzog von Orléans, bestätigen, daß der Inhalt dieses Vertrages die richtige Abschrift des Originalvertrages ist, der in unserem Namen mit dem Herzog von San-Lucar geschlossen wurde. Als Zeugen des Vertrages haben wir die vorliegende Abschrift persönlich unterschrieben und von unserem Sekretär gegenzeichnen lassen.
Gezeichnet: Gaston
Gegengezeichnet: Goulas

Der dem Vertrag beigefügte Brief

Durch den Vertrag, den ich heute für und im Namen des Herzogs von Orléans unterzeichnet habe, bin ich verpflichtet, die Namen der beiden Personen, die von Seiner Hoheit in diesem Vertrag genannt werden, kundzutun sowie auch den Ort, den sie für ihre Zuflucht ausgewählt haben. Ich erkläre und bestätige im Namen Seiner Hoheit gegenüber dem Herzog von San-Lucar, damit er es Seiner Katholischen Majestät mitteilen möge, daß die beiden Personen der Seigneur, Herzog von Bouillon, und Sieur de Cinq-Mars, Oberstallmeister von Frankreich, sind, und der Zufluchtsort ist Sedan, was Seiner Hoheit garantiert wird und den dieser genannte Seigneur de Bouillon ihm übergibt. In diesem Glauben habe ich den Vertrag unterschrieben, Madrid, 13. März 1642. Unterschrieben unter Angabe eines falschen Namens mit Clermont.

Wir, Gaston, Sohn Frankreichs, einziger Bruder des Königs, Herzog von Orléans, bestätigen, daß der Inhalt dieses Vertrages die richtige Abschrift des Vertrages von Monsieur de Bouillon und von Monsieur le Grand ist. Und wir unterzeichnen, bevor wir dem genannten Monsieur de Fontrailles die Vollmacht geben konnten, die Namen dieser Herren, de Bouillon und le Grand, dem Herzog von San-Lucar zu nennen, nachdem er den Vertrag mit ihm geschlossen hat, in dem sie nur als zwei große Herren von Frankreich bezeichnet werden. Als Zeugen des Vertrages haben wir die vorliegende Abschrift persönlich unterschrieben und von unserem Sekretär gegenzeichnen lassen. Villefranche, 29. August 1642.

Gezeichnet: Gaston

Gegengezeichnet: Goulas

Über die Nichtaufdeckung

Das Leben aller berühmten Menschen hat nur einen einzigen bestimmten Sinn, der vor allem auf den ersten Blick für die erkennbar wird, die es verstehen, die großen Dinge der Vergangenheit zu beurteilen, und der, so hoffe ich, dem aufmerksamen Leser von *Cinq-Mars* im Gedächtnis geblieben ist. Das Blut des François-Auguste de Thou ist im Namen einer heiligen Idee geflossen, und diese bleibt bestehen, solange der Glaube an die Ehre unter uns lebt. Es geht um die Unmöglichkeit einer Denunziation aus dem Munde eines ehrenwerten Mannes.

Die Staatsmänner aller Zeiten, die die Denunziation in Frankreich einführen wollten, sind bisher zur Ehre unseres Landes gescheitert. Auf diesem Unternehmen liegt schon darum ein großer Fleck, weil der erste, der es in Angriff genommen hat, Ludwig XI. war, ein Mann, dessen Charakter niedrig und dessen Talent der Verrat war. Aber dieser Baum des Bösen, den er in Plessis-lès Tours gepflanzt hat, hat kaum seine vergifteten Früchte getragen, und man sah niemanden, der einen Bürger verraten hat,

der mit seinem Kopf in der Hand seinen Lohn verlangte.

Der Lohn war jedoch in dem Erlaß von Ludwig XI. festgelegt, und damit keine Autorität die Prüfung einer so schwierigen Frage versäumt, werde ich die wichtigsten Stellen daraus zitieren.

Erlaß gegen die Nichtaufdeckung eines Majestätsverbrechens

Gesetz des Königs von Frankreich von Gottes Gnaden: Wir verkünden für heute und alle Ewigkeit, daß seit unserer Thronbesteigung zahlreiche verdammenswerte Verschwörungen angezettelt und schädliche Unternehmungen gegen unsere königlichen Nachkommen Frankreichs unternommen wurden, und dieses ebenso von wichtigen bis hin zu unbedeutenden Personen.

Wir erklären, verkünden, verfassen und verfügen durch Dokumente, Erlasse, Verfügungen und ewig geltende Verfassungen, daß, unwiderruflich und für immer geltend, alle Personen, die fortan wissen oder Kenntnis erhalten werden von irgendwelchen Verträgen, Ränkespielen, Verschwörungen oder Unternehmungen, die gegen unsere Person gerichtet sind, gegen unsere liebe, getreue Gefährtin, die Königin, gegen unseren lieben, getreuen Sohn, den Dauphin aus Wien, und unsere Nachfolger, die Könige und Königinnen von Frankreich und ihre Kinder, und auch gegen den Staat sowie gegen unsere und ihre Sicherheit und die der öffentlichen Ordnung unseres Königreiches, aufgrund unseres Blutes oder anderer Gründe als Majestätsverbrecher angesehen und mit der gleichen Strafe und Bestrafung geahndet werden wie die Hauptakteure, Verschwörer, Anstifter und Anführer dieser Verbrechen, ohne Ausnahme noch Vorbehalt der Person, wer sie auch immer sei; unberücksichtigt bleiben Staatsangehörigkeit, Position, Rang, Würde, Adel, Lehnsherrschaft, Vorrangstellung oder Vorrechte, die sie hat oder haben könnte, wenn sie es nicht aufdeckt, zur Aufdeckung bringt oder unseren obersten Richtern und Offizieren der Länder, in denen sie sich aufhält, so früh wie möglich mitteilt, daß sie Kenntnis davon hatte. In diesem Fall, wenn sie es also aufdeckt oder zur Aufdeckung bringt, dann läuft sie nicht Gefahr, die Strafe für die genannten Verbrechen zu erhalten, sondern sie ist der Belohnung zwischen uns und der öffentlichen Sache würdig. Anderenfalls jedoch wollen wir, daß die alten Gesetze, Verfassungen und Verfügungen, die durch unsere Vorgänger oder von Rechts wegen eingeführt wurden, weiterhin gelten, sowie die Anwendung derselben, die die Vorgänger davon bewahrt und in unserem Königreich befolgt haben, in Kraft bleibt, ohne sie durch das vorliegende Gesetz zu verletzen. Wir übergeben unseren lieben Getreuen des großen Rates, unseren Gerichtsräten und unseren anderen Rechtskräften, Offizieren und Untertanen, die heute sind oder in Zukunft sein werden, dieses vorliegende Gesetz, Verfassung oder Verfügung, als ob es ihnen gehöre, damit sie es an allen Orten ihrer Macht und gewohnten Rechtsprechung veröffentlichen, es öffentlich ausschreien und bekanntgeben, öffentlich verlesen und in Umlauf bringen, und gemäß diesem Gesetz und dieser Verfassung von jetzt an richten und Recht sprechen, jedesmal, wenn der genannte Fall eintritt. Und damit es für immer eine beständige und zuverlässige Sache ist, haben wir unser Siegel auf dem vorliegenden Erlaß aufgebracht. Damit man diesen Vertrag an verschiedenen Orten anbringen kann, wollen wir, daß die beglaubigte Abschrift des königlichen Siegels auf die Abschriften aufgebracht wird und daß diesem sowie auch dem vorliegenden Original Glaube geschenkt wird.

Plessis du Parc-lès-Tours, 22. Dezember 1477, und unser König am 17.

Sic signatum supra plicam:

Im Auftrag des Königs

L. Texier

Postskriptum: Lecto, publicato, et registrato, Parisiis, in parlemento, decima quinta die novembris, anno millesimo quadragentesimo septuagesimo nono.

Sicher ist es leicht zu verstehen, daß dieser Erlaß durch Ludwig XI. im Jahre 1477 in Kraft gesetzt wurde, nämlich als der Graf von La Marche, Jacques d'Armagnac, gerade wegen eines Majestätsverbrechens geköpft worden war und seine riesigen Ländereien und Güter schamlos unter seinen Richtern* aufgeteilt worden waren, ein wahnsinnig großes, unglaubliches Erbe seit der Zeit des Tiberius und des Nero. Als die Erbschaft geregelt wurde, zwang man die Kinder des Verurteilten, sich unter das Schafott zu stellen und hier zu verharren, während jeder Tropfen Blut ihres Vaters vom Schafott auf ihre Stirn tropfte. Nach diesem famosen Streich konnte er so weitermachen und sich im Recht glauben, Frankreich genügend zu verachten, um ihm einen solchen Erlaß zu bescheren und neue Infamien vorzu-

* Der Seigneur de Beaujeu bekam die Grafschaft La Marche (die Verfügung war in seinem Namen erlassen worden); der Ritter von Bonsile erhielt die Grafschaft Castres; Blosset die Vizegrafschaft Carlat; Louis de Graville die Städte Nemours und Pont-sur-Yonne; der Seigneur de Lisle bekam die Vizegrafschaft Murat usw.; es ist bedauerlich, unter den anderen Namen, die an der Beute teil hatten, zu sehen, daß sich Philippe de Comines und Jean de Daillon die Güter Tournai und Tournaisis teilten, die diesem Herzog von Nemours gehört hatten, den sie eben zum Tode verurteilt hatten.

schlagen. Gewöhnt daran, mit gutem Bargeld einen ständigen Handel mit dem Gewissen zu treiben, schritt er immer nur mit der Börse in der einen und dem Beil in der anderen Hand vorwärts, gemäß dem alten Axiom, für das es keiner großen Anstrengung des Geistes bedurfte und das Machiavelli zu sehr überbewertet hat, nämlich die Menschen in einen Zustand zwischen Hoffnung und Furcht zu versetzen. Ludwig spielte geschickt sein Spiel, aber Frankreich stand endlich auf, spielte auf ehrenwerte Weise das seine und zeigte ihm, daß es andere Männer hatte als seinen Barbier. Trotz des Erlasses, der seine Erfindung war, denn man muß ihm diesen der Fairneß halber ganz zuschreiben, und obwohl das Wort *Denunziation* durch den schwächeren Ausdruck *Aufdeckung* ersetzt wurd, ging niemand in der Absicht von zu Hause fort, eine Vertraulichkeit zu wiederholen, die er in der Abgeschiedenheit der Freundschaft aufgeschnappt hatte, die diesem bei Tisch oder zu Hause entglitten war. Der alte Erlaß fiel in Vergessenheit bis zu dem Tag, als Kardinal Richelieu das Zeichen für seine Wiederbelebung gab. Monsieur de Thou hatte keinen festen Platz, den er so wie Monsieur de Bouillon gegen seine Begnadigung hätte eintauschen können, und sein Tod sollte dem Grauen, den der Tod von Monsieur de Cinq-Mars den Menschen einflößte, hinzugefügt werden. Wenn ihm vergeben worden wäre, dann hätte sich Monsieur de Richelieu zumindest einen jungen, tugendhaften Kritiker bewahrt. Dieser wäre dann dazu auserkoren gewesen, den alten Minister zu überleben. Er schriebe dann vielleicht wie sein Vater eine Geschichte des Kardinals und wäre seinerseits Richter, ein durch den Tod seines Freundes Monsieur le Grand unbeugsamer, verärgerter Richter. Monsieur de Richelieu dachte an alles, und diese Beweggründe, die mir nicht entgehen, werden auch ihm nicht entgangen sein. Vergessen wir zugunsten größerer Unparteilichkeit seine Worte, die er über den Präsidenten de Thou gesagt hat: *Er hat meinen Namen in seine Geschichte geschrieben, und ich werde den seinen in meine schreiben*. Wenn wir ihm auch seinen Rachegeist zugute halten, dann bleiben doch eine unbeugsame Härte*, eine gewaltige Böswilligkeit und der

* Depuy berichtet in seinen Memoiren über die Reaktion des Kardinals, als der Polizeioffizier ihm den Brief des Kanzlers brachte, durch den er von seiner Verhaftung erfuhr:

unmoralischste Egoismus. Das strenge Leben des Monsieur de Thou, das einem Staat, in dem sich jeder korrumpierte, nutzen konnte, war lästig und gefährlich für den Minister. Er zögerte nicht, und das sollten wir auch nicht tun, diese Rechtsprechung zu beurteilen. Man muß unbedingt den Hintergrund dieser berühmten Staatsräson kennen, aus der man so eine Art unantastbare heilige Arche gemacht hat. Die schlechten Aktionen hinterlassen uns den Keim für schlechte Gesetze, und es gibt keinen vorübergehenden Minister, der nicht versucht hätte, sie sprießen zu lassen, um die Quelle seiner geliehenen Macht aus Liebe für diesen zweifelhaften Skandal zu erhalten. Eine Sache kann, das stimmt, uns beruhigen, und zwar, daß jedesmal, wenn eine ähnliche Idee in dem Kopf eines Politikers entsteht, die Umsetzung mühevoll und beschwerlich ist. Die Geburt wäre vielleicht tödlich, und die Abtreibung ein Glück für das Volk.

Ich glaube nicht, daß man in der Geschichte eine Sache findet, die geeigneter wäre, das Urteil des Auguste de Thou dieser verhängnisvollen Idee entgegenzusetzen, wenn der böse Geist Frankreichs jemals gewollt hätte, daß der Vorschlag eines Gesetzes zur Nichtaufdeckung erneuert werden sollte.

Weil nichts besser die sichersten Antworten hervorruft und sie nichts mit klareren Ausdrücken präsentiert als eine extreme Gefahr für einen höheren Menschen, sehe ich, daß Monsieur de Thou von Anfang an der Frage des Rechts und der Möglichkeit mit seiner Vernunft sowie der Frage des Gefühls und der Ehre mit seinem noblen Herzen auf den Grund ging. Sehen Sie, was er sagt:

An dem Tag, an dem er Monsieur de Cinq-Mars gegenübergestellt wird, sagt er: Nachdem er sehr lange darüber nachgedacht hat, nämlich ob er dem König (den er jeden Tag im Lager von Perpignan sah) melden sollte, was er über den Vertrag wußte, da entschloß er sich aus verschiedenen Gründen zu schweigen.

1. Er hätte sich zu einem Denunzianten eines Staatsverbrechens von MONSIEUR machen müssen, des einzigen Bruders des Königs, von Monsieur de Bouillon und von Monsieur le Grand, die alle viel mächtiger und angesehener waren als er. Er hatte die

»Und Monsieur de Thou auch!« sagte der Kardinal mit zufriedener Miene. »Der Kanzler hat eine große Last von mir genommen. Aber, Picaut, es gibt dort keinen Henker!« Man sieht, daß er an alles dachte.

Gewißheit, daß er bei der Sache unterlegen sein würde, über die er keinerlei Beweise hatte, um sie zu beweisen. »Ich hätte nur« sagte er, »die Zeugenaussage von Fontrailles zitieren können, der abwesend war, und Monsieur le Grand hätte vielleicht abgestritten, daß er mit mir darüber gesprochen hatte. Ich wäre also als Verleumder angesehen worden, und meine Ehre, die mir immer wichtiger als mein Leben war, wäre ohne Hilfe verloren gewesen.«

2. Bezüglich Monsieur le Grand fügt er diese schon getreulich berichteten Worte hinzu, die durch ihre antike Einfachheit von unvergleichlicher Schönheit sind, und ich würde es fast wagen, sie mit den Worten des Evangeliums gleichzusetzen:

»Er hielt mich für seinen einzigen, treuen Freund, und ich wollte ihn nicht verraten.«

Welches geheime Unternehmen wir auch annehmen mögen, ob nun gegen die Krone, gegen die Verfassung des demokratischen Staates oder gegen die Körperschaften, die eine Nation repräsentieren, welches auch immer das Wesen der Ausführung des Komplottes sein mag, ob nun in Form eines Attentates, einer Vertreibung mit bewaffneter Hand, eines Volksaufstands, einer Bestechung oder eines Aufstands besoldeter Truppen, die Situation wäre die gleiche zwischen dem Verschwörer und demjenigen, der seine Vertraulichkeit entgegengenommen hat. Sein erster Gedanke wäre der unwiederbringliche, ewige Verlust seiner Ehre und seines Namens, ob nun als Verleumder, wenn er keine Beweise liefert, oder als feiger Denunziant, wenn er sie liefert: im ersten Fall bestraft durch infame Strafen und im zweiten Fall durch die Nachrede des Volkes, das mit dem blutverschmierten Finger seiner Freunde auf ihn zeigt.

Als Monsieur de Thou sich über den Grund seines Schweigens äußerte, da wollte er sich, glaube ich, auf die geistige Ebene der Richter, die ihn verurteilten, begeben, auf die Ebene des im Prozeß vorherrschenden Tons und des genauen Wortlauts des Gesetzestextes. Es gibt keinen Grund zu vermuten, daß die Gesetze nur für niedere Seelen gemacht sind, die diese umschreiben und aufgrund einer unerbittlichen, gleichförmigen Notwendigkeit gegen grobe Schranken pressen. Er zeigt, daß er, selbst wenn er gewollt hätte, nicht Denunziant hätte werden können. Er versteht darunter: »Wenn ich niederträchtig gewesen wäre, dann hätte ich meiner Niederträchtigkeit noch nicht einmal gerecht werden können. Man hätte mir nicht geglaubt.« Aber nach diesen wenigen Worten der materiellen Unmöglichkeit fügt er das Motiv der moralischen Unmöglichkeit hinzu, ein echtes Motiv, von ewiger Wahrheit, unveränderlich, das alle Kulturen anerkannt und sanktioniert und das alle Völker in Ehren gehalten haben.

Er hielt mich für seinen Freund.

Er hat ihn nicht nur nicht verraten, sondern man sieht, daß er in allen Verhören und seinen Gegenüberstellungen mit Monsieur de Bouillon und mit Monsieur de Cinq-Mars keinen Namen nennt und niemanden verrät.

Plötzlich war ich allein mit Monsieur de Thou, schreibt Fontrailles in seinen Memoiren. Er sprach mit mir über die Reise, die ich nach Spanien gemacht hatte, was mich sehr überraschte, da ich glaubte, daß sie vor ihm verheimlicht worden war, gemäß dem darüber gefaßten Beschluß. Als ich ihn fragte, wie er es erfahren habe, erklärte er mir im Vertrauen ganz offen, daß er es von der Königin wisse, die es von MONSIEUR erfahren habe.

Ich weiß, daß Seine Majestät sich sehr stark eine Intrige gewünscht hatte und mit seiner ganzen Macht dazu beigetragen hat. Monsieur de Thou konnte sich also auf diese Autorität stützen, aber er weiß, daß die Königin Anna von Österreich verfolgt werden würde, wenn er spricht, und darum schweigt er. Auch was den König betrifft, schweigt er, und er läßt sich nicht dazu herab zu wiederholen, was er in dem Privatgespräch zum Kardinal gesagt hat. Er will sein Leben nicht um diesen Preis.

In bezug auf Monsieur de Cinq-Mars gibt er nur einen Grund an:

Er hielt mich für seinen Freund.

Er hätte trotzdem, anstatt ein erprobter Freund zu sein, auch nur durch eine flüchtige Verbindung ein mit Monsieur de Cinq-Mars verbundener Mann sein können. *Er hielt ihn für seinen Freund*; er hat an ihn geglaubt; *er wollte ihn nicht verraten*. Das sagt alles.

Als die christliche Religion die Beichte eingeführt hat, hat sie, ich habe es an anderer Stelle schon gesagt, das Vertrauen geheiligt. Da man dem Vertrauten hätte mißtrauen können, hat sie schleunigst erklärt, daß der Priester kriminell und des ewigen Todes würdig sei, der das ihm anvertraute Geständnis aufdeckt. Nur das war nötig, um auf einen Schlag einen Fremden in einen

Freund zu verwandeln, in einen Bruder, damit ein Christ seine Seele dem Erstbesten öffnen konnte, dem Unbekannten, den er niemals wiedersehen würde, und er konnte am Abend in Frieden in seinem Bett einschlafen, seines Geheimnisses sicher, als habe er es Gott anvertraut.

Alles, was der Beichtvater also mit Hilfe seines Glaubens und der Autorität der Kirche machen konnte, war, zu erreichen, von dem Büßer als Freund betrachtet zu werden und ihm zu helfen, sein wohltuendes Geständnis, seine heiligen Tränen, seinen vollständigen Bericht und seine grenzenlose Hingabe hervorzubringen, und nur die ernsthafte, gute Freundschaft hat das Recht, diese vor der Beichte zu empfangen, die Freundschaft, die heilige Freundschaft, die die schuldhaften Geständnisse in tugendhafte Ratschläge verwandelt.

Wenn der Beichtvater Anspruch auf die Zärtlichkeit des Herzens erhebt, auf die höchste Gunst der Freundschaft, welcher Freund sollte da nicht als erste Aufgabe ansehen, die unverbrüchliche Sicherheit des Geheimnisses in sich zu bewahren wie in dem Tabernakel des Beichtvaters?

Aber es handelt sich hier nicht nur um einen alten, erprobten Freund, sondern um jeden als Freund behandelten Menschen, um jeden Erstbesten, der eine ernsthafte Vertraulichkeit empfangen hat und der mit seinem Handschlag sein Schweigen besiegelt. Das Recht der Gastfreundschaft ist so alt wie das menschliche Geschlecht. Kein Stamm, keine Horde, und wenn sie auch noch so wild sein mag, denkt an die Möglichkeit, einen Gast auszuliefern. Ein Geheimnis ist ein Gast, der sich im Herzen des ehrenwerten Menschen versteckt wie in einem unantastbaren Asyl, und ihn auszuliefern und ihn zu verkaufen steht außerhalb der Gesetze aller Länder.

Es wäre eine sehr große Schande für die armseligen Regentschaften, die nur zum Preis dieser barbarischen Gesetze von einer gewissen Dauer sein und sich mit solchen finsteren Stützen aufrecht halten könnten. Auch wenn wir davon Gebrauch machen wollten, dann könnten wir es nicht. Damit es durchführbar wäre, wäre es nötig, daß die Zivilisation nur mit einem Bein vorwärtsgeschritten wäre und nicht mit dem anderen. Es ist überall zu einer Art allgemeiner Feinfühligkeit gekommen, die dafür sorgt, daß man solche öffentlichen Aktionen nicht einmal vorschlagen kann. Man weiß nicht, wie es kommt, daß solche

Dinge, die seit Jahrhunderten nützlich sind, noch nicht einmal von irgendeinem lebenden Menschen ernsthaft benannt werden können, und das, ohne je abgeschafft worden zu sein. Das sind wirkliche Veränderungen der Sitten, die dazu zwingen, richtige, dauerhafte Gesetze zu schaffen. Wer sagt uns, wo ein so rückständiges Land ist, das heute wagt, dem Mann, der gerichtet hat, die Beute des Mannes zu schenken, der verurteilt wurde? Nicht alle Gesetze sind von Menschenhand festgelegt worden ... Das Gesetz, das dieses blutige Erbe verteidigt, ist nicht aufgeschrieben worden. Es hat sich einfach zwischen uns gesetzt, und an seine Seite wurde jenes gestellt, das besagt: *Du wirst niemanden denunzieren*. Und der bescheidenste Tagelöhner unserer Tage wird nicht wagen, sich an den Tisch seines Nachbarn zu setzen, wenn er in dieser Sache gefehlt hätte.

Wenn die Politiker unbedingt irgendwelche alten Utensilien aus barbarischen Zeiten brauchen, dann wäre es mir persönlich lieber, zu sehen, wie sie die Folterbank und die Folterwerkzeuge entrosten, restaurieren und wieder in Szene setzen und in Gebrauch nehmen, da sie zumindest nur den Körper beschmutzen und nicht die Seele des Geschöpfes Gottes.

3. M. Fernand Baldensperger: Entstehung, Quellen und Rezensionen des Cinq-Mars-Romans (1913) Übersetzt von Karin Meddekis

Entstehung und Bedeutung des Werkes

Alfred de Vigny (1797–1863) war als Offizier unter Ludwig XVIII in eine ruhmlose Garnisonszeit hineingewachsen und seit August 1823 im Südwesten stationiert. Die Gedichte, die er damals beendete oder schrieb, und die Skizzen, die er unvollendet in seinem Karton liegenließ, bezeugen große epische Anwandlungen, denen er durch einige Werke wie *Éloa* (1824) oder der romantischen Ballade *Cor* nur zum Teil gerecht wurde.

»Etwas bedauere ich«, schrieb er später in sein Tagebuch, »daß ich nichts geschaffen habe, was lang genug gewesen wäre, um in seinem Aufbau mit den großen epischen Gedichten verglichen zu werden.« Gemeint sind die umfangreichen Versepen eines Tasso oder Ariosto.

Der Erfolg der Romane Walter Scotts in Frankreich trägt dazu bei, daß sich der Poet der Prosa zuwendet. Er verwirft gleichzeitig ein für allemal seine frühere Idee, aus dem Günstling von Ludwig XIII. den Helden eines Dramas in drei Akten zu machen. Vigny begibt sich an das Modegenre, den historischen Roman, und er ist bemüht, eine durch die Krise des Adels und der Parlamente denkwürdig gewordene Epoche wieder zum Leben zu erwecken. »Im Jahre 1824, in Oloron in den Pyrenäen, habe ich den ganzen Aufbau von *Cinq-Mars* vollständig angefertigt und auf einem Blatt Papier niedergeschrieben.« Das war Anfang 1824, wahrscheinlich im Januar.

Durch den glücklichsten Zufall berührt zu diesem Zeitpunkt eine umfangreiche zeitgenössische Veröffentlichung, die *Collection des Mémoires relatifs à l'histoire de France* [Die Geschichte Frankreichs betreffende Memoirensammlung] von Petitot, die Epoche der Regentschaft Ludwig XIII. Den langen Urlaub, den Vigny, der seit dem 3. Februar 1825 Frischvermählte, in diesem und im folgenden Jahr in Paris verbringen kann, versetzt ihn in die Lage, seine Geschichtskenntnisse zu vertiefen und sich das Lokalkolorit, die Anekdoten und Episoden für seinen Roman zu beschaffen. »Seit dem Spanienkrieg«, sagt er zu Brizeux, »geht mir *Cinq-Mars* durch den Kopf … doch ich hatte noch nicht die Zeit, dieses Buch zu schreiben, aber da ich nun von der Armee befreit bin, werde ich meinen Roman in Paris nun schnell schreiben.« Und schon am 25. April 1826 schreibt er: »Im vergangenen Winter habe ich innerhalb von sechs Monaten diesen *Cinq-Mars* geschrieben.« Und genau zu diesem Zeitpunkt kündigt das *Journal de la Librairie* [Blatt des Buchhandels] den Verkauf bei Urbain Canel in zwei 8°-Bänden an.

Die historische These

In dem Milieu der gekränkten ehemaligen Adligen, in dem der 1793 auf Schloß Loches (Touraine) geborene jugendliche Poet lebte, nahm die Geschichte zwangsläufig einen großen Platz ein. Obwohl er sich später daran erinnerte, daß ihn sein Vater vor einer zu starren Anschauung der Rolle der Adligen gewarnt hatte, sind im Kreise seiner Familie seine ersten Vorstellungen vom Prozeß der Geschichte entstanden. Der junge Adlige hat sehr früh die wachsende Bitterkeit einer enteigneten Kaste um ihn herum gespürt, der die Restauration nur eine kurze Zeit der Illusion schenkte, ihre Macht zurückzuerhalten.

Es ist eine These von Montesquieu, der das Zitat des 27. Kapitels des Romans liefert, die in dem Buch eines Legitimisten von 1825 illustriert wird. »*Kein Adel kein König*, bemerkte der in *Esprit des lois* [Geist des Gesetzes] (I., II., 4. Kap.) und folgert im 7. Kapitel: » … Die Monarchien verfallen, wenn man den Körperschaften nach und nach ihre Vorrechte nimmt … Je mehr die Macht des Monarchen zunimmt, desto mehr nimmt seine Sicherheit ab. Ist das nicht ein Majestätsverbrechen gegen ihn, diese Macht zu entstellen, bis man ihr Wesen verändert?«

Laut dieser Sichtweise hat also Richelieu das Prinzip der französischen Monarchie korrumpiert, indem er das Parlament, den obersten Gerichtshof des Königreichs, entmachtete. Des Adels, seiner natürlichen Stütze, beraubt, konnte das Königtum dem aufständischen Volk nicht mehr zum gegebenen Zeitpunkt die Stirn bieten, weil der Minister von Ludwig XIII. damals das Werk einer scheinbaren Sicherung in Angriff genommen hatte, das aber in Wirklichkeit ein Werk des Verfalls und der Zerstörung war. Auf die Hinrichtung von Cinq-Mars antwortet in der

Geschichte die von Ludwig XVI. Der von Anna von Österreich zugebilligte Gruß an die aufgebrachte Menge entspricht, durch die Logik der entwickelten Fakten, der Erscheinung der Marie-Antoinette einhundertfünfzig Jahre später. In Vignys Roman erscheint Richelieus Herrschaft als Grundbedingung der 150 Jahre später ausgebrochenen Revolution.

Diese These, die sich durch den Roman zieht, macht nach Meinung Vignys die Tiefe, die Ernsthaftigkeit und die Opportunität aus. »Ich habe versucht, Frankreich nützlich zu sein«, schreibt er am 25. Mai 1826 an Lamartine, der wie er zu diesem Zeitpunkt darum besorgt war, dem Land wieder eine dauerhafte Grundlage zu verschaffen.

Es ist übrigens sehr wahrscheinlich, daß der junge Romancier der historischen Bedeutung eines Werkes, dessen ursprünglicher Rahmen nicht für einen so umfangreichen Stoff ausgerichtet war, während der Arbeit mehr Nachdruck verliehen hat. Vor seinem Aufenthalt in Paris, der es ihm erlaubte, den dokumentarischen Gehalt seines Buches zu erweitern, schien Vigny die Kapitel schon teilweise geordnet und sicher auch schon verfaßt zu haben, die die düstere Affäre in Loudun und die schreckliche Bestrafung betreffen, die die Agenten dieses Prozesses trifft. Als Leser des Romans ›The Mark‹ von Lewis wollte Vigny den teuflischen Sohn Laubardemonts und dann Laubardemont selbst in die rächenden Tiefen stürzen. Ein ganzes Arsenal von romantischen Vorgängen, Vorahnungen, Vorgefühlen, schicksalhaften Zufällen, Erscheinungen und ›der Nordturm‹ gehörten zu der ersten Ausrüstung des Poeten, der seinen Weg als Romancier suchte.

Persönliche Erfahrungen und aktuelle Details

Es ist wohl so, daß nur das Gebiet der Pyrenäen dem jungen Autor Details oder Vermutungen liefert, die diesen historischen Roman ziemlich eng mit seinen eigenen Erfahrungen oder mit den um 1825 verbreiteten Ängsten verknüpfen. Allerdings schimmern die Nachwirkungen vieler für Vigny aktueller Probleme und verblaßte Erinnerungen durch.

Die wichtigsten Gebiete Frankreichs, des Romangeschehens, sind: Die Touraine, in der der Autor großgeworden war, das königliche Zentrum Frankreichs mit seinem Philosophen Descartes; Paris, die Stadt der Intelligenz und der Verführung und als Gegenstück das finstere Lyon, wo die Hinrichtung stattfindet. Der Vormarsch im Osten mit dem redlichen Bassompierre und dem unbeständigen Bouillon zeigt die Ausdehnung Frankreichs nach Osten hin wie der nach Roussillon die nach Süden.

Vigny selbst erlebte die Volksaufstände in Pau mit. Die roten Kompanien, denen der junge Offizier angehört hatte, spielen eine besondere Rolle bei der Belagerung von Perpignan. Schließlich liegen der Begeisterung, mit der die Freundschaft ausgedrückt wird, der unbefangenen Frische oder der fieberigen Übertreibung, die das Verhalten von Cinq-Mars und de Thou gegenüber der Welt kennzeichnen, persönliche Erfahrungen Vignys zugrunde.

Andererseits darf man hinzuzufügen, daß Cinq-Mars' Liebe zu Maria von Gonzaga und das weniger sichere Gefühl, mit dem sie ihm anwortet, etwas von den sentimentalen Erfahrungen anhaftet, die Vigny mit der koketten Schauspielerin Marie Duval durchlebt hat. Wenn der König von Frankreich die jungen Helden der Bastion von Perpignan schlecht entlohnt (10. Kapitel), dann ist das auf eine bittere Erfahrung, die Vigny am Schluß von *Veillé de Vincennes* in *Servitude et Grandeur militaires* (1834) erwähnt, zurückzuführen.

Der Advokat Fournier spiegelt, wie der Autor gesteht, die sympathischsten Züge des Maître Hervé der Staatsanwaltschaft von Bordeaux wider, Vigny lernte ihn während eines Aufenthaltes in dieser Stadt kennen und bewundern. Sicher verdankt auch der Abbé Quillet mit seinem Humor des freundlichen Pädagogen seinen Charakter den persönlichen Erinnerungen Vignys.

Wer wundert sich letztendlich, eine Seite des Autors im Charakter von *Cinq-Mars* durchschimmern zu sehen: jung, verführerisch, ehrgeizig, auserwählt, einem König zu gefallen, und beunruhigt über die dunklen Wege, auf die ihn sein Schicksal führt. Durch einen Verstärkungseffekt, der in dem Roman *Stello* (1832) noch systematischer gezeigt wird, ergänzt de Thou dieses Bekenntnis. Und die These der gewaltigen Würde des Schriftstellers – das Leitmotiv des Gesamtwerks Vignys – kündigt sich bereits in den abschließenden Kapiteln des Cinq-Mars an.

Mit vierzehn Jahren, nachdem Vigny die Memoiren des Kardinals de Retz gelesen hatte, stellt er sich vor, wie er nachts mit dem Bleistift in der Hand eine Geschichte über die Fronde schreibt. Aber dieser erste Fundus von Erinnerungen muß noch erweitert und geschliffen werden. Je mehr sich die Grundthese des Romans herauskristallisiert, desto stärker wird das Bedürfnis des Poeten, sich mehr Hintergrundwissen anzueignen. Der Anspruch des getreuen Chronisten bringt ihn dazu, zu immer seriöseren Dokumenten zu greifen. In seinen Büchern, die er in der *Bibliothèque royale* oder im *Arsenal* gelesen hat, kommen besonders die Feinde Richelieus zu Wort, die sich beschwerten, daß der Kardinal nicht nur die Hugenotten energisch bekämpfte – die im Roman mehrfach erwähnte Belagerung der protestantischen Festung La Rochelle (1627/28) – sondern auch die Rechte des Hochadels beschnitt.

Vigny hat in seiner zweiten Auflage eine ungeordnete, zusammenfassende Liste seiner Quellen angegeben:

1. Handschriften: *Les Amours du Cardinal de Richelieu* [Die Lieben des Kardinal Richelieu] (Arsenal, Nr. 4163, ehemals 188); *Recueil de Pièces touchant le Cardinal de Richelieu* [Belegsammlung über den Kardinal Richelieu] (Arsenal, Nr. 3560, ehemals 186); *Mémoires sur le Cardinal Richelieu* [Erinnerungen an den Kardinal Richelieu] (Arsenal, Nr. 3559, ehemals 185); siehe vor allem das zweite Buch dieser Sammlung, das für *Cinq-Mars* besonders geeignet war); *Maximes d'Etat ou testament politique de Richelieu* [Staatsmaxime oder politisches Testament Richelieus] (Arsenal, Nr. 3853, ehemals 190); *Brief des Monsieur de Thou an Madame de Guéménée* (Nationalbibliothek, MS, Nr. 9276).

2. Memoiren und Beziehungen von Zeitgenossen: *Journal de Monsieur le Cardinal duc de Richelieu, qu'il a fait durant le grand Orage de la Cour, en l'année 1630 et 1631*, tiré de ses Mémoires qu'il a écrit de sa main, avec diverses autres pièces remarquables, qui sont arrivées en son temps [Tagebuch des Herzog-Kardinal von Richelieu, das er während des großen Aufruhrs am Hofe im Jahre 1630 und 1631 geschrieben hat, das seinen handschriftlichen Memoiren entnommen wurde, mit verschiedenen anderen bemerkenswerten Belegen zeitgenössischer Ereignisse] (1647–1650 und in der Sammlung von Petitot); und in derselben

Reihe: Montglat, *Mémoires pour 1642* [Erinnerungen an das Jahr 1642]; Memoiren der Madame de Motteville, des Montrésor, des Bassompierre; *Mémoires de la Ligue* [Erinnerungen der Liga] *Erinnerungen* des Grafen von Brienne, des Sieur von Pontis, des Abbé Arnaud; *Historiettes de Tallemant des Réaux* [Geschichtchen von Tallemant des Réaux] (nach 1833 gesichtet); Pellisson; vielleicht auch der *Mercure français* von 1637. Hier steht auf Seite 746: »die Besessenheit der Ursulinerinnen von Loudun«. Diese Zeitung war Urbain Grandier übrigens sehr feindlich gesinnt; *Histoire de Venise* de Baptiste Nani [Die Geschichte Venedigs]; B. Priolo, *De rebus gallicis*, und verschiedene Pamphlete jener Zeit.

3. Historische und pseudo-historische Werke: Aubery, *Histoire du Cardinal-duc de Richelieu* [Die Geschichte des Kardinal-Herzog von Richelieu], Köln, 1666; P. D[u] P[uy], *Mémoires et Instructions pour servir à justifier l'innocence de messire François-Auguste de Thou* [Erinnerungen und Belehrungen, die dazu dienen, die Unschuld des François-Auguste de Thou zu beweisen] (Im Anschluß an die *Histoire universelle de J.-A. de Thou*, London, 1734, Bd. 15); P. Daniel, *Histoire de France* [Geschichte Frankreichs], Paris, 1681; P. Griffet, *Histoire du règne de Louis XIII* [Geschichte der Regentschaft Ludwig XIII.], Paris 1758; P. Anselme, *Histoire de la maison royale de France et des grands officiers de la Couronne* [Geschichte des französischen Königshauses und der großen Offiziere der Krone], Paris, 1674; Ph. Chasles, *Discours sur la vie et les œuvres de J.-Aug. de Thou* [Abhandlung über das Leben und die Werke des J. -Aug. de Thou], Paris, 1824; Hippolyte Bonnelier, *Urbain Grandier*, Paris, 1825; Toland, *Life of Milton*, London l693.

4. Allgemeine Werke: Montlosier, *De la Monarchie française* [Über die französische Monarchie], (1814); de La Roque, *Traité de la Noblesse* [Abhandlung über den Adel], 4. u. 5. Kapitel (1678); Lacurne de Sainte-Palaye, *Dictionnaire; Dictionnaire* von Bayle.

Einige Quellen waren Vigny übrigens erst zugänglich, als er schon eine genaue Vorstellung von seinem Werk hatte. Als sich ihm die Möglichkeit bot, hat er besonders am Ende des Romans oder in den Neuauflagen Anachronismen oder Ungenauigkeiten nachgebessert.

Erst im Oktober 1826 konnte man den 54. Band der Sammlung von Petitot kaufen, und dieser enthielt neben den *Verbindungen des Fontrailles* auch die *Memoiren von Montrésor* und das *Journal contenant tout ce qui s'est passé à Lyon durant l'instruction du procès de messieurs de Cinq-Mars et de Thou* [Journal, in dem alles steht, was in Lyon während des Prozesses von Cinq-Mars und de Thou passiert ist]. In den ersten Auflagen hält sich Vigny an ziemlich vage Angaben, die er erst in der dritten Auflage vervollständigte. August wird nun durch September ersetzt, den Zeitpunkt, als die Gefangenen in Pierre-Encise ankommen. Die acht in Schwarz gekleideten Richter mit den langen Bärten und mit Laubardemont an der Spitze werden jetzt durch ein weniger mysteriöses Tribunal ersetzt.

Das *Dictionnaire* von Bayle hat Vigny in der Episode Urbain Grandiers geleitet. Er hat sich eng daran angelehnt und schicksalhaft an die Geschichte Richelieus. Die *Teufelei* von Loudun wird hier mit einem sarkastischen Skeptizismus erzählt, gut geeignet, dem jungen Romancier zu gefallen. Die Verachtung für das dumme Pfaffengesindel zeigt sich genauso wie die Kritik am Versagen des Königtums.

Die Entwicklung des Romans

Die Papiere Vignys enthalten alte Fragmente (1820?) bezüglich eines Dramas in drei Akten mit Cinq-Mars als Helden, das sich scheinbar, abgesehen von einem Schauplatzwechsel, wie eine klassische Tragödie abrollt.

1. Akt. Bibliothek
1. Szene. Die Herzogin, ihre Hofdamen.
2. Szene. Der Herzog, de Thou, die Herzogin (sie geht hinaus).
3. Szene. Wie in der 2. Szene, der Kardinal, La Feuillade.
4. Szene. Der Kardinal, La Feuillade, der Herzog von Cordova.

2 Akt. Im Garten
1. Szene. De Thou, Cinq-Mars, Adlige.
2. Szene. Cinq-Mars, de Thou.
3. Szene. Cinq-Mars, de Thou, von Cordova, La Feuillade.

Es ist schwer zu sagen, wie der Dichter sein Material ordnete, dahingegen zeichnen sich, auch wenn das historische Ambiente, die Bräuche und das *Bühnenbild* in dieser Skizze noch ungenau beschrieben werden, zwei wesentliche Elemente schon ab: Cinq-Mars' moralische Überlegenheit und sein Protest gegen die von Richelieu vorgenommene Abschaffung der Vorrechte des Adels.

Richelieu. Diese nachdenkliche Stirn beunruhigt mich. – Das ist Melancholie. – Nein, diese irdischen Dinge betrüben ihn, aber er sieht sie von oben. Er weint darüber, aber sie berühren ihn nicht. Er kann sie lenken, weil er so wie ich unabhängig ist, und ich beherrsche sie. Ich muß mich vor ihm in acht nehmen …

(Im Kerker) Cinq-Mars. Er wird dem Kardinal schreiben, daß er sich irrt und daß sein System nicht gut ist. Er hat den Adel niedergeschlagen und seine Monarchie steht auf tönernen Füßen. Die Statue braucht einen Sockel, und die Pyramide braucht eine Basis.

(Zweite Szene) Der Kardinal erhält den Brief. Die Pyramide braucht eine Basis: Er hat recht … aber es ist zu spät.

Einige andere Vorhaben, die im Roman später sehr ausführlich realisiert werden, wurden schon in diesem Manuskript skizziert:

»Nun! Was seht Ihr dort oben?« Cinq-Mars: »Ein Stern zieht vorüber.« »Glaubt Ihr an die Sterne?« Cinq-Mars: »Wenn ich weitergelebt hätte, dann wäre ich vielleicht dahin gekommen …«

Wofür der Ehrgeiz? Für wen die Ehre? Auf welchen Fuß soll man sie stellen? Soll ich aus dir eine Ehebrecherin machen, nein, du bist tot, tot für mich, [Julie] Maria.

Kardinal: »Was wird heute abend gespielt?« »Der Cid.« Kardinal: »Was ist denn das, der Cid? Ich glaube, es war Rodrigo, der so von den Mauren genannt wurde. Aha! Die wieder mit ihrer militärischen Ehre. Das ist ein Überbleibsel der Liga, die ich vernichten werde, oder ich lege die Rüstung selbst wieder an, wenn das andauert … Na schön, mißtraut den jungen Leuten. Aber verachtet sie nicht, Monsieur. Was ist ein großer Mann? Die Fortsetzung des jungen Mannes. Ein großes Leben? Die Ideen der Jugend, die im reifen Alter realisiert werden. Die Jugend starrt mit ihrem Adlerauge in die Zukunft, gräbt ihre tiefen Fundamente und wirft einen Grundstein, und alles, was unsere ganze Existenz erreichen kann, das ist, sich unvollständig diesem ersten Plan zu nähern. Wann können große Pläne entstehen? Dann, wenn das Herz kräftig in der Brust schlägt. Der Geist genügt nicht, Monsieur, der Geist ist nur ein Werkzeug …

Wann hat Vigny diesen Plan, der noch nicht sehr weit gediehen war, gegen einen neuen Plan eingetauscht? Wahrscheinlich schon sehr früh. Der Autor von *Éloa* war wohl nicht begeistert über die Rückkehr des ›historischen Dramas‹, das verschiedenen Autoren sehr am Herzen lag. Die großen Epen, denen er nacheifern wollte, trugen dahingegen seinen jugendlichen Wetteifer in die Romanerzählung. Der rasende Roland mit seinen Degenschlägen, *das befreite Jérusalem*, das von heldenhaftem Individualismus durchzogen ist, Dantes *Göttliche Komödie* mit ihrer strengen Belohnung für Schuld und Verbrechen, *Don Quichotte*, der die Illusion des fahrenden Ritters durch den gesunden Menschenverstand des Sancho ins rechte Licht rückt, all diese umfangreichen Erzählungen, denen man verschiedene Einflüsse nachweisen kann, sind in der Entstehungsphase des *Cinq-Mars* von geringerer Bedeutung als der *Waverley*-Roman des schottischen Romanciers W. Scott.

Als der Autor des *Cinq-Mars* am 6. November 1826 Walter Scott im Hotel Windsor, in der Rue de Rivoli, einen Besuch abstattet, zeigt er durch die Achtung des Schülers vor dem Meister die Größe seiner Schuld. Der Romancier des *Waverley* nimmt in sein Schloß Abbotsford, wo er noch wohnt, ein Exemplar des Werkes – mit der »Bezeugung der Bewunderung« – in der Widmung mit. Der schottische Schriftsteller wird eines Tages selbst seine Bewunderung mit den Worten ausdrücken, daß die Zeit Ludwig XIII. ihn schon in Versuchung führe, den Stift in die Hand zu nehmen, daß aber Vignys Roman es nicht mehr erlaube, sich auf dieses Gebiet zu wagen.

Reflexionen über Kunst und Wahrheit

Die *Reflexionen über Kunst und Wahrheit*, die Vigny von der vierten Auflage an *Cinq-Mars* als Vorwort zugedacht hat, sind eine Reaktion auf die unaufhörlichen Sorgen, die sich dieser gewissenhafte Künstler macht. Man kann wohl sagen, daß er vor Flaubert die Unruhe eines Schriftstellers, der die Vergangenheit wiederbeleben wollte, kennengelernt hat, der an eine *höhere Wahrheit* glaubt, als sie das Dokument zeigt, und der sich dennoch über die Anforderungen an die Genauigkeit und das historische Detail im klaren ist.

Unter den unzähligen Passagen des unveröffentlichten *Jour-*

nals, in dem das Problem hin und her gewälzt wird, ist die Eintragung vom 31. Januar 1828 die bemerkenswerteste:

»Ich habe immer die Tat den Worten und das Beispiel der Theorie vorgezogen. Ich habe versucht, hier die Grenzen der Geschichte und des *historischen Romans*, der nach meiner Vorstellung ihre Ergänzung sein soll, festzulegen. Die Geschichte stellt den Menschen den philosophischen Sinn und das äußere Schauspiel der Fakten im Zusammenhang dar, der historische Roman liefert das Innere derselben im Detail überprüften Fakten. Die Geschichtsschreibung beurteilt die großen Ergebnisse des Spiels der Leidenschaften in Hinsicht auf den fortschreitenden Gang des menschlichen Geistes, der historische Roman stellt die Entwicklung dieses Kampfes der Leidenschaften selbst dar, wie diese Rädchen ineinandergreifen und das Jahrhundert erschüttern. Der Historiker muß sich wie der Maler eines Panoramas auf den höchsten Punkt der Erde stellen, um die Vergangenheit zu betrachten. Der Romancier muß wie der Maler des Landschaftsbildes ins Tal hinabsteigen, sich in das Bauernhaus und hinter die Büsche setzen. Der erste herrscht aus der Höhe seines Jahrhunderts über das alte Jahrhundert, das er malen will. Der zweite versetzt sich in die Mitte genau dieses Jahrhunderts und bewohnt es.

Wenn man also die Geschichte einer Zeit und ihren Roman gelesen hat, dann hat man die vollständigste Idee, besonders wenn die Phantasie des Romanciers Leben hineinbringt und er das Feuer der Leidenschaften mitten unter die Toten trägt, indem er sie mit seiner galvanischen Kette berührt und sich bemüht, sie auf ihre eigenen Spuren zurückzuführen und die Wahrheit niemals durch unwahrscheinliche Handlungen oder Gespräche zu verändern.«

An anderer Stelle heißt es:

»In der Kunst ist die Wahrheit nichts, sondern die Wahrscheinlichkeit ist alles. Schlechte historische Romane sind geschrieben worden, in denen nur Chroniken und Gespräche Unbekannter abgeschrieben wurden. Alles ist wahr, aber man glaubt kein Wort davon.«

Zusätzliche Pläne Vignys

Liefert der Verfall der Aristokratie den Schlüssel für die moderne Geschichte Frankreichs? Vigny wollte diese These (die er in *Wanda* später auf Rußland anwendet) noch durch weitere Bücher unterstützen, um sie besonders deutlich zu veranschaulichen. Die Philosophie der Geschichte, die sich teilweise in *Cinq-Mars* offenbart, sollte in den Berichten, in denen die Krise des französischen Königreiches gezeigt wird, zutage treten. Vigny ist oft auf seine Absichten zurückgekommen. Die vollständigste Skizze liefert uns wohl 1836 das unveröffentlichte *Journal*:

Drei Romane
Historische Serie
Die Geschichte des Adels

1. Die Adligen herrschen friedlich: Feudalherrschaft. – Sie mißtrauen den Bourbonen, die sich auf grausame Weise etablieren. – König Jean.
2. Cinq-Mars. – Ludwig XIII. dezimiert durch Richelieu den Adel.
3. Die Herzogin von Portsmouth. – Ludwig XIV. degradiert den Adel und verweist ihn in sein Vorzimmer; er ruiniert ihn durch Spiel und Hochmut.
4. Durch die Revolution werden sie Entrechtete, das, was sie jetzt sind.

1833 hat Vigny die Reihenfolge dieser Romane etwas anders gesehen, obwohl er in gleicher Weise seine Geschichte der Macht in Frankreich artikulierte:

»Nachdem ich die Geschichte der Herzogin von Portsmouth beendet haben werde, in der die zweite Phase des Verfalls des Adels dargestellt werden soll, folgt auf den mit Richelieu einsetzenden Terror die Korruption durch Ludwig XIV. Dann werde ich einen weiteren Roman mit dem Titel *Der Soldat*, schreiben, der der letzte Teil meines Epos sein wird – dann hat ein erster Roman den größten und ersten Märtyrer unter dem Heiligen Ludwig zum Inhalt – dem ein Band vorausgeht, der dem ganzen Werk als Vorwort dient und der den Titel tragen wird *Histoire de la gran-*

deur et du martyre de la noblesse de France [Geschichte der Größe und des Martyriums des französischen Adels].

Alles wird anschließend in dieser Reihenfolge neu aufgelegt, nachdem jeder Roman für sich allein Erfolg gehabt hat.«

Von dem ersten dieser geplanten Bücher, das entweder die Anfänge des Königtums oder das erste Mißtrauen hinsichtlich einer Familie, die versucht, die anderen zu verdrängen, dargestellt hätte, tritt bei Vigny nichts Wesentliches zutage. Dahingegen beschäftigt die *Herzogin von Portsmouth* ernsthaft seinen Geist und seine Feder. Er hält in seinem Plan dazu am 7. Juni 1833 inne und schreibt das erste Kapitel in der Nacht vom 20. auf den 21. Dieser Roman und *Cinq-Mars* sollen *Politische Romane* genannt werden. Sehr wahrscheinlich in Vorausschau auf die Veröffentlichung dieser Werke kündigt die fünfte Auflage von 1833 an, daß der Autor sich u. a. mit »einem neuen historischen Roman« beschäftigt.

Das Problem des Verfalls und der Ausnutzung des Adels hat nämlich kaum aufgehört, Alfred de Vigny zu beschäftigen. In diesem Punkt übrigens, wie auch in verschiedenen anderen, sieht es so aus, als habe sich Vigny nach und nach mit dem Verfall der Aristokratie adligen Geblüts ausgesöhnt, indem er ein wachsendes Prestige des Denkvermögens, einer Aristokratie ohne Kaste, in der Reihenfolge der Werte feststellt. So erklärt sich auch eine der letzten Anspielungen des großen Optimisten in dem unveröffentlichten *Journal* auf eine in ihrer ganzen historischen Klarheit von *Cinq-Mars* aufgeworfene Frage:

12. September 1862. »In einem historischen Roman zu behandeln. Die europäische Aristokratie folgt trotz des demokratischen Geistes auf den europäischen Feudaladel. Die Elite durch Geburt und Erbe wird durch eine Elite intellektueller Überlegenheit, die allen Nationen angehört, ersetzt.«

Sicher hat es mit dieser versöhnlichen Sicht des Autors des *Esprit pur* [Der reine Geist] zu tun, daß er mit diesem aufhören muß. Es wird so auch verständlich, daß er letztendlich auf den Umschlag, der die Skizzen dreier historischer Romane enthält, schreibt, »nach mir zu verbrennen«. »Sein Wunsch wurde respektiert«, stellt Ratisbonne 1866, in der *Revue contemporaine* fest. Für denjenigen, der sich für die, wenn auch heimliche, Entwicklung eines immer wachen Verstandes interessiert, ist es zumindest aufschlußreich, die Spur einiger seiner gescheiterten, vernichteten Vorarbeiten zu verfolgen. Aufgrund des einleitenden Stückes der *Destinées*, das in den hinterlassenen Materialien gefunden wurde, läßt sich zum Beispiel die folgende These erahnen:

Woher kommt es, daß trotz des Christentums die Idee der Fatalität nicht verloren ging?

Auf August 1837 hat Vigny die Betrachtungen über das Beichtgeheimnis und die Schrecken der Folter datiert, die wir in den Anmerkungen weiter oben gelesen haben.

II. Die Texte

Das Manuskript

Das Manuskript von *Cinq-Mars*, das im Besitz des Musée Condé in Chantilly ist, besteht aus zwei Bänden, von je 362 und 418 Blättern (nachträgliche Numerierung: der Poet hat zunächst die Seiten von jedem Kapitel gesondert numeriert). Eine dritte Sammlung umfaßt Dokumente und handschriftliche Anmerkungen bezüglich *Cinq-Mars* oder anderer Arbeiten Vignys.

Die großen, mit der steilen Schrift des Poeten beschriebenen Blätter haben als Druckvorlage für die erste Ausgabe gedient. Nachträgliche Verbesserungen weisen schon auf einige der vom Autor später, besonders ab der 6. Auflage, an seinem Jugendwerk vorgenommenen Änderungen hin.

Dieses schöne Manuskript, das teilweise eine Vorschrift ist, die offensichtlich Züge eines ersten Entwurfes trägt, und das teilweise eine Abschrift ist, die schon den Eindruck eines besonneneren Poeten hinterläßt, erlaubt uns, die Hypothese zu überprüfen, die weiter oben aufgestellt wurde: Vigny hat seinen Roman anfangs in Richtung der Leidenschaften und des Gefühlvollen entwickelt, und erst während der Arbeit verleiht eine umfangreiche Dokumentation dem Roman mehr Fülle. Die Loudun betreffenden Kapitel: *Im Schlafgemach, Der Beichtstuhl, Das Gewitter* und *Die Abwesenheit* scheinen äußeren Anzeichen nach der ersten ›pyrenäischen‹ Phase des Romans anzugehören. *Die Lesung* ist stark verändert worden. *Die Gefangenen*, die zuerst nur einen mageren Umfang boten, haben danach das Beste ihres Inhalts erhalten. Die Kapitel und die Teile der Kapitel, in denen die Staatsangelegenheiten im Vordergrund stehen, zeugen entweder von einer starken Überarbeitung oder einer späteren Redaktion.

Die ursprünglichen Pläne (siehe weiter unten) faßten drei Hauptunterteilungen ins Auge: der Kardinal und sein Reich; der Hof und seine Faktionen; zwei Bestrebungen im Widerstreit.

Plan

Der Kardinal und sein Reich (1. Band)

1. Der Abschied	Schloß Chaumont
2. Auf der Straße 3. Der gute Priester 3. Der Prozeß	in Loudun
5. Die Folter	
6. Der Traum	in der Heide
7. Im Arbeitszimmer [8.] Neuigkeiten	in Narbonne
8. Die Begegnung 9. Die Belagerung	in Perpignan
	(J. de Belfiel fragt Richelieu, wo der Kardinal ist, weil sie ihn töten will)

Der Hof und seine Faktionen (2. Band)

[10?] Ludwig beklagt sich	seine Mutter Bassompierre
11. Die Reise	Straße nach Paris
12. Die Toilette	Saint-Germain

Verschwörung wird angezettelt
Bouillons Rede

13. Ich bin die Enkeltochter von Karl dem Fünften,
14. und darum weise ich Spanien zurück

15. Die Kurtisane	(Marion de l'Orme Madeleine de Brou)
16. Sankt Hubertus	Schloß Chambord
17.	

18. Vertraulichkeiten (Cinq-Mars – die Königin)

19.	
20. die beiden Briefe	Cinq-Mars an seine Mutter Richelieu an Joseph

Der König, Laubardemont, zwei Bestrebungen im Widerstreit (3. Band)

21.
der Turm – in Vincennes – Maria von Mantua
22.
23.
24.
25. Das Ungeheuer (Wort Laubardemonts)
26. Das Gefängnis (de Thou)
27. Die Beichte (Abbé Quillet nimmt die Beichte ab)
28. Die Arbeit (die Nacht von Ludwig XIII., Ohnmacht, Verurteilung)
Damals schrieb er eine Schmähschrift mit dem Titel *Der höchste König*.
29. Die Aufopferung
30. Das Fest – ja, wenn ich ihn heirate, dann, um immer traurig sein zu können
Man zieht sie traurig und geschmückt weg …

Zeitgenössische Rezensionen

Cinq-Mars ist »ein Werk fürs Volk«, das war der ganz richtige Eindruck Vignys nach der Erstveröffentlichung seines Romans. »Er hat die Ideen des Volkes aufgenommen, was ein Zufall ist, und es gibt bessere Dinge, die das nicht gemacht haben«, bemerkte der Autor bescheiden in einem Brief vom 25. August 1826. Die Mehrzahl der zeitgenössischen Kritiken war sehr wohlwollend. Mit leichten Einschränkungen wurde das Werk im Jahr seiner Veröffentlichung gelobt von: *Revue encyclopédique* (Mai 1826), *Journal des Débats* (18. August), *Journal général de la Littérature* (1826, S. 137, im Artikel ›Histoire‹, was charakteristisch ist), *Journal de Paris* (15. November), *Annales de la Littérature et des Arts* (Band 24, S. 7); freundschaftlich gewürdigt von Lamartine, Nodier, les Deschamps, Aimé Martin, Latouche, Brifaut, Villemain. Vignys Roman hatte das Glück, daß die positive Meinung nicht nach der ersten Auflage verebbte: *Almanach des Dames* rühmt ihn 1827; *Indépendant* vom 28. August 1827 findet hier mit Begeisterung »einen von Längen und schändlichen

Details freien Walter Scott, was diesem vom Geist seines Volkes aufdiktiert wurde.«

Von dieser Lobeshymne heben sich einige deutlichere Stimmen ab, die auf die Schwächen des Werkes hinweisen oder die Verdienste in ein besseres Licht rücken. Sainte-Beuve, der den Platz von Latouche einnimmt, widmet dem Buch seines momentanen Freundes im *Globe* vom 8. Juli 1826 einen anonymen Artikel *Portraits contemporains* [Zeitgenössische Porträts], 2. Band dieser Ausgabe in 5. Bänden, S. 536. Er kritisiert vor allem den zu sehr geplanten, vorhersehbaren Aufbau, »der ganze Roman ist durchkalkuliert wie eine Schachpartie«, mit seinen zu leichten Vorhersagen und seinem bequemen Spiel der Anspielungen und Voraussagen, die den historischen Wahrheitsgehalt stören. »Monsieur de Vigny hat die Phantasie eines Poeten, und wie er vorgeht, ist die Vorstellungskraft eine systematische Anordnung. Sie systematisiert alles spielerisch, und aus dem Leben hat sie schnell ein Drama gemacht.« Obwohl er sich von einer erneuten Lektüre des Buches 1829 einen ›Glückstag‹ verspricht und sich 1835 vorwirft, »die Makel dieses Romans eher sorgfältig aufgezeigt zu haben als die besondere Schönheit herauszustellen«, hält er seine Beobachtungen in seinem Nachruf vom 15. April 1864 in der *Revue des Deux Mondes* aufrecht (Nouveaux lundis, 6. Band) »Der Roman *Cinq-Mars* hat als historischer Roman voll und ganz versagt, und ein Freund der Wahrheitsliebe kann ihn heute nicht noch einmal lesen.« An anderer Stelle hatte der *Globe* vom 28. Oktober 1826 auf den historischen Anspruch verwiesen.

Der ebenfalls anonym erschienene Artikel von Victor Hugo, der den Platz von Nodier eingenommen hat, (*Quotidienne* vom 30. Juli 1826) war auf eine andere Weise lobend. Hier beurteilt ein Künstler ein Kunstwerk und jubelt über »eines der bemerkenswertesten Bücher des Jahrhunderts ... Die Menge wird es wie einen Roman lesen, der Poet wie ein Drama, der Staatsmann wie einen historischen Roman.« Nisard ist mit Hugo einer Meinung, was ein sehr seltener Zufall ist. Er rechtfertigt in den *Débats* vom 13. Juli 1829 sogar den Aufbau des historischen Romans, »der die Auslassungen der Geschichte zusammenfaßt«; die Porträts von Richelieu und Ludwig XIII. seien ausgezeichnet, und wenn *Cinq-Mars* als Protagonist auch zu jung sei, die eindrucksvollen Szenen zu gedrängt seien und die dem Volk in den Mund gelegten Worte einen falschen Ton haben, dann schmälern diese erkennbaren Mängel kaum die Verdienste dieses »besonders bemerkenswerten« Romans.

Der *Mercure de France au XIXe siècle* zeigt sich unverändert wohlwollend gegenüber *Cinq-Mars*. »Unmittelbarer, lebhafter Scharfsinn, hellseherische Fähigkeiten, Gelehrsamkeit, Phantasie«: all diese Verdienste werden ihm in einem Artikel von 22. Juni 1828 zugesprochen. Die 4. Auflage 1829 mit ihrem Vorwort ist auch wieder der Grund für einen begeisterten Artikel. Im Mai desselben Jahres weist A[médée] P[ichotl in der *Revue encyclopédique* die Grundgedanken, die zum erstenmal in den Reflexionen dargestellt werden, energisch zurück, aber er schätzt, so groß der Erfolg dieses Romans auch sei, »so verdiente er noch einen größeren.« Ein so genialer Nacheiferer von Vigny wie Balzac selbst *(Feuilleton des Journaux politiques*, 14. April 1830) meint dahingegen, daß die Verachtung des Poeten für die historische Wahrheit und die Wahrscheinlichkeit sich gegen ihn wenden könnte. »Er hat einige politische Szenen gesehen und hat sie der Wahrheit ins Gesicht geworfen, um uns zu überzeugen, daß die Künstler von der Lüge leben und daß es weniger darum geht, das Wahre ins Falsche zu verkehren als das Falsche ins Wahre.«

E. Montégut schließlich stellt fest, (*Revue des Deux Mondes*, 1. März 1867), daß »dieser Roman, welchen wahren Wert er auch als Kunstwerk haben mag, das Verdienst hat, ein sehr getreuer Spiegel des Zeitgeistes der Restauration zu sein.«

Diese begeisterte Kritik – (auf die das Ausland reagiert, siehe *Foreign Quarterly Review*, 1827, 3. Band, S. 314) – verstummt kurz nach der Julirevolution. Montalembert lobt wohl noch in *Avenir* vom 28. April 1831 bezüglich *Notre-Dame de Paris* das Genre des historischen Romans und den Autor des *Cinq-Mars*, der diesen in Frankreich begründet hat. Ein Artikel des *National* über *Frankreich und Maria* von Latouche (3. März 1836) zitiert den historischen Roman Vignys im gleichen Atemzug wie das Werk Walter Scotts zur Unterstützung des Genres selbst. Planche (*Artist* vom 1. August 1832) feiert den reinen, gepflegten Stil diesen so schönen Romans. A. Michiels (*Histoire des idées littéraires*, 1842) rühmt *Cinq-Mars* und die *Reflexionen*.

Aber es ist entschieden ein Roman, nicht mehr, ein von jedem prophetischen Wert freier Roman, dessen unaufhörliche Neuauflagen die fortlaufende Verbreitung deutlich markieren. Doch das reicht nicht aus, um einen Schriftsteller wie Vigny zufriedenzustellen, der nach anderen Lorbeeren strebt und der sich ärgert, als er sieht, daß die Meinung und vielleicht auch die Fakten seine Philosophie der Geschichte leugnen. Molé wertet in seiner Antrittsrede von 1846 den Roman Vignys als historischen Roman auf offizielle und akademische Weise ab: »Alle Tatsachen wurden den Geschichtsannalen entliehen, und es gibt nur sehr wenige darunter, die aufgrund Ihrer so fruchtbaren, glänzenden Phantasie ihre volle Identität behalten haben.« Balzac seinerseits (*Les Deux Amis*) spottet abermals über die Doktrin des ›poetischen Schriftstellers‹, nach der es ein Wahres gibt, das falsch ist, und ein Falsches, das wahr ist.

Es ist nur natürlich, daß einige Stimmen aus dem Ausland de Vigny mehr zufriedenstellen. Sie kommen besonders aus den Ländern, in denen sich ein dauerhafterer Glaube an die Beständigkeit der Aristokratie zeigen wird. Lady Morgan (*France* in 1829) hatte den »jungen, ehrenwerten Autor« beglückwünscht »zu seiner historischen Treue, seiner Treuherzigkeit, seiner allgemeinen Offenheit an dem Ort der Laster des Königtums.« Stuart Mill (*London and Westminster Review*, April 1838) merkt den »karlistischen« Charakter seiner Inspiration an. Lady Blessington (*The Idler in France*, 1841) sieht in *Cinq-Mars* »eine bewundernswerte Produktion« mit einer »Pathetik ... wie sie ein Männerherz bezeugt, ohne zu fürchten, schwach zu erscheinen«. Prinz Maximilian von Bayern gratulierte dem Autor 1838 zu der »Kunst und der frappierenden Wahrheit, mit der Sie es geschafft haben, den ehrgeizigen Charakter des jungen Günstlings zu zeichnen ... und den des Kardinal Richelieu ..., der mit einer so großen Wahrheit und Kraft dargestellt wird, daß ich ihn niemals mehr vergessen werde.«

Emerson ergötzt sich 1848 an dieser scheinbar schon veralteten Lektüre. Und sicher mußte *Cinq-Mars*, der von A. Otchkina (St. Petersburg, 1829-1830, Neuauflage 1835) ins Russische übersetzt worden war, von N. Polévoï 1832 gelobt werden, da er in der Moskowiter Aristokratie ein Echo fand, sowie auch Bielinski 1840 über den »kleinen großen Mann« spottet, der die Geschichte reformiert, indem er »einen Traum der feudal-monarchischen Restauration verfolgt«. Puschkin hätte seinerseits den Kirchendiener-Zar, den Ludwig XIII. des Poeten darstellt, als vollkommen verfehlt beurteilt.

In dem Maße, in dem sich Frankreich von den ganzen aristokratischen Reminiszenzen entfernt, begnügt sich die öffentliche Meinung mit einer Aufstellung der Qualitäten der Form eines Werkes, dem jedes politische Maß fehle. Lamartine protestiert gegen die Verwandlung, die der Geschichte durch *Cinq-Mars* aufgezwungen wurde, der trotzdem als »Meisterwerk« (*Cours familier de littérature*, 94. Gespräch) bezeichnet wird. Sainte-Beuve versäumt nicht zu wiederholen (*Revue des Deux Mondes*, 15. April 1864), daß das Buch, abgesehen von einigen delikaten Szenen, »in historischer Beziehung versagt hat.« Allein Ludwig XIII. scheint für Ch. du Moüy (*Presse*, 12. Januar 1864) von Meisterhand gezeichnet zu sein, wohingegen Richelieu nur dargestellt wurde, um ihm als Kontrast zu dienen. Barbey d'Aurevilly (*Poésies et Poètes*) bedauert »das Buch eines Walter Scott aus Saint-Germain ...«.

Andererseits handelt es sich – in der wachsenden Gleichgültigkeit der Kritik für den Stil des *Cinq-Mars* – um durch den kürzlichen Tod des Autors hervorgerufene Urteile. Der Tod Vignys fällt zu offensichtlich mit einer Reaktion gegen die Weichheit der Form des ganzen Genres zusammen, als daß diese durch die Trauer inspirierten Nachrufe an einen idealistischen Roman (wenn es denn einer war) das richtige Maß anlegten. Man hatte übrigens den Sinn für die notwendigen Interpretationen in dem Maße verloren, daß man schreiben konnte (*Bibliothèque catholique*, Februar 1863), daß »*Cinq-Mars* durch kein verbindendes Element an die anderen Arbeiten Vignys anschließt.«

Cinq-Mars ist für A. France das einzige mittelmäßige Werk, das Vigny je veröffentlicht hat. Der spitzfindige Biograph übertreibt übrigens, wenn er einräumt (*Alfred de Vigny*, 1868, S. 51), daß der Autor »nicht die geringste Absicht hatte, eine Zeit oder historische Charaktere darzustellen, sondern Phantasiegestalten zu schaffen«, und es war für ihn die Gelegenheit, »die wirklichen Personen durch typische, fast abstrakte zu ersetzen, die ihre Namen und ihre Kleider trugen«. Richtiger ist die zur gleichen Zeit erschienene Kritik von E. Montégut (*Revue des Deux Mondes*, 1. März 1867; *Nos morts contemporains* [Unsere verstorbenen Zeitgenossen] ein Roman, der »sich nicht ohne Anstrengung lesen läßt« und sich gegen die historische Wirklichkeit versündigt. Sein Wert als Wegbereiter und sein entschiedenes Verdienst bleibt aber in der romantischen Schlacht enorm. »Der Zeitgeist der

Restauration« spiegelt sich überdies auf wunderbare Weise, und das Vorwort neigt an einigen Stellen zur Tiefe.

Um die Jahrhundertwende, im Zeitalter des faktengläubigen Positivismus, häufen sich die Verweise. Faguet beurteilt den Roman von Vigny als falsch und ziemlich kalt, trotz glänzender Beschreibungen und schöner Porträts (*XIXe Sciècle*, 1887); Pellisier findet ihn »geschraubt, schwerfällig, falsch wie ein historisches Bild«, (*Mouvement littéraire*, 1890); er ist »in seinem Aufbau verfehlt«, (Brunetière, Victor Hugo, 1902); es ist eine »ungesunde Karikatur des Geistes jener Epoche« (R. P. Longhaye, *Esquisses*, 2. Band, 1902). »Ohne uns verteidigen zu wollen, ist es heute schwierig für uns, den Charme, den die Leser *Cinq-Mars* zugestanden haben, nachzuempfinden« (*Paléologue*, 1891).

Auch wenn diese Verdammung in bezug auf die Genauigkeit einmal ausgesprochen worden ist, sollten wir nicht zögern, den Reiz und die Kraft vieler Bilder sowie das mit jugendlicher Phantasie ausgeführte Unternehmen anzuerkennen (Le Breton, *Le Roman français au XIXe Siècle*, 1901), das Verdienst, das dem französischen Initiator eines Genres zukommt (Morillot, *Le Roman en France*, 1892), die Poesie trotz dieser jugendlichen Prosa (Eug. Gilbert, E. Perret usw.), die Bedeutung als Wegbereiter und als Beispiel, wodurch *Cinq-Mars* »in der Geschichte der Romantik eine wesentliche Rolle zukommt« (L. Maigron, *Le Roman historique*, 1898), »eine Art zweiter Blick auf den Geschichtsunterricht« (L. Séché, *A. de Vigny*, 1902). Sicher sind die Phantasien im Kampf mit der Wahrheit versucht, der Fiktion, die sich rund um die Wirklichkeit abspielt, einen sehr hohen Platz einzuräumen (Judith Gautier, Vorwort zu *L'Inde éblouie*). Und vielleicht werden wir eines Tages als Reaktion auf alle realistischen Forderungen sehen, wie eine Kunstform wie die des *Cinq-Mars* wieder als geschätztes Modell dient. F. Roz ist der Meinung (1907), daß unter den von Vigny gewählten Bedingungen »die einzige Verpflichtung des Schriftstellers ist, die Personen in ihrer ganzen Bedeutungsvielfalt zu realisieren und sie so – besser als sie es vielleicht während ihres wirklichen Lebens gemacht haben – die höhere menschliche Wahrheit, die die Kunst aus dem Leben schöpft, ausdrücken zu lassen«; P.-M. Masson (1906) besteht auf dem allegorischen Charakter des Romans.

E. Lauvrière (1909) macht auf die Ungenauigkeit eines Werkes, das seinen Aktualitätswert nicht verdient, aufmerksam, aber er erkennt die Rolle der dauerhaften Sozialphilosophie an, die in der Frage der Aristokratie herangezogen wurde. F. Strowski (1912) ist mit den von Vigny durchgeführten ›Analysen der Ideen‹ ziemlich zufrieden, aber E. Dupuy (1913), der die Veränderung der Fakten, die sich der Autor von *Cinq-Mars* erlaubt hat, feststellt, hält sich kaum mit der verteidigten These auf, und er behauptet abschließend, daß Vigny mit diesem historischen Roman, wie er ihn versteht, keinen Ruhm hätte ernten können.« L. Madelin (*Écho de Paris*, 31. August 1919) wirft Vigny das einseitige Bild von Richelieu vor, ohne die historische Hypothese genug zu überprüfen, die vom Schriftsteller, der weniger ein Ikonoklast ist, als es scheint, verteidigt wird. Henri-Robert (*Les Grands Procès de l'histoire*, 1922) stellt fest, daß Vigny »die Helden seines Romans ständig schöne Rollen spielen läßt«. G. Saintsbury (1919) weigert sich, *Cinq-Mars* zu kosten, da er kaum darauf vorbereitet ist, ihn zu verstehen.

Es wären sicher schon große Veränderungen in dem vorherrschenden Geschmack des Publikums und den gesellschaftlichen Hintergedanken der westlichen Welt nötig, damit je Berufung in bezug auf die fast einheitliche Verdammung eingelegt würde, die die *politische* These des Poeten zerschlägt. Die Leser dahingegen, die Gefallen an einer Fiktion finden, die sich rund um bekannte Persönlichkeiten einer großen geschichtlichen Epoche Frankreichs abspielt, genießen die jugendliche Begeisterung einer stolzen Seele und die Einfälle einer wendigen, ausgeprägten Phantasie sowie die Ernsthaftigkeit einer Gedankenwelt, die über die Tatsachen hinausgeht – diese Leser erkennen im *Cinq- Mars* das Dokument einer flüchtigen Zeit.

4. Anmerkungen des Herausgebers

Fußnoten zum Romantext

1 Ludwig der Heilige. Gemeint ist Ludwig IX., der von 1226–1270 König von Frankreich war. Auf ihn berufen sich sowohl Ludwig XIII. als auch sein sein Nachfolger, der Sonnenkönig, vorzugsweise. Der Festtag des Heiligen Ludwig, der 25. August, wurde mit großem Aufwand begangen.

2 König Heinrich IV., König von Frankreich (1589–1610).

3 Richelieu, Armand Jean du Plessis, (1585–1642), Herzog, Kardinal und Staatsmann, ab 1630 ohne jeden Gegner im Rat des Königs, beseitigte die Selbständigkeitsbestrebungen des alten Hochadels und des Protestantismus.

4 Herzog Heinrich II. von Montmorency (1595–1632) leitete 1632 mit gascognischen Aristokraten in Pézenas eine Rebellion gegen Richelieu, da dieser die autonomen Rechte der Provinzen beschnitt. Montmorency wurde von einem vom König und vom Kardinal angeführten Heer gefangengenommen und in Toulouse hingerichtet. Dieser Fall war für das Verhältnis zwischen Zentralregierung und Provinzen damals typisch.

5 Ursulinerinnen oder Ursulinen: Nach der heiligen Ursula – einer Märtyrerin, die der Legende nach als britische Königstochter mit 11 000 Jungfrauen nach Rom wallfahrtete und auf dem Rückweg bei Köln von den Hunnen ermordet wurde – bekannte katholische Klostergemeinschaft, die 1553 von Angela Merici gegründet wurde.

6 Basileus – Titel der Könige von Sparta, Makedonien, später auch der byzantinischen Kaiser.

7 Originaltitel: La Cordonnière de la reine-mère.

8 Johann Kaspar Lavater (1741–1801) versuchte in seinen ›Physiognomischen Fragmenten‹ (1770–1778) aus dem menschlichen Antliz den Charakter eines Menschen zu schließen. Lavater erhob die Lehre von der Physiognomie zur Modewissenschaft des Sturm und Drang und stand in geistigem Austausch mit Klopstock, Herder, Hamann und Goethe.

9 Père Joseph war neben Sublet de Noyers Richelieus wichtigster Ratgeber. Der Kapuzinermönch war unter anderem dafür zuständig, die richtigen ›linientreuen‹ Schriftsteller in den Staatsdienst zu holen.

10 Jean Baptiste Gaston, Herzog von Orléans.

11 Giovanni Luigi de Fiesco (1523–1547), aus dem italienischen Adelsgeschlecht der Fiesci, versuchte durch eine Verschwörung die kaisertreue Partei des Dogen Andrea Doria in Genua zu stürzen und ertrank dabei im Hafen. Fiesco wurde später von Schiller in einem Drama verewigt.
Die hier erwähnte Schrift von Gondi heißt im Original ›Historie des Fiesque‹.

12 Vgl. Fußnote 24.

13 Jean Baptiste Gaston (1608–1660), Herzog von Orléans, konspirierte immer wieder gegen den König Ludwig XIII. Da Gaston dessen Bruder war, wurde er MONSIEUR genannt.

14 Mazarin, Jules (1602–6161), Staatsmann und Kardinal, zwischen 1643 und 1661 führender Kopf der Regierung. Bei ihm genoß der junge Ludwig XIII. seine Ausbildung.

15 Pierre Corneille (1606–1684). Mit der ›Tragicomedia du Cid‹ hatte er 1636 seinen ersten großen Bühnenerfolg gefeiert, mit ›Horace‹ wandte er sich der römischen Geschichte zu, erhebt Rom zum Vorbild Frankreichs.

16 Bestimmte Klingenhaltungen beim Fechten.

17 Den Königen von Frankreich wurde, wie den Königen von England, traditionell die wundersame Fähigkeit zugeschrieben, Skrofulose zu heilen, indem sie die Kranken berührten und sagten: ›Le Roi te touche, Dieu te guérit.‹ (Der König berührt dich, Gott heilt dich.)

18 Die Königinmutter wurde 1617 von Ludwig XIII. und seinem Berater Luynes zum Verlassen des Hofes gedrängt, ihr Günstling Concini wurde ermordet.

19 Die Empfängnis eines Thronfolgers war Anlaß zu Feiern gewesen, die um so größer ausfielen, als im Jahre 1638 niemand mehr daran geglaubt hatte, daß Ludwig XIII. und seine Gemahlin Anna von Österreich überhaupt noch ein Kind bekommen würden.

20 Tarquinius – in der römischen Sage Name zweier Könige. Gemeint ist hier Tarquinius Superbus, der siebte und letzte König von Rom, der die Äquer und Volsker besiegt haben und eine Tyrannenherrschaft errichtet haben soll.

21 Spätestens mit dem Eintritt Frankreichs in den Dreißigjährigen Krieg (1635) griff die Regierung zum Mittel drastischer Steuererhöhungen. Zwischen 1624 und 1661 stieg die direkte

Steuer um das Dreifache. Zahlreiche Volksaufstände waren die Folge, so 1635 in Guyenne, 1636 in Agoumois und Poitou. Die Aufstände richteten sich in erster Linie gegen die königlichen Steuereinnehmer, Steuerpächter und Verwalter von Salzdepots, die sich um das Eintreiben der drastisch gestiegenen Salzsteuer kümmerten.

22 Im französischen Original lauten die Verse wie folgt:
Je vais être prince d'Enfer,
Mon sceptre est un marteau de fer,
Ce sapin brûlant est mon trône,
Et ma robe est de soufre jaune;
Mais je veux t'épouser demain:
Viens, Jeanne, donne-moi la main.

Le juge a parlé dans la nuit,
Et dans la tombe on me conduit.
Pourtant j'étais ta fiancée!
Viens … la nuit est longue et glacée,
Mais tu ne dormiras pas seul,
Je te prêterai mon linceul.

23 posada = Wirtshaus, Gasthaus

24 Thomas Wentworth, Earl of Strafford (1593–1641), englischer Staatsmann, war 1632 zum Statthalter von Irland ernannt worden. Er erwies sich als fähiger, aber rücksichtsloser Administrator. 1640 übernahm er den Oberbefehl gegen die schottischen Aufständischen, focht jedoch unglücklich. Im Parlament klagte ihn John Pym des Hochverrats an; er hatte zwar keine Beweise, aber Strafford wurde durch ein Ausnahmegesetz zum Tode verurteilt und in London hingerichtet.

25 Gaspar de Guzman, Graf von Olivares, spanischer Minister (1587–1645) erwarb große Reichtümer. König Philipp IV. von Spanien übertrug ihm 1621 die Staatsgeschäfte mit allen Vollmachten. In seinem Ehrgeiz, Spaniens alte Größe wieder herzustellen, zog Olivares Spanien in den Dreißigjährigen Krieg hinein, nahm den Krieg gegen die aufständischen Niederlande wieder auf. 1640 mußte er den Abfall Kataloniens und Portugals hinnehmen. 1643 wurde er vom Hof verbannt.

26 Jean-François Paul de Gondi, Koadjutor des Erzbischofs von Paris und später Kardinal von Retz (1613–1629) war von zwerghaftem Wuchs, mit Säbelbeinen. Er galt als Frauenheld

sondergleichen und Intrigant, war aber auch ein großer Prosaschriftsteller. Er entstammte einer toskanischen Familie, die im Gefolge Katharinas von Medici nach Frankreich eingewandert war und die quasi eine Art Monopol auf den Erbischofssitz in Paris erlangt hatten. Schon sein Haß auf Mazarin machte Gondi zum Mitkämpfer der Fronde.

27 Jean-François de Gondi (1548–1654).

28 Der Name Liga steht für mehrere Bündnisse verschiedener Mächte im 16. und 17. Jahrhundert, so daß sowohl die Liga 1511–1513 zwischen Papst Julius II., Spanien, Venedig gegen die Franzosen als auch – was wahrscheinlicher ist – die katholische Liga von 1609 gemeint sein kann: der Zusammenschluß der Katholiken in Frankreich gegen die Hugenotten.

29 Marie de Rohan (1600–1679), Herzogin von Chevreuse, geb. Herzogin von Montbazon, auch verh. Herzogin von Luynes.

30 Françoise Bertaut, Dame Langlois de Motteville (um 1621–1689). Die in Diensten von Anna von Österreich stehende Madame de Motteville hinterließ der Nachwelt Memoiren, die ungeschönte Porträts zahlreicher Höflinge bieten.

31 Maria Anna von Gonzaga-Nevers (1616–1684), heiratete später, 1645, Eduard, Graf von der Pfalz.

32 Marie-Antoinette (1755–1793), Gemahlin Ludwigs XVI.; als Habsburgerin bei den Franzosen wenig beliebt, in der Franz. Revolution hingerichtet.

33 Louis de Rouvroy (1675–1755), Herzog von Saint-Simon.

34 Honoré d'Urfé (1567–1625), veröffentlichte zwischen 1607–1628 in fünf Teilen seinen Schäferroman ›Astrée‹. Der Astrée wurde zur Lieblingslektüre der sogenannten ›Preziösen‹, jener Frauen, die im Hotel de Rambouillet und anderen literarischen Salons mit viel ›bon sens› und wenig Pedanterie eine neue literarische Geselligkeit schufen. »Der Roman ›Astrée‹ trug entscheidend dazu bei, die Sitten des nach einem jahrzehntelangen blutigen Bürger- und Religionskrieg verrohten Landes zu verfeinern«, urteilt der Romanist Johannes Hösle über die Bedeutung dieses Hirtenromans (J. Hösle, Molière, München 1987, S. 218).
Alfred de Vigny stellt dieses Lektüreerlebnis ebenso ironisch dar wie im folgenden Kapitel die Lektüre der philosophischen Werke von Descartes.

35 Ludovico Ariosto (1474–1533), italienischer Schriftsteller, der

vor allem mit seinem seit 1505 entstandenen und 1516 veröffentlichten Epos ›Orlando furioso‹ (Der rasende Roland) Berühmtheit erlangte.

36 John Milton (1608–1674), hatte zu diesem Zeitpunkt sein bedeutendstes Werk – ›Paradise Lost‹ (seit 1658) noch nicht gechrieben.

37 Der Domino ist ein langer seidener Maskenmantel mit Kapuze und weiten Ärmeln.

38 Die Geschwister Scudéry – Georges de Scudéry (1601–1667) und Madeleine de Scudéry (1607–1701) – feierten mit ihren heroisch-galanten Romanen in jener Zeit große Erfolge. Der Romanfolge ›Clélie‹ fügten sie eine ›Carte de Tendre‹ bei, eine durch die Namen der Flüsse, Meere und Berge gekennzeichnete Landkarte der Liebesverwicklungen, die in den literarischen Salons jener Zeit ein beliebter Gegenstand der Konversation wurde.
Allerdings erschien der Roman ›Clélie‹ erst in den Jahren 1654–1660, so daß er zu jener Zeit, von der das 20. Kapitel handelt – das Jahr 1642, Richelieus Todesjahr – noch nicht vorliegen kann.

39 Auch hier geht Alfred de Vigny sehr frei mit der zeitlichen Zuordnung um.
Jean-Baptiste Poquelin, der sich nach 1644 Molière nannte, brachte ›Les Précieuses ridicules‹ (Die lächerlichen Preziösen) erst 1659 zur Uraufführung, die Drucklegung des Werkes erfolgte noch später.

40 vgl. Fußnote 36.

41 Die ›Principia Philosophiae‹ von René Descartes (1596–1650) erschienen 1644.

42 Spanisch – das Mädchen.

43 Kohlebecken, Feuerstelle.

44 nicht übersetzbarer, aber sehr geläufiger spanischer Fluch und Ausruf.

45 Eine Art Ballade.

46 Schmuggler.

47 Johann IV. (1604–1656), wurde 1640 König von Portugal, befreite Portugal von der spanischen Herrschaft und begründete die Dynastie Braganza. (Das Geschlecht der Braganza stammte von Alfons I., der 1442 Herzog von Braganza geworden war und ein natürlicher Sohn König Johanns I. von Por-

tugal war.) 1644 vertrieb Johann IV. die Niederländer aus Brasilien. Zum Komplex der Lösung Portugals von Spanien vgl. a. Fußnote 25.

48 Die Partisane ist eine Stoßwaffe mit zweischneidiger Klinge und war im 15.–17. Jahrhundert weit verbreitet.

5. Textausgabe

Die vollständige Übersetzung von Karin Meddekis folgt der Orignalausgabe in: Œuvres complètes de Alfred de Vigny, Paris 1913, Bd. II Cinq-Mars ou une conjuration sous Louis XIII.

Diese textkritische Ausgabe beruht auf den letzten beiden vom Autor selbst vorgenommenen Ausgaben aus den Jahren 1852 und 1859, unter Vergleichung des Originalmanuskriptes.

Der Essay von M. Fernand Baldensperger wurde ebenfalls (in leicht gekürzter Form) dieser Ausgabe entnommen.

Band 13 717

Jörg Kastner

Thorag oder die Rückkehr des Germanen

Deutsche Erstveröffentlichung

An der Seite des germanischen Fürstensohnes Armin hat Thorag im Osten für das römische Imperium gekämpft. Jetzt begleitet er den großen Krieger auf dem Weg zurück in das Land, das die Römer Germania nennen.
Die drückende Abgabenlast hat viele Cherusker und andere Stämme zu Rom-Feinden gemacht. Als sogenannter »Römling«, der lange Zeit für Augustus gekämpft hat, stößt Thorag überall auf Mißtrauen im eigenen Land und flüchtet nach dem Tod seines Vaters in eine römische Siedlung am Rhein. Aber auch hier muß er bald feststellen, daß er als Germane zwischen allen Fronten sitzt und zum Spielball der Intrigen neiderfüllter Römer wird.

Ein spannungsgeladener historischer Roman, zugleich ein breites Sittengemälde römischer und germanischer Kultur, reich an faszinierenden Einblicken in alle Bräuche und Lebensformen.

BASTEI LÜBBE

Sie erhalten diesen Band im Buchhandel, bei Ihrem Zeitschriftenhändler sowie im Bahnhofsbuchhandel.

Band 13 710

George Herman

Leonardos Turm

Deutsche Erstveröffentlichung

Herzog Ludovico von Mailand, wegen seiner dunklen Hautfarbe ›der Mohr‹ genannt, gerät in Bedrängnis: Französische Armeen sind im Anmarsch, und auch die für ihre Skrupellosigkeit berüchtigte Sippe der Borgias streckt die Finger nach dem Herzogtum aus. In dieser angespannten Lage muß der Herzog sich auch noch mit Anschlägen aus den eigenen Reihen auseinandersetzen. Er hat nur noch zwei Leute, denen er bedingungslos vertrauen kann: einen Zwerg namens Niccolo und Leonardo da Vinci, den genialen Maler, Erfinder und Unterhaltungskünstler am Mailänder Hof. Gemeinsam versuchen Leonardo und der Zwerg dem verräterischen Treiben ein Ende zu setzen.

Nach dem Bestseller ›Straße der Gaukler‹ der zweite Roman aus dem Geist der Renaissance von GEORGE HERMAN – spannender, geistreicher und witziger ist wohl selten über diese aufregende Epoche erzählt worden.

BASTEI LÜBBE

Sie erhalten diesen Band im Buchhandel, bei Ihrem Zeitschriftenhändler sowie im Bahnhofsbuchhandel.

Band 13 831

Michael Clynes

Das Geheimnis der verschollenen Prinzen

Deutsche Erstveröffentlichung

England im Jahre 1523. Während die Einwohner Londons unter der stickigen Sommerhitze leiden, hat König Heinrich VIII. sich zur Erholung nach Windsor zurückgezogen. Die lästigen Regierungsgeschäfte bleiben somit wieder einmal an seinem Minister, Kardinal Thomas Wolsey, hängen.
Doch der hat zur Zeit andere Sorgen. Irgend jemand schickt nämlich Drohbriefe an den König, die mit dem Siegel eines der Prinzen signiert sind, die einst unter mysteriösen Umständen im Tower verschwanden. Wenn nicht in Kürze eine riesige Summe Goldes bereitgestellt werde, so der Inhalt der Briefe, würden Informationen in Umlauf gebracht, welche die Tudor-Herrschaft ernsthaft gefährden könnten...
Aber Wolsey weiß sich zu helfen – denn wer eignete sich besser für den Auftrag, dem Erpresser das Handwerk zu legen und das Geheimnis der verschollenen Prinzen zu lüften, als sein ihm treu ergebener Neffe Daunbey und dessen scharfsinniger Gefährte Roger Shallot?

BASTEI LÜBBE

Sie erhalten diesen Band im Buchhandel, bei Ihrem Zeitschriftenhändler sowie im Bahnhofsbuchhandel.